空同 著

沿江村・綠衣 上

本故事完全虛構而成，請勿與任何個人、地域及組織相對應或聯繫。

綠兮衣兮，綠衣黃裏。
心之憂矣，曷維其已。
綠兮衣兮，綠衣黃裳。
心之憂矣，曷維其亡。
綠兮絲兮，女所治兮。
我思古人，俾無訧兮。
絺兮綌兮，淒其以風。
我思古人，實獲我心。

目次 │CONTENTS

一　黎春蒓、全砡

一

　　一九九五年秋天一個周五的下午，西北一個縣級市平涼市第一中學放學了，初中部三個年級還有高中部三個年級總共兩千多名學生熙熙攘攘地走出了校門。有步行的，有騎自行車的，還有稍遠一點的軍工廠專門接送自己工廠學生的幾輛大轎子車，擁擠在一起。學生的追逐嬉鬧聲，自行車鈴聲，人轎了車不耐煩的鳴笛聲，圍在路兩邊售賣零食的商販的叫賣聲夾雜在一起，嘈雜而又混亂。不大一會兒，學生走完了，小商販也離開了，校門口又恢復了平靜，好像半個小時前的擁擠與吵雜一點都沒有發生過。

　　過了一會兒，校園裡走出了一群面色紅潤，衣著光鮮的孩子，這是一群軍工廠的學生。這座小城周邊的大山裡有好多家「三線」建設時建成的軍工廠，離的近的軍工廠學生騎自行車來上學，而剛纔走出來的這群學生的工廠離學校有三十多公里遠，他們平常住校，每到周末都回家去，但都是坐車回去，學校門口有發往他們工廠的公交車。男生的夾克衫敞著釦子，黑色皮鞋黑的扎眼、白色的運動鞋或旅游鞋白的也扎眼。女生的衣服或粉紅、或米黃、或鮮紅，色彩繽紛，有的穿著精緻的白色膠鞋，有些則穿著更好看的皮鞋或旅游鞋，說說笑笑，背著雙肩包，或者拉著一個小的行李箱，一起向校門口不遠處的公交站走去。

　　又過了一會兒，一群農村模樣的學生騎著老式的二八自行車出現在了校門前，他們都是這個中學高中部的住校生，大都穿著母親手工做的千層底的布鞋，大多也穿著校服，也有一兩個穿著沒有肩章和領徽的舊

軍服，那是家中有當兵的哥哥寄給家中的。掛在車把手或背在身上的書包大多是碎布頭做成，或者是那種綠色帆布的軍用挎包。周末了他們回家有幹農活的，有回家去取饅頭作為下一個禮拜伙食的，他們在校門口就分散開了，各奔東西。

一個瘦高的戴著近視眼鏡的男生也騎著老式的自行車出現在了校門口，他也周末回家，他回家不但取饅頭，還要幹農活，他叫姬遠峰，但關係熟的同學都叫他小峰，今年高三了，是家中最小的孩子，他還有兩個姐姐和一個哥哥，他家離學校有二十公里遠。他腳上也穿著一雙千層底的布鞋，身上是高三年級的校服，一套灰色的小西服。這套校服是高二開學時定做的，他高二高三這兩年發育很快，隨著身體的發育，衣服明顯已經有點小了，尤其是褲子，褲腳已經遮不住腳踝了。由於常年穿著在書桌上摩擦，校服胳膊已經隱隱發亮，顯得有點透明透光了。在自行車把手的一邊掛著一個用碎布頭綴成的花書包，書包裡是兩本課本和兩個本子，還有用來裝饅頭的大塑料袋，塑料袋裡的饅頭渣子雖然特意倒過了，但還有一些在裡面。

他到了學校旁邊的柳湖公園的門口，那裡有一家山西刀削麵館，天有點陰沉，他在飯館前猶豫了一下，還是停下了自行車，走了進去，要了一小碗刀削麵。他盤算著，學校晚飯是五毛六分錢的一大碗湯麵，而飯館的刀削麵一小碗就要七毛錢，貴了一毛四分錢，而一毛四分錢可以買一個早餐的菜夾饃了，一個菜夾饃纔一毛三分錢。其實無論是學校五毛六分錢的一大碗湯麵還是飯館的七毛錢的一小碗刀削麵，對正在長身體的他來說都喫不飽，在學校裡晚自習後他會就著咸菜開水再喫兩個從家裡帶來的饅頭。周末本來可以在學校喫一大碗五毛六分錢的湯麵再回家，回家了再喫兩個饅頭，但刀削麵的滷肉末實在太香了，勁道爽滑的麵條實在太好喫了，他忍不住那誘人的香味，還是每到周末回家前在這裡喫一小碗。他安慰著自己，每周只喫一次，就多花了一毛四分錢而已，而且回家後可以喫饅頭，不怕喫不飽。他知道回家後家裡已經喫過晚飯了，他不好意思讓媽媽單獨給他做飯。不過家裡的饅頭是當天新蒸

的或者是前一天的，不像自己上周末帶到學校的饅頭已經又乾又硬了，還是家裡的饅頭好喫，這樣的日子已經一成不變的兩年多了。

其實他知道，造成現在自己經濟這麼緊張並不是由於家庭困難造成的，而是由於自己造成的。自己家雖然在農村，但爸爸在鄉政府上班，是村子裡三四個在外面工作的人員之一，自己的家庭條件也是村子裡最好的三四家之一。去高中報到的時間爸爸一下子給了自己三百圓，而報到只用了九十圓。只是他看到凡是從農村來的學生很多都會周末回家取饅頭，甚至家庭更困難的需要從家裡帶麵粉交給食堂，換飯票用來喫飯。自己當然用不著交麵粉換飯票，但他不想搞得自己和農村同學不一樣，他不屬於和自己在同一個宿舍的軍工廠學生的那個集體，他們每頓飯都喫新鮮饅頭，甚至買的麵包，如果每頓飯都喫新鮮饅頭會讓自己和農村同學融入不到一起。雖然爸爸也問過他錢不夠就向他多要一點，他說夠了，爸爸也說過冬天饅頭帶到學校凍的冰涼不好喫，他撒謊說宿舍有爐子可以烤熱喫。其實宿舍的確有爐子，但因為宿舍人太多了，也因為宿舍裡有軍工廠的同學，他不好意思在火爐子上烤饅頭。

他喫完了麵，將湯也喝的乾乾淨淨，不僅因為湯很好喝，也因為碗底有碎肉末，湯喝不乾淨肉末用筷子無法撈出來。他出了飯館，抬頭看了一眼，天似乎陰沉的更重了，他猶豫著是否回家去。他向柳湖公園的大門看了看，公園正門門額上有斗大的「柳湖」二字，那是著名人物左宗棠當年出征新疆駐節此地時留下的墨寶。他還知道有句詩「湖湘子弟滿天山」是與左宗棠與新疆關聯的。雖然課本中沒有這首詩，他從別的地方看到過就記住了，爸爸在新疆當過騎兵，經常對他講自己當兵的情形，他對新疆對西域的一切都很感興趣。透過公園正門能看到一個牌坊，牌坊上有「柳湖晴雪」四個字，這也是這個公園最著名的景觀，據說此碑刻是明朝的遺留，已經有好幾百年的歷史了，但他也只是透過公園的柵欄看過，沒有進入公園裡面玩過。而且他也知道科舉時代的柳湖書院就在柳湖公園裡面，這個書院是清朝末年新式教育興起之前當地的最高學堂，當地的舉人進士多從這個書院走出來。他的語文老師——一

個中學語文特級教師——在課堂上剛講過此公園的名人軼事與著名詩篇，不久前著名作家賈平凹來到了這裡，寫了一篇散文，其中有「湖中柳，柳中湖」之句，老師教同學們寫作觀察事物要有獨特的視角，但沒有全文學習這篇散文。語文老師還講過兩篇描寫這個公園的古詩，都是以牌坊上的那四個字《柳湖晴雪》為題，一篇是清代劉毓松所作。

　　碧溪映柳柳環堤，絮作雪飛任轉移。
　　鋪岸難消呈皎潔，飄空不冷望迷離。
　　頻迎暖日還添色，乍觸和風亂點池。
　　鬥酒綠蔭堪共賞，鶯聲宛轉動遐思。

而另一篇是清代趙汝翼所作。

　　滿目晴光映野塘，何來白雪遍空揚。
　　紛紛玉屑隨波舞，片片銀花繞岸狂。
　　月下沾衣疑欲濕，風前撲面不知涼。
　　柳湖饒有西湖趣，惹得騷人興自長。

　　公園就在學校操場邊的臺地下面，站在學校操場的邊上，爬上圍墻就能看到柳湖的景色，他也爬上去看過，但只能看到茂密的柳樹簇，隱隱能看到一兩潭碧水而已。聽了語文老師的講解，他對這個公園更是充滿了嚮往，但他上高中已經兩年多了還一直沒有進去玩過，他想著等考上大學了有機會一定要進去玩玩。

　　他快速地騎著自行車向西方前行，城市已經被他拋在了身後，一會他來到了八里橋，八里橋不是橋長八里，而是該橋距城八里。在他眼裡橋好高大，但橋面很窄，也很危險，遇到兩輛大貨車會車，大貨車會擦著行人而過，很是嚇人，所以他來回學校在橋上看到大貨車會車時他會遠遠地停下來，等兩輛大貨車會車過去了再繼續前行。橋頭北面不遠處是一個部隊營地，他聽說是一個炮團，他在公路邊經常能看到士兵的身影。橋下恰巧有兩枝水匯流，靠北的那條小河就從他家門前流過，叫頡河，從西南方向流來的較大的河流就是涇河的正源。上小學的時間他學了「涇渭分明」這個成語，老師講門前的河就是涇河，他也一直這樣

認為自家門前的小河就是涇河。直到上了高中，他的語文老師講了《詩經》中的一句話「涇以渭濁，湜湜其沚」，他纔知道他家門前的這條小河叫頡河，僅僅是涇河的一條小支流。而他為「頡」字還較過真，他每次來回學校都經過一個小村子，公路的標牌上標著「頡河村」，村子裡居住的全是回民。當地人都讀作「學」河村，他還納悶「頡」字不是「倉頡」的「頡」字嗎，應該讀「傑」纔對啊，後來查字典發現「頡」字還有「協」音，當地人發音變成了「學」音，他纔確信無疑了。他的學習很好，他所在的第一中學是當地最好的中學，他經常考全年級第二名，他對有疑問的東西從來都會刨根問底。

又騎行了幾里路，雨滴開始落下來了，他靠邊停下自行車，從花布書包裡拿出裝饅頭的塑料袋，將袋子裡的饅頭渣子又倒了倒，把他的書本裝到了袋子裡，又打了扣，免得雨水淋濕了書本。他加快了騎行的速度，雖然雨開始下了，天色陰沉一片，但他知道離天黑還早呢，西北的秋天天黑的很晚，他能趕在天黑之前回到家裡，雖然下著雨，他有點著急但並不擔心天黑前趕不回家。

雨越下越大，眼鏡已經為雨水模糊，看不清路面，他摘下了眼鏡裝入眼鏡盒放到了書包裡，他的近視度數並不很高，不戴眼鏡並不妨礙他騎車。雨水順著他的面頰往下流，這是一個眉目清秀，甚至英俊的男生，雖然營養不良，面色有點發黃，但身高將近一米八，大眼睛炯炯有神，雙眼皮，濃濃的眉毛，眼睛有點內陷，高鼻樑，一頭大波浪似的捲髮被雨水沖成一絡一絡粘貼在額頭上，嘴邊絨絨的鬍鬚纔開始萌發，嘴邊有一顆不是很顯眼的痣。

他又騎行了幾里，突然發現公路的柏油路面已經不見了，路面已經全部破壞了，公路正在整修，他有點奇怪，上周末回家公路還是好好的，怎麼幾天內路面全被挖開了呢，全是濘泥。自行車已經不能騎行了，他只好推著往前走，但走不了多遠，泥巴就堵塞住了車輪，他只好停下來用樹枝掏出泥巴，然後繼續推著走。他猶豫是否要返回學校去，他知道已經走了三十多里路了，剩下不到十里路了，堅持堅持就能回去

了。但他錯誤估計了推行的速度，每前行一段頻繁地堵塞車輪掏泥巴花費了他太多的時間。

天色已經漸漸暗下來了，路邊的農舍裡應該亮起燈纔對，但一盞燈都沒有，他知道又停電了，農村停電是常有的事，他已經習以為常了。經過將近四個小時的行走，他到了去村子的岔路口，天色已經完全黑了，去村子經過的古城城牆黑魆魆的有點嚇人。他知道下雨後去村子的小河山洪肯定暴發了，白天也不能過河了，何況這麼黑，小河肯定無法過去了。他只好推著自行車繼續向前走，他準備去鄉政府找自己爸爸去，鄉政府就在公路邊，也在河流這邊，離這兒也不遠，只有兩三里路。他擔心周末了爸爸可能回家去了，爸爸平常下班就回家了，周末了十有八九也回家了，只有安排值班的時間纔呆在單位。

到了鄉政府，爸爸果然不在，鄉政府也停電了，僅有值班的幹部辦公室窗戶亮著燈光，他敲了敲門，值班幹部認識他，鄉政府只有二十幾名幹部，過年互相竄門去過他家，他幾乎都認識。值班幹部見到他落湯雞的樣子有點吃驚，問怎麼冒雨來到了鄉政府，他告訴值班幹部回家半道上下雨了，小河山洪暴發回不去了，他來爸爸辦公室兼宿舍睡一晚上，明天天亮了回家去。值班幹部找出備用的鑰匙打開了爸爸的房門，又找了一截蠟燭頭，問他喫飯了沒有，他說喫了，其實他已經餓了，但沒有好意思說。如果不是周末，他想爸爸會去找廚師要幾個剩下的饅頭給他喫，他小時候去爸爸單位看秦腔戲的時間爸爸曾經帶著他去單位食堂喫過飯，是切碎了的肉沫、粉條和菜做的包子，很好喫，在農村的家裡幾乎不喫，現在是周末，廚師也回家了，他也不好意思向值班幹部要饅頭包子喫。

他洗了臉，喝點爸爸暖瓶裡剩下的熱水，脫掉已經濕透的衣服，掛在爸爸辦公室中間的繩子上晾著。他本來他還想看一會書學習一會，但蠟燭頭不多了，而且沒有可換的衣服，他光著屁股鑽進爸爸的被子裡準備睡覺了。平常在學校裡宿舍停電熄燈的時間是十點四十五分，但教室裡晚上不停電，晚自習結束後他一般會在教室裡再學習會，摸黑回宿

舍睡覺，睡覺都會到十一點半左右了，現在還不到十點鍾，他有點睡不著，躺在床上想起了自己快要到了的高考。

二

現在已經是高三第一學期了，再有一個半學期就要高考了，時間過得太快了，而自己考上高中，甚至小學和初中的情形還歷歷在目。

自己是七歲上的小學，這在農村已經算早的了，二姐是十歲纔上的小學，哥哥是八歲纔上的小學，學校在鄰村，自己的村子人小沒有小學，第一次去學校是二姐和哥哥帶著去了小學，並不是爸爸媽媽帶著去報名上學的。自己今年已經高三了，爸爸媽媽還從來沒有為他學習的事來過學校一次，當時老師讓他背誦一到二十，他很緊張背到中間就亂了。開學後他發現學習是那麼有趣，學習了加減法後媽媽可以放心地讓他去小賣店買東西了，學了漢字後他每去農村集上就喜歡認商店門上的漢字。不過他有太多的農活需要幹，爸爸身體不好幹不了重體力農活，而且爸爸是鄉政府幹部平時要上班也沒有那麼多時間幹農活，放學後他和哥哥一起首先要給牛割草飲水、墊牛圈，拌草料餵牛，給家裡抬水或挑水把水缸灌滿。冬天需要挖豬圈牛圈，清理雞圈和廁所，把各種人畜糞便摻入黃土敲碎混均勻作為農家肥送到麥地裡，給果園修剪果樹。春天需要春播、給麥田鋤草徹夜去澆水噴灑農藥。夏季農活更多了，除了送糞以外，還要收割打碾小麥、耕地兩遍。秋天需要播種，採摘果園中的蘋果等等。每天早晨起床後第一件事就是給牛拌草料，拌好草料後帶著兩個涼饅頭去上學，在牛圈裡拌草料會踩到牛的屎尿，所以拌草料時自己一直穿著一雙破爛的舊鞋，上學時換上一雙乾淨的鞋子，有時間太晚了會忘掉換鞋子，上學走一段路後發現沒有換鞋子會跑著回家換掉鞋子再去上學。現在雖然自己已經上高中了，但因為大姐出嫁了，二姐和哥哥在上中專和技校，家裡幹農活的人更少了，周末回家了一刻也不能閒下來，否則所有的農活都需要媽媽一個人幹。等天黑了喫過晚飯後他纔能寫作業，雖

然週圍的村子都通電了，但自己的村子裡還沒有通電，聽爸爸講當時的村長把用來通電的錢給村子裡打了一口農業灌溉用機井，也給農業社買了一輛大拖拉機，結果沒有錢通電了。他就在煤油燈下寫作業，那個煤油燈的形象完全就是電影中反映舊社會黑暗貧窮生活中的那個景象，蠶豆般大小的黃色燈光十分昏暗，自己小學的作業很少，而且好多學生也不做作業，但他會認真的寫作業。自己的同學近視的幾乎沒有，而自己到了初二的時間就已經近視了，小小年紀戴著眼鏡在農村裡幹活感覺很彆扭。自己的學習一直很好，小學一直都是三好學生，五年時間一次也沒有落下，家裡牆壁上貼的獎狀全是自己的，哥哥則一張也沒有。

自己發育的很晚，直到高二纔開始發育，加之小時候營養一般，所以他的體育一直很一般。但因為學習很好，所以全鄉十幾個小學集中到鄉中心小學開全鄉小學生春季運動會的時間自己被選為了運動員代表上臺講話，鄉里的一號人物即鄉長也發表了熱情洋溢的講話。運動員代表不能沒有參賽項目，所以給他報了一個運動項目——滾鐵環，滾到一半鐵環倒了，等他重新滾起來到終點時已經是最後一名了。鄉長回到單位說那個上臺講話的小孩講得不錯，爸爸就說他的兩個兒子今天講話都不錯。因為爸爸已經在鄉政府工作很多年了，是主任科員，和鄉長一樣的級別，但不是領導，鄉長和爸爸是同齡人互相損著玩，這個笑話是爸爸從單位回到家裡給媽媽講的時間他在旁邊聽到的。第二天自己沒能繼續去參加運動會玩，因為自己的項目結束了，他被媽媽帶到麥田裡去拔草了，他聽著運動會的大喇叭聲很想去玩，但媽媽就是不讓去。

在小學每個年級也就二十名同學左右，自己的學習一直很好，一直是班裡第一名，班裡還有一個女生小時候得過小兒麻痺症，下肢癱瘓，但意志堅強，拄著兩個拐杖來上學，下雨的時間她爸爸用自行車馱著她來，她的年齡比同班同學大許多，所以學習也很好。一年級的時間自己的班主任也是語文老師是一個年齡已經大了很和藹的女老師崔老師，她很喜歡自己，但也打過自己。有次中午很少見的沒有放學回家而是在學校午休，老師讓同學們都趴在課桌上睡覺，自己知道崔老師就在教室門

口看著，但耍小聰明假裝睡覺使勁地搖晃課桌誣陷同桌，結果挨了兩巴掌，自己以為是班長打的呢，抬頭一看崔老師站在自己身邊，自己趕緊又趴在桌子上睡覺去了。

一二年級的時間自己的數學老師是一個年齡已經很大了的「高小」畢業的老先生，家就在小學所在的村子裡，他雖然教數學，但習慣用漢字而不是阿拉伯數字寫數學，除了豎式計算用阿拉伯數字以外其他時間都用漢字表示，板書寫得極工整極認真。聽爸爸講這位數學老師是當時當地很少見的「高小」畢業生，畢業的時間還披紅戴花騎著馬在村子裡像誇狀元一樣誇過。自己上初中的時間聽說這個老師在上學去的占城邊被搶劫了一次，下一次聽到消息的時間是這位老師中風去世了。

從小學三年級開始自己的語文老師也是班主任，一名剛從師範學校畢業的回族老師，對工作很認真，也很喜歡自己，帶著自己參加全鄉小學競賽的時間還自掏腰包買炒麵給自己喫。參加小陞初考試前破天荒地組織他們晚間補課，騰出一間房子讓不在本村的孩子住下來，但爸爸覺得不安全沒有讓他去。後來聽爸爸說因為他們這一屆考試優異，全鄉前二名都是他的學生，他被提拔成了校長。

自己一直都是班裡的一號人物，直到五年級第二學期班裡轉入一個楊姓的同學，楊姓同學年齡比他大不少，在小陞初前的一段時間內經常考的比自己好，他們的那個語文老師轉而喜歡那個楊姓同學了，那是他在學校以來第一次嘗到被人冷落的滋味，他看在眼裡從無任何表露。陞初中的考試是步行去鄉中學考的試，那天他們都像過年一樣穿著自己的新衣服，過河的時間不小心將泥巴沾到了自己新衣服上，讓他心疼不已，走在路上一直想著泥巴趕快乾掉自己好搓掉。考試結束後每個學校的考生都湊到一起給老師說考得怎麼樣，他說自己有道題錯了，而楊姓同學則十分高興地告訴老師他那道題做對了，他還清楚地記得那個語文老師看他那種恨鐵不成鋼的不滿和輕視的神情。

考試成績出來了，他在鄉中學的黑板上看到自己兩門課考了一百八十七分，全鄉第一名，楊姓同學是第二名。楊姓同學在初中和許許多多

的農村初中生一樣，復讀了兩年後聽說今年夏天終於考上了中專，但他現在已經不羨慕哥哥的技校、二姐和楊姓同學的中專了，因為自己學習很好，考上大學是板上釘釘的事了。上初中的通知書是爸爸帶回家的，那時學校也放假了，他再也沒有見到那個語文老師。在那個暑假，他和媽媽去趕集的時間媽媽碰到每一個人就說這是我兒子，考了全鄉第一名，甚至是陌生人，逢人便誇，弄得他很不好意思。

三

上初中後開始學習英語了，但自己的農村初中沒有英語專業畢業的師範生，就讓一個英語比較好的數學老師教他們英語，這個老師的父親也在這個學校教化學。英語學習一開始就學音標，那個數學專業的英語老師對音標好像也不大會，他自己也一點沒有學會音標。直到過了一年初中二年級的時間纔有了一個正宗的英語老師，他帶他們上課的第一天就發現他們整個班都不會發音，每當點名讓同學讀單詞時幾乎沒有同學能讀正確，這個老師就重複一遍錯誤發音，嘲笑他們一次，然後帶著他們讀正確的發音，後來乾脆擠出幾節課給他們重新學習了英語音標，但他的英語口語還是很糟。但奇怪的是他對英語很感興趣，英語成績一直不錯，當時除了課本沒有任何學習資料。初中一年級的時間他就拿著英語課本一遍一遍看，直到每個詞每個句子都印入腦子中完事，考試時遇到不會的題目他就回憶這個詞在什麼地方出現過，在句子中什麼位置，前後是哪個單詞。到了初二有了正宗英語老師英語學習輕鬆多了，老師會講語法，講句子結構，印象深刻的是這個老師強調某些單詞必須首字母大寫，其他錯誤可以犯，但這樣簡單的知識如果還犯錯的話會受到嚴厲的懲罰，他一直帶自己考上高中。就是這麼一位好老師，他上高二的時間聽爸爸說自殺了。

他初二的時間開始學物理，當時班裡有一個留級生，這個留級生已經學習過一遍了，課堂上感覺比他懂的多。第一次物理考試的時間留

級生在他前面交卷，他有道題他拿不準，是一道判斷題──一切物體都有慣性，他偷瞄了一眼發現留級生打的是叉號，就用筆把自己的對號改成了叉號。成績出來了，他考了九十九分，就那道題錯了，真是追悔莫及，此後再也不相信別人做的題目了，即使不會也不抄別人的了。

初中他的學習也一直很好，從來不讓爸爸媽媽操心，爸爸也從來不看通家書，每次期末考試結束了爸爸只問他考了班裡第幾名，從來不問考了多少分。上了初二想考中專的學生就有專門留級的了，覺得初二很重要，打好基礎初三了纔能考上中專，自己哥哥初二留級就是爸爸找了校長特意留級的，那個校長與自己同村，還是認得沒有血緣關係的一個親戚，對工作認真負責，數學教的也很好，他當校長期間是那個農村初中學風最好教學質量最高的時間，也是考上中專學生最多的一段時間，二姐、哥哥還有他自己都是他當校長期間考上了中專、技校和高中。但媽媽和校長的媳婦吵過架，而他的兩個兒子學習一般，初中復讀了好幾年但什麼也沒有考上，後來招工去了工廠。爸爸是幹部校長是教師，也在同村，可能也有內心爭面子的感覺吧，他覺得兩家的關係很微妙。爸爸找這個校長幫忙從不拒絕，但這個校長見到他們一直冰涼涼的感覺，逢年過節因為是親戚需要去走動，他和哥哥誰也不樂意去他家，去了校長家可能因為是老師又是長輩，也很嚴肅，自己也一直在稱校長是老師還是以親戚關係稱呼而矛盾。

農村初中的老師好多家庭也在農村，媳婦在家裡務農，這些老師不大講究，初二教自己物理的老師上課講天平時講砝碼不能用手拿，免得手上的汗液腐蝕了砝碼影響準確性，但他又見到物理老師的兒子在砝碼上綁一段繩子當流星錘在校園裡玩。初三的時間學校來了兩個城裡的男老師，都很年輕，可能剛畢業，和他們其他的農村老師感覺完全不一樣。一個姓張，皮膚白皙，頭髮很長很光滑很黑，時不時甩一下頭髮，那時間他感覺很酷。另一個姓賈，皮膚更白，帶著一副圓形金屬框的眼鏡，有一些女性氣質，教自己語文，板書寫得很醜，每個字的最後一筆都拉得很長很彎。

　　那時間農村學生上初中的目標就是考中專，很少有家長和學生願意去上高中，他的理想也是考中專，但第一年自己很有可能沒戲。雖然他學習一直很好，但學校裡初三年級有專門的一個復讀班，班裡有五六十個復讀生，有的已經在初三復讀三四年了，甚至有復讀六七年的，那些學生中學習好的比他成績好。參加中專考試先要參加預選賽，他們初中每年大概有八個左右的名額，只有這八個學生纔有資格去參加中專考試。當年他也參加了預選賽，考試結束後因為學習好老師特地將他的試卷找出來首先批改，那時間學校組織的預選賽沒有將名字封起來的習慣，而且很多老師都盯著試卷，也不可能作弊，所以老師特地找某個學生的試卷一點也不奇怪。他的分數參考往年的分數可能會在前八名之中，他有可能會成為很多年來他們學校第一個應屆生通過預選賽參加中專考試的，這是班主任老師告訴他的，他也挺高興。可第二天全部試卷閱卷結束後他是第十名，他不能參加中專考試了，只能復讀考中專或者去考高中。其實爸爸已經決定好了讓他復讀考中專，也找過那個校長了，那個校長給爸爸打保證說，他復讀一年肯定能考上中專，讓他和哥哥一起復讀考中專。

　　不能考中專，爸爸也沒有給他辦非農戶口，所以他也考不了技校，沒有事情可做只能回家幹農活，等秋季開學時復讀了。他又有點不甘心，覺得上了三年初中了連個正式考試都沒有參加就畢業復讀了，他想去城裡參加一下高中考試，看看自己到底什麼水平，也順帶去城裡玩一圈。他長這麼大了還沒有一個人進過城，小時候爸爸帶他進過城，但他連東西南北都分不清。如果考上了高中爸爸不讓他去上，回來復讀考中專他也很樂意，反正自己已經去城裡玩了一圈了。週圍參加中考的寥寥無幾，他也不知道考高中好不好，就去咨詢了一下教自己語文的那個賈老師。賈老師說，「考高中很好啊，你學習很好，第一中學肯定能考上，上了第一中學可以考大學，大學可比中專好多了。」這堅定了他去城裡參加中考的想法。他給爸爸說了，爸爸不情願地說，「那就去考吧，考上第一中學了上也行，考不上回來復讀就行了。」

　　報了名，辦了准考證，他就騎著自行車去城裡參加中考，考場在第四中學，考六門課，每門課滿分一百二十分。他每天考完就騎著車走二十公里回到家裡，第二天早早起床六點鐘騎著自行車再去城裡繼續參加考試。語文考試的時間早晨水喝多了，其他題都做完了，整個作文還沒有寫呢他就憋不住想要上廁所。當時他以為老師不讓去，初中考試老師從來都不讓上廁所，他已經打算好了不讓上廁所他交卷就行了，反正對他來說能不能考上第一中學都無所謂，沒想到監考老師竟然同意他去上廁所，不過老師跟著他。上完廁所他著急回考場，老師在後面走，他一頭扎進了另外一個考場，抬頭一看進錯了考場又趕緊跑了出來，回到自己的考場接著寫完作文。

　　其實他對這次進城參加中考心理有點矛盾，既然已經進城參加中考了當然希望分數考得高一點，能夠考上第一中學，證明自己學習好。但他也有點怕考上，畢竟考上第一中學後能否考上大學還是個未知數。而如果復讀一年參加中專考試的話以自己的學習成績十有八九會考上，那樣的話就相當於已經有了一份鄉政府幹部這樣喫公家飯的工作等著他，因為中專畢業的學生國家都會包分配，絕大部分農村中專畢業生都會成為一名鄉政府幹部。自己打心底還是想上中專，早點成為一名喫公家飯的幹部，這次進城參加中考更多地只是想檢驗一下自己的學習和城裡的孩子相比到底怎麼樣，順便玩一圈而已。如果考上了第一中學按照爸爸說的話讓自己來上的話，自己只好硬著頭皮來上高中了，到底能不能考上大學就未知了。

　　中考成績出來了，他們初中當年第一中學考上了兩個，滿分七百二十分，自己考了六百二十二點七分，另外一個學生考了六百二十二點五分，他一直納悶怎麼會有零點二分的，一直到現在也沒有弄明白。考六百二十二點五分的那個男生也參加了技校考試，也被錄取了，後來那個男生去上了銀行技校而沒有上高中。那個學生是鄉教育幹事的兒子，和哥哥同歲也同一個班，和哥哥關係熟。所以那一屆自己的初中只有自己一個人去上了第一中學。

四

他還清楚地記得第一次去第一中學報到的情形，那天他出門很早，穿著媽媽給他做的中山裝式的衣服，他讓媽媽特意將衣服釦子中掉了後補的不一樣的釦子拆掉，找了相似的釦子補上，免得一眼可以看出釦子是不一樣的，釦子也扣得整整齊齊。千層底的布鞋姐姐特意洗過了，沒有一點泥土和牛屎粘在上面。前一天爸爸特意用家中手動的推子給他理了髮，他用香皂也洗了頭。長這麼大他還沒有這麼隆重地收拾打扮過自己，他覺得自己乾淨帥氣極了。他騎著爸爸那輛黑色的二八式自行車，自行車他也仔細的擦洗過。自行車後架上綁著一個紅色油漆的木箱子，那是以前爸爸用來裝他的貴重東西的，這次特意給他騰了出來，箱子上綁著媽媽精心拆洗過的乾乾淨淨的花褥子和花被子。一個碎花布做的書包塞的鼓鼓囊囊掛在車把上，書包裡是幾個饅頭，還有大搪瓷缸子，那是當做飯盒用的，還有水杯、刷牙工具、洗臉毛巾之類的。但他沒有帶洗臉盆和熱水瓶，因為這兩件東西不好帶，爸爸給了錢說等住下來了去商店裡買這兩件東西。

他很容易就找到了第一中學，因為在第四中學考完試後他特地到第一中學門口來過一次。高中考試前賈老師說了第一中學很好，是當地最好的高中，他也只報考了第一中學，當時他以為自己考不上，到校門口看過一眼準備回家復讀考中專。進了第一中學他有點懵，樓和瓦房太多了，他不知道自己的教室在哪裡，宿舍在哪裡，該去哪裡報到。他也不知道自己馱著行李的自行車該放在哪兒，他不能推著自行車帶著行李去找教室，他有點侷促不安。最後他看到一個也馱著行李的高年級學生，他知道這肯定也是一個住校生，雖然他不認識，他還是問怎樣去報到。高年級同學說跟著他走就行，先去宿舍，他說自己的宿舍還沒有分下來，他不知道自己的宿舍在哪。那個男生告訴他，整個第一中學男生宿舍就只有三個，一個年級就一個宿舍，都在一排平房裡，去那兒沒錯，

你把自行車和行李放在那再去報到。

　　去了宿舍，他發現就是一個騰空了的三間房的大教室，墙上已經破爛了的黑板還在，宿舍裡放著高低鋪的十五六張木頭床。一個角落騰空了放自行車，已經有兩輛和自己一樣的自行車放在那兒了。另一個角落裡扔著兩個破舊的火爐子，上一年燒煤爐剩下的煤渣還在，踩的門口也是煤灰一片，他怕那煤渣把自己剛洗過的布鞋弄髒。宿舍的床鋪上已經有兩個行李堆放在上面了，但沒有一個人。他取下行李挑選了一個最裡面靠窗戶的上鋪放下自己的行李，鎖上自行車就去報到了。

　　到了冬天後他纔知道自己選的床鋪是最不好的，冬天很冷，封閉不嚴的窗戶冷風透進來十分冷。燒煤的爐子的煙筒需要從靠近自己床鋪的窗戶伸出去，煙筒剛好在自己的床鋪上面，他十分擔心煙筒接頭處如果不嚴密的話煤煙油子會滴到自己的床上，幸好沒有滴下來過。冬季最冷的夜晚反而要將爐子裡的火熄滅，因為怕煤氣中毒，實在凍得的受不了了他就抱著鋪蓋到有暖氣的教室裡把幾張桌了拼在一起睡覺，但在教室裡睡覺不好處是必須很早起來，因為有同學會很早到校，第二學期開學他早早去了宿舍換了另外一個位置。

　　他去報到了，知道自己分到了二班，學費六十圓，住校費三十圓，爸爸給他三百圓實在太多了。他也知道了自己的教室在哪兒，是在學校西側的一棟二層單面樓的二層，教室的標牌已經做好了，一個樓層六個教室，一個年級剛好佔據一個樓層。他去了自己的教室，教室的門鎖著，他隔著寬敞明亮的窗戶往裡面看了看，墙壁雪白，水泥地面，左右兩側是暖氣片，他明白了教室裡用的是暖氣，不像小學初中那樣用磚塊壘的爐子燒煤塊了，教室裡不會再黑煙嗆人，煤灰飛揚了。課桌是淡黃色的單人書桌，不像小學初中都是二人的桌子，兩個同桌以後不會再互相嫌對方佔的太多了，下面還有桌兜可以用來裝書本，板凳已經全部拿起來倒放在課桌上，整齊而美觀，他心情好極了，有點迫不及待的想上課了。

　　回到宿舍，他見到六七個著裝不同的學生，這些學生面色白淨而紅

潤，還有這些孩子的父母，幫著孩子在整理床鋪。他很驚訝，整理床鋪
這麼簡單的事情也需要父母幫忙！他們互相之間說著普通話，有些夾雜
著怪怪的外地口音，這與他說的當地方言不同。他們穿著款式新穎的夾
克衫、運動衣或者西服，沒有一個人穿中山裝式的衣服，夾克衫或西服
的鈕子全敞著，他們不喜歡繫鈕子。鞋子都是白色的旅游鞋或者黑色、
棕色的皮鞋。

他們每個人都有一個皮箱，有棕紅色的，也有黑色的，金屬壓的
邊閃閃發亮，雙肩或者單肩的書包帶著多個夾層，漂亮極了。他們的床
褥都是買的，顏色淡雅，還有毛毯，床鋪鋪的很厚，但顏色淡雅的被子
歪歪斜斜地堆在床頭一側。床鋪旁邊的桌子上擺放著他們飯盒牙具之類
的，飯盒大多是不鏽鋼的，牙具則大多是漂亮的塑料杯子。

這幾個男生的床上還扔著像自己家中小收音機一樣的東西，他起初
以為那是小收音機，但後來知道那是單放機，用來放磁帶聽歌曲。開學
後上英語課老師用大的錄音機放英語磁帶和歌曲，好聽極了，但這些同
學都是戴著耳機聽的，他不知道具體效果如何。他也沒有向這些同學借
著聽過一次，爸爸曾經跟他說過，不要碰別人的東西。爸爸當兵的時間
有個農村來的新兵經常偷著用其他士兵的牙膏洗衣粉之類的，他們的連
長給那個新兵買了一管新牙膏，當著全連戰士的面給了他，作了嚴厲的
批評。爸爸說人窮可以，但不能被別人瞧不起，要不被別人瞧不起自己
首先要自尊自愛。爸爸雖然說的是批評，但他覺得那是差辱，兩年多過
去了，自己也從來沒有因為這些事情和任何一個同學發生過矛盾。

這些孩子的父母斯文而有禮貌，有和他說話打招呼的，但他有點窘
迫，不知道該跟這些斯文的家長說些什麼。他說的當地方言這些家長偶
爾會聽不懂，會讓他重複一遍，他會更不好意思了。而那些同學則互相
又說又笑，不怎麼和他說話，他的方言估計他們聽起來也有點困難。

他突然覺得自己中山裝式的衣服、自己一直穿到現在的媽媽做的千
層底的布鞋那麼的土氣，他想要一身夾克衫或者西服了，也想要一雙旅
游鞋或者他們那樣的皮鞋了。他想有那幾個同學一樣的皮箱、顏色淡雅

的褥子被子了，他覺得自己的木頭箱子花被子花褥子是那麼的俗氣。他也想有一個不鏽鋼的飯盒和漂亮的塑料牙杯，而不是自己掉了幾塊瓷的一大一小用來做飯盒和牙杯的搪瓷杯子。他也想有那幾個同學一樣的單放機了。他想有一個那樣的帶著多個夾層的單肩或者雙肩書包了，他有點不想將自己的碎布頭做成的花布包當做書包了，他也的確這樣做了，直到現在只把這個花布書包用來周末回家取饅頭。因為開學後他發現書包用不著，平時課本都放教室桌兜裡，需要帶到宿舍的書本並不多，用手拿著就可以了。他突然感到了一種強烈的從未有過的說不出的壓抑感，他不想和這幾個同學住在同一個宿舍裡。

　　但高一年自己想要的一件都沒有，到了高二他有了兩件自己想要的東西了。高二的時間學校給學生定做了校服，一身灰色的小西服，雖然樣式還是沒有那幾個軍工廠學生的衣服好看，但卻比自己中山裝式的衣服好看多了，雖然現在已經有點舊了，也有點小了，但他還是很喜歡。爸爸把一雙不合腳的皮鞋——那樣式是成年人穿的，但總比自己的布鞋好看——給了他，他擦的鋥亮，除了體育課外他一直穿著，雖然現在也有些小了開始夾腳了。但那個讓他著迷的單放機，直到現在高三了他還沒有。

　　午飯的時間到了，這些家長帶著這些孩子沒有往食堂走，而是說說笑笑往校外走了，他們去外面飯店喫飯去了。他跟著隔壁高年級的住校生拿著自己的大搪瓷杯子去食堂打菜，到了食堂，他感覺稍微輕鬆了一點，打菜的同學都和自己著裝差不多，用的餐具也差不多。偌大的平房餐廳裡面沒有一張桌椅，打好菜後有的同學端著回宿舍去了，有的則蹲在餐廳的四邊就地喫了起來。他打好了一份六毛錢的土豆絲，但沒有買饅頭，他想著今早帶來的饅頭還有，現在天氣還沒有冷，饅頭容易發霉，需要盡快喫完，他端著菜回到宿舍就著饅頭一起喫。喫完飯後他還沒有暖水瓶，沒有水沖洗碗筷他又去了水房沖洗了碗筷。

　　中午休息的時間他就出去找商店買了暖水瓶和洗臉盆，城裡的商店比他常去的集市上的商店氣派多了，他看到暖水瓶和洗臉盆也很漂亮，

但也很貴。但爸爸給他的錢還剩很多，他並不怕錢不夠，他仔細挑選這兩件商品，照著那幾個衣著光鮮的孩子的暖水瓶和洗臉盆的樣子買了這兩件商品，他覺得自己所有的物件中只有這兩件東西和那幾個衣著光鮮的同學有的一比。

晚飯的時間到了，他又去了食堂，這次這些衣著光鮮的同學也去了，晚飯只有一種，就是五毛六分錢的一大碗湯麵條，他沒有覺得難喫也沒有覺得好喫，不過他很餓，喫的還是很香，湯也喝的乾乾淨淨。而這些衣著光鮮的孩子打到麵條後聚在一起嘰嘰喳喳說個不停，有的將麵條喫了，但將湯倒進了食堂中間的大塑料桶裡，有的甚至只喫了幾口就全部倒進了大塑料桶，他感覺這些同學太浪費了，他們的父母看到的話肯定會責罵這些孩子的，但他們的父母已經回家了。回到宿舍，他看到這些孩子在喫罐頭、蛋糕和包裝食品。快睡覺的時間他又餓了，他就著開水又喫了一個自己帶來的饅頭，同宿舍的那群衣著光鮮的孩子繼續喫他們的罐頭、蛋糕和包裝食品。在宿舍的第一個晚上，他沒有一個認識的同學，只是低聲和他鄰鋪的同學互相說話，問問是從哪個鄉裡考過來的，分到了幾班。

第二天早晨他跟著同學去喫早飯，一種蒸的白麵餅中夾入土豆絲，那土豆絲不是炒的，而是水煮熟後潑上燒熱的油和鹽、辣椒麵，每個一毛三分錢。他想多夾一點土豆絲，但不好意思那樣做，但看到每個同學都盡可能多的夾土豆絲，以至於需要用雙手捧著喫，要不土豆絲會掉到地上，他也學著他們一樣盡量多夾一些了，但不需要用雙手捧著喫。此後這種一毛三分錢的菜夾饃也不是每天都能喫到的，他需要計算著將從家中帶來的饅頭喫完後纔能喫這種菜夾饃，而每次周末回家取饅頭媽媽都怕自己一周饅頭不夠喫，盡量讓他多帶幾個，這樣一來他喫這種一毛三分錢的菜夾饃的機會都很少了。而衣著光鮮的同學有的則不去喫早餐，而是喫自帶的蛋糕、包裝食品之類的，用開水沖著喝麥乳精之類的飲料，但兩年多時間過去了，他還不知道麥乳精是什麼味道。後來他知道了他的這些同學是離這兒三十多公里的三家軍工廠的學生，軍工廠本

身就有初級中學，他們初中在一起上學，互相熟識，到了高中纔到城裡第一中學來上學了，因為學校離工廠遠他們也和他一樣需要住校。此後兩年多了，他和這些同學沒有什麼矛盾，也沒有什麼交集，涇渭分明，同在一個宿舍，但像幾何學中的兩條平行線，永遠交合不到一起。

喫過早飯他去了教室，見到了他的同班同學，他的班包括他自己只有五六個和他一樣的農村學生，沒有住宿的軍工廠同學，但有幾個走讀的軍工廠同學，他又重複了一遍見到那些宿舍軍工廠同學的感受。老師分配了座位，身材矮小的他被排到了第二排，他的同桌是一個女孩——一個城裡的女孩。整個早晨并沒有上課，都是發書，老師介紹第一中學光榮歷史和優良傳統，作各種自我介紹之類的。與姬遠峰同桌的那個女孩和他說話，奇怪的是這個女孩和他說話說當地方言，和其他城裡同學說話卻講普通話。她問他叫什麼名字，中考考了多少分，他窘迫地看過一眼自己的女同桌後再也不敢抬頭看那女孩一眼，直到中午放學了他只知道他的同桌是個女孩，並不知道她長什麼樣子，估計在校園裡碰到這個女孩他還是不知道這個女孩就是他的同桌。當他說自己考了六百二十二點七分的時候，他聽到那個女孩讚歎的聲音，說她自己只考了五百五十分多分。班主任老師在教室裡宣讀了中考全年級前五十名同學的名字，他高興地聽到了自己的名字，第二十五名。此外他還記住了兩個名字，郝小明和鄭珂，他兩是那次中考的前兩名。郝小明是個男生，和他同在二班，當老師讀到郝小明的名字時全班同學都轉頭看那個男生，一個沉默的男生。而鄭珂和他不在一個班裡，直到半個學期後他纔認識鄭珂，一個軍工廠的女生，也住校，但直到現在高三第一學期了他和鄭珂還沒有說過話，因為他和同宿舍軍工廠的男生到現在也很少說話，更不用說另外一個班的軍工廠的女生了。

開學前爸爸給他說，到學校了要好好學習，農村孩子不比城裡孩子聰明、見多識廣，你知道的你三四個堂哥都考上了高中，但一個也沒有考上大學，最後都去當兵或者當民辦教師去了，你考不上大學也只能這樣，還不如復讀考中專，回來還能當個鄉鎮幹部，這也是我當初不想讓

你考高中的原因，但既然已經考上了，就要好好學習，爭取能考上個大學，好賴都可以。自己上了高中兩年多了，終於知道自己的幾個堂哥上了高中而沒有考上大學的原因了，堂哥他們上高中時年齡比較大了，後勁不足。從農村進入城市的花花世界，經常不能自律，要麼陷入了錄像廳不能自拔，要麼由於年齡大陷入了談戀愛而不能自拔，現在宿舍中的幾個男生也是這樣。他也擔心自己比城裡的孩子笨、見識少，學習不好被城裡的同學看不起，更害怕考不上大學而和自己的幾個堂哥一樣。他的心思全在學習上，兩年多了他沒有落過一堂課。柳湖公園就在學校操場邊的臺地下面，他只是在操場的圍牆上向下望過，沒有進去過一次。

　　兩年多了他沒有進過一次錄像廳，而且自己現在也不喜歡看錄像了，自己初中的時間曾經偷著爸爸去過幾次錄像廳，但現在他每經過錄像廳，聽到傳出來打打殺殺的聲音，覺得很無趣，他覺得秦腔戲更好看。雖然他上了高中沒有進過一次錄像廳，但每年秋天鄉裡的秦腔戲演出他卻看了，自己的鄉每到秋天小麥播種結束農閒的時間會請陝西甘肅各個縣市的秦腔劇團來唱戲，最少唱七天，最多會唱二十天，戲臺就在鄉政府隔壁。自己還很小沒有上學的時間爸爸就會帶著自己去看戲，在爸爸單位食堂喫也在爸爸的辦公室兼臥室睡覺，那時間自己還小，爸爸會把自己放在戲臺上面而不是戲臺下面，然後他忙自己的事情去了。每當演出武打戲，戲臺上舞刀弄槍的時間他還很害怕，躲在樂器後面不敢到前面去看打鬥的場面。現在雖然上高中了，但他每個周末都回家，所以總能趕上看戲，爸爸自從摔下車後半個身體不靈活，晚上從不出門，即使身體好晚上出門也不會陪著媽媽去看戲，農村沒有丈夫陪著妻子去看戲的。晚飯後媽媽會叫自己陪她去看戲，他就抬頭看爸爸，看爸爸怎麼說，爸爸總會笑著說，「去吧，陪你媽看戲去吧，學習不在一兩個晚上，平常抓緊點就行。」姬遠峰就明白了，爸爸以為自己想去看戲，就假借陪媽媽的名義。其實媽媽的確不需要自己陪著去，因為只要一唱戲，整個村子裡的婦女都會去看戲，媽媽完全可以和她們一起去，而且自己沒到周末的時間媽媽的確是和同村婦女一起去看戲的。姬遠峰知道

了，是媽媽想讓自己去看戲，纔叫自己陪她去的。而且每到唱戲的時間村子前的小河上就會用三四個圓木搭成便橋，一年四季也只有這個時間會搭便橋，到了冬季河水凍溢了便橋就壞了，到了夏秋兩季經常暴發山洪，便橋也搭不住，看戲成了自己一學期中少有的娛樂活動了。

學習對他來說從來都不是什麼困難的事、枯燥的事，他喜歡學習，喜歡看書，他還清楚地記得自己小時候沒有書看的情景。小時候農村的家裡除了哥哥姐姐的課本外只有爸爸的書了，爸爸的書是什麼呢？爸爸當兵後轉業到了公社，後來公社改名叫鄉政府了，爸爸最初是武裝幹事，負責民兵的訓練。家裡只有爸爸的民兵訓練手冊和《毛澤東選集》，沒有書可看的他就看爸爸的民兵訓練手冊和《毛澤東選集》。民兵訓練手冊裡有木頭槍的刺殺分解動作，有怎麼扔手榴彈的內容，還有製作簡易擔架包扎傷口等內容。自己家裡也有木柄的手榴彈模型，前面是一個鐵頭，後面裝個木柄，看完那書沒事的時間他就在自家的後院子裡扔那個假手榴彈，拿著木棍或者木杈當槍械練習刺殺動作。《毛澤東選集》是六十四開本的，很厚，字很小，紅色的塑膠封皮，外面是硬紙殼做的函套，函套上面用一張白紙糊住表面，一看就是後來糊上去的。《毛澤東選集》裡面的內容那時間他還看不懂，只記得有一段話是論述人民解放戰爭是消滅戰爭的戰爭，經過人民解放戰爭後中國將不會再有戰爭，這段話讀起來有點繞口。當時不理解用戰爭消滅戰爭，那不都是打仗嗎，打仗有什麼不好，男孩子最喜歡打仗了。那些內容對小學生的他來說太深奧了，他也看不下去，他就偷偷的一點點揭開那張糊著的紙，原來裡面是林彪的題詞，字跡比較潦草，有的還是繁體字，辨認起來很費勁，現在明白了那不叫潦草，可能叫行書。查六十四開本的《新華字典》還是辨認出來了，「偉大的舵手，偉大的領袖」等等。他不懂為什麼要糊住，就去問爸爸，爸爸讓他別管閒事，糊住就行了。媽媽每次帶他去趕集，他都會跟媽媽要一毛錢，然後在租小人書的書攤前看五本小人書，每次他都把一毛錢全部給了書攤的攤主，書攤攤主也不管他是否已經早看得超過了五本，媽媽趕完集了到書攤上找他一起回家，他

每次都嫌媽媽怎麼不多逛一會，他小人書還沒有看夠呢。

第一學期期中考試成績出來了，他甚至不敢相信自己的耳朵和眼睛，他是全年級第二，郝小明並不是第一，第一是六班的一個男生。許多中考成績出色，班主任搶著分到自己班的城裡同學老師都是記住了名字，而他一個名不見經傳的農村學生考了全年級三百多名學生中的第二名，全年級都出名了。出操的時間他看到自己年級的幾個班主任湊到一起指點著他，想知道那個考第二名的孩子是誰。此後直到現在高三第一學期了，他基本保持在全年級第二名，即使與第一名相差兩三分，但就是沒有考過第一名，第一名則在郝小明和另外一個男生之間轉來轉去。

慢慢地他發現，雖然自己的理科一點也不差，但自己的文科更好，也更喜歡文科，但高三第一學期文理分科的時間他還是報名分到了理科，僅僅因為聽老師說招理科生的大學更多，更容易考大學一點。高中兩年多了，自己對大學也知道一些了，聽老師說北京大學和清華大學是中國最好的兩所大學，北京大學文理科兼有，清華大學偏理工科。第一中學每年都有一兩個學生考上北京大學清華大學，每年高考結束後光榮榜——一張張張貼在牆上的大紅紙寫的大學錄取通知書名單——北京大學和清華大學總是寫在榜單的最前面。他覺得以自己現在的學習成績，他也能考上北京大學清華大學，雖然自己學的是理科，但自己會報考北京大學，因為他喜歡文科，考上的話可以有更多的文科書看了，但他對誰都沒有說過自己想考北京大學的想法。

高三文理分科的時間自己的班拆分了，自己的班主任老師去教導處當了主任，他被分到了一班。在二班的時間他的班主任是一個李姓的化學老師，又瘦又黑，年齡三十歲出頭，走路快如疾風，煙癮極大，經常站在教室門口抽完最後一口煙後進來上課，講課聲如炸雷，化學教得很好，在他上課的時間從來沒有學生會打瞌睡。他雖然看著樣子兇悍，但對學生並不兇悍，經常點名讓同學回答問題，回答不上來的同學也不批評，只是耐心地又講一遍而已。

而現在的班主任也是自己的英語老師，一個回族，他也是一班的

班主任，他從高一開始就教自己英語，自己聽說他是學俄語出身的。與自己在農村見到的回民強悍的性格不一樣，他性格溫柔，批評學生的時間滔滔不絕，笑起來則面部肌肉全部活動，不像其他人僅僅嘴角露出笑容一樣。他教他們英語的一大特色就是先背誦課文，他至今記得高一第一篇英語課文，他每次都是起一個頭「Karl Marx was born in Germany and German was his native language[1]」，開始背，同學們就開始背誦，兩年多時間過去了，他還能大致背誦下來這篇課文。這個老師特別喜歡自己，高一高二的時間在英語課上就經常表揚自己，也經常點名讓自己回答其他同學回答不上來的問題。當高三文理分科的時間一班學習好的幾個同學包括郝小明和自己是被抓鬮分配到各個班裡去的，他記得當他分到一班時這個老師高興地在講臺上給全班同學講他手氣如何好，抓鬮一下就抓到了自己，那滿臉堆笑的樣子好像中了彩票一樣。這個老師私下問他有什麼要求，他說想座位靠前一點，因為高二高三他身高增長很快，現在已經快一米八了，在班裡已經是大個子了，結果他就被排在了第二排，他前面是一個大眼睛的女同學，叫黎春莼。

第二天早晨他穿著半乾的衣服往家走，不一會兒就到了回家路上必須經過的古城，他家村子週圍的古城與關隘有好幾個，但大多破損嚴重，有的甚至甚至只剩下一道土墻了，如六盤山山麓有著名的蕭關、瓦亭關，唐朝與吐蕃分界的彈箏峽等，都是當地歷史久遠的古代關隘，可惜他沒有去看過。而頡河南邊的臺地上的這個古城他從初中上學就一直經過，古城的遺跡很明顯，上高中之前暑假放牛的時間他也在那裡放牛，所以很熟悉。聽爸爸說古城平毀掉的時間不長，爸爸作為公社幹部就是組織農民平毀者之一，開墾成了農田，現在只剩下南邊靠近頡河的一邊的城墻了，甕城的形態還在。聽爸爸說當初出土的文物以錢幣為多，都被當地農民和幹部帶回家了。

---

[1]　卡爾馬克思出生於德國，德語是他的母語。

　　進了村子，他穿過一個鐵路涵洞到了家裡，這條鐵路是他上初二時纔修建的，他在那個時間第一次見到了火車，但從來還沒有坐過。到了家裡，爸爸媽媽吃驚地問他怎麼大清早就從學校回來了，幾點從學校走的。姬遠峰告訴爸爸媽媽他昨天晚上就回來了，河水暴發山洪了他去爸爸單位睡了一晚上。爸爸告訴他以後要是下雨就別冒雨趕回家拿饅頭了，姬遠峰聽了很高興，這樣他就有一個禮拜的時間就不用喫冰冷硬梆梆的饅頭了，中午可以在食堂買兩個新出鍋的鬆軟熱乎乎的饅頭了，早飯也可以喫一毛三分錢的菜夾餅了。

五

　　周日下午他又趕回了第一中學，晚上去上晚自習的時間他前排的大眼睛女同學黎春蒓問他，「小峰，周末是否又回家取饅頭去了？」他說，「是。」她又說，「被雨淋著了吧？下雨了能不回家嗎？」兩年多的時間姬遠峰覺得自己的性格越來越沉默了，爸爸和媽媽整天忙著自己的事情，自己已經十六七歲了，很少和爸爸媽媽聊天了，哥哥姐姐已經考上技校中專了，他們已經開始談男女朋友了，他們也沒有上過高中，寒暑假和他們聊天共同話題太少了，哥哥姐姐對他說的最多的話就是好好學習，咱們整個家族還沒有出過一個大學生呢。白天在班裡他說話不多，晚上晚自習後他還要學習一會纔回宿舍睡覺，和同宿舍的同學說話也不多，和宿舍裡軍工廠的同學說話更少了，軍工廠的同學中只有一個性格開朗的男生問過他幾次題而已。在班裡的女生面前他不像高一入學時那樣羞澀窘迫了，但卻不知道說什麼，而和自己前排的女同學黎春蒓卻能說不少的話，在她面前自己不會感到拘束。

　　黎春蒓是城裡面的學生，到高三了還沒有近視，一雙會說話的大眼睛，雙眼皮，漂亮極了，又黑又濃的頭髮扎著一個馬尾辮或獨辮快到腰部了，活潑的性格，經常咯咯大笑。高三文理分科之前黎春蒓和姬遠峰並不在同一個班，黎春蒓在一班，和姬遠峰的二班隔壁。高一第一學期

期中考試後姬遠峰就認識了黎春蒓，與其說姬遠峰認識了黎春蒓，還不如說黎春蒓認識了姬遠峰。當姬遠峰考了全年級第二名的時間在教學樓的走廊裡就有同學指點著說他，其他班的同學也有專門跑到二班教室來認姬遠峰的，男生無所謂，但有幾個女生趴在窗戶上認他的時間他很窘迫，知道她們在窗戶上看他指點著說他，但他不敢抬頭看她們，當然她們絕沒有什麼惡意和輕蔑的感覺。其中有三個女生總是在一起，姬遠峰稱之為「鐵三角」，其中就有黎春蒓，另一個是亞妮，後來黎春蒓和亞妮都成了全年級的「名人」。黎春蒓出名是因為她學習很好，亞妮則是因為她十分開朗的性格，不但別人稱呼她為「女瘋了」，她自己也這樣自稱，隔著好幾個班都能聽到亞妮的人笑聲，另一個女生名叫李莉。

黎春蒓不但學習很好，性格也很開朗，在自己高一和黎春蒓還不是一個班也不認識的時候，在走廊裡碰到姬遠峰後黎春蒓主動第一次說話了，她和姬遠峰說的第一句話是問他，「你就是姬遠峰啊，你學習好認真啊，我們在窗戶上看你你都不抬頭。」說話的時間滿臉的笑容姬遠峰至今都沒有忘記，其實姬遠峰是窘迫地不敢抬頭而不是在學習。自從高三文理分科後他兩分到了一個班，黎春蒓就在姬遠峰前排，漸漸地他兩熟悉多了，黎春蒓也已經習慣叫他小峰而不叫全名了。

現在高三了，黎春蒓為了節省時間在女生宿舍申請了一個床位也住校了，這樣除了白天上課在一起外，晚上的自習課他兩也會在一起。他兩會互相問問題，晚上自習的時間除了學習，說學習上的事情外，黎春蒓也問姬遠峰其他方面的事情，比如他的家庭，周末他幹什麼，所以黎春蒓知道姬遠峰每個周末都會回家取饅頭。在班裡黎春蒓看到姬遠峰有時間和女生說話臉紅她會善意的笑話他，「看，小峰臉又紅了！」雖然黎春蒓開他的玩笑，但姬遠峰卻感覺很溫馨。黎春蒓的馬尾辮又黑又長又粗，她轉過身和姬遠峰說完話後回身的時間偶爾會甩著姬遠峰的臉，她自己會樂的咯咯大笑，姬遠峰則什麼也不說，感覺又尷尬又好笑又溫暖。

六

　　一天課間，姬遠峰像往常一樣在單面樓的走廊裡向遠處張望，向樓下張望，他看到並排走的兩個高二的女生，他們都穿著高二年級的藍色的校服，很合體。其中一個女生扎著簡單的馬尾辮，留著整齊的劉海，穿著那個時間流行的膠皮底的白色布鞋，面容乾淨清晰。那天晚上，那個女生的樣子出現在了姬遠峰的夢中，是那麼的清晰。他有點奇怪，早晨姬遠峰不由自主地在樓道裡向下張望，他又看到那兩個女生，都背著雙肩包走入了樓下高二的教室。他們這個二層的單面樓沒有廁所，課間許多學生都去操場邊的廁所去上衛生間，他在去廁所的路上迎面仔細看清了這個女生的面容，乾淨白皙的皮膚，細長的眼睛似乎一直含笑，單眼皮，劉海半遮著彎彎的眉毛。直覺告訴姬遠峰這個女生不是本地人，應該是軍工廠的女孩，因為她的長相和氣質與當地人截然不同。當天晚上，那個女生細長含情的眼睛，乾淨白皙的面容又一次出現在了姬遠峰的夢中，更加清晰，更加動人。

　　此後姬遠峰每天早晨早早去到教室裡，站在走廊向下看，那個女孩總會和她的那個夥伴一起到校走進教室，她兩形影不離，身邊沒有男生。姬遠峰就像著魔了一樣，無時不刻想看見她，注意她的一舉一動，課間的時間去完廁所後姬遠峰會在操場邊上逗留，那裡可能會遇到這個女生去完廁所往教室走，那樣他會看她一眼。如果他不去廁所，他就會在樓道裡站著張望看她是否去操場邊的廁所，看著她去廁所的背影，看著她從廁所回到教室的正面。她所在班的體育課表姬遠峰都掌握了，那時間她會穿上運動鞋和藍白相間的運動衣，不像他們農村學生上體育課只有球鞋，沒有運動衣。他想看到她的一舉一動，她的一笑一顰，姬遠峰覺得她偶爾和自己形影不離的夥伴開玩笑追逐嬉鬧都是那麼的可愛。姬遠峰像瘋了一樣無法控制自己，出操時想看到她的影子，上課時他無法集中精力聽課，自習時他會發呆，滿腦子都是她的影像，晚上睡覺

時經常在夢中見到她。他想像著自己怎麼樣纔能很自然的和她說第一句話，想像著她放學後在做什麼。姬遠峰時刻在提醒著自己，已經高三了，馬上要高考了，但是他控制不了自己，尤其是晚上自習的時間他會茫然間將週圍的一切事物屛蔽掉，腦海中只浮現出那個女生的影子而久久不散，他不知道自己怎麼了。黎春純會大聲地說，「哎，小峰，發什麼呆呢！想啥呢！」姬遠峰纔會回到現實中來，他不知道自己怎麼了。

　　姬遠峰實在無法控制自己的時間他會一個人去操場上轉圈走，漫無目的地走，坐在一個地方什麼也不願意想，滿腦子一團麻似的，渾渾噩噩，或者就爬到操場邊的矮牆上，呆呆地看著臺地下方柳湖公園中茂密的柳樹濃蔭下的一潭潭碧水，甚至晚上看不到公園裡任何景象他也會去操場邊上呆呆地發愣。很快高三第一學期結束了，寒假來臨了，這是高中最後一個假期了，學校組織了兩周的補課。校園裡一下子沒有了三個年級的初中生，沒有了高一高二的學生顯得那麼空蕩。鍋爐房關門了，姬遠峰他們只能在宿舍用暖瓶「熱得快」燒水喝。姬遠峰感覺惟一還在運轉的就是食堂，沒有了高一高二的住校生，整個高三二三十名住校生打飯再也不會擁擠了，甚至並排蹲著喫飯的學生也少了，偌大的食堂顯得更加空空蕩蕩。學校停水了，姬遠峰提著暖瓶去校外很遠的地方找水，又是冬天，一切顯得那麼蕭瑟。而最大的失落則是高二也放寒假了，那個軍工廠女生不來上學了，他在校園裡看不到她的影子了。姬遠峰巴不得寒假補課早點結束，他第一次覺得上學是那麼的無趣，除了腦子裡全是那個軍工廠女孩的影子外，他不知道自己整天在做什麼。

　　在這無聊無趣的日子裡惟一引起騷動的就是自己兩個同班同學的回歸，那是兩個當地駐軍的男生，當地有好幾個駐軍單位，其中有一個是陸軍野戰師。為什麼說是回歸呢？因為他兩在這一學期上了一半就不來上學了，因為其中一個男生是班裡的籃球隊長，籃球打得很好，一直是姬遠峰打籃球的偶像，所以姬遠峰對他不來上學感覺很深刻。聽同學說他兩都去上軍校了，據說是去了成都還是重慶的一個軍隊後勤院校，具

體是哪個院校姬遠峰不清楚。在姬遠峰的印象中只有高三畢業參加高考後提前錄取纔能光榮地去上軍校，不知道他兩是怎麼高三第一個學期還沒有上完就能上軍校了？他兩穿著軍裝，是否有肩章和領徽姬遠峰已經忘記了，看著穿軍裝的曾經的兩個同學，姬遠峰感覺好帥氣。

短暫的寒假結束後高三第二學期開始了，已經進入高考衝刺的階段了，學校和班裡製作了高考倒計時牌，提醒著距離高考還有多少天。姬遠峰的狀態還一如既往的糟糕，他無法集中精力複習功課，道理他都明白，他知道高考的重要性，但他就是控制不了自己，控制自己不去想那個軍工廠的女生，一個學期過去了，姬遠峰已經感覺到自己的成績開始下降了。

姬遠峰想到了自救，只有他自己明白這一切都是因為什麼，他鼓起勇氣向著這個暗戀一個多學期還沒有說過一句話的女生說出自己的感受。他的想法很簡單，他想把自己心中的秘密告訴她，她十有八九會拒絕一個甚至沒有和她說過話的男生的感情。而且兩年多的高中生活，尤其是同宿舍的軍工廠子弟與自己農村學生的涇渭分明，他知道他和他暗戀的女孩是兩個世界的人，那樣他的暗戀就結束了，死心了的他就可以專心的複習功課迎接高考了。姬遠峰甚至不用委託別人打聽這個女生的名字，她的同學叫她名字的時間他注意聽一兩次就已經記住了。他寫了第一封信給她，信郵寄出去後他的心忐忑不安地等待著她的回信。幾天後中午他正在宿舍午休，一個穿高二校服他不認識的男生來宿舍找他，說找他有點事情。直覺告訴姬遠峰是什麼事情，同宿舍的男生問姬遠峰需要陪著去嗎，他說不用，同宿舍的同學最不怕的事情就是打架了，而且喜歡替室友出頭打架。

姬遠峰跟著那個男生往操場邊隱蔽的角落走去，到了那裡姬遠峰看到了另外一個男生，他坐在操場邊的矮墻上正在抽煙，留著一個中分髮型，夾克衫敞開著。姬遠峰在校園中見到過這個男生，他是高二年級的，一看穿著氣質就是軍工廠子弟。留著中分髮型的男生從矮墻上跳了下來，丟掉了煙頭，走到了姬遠峰跟前，和剛纔去宿舍叫姬遠峰的男生

一個前面一個側面把姬遠峰圍了起來。

「你叫姬遠峰？」留著中分髮型的男生問道。

「是的。」姬遠峰回答道。

「你是不給全砡寫信了？」

「嗯，是的。」

「你知不知道她已經有男朋友了。」

「不知道。」

「你打算怎麼辦？」

「我沒有破壞別人之間關係的想法，我只是控制不了自己，想把自己的想法說出來而已，我知道這只是單相思，既然她已經有男朋友了，我也就死心了，我也馬上要高考了，這樣我就可以專心的複習高考了，我不會再打擾她了。」姬遠峰說道。

「說到做到，別再給全砡寫信了，下次就不會這麼客氣了。」留著中分髮型的男生用手指著姬遠峰的胸膛說道。

姬遠峰原以為這兩個男生會打他一頓，當他來到這個地方的時間他已經注意了一下四周，他看到地上有磚頭。他已經想好了，如果那兩個男生打他，他會讓他兩打兩下，但不允許打頭部和臉，然後他告訴他兩，該住手了。因為姬遠峰覺得自己給已經有男朋友的女生寫信是不對的，他應該被揍兩下，但如果他兩還不住手，他會反擊的。而且他確信只要這兩個男生沒有帶刀子，他有信心和那兩個男生打一架，自己一直在農村幹農活，有的是力氣，他並不懼怕他們是兩個人，但那兩個男生並沒有打他。

姬遠峰原以為事情就這樣結束了，他可以專心複習迎接高考了，但事實是他欺騙不了自己，姬遠峰對那個軍工廠女孩的瘋狂思念一如既往，對她的關注一如既往，所不同的是姬遠峰留意的對象多了那兩個男生，看她是否和這兩個男生走的很近。直覺告訴姬遠峰這兩個男生任何一個都不是她的男朋友，因為這兩個男生就是通常所說的差學生、小痞子，姬遠峰也從來沒有見到她和這兩個男生在一起過。姬遠峰的學習狀

態還是一如既往的差，他根本集中不了注意力去學習。

七

　　高考更臨近了，有兩三個男生衝刺的很厲害，已經衝到了姬遠峰的前面，姬遠峰的狀態還是一如既往的糟糕，那個軍工廠女生無時無刻不佔據著姬遠峰的腦海，他用盡一切方法都無法將她從自己的腦袋中趕走。姬遠峰上學的這一屆改革不斷，最初遇到的改革是會考，以前對理科生來說歷史地理政治都是副課，學完就結束了，但他們這一屆學生第一次需要會考了，將所有學過的課程在高考前重新由省教育廳組織考試，據說成績是與高中畢業證有關係。姬遠峰周末回家的時間又找出以前的課本，學校也調整課表，重新分配這些科目的上課時間，在老師的帶領下複習。總共考了九門課，除了語文是B外，其他八門都是A，後來又有體育統考，不過只是走過場而已。

　　快到高考了，學校不停的組織模擬考試，姬遠峰的狀態差極了，總共六次模擬考試，總分七百五十分，姬遠峰只有兩次過了六百分。全年級每次大概有四五個同學會超過六百分，過了六百分意味著考試發揮正常的話可以考上全國最好的那兩所大學——清華大學和北京大學，這所當地最好的中學每年一兩個考上清華大學和北京大學的學生就在這四五個學生中產生。整個高中部一千多名學生集中在操場的主席臺前進行高考動員會，高三學生是高考動員會，高二高一學生是觀摩加激勵會，模擬考試過了六百分的同學學校會獎勵十圓錢。看著校長閃閃發亮的腦門在主席臺上念自己的名字時，姬遠峰已經沒有一絲激動的感覺，他滿腦子都是那個軍工廠女孩的影子，他在主席臺上領獎時不停地在高二年級的那個班裡搜尋著那個軍工廠女生的身影，看她是否也在看著自己，她是否已經認識了自己。

　　馬上要考試了，班裡的氣氛很怪異，個別學習差的同學感覺考不上大學，進出教室的時間把門捧的哐哐只響。學習好的個別同學行為也很

怪異，不招同學們的喜歡，安靜內斂而且學習很好的姬遠峰這時間反而更受同學們的歡迎，男生女生有不會的題都願意找他問。

七月七八九最熱的三天時間中，姬遠峰參加了當年的高考，在考場裡他極力將那個軍工廠女生的影子從自己的腦袋裡趕跑，好讓自己能集中注意力作答。考試結束了，姬遠峰知道自己考得差極了，但卻在意料之中，將近一年了自己完全不在學習狀態之中，在考場裡腦子中還全是那個軍工廠女生的影子，考得好那纔奇怪呢。但姬遠峰卻並沒有太不高興，因為即使考得很差，他和答案一致對照著看過了，他知道自己大概能考五百分左右，和自己的正常狀態差一百分左右，他原來的心理預期最低也應該在五百八十分以上。甘肅省的本科錄取線在四百三十分左右，自己的五百分已經高出錄取線一大截了，而且爸爸對自己考五百分不僅不會訓斥而且還會很高興，因為爸爸的期望值僅僅是自己能考上一個大學而已。

但姬遠峰知道自己的北京大學夢已經破滅了，這是姬遠峰隱藏在內心最深處的秘密，他沒有向任何人說過，只要能考到五百八十分，姬遠峰原來決定就報考北京大學。清華大學和北京大學連續好幾年在甘肅省的錄取線和北京市保持一致，五百六十分就可以上這兩所全國最有名的大學了。現在只能選擇西安交通大學了——這是離姬遠峰家鄉最近且名氣最大的大學。

校園裡掛滿了各個大學的招生宣傳海報，姬遠峰在北京大學和清華大學的招生海報前多看了一會，仔細地看了看招生海報上的簡介和漂亮的校園照片，他知道自己已經沒有走入兩所著名大學的可能了，他有點不甘心。他拿著一沓厚厚的往年各個大學錄取線的資料和招生簡章趴在課桌上給自己挑選心儀的大學，他看到了西安交通大學往年的錄取線，均在五百二十分左右，只有五百三十分纔能確保錄取，自己大概估分只有五百分，雖然這只是保守估計，但高也高不了多少，報考西安交通大學太冒險了，還是算了吧。姬遠峰最終選定了心儀的大學，第一志願是

大連理工大學，因為大連這個地方好，學校也還不錯，雖然青島地方也好，但姬遠峰覺得青島的幾個大學不夠好。第二志願是北方交通大學，學校在北京，雖然北京是姬遠峰最嚮往的地方，但姬遠峰覺得北京除了北京大學和清華大學以外其餘的大學都沒有大連理工大學好，所以雖然很嚮往北京這個地方但姬遠峰還是把大連理工大學當做第一志願，北方交通大學當做了第二志願。萬一第一志願因故未能錄取，被第二志願錄取了的話哥哥在上鐵路技校，自己去嚮往已久的北京上交通大學，畢業了可以去鐵路部門工作，工作穩定且工資高。

　　姬遠峰聽到有同學喊自己，說爸爸來找自己了，姬遠峰有點吃驚，上高中三年了，身體有點殘疾的爸爸以前只來過學校一次，那也不是專門來學校看望姬遠峰的，而是進城辦公事的時間順便來學校一趟，具體是什麼時間姬遠峰已經忘記了，那次爸爸帶著姬遠峰出去在校外喫了一碗蘭州牛肉拉麵，自己填報完志願再有一兩天就回家了，爸爸來幹什麼呢？

　　姬遠峰從來不以爸爸身體有點殘疾為恥，反而對爸爸一直很驕傲。他在教室單面樓的走廊裡看到爸爸在樓下瓦房房簷下的蔭涼裡，姬遠峰飛快地跑下了樓來到了爸爸身邊。爸爸問道大概能考多少分，姬遠峰告訴爸爸大概能考五百分左右，甘肅省往年本科錄取線一般在四百三十分左右。果然和預料的一樣，爸爸很高興，「那肯定能上大學了，你志願選好了嗎？」爸爸說道。

　　「已經選好了，第一志願是大連理工大學，學校在大連，第二志願是北方交通大學，學校在北京，按照前幾年的錄取分數線，這兩個大學應該都能錄取上。」姬遠峰說道。

　　「哦，先別說了，你去教室拿上報考資料咱兩出去喫點飯，邊喫邊說吧。」爸爸說道。

　　「好的。」

　　「我聽說你們今年高考大學都開始大規模收費了，叫什麼並軌是嗎？」爸爸在飯店裡一邊翻看著姬遠峰那本報考指南手冊一邊問道。

「嗯，是的，以前大學基本都不收費，即使收也收很少一點，前一兩年開始試點收費了，今年除了農林地礦師範類學校以外，其他大學都開始大規模收費了。」姬遠峰回答道。

「小峰，我給你說點報考的意見，爸爸希望你報考蘭州和西安的大學，尤其是蘭州的大學，離家近，你哥哥還要在蘭州的技校上一年，第一學期去學校有你哥哥一起陪著你去，走一趟以後你哥哥即使畢業了，離家近你也可以一個人來去學校，你哥哥這兩年就是一個人來回走的。再者我剛纔看了一下你的招生簡章，咱們甘肅省的大學收費好像都比較低一點。」爸爸看了一會姬遠峰的招生簡章後說道。

聽了爸爸的話姬遠峰明白了，爸爸進城第二次來學校是特地為自己填報高考志願而來的，這次不是順道。爸爸想讓自己上蘭州的大學，省錢而且來回方便，「爸爸，除了您說的咱們甘肅省的大學以外，我還想報考一所北京的大學，我一直想去北京上大學，學校我可以選擇學費低一點的大學。」姬遠峰說道。

爸爸猶豫了一下，說道，「那好吧！我剛纔聽你說你選了北京的北方交通大學，能不能換成蘭州鐵道學院，都是交通大學，蘭州近而且學費也低，畢業了也容易分回來在鐵路上工作，北京的大學你另外選一所吧！」

姬遠峰稍微思考了一下，給爸爸說道，「那好吧，那我第二志願報考蘭州鐵道學院吧，我再給我挑選一所北京的大學當做第一志願吧。」姬遠峰并沒有完全聽從爸爸的意見，他還是想去北京上大學。

「那好吧！」爸爸說道，姬遠峰擔心爸爸會堅持讓把蘭州鐵道學院當做第一志願，但爸爸並沒有堅持，也可能原來的北方交通大學也是第二志願，姬遠峰已經聽從爸爸的意見換到了蘭州，所以爸爸也沒有堅持把蘭州鐵道學院當做第一志願。

「還有，爸爸，提前錄取的軍校我報哪個學校呢？爸爸您有什麼建議嗎？您當過兵，對部隊上的情形熟悉一些，怎麼沒有聽到爸爸您說提前錄取的軍校呢？」姬遠峰說道。爸爸年輕時在新疆當兵，姬遠峰看

過爸爸在新疆當騎兵的照片，戴著厚厚的棉帽，騎著高頭大馬，威風凜凜，很有古代騎兵的風采，比騎摩托車的騎兵威風多了。姬遠峰也聽過爸爸講他在中蘇交惡時期作為工作組去阻止邊民外逃，也曾短暫上邊境線打伏擊的經歷，爸爸高興的時間偶爾也會說兩句哈薩克族語炫耀並證實他的確在新疆當過兵，要不怎麼會說哈薩克語呢。姬遠峰也夢想著像爸爸一樣成為一名男人應該從事的職業——軍人，而且他覺得自己會比爸爸起點高，爸爸只是一名普通戰士，後來成為一名班長，自己如果軍校畢業的話一開始就已經成為一名連排級軍官了。

「我沒有想讓你報考軍校，所以沒有給你說。」爸爸說道。

「爸爸，為什麼不想讓我報考軍校呢？上軍校不用花錢，而且一畢業就是連排級幹部了，我上軍校咱們家就成了軍屬家庭了，每年國家還能給幾百斤小麥作為獎勵呢！」

「小峰，你上大學不用考慮為家裡省錢，我已經給你準備好上大學的費用了，爸爸正因為在部隊裡呆過，熟悉部隊的情形纔不想讓你報考軍校。在部隊工作年齡稍微大一點就要轉業，部隊上的人學的軍事專業地方上用不著，轉業的時間地方單位一般不樂意接收，轉業是一個大問題。再者轉業的時間你已經結婚有孩子了，帶著家屬拖兒帶女的轉業是一件很難的事情，所以爸爸不想讓你報考軍校。」

「爸爸，即使不是考慮給家裡省錢，我還是想報考一所軍校，當兵是多光榮的事情，我一直想當軍官呢！」姬遠峰說道。姬遠峰知道自己已經上不了北京大學了，甚至連西安交通大學也上不了，他現在很想上一所軍校去。

爸爸猶豫了一會，問道，「那你有看好的軍校嗎？」

「我看好了兩個軍校，一個是武漢陸軍軍官學校。」——這個軍校姬遠峰同村一個大他好幾歲的學生在上，姬遠峰通過他說纔知道這個軍校的，他並不知道這個軍校好不好，而且他在自己的招生手冊上沒有看到這個軍校，姬遠峰心想可能這所軍校今年不在甘肅招生吧，或許自己沒有看仔細，如果爸爸讓報這個軍校的話自己在招生手冊裡再仔細看

看。「另外一個是解放軍外國語學院，學校在洛陽。」——這個大學姬遠峰以前沒有聽說過，直到這次在招生簡章上姬遠峰纔看到，他也不知道好不好，只不過姬遠峰喜歡英語，他就看好了這個軍校。

「解放軍外國語學院我在部隊上怎麼沒有聽說過，在這個學校裡學些什麼？將來畢業了能去什麼單位？」爸爸問道。

「爸爸，我看這所軍校的招生簡章上介紹說學生進去主要是學外語，比如我如果被錄取了的話很有可能繼續學我現在學習的英語，看招生簡章上說學生畢業了主要分到各大軍區總部以及部隊院校裡面，不會下到連隊等基層單位，因為連隊這樣的基層單位用不著，所以爸爸您當兵的時間沒有聽說過這個軍隊大學。」姬遠峰重複了一下這所大學招生簡章上的內容，其實他也不知道真實情況是什麼。

聽了姬遠峰的話，爸爸思索了一會，說道，「你實在想報考一個軍校，那你就報考洛陽的解放軍外國語學院吧，離家近，而且是個文職，有個一技之長，轉業的時間容易一點，轉業了說不定能去學校當個老師去教英語什麼的。」

「哦，好的。」

爸爸回家了，姬遠峰也選定了自己最終的高考志願，提前錄取的軍校報考了解放軍外國語學院。第一志願是北京廣播學院，雖然這所大學前幾年在甘肅省沒有招生，沒有錄取分數線作為參考，姬遠峰覺得這個大學連個大學名號都沒有，只叫學院，自己以前也沒有聽說過，一點也不出名，錄取分數線應該不會高，而且自己也咨詢了一下自己的語文老師，語文老師也說自己的估分應該能被錄取的。第二志願是蘭州鐵道學院，這是聽從爸爸的意見選定的。但姬遠峰並不想去蘭州鐵道學院上大學，因為他的估分五百分比蘭州鐵道學院往年的錄取線高了許多，他覺得這個大學沒有自己原來選定的大連理工大學好，與自己原來選定的北方交通大學相比北京可比蘭州好多了，但爸爸已經提出來了，他只能聽從了爸爸意見把蘭州鐵道學院當做了第二志願，所以他纔挑選了名不見經傳的北京廣播學院當做第一志願，目的就是確保自己能被第一志願錄

取去北京上大學就不用去上這個大學了。第三志願是北京大學，第四志願是清華大學。姬遠峰聽說錄取基本在第一第二志願就定下來了，而且他覺得自己肯定能在提前錄取的軍校，還有第一第二志願就被錄取了，他把北京大學和清華大學作為第三第四志願只是對自己高考很差，夢想破滅的一種不甘心並且自嘲而已。他填完了志願表，並在服從調劑一欄勾選了服從。

　　姬遠峰交了志願表開始收拾東西準備回家了，他收拾好了所有的東西，綁在了自己第二輛黑色的二八自行車上，高中三年每個周末的往返家裡幹農活取饅頭他的第一輛自行車已經騎壞了，這是姬遠峰的第二輛自行車。但塑料洗臉盆不好綁也不好拿，姬遠峰用小刀鑽了一個小眼，用一小段繩子繫一個小活扣繫在已經綁好的自行車後座行李上。同宿舍的同學們都心事重重，有覺得能考上大學的興高采烈，學習差的同學心裡肯定不是滋味，大家也沒有心情互相道別，更沒有一起出去搓一頓，高中三年同宿舍的同學也沒有出去喫過一次飯，更不用說在這個各懷心事的時刻了。大家很快都各自回家了，宿舍裡散落著一堆堆的複習資料，但沒有一本書，農村的孩子還沒有扔課本的習慣。姬遠峰確信自己不會再回到這個地方了，意即不需要回來復讀，復讀這個詞對農村學生太熟悉了，自己的哥哥姐姐都是復讀考上了技校和中專，而且自己再也不需要天天碰到那幾個衣著光鮮的軍工廠同學了。

八

　　回家沒有幾天軍校體檢的時間到了，姬遠峰騎著自行車到了城裡，體檢在軍分區進行。姬遠峰的一個堂兄在軍分區工作，他也是這次軍校體檢的負責人之一，他陪著姬遠峰體檢，姬遠峰有了長這麼大最尷尬的一次經歷。穿著白大褂的醫生拿著小棍棍敲姬遠峰的雞雞看有沒有反應，戴著手套的醫生也摸姬遠峰的蛋蛋，看是否完整或者只有一個，也

扒開姬遠峰的屁屁看是否正常，這是姬遠峰長這麼大第一次被人查看這些部位，他尷尬極了。輪到視力檢查了，不出所料，初二就已經近視了的姬遠峰視力不符合軍隊要求。堂哥打電話問爸爸還要體檢嗎，爸爸說那就別繼續體檢了。其實堂哥悄悄地告訴姬遠峰，解放軍外國語學院是文職院校，對視力要求不是很嚴格，只要身體其他指標沒有問題，報上去還是有機會被錄取的，只是爸爸對姬遠峰報考軍校本來就不大支持，爸爸順勢就說別體檢了，姬遠峰的軍校夢軍官夢就這樣被爸爸打碎了。姬遠峰心想早知道這樣還不首先查視力呢，免得醫生又敲他的雞雞又扒他的屁屁還摸他的蛋蛋。

終於到了可以查分數的日子了，姬遠峰帶著自己的准考證，騎著自行車去了市教育局，他查到了自己的成績，五百零七分。除了英語考了一百一十八分還算正常外，其他科目都很低，尤其是數學纔考了八十九分，差一分纔及格。這個總分和自己的估分相差無幾，但太低了，姬遠峰知道其中的原因，如果沒有陷入單相思的漩渦，應該考六百分左右的，至少也應該在五百八十分以上，但他一個同學的成績都不知道，不知道同學們考的怎麼樣。看著自己的這個成績，雖然早在預料之中，但還是讓姬遠峰很失望，但很快他就高興了起來，甘肅省往年的理科本科錄取線在四百三十分左右，自己雖然與理想成績差很多，但這個成績完全可以上自己報考的那兩個大學了，自己已經考上大學無疑了，而且肯定能被第一志願錄取，自己很快就要去嚮往已久的北京上大學去了，雖然不是北京大學。

姬遠峰高高興興地從市教育局出來，在教育局門口他碰到了一個同班的軍工廠女生李萌萌。李萌萌個子不高，妹妹頭遮著圓圓白淨的臉蛋，經常穿著一雙精緻漂亮的黑色平底皮鞋，戴著一副圓眼鏡，性格溫柔而又靦腆，很漂亮可愛的一個女生，平時在班裡和姬遠峰說話不多，其實姬遠峰在班裡除了黎春蓴他和其他女生說話都不多。

「姬遠峰，你查到你的成績了嗎？多少分？」李萌萌問姬遠峰。

「我查到了，五百零七分，李萌萌，妳呢？」姬遠峰問李萌萌道。

李萌萌低下了頭，「我還不到四百分，連專科線都沒有上。」李萌萌囁嚅著說道，聲音小的姬遠峰幾乎都聽不清了，聽了李萌萌的話，姬遠峰從剛纔的高興中冷卻了下來，他不知道該說什麼了。

「姬遠峰，好羨慕你啊，一次就考上大學了。」李萌萌抬起頭看著姬遠峰輕輕地說道。

聽了李萌萌的話，姬遠峰突然感覺很難過，三年的時間自己一直生活在同宿舍軍工廠子弟的陰影下，沒想到這個令自己羨慕不已的軍工廠子弟同學，僅僅因為一次高考自己竟然成了她羨慕的對象，而經濟條件還沒有絲毫的變化。看著李萌萌羨慕而又落寂的眼神，姬遠峰更難過了，聽到李萌萌說自己一次就考上大學了，他知道該怎麼安慰這個可愛而又傷心的同班女生了。

「萌萌，妳復讀一年肯定能考上的，妳的分數差得也不多，咱們學校每年都招復讀生，復讀生上線率很高的。」

「我也只能復讀一年看能不能考上了。」李萌萌還是輕輕地說道。

姬遠峰和李萌萌分別了，看著李萌萌落寞的背影，姬遠峰站了一小會，調整了一下情緒，騎車去了學校。姬遠峰知道現在高二的學生也在放暑假，他還是想去學校一趟，看能不能在校園裡碰到自己暗戀的那個軍工廠女生，但沒有碰到，其他同學寥寥無幾，姬遠峰接著騎著車子回家了。

姬遠峰查照著往年的慣例，計算著錄取通知書到達的日子，第一批錄取院校的通知書早到了，可姬遠峰沒有等到讓他去拿通知書的電話，第二批錄取院校的通知書也到了，可姬遠峰還是沒有等到電話。姬遠峰所在的村子雖然離城市不遠，但整個郵政系統很混亂，郵件並不會直接送到村子裡，而是送到鎮子上的郵局裡，村長趕集或者去鄉政府辦事的時間順道捎回來，郵件通常會延遲好多天，而且信件經常會被隨便拆閱，丟失的情況更是司空見怪。估計正是這樣的原因吧，大學的錄取

通知書並不郵寄到考生手中，而是郵寄到考生所在的高中，高中打電話到鄉政府，鄉政府再通知村長，村長再通知考生家長去高中拿錄取通知書。姬遠峰的爸爸在鄉政府工作，爸爸時刻留意著來自第一中學的電話。雖然姬遠峰是他們鄉初中那屆畢業生中惟一上了第一中學的學生，但復讀生還有幾個。讓這幾個復讀生去取錄取通知書的電話都到了，但通知姬遠峰的電話還沒有到，爸爸有點著急了，下班回家問姬遠峰怎麼回事，但姬遠峰一點也不知道，那只能等了。

等待的時間好漫長啊，真有度日如年的感覺，爸爸每天下班了回到家裡，姬遠峰都看著爸爸，真希望爸爸能說一句高中打電話讓你去拿通知書了，但爸爸總也不說這一句話。爸爸甚至懷疑是不姬遠峰查到的分數是別人的，姬遠峰的分數漏了之類的，因為爸爸知道姬遠峰學習很好而且在這種事情上不敢撒謊。但姬遠峰相信五百零七分是自己的考分，這和自己保守估分五百分相差無幾，而且姬遠峰也確信他的答題卡考生信息塗卡絕對沒有錯誤，因為姬遠峰對學習一直很仔細很上心，雖然此前從未用過答題卡，從模擬考試纔開始第一次使用，但模擬考試塗卡姬遠峰一次也沒有出過錯。在鄉政府工作了幾十年，還算見過世面的爸爸甚至懷疑是不有人利用手中的權力把姬遠峰的身份頂替掉去上大學了，爸爸說再過幾天還等不到通知書的話他準備進城到教育局去問問，看到底是怎麼一回事。

但沒有等到爸爸去城裡教育局查問的那一天，讓姬遠峰去拿錄取通知書的電話到了，爸爸那天早晨一上班這個電話就打到了鄉政府，爸爸又騎車回到了家裡告訴了姬遠峰這個消息。姬遠峰帶著自己的准考證，騎著爸爸新買的紅白相間的永久牌自行車去了城裡，那是姬遠峰第一次不再騎他那黑色的二八舊式自行車了。天氣晴朗，他飛快地到了學校，拿到了錄取通知書。錄取通知書的信封已經拆開了，可能學校要登記，他看到自己被遙遠並且學費很貴的濱工大錄取了，姬遠峰有點納悶也有點擔心，自己沒有報考這個學校啊，而且通知書來的這麼晚，那只能是調劑的了。

姬遠峰去看學校的光榮榜，那一張張張貼在墙上的大紅紙寫的大學錄取通知書名單，不僅有大學錄取名單，而且還有考生的分數。郝小明在「光榮榜」的第一位，他被北京大學錄取了，也是全年級高考惟一上了六百分的同學，清華大學則沒有同學考上。姬遠峰也看到了黎春蓴考了五百五十分以上，比自己高多了，她被蘭州大學錄取了，她在光榮榜很靠前的位置，姬遠峰知道黎春蓴肯定是第一志願就被錄取了。他也看到好多平時並不比自己學習好的同學考得都比他高，姬遠峰心底有些不快，但這絲不快很快被大學錄取通知書沖到九霄雲外了。

姬遠峰仔細看了看光榮榜，沒有北京廣播學院的名字，可能自己的同學沒人報考這個不出名的大學吧。他也看到了光榮榜上錄取到蘭州鐵道學院的同學的成績，四百七十幾分的也有，自己考了五百零七分怎麼沒有被蘭州鐵道學院錄取呢？自己的成績完全夠了蘭州鐵道學院的錄取線卻沒有被錄取而被調劑了，真令人困惑。自己夠了蘭州鐵道學院的錄取線卻被調劑到了濱工大，看來錄取自己的濱工大肯定不如蘭州鐵道學院好，當時報志願時挑選了不知名的北京廣播學院當做第一志願就是不想去蘭州鐵道學院上大學，現在竟然被調劑到了比蘭州鐵道學院更差的大學了，姬遠峰心裡很不舒服。但同村大自己好幾歲上濱工大的一個男生說過濱工大很好，和西安交通大學差不多，調劑的大學怎麼會是和西安交通大學一樣好的大學呢？也可能自己記錯校名了吧。唉，自己這次高考不僅考得這麼差，錄取的運氣也不好，更是被調劑到了比蘭州鐵道學院更差的大學了，自己怎麼就這麼不爭氣呢，只怪自己高三幾乎一整年都陷在單相思的漩渦中沒有心思學習了，姬遠峰很是懊惱。但自己已經考上大學了，這已經足夠了，村子裡至今也只有三個大學生，中專生也是寥寥沒有幾個，自己還是不錯的，想到這姬遠峰又慢慢高興了起來。

姬遠峰準備回家把這個好消息告訴爸爸媽媽，還有暑假在家的哥哥，沒有走幾步，姬遠峰碰到了黎春蓴。黎春蓴騎著一輛粉紅色無樑女式自行車，沒有穿校服，一件粉紅色的襯衣扎在七八分的牛仔褲裡，一雙漂亮的白色涼鞋，露著漂亮的腳踝，姬遠峰第一次發現原來女生的腳

丫子也會這麼漂亮。十分豐滿的胸部，婀娜的腰肢，薄薄的襯衣遮不住凹凸有致的身材。清澈漂亮的眼睛神采飛揚，滿臉的笑容如花一樣燦爛，渾身洋溢著青春的朝氣，姬遠峰第一次注意到了同學身份之外的黎春蒓。

「小峰，這麼巧，竟然碰到你了，你是不來拿錄取通知書了？」黎春蒓說道。

「嗯，是的，春蒓，妳的錄取通知書是不早到了，我看到光榮榜上妳的名字很靠前。」

「是的，我的通知書早收到了。小峰，你的錄取通知書怎麼這麼晚呢？我記得填報志願時你說你報考」北京廣播學院和蘭州鐵道學院，我沒事就來學校看看光榮榜，看看同學們都被哪個大學錄取了，我看蘭州鐵道學院的通知書都來了，也上光榮榜了，怎麼就沒有你呢？今天我看到光榮榜你被濱工大錄取了，你是不最後改志願了？你報考濱工大了嗎？」

「春蒓，我沒有改志願，我也沒有報考濱工大，我也不知道為什麼會被濱工大錄取，那只能是調劑的了，所以錄取通知書這麼晚纔到。」

「小峰，怎麼會是調劑的呢？濱工大比你報考的兩所大學要好多了。」

「濱工大應該沒有我報考的北京廣播學院和蘭州鐵道學院好吧！調劑的大學怎麼會比我報考的還好呢！不過我們村子裡有一個大我好幾歲的男生上的是濱工大，他放假的時間給我說過濱工大很好，和西安交通大學差不多，或許他是吹牛的，或許是我記錯他說的是哪個大學了，我調劑的大學不可能比我報考的北京廣播學院和蘭州鐵道學院還好的。」

「小峰，濱工大的確很好，和西安交通大學旗鼓相當，你被錄取的事真的很奇怪，你的成績夠了蘭州鐵道學院的錄取線卻沒有被錄取，反而被更好的沒有報考的濱工大錄取了，但通知書來的又這麼晚，濱工大應該是第一批錄取，通知書最早一批就應該到了，真的很奇怪！」

「春蒓，看妳多好，妳被第一志願錄取了，還在蘭州，離家這麼

近。我爸爸當初一心想讓我報考蘭州的大學，離家近而且學費低。當時我想報考大連理工大學，我爸爸嫌遠建議我換個學校，換成了蘭州鐵道學院，我被比大連還遠很多的哈爾濱的大學錄取了，學費一年兩千五百圓，清華大學和北京大學纔一千圓左右，濱工大的學費是除了黑龍江大學三千二百五十圓以外最貴的，我猜我爸爸都會不高興了。我如果被蘭州鐵道學院錄取了的話學費低離家近，咱兩到時間還能結伴去蘭州上學呢！」姬遠峰說道。

「小峰，濱工大那麼好一所大學，你爸爸不會不高興的。看到光榮榜上那麼多同學去了北京上海天津，還有你去哈爾濱上大學，我現在都有點後悔當初聽我爸爸的話報考蘭州大學了，我也想離家遠一點去上大學，那多好玩。我家好多親戚在蘭州，蘭州我去過很多次了，城市都沒有新鮮感了，能讓我感覺好點的就是蘭州大學還不錯。如果你被蘭州鐵道學院錄取了，咱兩就可以結伴去上大學了，不過你還是去哈爾濱上大學吧，濱工大可比蘭州鐵道學院好多了，不在一個城市上大學但假期裡咱兩可以一起玩的。」

看著漂亮的黎春菀，姬遠峰猶豫了一下，「春菀……，妳今天沒有穿校服，我覺得妳比以前變漂亮了。」說完姬遠峰臉紅了。

聽了姬遠峰的話黎春菀咯咯地笑了起來，「小峰，你在班裡和女生說話都臉紅，今天竟然誇我漂亮了，這可是我第一次聽你誇女生漂亮哦！」說完笑的更厲害了，姬遠峰的臉更紅了。

「春菀，我要回去了，我爸爸媽媽還在家裡等我的好消息呢！」姬遠峰說道。

「再見，小峰，祝賀祝賀，路上騎車小心點！」

「謝謝妳，春菀，也祝賀妳，再見！」

沒有碰到那個暗戀的軍工廠女生讓姬遠峰有點失落，但碰到了黎春菀讓姬遠峰很高興，自己以前只覺得黎春菀的眼睛十分漂亮，好像會說話一樣，今天纔發現黎春菀是那麼漂亮，青春活力十足。姬遠峰騎著爸爸這輛嶄新的永久牌新自行車，騎得飛快，他感覺自己都快要飛起來

了，回家二十公里的路程好像瞬間就到了一樣。

回到家裡，姬遠峰看到哥哥已經去集上買了一個鉅大的西瓜切好了等著自己回家慶祝呢。姬遠峰把錄取通知書遞給了爸爸，他心裡有點忐忑不安，哈爾濱太遠了，濱工大收費太貴了，他怕爸爸不高興，出乎意料的是爸爸高興地嘴都合不攏了。問姬遠峰是不偷著改志願了，姬遠峰否認了。爸爸笑了笑表示不相信，姬遠峰明白爸爸笑的含義，爸爸肯定認定自己和村子中那個上了濱工大的學生暗中較勁，所以偷著改了志願，但爸爸不明說姬遠峰也不吭聲。姬遠峰也瞬間就明白了爸爸高興的原因了，同村那個上濱工大的男生回家碰到過爸爸，說濱工大是一所十分好的大學，爸爸記住了這所大學，爸爸高興是因為他覺得他的兒子和那個男生一樣優秀。深層次的原因則是兩個家族間的世代矛盾，在姬遠峰家的小村子裡家族間的矛盾可謂根深蒂固，作為家中的男孩子，爸爸很早就給姬遠峰和哥哥講自己家族與村子中其他家族的矛盾，甚至好幾代人之間的仇恨。講四清社教運動，講三反五反運動，講文化大革命中一個家族如何藉助政治運動鬥爭另外一個家族，講一個家族藉助興辦農業合作社搶奪另外一個家族的土地牲口財產等等。那不是普通的打架鬥毆，那是抄家抄產，甚至是殺人的血仇。爸爸是公社的武裝幹事，那個家族的一個孩子出去當兵需要在公社辦理手續經過爸爸之手，爸爸沒有從中作梗。那個孩子上濱工大的家族表面上和姬遠峰家和睦，實際上兩三代人積累的矛盾甚至仇恨一直都隱藏著，時不時在諸如土地分配、宅基地審批、墓地選擇等大事情上暗中搞鬼，所以爸爸寧願多花幾千塊錢的學費，路更遠也很高興。

但姬遠峰心中那個疙瘩一直沒有解開，調劑的大學怎麼會比自己報考的北京廣播學院和蘭州鐵道學院還好呢？怎麼會和西安交通大學這麼著名的大學旗鼓相當呢？是不是自己記錯了同村那個學生說的學校的名字，別弄錯了，爸爸知道了會失望，村民知道了會笑話自己吹牛的。晚上姬遠峰已經睡下了，他又想起了這個問題，他開了燈，跳下炕，從自

己的木頭箱子裡又拿出來自己的錄取通知書，也找出來當初報考志願的材料，仔細地看了又看。他發現哈爾濱有三所大學，哈爾濱工程大學、哈爾濱工業大學、哈爾濱理工大學這三所大學的名字裡面都有「濱、工、大」三個字，他還是分不清同村那個男生所說的很好的濱工大具體是這三所大學的哪個大學，但姬遠峰記清楚了自己大學的全名，免得到了哈爾濱去錯了學校。過了幾天姬遠峰晚上睡下後又想起了這個問題，他又爬起來重複了一次這次的舉動，但還是不能確認自己的大學是不是同村那個男生說的很好的濱工大。姬遠峰也想問問那個大自己好幾歲上濱工大的學生，但那個學生已經畢業工作了，暑假也沒有回家。問問那個學生的家長吧，農民家長對大學了解不多，自己說出三個名字相差無幾的哈爾濱的大學，估計那家長自己首先就懵了，連他兒子具體上的那個大學也說不清了。再者，如果自己上的真的是很好的那所濱工大，好像跟面和心不和的這家人炫耀似的，如果自己真的記錯了校名，最終確認自己上的濱工大不是這家人孩子上的很好的那所大學，那多丟人，還是不問算了，去了學校自然就知道了。

九

「小峰，你考上大學了，錄取通知書也到了，這個暑假過去大半了，你有什麼打算？」爸爸問道。

「我打算和我哥哥在開學前抓緊時間把農活幹完，開學了就只剩下我媽媽一個人在家了，沒人幹農活。」姬遠峰回答道。

「這還用說嗎！你兄弟兩不幹誰幹，你媽媽平時已經夠忙的了，有些農活也不是你媽媽該幹的。」

「哦。」姬遠峰回應道。

爸爸笑了一下，「你兄弟兩也是幹最後一個暑假的農活了，今年冬天回家就沒有農活可幹了，以後想幹也沒的幹了。」爸爸說道。

「為什麼？」姬遠峰疑惑地問道。

「你上大學一走，連給牲口鍘草的人都沒了，請人鍘草不但要花錢而且還要求人，我已經打算好了，今年秋季小麥種上後就把家裡的牲口全賣了，沒有牲口了也就沒有農活了。」

「那明年呢，沒有牲口明年怎麼耕地怎麼種小麥呢？」姬遠峰問道。

「我已經打算好了，等明年小麥一收割就把土地承包給同村的村民，咱們家以後就不種地了，你上學走了，你二姐今年已經畢業了，你哥哥明年也就畢業工作了，家裡喫飯的就剩你媽媽和我兩個人了。而且你上大學一走，家裡也沒有勞力了，連牛都不養了當然也就不種地了，明年收割的小麥和前幾年攢下的小麥夠你媽媽和我喫好幾年了，等沒有小麥喫的時間你也就大學畢業了，我和你媽媽說不定也到城裡買套房養老去了。」爸爸說道。

「哦。」

「你和你哥哥這幾天抓緊時間把農活幹幹，過幾天你去老家你四叔家一趟——姬遠峰家族聚居的小村子離姬遠峰現在的家有二十公里山路——給你爺爺奶奶上次墳，你能考上大學也是你爺爺奶奶保佑的結果，順便也給你老家的幾個叔叔每人送一份禮。」聽了這句話，姬遠峰明白爸爸開始問他有什麼打算的話是什麼意思了，其實爸爸就是想知道姬遠峰有沒有自己想到去給爺爺奶奶上墳，爸爸對上墳的事看得很重，每個重要的祭日從來都不會落下。媽媽一直在旁邊聽著爸爸說話，姬遠峰真擔心媽媽又和爸爸吵起來，媽媽經常和爸爸為給姬遠峰的幾個叔叔送禮吵架，但這次媽媽竟然一聲不吭，沒有和爸爸吵架，這讓姬遠峰有點吃驚。

「哦，我好幾年前去過一次老家，可能忘了路了。」姬遠峰說道。

「都十八歲這麼大小伙子了，還怕走丟了不成，鼻子下面不是有張嘴嗎，不會問嗎！」爸爸笑著說道。「不就四十里山路嗎，摸也摸著找過去了，你就是一直上學，自己一個人出門的次數太少了，自己去就行！」

「哦，好的。」

「去老家的路上有幾面坡路又陡又長，你來回下坡的時間不要騎自行車，推著走就行，騎著車子小心車剎拉斷了掉到懸崖下面去。」

「哦，好的。」

幹了幾天農活後，姬遠峰帶著禮品騎著自行車去老家，他走到了一個岔路口，想了半天沿著一條道騎著前行，走著走著姬遠峰覺得自己走錯了路，因為姬遠峰走進了一個回民聚居的村子，他印象中去老家不經過這個村子的。他停了下來，回民家門前拴著鐵鏈子的大狗瘋狂地向他撲咬著，姬遠峰有點擔心鐵鏈被掙斷，他調轉車頭，不緊不慢地推著自行車往回走，他知道這時間不能騎車快跑，那樣的話狗以為人怕它，會更瘋狂地撲咬人，有可能真的掙斷鐵鏈。姬遠峰推著自行車走了一段路離那隻大狗已經遠了，他騎上自行車返回到那個岔路口，找到了去老家的路。

上墳和給幾個叔叔送禮的事情已經辦完了，四叔的幾個孩子都比姬遠峰大不少，要麼工作了要麼出去打工了，姬遠峰一個人有點百無聊賴，他想找個人聊聊天。想來想去他決定去大堂哥家找一個姪女去，姪女叫小萍，大堂哥只比姬遠峰的爸爸小兩三歲，大堂哥的兩個兒子也比姬遠峰大不少，他兩也都當兵或者打工去了，只有最小的一個女兒在家裡，聽媽媽說這個姪女和自己同歲，姬遠峰覺得同齡人有話可以說。姬遠峰見到了這個和自己同歲的姪女，姬遠峰以前一直上學，他去老家的次數並不多，和這個姪女見面也是好幾年前的事了，幾年過去了，這個姪女已經是一個端莊的大姑娘，皮膚尤其好，白裡透紅，大大的眼睛那麼清澈明亮，不像農村的姑娘長期風吹日曬皮膚不好。大堂哥不在家，只有姪女和嫂子在，姬遠峰問候了嫂子，嫂子對自己的女兒說話了，「小萍，還不快給妳答答²泡茶！」

「答答，喝茶吧！」姪女泡了一杯茶水遞給姬遠峰說道。

聽了這句話，看著面前這個端莊秀麗的大姑娘，姬遠峰意識到了自

---

² 方言叔叔的意思。

己是她的長輩，而且好幾年沒有見面了，姪女已經長大了。

「妳兩個哥哥今年夏天農忙回來幫家裡幹活了嗎？」姬遠峰問自己的姪女。

「都沒有，答答，聽說你考上大學了，這次回來上墳來了是嗎？」姪女問道。

「是的，我這次回來主要就是為了上墳，妳上高中了嗎？」姬遠峰回答並問道。

「沒有，她不喜歡上學。」嫂子替姪女回答道。

「妳在家裡忙什麼呢？」姬遠峰問姪女。

姪女抿著嘴笑，不說話，「她收拾嫁妝呢，等著出嫁呢，秋季農忙結束了就要結婚了！」嫂子又替姪女回答了。

姬遠峰一愣，姪女不是和自己同歲嗎？還沒有到法定結婚年齡呢啊！「小萍，妳不是只有十八歲嗎？還沒有到年齡啊！」姬遠峰說道。

「農村姑娘那能等到二十歲呢，先結了婚再說，等到年齡了再去把結婚證領了就行了。」嫂子說道。

「哦，小萍，妳想這麼早結婚嗎？」姬遠峰問道。

姑娘只是抿著嘴笑，不說話。

「妳對象是妳同學嗎？妳兩談對象時間長嗎？妳對象現在幹什麼呢？」姬遠峰繼續問道。

「我兩是同學，我對象現在在城裡打工呢！」姪女回答道，同時一抹幸福的飛霞浮上了白裡透紅的臉蛋，看得出來她很憧憬自己的婚姻。

姬遠峰卻突然有了一絲莫名的感觸，自己和姪女都是十八歲，自己剛考上了大學，對外面的世界充滿了憧憬，而這個和自己同歲的姪女卻要步入婚姻了。或許明年春節自己回老家看望幾個叔叔的時間她也會回娘家，下次見面的時間這個和自己同歲的姑娘懷裡可能已經抱著自己三四個月大的孩子了。也很有可能婚後不久他的丈夫就會出去打工，她的孩子由她的婆婆照看，她忙完農田的活後回家還要忙孩子，而夜晚降臨了，她會帶著孩子獨守空房。再過三四年也就是自己大學畢業時她會背

著自己兩三歲的孩子，手裡提著破舊的行李跟著丈夫一起去打工，這就是當下農村大多數姑娘的現狀，也是這個和自己同歲的姪女的命運。而她可能還沒有意識到自己的後半生會是什麼樣子，現在對婚姻充滿了憧憬，幸福充盈著她白里透紅的臉蛋，而很快，這張漂亮的臉會變得滄桑和飽經風霜，這雙漂亮的眼睛也不再清澈和明亮，代之以農村婦女常見的呆滯和無神，一絲悲涼湧上了姬遠峰的心頭。

姬遠峰知道自己和這個同齡的姪女並沒有多少共同話題，而且姪女已經是大姑娘了，自己也成人了，還是她的長輩，不會再像以前那樣說說笑笑了，姬遠峰又坐了一會，和嫂子說會話回到了四叔家。

十

姬遠峰家族聚居的小村子還沒有通電，姬遠峰也沒有帶書，他沒有任何事情可幹。晚上，姬遠峰躺在四叔家窯洞的土炕上，回想著自己的家庭和自己這十八年來的經歷。

自己是家中四個孩子中最小的孩子，兩個姐姐大，下來是哥哥，從家中孩子的順序就知道了哥哥是家中最受寵愛的，哥哥是農村家庭兩個女孩後盼星星盼月亮纏盼來的第一男孩，所以自己雖然是家中最小的男孩，但爸爸媽媽並不溺愛，而且感覺媽媽更偏愛哥哥。聽媽媽講哥哥生下來的時間奶水不夠，爸爸特意買了一隻奶羊，每天擠羊奶給哥哥喝，自己就沒有特供羊奶。即使自己已經出生了，但家中的好東西還是哥哥喫得多，哥哥小時候雞蛋喫多了不喜歡喫雞蛋，逢年過節或者哪個孩子過生日時媽媽給每個孩子煮的雞蛋哥哥不喫，自己就用一毛壓歲錢買哥哥的那個雞蛋喫。

又一次哥哥又把兩個人的好喫的全喫了，自己很生氣，媽媽反而罵自己，自己很傷心委屈地躲到了堆牛草料的草房子裡，偷偷地哭。天黑了仍然沒有出來，聽到媽媽在喊自己的小名，也用手電筒四處照射，但自己就是不出來，一直到後半夜，外邊的風聲太大了，自己害怕了纔出

來。媽媽拿著鞭子問姬遠峰為什麼在草棚裡她在外邊喊他的小名也不出來，自己撒謊說睡著了沒聽見纔免了一頓打，而媽媽則沒有追究哥哥偷喫東西的任何不是。

自己和哥哥睡在一個屋子的炕上，但性格迥異，哥哥不愛學習，貪玩，有點小狡猾，喜好社交，而自己則除了愛學習外，脾氣則非常倔強，媽媽因此經常說龍生九子，性各不同，自己和哥哥就完全不一樣。哥哥在家裡經常欺負自己，在外邊卻處處護著自己。小時候自己和哥哥挨打不少，主要是媽媽打，媽媽生氣了不罵人，直接找束西動手打，一般用掃把或者手邊擁起的任何東西打。而很生氣的時間則是去找趕牛的鞭子打，那種鞭子是用很細的牛皮擰在一起的，打在腿上就是一條血印，十分疼。每次看到媽媽找牛皮鞭子的時間哥哥就一溜煙跑出人門躲起來，然後探頭探腦看媽媽把鞭子放到一邊了悄悄溜進門。而自己則是立在那兒不動，任憑打，看妳能把我打成什麼樣。但那鞭子打人實在太疼了，媽媽下手也很重，十數條血印久久不消，褲子蹭到血印疼的無法走路，後來自己看到媽媽拿掃把就不跑，拿鞭子也跑掉，而哥哥則是看到媽媽拿任何東西都跑開。

門前的頡河夏季自己和哥哥經常偷偷去玩水，而這是爸爸媽媽嚴厲禁止的，因為上游經常會下雷陣雨而暴發山洪，但山洪不是一下子就沖下來的，而是有個頭，水量不大沖著河道的垃圾下來，然後會越來越大。有一次自己和哥哥又去偷著玩水了，看到山洪頭下來了就趕緊跑回家，濕漉漉的頭髮隱瞞不住，媽媽十分生氣，罰自己和哥哥在太陽下跪著。哥哥等媽媽轉身進屋子了就磨磨蹭蹭的跪到大門洞下面蔭涼裡去了，後來乾脆跑開了，而自己則賭氣一直跪在太陽底下，後來自己有點中暑了，媽媽把自己拎到屋子裡面的炕上躺著去。

上初中的時間時興打桌球，自己村子裡一戶人家也開設了桌球室，哥哥非常迷戀這個玩意，在學校裡經常翻牆跑出去玩，曾經讓爸爸碰到過，回家挨罵一頓。晚上自己和哥哥寫作業的時間他又一次溜出去玩，自己寫完作業就睡覺了，媽媽半夜醒來看自己屋的燈還亮著，過來一

看自己已經睡著了，而哥哥不在，就知道是去打桌球了。媽媽去到那個場子哥哥果然在專心致志地打球，連媽媽進去了都不知道，媽媽沒有東西打他就隔著桌子用自己的鞋子扔著打，哥哥撒腿就跑了，一夜沒有回家，他跑過河到學校裡和住校生住了一晚上。哥哥也曾經去賣杏子時去打桌球半夜不回家，爸爸媽媽也沒有什麼嚴屬的懲罰，不知道自己做這些事爸爸媽媽會怎麼懲罰，因為自己從來沒有做過這些事。

爸爸看哥哥實在太愛玩了，怕學壞，就在自家的院子裡用水泥板撐了一個乒乓球臺子，自己和哥哥經常打球。但農活太多，自己和哥哥經常偷偷打完球後將整個院子用掃把掃一遍，免得就球臺週圍全是腳印，媽媽幹完農活回來看到又要挨罵挨打。哥哥後來上了鐵路技校，是他們學校乒乓球校隊的成員，哥哥吹噓他如何屬害，但實際情況自己不知道，但他現在的水平的確比自己高許多，自己很難贏他了。

爸爸愛下象棋，哥哥也愛下象棋，剛開始自己和哥哥水準差不多，自己上高中後學習很緊張，玩的很少，哥哥在技校買本棋譜整天研究，回家後經常拉著自己玩，但經常欺負自己。有次放假回家在屋簷下一起下棋，爸爸在屋子裡休息，自己苦思冥想半天走一步他立馬就走一步喫掉自己的棋子，而且用憋著的壞笑嘲笑自己，整盤棋都是這樣的節奏。當哥哥將姬遠峰的主將喫掉後就更得意忘形的嘲笑了，自己則氣的眼淚都要出來了，就把棋盤掀了，還用腳將棋子踢得滿院子都是。爸爸聽到動靜出來了，哥哥還一副一本正經的樣子，爸爸嫌自己輸不起狠狠的罵了自己一頓。哼，自己要是有大把的空閒時間研究棋譜，哥哥怎麼會是自己的對手，他學習可比自己差多了。後來自己再也不願意下象棋了，放假回家了哥哥陪著爸爸下象棋，自己一個人去挑水幹農活也不下象棋了。

爸爸雖然是公社幹部，但自己小時候家裡還是很窮，聽媽媽講爸爸小時候在學校讀書，初二輟學一年後去新疆當了兵，爸爸真正當農民的時間只有一年時間，所以爸爸的農活幹的並不好。而且爸爸平常還要

上班，照料莊稼的時間比較少，自己家糧食收成不如其他農民。而家中有四個孩子，所以白麵還不夠喫，必須摻著喫玉米麵，玉米麵粗糙不好喫，大姐將饅頭蒸熟後都會將為數不多的白麵饅頭分給每個人。自己喫完自己的白麵饅頭或者將自己的白麵饅頭藏起來等餓了再喫的時間眼睛就直勾勾地看著爸爸手中的白麵饅頭，爸爸會把他的白麵饅頭給自己喫，大姐經常偷偷地瞪自己，但自己假裝看不見。

自己很小的時間住窯洞，哥哥姐姐都去上學了，爸爸也上班了，媽媽大麥地幹農活了，家裡就只有自己一個人了，只記得下雨了，自己住窯洞裡窗戶邊的土炕上隔著很小的玻璃窗戶往院子裡看，雨滴將院子裡的積水打起一個一個水泡，一些水泡破了，然後又有一些，此外對窯洞的記憶很少了。後來自己家蓋了瓦房，就不住窯洞了，窯洞主要用來圈養牲口，堆放農具等雜物了。

自己上了初中後就感覺家中經濟好多了，再也不用喫玉米麵饅頭了。後來大姐出嫁了，二姐哥哥相繼考上了中專技校。自己初二的時間門前修建了寶雞到中衛的鐵路線，爸爸就是負責協調路地關係的鄉政府幹部，所以爸爸對鐵路部門比較了解，讓哥哥報考了鐵路技校，也是讓自己報考蘭州鐵道學院的原因。也因為門前修建的這條鐵路線，佔用了村子裡的耕地，村子裡就用鐵路部門給的耕地佔壓補償款通了電，爸爸也買了錄音機電視機，媽媽經常用錄音機聽秦腔，而爸爸則看電視。

自己從小就跟著哥哥去放牛放羊，等自己稍微大點了就獨自去山上放牧牛羊，各種牲口的性格迥異，猶如人一般，有的欺負小的，有的狡猾，有的則老實一些。家中一隻公山羊就經常欺負自己，有一次自己沒有拿鞭子，哥哥離開遠一點的時間它就過來頂自己，自己繞著樹跑它撞著自己圍著樹繞圈，哥哥看到了跑過來踢了幾腳它纔走開。所以自己手中的鞭子一刻也不能離手，如果拿著鞭子，那只公山羊會看看自己，然後轉頭喫草去。

家中曾養過一頭驢，十分狡猾，自己還小的時間爬不到驢背上，撐

著它到一個土坎前，它會很聽話的站在土坎邊上，當自己爬上土坎準備爬上驢背的時它會掙開韁繩一溜煙跑開，用鞭子抽它還會尥蹶子，所以那頭驢哥哥騎得多，自己只有在哥哥的協助下纔能騎一會兒。

　　家中有一頭性格溫順的「堅」[3]牛，就是被閹割了的公牛，體格高大，那是從農業社分給自己家的。自己村子裡只有一兩頭體格十分強壯的公牛不會被閹割，留著專門用來配種。公牛性格暴躁，經常會頂人，需要在兩個鼻孔中間打個孔橫穿一根木棍，這樣摔著纔馴服，而且只有家中有年輕力壯的男人纔養公牛，一般家庭並不飼養公牛。而其他的公牛一般都會被閹割，性格會溫順的多，鼻孔也不用打洞了，自己家的那頭被閹割的公牛也如此，從不頂人。被摘掉了睪丸的皮囊很小，一層絨毛十分柔軟，自己小時候喜歡摸那個皮囊。但摸的時間需要站在側邊，不能站在後面，這樣摸的時間它用蹄子踢就踢不到人，只要提防別被牛尾巴甩到臉上就行。自己對那頭「堅」牛感情很深，用刷子把牛身上刷的乾乾淨淨，夏天經常給它打牛蚊子，而那頭「堅」牛會用頭和脖子蹭自己的腿，好像表示感謝一樣。那頭「堅」牛自己家一直養了很多年，直到老的不能幹農活時被爸爸賣掉，這樣的老牛都會被當地的回族買去殺掉喫了牛肉。有天放學回家看到那頭「堅」牛不在了，問爸爸纔知道已經被賣了，自己知道它已經被回民宰殺掉了，還傷心了好一陣子。

　　自己小的時間家中有只白色的大土狗，有大塊的黑色斑點，體格高大，但從來不拴，也不胡亂咬人。這只狗靈性十足，自己上小學和初中的時間它經常陪著自己去上學，上小學時走到鄰村的邊上它就不再向前走了，上初中的時間走到小河邊就不再送自己和哥哥了。它從來不喫外人給的任何東西和死亡的東西，上初中開始農村中有人開始用耗子藥藥老鼠，貓狗喫了被藥死的老鼠經常就被藥死了，自己家前後有兩隻貓就是這樣死的，喫到藥死老鼠的貓十分痛苦和可憐，躺在草堆裡踡縮哀鳴了一晝夜不止，媽媽用一種農村自釀的當做醋的飲料漿水給貓灌腸，但

---

[3]　當地發音。

都沒有救過來。以前狗散養著的多，現在村民將狗大多拴起來了，但自己家這只狗從不喫外面死亡的東西，所以到死也沒有拴過。這只狗的另外一個令人驚奇之處就是自己爸爸和媽媽老家來的親戚，即使好多年沒有來過的它也不咬，很親熱的搖尾巴，而鄰居天天見面反而堵住門咬的很凶，多神奇的一條狗。因為爸爸喜愛整潔，那只狗在人喫飯的時間就遠遠的趴著看，或者轉身不看，從不會出現人喫飯狗在人腿邊轉悠的景象。這隻狗一直老的壽終正寢了，牙齒已經掉光了，流著口水趴在大門口，媽媽熬麵糊給它，它舔幾口。死掉後狗皮被剝了下來，很人的一張狗皮，準備做成一條狗皮褥子，但沒有做，一直掛在屋簷下。狗的其他屍體被埋了，不像通常那樣被喫掉，或者像那頭「堅」牛一樣勞作了一輩子還是被爸爸賣給回民被宰掉喫了牛肉。人真是很殘忍的動物，給自己勞作服務了一輩子的牲口最終還是會被宰殺掉，連肉都會被喫掉。

　　黃土高原的荒山上樹木很少，牛羊就在荒山上喫草，只要不離開視線就行，自己實在沒有什麼可玩了就躺在地上看天上的白雲，把一塊塊白雲想象成各種動物的形狀。或者用隨身帶的小刀把土塊雕刻成一個土爐子，揀點幹透了牛羊糞燒著用來暖手玩，也去偷點玉米土豆燒熟了喫著玩。西北的太陽落山很晚，經常到九點了太陽纔落山，在光禿禿的荒山上放牧牛羊，感覺時間好漫長，站在山上看著河道南邊三一二國道上來來往往的汽車，不知道這些汽車去了哪裡。放牧時夏季遇到大的雷陣雨會將人澆的濕透，而且山溝裡也會暴發山洪，十分危險，山洪將人畜沖走致死的消息時有所聞。秋季則陰雨連綿，濕滑泥濘的山路會讓人畜經常摔倒，自己需要拽著牛尾巴淌著泥水往回走。姬遠峰沒有在草原上放牧的經歷，但他知道電視上演的陝北那種唱著信天游自由自在詩情畫意的放牧情景完全是騙人的，怎麼不在暴雨天陰雨天去拍放牧生活呢？即使晴天也只有空寂無聊而不是自由自在的詩情畫意。城裡人怎麼沒有一個人來放牧牲口呢？自己一點也不喜歡放牧牛羊，只想沿著那條公路去城裡看看去，直到上了高中，自己纔不放牧牛羊了。

　　每到夏天放學後必做的事情就是給牛割青草，背回家後用鍘刀鍘成

細草喂牛。這是農村中很平常的一件事，大多數男孩子都會做的事情，但一次普通的割草差點廢掉了自己的左手。那次自己背著草捆爬草地前的荒草坡，腳下一滑摔倒了，自己本能地用手去抓地上的草束，恰好一把抓住了摔在地上的鐮刀刀刃，由於太用力，整個手掌橫貫著切了一道深深的口子，血流如注，自己蜷縮著手掌讓血儘量少流，但血還是從蜷縮著的手指縫中流出，將整個手背糊住了，並且不停地向地上滴答。家裡有消炎藥之類的，以前手破了都是自己上點藥裹上棉花用碎布包扎起來就行了。這次自己知道比較厲害，只好扔下草捆，趕快去了鄰村的一個小衛生室讓大夫給自己包扎好。記得大夫還給自己打了一針，說怕得破傷風，這是自己第一次聽說這個詞。那時間自己衣服兜裡還沒有錢，記得是第二天放學後爸爸讓自己把錢送到了衛生室去，至今自己的左手還能看到那次橫貫整個手掌的傷痕。

十一

自己記事以來，家中最大的變故也是自己記憶最深刻的事無疑就是爸爸受傷殘疾了，那時間自己纔八歲，上小學二年級。一天放學回家後覺得家中氣氛凝重，誰也不說話，爸爸躺在院子裡的一扇門板上，動彈不得，但神志清醒。聽媽媽說爸爸去拉木材時從裝滿木材的拖拉機上摔了下來，腿啊胳膊啊等部位都沒有骨折擦傷，但當時就不能動彈了，學過一點醫的爸爸感覺不妙，讓同去的人在週圍的村子裡找了小男孩的童子尿用瓦缸燒熱喝了下去，把爸爸綁在木材上用拖拉機拉了回來。家中的行李等東西稍微收拾收拾後第二天一大早爸爸就被拖拉機送到城裡醫院去了，媽媽也陪著去了，四個孩子則留在了家中。大姐小學畢業就不上學了，她和二姐在家裡做飯照顧兩個弟弟，其實兩個姐姐很小就開始做飯了，所以媽媽進城陪爸爸去了家庭生活還是一如既往。

兩個星期後媽媽專門從城裡回來把自己和哥哥帶到醫院去見爸爸，聽媽媽說爸爸想兩個兒子了。進入病房，那是一個單間，屋子很乾淨，

一切都是白色的，白色的墙壁、白色的床單、白色的被子，連躺在病床上的爸爸穿的衣服都是淡淡的藍白色，一切都顯得那麼乾淨而祥和，不像自己家裡墙壁地面都是土色。爸爸脖子上用厚厚的白色橡膠圈固定，整個身體不能動彈，腦袋頂上有兩個洞，兩根鋼絲繩從每個洞中穿出，在床頭下面吊著兩個圓片狀秤砣一樣的東西。爸爸看到自己和哥哥笑了笑，自己只覺得一切安靜而祥和，哥哥則哭了，媽媽趕緊把自己和哥哥帶出了病房。

住院一段時間去掉那些摔引物後爸爸下地了，爸爸像個嬰兒一樣扶著墙壁，媽媽搬著爸爸的兩條腿一步一步地向前挪動，學習邁開步子，爸爸在人到中年時再一次學會了走路。住院四十二天後爸爸出院回家了，但那個白色橡膠圈則帶了很長一段時間，爸爸也挂了多半年時間的雙拐，以致於腋下都磨破了，需要給拐杖上端墊著厚厚的棉絮。後來聽媽媽講，爸爸當時從拖拉機摔下來時頸椎著地了，幾個頸椎骨錯位了，錯位的頸椎壓迫整個中樞神經，爸爸當時就整個無法動彈了，在醫院裡他看到的爸爸腦袋頂上的那兩個孔就是專門用鋼絲繩摔引頸椎復位的。

不知道是當時手術不徹底還是後來恢復過程中出了差錯，爸爸去掉白色橡膠圈和拐杖後發現左面的半個身體有些不靈活，剛開始爸爸還能騎自行車上班，慢慢地左邊身體靈活性越來越差了，自行車也不能騎了，左手也不能握東西了，生氣著急的時間爸爸的左手就會抖動不停，自此以後爸爸不能做家中重體力農活了，意即爸爸喪失了勞動能力。

以上只是自己的記憶，後來聽爸爸說，他能死而復生的過程則複雜的多，當他被送到城裡的時間先送到了解放軍陸軍第六醫院，這是一家軍隊醫院，也是當地最好的醫院。醫院判斷人已經非常嚴重了，不予接收，建議送往西安或蘭州。但送往西安蘭州的大醫院家裡沒有這樣的條件，而且爸爸也知道長途顛簸那情形會更嚴重，意識還清醒的爸爸如何也不同意去西安或者蘭州，向這家軍隊醫院如何懇求也沒有接收。送到地區人民醫院，地區人民醫院也不接收，後來通過一個在地區醫院工作的熟人介紹纔收治，但講好了只是暫時接收，人如果在醫院去世醫院不

承擔責任，爸爸媽媽當然求之不得。住下後外科醫術最好的一名柳姓醫生主刀了手術，這是當地第一例頸椎撑引手術，幸運的是手術成功了。爸爸很感激那位醫生，雖然他的半個身體不是很靈活，但還多次去看望過這個醫生，自己高中上學期間爸爸也曾讓自己去看望過這個醫生。

而在爸爸受傷住院期間自己家又和村長家發生了糾紛，自己家門前是一條農業灌溉水渠，水渠邊的水澆地則是村長家的，按照村子的規定誰家門前那段水渠的清淤由誰家負責，而水渠邊則由其家栽樹。由於緊挨著水渠，樹苗不用澆水很快就能長大賣錢，爸爸受傷住院前那段水渠邊自己家已經栽上了樹苗，當爸爸住院期間村長的媳婦過來將姬遠峰家的樹苗全部拔掉，栽上了他家的樹苗。幹這種糾紛的一般都是男的，因為村長怕自己被撤職，所以讓他媳婦過來拔掉樹苗，村長則在一邊抽煙看著。爸爸從醫院回來後拄著拐杖去水渠邊看了看，媽媽領著自己和哥哥又去拔掉了村長家的樹苗，補栽上了自家的樹苗，但堅持要求村長家賠償自己家以前被拔掉的樹苗。這事一直鬧到大隊和鄉政府，村長家堅持那段地界是他家的水澆地，他家堅持要栽樹但水渠的清淤屬於姬遠峰家，並且不賠償姬遠峰家被拔掉的樹苗，因為他家的樹苗也被姬遠峰家拔掉了，但爸爸活著從醫院回來了，將來還是鄉政府幹部，村長沒有再敢拔掉姬遠峰家的樹苗。這件事情一直沒有解決，自己家則連續幾年拒繳「公糧提留」——就是給政府應繳納公糧之外的一部分糧食，這份糧食是作為村幹部工資的，直到計算著這部分糧食的價格抵消了自己家被拔掉的樹苗價格為止。

自從自己家和村長家發生糾紛以後，自己和哥哥就與村長家的孩子互相看著不順眼，村長家有兩個男孩，大的和哥哥同歲，但和自己一個班，小的比自己小兩歲。自己找茬打過他的弟弟一次，過了幾天他哥哥又揍了自己一頓。自己和哥哥都覺得是因為爸爸受傷了村長纔敢欺負自己家，所以在自家後院果樹上綁了沙袋練拳頭腳勁，將石頭打磨出把手當做石鎖練臂力，哥哥腰間也經常繫著爸爸那條寬大的有著金屬扣的武裝帶，準備隨時和村長家的兩個孩子打架。自己也曾想把爸爸用來宰羊

的刀子偷出來帶在身上，姬遠峰偷出來過了幾天後又悄悄放回到了原地方，因為爸爸發現自己偷東西肯定不會饒恕的。

爸爸受傷了不能幹重體力農活了，當年小麥是四叔和幾個年齡大的堂哥從老家來幫忙收割耕種的。第二年小麥成熟了，自己開始跟著媽媽哥哥姐姐去割麥子了，以前都是哥哥姐姐跟著爸爸媽媽一起去割麥子，自己只是去送開水和乾糧，現在自己也要去割小麥了。那是農曆六月份天氣最熱的時間，麥茬把沒有穿襪子的腳背拉出一道一道的血印。頭頂太陽火辣，汗水和著嗆人的麥芒塵土從額頭順著脖子往下流，流入眼睛則刺痛難忍，還要小心別被鐮刀割到自己。自己還小不會捆扎，割倒麥子後就一堆一堆堆放在麥田裡由媽媽或者哥哥姐姐捆扎。晚上回家後摸黑給牛鍘青草飲水，睡覺已經很晚了。割麥子的那段時間每天睡覺前都要在自家的後院中洗澡，家中有個很大的鋁盆，白天灌滿水在太陽下曬著，晚上就用小盆子舀這個水澆著洗澡，否則麥芒和著汗水塵土讓人奇癢難眠。

小麥收割完後必須盡早犁地兩遍為秋季播種做準備，爸爸已經不能幹了，家中只有自己和哥哥是男孩，哥哥十二歲，自己九歲。自己在前面捧著牛，哥哥在後面扶著犁。哥哥還太小不大會犁地，一會深一會淺，一會又偏了。而兩頭牛則分外不聽話，不順著犁溝走，哥哥氣的邊哭邊用鞭子使勁打牛，牛打疼了往前衝又頂自己，或踩著自己，哥哥也罵自己牛捧得不好，自己則委屈得哭。中間休息喫早晨帶來的饅頭、喝舊軍用水壺帶來的熱水時自己背對著身不和哥哥說話。大半晌了耕地還沒有犁多少，而同村的人犁完當天的耕地已經回家去了，自己和哥哥很晚纔能犁完當天的耕地。

爸爸十分喜愛乾淨整潔，爸爸殘疾之後重的農活幹不了，但每天都會掃院子，院子一直乾乾淨淨的。自己家的雞豬牛都在很寬大的後院中圈養著，偶爾有雞跑到前院來爸爸會用掃把扔著打趕到後院去，在自己家的院子裡永遠看不到普通農家院子中常見的雞屎牛糞之類的，即使夏天在院子裡石桌子上喫飯也不會見到其他農家那種雞和狗在人腿邊轉悠

的景象。自己每天起床要把被子疊的整整齊齊，屋子裡永遠也是乾淨整潔的，爸爸很少進自己的屋子，但只要看到髒亂肯定會被大罵一頓，爸爸喜愛乾淨整潔很可能是當兵時養成的習慣。

十年前爸爸在醫院病床上的微笑經常在姬遠峰的腦海中浮現，爸爸受傷已經十年了，自己也從八歲的一個小男孩長成一個十八歲的大小伙子了。爸爸從鬼門關轉一圈回來尚且在微笑，十年了自己從來沒有聽到爸爸一句抱怨聲，一句怨天尤人的話。自己作為一個男子漢，有何理由不樂觀一點，堅強一點，強硬一點面對將來生活中遇到的任何困難呢？這個世界上難道還有比死亡更讓人難以克服的困難嗎？自己好多年都沒有哭過了，上一次為什麼哭是什麼時間哭的都忘記了，以後自己的眼淚也絕不要輕易落下，自己的眼淚也絕不要讓人輕易看到。

無論走到那裡，無論在什麼時刻，那個軍工廠女生時刻縈繞在姬遠峰的腦海中不去，不知道那個軍工廠女生全砡現在在家忙什麼呢。她是軍工廠女生，暑假又沒有農活要幹，她會不會閒著沒事去校園轉轉，她是否看到了光榮榜上自己的名字。雖然自己還不敢確認，但聽別人包括黎春蒓說濱工大還是一所很好的大學，自己還是一個比較優秀的男生，自己上臺領獎的時間她也在臺下，她應該已經認識自己了，只是自己的名字在光榮榜上太靠後了，她會不會誤解自己上的濱工大是一所不好的大學。九月份開學的時間自己就要去遙遠的哈爾濱上大學去了，自己至少一個學期不會見到這個女生了。秋季開學的時間她會文理分科，不知道她會學文科還是理科，她明年七月份也會參加高考，不知道她學習好不好，她會考上什麼大學。自己只知道她的名字，連具體是哪個軍工廠都不知道，即使放假了自己也不知道該去什麼地方找她。那個留個中分髮型、還抽煙的男生真的是她的男朋友嗎？

十二

　　再有一個禮拜就要去大學報到了，姬遠峰興奮不已，他也看到了自己的新裝備，一隻棕紅色的皮箱，姬遠峰感覺漂亮極了，他第一次有了和軍工廠子弟一樣的皮箱了，他再也不用帶著木頭箱子去上學了。還有嶄新的夾克衫、皮鞋、新式的不鏽鋼飯盒。但書包還是媽媽用碎布頭做的，姬遠峰決定了到校後自己去買一個書包，他不會把這個碎布頭拼接成的書包拿出來了。

　　馬上要出發了，卻沒有人送姬遠峰去學校，也沒有同伴同行怎麼辦？爸爸身體不好送不了，出過遠門上中專的二姐雖然畢業了，但今年剛參加工作，爸爸不讓請假，怕給單位留下不好的印象，再者二姐也是女的，送完姬遠峰後也是一個人返家爸爸也不放心。哥哥的技校比姬遠峰開學還要早，怎麼辦？最終決定哥哥向學校請假晚幾天返校，可可送姬遠峰到西安後再返校。在軍分區工作的堂哥聯繫到了鄰縣涇川縣一個考上濱工大的學生，他和姬遠峰結伴同行。堂哥也聯繫到了一輛順風車，姬遠峰和哥哥搭乘這輛順風車到涇川縣的武裝部和那個學生會合。第二天早晨就要出發了，喫過晚飯後，爸爸媽媽，哥哥和姬遠峰坐在一起，姬遠峰和哥哥聽爸爸叮囑上學的注意事項。

　　「小峰，這次去學校比較遠，你哥哥只能把你送到西安，從西安出發就沒人送你了，你和涇川縣那個學生路上多長個心眼，注意安全。」爸爸對姬遠峰說道。

　　「好的，我知道了，爸爸。」姬遠峰回應道。

　　「到學校了給我單位打個電話，說一聲你到學校了，好讓你媽媽放心。」

　　「哦，好的。」

　　「到學校了和同學要搞好關係，尤其是一個宿舍的同學要搞好關係，雖然你住校三年了，但都是當地農村學生，生活習慣差不多，爸爸

　　在新疆當兵的時間戰友不僅有來自不同地方的，也有少數民族的士兵，由於生活習慣不同，很容易產生矛盾。你大學的同學也來自天南海北，由於生活習慣不同也容易產生矛盾，爸爸有經驗知道這些事。和同學相處要寬容一些，只要沒人欺負你不要太強硬，更不能打架，你年齡也不小了，下手不知道輕重，別把同學打傷了，受到處分會帶到檔案裡的，對以後分配工作都不好，甚至會被退學的，你哥哥就是因為打架差點背了個處分，考個大學不容易。」爸爸說道。「你犟脾氣上來了有股二愣子勁，小時候拿個鉗子連你哥哥都敢追著打，我讓你放下鉗子你連我的話都敢不聽，被我打了兩巴掌還記得不？但也不能被人欺負，忍氣吞聲一副熊包樣。」爸爸接著笑著說道。

　　「爸爸，只要同學不欺負我，我不會打架的，熊包樣我肯定不會。」姬遠峰回答道。上了高中三年了，姬遠峰覺得自己越來越聽話了，初中還和同學打過幾次架，現在都很少和同學爭吵了，三年高中也只和同學打過一次架。高中三年了爸爸從來沒有叮囑過自己不要打架，不知道這次爸爸怎麼突然叮囑自己不要打架了，可能就像他說的大學同學來自不同省區，生活習慣不同容易產生矛盾吧，而且打架後果更嚴重吧。

　　「你去上學除了學雜費以外，我每個月按四百圓的生活費給你，來回路費另給，因為遠也不知道當地東西貴不貴，你自己看著辦，如果不夠你打電話給我說，我再給你匯過去，你二姐中專已經畢業不花錢了，你哥哥明年技校也就畢業了，家裡經濟負擔不那麼重了，錢不夠了就打電話向我要，不要像其他農村孩子那樣申請助學貸款，也不要去勤工儉學，錢給你寬裕一點，但不要亂花錢。」爸爸說道。

　　「哦，我知道了。」姬遠峰回應道。姬遠峰明白爸爸為什麼不讓自己申請助學貸款，也不讓自己勤工儉學的原因，一是自己家庭的經濟情況的確如爸爸說的那樣，并不需要申請助學貸款和勤工儉學。還有一點，那就是思想守舊的爸爸不讓申請貸款和勤工儉學是怕同學以為自己家庭經濟條件差，被同學瞧不起而已，而且爸爸覺得農村出身的姬遠峰

從小幹農活，并不需要勤工儉學去鍛煉吃苦耐勞的品質。

　　爸爸和姬遠峰的談話結束了，姬遠峰原來以為爸爸會像高中開學前那樣叮囑自己好好學習呢，但爸爸隻字未提認真學習的話，這讓姬遠峰有點納悶，可能自己學習一直很自律，爸爸對他的學習很放心的原因吧。

　　前一天晚上東西都已經收拾好了，第二天早晨姬遠峰和哥哥喫了早飯準備出發了，姬遠峰興奮不已，但他發現爸爸和媽媽一點也不高興，爸爸陰沉著臉，一言不發，媽媽更是明顯的不高興。爸爸把姬遠峰和哥哥送到了大門外面就不再送了，只是靜靜地站在那兒看著，而媽媽則跟著姬遠峰說再送一段路，姬遠峰回頭給爸爸說，「爸爸，您回去吧！」爸爸沒有啃聲，只是擺了擺手，意思姬遠峰走就行了。媽媽跟著姬遠峰，不停地叮囑著各種各樣的事情，「米飯喫不習慣到學校了看食堂有沒有饅頭，沒有的話到外面買些喫。」「平常衣服要穿乾淨點，洗自己的衣服要勤快點，以前都是你姐姐和我替你洗的，洗衣服的時間把洗衣粉放到領口和袖口用手搓搓。」「聽說東北很冷，冬天洗衣服的時間打點開水把水摻熱洗，別滲著骨頭。」「學校發的褥子和被子薄的話再買一床厚一點的。」「不要喝涼水[4]，以前在家裡夏天喝涼水習慣了等等。」姬遠峰心想這些話昨天晚上怎麼不說呢，他不停的以「哦」作為回答。

　　媽媽一直把姬遠峰送到了村口停下了，媽媽這時候不說話了，姬遠峰發現媽媽竟然哭了，他以前只見到媽媽和爸爸吵架的時間哭著控訴爸爸的各種不是，姬遠峰長這麼大了這還是第一次見到媽媽不是和爸爸吵架哭了。在姬遠峰的印象中媽媽更偏愛哥哥，經常鞭子和笤帚「伺候」自己，媽媽好像並不怎麼喜歡自己，原來媽媽也喜歡自己，捨不得自己出遠門。姬遠峰和哥哥往前走了十多米，他回頭看媽媽還站在那兒抹眼

[4]　當地方言，生水的意思。

淚，姬遠峰返身走回到了媽媽跟前，「媽，別哭了，回去吧！」姬遠峰
說道。「你走就行，我看不見了就回去了。」媽媽說道。姬遠峰和哥哥
繼續往前走，姬遠峰不停地回頭，他看到媽媽一直站在那兒看著他和哥
哥，手不停地抹眼淚，直到轉過彎，被樹遮擋看不見了。

　　姬遠峰和哥哥搭便車到了涇川縣武裝部，涇川縣的那個學生還沒有
到，他明天纔到。姬遠峰看到武裝部院子裡的兩棵樹，上面結著像柿子
一樣的東西，但姬遠峰不敢確認，因為自己家附近沒有柿子樹。姬遠峰
問武裝部的工作人員，確認那的確是柿子樹，姬遠峰心想自己家離這兒
只有七八十公里，卻已經有不同的物產了。
　　第二天等待的學生也到了，姬遠峰一問，竟然是一個系的同學，他
覺得以後來回學校同行有伴了。姬遠峰和哥哥還有這個同學一起坐長途
車去西安，金秋九月，一路上景色漂亮極了，西蘭公路邊上的涇河在歡
快地歌唱，天上的白雲在輕快地舞蹈，連路邊的樹木小草也衝著姬遠峰
在微笑，姬遠峰的眼睛甚至沒有從車窗外回到車內來過，他一路欣賞著
車窗外的景色，心情好極了，他的心也早已飛到了自己的大學裡。
　　車到彬縣城郊停下來休息喫飯，路旁有大片的棗樹林，這裡的棗樹
真高大，比姬遠峰家的棗樹高大多了，起碼有上百年樹齡了吧。農民正
在收穫棗子，打落的棗子鋪滿了地面，好客豪爽的農民讓過往的旅客隨
便喫，只要不帶走就行。姬遠峰也喫了十多顆，這裡的棗比自己家的棗
又大又甜，真好喫。

　　到校後姬遠峰發現自己雖然來自農村，但他的衣著、用品雖然沒有
城裡的同學那麼好，但已經差不多了，他的箱子和室友一樣是皮箱，被
褥是學校統一發放的顏色淡雅的藍色格子床褥。他和室友喫一樣的食堂
飯菜了，不會出現室友吃罐頭蛋糕而自己喫冰冷的饅頭的景象了。而且
自己經濟寬裕多了，晚上餓了的時間自己會去樓下小賣部買袋方便麵和
一個火腿腸喫宵夜。而且同學們都很友好，沒有了高中一個宿舍農村學

生和軍工廠學生那樣明顯的經濟差異和涇渭分明的關係鴻溝了，姬遠峰在自己的宿舍和班裡再也沒有壓抑的感覺了。

　　姬遠峰也發現物價並沒有想象的那麼高，另外還有學校給的每個月四十圓六角的補助，六角被扣出來當做班費，四十圓會發到自己手中，這樣一來姬遠峰每個月就有了四百四十圓的費用了。伙食費每個月三百圓就夠了，而且喫得很不錯，食堂飯菜很好，比起高中食堂來簡直是雲壤之別。食堂裡也有麵食和饅頭，他可以換著喫米飯麵條水餃和饅頭，這很合姬遠峰的胃口，每個月姬遠峰都有一百多元的剩餘，他感覺寬裕多了。有了高中把自己經濟搞得那麼緊張的教訓，姬遠峰沒有給爸爸說生活費可以少給一點。他也有了一個私心，他想用多餘的錢買自己喜歡的書了。從小姬遠峰就喜歡看課外書，但上中學後老師不讓看小說等課外書，姬遠峰也怕爸爸知道了說自己不認真學習，而且他也沒有錢，所以他幾乎沒有買過課外書。現在上大學了，課業不會像高中那麼重，買了課外書放在學校裡爸爸也看不到，他可以有自己的私人藏書了，也可以盡情地讀課外書了。

　　到校後沒幾天姬遠峰心中的疑團就解開了，自己被調劑到的濱工大的確是和西安交通大學旗鼓相當全國排名前十的好大學。而且姬遠峰也大概知道自己為什麼會被調劑到濱工大了，自己報考的第一志願北京廣播學院由於前幾年沒有在甘肅招生，沒有前幾年的錄取分數線作參考，今年自己省報考那個學校的考生可能太多了，自己的分數不夠線。而自己的第二志願蘭州鐵道學院可能在第一志願就錄滿了，第三第四志願北京大學和清華大學的確是開玩笑的了，自己幸運地被調劑到了濱工大。姬遠峰真是暗自慶幸，自己的運氣實在太好了，雖然濱工大和自己的理想北京大學相比還有差距，但已經足夠好了。

二　岳欣芙

一

　　在離姬遠峰家鄉將近三千公里遙遠的諾尼江邊，有段江水歧為二道，曾經有詩人形容這裡「急流雙漢湧沙根，一抹波光帶日昏」。江水蜿蜒曲折若游龍、若人身之脈絡四處伸展，其中一道江水在這裡伸了一個深深的懶腰，向一個沿江的村子伸了進去，沖刷著河岸，繞了半個圈後又回到了自己的正途，一路蜿蜒向著不遠處的卜魁市流去。村子北邊一條諾尼江的支流如同諾尼江一樣，蜿蜒著、歧岔著注入了主流。江心沙渚上樹林茂密，村子週圍一眼望不到邊的玉米地將整個大地包裹的嚴嚴實實。這裡是著名的東北大平原，這裡是著名的卜魁市，也是清朝政府設置在東北地區最北邊統轄黑龍江南北兩岸廣袤疆域並防禦俄羅斯南侵的最高軍政長官黑龍江將軍的駐地，有賦讚頌這裡。

　　有城焉，嫩江東岸，卜魁村落。上應乎析木之津，箕尾之間，而居乎幽朔。或謂兼攝夫虛危，映帶乎亢角，為古青州營州之區，與樂浪元菟而交錯。《禹貢》《爾雅》所未詳，《山海》《郡圖》所偶略。惟土厚而水深，宅以卜而邑以作，其城則松木夾柵，墻壁是託，千三十步。爰諏爰度，蕩蕩平平。四門峭卓，周以土堄。斯成外郭，袤延十里。重門五拓，衙押管庫鐵匠工匠礮局之分設，倉廩㹴犴，驛站守望稅課演武之式廓。恍列宿之是環，類年尼之貫索。更居肆於南街，向日中而聯絡。穆穆焉，皇皇焉，實陪都北門之鎖鑰。當夫城之未建也，沙漠千里，水草殷繁，或達呼爾，或則索倫，非蒙古之苗裔，非蔓珠之根源。

人分異地，星戴一天，相逐遊牧，隨遇而安。

頌曰，惟聖合天，式昭德音，圖陳王會，山河帶襟，城固金湯，威服黎黔，無遠弗屆，振古鑠今，昔之牧場，今為農圃，占以棟隆，化其野處，為干為城，如貔如虎，億萬斯年，護衛疆土。

依偎在諾尼江臂彎裡的小村猶如詩詞形容的那樣。

家住諾江煙水曲，疏林遠岫平田。

豆花白晝雪花顛，春深鶯滿樹，秋早雁橫天。

在穿村而過的公路旁，有一家四口在路邊等待著公交車，爸爸媽媽，一個年輕的姑娘和她的弟弟，旁邊放著行李箱。姑娘叫岳欣芙，今年十八歲，少女青春的氣息充盈著她秀美的臉龐，戴著一副近視眼鏡，由於刻苦學習她的眼睛已經近視了，烏黑的秀髮梳成了妹妹頭的髮型。淺淺的笑印在淺淺酒窩的臉蛋上，經常露出一顆尖尖的小虎牙。岳欣芙今年考上了著名的濱工大，她已經成了這個小村子中的名人，村子裡孩子的爸爸媽媽總會以她為榜樣教育自家的孩子好好學習。今天爸爸會送她去三百公里外的哈爾濱上學，媽媽有點依依不捨，弟弟對姐姐考上這麼好的大學羨慕不已。岳欣芙掩飾不住對大學的憧憬，她的心已經飛向了她心中的大學，那是她三年高中刻苦學習的目標，也是她三年刻苦學習的成果，她對去自己的大學已經有點迫不及待了。車來了，爸爸拎著行李上了車，媽媽抱了又抱姑娘，緊緊地摟住不願放開，仿佛女兒會自此離她而去一樣，弟弟則輕拍著姐姐的肩膀讓她快點上車，司機正等著她上車呢。

新生見面會開始了，輔導員先做了自我介紹，也做了歡迎並祝賀同學們來到著名的濱工大的致詞，接下來是各個同學做自我介紹了。班裡的六名女生優先，輪到岳欣芙了，她站了起來，和每個同學做自我介紹一樣，全班的同學都轉向她的方向，看的出來她稍微有點緊張。她清了一下嗓子，把遮擋眼睛的劉海向後掠了一下，開始了自我介紹。「我

叫岳欣芙，來自本省的卜魁市，卜魁以前是黑龍江的省會，著名的丹頂鶴之鄉，很高興和同學們相聚在著名的濱工大，希望能和大家成為好朋友，共度美好的四年大學時光，謝謝！」她的普通話雖然稍微帶著一些東北口音，但聽得出來很標準，沒有前面一兩個女生自我介紹時較濃的方言。末了她衝著大家鞠躬致謝，微笑了一下，露出了她尖尖的小虎牙。姬遠峰記住了這個女生真誠甜美的微笑，眼鏡後面乾淨清澈的眼神，還有她尖尖的小虎牙。

輪到姬遠峰了，姬遠峰知道自己的普通話並不好，高中時學校對講普通話並不作強制要求，在班裡他講普通話，在宿舍裡農村來的學生大多講方言，雖然他在高中已經學會了一些普通話，但在來學校的火車上他已經意識到了自己的普通話還不標準，帶著較濃的西北口音。姬遠峰站了起來，他給自己打氣，不要緊張，都是同學而已，但他不由自主的緊張了起來，臉微微發熱，把已經想好了的詞忘掉了大半。同學們都看著他，有女生在竊竊私語，姬遠峰知道女同學可能在說他的捲髮，他更緊張了。輔導員看了出來，給他打氣，「不用緊張，大家第一次見面，說說自己的姓名家鄉就可以了。」「我叫姬遠峰，但高中同學都叫我姬小峰，或者直接叫小峰。」他終於說出了第一句話，不再那麼緊張了。「我來自遙遠的甘肅省平涼市，我到這裡坐火車走了三天，希望和各位同學都成為好朋友，謝謝大家！」鞠躬致謝。岳欣芙記住了這個瘦高、捲髮、五官棱角分明、帶著西北口音的羞澀的大男孩。

學院組織了辯論賽，姬遠峰知道自己的普通話並不好，但他覺得自己有和同學不一樣的地方，那就是他的觀點通常與同學們都不一樣。他平常話不多，那是因為他覺得好多無聊的話不應該說，並不是對事物沒有自己的看法，但對正式的事情，正式的討論只要老師讓他發言，他都會表達自己的觀點，也經常得到老師的肯定，他想把自己獨特的一面展示給大家。而且他也知道自己高中三年越來越沉默了，但自己並不是一個膽怯內向的人，也不是一個無想法無思考的人，但就是不樂意說無意

義的廢話。現在已經上了大學了，最終也要走向社會，與人交往是這個
社會對一個人最基本的要求，應該鍛煉鍛煉自己的社交能力，不能再像
高中那麼只知道學習，沉默不語，現在要鍛煉鍛煉口才、提高普通話和
隨機應變的能力了。姬遠峰主動報名參加了班裡的辯論隊，他有點擔
心如果報名的同學太多，自己會不會被選上。但他的擔心是多餘的，
班裡的同學對此並不積極，在班長和系黨委書記周凱的鼓動下纔最終
組隊成功。

　　姬遠峰高興地發現岳欣芙也是辯論隊的一員，安可琪是一辯手，安
可琪是哈爾濱本地的一個漂亮女生，岳欣芙是二辯，自己是三辯。每次
舉行辯論賽的時間姬遠峰和岳欣芙都挨著坐在一起，發言的時間互相提
醒對方，當發言卡殼或者被對方時詰問無法回答時，他兩會互相悄悄
地用手將發言稿中相應的地方指給對方看。姬遠峰每次給岳欣芙作一次
提示，她都會點頭示意自己已經看到或者明白該怎麼發言了，辯論結束
後總會報以標誌性的微笑，并說謝謝你姬遠峰，姬遠峰感到了絲絲的溫
暖。她的發言從來都是一副從容不迫，嚴肅認真的樣子，不會因對方犀
利的詰難而顯得窘迫，她的神情雖然會因辯論的詰難而顯得嚴肅，但從
來不會有惱怒的神情。不知幾何時，姬遠峰發現自己對岳欣芙慢慢的著
了迷，她烏黑秀美做成妹妹頭的髮型，她微微外凸的小虎牙是那麼的可
愛，她微笑時是那麼的甜美真誠而又保持著距離。姬遠峰期盼著每天能
和她見面，不說話也可以，只要看到她，看到她和同學們說話的樣子就
很滿足。上課時姬遠峰會茫然間將週圍的一切事物屏蔽掉而靜靜的在身
後盯著她的背影，看著她聽課記筆記的樣子。

　　姬遠峰發現岳欣芙也喜歡和他在一起，班裡的六個女生經常一起上
課喫飯，上課時姬遠峰不好意思坐到岳欣芙旁邊，估計岳欣芙也一樣，
但姬遠峰坐到她身後面的時間她會回頭看自己，同學很多，岳欣芙不會
和他多說話，但她會衝著姬遠峰微笑，姬遠峰感覺到了其中的溫暖。在
自己班的小教室裡——濱工大會給每個新入學的小班分配一個固定的小
教室，但到了大二就沒有了——岳欣芙會不經意間選擇姬遠峰前排的座

位一起上自習，她會回過頭來看姬遠峰在做什麼，看什麼書，簡短地聊幾句，甚至不是學習上的事情而是興趣愛好等「私人」話題。姬遠峰發現她對其他男生則沒有這樣的舉動，每次岳欣芙到姬遠峰的跟前他都能感覺到空氣中的溫暖與甜馨。

　　一天晚自習後姬遠峰把岳欣芙寫的一篇辯論的發言稿修改後送到岳欣芙的宿舍，濱工大管理嚴格，不允許男生和女生宿舍之間竄門，他只能把稿件送到女生宿舍的門廳。岳欣芙出來了，看得出她已經洗漱了，沒有戴眼鏡，也沒有穿外套，只穿著毛衣，微微豐滿的胸部，洗臉時沾濕的幾絡頭髮貼在額頭。岳欣芙感覺到了姬遠峰看自己的眼神，她有點窘迫，姬遠峰也覺察到了岳欣芙發覺了他的眼神，忙把稿件從書包中拿了出來。稿件下面壓著厚厚的一疊稿紙，那是爸爸單位的稿紙，姬遠峰帶到學校本來準備給同學寫信用的，他想把這些稿紙送給岳欣芙，因為寫發言稿需要稿紙。姬遠峰指著自己修改的地方說這樣修改的原因，岳欣芙沒有戴眼鏡，她看稿件時湊的很近，兩顆腦袋幾乎要湊到一起了，姬遠峰感覺到了岳欣芙呼吸的氣息，他感覺到了一股少女特有的氣息。一會兒發言稿討論結束了，但開始下雨了，姬遠峰把壓著一疊稿紙的發言稿給了岳欣芙，岳欣芙拿開自己的發言稿後看到了下面的稿紙。

　　「你給我這麼多稿紙幹什麼！」岳欣芙說道。

　　「寫發言稿用得著，一篇發言稿改來改去的，用的挺多的，妳拿著用吧。」姬遠峰說道。

　　「我自己有，你用來寫信寫發言稿吧！」

　　「這是我拿的爸爸單位的稿紙，我帶到學校的還有，妳拿著用吧！」姬遠峰說道。

　　岳欣芙看著姬遠峰，她看到姬遠峰眼睛中期許的眼神，雖然她的稿紙的確還有，但姬遠峰已經把稿紙遞到了自己的手中，再還回去姬遠峰會有點尷尬的，「那我拿著了，謝謝你，姬遠峰。」岳欣芙說道并衝著姬遠峰一笑，姬遠峰稍顯尷尬的神情恢復了正常。

　　這時候雨越下越大了，雨聲遮蓋了說話的聲音，滴打在地面上濺

起的朵朵水花在燈光下閃閃發光。門廳很小，有高年級的男生和女生在擁抱接吻，姬遠峰和岳欣芙都注意到了身邊高年級男女同學間的親密動作，他兩對視一卜又迅速地移開自己的眼神，誰也不講話，岳欣芙靜靜地陪著姬遠峰等著雨變小。

晚上，岳欣芙的影像清晰地出現在了姬遠峰的夢中，夢境中的岳欣芙眼神中含著微笑，和他一起在校園中散步說話，和他一起在食堂喫飯。還有在女生宿舍門廳湊到稿件上的秀髮，姬遠峰感覺到了少女身上特有的氣息，是那麼的真切，仿佛觸手可及一樣。姬遠峰醒了過來，四周一片安靜，室友都在沉睡，宿舍老大在打呼嚕，還有室友在夢囈，天已經晴了，月亮從雲層中鑽了出來，寧靜的月光透過窗戶灑在宿舍的桌子和自己的床鋪上。

二

雖然新上大學的新奇和各種活動的忙碌能將對軍工廠女孩的思念稍微沖淡一點，但那個女孩的身影還經常在姬遠峰的夢中出現，在他的腦海中隱現，尤其是閒下來的時候。而此時岳欣芙的笑容與身影時刻在他的腦海中浮現，姬遠峰為這理不清還更亂的思緒所支配，他不知道如何去面對，周末的時刻尤其難捱，他想一個人出去走走，他已經習慣了一個人的沉思與行動了。宿舍老八是哈爾濱當地人，聽他說中央大街是一條繁華而充滿異國情調的大街，步行可以直通松花江邊，姬遠峰決定周末去逛逛。周六的早晨，舍友還在睡覺，他稍微睡了一會懶覺，趕在食堂關門之前去喫了早飯，搭乘公交車來到中央大街。

哈爾濱的秋天是短暫的，也是美麗的，或許正是因為她的短暫，襯托的哈爾濱的秋天更加美麗動人。這裡的美有種異國的情調，姬遠峰入學之初就感覺到了這座城市濃濃的俄羅斯風情，學校主樓尖頂的五角星充斥著前蘇聯的情緒，方方正正乳黃色的學生宿舍樓像極了俄羅斯的建築。而學校人文學院的二層小樓則無疑就是俄羅斯建築了，乳黃與白色

相間的墙體，整個樓的前墙為雕刻漂亮幾何圖案的墙柱佔據，兩排方方正正厚重的赭紅色木頭窗戶。房頂一排圓形的假窗嵌在米黃色的窗洞之中，像一排少女的眼睛注視著遠方。寬敞的門廳左右是漂亮的斜坡道，門廳正前方則是階梯，階梯兩邊的矮墙也是精心築成鏤空狀。這座二層小樓沒有熙熙攘攘的人群，靜靜的僻倚在學校的一隅，在藍天白雲下猶如一個嫻靜的少女，姬遠峰覺得這是他見過的最漂亮的建築了。

來到中央大街，姬遠峰被這裡的情形震驚了，他甚至不敢相信這是在國內，雖然他從沒有出過國，但他確信這裡的建築，這裡的風格不是中式的。這裡沒有一座青磚灰瓦的中式民居，沒有中國式的亭臺樓榭，也沒有電視上看到的中國宮廷建築那樣的雕樑畫棟，雖然他分不清這些建築的風格是巴洛克式的還是哥特式的，但都有學校人文學院二層小樓的影子，只是層數有多至四五層的。頂部有的是洋蔥頭式，那是俄羅斯建築的特色。也有拱頂的，也有圓頂的，但就是沒有中國式的屋脊和鎮脊獸。顏色也五顏六色，乳黃色、淺藍色、淺綠色、粉紅色，像是一幅更加清晰而不模糊的油畫一樣。這些漂亮的建築全是各種各樣的飯店與商店，姬遠峰知道那些地方不是他的消費場所，一個店鋪也沒有進去，他沿著街道向江邊走去。風格清晰美麗的建築讓姬遠峰的心情愉悅不已，腳下的地面並不平整，十多釐米見方的小青石塊嵌入在地面，已經被遊人的腳踩的光光亮亮。

在大街上他看到了好幾處小型的露天舞臺，舞臺上有他在電視上纔見過的各式樂器，他想起來了同村的那個高年級同學講的，哈爾濱夏季有消夏音樂會，現在雖然已經到了秋季，這幾處小型舞臺可能是最後演出還沒有拆的，也許是商家招徠顧客的手段而已。這時候遊人還不多，還沒有演出。姬遠峰從小秦腔戲看的很多，而且他也喜歡看秦腔，但音樂會演出他從來沒有看過，他想等返回的時間可能就會有演出了。快到大街盡頭的時間遊人漸漸多了起來，隱約可以看見面一面綠色旗幟尖頂一樣的建築頂部了。街邊的一個舞臺上有了演出，姬遠峰擠了進去，挨挨擠擠的遊客將舞臺圍得有點看不到臺上的演出，他在人簇的縫隙中向

前挪了挪，驀然間一個熟悉的身影擋在了眼前，是她，岳欣芙。短短的妹妹頭髮型，這個身影太熟悉了，她全神貫注地看著演出，一點也沒有覺察到身後的姬遠峰。姬遠峰輕輕碰了一下她的肩膀，岳欣芙回過頭來，先是一愣，兩人幾乎同時說出了一句話，「你怎麼在這兒？」說完兩人都笑了。姬遠峰看到了岳欣芙那可愛的尖尖的小虎牙，互相等著對方回答。

「我　個人出來轉轉。」姬遠峰說道，「妳呢，咱們班其他女生呢？」姬遠峰一直見班裡的六個女生一起行動，想當然地以為其他女生也來了，所以這樣問。

「我也是一個人出來玩的呀。」岳欣芙說道。

「我想到江邊走走，妳去嗎？」姬遠峰問道。

「正好我也想去江邊，咱兩一起去吧！」岳欣芙說道，一邊說著兩個人擠出了人群向江邊走去。

「你怎麼一個人出來玩，沒有和室友一起出來呢，不怕走丟了嗎？」岳欣芙問道。

「我一個人行動習慣了，我高中已經住校三年了，我們村子裡只有我一個人上當地第一中學，我獨來獨往早就習慣了，妳呢？一個女生單獨出來！」姬遠峰說道。

「我有點煩，自己一個人出來散散心。」

「想家了嗎？」姬遠峰問道。

「我高中也是住校三年，想家還好了，其他的事有點煩。」

「哦，我明白了，是不想高中同學了，是不也有妳喜歡的男生？」姬遠峰笑著說道。

「沒有的事，我高中沒有喜歡的男生，你呢？是不想高中的女同學了？」岳欣芙笑著說的同時臉紅了。

「我沒有喜歡的高中女同學。」不知道是因為撒謊還是不好意思，姬遠峰說的同時臉紅了大半。

「在班裡我發現你話不多，沒想到你並不是沒話說。」岳欣芙說道。

「我平時的確話不多，和自己說話投機的人我纔會說的多一點，我挺喜歡和妳說話，只是那麼多同學，不好意思單獨和妳說多了，我和妳都參加了辯論賽，妳就知道我心中其實是有想法的，只是平常不大說話而已，聽妳剛纔說妳也住校三年，妳家也是農村的？」

「是的，我家是農村的，離卜魁市二十公里，我來回坐汽車去上學，平均兩三個禮拜回家一次。」

「這麼巧，我家離學校也是二十公里左右，不過我是騎著自行車上學，每個周末我都騎車回家去幹農活。」姬遠峰並沒有說他騎車回家也是為了取饅頭。

這時他兩走到了防洪紀念塔邊上了，兩人停下來看防洪紀念塔，這也是一個具有濃烈前蘇聯風格的建築。高高的圓柱形的底座上托著幾個制服裝抗洪人物的雕塑，手中是沙袋與鐵鍬，中間一面旗幟高高飄揚在人物雕像頭頂之上，雕像也是綠色的。基座底部一圈浮雕著抗洪的場景，雕像週圍被一個半圓形的拱狀建築物環繞，拱狀建築物由二十餘個柱子支撐。如果將人物與浮雕故事換成持槍的蘇聯紅軍，則此紀念碑與此後姬遠峰見到的蘇軍紀念塔沒有什麼區別，後來姬遠峰知道這個紀念碑就是由蘇聯人設計的，和蘇軍紀念碑沒有區別也就不奇怪了。

他兩轉身到了江邊，這是姬遠峰第一次見到這樣的大江大河，地理語文課本中關於黃河長江的文章詩詞與知識點太多了，姬遠峰對大江大河名山早就嚮往不已，只是沒有去過。高中三年他還沒有去過當地有名的崆峒山，這次來哈爾濱的路上火車在河南三門峽附近經過黃河，但是在夜裡，看不清黃河的樣子，只感覺到鐵路橋邊高大的鐵架子從火車邊一個接一個的飛馳而過。現在他終於第一次面對這麼偉大的一條河流了，深秋的哈爾濱天色湛藍，朵朵白雲倒映在碧綠的江水中，一隻隻江輪在江中緩緩駛過，間或鳴一聲響亮的汽笛，江岸遠處的樓房清晰可見，不遠處一座高大的鐵路橋跨江而過，景色漂亮極了。

「妳以前見過這麼大的江嗎？我是第一次見。」姬遠峰說道。

「我當然見過了，我家就在諾尼江邊上，可以說天天見。」岳欣芙

說道。

「妳家在江邊，那太好了！我家門前也有條小河，是涇河的一個小支流，不過太小了，水都到不了膝蓋，也很渾濁，妳家在江邊是不都能聽到江水聲？諾尼江是松花江的上游嗎？」姬遠峰問道。

「是的，能聽到江上輪船的聲音的，諾尼江是松花江的上游。」

「能坐船從卜魁市到哈爾濱嗎？我還沒有坐過輪船，坐船估計很好玩。」姬遠峰說道。

岳欣芙聽了笑了起來，「沒有客船從卜魁到哈爾濱的，有的全是貨船，你倒挺會想，坐船一點也不好玩，我坐過，搖搖晃晃的　點也不舒服，也太慢了，還會暈船的，很難受的。」

「妳家打漁嗎？」姬遠峰問道。

「不，我家不打漁，我家種地，村子裡有打漁的，但不多，我家不打漁。那天晚上你送我稿紙時說那些稿紙是你爸爸單位的，但稿紙上沒有單位名稱，你剛纔又說你家是農村的，你周末回家幹農活，你家是在農村還是城裡呢。」岳欣芙問道。

「我家是農村的，但我爸爸在當地鄉政府上班，是個鄉政府普通幹部，我家其實是農民家庭，除了我爸爸因為是國家幹部沒有土地外，我們兄弟姐妹和媽媽都有土地，家裡也養著牲口，所以我每個周末都要回家幹農活。」

「剛開學班會上同學做自我介紹，你說你家是甘肅什麼涼地方的，是涼州嗎？」岳欣芙問道。

「不是涼州，是平涼，我家這個地方不出名，很多人都誤認為是涼州，像妳這樣問我，其實不是。涼州是今天的甘肅省武威市，在河西走廊，我家挨著陝西，是黃土高原的邊緣地區，旁邊就是涇河，涇渭分明這個成語中的涇河就在平涼城邊。」

「你家離這兒是不很遠？我記得迎新會上你介紹說你走了三天纔到的學校。」

「是很遠，我來學校是坐火車走了三天，不過三天不是一直在汽車

和火車上，包括中間在西安和北京轉車兩次，需要等不少時間，總共走了三天。」

「這麼遠，你怎麼會報考這麼遠的學校？」岳欣芙問道。

「我其實沒有報考我們學校，我是調劑來的。」

「調劑來的？怎麼可能！濱工大是全國有名的大學，許多同學考都考不上，你怎麼會是調劑來的呢！」岳欣芙有點吃驚地問道。

「真的，我是調劑來的，我並沒有報考我們大學，這兒離我家太遠了，我對我們學校知道的也很少，我們村子裡有一個大我好幾歲的男生上的我們學校，但我也僅僅只是聽他說過而已。我當初報志願的時間就衝著北京西安和蘭州三個地方去的，我最初看好的大學是大連理工大學，爸爸嫌太遠沒有讓我報考。」姬遠峰並沒有說自己當初分不清哈爾濱三所大學的事情。

「那你都報考什麼大學了？最後被調劑到咱們學校。」

「說出來妳可能都會覺得好笑，我第一志願報考的是北京廣播學院，第二志願是蘭州鐵道學院，第三和第四志願分別是北京大學和清華大學。」

岳欣芙一聽果然笑了起來，「你逗我玩呢！怎麼可能這樣報志願！」

「真的，我沒有開玩笑，高考時我沒有考好，去北京是我的夢想，選來選去選擇了北京廣播學院當做第一志願，第二志願按照爸爸的意見挑選了我們本省的蘭州鐵道學院，這兩個學校的分數都不高，尤其蘭州鐵道學院在我們本省招的學生挺多，我覺得肯定能上大學了，而且我聽說錄取在第一第二志願就已經定了，第三第四志願不會考慮，我開玩笑把北京大學和清華大學當做第三第四志願了。」

姬遠峰沒有說自己把北京大學清華大學當做第三第四志願是心不甘的表現，在學校裡他覺得如果說出來會讓同學覺得他太自命不凡了，會和同學之間產生隔閡，而且沒有考上就是沒有考上，找那麼多藉口說那些空話幹什麼。

「那你最後怎麼來了咱們學校呢？」岳欣芙問道。

「具體我也不知道，我猜是這樣的，北京廣播學院在甘肅好幾年沒有招生了，今年是隔了幾年後第一次招生，沒有往年的錄取分數線作參考，今年可能我們省報考這個學校的學生太多了，我的分數不夠，所以沒有被錄取。我的分數超過蘭州鐵道學院錄取分數線很多，但蘭州鐵道學院在第一志願可能就已經錄滿了，所以我第二志願也沒有被錄取，第三第四志願只是開玩笑的，結果四個志願沒有一個錄取。哈爾濱離甘肅太遠了，往年的錄取分數線很高，並且咱們學校收費也很貴，我看招生材料清華大學和北京大學收費只有　丁圓，我們學校收費二千五百圓每年，我記得所有高校裡面只有黑龍江大學收費二千二百五十圓是最貴的，咱們學校收費第二高，而且咱們學校今年在甘肅擴招，前幾年都是十五個名額，今年是二十五人，可能這幾個原因吧，我猜今年甘肅省報考我們學校的生源不夠，我是願意調劑的考生中分數比較高的，幸運地被調劑到了咱們學校。」

「你真是太幸運了，願意調劑的學生很多，你能調劑到我們學校說明你的分數也不低，你高考考了多少分？你知道嗎，我們的電氣工程系也很好，許多同學報考都錄取不了呢，你被調劑到了濱工大，還是我們電氣工程系，運氣真是太好了！」岳欣芙笑著說道。

「我高考考了五百零七分，我們甘肅省教育質量差，本科錄取線只有四百三十分，北大和清華也只有五百六十分，我的分數完全可以正常錄取到大連理工大學，我最初看好的大學也是大連理工大學，只是爸爸嫌太遠了讓我換到了蘭州鐵道學院。我雖然沒有報考濱工大，電氣工程系我報志願時聽說過，聽說比較好。」

「我們電氣工程系有四個專業，工業自動化、電力系統自動化、電機、還有電器專業，聽說到了大三我們還要分一次專業。」

「這個我倒是第一次聽說，妳知道的比我多多了！」姬遠峰說道。

「我第一志願報考的就是咱們學校，也報的我們系，我當然了解的比較多了，你北京廣播學院報的是什麼專業？」岳欣芙笑著問道。

姬遠峰也笑了，「我知道妳想說什麼，直到現在我的西北口音還比

較明顯，辯論賽的時間我的發言對方和主持比賽的老師偶爾都會讓我重複一遍，在班裡和妳說話偶爾妳也讓我重複一遍，妳想說我怎麼會報考北京廣播學院呢，北京廣播學院專業很多，我報考的是通信和計算機專業，不是播音專業。」

岳欣芙聽了姬遠峰的回答，兩人一起笑了起來。

「妳呢？妳第一志願為什麼選擇的是濱工大而不是其他大學呢？」姬遠峰問道。

「我第一志願就是濱工大，濱工大是黑龍江最好的大學，在全國也很有名，有人說是東北地區高校中的航空母艦，在高中的時間考上濱工大是學習好的學生的目標，從高中開始我的目標就是考上濱工大。」

「那北京大學和清華大學呢，你們學校有考上這兩所大學的同學嗎？」姬遠峰接著問道。

「有啊，有一個同學考上了清華大學。」

「我們高中只有一個男生考上北京大學，清華大學則沒有，妳家卜魁市我聽說以前是黑龍江的省會，挺有名的地方。」

「你怎麼知道我家是卜魁市的？」岳欣芙有點吃驚地問道。

「迎新會上妳做自我介紹時我就記住了，剛纔妳也說了。」姬遠峰說道。

聽了姬遠峰的回答岳欣芙笑了起來，「是的，卜魁市以前是黑龍江的省會，比哈爾濱歷史長多了，我以前說過的沒想到你卻記住了。聽說下學期期末我們要到我家卜魁去軍訓，到時間有空的話我帶著你和其他同學去我家玩。」

「挺奇怪的，我以為一開學就會軍訓，我們高中高一一開學就軍訓了，咱們學校要等到大一第二學期期末纔軍訓。」姬遠峰說道。

「可能東北的氣候決定的，咱們學校開學晚，天氣已經冷了，來不及軍訓了，第一學期期末和第二學期開學剛好在冬季，也不方便軍訓，就安排到第二學期期末了。」

這時間他兩走到了松花江鐵路大橋跟前，宏偉的鐵橋被十幾個高大

的橋墩拱托在江面之上，鐵橋高大的鐵架在橋的兩側像屏風一樣捍蔽著大橋。

「我想到鐵路大橋上看看江面景色，我兩去大橋上走走吧！」姬遠峰提議道。

「好吧！我也想到橋上看看去。」岳欣芙回應道。

他兩沿著旋轉的梯子上了大橋，在大橋上景色更漂亮了，點點江輪穿梭而過，靠近堤岸的江邊有遊人划著小船在水面蕩漾，眼前猶如古詩形容的一幅畫一樣美麗。

> 松花江，江水清，夜來雨過秋濤生。
> 浪花疊錦繡縠明，采帆畫鷁隨風輕。
> 松花江，江水清，簫韶小奏中流鳴。
> 蒼岩翠壁兩岸橫，浮雲耀日何晶晶。

> 輕舟短棹松江好，綠水逶迤，
> 遙望長堤，知是舟移是岸移。
> 征帆都逐流雲去，一樣心期，
> 日影頻西，待到天涯是幾時。

習習江風從耳邊吹過，愜意極了，人行道並不寬，但兩個人可以並排走，只是稍微有點擠而已，但姬遠峰和岳欣芙沒有並排走，而是一前一後走，因為他兩都想從橋側向江面看，岳欣芙在前面走，不一會岳欣芙回過頭停了下來。

「你走我前面吧！」岳欣芙說道。

「怎麼了？為什麼讓我走妳前面？」姬遠峰問道。

「你走在我後面我不知道你在我身後幹什麼？」岳欣芙笑著說道。

姬遠峰也笑了起來，「我能幹什麼，至多就是多看看妳，妳背後長眼睛了嗎！」

岳欣芙也笑了起來，露出了她尖尖的小虎牙，「我就知道你在身後看我，所以我纔讓你走到我前面。」

「哦，說的我都要不好意思了，我不看妳了，妳還是走到前面吧！」姬遠峰笑著說道。

「誰信呢！你不看了。」岳欣芙也笑著說道。

「那我走到前邊妳不是也在後面看我嗎！」姬遠峰笑著說道。「那好吧，咱兩並排走吧，我走裡側，妳走外邊。」

「不過這樣你就看不到江面了。」岳欣芙說道。

「那我就只好看妳了，其實我更喜歡看妳了。」姬遠峰微笑著說道。

聽了姬遠峰的這句話岳欣芙笑了起來，「在班裡我看你話不多，今天我發現你挺有意思的！」

「真的，我挺喜歡看妳，妳笑起來小虎牙很可愛！」姬遠峰微笑著說道。

聽了姬遠峰的話岳欣芙的臉泛出了紅色，「你像誇小孩似的用可愛這個詞，你笑話我的虎牙！」岳欣芙微笑著說道。

「我沒有笑話妳，真的，我覺得妳的小虎牙真的很可愛，在辯論賽的時間我就注意到了妳的小虎牙，真的很好看，妳看我嘴邊的這個痣，我從來不覺得難看，反而覺得是一個人特有的標誌，我媽媽經常說這是饞嘴痣，哥哥笑話我說是美人痣，我又不是女生。」姬遠峰邊說邊用手指著自己的嘴邊那顆不明顯的痣。

岳欣芙聽了確信姬遠峰沒有笑話她，說道，「我還以為你笑話我呢，其實我從來沒有覺得怎麼樣，只是不喜歡同學們說而已，但聽你這麼說我倒不覺得什麼了。」岳欣芙接著微笑著說道，「你知道我對你的第一印象是什麼嗎？」

「是什麼印象，妳想說我像新疆的少數民族是嗎？」姬遠峰微笑著說道。

「是的，我第一次看到你還以為你是新疆少數民族呢，一頭捲髮，眼睛有點內陷，高鼻樑，不過皮膚沒有新疆少數民族那麼白而已，你有少數民族血統嗎？你爸爸是捲髮還是你媽媽是捲髮？」岳欣芙問道。

「很多人都像你這樣說我，我坐火車來學校的路上就有人這樣問

我，但我是漢族人，我家那兒有不少少數民族，尤其是回族很多，我是否有少數民族血統我不知道。妳說的對，我的捲髮是遺傳的我媽媽，我媽媽是捲髮。」

這時候一列火車緩緩地行駛了過來，從遠處就鳴響了長長的汽笛聲，乍一聽有點嚇人，他兩轉身貼扶到人行道外側的欄杆，火車看似緩慢，但經過身邊時風還是很大，風聲夾雜著車輪撞擊鐵軌的聲音還是有點嚇人。看著火車刮起的風將岳欣芙頭髮吹起在頭頂四散飄散，姬遠峰迎著火車來的方向張開自己的手臂護著岳欣芙的頭髮，火車已經遠去了，兩人一起趴在欄杆上陷入了沉默。

過了一會兒，姬遠峰說話了，「火車經過的風還挺大的。」

「是挺大的，我一個人以後可不敢再上來了。」岳欣芙說道。

「那我陪著妳呢，妳還來嗎？」姬遠峰一邊說一邊側臉看著岳欣芙。

「我不知道，不過你盯著我看，我都不好意思了。」岳欣芙邊說自己的臉先紅了，羞澀的少女如同古詩形容的那樣。

短髮低垂雲浪，雙眸笑漾波痕。

長衣曲襯好腰身，面似紅蓮光潤。

姬遠峰聽到這句話，臉也紅了，岳欣芙見姬遠峰臉紅了，也不說話了，兩人趴在護欄上默默地注視著江面。過了一會兒，姬遠峰側臉看岳欣芙，他看到岳欣芙也正側臉看他，兩個人的臉更紅了，都轉過了臉避開了彼此的眼神，靜靜地看著江面。

沉默了一會兒，岳欣芙說話了，「你平常看些什麼課外書？」

「我平時課外書看得很少，高中的時間老師也不讓看，我家在農村，也沒有什麼課外書，不過我挺喜歡看書，在開學前的這個假期裡我纔看了幾本書，都是爸爸壓在自己箱子底下的，以前我都不知道爸爸有這些書，這個假期我考上大學他纔拿出來讓我看，有《童林傳》、《紅岩》、還有關於國民黨內部派系CC社、藍衣社等書，還有一本關於紅軍西路軍的書。」姬遠峰說道。

「《紅岩》我看過，《童林傳》是武俠小說嗎，好看嗎？西路軍的

書是什麼書，寫的是什麼內容。」岳欣芙問道。

「《童林傳》不好看，《童林傳》是武俠小說，我對武俠小說一直不感興趣，全是胡編亂造，和其他武俠小說一樣千篇一律的東西。西路軍的那本書寫的是紅軍西路軍進入河西走廊與青海軍閥馬步芳軍隊作戰的事情，西路軍全軍覆沒了，包括一個叫董振堂的軍長也犧牲了，好像是歷史，但咱們歷史書上沒有紅軍西路軍的內容，我也不知道是真是假，我問過爸爸他也不知道。不過我在西安買了一本《圍城》，太好看了，在路上和來學校後沒幾天就看完了。」

「《圍城》寫的是什麼？能借給我看看嗎？」

「當然能給妳看了，寫的是幾個歸國留學生的人生百態，我怎麼把書給妳呢。」姬遠峰聽到岳欣芙向自己借書，一下就想起了《圍城》中范小姐借書給趙辛楣的情節，還有鮑小姐調戲方鴻漸說方鴻漸像她未婚夫的情節來，那些情節太精彩了，他一想起來就忍不住想笑。

「你為什麼偷著樂呢？」雖然姬遠峰忍著不想笑出來，自己莫名其妙的笑會讓岳欣芙不知所以，但他還是沒有忍住。

「哦，我想起書中的一些情節來了，那本書實在太精彩了，我一想起來就忍不住想笑起來。」姬遠峰說道。

「經你這麼一說，我更想看你說的《圍城》這本書了。」

「我怎麼把書給妳呢，上課時帶給妳同學們都會看見的。」姬遠峰說道。

「那今天回去了我跟著你去你們宿舍，你把書給我送下來吧！」岳欣芙說道。

「還是我晚上送到妳宿舍吧！免得妳跑一趟。」

「不用了，還是我跟你去拿吧，今天轉了半天了，都挺累的，你送到我宿舍後還是要返回宿舍，你要來回跑。」

「那好吧！」

當姬遠峰把書交到岳欣芙手中後，岳欣芙迫不及待在路上翻開看了，第一眼就看到了扉頁上寫的字跡，「一九九六年秋購於西安火車

站，姬遠峰」。

　　姬遠峰和岳欣芙今天都是因為心情煩悶去的江邊，但返回後如沐春風，他兩都忘記了今天是因為煩心事纔去的江邊。

三

　　冬天纔是哈爾濱最有特色的季節，哈爾濱之所以被稱為冰城也是因為她的冬天。十月八日，國慶假期後的第一天，鵝毛大雪漫天飛舞，哈爾濱今年的第一場大雪不期而至了，但氣溫還不足以使這美麗的六角精靈留在大地之上，一落地就融入了大地。從小在西北長大的姬遠峰對雪並不稀奇，而陽曆十月份農曆九月份就開始下雪還是讓他感到驚奇，姬遠峰除了對陽曆很熟悉以外，他對農曆也很熟悉，因為自從爸爸在他八歲那年摔傷之後家中所有的農活他都參與或者是主力了，他熟悉農曆的節氣，每次看到陽曆日期他都會潛意識裡對應成農曆，那意味著這個時間自己應該忙什麼農活了，莊稼生長到什麼程度了。陽曆十月八日是農曆寒露前後，也正是自己家鄉播種冬小麥的季節，天氣還不冷，而哈爾濱已經下雪了，這讓他稍微感到驚奇。姬遠峰的南方同學則是第一次見到下雪，覃華是雲南人，這是他長這麼大第一次見到下雪，激動地在雪裡又蹦又跳。開學一個月了，姬遠峰已經和覃華成了好朋友，覃華拉著他，一起在雪地裡照相，許多同學都在照相，他們要留下在大學裡第一場雪的記憶。

　　大一的新生照例去掃雪，元旦前的一天又去掃雪，男生大多拿著鐵鍬在前面鏟雪，女生則拿著掃帚在後面清掃，姬遠峰在同學中搜尋著岳欣芙的身影，默默地注視著她。她穿著淡紫色的羽絨服，戴著一雙粉紅的手套，嘴邊哈出的氣瞬間變成了白霧。姬遠峰不停地偷眼看岳欣芙，岳欣芙也看到了姬遠峰，她露出了會意的微笑。姬遠峰多想過去和岳欣芙一起鏟雪掃雪，多說幾句話，但同學們都在身邊，姬遠峰不好意思走到岳欣芙跟前。姬遠峰看到岳欣芙向他這邊走了過來，她是過來和自己

說話的嗎？姬遠峰有點不敢確定，他放慢了鏟雪的節奏，從並排鏟雪的同學中向後落了一些，假裝清理已經鏟過的地面。岳欣芙真的來到了他的身邊，清掃姬遠峰清理過的地面。姬遠峰看了一眼岳欣芙，恰好與她的眼神相撞，岳欣芙又露出了她甜美的笑，同學都在旁邊掃雪，他兩又趕快把眼神移開。岳欣芙在俯身掃雪，她輕輕地說話了，「小峰，元旦後一月二號是我的生日。」「妳要開生日party⁵嗎？」姬遠峰悄悄地問。「不，我不開生日party，我只是告訴你我的生日。」岳欣芙說道。

姬遠峰心中的小兔蹦蹦直跳，姬遠峰雖然沒有談過戀愛，僅有一次還在持續中的單相思，但他對男女同學間的感情很敏感，女同學對他的微笑他也能覺察到其中的微妙，他從岳欣芙的微笑中能感覺到她的羞澀，感覺到她的不自然。在自己班的小教室裡，在松花江鐵路大橋上他已經感覺到了，感覺到了岳欣芙笑後面的脈脈情緒，他知道一個女生單獨告訴一個男生生日的意味，岳欣芙是第一個告訴姬遠峰生日的女生。

大學的第一個元旦聚會開始了，女生已經到了，在飯店裡姬遠峰見到了岳欣芙，她已經脫去了外套，微微鼓起的胸脯，粉紅色的高領毛衣襯著她潔白秀美的臉龐。每個同學都很興奮，喧鬧聲充盈著整個包間，班長和黨委書記周凱張羅著，全班二十八個人分作三桌，六個女生要平均分到了三個桌子上，男生都不客氣，搶著去佔座位。姬遠峰看了岳欣芙一眼，他看到了岳欣芙給自己的示意，她會去哪個桌子上，姬遠峰搶到了那個桌子上的一個好座位——正面稍斜對著岳欣芙。姬遠峰注意著上到桌子上的每道菜品，看岳欣芙會喫哪個菜多一點，快一個學期了姬遠峰還從來沒有單獨和岳欣芙一起喫過飯，但岳欣芙每個菜都會喫一點，姬遠峰沒有看出來岳欣芙到底喜歡喫什麼菜。

每個人都互相在碰杯，著名的哈爾濱啤酒如同白開水一樣源源不斷地流入每個同學的體內。雖然已經定好了，男生和女生按照一比三的比

5　聚會。

例喝酒，但願意和女生喝酒的男同學太多了，姬遠峰數著岳欣芙喝下的啤酒杯數，她已經喝下五杯了，太多了，她不能再喝了。當再有男生和岳欣芙喝酒的時間姬遠峰替岳欣芙擋酒了，「別讓岳欣芙喝了，人家一個女生，再喝喝多了！」

男生當然不樂意了，「我和岳欣芙還沒有喝過呢，就一杯！」

「我替岳欣芙喝吧！」姬遠峰說道。

「不行，那算啥事！」男同學說著同時用異樣的眼神看著姬遠峰和岳欣芙。

岳欣芙笑著對著男同學說話了，「我實在喝多了，不能再喝了，心領了，你替我也喝了吧！把咱兩的一起喝了吧！」

「我？那妳還是意思一下吧，不按一比三了，妳隨意，我喝一杯！」男同學說道。

「我來陪著你兩喝！」姬遠峰說道。

三個人一起喝，男生和姬遠峰一飲而盡，岳欣芙輕輕地喝了一點，喝完酒的男生離開了。

「欣芙，咱兩還沒有喝呢，妳是不不能再喝了？」姬遠峰悄悄地問道。

「沒事，我知道自己能喝多少！」岳欣芙說道。

「我喝一杯，妳意思一下吧！妳已經喝了不少了，但我想和妳喝點！」

「沒有關係，我喝一杯吧！」

「那我至少得喝兩杯，妳還是喝半杯吧，我喝一杯！」姬遠峰說道。

姬遠峰看到了岳欣芙的眼睛，喝酒後的她面若桃花，眼含笑意，他兩趕快互相躲開了彼此的眼神，週圍都是同學，悄悄話不能說多了。

從飯店回來，女生都來同班的男生宿舍玩，管理嚴格的濱工大平時男女生宿舍不允許互相竄門，晚上十點四十五分就準時停電熄燈了，只有元旦這一晚上允許女生去男生宿舍玩，通宵不停電，但並不允許男

生去女生宿舍玩。今晚的主角是班裡的六位女生，女生去到哪個宿舍，不少的男生都會跟著去，但姬遠峰知道最後長時間停下來玩耍的肯定是自己的宿舍，因為自己宿舍的同學性格隨和，貪玩，平常就和班裡六位女生關係更熟悉一些。而且黨委書記周凱也在自己的宿舍，他最能招呼人。女生們先去了班長的宿舍，姬遠峰也跟了過去，其實他就是跟著岳欣芙而去的。

　　班長宿舍老大李峰的象棋下的很好，整個班也只有李峰從家裡帶了象棋到學校來，姬遠峰平時就經常觀戰李峰和其他同學下棋，但自從和哥哥那次不愉快的下棋經歷後姬遠峰再也沒有下過了，他只喜歡靜靜地在旁邊看著。李峰已經和一位男生開始廝殺了起來，其他女生對象棋毫無興趣，逗留一會後全去了姬遠峰的宿舍。姬遠峰看到岳欣芙在全神貫注地看著棋局，他有點吃驚，這是他第一次見女生觀看棋局，那說明她肯定會下棋。不僅姬遠峰感到吃驚，就連下棋的兩位男生都很吃驚，抬頭說，「岳欣芙，妳也會下棋？」然後繼續廝殺。當李峰的對手招架不住的時間李峰主動要求岳欣芙給對手支招，但對手最終還是敗下陣來。當這局棋結束後李峰主動邀請岳欣芙一起下，姬遠峰和其他同學都安靜地看著棋局，大家都好奇這位女棋手的棋藝到底怎麼樣，但最終岳欣芙還是輸了。

　　當這局棋結束後姬遠峰搶過了李峰的位置，「老大，你太厲害了，別欺負女生了，讓我來一局！」姬遠峰說道。「從來只見你看別人下棋，還沒見過你下棋，大家快看姬遠峰要出山了，第一次下棋就和女生下，大家看看姬遠峰水平怎麼樣！」李峰驚訝地說道。棋局開始了，看得出來岳欣芙完全進入了下棋的狀態，心無旁騖，不受旁邊觀眾的干擾，她不再微笑，嚴肅認真地思考每一步棋。岳欣芙每下一步後都會抬頭看姬遠峰一眼——下棋的時間都這樣，每個棋手走一步後都會看對手一眼。但姬遠峰被岳欣芙的眼神干擾了，他無法集中注意力思考棋局。姬遠峰心中暗暗叫苦，「糟糕，這樣的話肯定會輸掉，輸給老大李峰沒事，他棋藝高，輸給一個女生太丟人了。」姬遠峰越是這樣想，越覺

得岳欣芙的眼神中含有特殊的壓力，他的思路越來越混亂，接連失誤兩步，棋局越來越被動，這時岳欣芙看他的眼神更是讓他覺得芒刺在背。男同學起哄的聲音更大了，「岳欣芙，走這步，將死姬遠峰！」聽著那幫男生不懷好意的起哄聲，岳欣芙也笑了，她抬頭看了姬遠峰幾眼，岳欣芙的笑與眼神讓姬遠峰的思緒更亂了，他拿著棋子遲遲不能落下，真是到了舉棋不定的地步了。老大李峰看不下去了，接連給他支招，這很合理──弱者纔能贏得同情。「我去衛生間！」姬遠峰邊說邊站了起來。「別跑！姬遠峰要跑了！哈哈！」男生在起哄。姬遠峰還是跑了，他到宿舍門口轉悠了一下又回來繼續看棋局，李峰接過棋局，支撐了幾步還是輸了。

這局棋戰結束了，岳欣芙要去姬遠峰的宿舍了，姬遠峰跟著岳欣芙到了自己的宿舍，岳欣芙進了宿舍就脫掉了外套，這表明她會在自己的宿舍長時間的停留。其餘五個女生已經和男生在打牌了，黨委書記周凱的腦門上粘著紙條，三個女生的腦門上也粘著紙條，岳欣芙見了樂的哈哈大笑，姬遠峰第一次見岳欣芙哈哈大笑。岳欣芙雖然對姬遠峰笑的次數很多，但都不是這種大笑，姬遠峰覺得笑的開心的岳欣芙漂亮可愛極了。

有男生讓了一個位置讓岳欣芙參戰，岳欣芙推辭了一下，她問姬遠峰玩不，姬遠峰還沒有說話呢同宿舍男生已經說話了，「捲毛從來不玩，他也不會，妳白問他！」岳欣芙看了姬遠峰一眼，自己玩了，姬遠峰在岳欣芙身後靜靜地看著她打牌。姬遠峰又看到了那個熟悉的岳欣芙──認真，即使打牌她也是那麼地認真，她盯著別人已經打出的紙牌，姬遠峰知道她在暗中記憶已經打出的紙牌，認真計算著別人手中還有的紙牌，認真考慮自己手中紙牌的組合，打了好一會了，岳欣芙的腦門上還沒有粘上紙條。

「我有點累了，我想休息一下，這都是誰的床？」岳欣芙說話了。宿舍的男生都說哪個鋪位是誰的，姬遠峰看著岳欣芙，看她會選擇誰的床鋪，他心中已經有答案了，而且很確定，岳欣芙果然選擇了自己的床

鋪。自己的床鋪在靠近窗戶的上層，他看著岳欣芙脫掉自己棉皮鞋，她穿著純白色的襪子爬上了自己的床鋪。她四下環顧了一下，姬遠峰的床鋪一直很整潔，從小學開始他每天早晨起床都會將自己的被子疊的整整齊齊，他知道女生今晚會來自己的宿舍，今天早晨又換上了另一套洗乾淨的床單和被套。床鋪邊的墻壁上貼著一副日本女星酒井法子的海報，看到這位日本女明星的海報，岳欣芙露出了一絲微笑。岳欣芙也看了看床頭一側的書架，那上邊基本上全是教科書。在姬遠峰的枕頭邊是那本《圍城》和一本散文書，在枕頭邊放最近看的書是姬遠峰的習慣，那本《圍城》姬遠峰隨時會翻翻看一會。岳欣芙看到了這本熟悉的《圍城》，她拿起來也翻了翻後放了下來，又看了幾眼散文書。她沒有拉開被子，只是躺下來閉上眼睛休息，她的胸脯隨著呼吸起伏，睡得那麼安詳，猶如夜晚吐芳的幽蘭，姬遠峰竟有一種莫名的感覺，這是第一次有女生關注自己的床，願意到自己的床上來休息，多麼奇妙的感覺啊。

四

　　元旦過後第二天就是岳欣芙的生日了，雖然姬遠峰知道自己已經喜歡上了岳欣芙，按常理他應該毫不猶豫地給她送去生日禮物。但姬遠峰卻異常地矛盾，高中暗戀的軍工廠女孩還沒有結束，還時時會在姬遠峰腦海中隱現，他不知道該不該在那個軍工廠女生給自己明確答覆之前給岳欣芙送出自己生平以來第一份給女生的禮物。一九九七年一月二日中午，宿舍裡只有姬遠峰和周凱，其他室友都不在，姬遠峰坐臥不寧，躺在床上輾轉反側，周凱看出了他的煩躁，快一個學期了姬遠峰從來沒有這樣過。

　　「虱子上身了嗎？不好好睡覺，翻騰啥！」周凱笑著對姬遠峰說道。

　　「你老虎上頭了呢！我有心事，周書記！」姬遠峰也笑著對周凱說，周凱是系裡的黨委書記，說話有時間帶點官腔，室友開玩笑不叫他名字而叫他書記，姬遠峰說出心事二字後又後悔了，他從來不願意給別

人說自己心中的秘密，但周凱和他說話的時間他順口說了出來。

「啥心事？把你為難的，說出來，我給你參謀參謀！」周凱說道。

「沒有心事了，剛纔開玩笑了。」姬遠峰說道。

「別裝了，誰還看不出來，像屁股粘到熱鍋上了，不說別憋壞了自己啊！」周凱笑著說道。

「今天是岳欣芙的生日，我不知道她告訴我她生日的意思。」姬遠峰猶豫了一下，還是說了出來。

「別裝了，這不明擺著呢嘛！人家喜歡你啊，為什麼其他男生，包括我岳欣芙一個都沒有告訴呢！」

「我不知道該不該給岳欣芙送禮物。」

「你不喜歡岳欣芙嗎？多好的一個女生！就你那小樣，你還想幹啥，咱們班可只有六個女生，二十多個男生，僧多粥少，你別裝清純啊！你高中有喜歡的女生？」周凱說道。

「沒有，絕對沒有！」姬遠峰撒謊道。

「那不得了，在班裡我早就看出來了，你兩互相有意思，那偷偷摸摸的眼神放電多少次了，你還猶豫啥！」

姬遠峰翻身下了床，穿好衣服，背著書包去了學校裡的商店，他仔細地挑了又挑，最後選中了一件禮物，他讓售貨員用彩紙包裝好，繫上彩帶。年輕的女售貨員看了一眼有點青澀的姬遠峰，問，「給女朋友送的吧！」姬遠峰臉紅了，不知道該說什麼，只是笑笑。女售貨員笑了一下，打了一個漂亮的心形的結，遞給了姬遠峰。

整個下午姬遠峰的心思都不在課堂上，他偷偷的看岳欣芙，她和往常一樣和同班的女生來上課、下課，去食堂喫飯，看到他的眼神也只是會意的笑一下而已。姬遠峰在想怎麼把禮物送給岳欣芙呢，上課送吧，整個系的同學都會看見，下課了路上送吧，同班的其餘五個女生都和岳欣芙在一起，也會看到。想來想去，只有晚上在自己班的小教室送了，因為岳欣芙只要不上晚上的俄語課，她幾乎都會去小教室上自習——她

是班裡學習最認真的同學。雖然小教室裡也有同學，但只是自己班的同學，人不會很多，就算看到就看到吧，也只能這樣了。

晚飯後姬遠峰去了小教室，岳欣芙不在教室裡，姬遠峰有點納悶，今晚岳欣芙沒有俄語課啊，岳欣芙的俄語課表姬遠峰記得很清楚，她怎麼不在呢？如果臨時調整課程了，但其餘上俄語的女生都在小教室裡，同宿舍學俄語的室友也有來了小教室的，說明沒有臨時調整課。姬遠峰明白了，岳欣芙比自己想的還周到，她在宿舍等著自己。姬遠峰急忙趕到女生宿舍，在女生宿舍門口，姬遠峰十分擔心碰到同班的任何一個男生，不僅怕男生看到自己給岳欣芙送禮物，他更害怕有男生也來給岳欣芙送生日禮物。第一次去女生宿舍找岳欣芙的時間姬遠峰沒有感覺到心虛，因為他是去討論發言稿的，他不怕碰到班裡的男女同學，自從那次下雨的夜晚，那次松花江邊偶遇之後，姬遠峰也去女生宿舍找過岳欣芙兩次，他知道自己的目的已經不「單純」了，但總有辯論賽這樣的「公事」為藉口，姬遠峰覺得碰到班裡系裡的男女同學也還可以接受，但碰到的同學誰會知道自己是「公事」還是「私事」呢？可人的心理就這麼奇怪，而這次怎麼這麼心虛呢！

宿舍管理員用廣播叫了岳欣芙，果然在宿舍裡，她穿著外套出來了。岳欣芙出了宿舍，見到姬遠峰露出了微笑，姬遠峰明白了，這是會意的笑，她知道自己會來送她生日禮物。姬遠峰也暗自慶幸自己給岳欣芙送生日禮物了，否則的話岳欣芙多失望，甚至會誤會自己平時對她的表現也是輕浮了。姬遠峰將禮物遞給了岳欣芙，「生日快樂！欣芙！」姬遠峰微笑著說道。岳欣芙沒有立即打開禮物，「謝謝你，小峰！」岳欣芙低頭邊看包裝好的禮物邊說道，又衝著姬遠峰開心地笑了，露出了她可愛的小虎牙。「我兩一起出去走走吧！我把外套都穿好了。」岳欣芙說道。姬遠峰正求之不得呢，他有太多的話想和岳欣芙說，他原來想如果在小教室送了禮物，同學們當時就會起哄，他兩更不可能在同學們的起哄聲和眼光中一起離開小教室去散步了。

他兩並肩而行，從校園走出，沿著學校的圍牆在馬路上一起散步，

江邊的偶遇，借書還書，還有將近一個學期的相處姬遠峰和岳欣芙的關係熟多了，說話也不再拘謹了。

「欣芙，我兩一起出去走，妳不怕別人送妳生日禮物時找不到妳了嗎？」姬遠峰說道。

岳欣芙轉頭看了姬遠峰一眼，「再沒有人會送我生日禮物了，我的生日我只告訴了你一個人！」岳欣芙說道。

「那我就放心了，欣芙，不怕妳笑話，在我來妳們女生宿舍的路上妳知道我最擔心什麼嗎，我最擔心的就是還有其他男生來給妳送生日禮物，如果恰好廣播叫妳從宿舍出來，是其他男生送妳生日禮物，我都不知道該不該把給妳的禮物拿出來，我甚至都有假裝來找其他女生的想法，我覺得自己好奇怪。」姬遠峰微笑著說道。

「小峰，你放心，我只告訴了你一個人我的生日。」岳欣芙微笑著說道。

「那我就放心了，欣芙，妳媽媽真會生妳，日子真不錯。」姬遠峰微笑著說道。

「你什麼意思？」岳欣芙疑惑地問道。

「妳的生日是一月二號，幸虧是陽曆一月二號，要是陰曆一月二號的話，妳媽媽生妳的時間剛好春節前後，全家擔心，連年都過不好。」姬遠峰笑著說道。

岳欣芙聽了笑了起來，「我還以為你要說什麼呢，我媽生我的時間我能決定了嘛！還好沒有提前生幾天，要不我就成一九七七年的了，就大一歲了。」

「欣芙，妳說的對，我也是一九七八年的，妳如果提前生幾天，就比我大一歲了，其實也就大幾個月而已，中國人算年齡都是算年頭的。妳前天晚上喝多了嗎？我看妳在我們宿舍沒有玩多長時間就到我床上休息去了。」姬遠峰說道。

岳欣芙聽姬遠峰提到她在他的床上休息，臉微微有點發紅，「我沒有喝多，只是感覺有點累，平常宿舍按時就熄燈了，前天晚上通宵不熄

燈，可能到睡覺的點了，有點困。」

「女生還是少喝一點好，我們那邊女的喝酒的不多，妳覺得我的床鋪怎麼樣？」

「我心裡有數的，不會喝多的，你的床鋪挺整潔的，特意收拾過的吧！」岳欣芙笑著說道。

「我的床鋪一直很整潔，不過那天晚上也是特意收拾過，咱們班三個男生宿舍，我們宿舍的同學不怎麼好好學習，最能玩，我們宿舍老五也是咱們系黨委書記周凱最能招呼大家，我們猜妳們女生會在我們宿舍玩，所以大家都特意收拾整齊了一些。」

「怪不得那麼整齊，平時印象中男生不是很講衛生的。」岳欣芙說完笑了。

「妳象棋下的真好，跟誰學的？女生很少有下象棋的。」姬遠峰說道。

「我跟我爸爸和我弟弟學的，我爸爸和我弟弟經常下棋，我在旁邊看的時間長了也就學會了，我不大喜歡和女生在一起玩女生的遊戲，你前天晚上和我下棋的時間為什麼跑了，怕輸了嗎？」岳欣芙笑著問道。

「是的，我看快要輸棋了，一個大男生要輸給妳了，真讓我難堪，我看老大李峰不停給我支招，我就藉機跑了。不過，欣芙，妳可別以為我下不過妳，是妳看我的眼神干擾了我，還有咱們班那幫同學不懷好意的起哄聲讓我輸給了妳，以後有機會我和妳好好下幾局，我不一定會輸給妳，不過妳能和老大李峰對戰那麼長時間，我還真擔心贏不了妳。」姬遠峰邊說邊笑了起來。

岳欣芙聽了也笑了起來，「你臉皮還挺薄，怪不得你跑了呢，輸給女生怎麼啦，你真的不會打撲克？」

「我只是不玩撲克，不喜歡，看別人打牌還是看得懂，要不前天晚上看妳打牌那麼長時間。」

「那你平常玩什麼？」岳欣芙問道。

「我初中的時間喜歡打乒乓球，到了高中身高發育了就開始打籃球

了，閒暇時間很喜歡看看散文遊記之類的書，也喜歡獨來獨往，四處溜達，不喜歡湊堆。」

「我也發現了你雖然和同學們會一起來上課，但自習經常一個人來上，我們女生都是一起行動，你喜歡酒井法子？」岳欣芙笑著問道。

「是的，我喜歡酒井法子，酒井法子很漂亮，妳肯定是看到我床鋪上貼的酒井法子的海報纔這樣問我的，妳呢？欣芙，妳喜歡哪個男明星？」姬遠峰笑著問道。

「那麼多港臺女明星也很漂亮，你為什麼喜歡一個日本女明星呢？我喜歡哪個男明星我不告訴你！」岳欣芙笑著說道。

「港臺女明星漂亮的也很多，不過聽說日本女的很體貼男的，所以我就貼了酒井法子的海報，妳不告訴我妳喜歡哪個男明星我也猜得到，無非就是那幾個男明星而已，不是劉德華就是張國榮，還有黎明之類的，不過我對男明星一點都不感興趣，對他們的海報我從來都不看一眼。可惜咱們學校男生不允許進入女生宿舍，如果讓進去的話，找個藉口進去看一眼妳床鋪上貼的是誰就知道了。」姬遠峰笑著說道。「前天晚上元旦聚會結束了我想送妳回宿舍，不過妳和咱們班女生在一起，也有那麼多男生，我沒好意思送妳，我和其他男生一起把妳們女生送到我們樓下就上樓去了，咱們班小課太少了，都是大課。」姬遠峰接著說道。

「是的，大一基本上都是大課，要麼一個系上，一百多號人，要麼和計算機系一起上，二三百人。」岳欣芙說道。

「唯獨英語課是小課堂，不過咱們班女生學的全是俄語和日語，全班學英語的也只有十五個男生，和妳一起上小課的機會都沒有，雖然咱們班有小教室，但白天我們都上大課，妳晚上經常去上俄語課，去自己班小教室的次數也不多，咱兩單獨碰面的機會太少了，我有時候想找妳聊天，但機會太少了。」姬遠峰說道。

「我有時間也想找你聊天，不過就像你說的我們白天都要上大課，晚上我經常要上俄語，而且我們宿舍女生說好一起行動，我不好意思單

獨來找你，大二之後沒了自己班的小教室，連在小教室碰面的機會都沒有了，估計碰面的機會會更少了。」岳欣芙說道。

姬遠峰笑著說，「有時間我都有點恨咱們班的其他五個女生了，她們總和妳在一起，讓我單獨湊到妳跟前的機會都沒有，我很想單獨和妳一起去食堂喫飯，那樣感覺飯菜都會更香了，不過她們和妳在一起我不好意思湊到妳跟前，不像我經常獨來獨往，想去那都行，沒人影響到我。」

「我也想和你一起去喫飯，不過我們宿舍女生說好一起行動的，如果她們有了男朋友的話，我們就會分開喫飯了，那時間我兩就可以一起去喫飯了，不過咱兩一起去喫飯同學會開玩笑的。」岳欣芙越說聲音越小了。

「欣芙，妳說等妳們宿舍其他女生有了男朋友咱兩就可以一起喫飯了，那妳呢，妳不想有個男朋友嗎？」姬遠峰問道。

「我不知道。」岳欣芙低著頭說道。

「那我只能祈禱咱們班其他女生盡快有男朋友了，同學們開玩笑我不怕了，我都希望他們說的不是玩笑而是真的了。」姬遠峰邊說邊轉頭看岳欣芙，他碰到了岳欣芙的眼神，岳欣芙躲開了姬遠峰的眼神，姬遠峰繼續說，「我有時候都想跟著我們宿舍的男生去上俄語課，那樣的話我就可以在俄語課上看到妳，上完課後和妳在校園裡一起溜達溜達，但怕被妳們俄語老師攛出來，再者我一是聽不懂，二是妳也在上課，也不能和我聊天，而且同學那麼多，想想算了，不過周凱教了我兩個俄語句子。」

「你還學了兩個俄語句子！什麼句子？說說讓我聽聽吧！」岳欣芙轉過頭面向姬遠峰驚訝地說道。

一個是「襪子塞在鞋窠了[6]」，一個是「呀溜不溜結邊，巴年特那。[7]」聽到這句話岳欣芙緊張了起來，他以為姬遠峰會停下來等她回答，不過

---

[6] 俄語，星期日воскресенье的諧音。

[7] 俄語，知道嗎，我愛你Знаешь, я люблю тебя不準確的發音。

姬遠峰沒有停下來，他接著說，「我每次和周凱開玩笑就對著他說『呀溜不溜結邊，巴年特那』，他對著我罵，『滾！捲毛！』」姬遠峰邊說邊笑了起來。

岳欣芙雖然緊張怕姬遠峰讓她回答那句俄語，但當姬遠峰繼續說了下去，她心底反而有點失落，她自己也不知道為什麼，她笑了笑，「你們男生真有意思！」

「妳學會滑冰了嗎？」姬遠峰問道。

「學會了，怎麼啦？你呢？」岳欣芙回答並問道。

「我也學會了，不過聽妳說已經學會了，我感覺有點失落。」姬遠峰笑著說道。

「我學會滑冰了你有什麼好失落的？」岳欣芙笑著問道。

「欣芙，剛開始上滑冰課的時間我也不會滑冰，看到其他男生扶著妳學滑冰我心裡醋瓶子都翻了，可惜當時我自己還不會滑，否則我會把那些男生全攆跑，我扶著妳學滑冰了，現在妳已經學會了，別的男生不會扶著妳滑冰了，但我也沒有機會扶著妳滑冰了，所以感覺有點失落了。」姬遠峰笑著說道。

岳欣芙聽了樂的咯咯地笑了起來，「小峰，你真有趣！」

姬遠峰也笑著說，「妳假裝沒有學會，讓我扶妳一下好不！」

岳欣芙一聽笑的更厲害了，「我發現你挺好玩的，那你呢，不會裝著不會滑讓我扶你吧，你不會滑我也不會扶你，那麼多同學都在滑冰，沒有女生扶著男生滑冰的，會被看到的。」岳欣芙說道。

「好狠心的姑娘啊，那我摔倒了妳不心疼啊！我不怕被同學看到，我正想讓同學都看見呢，那樣就沒有其他男生接近妳了。」姬遠峰笑著說道。

岳欣芙聽了笑的更樂了，「我發現你今天晚上嘴特別貧，以前沒有發現你這樣的。」

「欣芙，其實我嘴不貧，我爸爸一直說我性格沉穩，話不多，不過我話多是分人的，和妳在一起我就話多了，我和其他同學說話還是比較

少的，妳複習的怎麼樣了，快要考試了。」姬遠峰說道。

「還行吧，你呢？」

「我可能差點事，但願考試不要掛科就行，說到考試我又很矛盾。」

「你又矛盾什麼呢？」岳欣芙問道。

「考完試就到下一學期了，下學期結束就可以到妳家那軍訓去了，妳說過軍訓有時間的話會帶著同學去妳家玩，所以我期待著快點考試，好到妳家那軍訓，也去妳家玩去了，但我這一學期以來各種煩心事鬧得根本沒有心思學習，又怕考試掛科。」

「你煩什麼呢？」岳欣芙問道。

姬遠峰笑而不說煩心事，「軍訓時去妳家玩我該帶什麼禮物呢，四色禮嗎？」姬遠峰問道。

「為什麼要帶禮品呢？什麼是四色禮？我只是帶著同學去我家玩，你帶禮物其他同學怎麼辦呢？」

「我還以為妳只帶我去呢，還有其他同學啊，我第一次去妳家當然應該帶禮物了，四色禮就是四種禮物，我們那邊把比如煙酒糖茶四樣東西的組成的禮物叫做四色禮。」姬遠峰說道。

「當然還有其他同學了，我怎麼好意思單獨帶你一個男生去我家呢！送四色禮肯定有什麼講究對吧！」岳欣芙說道。

「對，欣芙，妳說的對，我們那邊男生第一次去老丈人家就要送四色禮。」姬遠峰知道四色禮是媒人提親時需要送的，但他故意這樣說。

岳欣芙一聽笑了起來，「討厭，你今天晚上逗我玩呢是嗎！我爸爸知道了會把你攆出來的。」岳欣芙笑著說道。

「妳爸爸為什麼會把我攆出來，欣芙？」

「上學前我媽媽給我說，妳要給妳弟弟做個榜樣，不能一上大學就談戀愛，妳纔十八歲，年齡還小，我知道我爸爸也是這樣想的，不過我爸爸不好意思跟我說，讓我媽媽跟我說。」岳欣芙說的時間變得嚴肅了起來，因為是夜晚，姬遠峰并沒有注意到岳欣芙神情的變化。

「哦，看來妳爸爸這一關挺難過的，妳剛纔說妳還有一個弟弟，妳

家還有誰，我家人挺多的，我有兩個姐姐，還有一個哥哥，我是我家老小。」

「我家除了我爸爸媽媽外，只有一個弟弟，今年上高二。」

「那我也要想辦法討好妳弟弟了，小舅子也很重要的。」姬遠峰笑著說道。

岳欣芙笑了起來，「你又來了，上次在江邊聽你說你家在甘肅省平涼市，我根本不知道在什麼地方，回去特意查看了地圖，發現真的好遠啊，你上次說來學校就走了三天。」

「是很遠，我在路上走了三天，在西安和北京轉了兩次車，真的很麻煩，妳是不……」

姬遠峰想說妳是不已經想象去我家的情景了，不過覺得今晚自己暗示的話已經說得太多了，再說會顯得自己沒有一句正經話，也會讓岳欣芙不好意思了，打住了話。但姬遠峰已經想起了來學校路上的情景，憧憬著和岳欣芙一起回自己家了，也想起了《圍城》中方鴻漸他們結伴去三閭大學路途中的情景。不過他覺得這會是一趟愉悅的旅行，因為農村出來的他對坐火車硬座已經很滿足，雖然感覺累，但第一次出遠門、第一次坐火車的新奇與新鮮感還在，何況和自己喜歡的女生一起長途旅行，有了單獨接觸的機會。他覺得和岳欣芙單獨在一起的機會太少了，他自己向來獨來獨往，但岳欣芙總是和班裡其他女生一起行動。

岳欣芙覺察到了姬遠峰的停頓，「你怎麼說了半句話不說了，怕我說你什麼嗎！沒有關係的，聽了你的介紹，我倒很嚮往大西北了，我家那兒和這裡一樣，全是東北大平原，我還沒有見過高原、沙漠、戈壁，以後有機會和你一起去西北玩玩也挺好，不知道你願意和我一起去嗎？」岳欣芙在地圖上察看姬遠峰的家鄉在甘肅寧夏一帶，想當然地認為姬遠峰家就在沙漠戈壁附近了。

「我當然樂意和妳一起去了，我家是黃土高原的溝壑地帶，不過妳想看的戈壁沙漠離我家都不遠，到時候我帶著妳一起去。」姬遠峰說道。

「好啊，不過你家離這兒實在太遠了，暫時也沒有藉口去你家那邊

玩，不像我家，軍訓就會去，去我家那兒坐火車幾個小時就到了，還是很方便的。」

「我都開始憧憬去妳家那兒軍訓了，不過先要把期末考試考好了再說，要不假期都會過的不踏實的。妳看完《圍城》覺得怎麼樣？妳把書都還我了，我一直沒有機會和妳討論。」姬遠峰說道。

「挺好看的一本書，要是唐曉芙和方鴻漸能走到一起就好了，可惜了。」

「當然不能走到一起了，走到一起故事就完了，小說還怎麼繼續寫呢，寫小說都是要留下懸念，一個接一個，纔能寫下去。」

「你說的也是，只是感覺可惜，你喜歡書中哪個主人公呢？」岳欣芙問道。

「妳說男的還是女的，這是本諷刺小說，男的沒有一個正常人，我當然哪個都不喜歡了，女的唐曉芙比較可愛了，但後來劉小姐也不錯，不知道方鴻漸要是和劉小姐走到一起會怎麼樣。」

「是的，我也有這個想法，孫柔嘉是上海嬌小姐，而劉小姐則在她哥哥家幫忙，生活閱歷多一點，那樣的話婚後生活矛盾可能會少一點，方鴻漸也可能就留在三閭大學了，不過像你說的，故事又結束了，就沒有返回上海的後續故事了。」

「妳剛纔問我喜歡書中哪個主人公，那妳呢，妳喜歡書中哪個人物？」姬遠峰問道。

「你已經說了，小說中男的全都不正常，我還能喜歡誰呢，要是喜歡的話不就不正常了嘛！」岳欣芙笑著說道。「《圍城》雖然是很好看的一本書，不過這些男主人公離我們都挺遠的，都是過去的鄉紳、買辦資本家、高校校長、教授、歸國留學生之類的，我們沒有那樣的生活閱歷，有些內容看了引不起共鳴，不知道你有這樣的感覺嗎？」

「欣芙，我也有這樣的感覺，不過錢鍾書寫的是民國時期的事情，我們都是從小上學，和社會接觸的很少，對社會中那些複雜的關係無法理解了，不過這本書讓我從中學到了不少書本中沒有的東西，比如單位

中的爾虞我詐、明爭暗鬥，家庭生活中的瑣碎攀比妒忌等等。」

「你說的對，有些東西我們暫時可能無法理解或者產生共鳴，等過幾年可能看法就不一樣了。」

「欣芙，妳說的對，妳把書還給我後我又有點失落了。」姬遠峰笑著說道。

岳欣芙笑著問，「你又怎麼了？」

「我還以為妳會像《圍城》裡面借書還書的情節一樣，寫點什麼話在上面，至少夾個紙條之類的，可惜妳把書還給我後我從頭翻到尾，發現一個紙條都沒有。」姬遠峰說完面帶笑容看著岳欣芙。

岳欣芙咯咯笑了起來，「小峰，你小說看多了吧，還真能想，幸虧你的書上沒有像范小姐那樣寫上什麼親愛的之類的話，我們宿舍其他室友看到我借你的書也翻著看了，已經有人拿咱兩開玩笑了，要是看到你寫的亂七八糟的東西多不好意思，開學時參加完辯論賽不過癮，你想當演員嗎！」

姬遠峰笑了起來，「我當演員也要拉著妳，開學參加辯論賽咱兩一個隊，不過我參加完辯論賽我就後悔了。」

「為什麼？」岳欣芙問道。

「我覺得咱們學習理工科的，將來的工作又不是辯論和演講，話說多了言多必失，我看了《圍城》後纔覺得自己真的很淺薄無知，《圍城》裡錢鍾書提到的好多歷史人物，引用的好多典故我都是第一次聽說，都不知道其中的含義，我們的辯論賽我感覺只是練練口才而已，對擴充自己的知識並沒有什麼幫助。」

「你說的對，我也有同樣的感覺，以後還是把精力多用在學習上了。」

「妳不寫紙條算了，那給我一張妳的照片可以不，要單人的，不要合影。」

「你要我照片幹什麼？咱兩一個班天天見面的。」岳欣芙笑著說道。

「妳不看《圍城》裡怎麼寫的，趙辛楣在皮夾裡翻揀了半天找出

了一個女孩子的照片，現在好多男生都喜歡在錢夾裡夾自己女朋友的照片。」姬遠峰微笑著說道。

岳欣芙又笑了起來，「小峰，今晚你真有趣，不過好吧，我的單人照都是高中的，都在家裡沒有帶到學校來，前幾天滑冰的時間我照了一張單人照，等洗出來我給你一張吧，不過你錢夾裡不會也有其他女生的照片吧！」岳欣芙邊說邊笑了起來。

「我保證我錢夾裡只有一張妳的，不過錢夾太小了，現在洗的都是五寸的相片，妳給我五寸的就行，五寸的大，看著清楚點，我會好好保存的。」姬遠峰認真地說道。

「你火車票買好了嗎，過年的時間火車票不好買，回家的老鄉約好了嗎。」

「火車票是班裡統一訂的車票，應該沒有問題，不過還沒有發下來，回家的老鄉已經約好了，和我一起來學校的老鄉他寒假不回家，我已經聯繫上了幾個我們當地的高年級老鄉，買的也是同一個車次的車票。」

「我回家是短途，可以隨時買票，我想去車站送你，不過你和老鄉一起回家，想想算了，很快就要考試了，考完試就回家了，我估計我兩單獨見面的機會沒有了，你回家的路上注意安全。」岳欣芙說道。

「謝謝妳，欣芙，妳回家路上也注意安全，寒假我會在家裡想妳的。」

岳欣芙低下了頭，輕輕地說，「我也會的。」

姬遠峰在一個路燈下停了下來，從書包裡拿出了一個作業本和筆，岳欣芙有點緊張，她不知道姬遠峰要幹什麼。「欣芙，妳把妳家的詳細地址和郵編寫下來吧，我假期裡想寫信給妳，我以前也問過妳的家庭地址，但妳家地址是少數民族地區，太拗口了，有幾個字我也不知道是什麼字。」

岳欣芙接過了作業本和筆，湊到路燈下寫下了自己家的詳細地址，並寫下了自己爸爸的名字，遞給了姬遠峰。

「妳怎麼連妳爸爸的名字都寫下來了？」姬遠峰疑惑地問道。

「你要我家地址我就寫下來了，不過你最好不要給我寫信，在我家
農村裡信件經常會被別人隨便拆開，你如果寫了信估計我還沒有看到呢
村長還有我爸爸早就看過了，而且寫我的名字村長有可能不知道是誰家
的孩子，村子裡都習慣叫小孩小名，所以我寫下來了我爸爸的名字，你
如果要寫信的話就寫我爸爸收，然後轉給我，我就能收到了，但最好還
是不要寫，很容易被別人拆閱。」

「欣芙，妳說的對，咱兩村子的情形一樣，信件經常都會被隨便拆
閱，所以在學校裡我有事只往爸爸單位打電話，一是方便，二來也怕信
件被人拆閱，看來這個假期裡我兩要斷了音訊了，只能盼著下學期快點
開學了。」姬遠峰邊說邊笑了。

岳欣芙也笑了笑，沒有說什麼。他兩好像暫時一下說完了所有該說
的話，兩人誰都不說話了，默默地一起走，但誰也不願意分開回去。

岳欣芙看了一眼手錶，「該回去了，宿舍快要鎖門了！」

他兩急急忙忙往女生宿舍走去，哈爾濱的冬天地面上全是雪和雪
踩實後的冰面，很滑，他兩有兩次差點滑倒，姬遠峰伸手扶了岳欣芙一
把，他想以後一直能攥著她的手就好了。快到女生宿舍了，姬遠峰和岳
欣芙分開了，岳欣芙走向了女生宿舍，每走幾步就會回頭看一眼姬遠
峰，姬遠峰則一直站著看著岳欣芙走向宿舍門口，快走進宿舍門口了，
岳欣芙又一次轉過了身，她衝著姬遠峰又甜甜地笑了一下，招了幾下
手，轉身進了宿舍。

姬遠峰回到宿舍，樓門已經鎖了，他敲門讓宿舍管理員開了門，管
理員不高興地說，「怎麼回來這麼晚？」姬遠峰高興地對宿舍管理員
說道，「剛過元旦，和別的大學的老鄉聚會去了。」然後飛快地跑上
了樓。

岳欣芙一回到宿舍室友就看到了她手中的禮物，被圍了起來。

「欣芙，怪不得妳今晚不去上自習，我們回到宿舍也沒有見妳在宿

舍，肯定是約會去了吧，今天是妳的生日，禮物肯定是男生送的吧，是誰送的，快點招供！」她的室友崔哲秀說道，崔哲秀是朝鮮族人，外語學的是日語。

「快點打開看看，是什麼禮物，讓我幫妳拆開吧！」另一個室友于忻說道。

岳欣芙緊張了起來，禮物僅僅是用彩色禮品紙包起來用絲帶扎著，一拉開活結包裝就開了，今晚姬遠峰和她聊天時已經說了不少暗示的話了，她怕姬遠峰趁著送生日禮物的時候寫上表白的紙條放在裡面。即使普通的生日祝賀的紙條上面也會有姬遠峰的名字，她不想讓同學們知道是誰送的禮物，因為他只告訴了姬遠峰一個男生自己的生日，那樣室友都會明白怎麼回事了，姬遠峰借給她《圍城》看，室友已經拿她和姬遠峰開玩笑了。她抓緊了禮品，「別拆壞了，我來拆。」她輕輕地拉開活結，打開禮品紙，果然有一個紙條，她迅速地把紙條收了起來裝入口袋裡，禮品紙包裝著一個禮品盒，禮品盒裡是一個淡紫色心形的鬧錶，錶盤中間是一個吐著舌頭的卡通小狗。

「好可愛的鬧錶。」室友安可琪說，安可琪性格溫柔，待人真誠。

「送妳禮物的小狗舔妳了嗎？」萬娟娟嬉笑著問岳欣芙，萬娟娟是班裡六個女生中最調皮的，她最愛熱鬧，也最能起哄。

「妳……」岳欣芙假裝生氣地看著萬娟娟。

「紙條上寫的什麼？讓我們看看！」另一個女生李宏說道。

岳欣芙捂著口袋怎麼也不給室友看，爬到自己的上鋪，她小心翼翼地將鬧錶放在自己的書架上，掏出紙條，只是一個普通的生日快樂的祝福，後面是姬遠峰的名字。

熄燈了，鬧錶的指針一跳一跳的在走動，岳欣芙的心也一跳一跳的，室友已經睡著了，呼吸均勻，她有點睡不著，回味著晚上和姬遠峰一起散步聊天的情形。姬遠峰那些曖昧的話讓她心裡暖烘烘的，不知道在姬遠峰心裡這算不算表白，他如何說纔算是表白呢。她感覺姬遠峰還會跟她說的，因為當姬遠峰說那句俄語我愛妳的時間她原以為姬遠峰會

停下來等她回答，但姬遠峰沒有停下來而是繼續說下去了。姬遠峰也說
了他想扶著自己學習滑冰，那自己會讓他扶著的，但現在已經學會滑冰
了，下個冬季沒有這樣的機會了。回宿舍的路上快滑倒的時間姬遠峰伸
手扶了自己兩把，如果當時姬遠峰不鬆手的話，自己該不該掙脫呢？想
到這些她心裡暖烘烘的，但她又想起開學前媽媽對她講的話，一絲不安
的情緒襲上心頭，她的思緒有些亂，慢慢地睡去了。

五

　　姬遠峰寒假裡回到了家，爸爸已經將牲口賣光了，土地明年小麥收
割了爸爸也準備承包給同村村民了，姬遠峰不用照料牲口了，也沒有農
活可幹了。還沒有到過年的時間，爸爸每天都去鄉政府上班，大姐早就
出嫁了，孩子已經好幾歲了，二姐今年中專剛畢業參加了工作，單位還
沒有放假，現在還沒有回家。哥哥技校最後一年了，去到鐵路上實習去
了，也沒有回家，家裡只有姬遠峰和媽媽兩個人了。回家後兩天的聊天
已經把學校裡的新鮮事說光了，媽媽是農村婦女，姬遠峰說的許多事情
媽媽聽不懂，媽媽講的農村中那些八卦事姬遠峰也不喜歡聽。姬遠峰有
些百無聊賴，他除了看小說史地書籍外無事可做，喫過晚飯後他一個人
在自家門前的鐵路上長時間溜達，直到天很黑了，他回家後看會書就直
接睡了。姬遠峰家小時候不通電，他沒有養成看電視的習慣，偶爾看看
體育節目，但爸爸媽媽不看體育節目，爸爸喜歡看會新聞，新聞之後媽
媽會看會電視劇，電視劇中經常會出現親密的鏡頭，他和爸爸媽媽一起
看感覺很尷尬，所以姬遠峰一般並不看電視。

　　姬遠峰躺在炕上，他回想起大學一個學期以來的點點滴滴，岳欣芙
的影子時刻在他的腦子裡浮現，他想到了辯論賽的每個細節，他兩並排
而坐，他能清楚地看到她的臉面，甚至脖子上一個小小的痣都能看的清
清楚楚。岳欣芙的臉像絲綢一樣的光滑，純潔無瑕，白裡透紅，她每一
次衝他的笑都讓自己感覺那麼溫暖。那個雨夜他兩羞澀地看著高年級親

密動作的同學，誰也不說一句話，晚上在夢裡自己第一次夢到了她，醒過來只看到那灑在桌子和自己床鋪上的一片明月。在鐵路大橋上，岳欣芙說自己盯著她看，說自己不好意思了但她自己首先滿臉的緋紅。元旦聚會時她喝酒後桃花一樣的面容與看自己時的脈脈情眼。她躺在自己的床上休息的樣子那麼甜美。自己送她生日禮物時她高興的樣子，自己還給她說了不少曖昧的玩笑話，她說了等她那張在冰上的單人照洗出來後會給自己一張，開學後估計岳欣芙就會送給自己了。

姬遠峰想起了軍工廠那個女生，這個女孩還時常在自己的腦海中浮現，也在自己的夢中出現。她也高三了，去年這個時間自己正在高中補課，那是多麼糟糕的一段時光，那是他上學以來惟一段不願意呆在學校的時光，她也可能正在補課。明年七月份她也要高考了，不知道她會考上哪個大學，一個學期過去了，自己再也沒有見到過她一次，甚至連她的名字也沒有聽到過一次，不知道她變樣子了沒有，自己高三的時間發育很快，變化很大，現在已經有了絨絨的鬍鬚了。那個留個中分髮型，還抽煙的男生真的是她的男朋友嗎？那麼漂亮可愛的女生怎麼會找一個流里流氣還抽煙的男生做她的男朋友呢？

姬遠峰睡不著，他爬了起來，趴在炕上給覃華寫了一封信，把自己對岳欣芙的感情對覃華透露了一點點。姬遠峰覺得覃華太簡單太單純了，有點心事在心底藏不住，上學期喜歡上了班裡的一個女生，自己也不知道他怎麼向那個女生表白的。但在元旦聚會的時間覃華喝多了，當班裡女生都在自己宿舍玩的時間他藉著酒勁進來了，說了幾句什麼話，鬧得氣氛有點尷尬。有這樣的經歷，姬遠峰當然不會問覃華怎麼向那個女生表白的，為什麼最後發展的有些尷尬和不愉快。姬遠峰寫信告訴覃華自己喜歡上了岳欣芙，或許覃華會以自身的經歷給自己點建議，怎樣表白會更好點。信發出後姬遠峰一直等著回信，可能雲南太遠了，直到開學姬遠峰去了學校也沒有收到覃華的回信。

正月初二家裡來了一個姬遠峰不認識的小伙子，並帶著幾樣禮品，

姬遠峰有點懵，這個親戚自己怎麼不認識呢，以前怎麼也從來沒有到過自己家呢。但很快明白了，原來是追求二姐的中專同學，去年和二姐一起畢業分配了工作。一貫嚴肅的爸爸雖然極力地掩飾著自己，但也掩飾不住對小伙子的喜愛，媽媽更是喜笑顏開，張羅了好幾樣菜給小伙子喫，看得出來爸爸媽媽比自己從學校回來還開心。大姐長自己九歲，而且大姐很早就結婚了，那時間姬遠峰還小，當時爸爸媽媽對大姐夫的態度他早已忘記了，原來爸爸媽媽除了喜歡自己的孩子外，喜歡姐姐的男朋友竟然會這樣開心。

當二姐介紹姬遠峰給那小伙子時，那小伙子直夸姬遠峰學習好，長得帥，說他自己只上了中專。但看得出來小伙子的心思全在二姐身上，和姬遠峰說話的時間眼睛還不自覺的向二姐那看。姬遠峰覺得自己已經不是一個小學生了，不是隨便誇兩句就會很高興了，他和那個追求二姐的男生也沒有什麼話可說。姬遠峰心想，快點去和二姐聊天吧，我和你聊天也沒有什麼興趣。喫完午飯，二姐和那小伙子出門玩去了，哥哥去親戚家喝酒去了，家裡只剩下了姬遠峰和爸爸媽媽。姬遠峰想起了岳欣芙，自己會不會有一天像這個小伙子一樣也去岳欣芙家，岳欣芙的爸爸媽媽會不會像自己的爸爸媽媽一樣喜笑顏開呢。對了，岳欣芙還有一個弟弟，自己要吸取教訓，去岳欣芙家之前多做做功課，問問她弟弟有什麼愛好，不能像追求二姐的小伙子一樣說的話索然無味。

返校後姬遠峰見到了覃華，覃華家也在農村，姬遠峰怕自己的信像自己和岳欣芙家一樣，會收不到或者被別人隨便拆閱。他詢問了覃華，覃華告訴姬遠峰信件他收到了，也回了信。覃華還鼓動姬遠峰大膽追求岳欣芙，濱工大女生太少了，別等你喜歡的女生成了別人的女朋友，後悔都來不及了，姬遠峰說我再考慮考慮。但姬遠峰還是惦記著覃華給自己的那封回信，即使丟了也別寄到家裡，如果寄到了家裡肯定會被拆閱，他還不想在和岳欣芙正式確定戀愛關係之前讓爸爸媽媽知道這件事。

　　返校後姬遠峰又見到了寒假裡日思夜想的岳欣芙，只是他兩的關係還是一如既往的在地下運行，愛情的火苗在姬遠峰的心底瘋狂的滋長，他又重複了高三時對那個軍工廠女孩的感覺。他就像著了魔一樣，無時不刻想看見她，他關注她的一舉一動，她的一笑一蹙都讓他著迷。上大課的時間姬遠峰會故意很早坐到很靠後的地方，那樣他會看到岳欣芙的身影，看著她和同班的女生一起走進教室，看著她聽課，看著她下課後收拾書包在自己的前面走，看著岳欣芙的背影姬遠峰仿佛都能感受得到岳欣芙看自己時的脈脈情緒。

　　但高中暗戀的軍工廠女孩還是時常在姬遠峰的腦海中浮現，姬遠峰備受煎熬。姬遠峰終於想明白了，他該做出選擇了，自己已經感覺到了岳欣芙對自己的脈脈情愫。而且岳欣芙可能正等著自己表白呢，長時間拖下去不僅自己忍受不了，說不定岳欣芙對自己不去表白也會產生誤解，以為自己對她的言行包括送生日送禮物時說的那些曖昧的暗示的話只是輕浮的表現而沒有真正發展下去的想法。

　　姬遠峰決定在給岳欣芙正式表白之前再給那個軍工廠女生寫一封信，他想得到那個軍工廠女生的一個明確答覆，他從來不願意在和一個女生交往的同時心中還有另外一個女生的影子，他想得到她的一個明確答覆而不是其他人替她的回應。而且他想儘快地寫信給她，因為她也高三了，快到高考了，時間越晚不僅自己忍受不了煎熬，而且越臨近高考會給她更大的困擾。

　　信郵寄出去後姬遠峰忐忑不安，他不知道信件能否順利到達那個軍工廠女孩的手中，她今年高三了，已經文理分科了，以自己當時分科的經歷，各個班會調整，她現在是幾班自己也不知道。姬遠峰也不知道她學的是文科還是理科，所以籠統地寫了高三全砫收。她的年級裡會不會有重名的？如果有那就更麻煩了，但那個軍工廠女生的名字太少見了，重名的概率很小，這纔讓他稍微放下點心。

　　姬遠峰計算著信件來回的日期，軍工廠女生的回信如期來到了姬遠峰的手中，當生活委員把那個軍工廠女生的回信遞到他手中的時間，姬

遠峰甚至有點不敢相信她會給自己回信。自己寫給她的第一封信收到的
只是兩個男生的「問候」，這是自己寫給她的第二封信，她也有可能將
信扔到一邊而已，但這次她回信了。用的信封是她所在軍工廠的信封，
姬遠峰終於知道了他單相思將近兩年的女孩所在軍工廠的正式名稱，以
前他只知道自己家鄉週圍有好幾家軍工廠，有的對外甚至只用代號，自
己也分不清具體是哪個軍工廠。

　　姬遠峰看到信封上漂亮的字體，甚至有點男生字體中的骨氣，寫
的是「請寄某地」，而不是通常的「寄某地」，這是一個很有禮貌的女
生。姬遠峰不願意匆忙拆開信封，他怕讀到信的內容，他想到了《圍
城》中唐曉芙和方鴻漸分手時唐曉芙收到方鴻漸退回信件情形的描寫，
好像自己鄭重一點信的內容會向他希望的方向發展一樣。但自己希望讀
到什麼樣的內容呢？她表達對自己的好感？這個自己已經暗戀了兩年的
女孩，為了她錯失了自己的北京大學夢，他多麼想得到她一句對自己感
情肯定的回應！但自己已經愛上了岳欣芙，如果她做出了肯定的回應而
自己卻移情別戀愛上了岳欣芙，自己怎麼能對感情三心二意呢！這讓自
己怎麼辦？她對自己感情的拒絕，自己的確會傷心難過，即使自己現在
已經愛上了岳欣芙，將近兩年時間魂牽夢繞的感情、自己的北京大學夢
想啊。但只要她能說一句，謝謝你的一片癡情，自己在一個陌生男生的
心目中留下了如此美好的印象，但我兩從無交集。只要這麼一句話，自
己就會十分的滿足，即使他被兩個男生為此而「問候」過，為此而錯失
了自己的北京大學夢想。自己會從心底感激這個自己從未說過話的女
生，是她讓自己十七歲以來第一次嘗到了對一個人思念的感覺，這或許
是自己長大成人的標誌。

　　晚上，姬遠峰沒有去上自習，他等著室友全部走了，他爬上了自己
的床鋪，從書包中拿出了這封信，在燈光下將裡面的信紙抖落到一頭，
小心地撕開信封，因為印刷的軍工廠名字很靠近封口，他怕把文字撕破
了，他看到了信，用的是普通的信紙而不是軍工廠的信箋。
姬遠峰你好！

　　我與你素不相識，但你的一系列行為使我不能不對你產生反感。你不能把握自己，以至在高考中沒有考好，你的理智比起想象力來有所欠缺，但你不及時反省錯誤，在新的生活裡依然執迷不悟，既影響自己，又打擾到了我。使我不得不坦白地告訴你，你的一切想法都是不可能的，請你馬上打消給我寫信的念頭，不要再打擾我了。因為，第一我不會為任何不切實際的事情浪費精力，對一個我不了解不認識的人我不會產生任何想法，第二我已經有男朋友了。

　　你並不認識我，也不了解我，只憑幾面的印象就做出了很糊塗的決定，總會有一天你會感到這是很幼稚可笑的。現在你新的生活剛開始，這正是一個擺脫過去，重新開始的好機會，希望你能好好把握，為自己贏得光輝的人生。

全砡

1997年3月15日

　　姬遠峰看著手中的信，他多麼希望這封信只有最後一句話，只需要最後一句話，自己就會明白她的決定，也會感激她對自己的祝福，雖然這是很普通的客氣之語。自己會從心底感激這個至今與自己還從未說過一句話的女生，或許是因為自己現在已經情歸岳欣芙的原因，自己將近兩年的魂牽夢繞在得到她的拒絕的同時得到一句祝福的話也足矣。

　　自己多麼希望這封信中沒有這些詞語——「反感」、「幼稚」、「可笑」，姬遠峰感到了深深的刺。是的，這一切都是自己的錯，自己的確幼稚可笑而令她反感，自己的理智沒有戰勝自己的感情，自己沒有反省錯誤，將近兩年時間過去了自己依然執迷不悟。再有三個多月她就要參加高考了，自己這樣的一封信的確會給她造成困擾，自己沒有考上自己心目中的大學也是因為自己，而不是因為她。但自己在高中的校園裡只是遠遠的看著她，從來沒有唐突地走近她，更沒有唐突地和她說過一句話，至今自己也沒有把心中的這個秘密告訴過除她以外的第二個人，這是自己寫給她的第二封信，兩封信是否構成一系列，從數學的邏輯上好像構不成。打擾到了妳，妳只需要在收到第一封信時給一個簡短

的回覆即可，自己絕不會再寫這次的第二封信了，那時妳在高二第二學
期，離高考還遠，對妳的高考困擾會更小。但那兩個男生怎麼知道第一
封信的呢？自己的第一封信又不是寫給那兩個男生的。一朵初綻的花蕾
留給了世界一片美好，欣賞她的人是令人反感的，即使欣賞她的人並沒
有任何惡意，而是抱著極深的感情去欣賞。或許這是個二重的世界，一
個世界的人本不該進入不屬於自己的另一個世界，一個世界中的人沒有
資格去欣賞另一個不屬於自己世界中的花朵。

　　姬遠峰甚至想把這封信撕碎扔掉，就像每隔一段時間清埋自己个需
要的東西一樣，但他有保存別人給自己信件的習慣，他從不輕易扔掉別
人給自己的信件和賀卡。轉念一想，自己何必這麼可笑、掩耳盜鈴呢，
這封信烙在心底的烙印太深了，扔掉了信並不會把烙在心底的烙印一起帶
走，姬遠峰把這封信工工整整地折疊好，鎖到自己的櫃子裡的筆記本中。

　　姬遠峰有了一種解脫的感覺，兩年的魂牽夢繞其實只需要兩三個詞
就可以擊打的支離破碎直至體無完膚，雖然她已經在信裡說了不要再給
她寫信了，姬遠峰還是寫了一封回覆軍工廠女生簡短的信。

全砸妳好：

　　妳的來信收到了，由於我的行為對妳的打擾我深表歉意，祝妳三個
月後考上一個心中理想的大學，順祝一切好！

姬遠峰

1997年3月21日

　　姬遠峰把這封回信裝入信封，裝到自己的書包裡，他明天會去把這
封信郵寄出去，他出了宿舍，現在他想在校園裡走走。

六

　　在得到軍工廠那個女生的回信後姬遠峰有了一種解脫的感覺，他可
以毫無心理顧忌的和岳欣芙正式交往了，他甚至有些迫不及待地想給岳
欣芙表白了，傍晚時他去了女生宿舍把岳欣芙約了出來。見到姬遠峰岳

欣芙高興地笑了，問他有什麼事嗎，姬遠峰說想和她出去走走。岳欣芙說了聲「你等會我，我去穿件外套。」轉身進了宿舍。他兩沿著上次姬遠峰送岳欣芙生日禮物的路線一起散步。

「欣芙，開學一個月了，我兩還沒有機會單獨聊天，只能上課和在小教室裡偶爾聊聊，過年在家過的好嗎？」姬遠峰說道。

「挺好的，你呢？」

「我也挺好的，只不過有些無聊而已，哥哥姐姐要麼已經畢業上班了要麼快畢業生產實習去了，沒人陪我說話。」

「我也一樣，我弟弟忙著複習高考呢，我更無聊了。」

「欣芙，假期裡妳和同學一起聚會了嗎？」姬遠峰問道。

「沒有，天寒地凍的，呆在家裡哪也沒去，你呢？」

「我也是，哪也沒有去，我也不習慣去同學家，不過我城裡的兩個同學來我家玩了一次，我們三個人喝了兩瓶白酒，我覺得自己喝的不多，拿著雨靴送我那兩個同學過了河，我往回走，可能被風吹了的原因，我有點暈乎，把自行車騎到大樹上去了，從自行車摔了下來，我趴在地上手裡還握著自行車把手的橡膠套，那個橡膠套比較松，我摔下來時一著急把橡膠套從車把手上抓了下來，不過還好僅僅摔了一下而已。」姬遠峰說完自己笑了。

岳欣芙聽了也笑了，問，「摔的厲害嗎？」

「一點都不厲害，就是摔了一下，我爬起來把橡膠套安到自行車把手上接著騎著車子回家了。」姬遠峰雖然嘴上這樣說，但那是他第一次醉酒的經歷，他回到家裡就睡覺了，晚飯也沒有喫一口，躺在炕上只感覺房頂天旋地轉，半夜醒來口乾舌燥如同火灼一樣，將大半八磅暖瓶中的開水全喝光了。但在岳欣芙面前他不願意說自己醉酒的感覺，自己上大學前很少喝酒，因為爸爸說喝酒會燒壞腦子，自己還在上學，所以很少喝酒，也沒有醉過。上學期宿舍聚會、老鄉聚會、班級元旦聚會自己也喝酒了，但都是喝啤酒，每次都喝四五瓶，從來沒有醉過，姬遠峰以為自己還是挺能喝酒的。何況自己是男生，在西北在東北都是以能喝

酒、豪爽為榮的，自己和同學喝酒也從來不扭捏，沒有想到三個男生喝了兩瓶白酒，兩個同學都沒醉而自己醉了，好像自己喝酒很「慫」似的，所以姬遠峰給岳欣芙撒謊說自己第一次醉酒的感覺一點也不難受。

「酒還是少喝一點吧，對身體不好。」岳欣芙說道。

「嗯，我聽妳的，以後盡量少喝點，妳呢？假期裡在家幹什麼了？」姬遠峰問道。

「我帶著《高數》書回家又看了一遍，你呢？假期沒有學習嗎？」

「我假期除了看小說外一點都沒有學習，妳怎麼想起假期裡還學《高數》呢？妳上學期《高數》不是考了六十二分，及格了啊！」

「正因為考了六十二分，我纔拿著《高數》書回家再學習了一遍，你怎麼知道我考了六十二分的？」

姬遠峰笑了一下，「欣芙，我對妳的一切都很關心，班裡的最高分是誰我都忘記問了，我只記住了咱兩的成績，妳六十二分，我七十三分，一開學班長去老師那兒查了成績，我只向班長問了咱兩的成績，班長還衝我怪笑呢。」

「哦，我覺得自己很努力了，考試的時間就感覺考得不好，所以我假期裡帶著《高數》書回去的。」

姬遠峰聽出了岳欣芙對自己的《高數》成績很不滿意，他安慰道，「欣芙，妳別難過，《高數》是挺難的，咱們從高中到了大學一下子接觸這麼難的課程，適應有個過程，妳看咱們班二十八個同學，不及格的就有七個，恰好是四分之一，那還不包括三四個考六十分的同學，妳雖然考了六十二分，成績不高，但全系最高分也沒有超過八十分，妳考了六十二分我心裡反而有點慶幸的感覺。」

岳欣芙轉頭看著姬遠峰，一臉迷惑狀，問姬遠峰，「小峰，我考六十二分有什麼可慶幸的呢？你意思是剛及格？」

聽了岳欣芙的話，姬遠峰知道自己說的話有點不明不白，岳欣芙有點誤會了，忙說，「欣芙，我不是這個意思，我意思是妳的六十二分說明妳是自己考的，不像班裡那三四個六十分的同學，我和室友都覺得有

可能只考了五十八或者五十九分，老師覺得不及格的人太多了，也就差一兩分，就給提到了六十分，而妳的六十二分完全是自己考的。」

「你說的也有道理吧，不過六十二分還是遠遠超出了我的預期，你考了七十三分還是挺高的了！」

「我對自己考七十三分沒有什麼感覺，我只要考試及格就行了，其實我挺擔心自己《高數》的，高考我數學只考了八十九分，差一分纔及格，所以對自己的數學有點沒信心，聽說《高數》很難，上學期可能對《高數》稍微上了點心吧。」

「你稍微上點心就考了七十三分，咱們系最高分也沒有上八十，你真的很聰明啊！」岳欣芙微笑著說道。

「謝謝欣芙妳的誇獎，我本來就不笨，只不過嘴巴笨一點而已。」姬遠峰邊說邊笑了。

岳欣芙也笑了一下，「你寒假在家裡還做什麼了？」

「除了經常會想起妳，我什麼也沒有做，想妳在妳家怎麼過年，想妳家過年的習俗和我家有什麼不同，妳在妳家想起過我沒有？」姬遠峰邊說邊轉頭看著岳欣芙，微笑著說道。

岳欣芙轉頭看了姬遠峰一眼，也笑了一下，「我也想起你了，想你來回那麼遠，在路上走一路順利不？」

「謝謝妳，欣芙，挺順利的。過年的時間追求我二姐的一個男生來我家了，看的出來我爸爸媽媽很喜歡那個男生，我卻感覺一般。」

岳欣芙笑了起來，「那個男生追求的是你二姐，你二姐喜歡，你爸爸媽媽喜歡就行了，你喫的那門子醋呢，你為什麼不喜歡人家呢？」

姬遠峰也笑了，「那個男生和我說話的時間心不在焉，雖然和我說著話，眼睛卻不停的看我二姐，而且除了誇我學習好，誇我長得帥以外沒有其他話可說，感覺我還是個小學生一樣，只要誇我兩句我就會很高興似的。欣芙，我是不是真的長得很帥？」姬遠峰邊說邊笑的更厲害了。

「小峰，你太搞笑了吧，人家追求的是你二姐，和你聊幾句那純粹

是禮貌，你還當真了呢！你長得一點都不帥，還有點醜。」岳欣芙說完笑的更厲害了。

姬遠峰也笑了，「好吧，算我醜吧，但我不會報復說妳醜的，妳在我心目中還是最漂亮的了。對了，欣芙，假如我去妳家，不知道妳爸爸媽媽會不會喜歡我，再者我可要吸取教訓，去妳家之前多想幾句和妳弟弟要說的話，討好討好妳弟弟。」

岳欣芙聽了笑了起來，「小峰，你搞錯了哦，你光想著我爸爸媽媽，還有我弟弟會不會喜歡你，但你還沒有問過我會不會帶你去我家呢？」

「欣芙，妳上學期說過軍訓有機會的話會帶找去妳家的啊！」

「小峰，我說的可是帶著同學一起去的，可不是你單獨一個人哦！」

「那妳會帶我一個人去妳家嗎？」姬遠峰問道。

「我不知道。」岳欣芙邊說神情嚴肅了起來，也低下了頭。

姬遠峰也嚴肅了起來，他停了下來，「欣芙，從上學期期末我想對妳說一件事，但我不知道該不該給妳說，我猶豫了一個寒假，我怕說出來讓妳為難。」

岳欣芙抬頭看著嚴肅的姬遠峰，也神情嚴肅的說，「小峰，沒有關係，你說就行，我大概也猜得到。」

他兩面對面站著，岳欣芙看到姬遠峰一臉的嚴肅，他平常的神情要麼很平靜冷淡，要麼是對自己真誠的笑臉，她從來沒有見過姬遠峰這麼的嚴肅。「欣芙，我發現自己很喜歡妳，經常想和妳呆在一起，想和妳一起聊天，也經常在夢裡夢到妳，妳能做我的女朋友嗎？」姬遠峰盯著岳欣芙說道。

岳欣芙抬頭看著姬遠峰的眼睛，她看到了姬遠峰期許的眼神，充滿了柔情，她十分猶豫，其實就像她剛纔說的她能猜得到一樣，她覺得姬遠峰遲早會向她說這件事。上學期期末她以為姬遠峰會藉著給自己送生日禮物向她說，但不知道為什麼一直到現在纔說，她早就想好了如何

回答姬遠峰，但真的到了這一刻，她又猶豫了，想把已經想好的答案丟棄。但她想起大一開學前媽媽說說的話，想起自己上學期《高數》學習的困難，她遲疑了許久，「小峰，我也喜歡你，也想和你在一起去上自習學習聊天，一起去食堂喫飯，不過，小峰，你能等等嗎，到大三大四再開始好嗎？」姬遠峰盯著岳欣芙的臉一直看，他不知道該說什麼了，岳欣芙看到了姬遠峰眼神中深深的失望。姬遠峰什麼話也沒有說，他直楞楞地盯著岳欣芙看著，過了一會兒，開始向前走，他不再看岳欣芙，眼睛直直地向前看，岳欣芙和姬遠峰一起走，兩人誰也不說話。姬遠峰心裡做著激烈的思想鬥爭，一個多學期了，他能感覺到岳欣芙對自己的好感，而且她也說喜歡自己了，但為什麼要等到大三大四呢？高三的經歷告訴自己感情的煎熬是多麼的難捱，會讓自己幹什麼事情都集中不了注意力，自己高考因此一塌糊塗。加之報考志願時的差錯，要不是幸運地被濱工大錄取，自己甚至可能上一個專科學校，一個專科學校！而自己的夢想是北京大學，而且正常情況下自己能考入北京大學，自己對這點從來沒有懷疑過。自己難道要重複一次高三的經歷嗎？何況那個軍工廠女生隨著自己的高考他兩再也見不著面了，而自己和岳欣芙還有三年半的時間要天天面見。自己上學期也是因為軍工廠女生和岳欣芙而讓自己魂不守舍，心緒不寧，整天沒有心思學習，自己大學四年的時間因此要荒廢嗎？再者大三大四纔開始，馬上面臨著畢業就業，感情剛開始就要面臨選擇，兩人能最終走到一起嗎？既然妳已經告訴了我妳的生日，且惟一告訴了我，我知道一個女生告訴一個男生生日的含義，妳剛纔也說了妳是喜歡我的，我已經邁出了自己的一步，妳卻為什麼要拒絕呢？如果妳沒有那層意思，那就不要給出這樣的錯覺，在姬遠峰的心裡感情從來就不是一時的遊戲，姬遠峰心裡有些不舒服了。岳欣芙見姬遠峰一言不發，只是默默地向前走，她說話了，「小峰，我知道我這樣回答對你有點不公平，等等好嗎？」這時間剛好經過一家飯店，飯店的霓虹燈照在岳欣芙的臉上，一閃一閃的，姬遠峰讀不懂她的心思，只是默默地向前走。

　　到了要分開的地方了，姬遠峰和岳欣芙都停了下來，岳欣芙看到了姬遠峰那複雜的眼神——失望、沮喪、憤懣，傷心。岳欣芙的想法動搖了，她想收回自己的話，只要姬遠峰重複一遍他的話，她就收回自己的話。岳欣芙看到姬遠峰準備說話了，他張了張嘴，「欣芙……」但他顯然又猶豫了，把要說的話又吞了回去，姬遠峰一言不發地站在那兒，岳欣芙不知道姬遠峰要做什麼，要說什麼，他只是靜靜地站在那兒。或許是三分鐘，或許是五分鐘，或許是十分鐘，姬遠峰最後還是張開了口，「欣芙……，既然妳不願意，那就算了吧！」岳欣芙盯著姬遠峰，她看到了他的眼睛閃閃發亮，那是在眼眶打轉的淚花，但他強忍著沒有讓淚花崩出眼眶。姬遠峰盯著岳欣芙，他不知道岳欣芙會怎麼回應他，他看到了她先是驚訝的神情，繼而看到了她的眼睛變得閃閃發亮，那是在眼眶打轉的淚花，但她很快平靜了下來，平靜地說了聲，「我回去了。」說完轉身不緊不慢地向宿舍走去，看的出來她的雙腿如同灌滿了鉛塊一樣的沉重，姬遠峰呆呆地立在那裡，一直看著岳欣芙的背影走向了宿舍大門，快進宿舍大門了，岳欣芙回頭看了姬遠峰一眼，又迅速地回過頭，進入了宿舍。看到岳欣芙進了宿舍，姬遠峰轉身慢慢地走向了自己的宿舍。

　　岳欣芙回到了宿舍，室友都出去上自習去了，她看到了姬遠峰送給她的生日禮物——那隻可愛的鬧錶，她的淚水再也忍不住了，她趴在自己的被子上，任由淚水流淌下她的面頰，浸濕了被子。不知過了多久，她聽到了走廊裡同學走路的聲音開始變多了，她知道快下晚自習了，室友也快要回來了，她下了床，去水房洗漱了一下，照了照鏡子，看自己的眼睛是否紅腫了，然後上床拉開了被子，臉朝內睡覺了，一會室友回來她會說自己感覺有點不舒服，早點睡覺了。

七

　　第二天岳欣芙進了大教室，在室友佔好的座位上坐了下來，她環顧

了四周一下，沒有見到姬遠峰，姬遠峰的室友李木就在自己的前排，旁邊還佔著座位。岳欣芙知道這個座位很可能是李木替姬遠峰佔的，李木是姬遠峰宿舍的老二，他兩的體育課是同一個籃球快班，也是好球友，也經常互相給佔座，雖然姬遠峰經常一個人來上課，但下課後會和同學一起去喫飯。快上課了姬遠峰還沒有來，她想姬遠峰可能情緒太壞了，他可能今天不來上課了，她從來沒有見姬遠峰逃課，即使最無聊最無用的課他都會來。她想問一下李木姬遠峰哪去了，但她忍住了沒有問。上課的鈴聲響了，他看到了姬遠峰，他表情平靜淡漠地讓人覺得陌生，一個人走進了教室，匆匆看了一眼已經坐好了的同學。李木在向姬遠峰招手示意這邊有座位，姬遠峰看了岳欣芙和李木一眼，擺了一下手，示意同學們已經坐好了，他過去別人都要站起來讓他往裡面去，他就不過去了，匆匆地去了教室另一側後排的座位。

課間休息了，岳欣芙從衛生間回到教室，進了教室門，她看到姬遠峰在座位上一個人靜靜地看著門口，看到她進了教室，他低下了頭。下課了岳欣芙看到姬遠峰和李木在前面一起往經常去的食堂的方向走，那個食堂她自己也經常去，走到一半姬遠峰和李木分開了，姬遠峰去了另一個不經常去的食堂。晚上的自習，岳欣芙在班裡的小教室呆了一個晚上，她不停地看看門口，但一直沒有見姬遠峰來小教室。岳欣芙晚上不上俄語課就會去小教室，在那裡她總能見到姬遠峰。岳欣芙心緒不寧，她中間出去了幾次，走到走廊的盡頭，走廊裡只有同學們來來往往，她沒有見到姬遠峰。直到晚自習快結束了，她也沒有見到姬遠峰，在室友的催促下回了宿舍。

一個禮拜過去了，姬遠峰的行為總是這樣，岳欣芙知道姬遠峰在特意躲避著自己，上課時會踩著上課鈴聲走進教室，坐在後排，課間休息的時間他不會一下課就去教室外面，在教室外面同一個小班的男女同學經常會聚在一起聊天。姬遠峰每次去衛生間都是等著她回到教室後再出去。下課後要麼走的很快，遠遠地在自己的前面走掉，要麼走的很慢，她看不到他去哪了，姬遠峰再也不去經常去的食堂了，也沒有去過一次

班裡的小教室了。一個禮拜過去了，姬遠峰和自己沒有說過一句話，也沒有打過一個照面。岳欣芙感到很傷心，也許，自己和姬遠峰剩下的大學三年永遠將形同路人了，連最普通的同學關係也沒有了，普通的同學見面還會打個招呼，微笑一下。

　　姬遠峰的心情差極了，揪心的痛讓他好幾個晚上無法入眠。姬遠峰雖然每一堂課都去上，他知道自己為什麼去上課，僅僅是想向岳欣芙證明自己是一個堅強的男生，自己不是一個懦弱的人，不會被她的拒絕所擊倒。但他明白自己如同行屍走肉一樣在課堂上什麼也沒有聽進去，以至於每次做作業都需要把當天的內容重新學一遍纔能完成。除此之外，剩餘的時間他都在操場、在校園週圍、在松花江邊漫無目的漫步中渡過。姬遠峰覺得憋在心中的這團情緒會讓自己爆炸了，他想把自己的情緒告訴別人，但告訴誰呢，誰能安慰自己呢？自己不會給任何一個大學同學說，更不會給哥哥姐姐說，那只有高中同學了，但自己高中同學稱得上知心朋友的太少了。他想到了黎春蓴，雖然姬遠峰和黎春蓴關係很熟，但他從來還沒有把心事給黎春蓴說過，包括高三將近兩個學期暗戀軍工廠女生的事，包括自己曾經想報考北京大學的想法。但直覺告訴姬遠峰，如果他告訴黎春蓴自己感情方面的事，起碼她不會笑話自己的多情。但自從考上大學以後一個半學期了自己沉溺於軍工廠女生和岳欣芙之中，雖然也會想起黎春蓴，但從來沒有和黎春蓴聯繫過。在寒假裡自己也想和黎春蓴一起玩，但黎春蓴在城裡，自己在農村裡，要見面就要自己進城一趟，他不好意思跟爸爸說。而且進了城自己也沒有地方住宿，當天往返時間很緊張，自己也不知道黎春蓴的家庭地址，所以沒有進城去找黎春蓴玩。這麼長時間了不知道黎春蓴在大學裡是否已經發生了變化，是否還是那個咯咯大笑的姑娘，是否願意聽自己煩惱的姑娘，他有點不敢確定。

　　姬遠峰也不知道自己該如何給黎春蓴寫第一封信，高中畢業一個半學期後突然來了第一封信，是自己遇到了無法逾越的苦惱時纔去了信，

內容是沒完沒了的訴苦，他覺得並不好。他寫了認識黎春蒓以來的第一封信，內容更多的是對高中生活的回憶，對新入大學的感受，以及詢問黎春蒓的感情，看她是否願意和自己說。如果黎春蒓願意給他說她自己的感情的話，那說明她的心扉是向自己敞開的，是把自己當做可信賴的知心朋友，自己也可以向她訴說自己感情的苦惱。或許，那個衝著自己咯咯大笑、長髮拂自己臉、讓自己感覺既尷尬又絲絲溫暖的女生纔能給自己慰藉。很快，他收到了黎春蒓的回信，這也是黎春蒓寫給姬遠峰的第一封信。

可愛的姬小峰同學哥：

　　你好！來信是四月十日收到的，看到信是從濱工大發來的，我記得同學中只有你在濱工大，但在我看完信之前都不能相信這是你寫的，印象中你特別靦腆，特別勤奮。剛分到一班的時候，你每天都在我身後大聲念歷史，你能把每門知識都一視同仁，讓我覺得好慚愧。而我們大多數人把學習當任務對待，主副課分得那麼清楚，學習了十二年還是歷史盲、地理盲，辜負了韶華，浪費了金錢。

　　你給我們另外一個感覺是「不鳴則已，一鳴驚人」，平時不怎麼吭聲，但說出一句話來又逗死人，今天這封信又充分體現了這種風格，看完這封信我差點樂死了，反反復復地看了幾遍，那些逝去的快樂時光又湧上心頭。我纔知道在你的心中原來也珍藏著這些事情、這些時光。還有一個「大吵大嚷，又放聲大笑」、「穿著粉紅襯衣，牛仔褲」的我。不知道你感覺到沒有，我們的記憶裡總裝著別人鮮明的形象和自己的心理活動、感受，而我們自己的形象則分散裝在許許多多別人的記憶裡，所以從別人那裡得到關於自己的描述是多麼的開心的事呀！

　　寒假裡大家在一起玩的時候都提到了你，不能和你聯繫參加聚會大家深以為憾，以後保持聯繫好嗎？給我講講那片神奇的土地，講講「雪城」，講講著名的濱工大。

　　這會已經熄燈了，週圍幾乎「萬籟俱寂」了，而剛纔燈火通明的時候我們二號女生樓外的羽毛球場上還有人在打羽毛球，有人圍成一圈在

踢毽球。路燈下面有幾個男孩子彈著吉他幫其中一個追女孩子，他們一曲唱罷，有個宿舍的女生們喊，「再來一個！」。而他們溫柔地反問，「想聽什麼呀？」

我們班的同學今天晚上全體參加了一個關於我們專業「應用化學」的座談會，會上請了應用化學專業的主任、教授、副教授好幾位，我們從應用化學的發展方向、考研方向，畢業分配行情等方面問了問題。另外還提到了很多大家關心的問題，如化學和環境的問題，生物和化學的問題。那些教授回答得很好，讓人感到特有收穫。而他們本身所具有的淵博的學識，幽默的談吐，機敏的思維，平易近人的風格讓人由衷地感到尊敬和欽佩，現在我的腦海中又映現出了早晨我背著書包走在校園的林蔭道上的情形。我們學校現在正是繁花似錦，春意盎然的時刻，一池池碧水，一道道噴泉點綴其間，美不勝收，所以我現在越來越覺得蘭州大學的可愛，生活的可愛，當然你這封信對我的心情的影響纔是最功不可沒的呢！

你在信中提到和同學性格不合，生活的無聊，對於前者我也深有體會，你說我開朗，可在另一些人眼裡是鋒芒畢露，是賣弄，也有很多人和我格格不入，但根據我的經驗，「有所為有所不為」，明顯感覺合不來的，就順其自然吧。而發現自己喜歡的欣賞的，與之願意交往的，就主動去接近……，你總得讓別人了解你，讓別人考慮接受不接受你……，一起共事，交換思想深層的東西，我想你一定會得到一兩個知心朋友的，朋友不在多，「吾平生一知己足矣」。其實上面這些經驗，對追女孩子同樣適用（千萬別把這個實驗方法洩露出去哦！）對於後者，多找些事做就得了唄，我現在從周一到周日天天有課，忙得根本沒有時間去體味「無聊」是什麼滋味。

你提到李莉，我替她說，「不用放在心上，我很樂意為你做點事」，我們哥們兩，誰不知道誰啊，所以上學期我只寄給她兩張賀卡，她到現在還沒給我寫半個字呢，我們的心遙相呼應，不用問也明白。不過你要給她寫信，她肯定很樂意回的，還是你代我問她好吧，並且把上

面的幾句話原封不動地抄下來。

　　她的地址：北京華北電力大學101信箱，郵編：101101

　　你讓我別隱瞞地告訴你，說什麼好呢？沒有聽見有句歌詞是「城市裡流行著一種痛，那是愛神之箭偏了它的方向」，感情這種事物實在太複雜，太難解釋了，有人在追我，或追過我，只有一個，我的感覺就是「我好辛苦」。我寧願和一大群人一起玩，開開心心，舒舒服服，有說有笑也有收穫，真是「人一走，茶就涼」，開心過後留下些美好的回憶就行，心靈上一點負擔也沒有。不知以前的同學怎麼看，反正我覺得我在高中的時候沒有人追，我努力和大家發展友誼，也從來沒有厚此薄彼，對男生尤其都能說得過去，所以現在被人追有些手足無措，而且又深知自己用情太真，怕傷害自己，不敢輕易付出感情，況且將來怎麼辦？這些話我對同學們甚至好朋友都沒有說過，現在寄給遠在雪城哈爾濱的你，也當寄給那兒的一片冰雪吧！

　　夜已太深，不敢多寫，祝早日有一位白雪公主。

小妹黎春蕊
1997年4月11日凌晨

　　收到黎春蕊的回信後，姬遠峰心情好多了，他知道了黎春蕊是願意聽他心中煩惱的朋友，他終於有了一個可以訴說自己內心痛苦與秘密的朋友了。姬遠峰從信中也讀出了一些弦外之音，自己雖然知道黎春蕊也是一九七八年的，但並不知道黎春蕊的生日，印象中自己比黎春蕊要小，不知道黎春蕊是否知道自己的生日。這封信開頭稍顯彆扭的同學哥哥的稱呼，她爽快地告訴了自己有男生追求她，還有最後祝自己早日有一位白雪公主。姬遠峰知道該怎麼維持這份難得的可以傾訴自己內心世界的異性知心朋友的關係了，他寫了第二封信給黎春蕊，不再詢問黎春蕊的感情了，他說了大學以來的感受，還有自己感情上的苦惱。很快，他收到了黎春蕊的第二封回信。

小峰同學哥：

　　今天真幸運，剛做了六個小時的實驗回到宿舍，霍然發現你的信

放在床上，真是妙語解頤，把我的疲勞一掃而光，翻來覆去看了幾遍，開心的不得了。而且看完你的信出門喫飯，遇到一個和我關係不錯的男生，請我喫炒麵，省了幾塊錢——運氣不錯吧？這還得謝謝你呢。

我們學化學的，做實驗是老本行，每個星期五我們班的實驗課從早上十點整開始，一般都在下午三點以後結束，中間若是想喫飯的話，自己去喫，可我一般都是在九點多喫一頓比較豐盛的早餐，一直堅持到把實驗做完，然後喫一頓午餐兼晚餐。做實驗雖然這麼辛苦，但也挺好玩的，以前我們在中學做的都是些雕蟲小技，而且幾個人合作的，一點也不過癮。現在我們每個人一套實驗器具，三個人一個長長的實驗桌，實驗桌上水、煤氣、電源開關、通風口一應俱全，做起實驗來又燒又煮，又是過濾又是離心沉澱，那些溶液的顏色五光十色，美不勝收。但氣味就不敢恭維了，什麼味都有，想想肥料廠就知道了。剛開始的時候我連煤氣燈都不敢開，現在膽子也大一點了，有些實驗很刺激，有一次讓鉀和水反應，把鉀投入燒杯裡，趕緊罩上一個漏斗，只聽鉀「嘭！」的一聲，在水面上就燃燒起來了。但有些實驗還是不敢做，那次把硫粉和KNO3[8]混在一塊慢慢研磨，就發出很大的爆炸聲，老師說女生就不要做了。咱們這兒的學生缺乏做實驗的機會，實驗能力開始的時候挺差的，我第一次做實驗比別人晚了一個小時纔做完，現在好了。蘭大的化學系據他們自己說是「國內無名，國際知名」，還可以吧，是蘭大最大最氣派的一個系。我剛去的時間還老想著轉系，現在也踏實下來了，好好學吧，也不算虧待自己了。

你的來信說想知道我怎麼處理感情和學習之間的矛盾的，其實我在這方面根本是個弱者，我的適應能力挺強的，可上學期幾乎一學期都游離於學習之外，考得差極了，只因為一開學就遇到那個男生，那些過過往往，紛繁蕪雜的感覺老困擾著我，滋味不好受極了。根本原因在於我一點也不討厭他，要是我能討厭他就好了。不過我們在這方面達成了共

8　硝酸鉀。

識，不能因此荒廢學業，我認他作大哥，他也真有大哥的樣子，這一學期對我的學習督促得很緊，我的體會或我認為，愛需要引導，愛上一個人並且好好愛一次固然很浪漫，但把愛的能量疏導到學習，對理想的追求方面更能夠愛得無怨無悔，而且能夠持久。將來喜歡上那個女孩了，別請她跳舞喫飯（電影要看，一定要看），請她和你一起去上晚自習，去圖書館看書，嘴一定要甜哦！這樣姑娘會在心裡說，「好有個性哦，真是個實在人。」一般過不了幾招，就搞定了。但是非概念要清楚，可不能幫她抄作業哦！這個方法適合你，也適合一個對生活態度嚴肅，上進心強的女孩子，至於你決心要消除對她的好感，我也不能多說什麼，自己的主意要自己拿，但心裡的感受纔是最真實的你，不要因此而犯錯。但你不能自卑，挺好的小伙子，熱愛生活，感情細膩深摯，踏實肯幹，前途一片光明，「現代女性最佳選擇」，你有權利去愛，有資格被愛！

我的生日是三月十八日，現在你知道我的生日了，你竟然比我小，慢慢樂吧，你這個哥也當得太便宜了！

我也是計算機盲，計算機課下學期開，寫到這裡又想起我的英語，明天我還有英語和化學呢，不能多寫了！再見！

妹春蕋

1997年4月26日凌晨

剛纔我把信封都封好了，又看見你的信，厚厚的，沉甸甸的，還有好多話我都沒有回，我又把信封撕開，想再為你寫點什麼。我在這兒喫得很好，這兒的飯都是家鄉口味，尤其著名的牛肉麵一碗一圓七角，加肉另算，怎麼也喫不厭。我在這兒親戚又多，有什麼好喫的他們都叫我去，我媽說我喫的比在家裡好，但美中不足的是這兒的擀面皮沒有老家的好喫，公園路的小喫我最饞的就是麵皮，回老家的時候我猛喫了幾次，額頭上都長疙瘩了。

蘭大是綜合性大學，不像濱工大，各方面人才濟濟，有不少校內報刊，上面的文章相當精彩，更好看的是宣傳板，大家象比賽似的，宣

傳板出的特別有創意。處身於一個朝氣蓬勃的環境，讓人深感自身的不足，但也有很多機會，讓你在各方面完善自我，發展自我。

我的頭髮還沒有剪呢，長長的，超過腰了，現在我剪髮不是我自己的事，而是個社會問題了。我身邊的人有勸我剪的，大部分人持反對意見，我想剪，想換個形象，可又捨不得，什麼時候心一橫剃個小子頭去。

這一回卻真要說再見了。

祝精力充沛，思維敏捷！

八

距離姬遠峰向岳欣芙表白已經一個多月了，這一個月裡姬遠峰都不知道自己是如何渡過的，除了寫給黎春蓴兩封信，收到黎春蓴兩封信以外，他都不知道自己做了什麼。這樣的感受比收到軍工廠女生給自己的惟一的那封信的感覺還要糟，收到軍工廠女生的信後反而是一種解脫的感覺，為什麼岳欣芙給自己的回答讓自己如此的痛苦呢？這樣的日子如何纔能結束呢？自己已經下定了決心，並且在給黎春蓴的信裡也說了，自己要決心消除對岳欣芙的好感。自己去上課不就是為了向岳欣芙證明自己是個堅強的男生，不會被她的拒絕擊倒嗎？那自己為什麼不去自己班的小教室上自習呢？為什麼不能正常地和岳欣芙說話呢？這恰恰證明自己走不出岳欣芙，不敢面對岳欣芙，自己纔是一個真正的弱者，自己應該去自己班的小教室，和她正常地說話纔對。隨著時間的流逝，自己會像每個失戀的人一樣經歷痛苦─淡忘─重新開始另一段感情一樣，岳欣芙會像軍工廠女生一樣成為自己生命的一段經歷而已。

一個月後的一個晚上，岳欣芙正在自己班的小教室上晚自習，門開了，她看到姬遠峰背著書包進來了。岳欣芙甚至有點意外，一個月了她已經習慣沒有姬遠峰的小教室了，不知為什麼他今天晚上突然來了呢？她看到姬遠峰的表情沒有了前段時間的平靜與淡漠，一副輕鬆的樣

子，坐到自己的後面幾排的座位上。岳欣芙的心情好了起來，她又看到了那個熟悉的姬遠峰了，而不是一個淡漠的令人陌生，令人猜想平靜的表面下積累到一定程度會暴發的姬遠峰了。岳欣芙一點學習的心思也沒有了，她豎著耳朵靜靜地聽著後面的動靜，她聽到了姬遠峰和其他男生在小聲的開玩笑，在互相打鬧，她想回頭看一眼，但忍住了。聽到姬遠峰的笑聲，岳欣芙的心又忽然堵的慌，她又有點討厭姬遠峰的笑聲了。她聽到了後排有腳步聲向自己走了過來，在自己的旁邊停了下來，她抬頭看到面帶笑容的姬遠峰站在自己的旁邊，手裡拿著《高數》書和草稿本，姬遠峰示意岳欣芙能稍微向裡挪一挪嗎，他想坐下來。岳欣芙向裡挪了一下，姬遠峰坐了下來，她看到了那個向她表白之前的姬遠峰，雖然表情有點不自然，但孩子般的笑臉還是那麼熟悉。姬遠峰向她問一道《高數》題，岳欣芙看了看那道題，這道題並不難，姬遠峰上學期《高數》考了七十三分，已經算很高的分數了，自己只考了六十二分，姬遠峰應該很輕鬆地做出這道題纔對。岳欣芙明白了，姬遠峰是特意找自己說話的，岳欣芙露出了她標誌性的微笑，姬遠峰也回報以微笑。岳欣芙開始在草稿本上演算題目，她看了出來，姬遠峰的心思根本沒有在她演算的題目上，而是在看她在演草紙上滑動的筆跡，他的眼神一直在觀察自己的神態而已。

晚上躺在自己的床上，岳欣芙的心情亂極了，她自己也不知道是高興還是不高興，一個月了姬遠峰終於主動和自己說話了，而且看得出來他是特意找話說，這讓她高興。但姬遠峰輕鬆的神情讓她很不舒服，姬遠峰和同學打鬧的嬉笑聲是那麼的刺耳。

兩個月過去了，姬遠峰原以為自己會回到認識岳欣芙以前的狀態，把對岳欣芙的好感從自己的心中抹去，他覺得自己想做的事情一定能夠做得到，他從來沒有懷疑過自己。他神態輕鬆地去了自己班的小教室，一副輕鬆的模樣去主動問問題，和岳欣芙說話，一切好像都在按照自己的設想在進行。然而只有他知道這一切都是假象，自己欺騙不了自己，

他是忘記不掉岳欣芙的，對岳欣芙的好感也是從自己內心抹除不掉的。他每一次和岳欣芙的接觸只會引起他更大的心理波動，只會對他的想法造成一次更大的衝擊，更加動搖他的信心而已。姬遠峰認輸了，他不再試圖強迫自己忘掉岳欣芙了，他暗下決心，妳不是讓我等嗎，我會做到的，直到岳欣芙妳說過的到了大三大四再開始的那一天，到時間只要妳的一個暗示，我會和你重新開始的，自己再也不會主動接觸其他女生了。姬遠峰開始寫日記了，他需要一個發洩自己情緒的途徑，而從小到大姬遠峰並沒有寫日記的習慣。一九九七年六月二日，姬遠峰寫下了關於岳欣芙的第一篇日記。

1997年6月2日　星期一　小雨

今天是星期一，是一周的開始，本應當振作精神好好學習，因為距離期末考試只有一個月時間了，而我還有許多東西要學。但是我卻無法靜下心來，我強迫自己坐下來拿著書，我的眼睛看著書但我的腦子裡卻沒有一點反應，根本不知道我看的是什麼，我的腦袋裡總也抹不去她，不知道為什麼。

我從來沒有懷疑過我自己，我相信我自己一定能做到我想要做的事。我是一個從農村來的學生，有些方面不如人，但是我有的是毅力和辛勤，既然她已經拒絕了我，我為什麼還是忘不掉她呢？是她長得很好看嗎，並不是。哪到底是什麼原因呢？我為什麼就忘不了她呢？這一次我開始懷疑我自己了，難道我就真的做不到這一點嗎？

漠漠地走過圖書館，看到距離香港回歸的倒計時牌顯示只有二十九天了，我記得前幾天它上面還曾是一百多天，不知不覺中我已將一百多天混過去了，而我的兩手空空如也。朱自清在《匆匆》中說過，度過幾千個日日夜夜，人又像出生時一樣一絲不掛地走向墓地。我這時有了同樣的感覺，大學四年在許多人心中是美好的，但給了我什麼呢？一年就要過去了，留下的僅僅是一絲痛苦與無奈，我猶如一隻無眼的蒼蠅在亂碰，沒有了目標與志向，仿佛人生就是這樣。

在過去的日子裡我想得什麼呢？我不知道。我又做了什麼呢？我不

知道。那麼我又是一個什麼呢？我是一個學生，但我學到了什麼呢？我不知道。

明天就是周二了，有好多課要上，而我卻不能靜下心來學習，這又如何去解釋呢？

九

姬遠峰自從開始寫日記後雖然心裡還是放不下岳欣芙，但總算有個自我疏放的口了，向黎春蓴傾訴不再是他惟一的出口了。姬遠峰也打算自己處理這件事了，雖然他知道黎春蓴不會笑話他，但他也不願意再和黎春蓴說這件事了，他也怕黎春蓴覺得自己是一個優柔寡斷的人，快到期末考試了，他也不願意在這個時間寫信讓黎春蓴回信從而打擾到黎春蓴的學習。

1997年6月6日　星期五　晴

「就這樣下去吧，不許流淚，不許回頭」。

過去的事已經發生了，過去的事就是過去，當然我不會流淚，但我做不到不許回頭。過去的事雖然令人不高興，令人不愉快，但她總是我發生的一點事，如果一個人什麼也沒有，生活如果是一張白紙，那還有什麼意思呢？

今天是星期五，下午出去上了一會自習，傍晚打籃球，打的時間太多了，結果沒有去上自習。回到宿舍，我第二次剃鬚，去圖書館看一會兒雜誌，我本來希望能碰到她一面，但最後一想，真蠢，她今天有俄語課，上晚間課了。

走在一條令人不高興的路上，她曾兩次和我走在那條路上，她是一個女生，但她的步伐卻比我大許多，我真有點納悶，人生一世就這樣嗎？走過新樓，低頭前行，發現了磚塊有立體感，而我的心裡卻什麼也沒有。

走過酒樓，紅綠燈光照著她的臉，她的臉上的表情我不明白，也讀

不懂。她告訴我，她對我的拒絕對我來說有點不公平，真有些不公平，我不知她這句話的意思是什麼，是不是有更深刻的意思呢？

她是一位女性，她的性格我不明白，我又佩服她，我不知道她的理想是什麼，動力是什麼，但願總有一天我會讀懂她整個人。

就這樣下去吧，我不會流淚，但我會常常回頭，看看我是否錯了，看看我是否丟掉了什麼，我的人格尊嚴是否受到了挑戰。不知為什麼，人就是這樣奇怪，得不到的東西總是念念不忘。就這樣走吧，走一步算一步，車到山前必有路，到了那時間也許是無所謂，也許更是痛心與流淚。

星期六的日子來了，我去做什麼呢？

1997年6月7日　　星期六　小雨

今天是一個下雨的天氣，天氣是一個隱晦的天氣，但我的心情卻不曾像它，我仿佛受到了神靈的點化一般，突然有所覺悟了。

「自信人生二百年，會當擊水三千里。」這兩句詩我並沒有學過，就連課堂上苦心銘記的詩篇都忘記了，而老師信口說出的這兩句詩卻深深地印在了我的心中。其實每個人都有自己的理想，就連討飯的人都有自己的理想——填飽肚皮，而我又有什麼理由堂而皇之地講出口我的理想我不知道。

歷史是一面鏡子，它能給人以啟迪和教訓，而對過去的思索和總結於我卻是有利無害的事情，而我又為什麼不早點做呢？

時間過得如白馬一般，朱自清曾用白馬過隙來形容時間的流逝，想當昔考上大學的時間，我在夢裡設想著大學的生活，勾勒著四年的癡夢，但那都是夢和想象，現在該是我面對現實的時間了。大學四年的四分之一馬上就要結束了，而我又得到了什麼呢？哥哥和姐姐一再叮嚀我要好好學習，但捫心自問，我又到底做了些什麼呢。我的思想不能集中專注，學習不下功夫，生活沒有規律。如果四年之後，當我們整整一個班二十八個人站在同一個教室下開分別晚會的時候，每個人都有沉甸甸

的收穫，而我像來時一樣空手赤腳而來，又空手赤腳回轉的時候，天大的悲涼將也無法解脫。

當四年的時光我都打發在對她的思念和想象的時光中，那時間對於我而言將不是感情的專注而是虛度光陰。高爾基在《人》中談到愛情時說，在愛情的後面是一張肉慾的嘴臉，我不同意其觀點，但至少可以肯定一點，為了愛情而荒廢了事業的人，尤其是男人，是一個沒有出息的人。

她的性格令我佩服，但除了盲目的佩服就什麼也沒有了嗎？我有什麼理由除了崇拜就沒有行動呢？期末考試馬上就要來了，我不僅僅為了考試而學習，從現在開始，我是為了能力和知識，為了我是一個「人」而學習。

努力吧！我為我自己加油，總會有一天，讓別人都明白，基礎差不等於才能差。奮進吧！明天會更好，為了我自己，也為了向她表明，我不是弱者。

1997年6月8日　星期日　晴

對於我而言，我不知道是生活的幸運兒否？也許是吧，我走上了令同齡人羨慕的大學之路，尤其在農村人來看是神聖的。

遠離了家鄉農村，陰曆已經生疏的幾乎忘記，看到別人喫粽子我也沒有想到今天是農曆端午節。在家的日子每年都會起得大清早，出去折些柳樹枝將門窗罩起來，祝願著生活更加美好。小的時候還帶著「活潑」[9]活蹦亂跳，誇讚著我媽媽的手藝最好，給老師給一隻好看的，顯示顯示我媽媽的手藝，但又捨不得那一隻可愛的東西。今年這是第一個沒有親人的端午節，沒有媽媽做的糯米糕，沒有「活潑」，沒有媽媽溫馨的目光，沒有了哥哥姐姐的歡鬧聲，我失去了許多童心與童趣，卻為了這我也說不清理不清所謂的感情而糾纏。辭別家鄉萬里來上學，說難

---

[9]　方言端午節荷包的意思。

聽一點來這裡是鍍金，如果四年之後我沒有鍍到金子而鍍到的是鍋灰的話，那時候淚水也將是無奈的表示。

何謂「人」乎？當你脫掉衣服的時候人就和一隻拔掉毛的雞一樣，一塊肉而已。何謂「人」乎？人就是一種理念，當你被稱作「人」之時，你本身就已經賦予了一種理性化的東西，人就是為了一種尊嚴而活，為了俗語所說的「面子」而存在，而我現在是否丟掉了尊嚴呢？丟掉了「人」的內涵呢？為了說不清的一種企圖，我在欺騙著自己，自欺欺人，以無可置否的藉口慰藉著自己，為自己的懶惰和怯懦而冠以堂而皇之的理由，這種可恥而可卑的行為足以讓婦孺笑掉門牙。

「人」別丟掉尊嚴，我也別丟掉尊嚴，明天是星期一，是一周的開始，我明天是該做一點事情的時間了。

1997年6月9日　星期一　晴

昏頭昏腦的我竟然連端午節都會弄錯，讓人聽了真不可思議，今天是端午節而我卻把昨天當成了端午節。

人的一生中都會有許多偶然和機遇，當你把一件事情想開的時候，也就覺得沒什麼大不了的。譬如說我的心情而言，總是沉溺於理不清的思緒之中，影響了我的學習和心情。更重要的是影響了我的尊嚴和人格，我覺得我在這件事情上有點「賤」，我的同學偶然地說出「天涯何處無芳草，何必吊在一棵樹」。雖然我不會像他所說的那樣會朝三暮四，但說真的，現在我還年輕，年齡還太小，我現在的任務是學習，談論這種事有點為時過早，我還是把我的這點感情深深地珍藏在心底裡吧！就像筆記本上所說的用火熱的熱情飛上金色的天空，現在雖然我沒有火熱的熱情，但是我應該用平靜的心態去向那充滿希望的天空去追尋、去努力。成功的含義我不知是什麼，我會不會成為聲名顯赫叱咤風雲的人物，但至少可以立足於這個社會，做到一個普通的人，一個平凡的人，就這樣吧。

記住，對我而言，保持平靜的心態，去冷靜地對待現實，去做我應

該做的事。

1997年6月10日　星期二　晴

　　我實在不能弄明白，我對自己的感情都控制不了，在許多地方都會見到這樣一句話「人生最大的敵人就是自己」，現在我終於能有了一點領悟。在每個人的週圍有許許多多的事物，它或許很誘人，也很精彩，但在它的後面往往是陷阱，也就是通常所說的鋪滿著鮮花的陷阱。而也有許多東西枯燥無味，比如學習這東西吧，實在很難找出精彩的地方，只有當你真正溶入其中，并成為其中一分子時，纔有可能為一個精彩的步驟和一個富於邏輯的推理而喝彩，但令人遺憾的是我常常不能進入這種狀態，很偶然的情況下我纔能有這樣一兩次的經歷。

　　上面所說的一段話又背離了我的初始話題，外部事物對於一個人的成長有許多很大的影響，近朱者赤近墨者黑，常常也有人說。但是在現今的條件下，對我而言已經是夠好的了，我應該認識到這一點，我並非什麼了不起的人，現在的條件比過去好多了，我完全沒有理由不比中學時做的更好。想過去的時候，我的行為並不比別人遜色，但現今呢，雖然處於群英薈萃之中，但也不要太差勁。

　　但我又做到了什麼呢？今天以至於昨天晚上，她的那點小動作都會讓我記住，晚上《線性代數》課結束，我回寢室時她迅速地看我一眼，並不知是什麼意思。今天中午、下午喫飯的時間我又遠遠地看見了她，尤其是中午，寢友當著別的女生的面大喊大叫她的時候，本來我的心情挺平靜，經他們這一攪，又讓我的心中難以平靜，結果晚自習沒有上好。看來我的真正的敵人還是我自己，我什麼時候纔能戰勝我一點點，最終讓我成為一個具有獨立個性的人呢。

1997年6月12日　星期四　晴

　　回憶對我而言，真可謂無所謂，我並不害怕正視過去，回憶過去有許多令人不高興的地方，但並非全部是悲傷，從其中還可以找出一點點值得借鑒的地方。

　　過去的許多同學，尤其是高中的許多同學，他們都是和我一樣，為了考大學而艱苦奮鬥，我也不例外，加入其中。但我在這過程中卻發生了一點插曲，現在我們都各奔東西，走自己的路了，我也算是其中的一個吧。不過真正地昂起頭來走自己的路，並且能夠做得很好的人並非多數，在世俗的鄙視下，在世俗中有許多人都會望而卻步，都會倒過車頭。

　　老同學把我也列作我們那一年級優秀的同學之中，我並不想否認，聽起來顯得不夠謙虛，因為當時許多人都是這樣想的。他們有的考入了綜合性大學，這一點很好，而我卻沒有，從她的來信中可以看出她過的起碼比我好，能夠保持一個愉快的心情對待學習和生活，現在對我而言卻是最大的奢望。

　　無可否認的是，我現在處於浮躁之中，我不知道別人怎樣，但浮躁對我來說並不是一件好事，影響著我的學習，我的學業。

　　過去的事情已經過去了，新的事情就在我的面前，等待著我去做，憶舊的惟一好處就在於能夠提供一些前車之鑑，而新的事物將是一個人一生永不休止的話題。我心中在默默地告訴我自己，忘記過去那些不值得回憶的東西吧！別為自己的單相思而苦苦地折磨著自己，這樣的感情對自己是永無休止的折磨和付出，而對方僅僅回報以嗤之以鼻，沒有得到的感情付出的遊戲是應該早日結束的。

　　世上有許多事情，我也有許多事情要做，還是忘了她吧！不可能合在一起的東西即使合在一起也並不會好，何況這樣的事并不會輕易地合在一起。忘記過去和她吧！去做我應該做的事。

　　保持好的心情和平靜的心態，去平心靜氣地學習吧！

　　　　　　　　　　　　　　　　　1997年6月13日　星期五　晴

　　有什麼好寫的呢？這樣的一個筆記本，記得是什麼東西呢？總是同樣的一個話題在重複地寫，總是相同的情緒反復地在筆下寫出。既然明白這樣活著很累，這樣做對自己沒有什麼好處，既然已經認識到是非曲

直、孰輕孰重，而又為什麼不馬上去改正呢？俗話說「亡羊補牢為時不晚」，現在我已經知曉我亡羊了，而且它的不少，高三多半年，大一一年時間，將近兩年時間了我沒有認真地去對待生活，生活自然不會給予一個不認真付出的人許多許多。但生活還是對我夠仁慈的了，生活雖然沒有給我想得到的全部，並且這永遠也不可能吧！因為人的貪慾是無窮的，但生活也給予我以恩惠，我上了大學，這一令同齡人羨慕的事物。

但我在這兩年的時間裡做了什麼呢？除了給自己製造痛苦和遺憾之外，就是昧著良心大把大把花父母的血汗錢。

高三大一這兩年的時間，它並不能與別的兩年之間畫一個等號，因為這兩年是黃金的一段，是人生的關鍵，況且人的一生又有幾個兩年呢？我何苦總是想著她呢？難道我真的有毛病不成是嗎？明知期末考試已經迫在眉睫，而自己又有許多事要做，但是我又不去做，而是成天生活在一個設想和假想的生活之中，難道不為自己的行為悲哀嗎？

以前很少看話劇，並且對現代劇更是沒有好感，然而今晚的話劇對我來說卻大有裨益。

五六十年代的大學生和我們這些即將步入二十一世紀的大學生是有不同的地方，但無論怎麼說都是學生，學生意味著什麼？意味著學習，話劇中的駱駝這個形象，如果他生活在這樣的一個年代，也許並不是一個值得我去崇拜的人生楷模，但至少有一點是肯定的，那就是一個男人得不到真愛的回報還是一個男人，還是應該保持男人的尊嚴，用自己的行動和尊嚴維護自己的人格，保持住「男人」這一稱號。駱駝他並沒有得到那位女教師，但他照樣還是他——駱駝，這一寓意深刻的名字，他還是照樣堅強地活了下來，而且活得很好。何況我還比他的條件好多了，我為什麼不能夠做到這一點呢？

俗話說「情人眼裡出西施」，我就怎麼看不出她的缺點呢，還有即使神仙在愛情中也難以保持理智，難道我真的墜入了愛情，更準確地說是單相思——這一可怕的深淵裡了嗎？

保持清醒一點吧，這只是單相思，這只是一廂情願，這只是有付出

得到的是悲哀的遊戲，忘了過去吧！「即使臨死的前一天重新生活也不晚」（話劇語），現在認識自我，看清自己的盧山真面目還不算太晚，我只有十九歲的年齡，要做的事還有許多，去做自己應該做的事吧！

1997年6月15日　星期日　晴

　　前兩天連續提到的話劇，今天終於弄明白了，其名為《地質師》，主人公大名洛明，綽號駱駝，女主人公盧敬，還有許丹、劉仁、羅大生，到此結束。

1997年6月16日　星期一　晴到小雨

　　《生死與平淡》

　　偶然間，我會醒悟過來。

　　人生一世，不知為什麼總會有數不清的苦惱與痛苦，讓你不知如何適從，這個問題一直困擾著我，今天也許是找到了問題的答案吧。

　　問題的答案竟是兩個字「生死」，一個人從生到死，說其長就長，不知走過多少路，想到過多少東西。說其短就短，甚至滄海一粟，在人類漫長的歷史中一個人的一生就其時間概念而言真可謂微不足道，不足掛齒。每個人都會有生有死，不論你是偉人還是小卒，生與死真是太平淡了，太平凡了，平淡的幾乎讓人難以注意到它的存在。一個嬰兒呱呱墜地了，人們就說又「生」了一個小孩。一個人死了，隨著時間的流逝他也就遠去了，然而人們只是更加注意到生的事物與死的事物本身上去，而從來很少注意到「生」與「死」這兩個客觀存在。

　　人生的一切問題都會歸結到生死這兩個事物上去，被貪慾（包括一切的設想與幻想）折磨的人類若自身早日意識到生死的話，也許世間會多一份真情與和平，少一份醜惡與爭鬥。若一個人早日意識到他存在意義和含義時，就會少一些困惑與苦惱，就不會像我一樣整日地不思進取而沉溺於美妙的幻想樂園之中。

　　從生與死，中間惟有時間與你相伴，當你生的時間死已與你相隨，

也就是說生與死本身就是一對孿生兒，有生必然會有死，那麼意識到這一點也就會明白了在生與死之間我們應該做什麼了吧。既然在我生的那一天死已與我相伴，並且我生多一天死就向我靠近一天，那麼我又如何去對付它呢，惟有去實踐，去學習，去做事，認認真真地做事。

既然生與死相伴，人世上的一切都是由人的貪慾而引起的，那對本身之外的人又如何呢，整日不知低賤與高貴地為她人而設想，並不是為她人做一點事，而我又何苦呢？

泰戈爾有語「讓生如春花之燦爛，死如秋葉之靜美」，孔子也說「朝聞道，夕死可矣」，許多有智慧的人從不避諱人的生死，這與許多碌碌無為的人可謂形成形成了鮮明的對照。

平淡這個向來不被人喜歡和尊敬的字眼，漸漸地對我有了特殊的情感，每個人生來都不願平淡，仿佛平淡就等於無能，近來我更加喜歡這個字眼。

每個人都願意成為英雄，成為偉人，都願意轟轟烈烈，然而壯烈和偉大都生於平淡之中，平淡也是一種美，一種恬淡之美，沒有私慾與雜念的發自內心的真善美。

我是否該向佛家經典學學呢，那裡邊一定很精彩。

1997年6月18日　星期三　晴
《感觸人生》

整日沉淪於深深的苦惱和煩躁之中，仿佛自己是一個被人們忽視的角色，自己是一個無用的擺設，忽然間我會發現自己是多麼的幼稚和可笑，覺察到了自己身上自己從不願意去揭的短處。

每個人都有許多優點和缺點，而人們自身注意到的則往往是自身的優點和別人的缺點，發現不了自身的缺點和別人的優點。這裡的「發現」並非通常意義上的發現，其實個人的缺點往往在別人的眼裡是十分明顯的，發現自身的缺點並不是一件難事，只要注意到別人對你的言行就足以發現許多，只要進行比較就會發現，人們也常說只有在競爭和比

較中總會有進步，那麼進步是從哪來的呢？它必然是對自己的缺點有了認識，然後在此基礎上進行努力而得到的。

只有當一個人有了解剖自己的勇氣時，他就會對自身有了更進一步的理解，人們對魯迅的自剖精神常常讚不絕口，可見自剖對一個人的發展有何其重要的意義了。

當把對自身的剖析和人的生死消長聯繫起來看時，你會對世間的一切事物看得那麼清晰與明朗，人就是存在於生死之間的一個總是時時刻刻掩飾自我的一段時間的物質。在生與死之間，人有可能掩飾自我，自我裝潢，當死把你帶走的時候，你已不復存在。然而時間是不曾裝飾你自己的，她會像流水一樣沖去你頭頂上的道道光環，沖去在生之後死之前每個人在自身上所加的一切，還給你以生的面目——赤裸裸地從母親那裡出來時的面目。

那麼我對自身的剖析又有多少呢？又看到自身的什麼呢？

總是把自己擺在一個大男子漢的地位之上，在無意識中把自己看成一個大將軍，而把別人在貶低，看到自身渾身仿佛是寶，不願意與別人進行競爭和比較，自詡自己淡泊名利，不與他人沽名釣譽。實際上是自己的懶惰和怯懦在為自己加冕王冠，自我封閉，與別人競爭和比較的結果是我的最好的老師，我這一年來又學到了什麼？和別人比一比，就會不言而喻了。

「比」這一個簡單的字，有人曾把它進行過深刻的剖析，說它在中國古老的陶器上就可以見到，它是一個什麼樣的結構呢？兩把匕首在針鋒相對，這是一個一出生就充滿了挑戰和碰撞的字眼，這使我又想起了看過的一篇文章。父親說妳怎麼就學不過Mary呢？女兒生氣地說，「我不願意和Mary比，她不過就是比我高兩分嗎？」然而父親給女兒講明了其中的緣由，妳不願意和她比，但妳沒有比怎麼會知道她比妳多二分呢？妳口頭上不承認和她比，但是妳卻在暗中和她比，妳不願意承認和她比是因為妳比她低二分，這說明妳從來沒有放棄過和別人比，只是在比的過程中沒有勇氣承認妳和別人的差距。仔細想一想我的這種怯懦的

思想又與「女兒」的角色有多大的區別呢？如果說有差別的話，那只能是女兒和別人別人只差二分，而我與別人的差距不是二分而已，而是許多許多，正是因為許多許多，我纔需要更大的勇氣與信心去承認，去接受，去改造。

深刻地剖析，就會發現更多的問題，更多的思考就會有更多的成果，愛因斯坦就最崇尚思考。思考思考我這段時期的行為，就會發現我的一個內心的弱點，脆弱的心理和固執的情感，執迷不悟和自相矛盾時時刻刻在我的內心重複。自己總是在勸說著自己，自己總是在給自己下決心的同時又用言行把它給推翻，這種行為難道不是自欺欺人嗎？自己明知不可能的事卻在盡力地去設想，如果說人生的許多目標是經過努力，有的需要艱鉅的努力是可以實現的，但對於這一類事情，經過努力，如果是在根本對立的基礎上進行的，那將是無益的，甚至適得其反。首先是對對方的欣賞和肯定，是對對方的行為和性格的肯定。如果從人的心理來分析，對方就根本討厭你的行為和性格時，那麼你所做的一切除了改變你的言行和性格外，在對方眼中都會變成討厭和殷勤，只會增加反感，而改變一個人的言行和性格將是難於上青天的事，甚至有時候根本不可能。

說了這麼多的話，根本的一點就是在這類事情上沒有勉強的餘地，何況在現在的情況，勉強也是不可能的，那麼就只好用俗話所說的，見「好」就收，別弄得自己和對方都不高興和影響雙方的學習和生活。所以放棄過去的念頭，還是靜下心來學習吧！現在對我而言最重要的還是學習，別杞人憂天自己會變成一個書呆子，以現在的情況來看，自己怎麼也不會變成一個書呆子，而有可能變成一個油條。

現在我在對付這件事上終於有了一點端倪，那就讓時間和冷漠來充當這一殺手，並且冷漠和時間可能是最好的殺手。《讀者》上有一篇文章《把一切交給時間》，是的，時間將會沖淡過去的一切，留下的將是一個淡淡的回憶而已，痛苦將由時間化解，喜悅將會由時間消失。她的形象在我的心目中隨著時間將會變成我心目中使我欽佩的女強人的形

象，而不是我朝思暮想的她。

　　　　　　　　　　　　　　1997年6月20日　星期五　晴
　　我懷疑我真的瘋了不成？我真的瘋了不成？我說什麼好呢？我的這
顆腦袋！
　　《線性代數》老師的一句話——為戀人而決鬥，我向她問一道題就
在我心中弄起這麼大的波動，把我幾天來建立起來的信心徹底擊垮，我
真想為我的行為而抽我兩嘴巴子。
　　我怎麼了？難道我天生就這樣嗎？
　　我的心情糟透了，我真恨我自己！
　　我明白了，我以前所寫的一切都是虛的，假的，我又一次在自我
欺騙。
　　我是誰？我是一個大傻瓜！
　　今天晚上將又是一個難以入眠的夜晚！
　　我怎麼了？我瘋了，我在自我欺騙！
　　明天？

　　　　　　　　　　　　　　1997年6月22日　星期日　晴
　　星期六日兩天的時間過得如流煙逝水一樣而過。
　　跟同學去了一個陌生的地方，臨近期末考試了，我不知道該不該去
那兒玩，但既然已經去了，就別說該不該去的話了。
　　為了逃避現實，為了擺脫這說不清的愁緒，我踏上了火車。火車上
人並不多，但六月的天氣卻夠人受的，坐在車上只冒熱汗，不好的話煙
會飄進車廂，身上的汗和煙混在一起，使人渾身癢癢難受。
　　然而值得慶倖的是，窗外的景色卻舒服極了，人們常說關內關外，
西北也在關外，那裡只有黃沙和禿山。而東北這片關外，早些時候對我

十分神秘，覺得它永遠是冰天雪地，「胡子[10]」出沒的地方，然而這裡的夏天卻是這樣的美。

一眼望不到頭的無垠的大平原是一片的蔥綠，綠色掩蓋了這裡的一切，我想這綠色肯定比梅雨潭的綠色好看多了，因為梅雨潭的綠色是供人觀賞的，而這裡的綠卻是生命的諾言，那是人們生存的綠，是綠哺育著東北的幾千萬的芸芸眾生。

在這宏偉的綠幕之間，水是他們的遊客，看，在綠色的禾苗下，粼粼波光在閃動。正因為有綠，這片片水田在陽光下並不刺眼。水，是多麼的神奇，妳哺育了這片綠，而綠又哺育了這片土地上的人。

偶爾，還有未開墾的大片的草地，草很茂盛，但牲口並不多，牛羊馬並沒有成群，都只是三兩個在一起，或者是大馬領著小馬在那兒悠閒地啃草，它們的心情一定是平靜和恬淡的，而我的心怎麼就平靜不下來呢？

不時地可以看到成排的小紅松排在鐵道兩邊，都不十分粗大，但大都長得筆直挺拔，因為它們生活在東北這片暴風雪肆虐的土地上，是風雪和嚴寒給了它們挺拔的脊梁、堅韌的品質。就像西北的黃沙和西北風給了白楊樹偉岸的身軀一樣。看著這千里綠色，一條條靜靜流淌的河，片片水田，挺拔的松樹，我覺察到了人的渺小。腳下踩著這片土地，頭頂湛藍的天空，而人一天卻為了無昧的東西而你爭我搶，而我正應當站在這片大綠之上，而非擠在那片吵鬧的市儈之中，我應該深深地反思自我，自我診斷，讓我的心胸變得開闊一點，讓我的大腦像水一樣的平靜和恬淡。

童心、童趣、和人生，小賀賀的印象，給我的心以很大的感動和衝擊。

記得在《讀者》雜誌上看到一篇小文章，說的是當我們小的時候，每個人都會放聲地大喊大叫，唱自己想唱的東西，但長大了的時候，每

---

10 東北方言，即土匪意。

個人都會很少放聲去唱了，因為怕丟人，怕失去所謂的「面子」，寧願讓自己的身心受到壓抑也不願丟所謂的「面子」，在這種虛偽的面紗之下，人與人之間多了一份猜忌和妒忌，而少了一份真誠和真心。

聰明伶俐的小賀賀，只有十一歲，也許是因為是城裡孩子的緣故吧，他一點也不怕生，拉著我的手喋喋不休地說話。我不記得我小時候的樣子了，但有一點是肯定的，我當時還不敢和生人說話，而且我也不可能說的和他一樣的好，如若我能保持一份天真無邪的童心童趣，那麼我肯定會少了許多煩人的事，擺脫掉「成人」生活中你我之間的俗生。

也許有人會說，弱者總是詛咒和逃避現實，我也承認這一點，但我逃避的並不是我的正事——我的學業、我的有規律的生活。而我要的是信心和毅力，和一顆會思考的大腦，而不需要一天那種掩飾在虛偽面紗下的正人君子的生活，一個人需要尊嚴和人格，但一個人的真誠、純潔的童心和童趣並不與它相矛盾。

賀賀，今年小學四年級，生活在幹部家庭之中，父母也很有錢，而且他家還有酒店，但給我的印象卻一點也不驕不傲，不清高，這也許是年紀還小的緣由吧！可能家庭對他管的很嚴吧，他身上沒有錢，沒有胡亂花錢的壞毛病，對他的哥哥很好，也很聽話。

玩小汽車是他的愛好，但他並不是去玩，而是自己去動手做，各種零部件由他組裝，使用各種電機和電源，有自己的興趣和愛好。只有小學四年級的他卻很愛讀書，那天晚上抱著《白話聊齋》不放，他母親攔也攔不住，而我卻總不愛讀書，相比較，真有些慚愧。

我遠在同學的家裡，面對著可愛而童真的兒童，我卻時刻想起那個在校園中的她，為什麼呢？

十

今天早上姬遠峰像往常一樣去上課，他一個人坐在靠後的座位上，第一節課間休息了，旁邊的同學都出去或上衛生間或休息去了，姬遠峰

拿出了英語書，上次學過的英語單詞他還沒有背呢，第三四節課是英語課，這會該抓緊背誦背誦了，免得上英語課學習課文時碰到單詞了還不會，他在認真地背誦單詞。

「姬遠峰，今天是你的生日嗎？」姬遠峰聽到了一個熟悉的聲音，他抬起了頭，看到岳欣芙正站在自己的旁邊，手裡拿著一個帶鎖的筆記本，岳欣芙沒有了姬遠峰表白之前的輕鬆甜美而又真誠的笑容，多了一絲平靜和嚴肅。

「今天是我的生日？」姬遠峰一時沒有反應過來，他竟然自己問了這麼一句話，姬遠峰都不知道是問自己還是問岳欣芙呢，自己印象裡從來沒有告訴過岳欣芙自己的生日。實際上，以姬遠峰農村家庭的習慣，孩子的生日從來都不是什麼重要的事情，只有在小時候過生日那一天媽媽會給幾個孩子各煮一個雞蛋以外，沒有任何其他的表示。上了高中姬遠峰的生日那天他還在學校里上課呢，連煮雞蛋這樣的待遇也沒有了，姬遠峰已經三年沒有過過生日了，他也真有點忘記自己的生日了，聽到岳欣芙問他他纔冒出了這麼一句話。

聽了姬遠峰的這句話，岳欣芙露出了有點驚訝的神情「你連自己的生日都忘記了！」岳欣芙微笑著說道。

「哦，今天是我的生日，高中住校三年，過生日的時間正好在學校里上課，我已經三年沒有過過生日了，妳一問我真有點愣住了。」姬遠峰笑著回答道。

聽了姬遠峰的回答，岳欣芙露出了她標誌性的真誠而又甜美的微笑，「祝你生日快樂！」岳欣芙把手中的筆記本遞給了姬遠峰。

「謝謝妳，岳欣芙！」

岳欣芙又露出了她真誠甜美的微笑，衝姬遠峰微笑了一下，轉身去了她前排的座位，姬遠峰盯著岳欣芙的背影一直看她坐下，看著她低頭整理書本。姬遠峰把岳欣芙送的生日禮物放入了書包裡，他怕同學們看到這個筆記本。姬遠峰本來就不能集中注意力聽課，他現在更不能集中注意力了，整整一節課他的眼睛沒有從岳欣芙的背部挪開過。他的腦袋

中全是和岳欣芙過去的點點滴滴，他的腦袋中全是岳欣芙送自己生日禮物的含義是什麼，這個筆記本上是否還寫了其他什麼話嗎這樣的疑問，這樣的思緒縈繞著充斥著他的腦袋。姬遠峰決定下課了就回宿舍去，第三四節課不去上了，因為他知道去了無非只是自己的軀殼呆在教室裡而已，他要躲回到宿舍看岳欣芙送給自己的生日禮物。

姬遠峰回到了宿舍，在自己的床鋪上從書包裡拿出了岳欣芙送給自己的生日禮物——一個帶鎖的筆記本。封面是一大束鮮花，背面是一片草地，草地上是一個天真爛漫的小女孩，小女孩的手裡是一束草地上採摘的鮮花。打開筆記本，濃郁的香味迎面撲來，一張相片掉了出來，姬遠峰從床上撿了起來。這是岳欣芙的一張單人照，照片稍微有點對焦不準，不是很清晰。岳欣芙站在冰面上，戴著一頂姬遠峰以前從來沒有見她戴過的淺藍色的毛線帽，右手拎著一個包，左手舉著一條圍巾，她笑的那麼真誠甜美。姬遠峰想起來了，自己送岳欣芙生日禮物的時間曾經向她要過一張照片，她這次夾在筆記本中送給了自己。

翻開筆記本，姬遠峰看到了岳欣芙在筆記本扉頁上寫給自己的生日祝福。

贈：姬遠峰

世界上最快樂的事莫過於為理想而奮鬥！

祝：學業有成

С днем рождения[11]！

生日快樂

一個朋友

看到「一個朋友」這樣的署名，姬遠峰明白了，是自己那句「既然妳不願意，那就算了吧」的話讓岳欣芙難堪，她纔這樣署了名。筆記本上也沒有日期，姬遠峰印象中自己從來沒有告訴過岳欣芙自己的生日，姬遠峰知道了，岳欣芙可能從其他什麼地方知道自己生日的，她也有點不敢確認，所以上面沒有寫日期。姬遠峰往後翻了翻，他看到筆記本上

---

[11] 俄語，生日快樂。

每一頁都有一句愛情的格言。

　　深深地埋在心扉深處說不出的感懷。

　　真正的愛是默契，是心靈的碰撞與顫慄。

　　在花開花落之間請珍惜你所擁有的。

　　漂散著清幽的芬芳，願人世間的友情地久天長。

　　縱使目前冰封大地，春天仍將到來。

　　如果不是深深地愛，為什麼記憶沒有隨著時光流逝。

　　噴濺的泉水是燦爛的激情，美的思念是心曲的知音。

　　願記憶的腳步，悄悄地走在你我心田之中。

　　情思總留不住碧水，但願它出山也清清。

　　縱使把人世間的一切都忘卻，仍有夢和夢中的你。

　　姬遠峰趴在床上，寫起了日記。

　　　　　　　　　　　　　　1997年6月23日　　星期一　　晴

　　我是一個男生，即通常所說的男子漢，這就意味著男生是應該堅強的，能夠經得住挫折，我的心雖然很痛苦，我從來沒有想到這件事會對我有如此大的影響。我的心亂如麻，但我不願讓別人看出，更不願意讓她看出，說我是一個沒有果斷意識的人。

　　我神采奕奕的走向食堂，走進教室，我確信我氣勢如虹，誰都不可能看出我心中的痛苦與怯懦，我坐在那裡精神專注地看英語，她向我走來問我今天是否是我的生日，我有點吃驚，她從來沒有問過我，可能是從其他地方看到的吧！

　　她送我一本筆記本作為生日禮物，我有了一種長大了的感覺。初中以前每年總是媽媽給我過生日，往我的碗中加生日面，願我長得更健康，高中三年沒有過生日，大學裡第一個生日沒有了媽媽，我隱約地有了一種說不清的感覺。

　　我不明白她送給我一件禮物卻不願署名，即使不署名我也會認出她的字體，何況還是她送給我呢。

　　「世上最快樂的事莫過於為理想而奮鬥！」是她贈給我的，但我卻

不明白我的理想是什麼。在中學我羨慕大學生，我的理想就是能夠考上一所好大學，為自己為父母增光。現在雖然考上了大學，雖然不夠理想，但在別人眼裡還是挺神聖的。但我現在的理想是什麼呢？我的學習目標是什麼呢？去做一名學究，太苦太累，我又覺得不值得，看著許多年紀輕輕就死去的教授的訃告，我有點不寒而慄，茫然地學習，不知所以。

筆記本上有一句話，「真正的愛是心靈的默契，是心靈的碰撞與戰慄」，我已經向她表白了一切，但我的心中卻去不掉她，她已經拒絕了我，但願她的拒絕是違心的，她的心中還有一個我，下午就要上體育課了，我心中的一點感觸已經寫完了。

我要去幹什麼呢？我的理想又在何處呢？

寫完日記，姬遠峰把他的第一篇日記，即六月二日的日記從其他筆記本上撕了下來夾在了岳欣芙送給他的筆記本中。撕下這篇日記後姬遠峰又後悔了，以前寫的日記太多了，都撕下來夾在筆記本中太亂了，他決定了等閒暇下來了把以前的日記都謄抄到這個筆記本上。

姬遠峰翻到了筆記本的最後幾頁，那是通訊欄，欄目叫「最親密的人」，有姓名、生日、地址、電話、郵編之類的項目。姬遠峰想起來了，岳欣芙、黎春薷的通信地址都記在其他地方，時間長了都有可能丟失，應該記在這裡，這個筆記本永遠不會丟失。姬遠峰找出了岳欣芙、黎春薷的地址，工工整整地寫在了上面，包括岳欣芙爸爸的姓名。寫完岳欣芙的生日後姬遠峰猶豫了，雖然自己一直記著黎春薷的生日，但他不想把黎春薷的生日也記在這裡。雖然黎春薷是自己惟一且知心的朋友，但岳欣芙纔是自己心裡最親密的人，這個筆記本是岳欣芙送的，這裡只應該出現岳欣芙一個人的生日，姬遠峰沒有在生日欄寫下黎春薷的生日日期。

記完通信地址，姬遠峰對把這個筆記本放在什麼地方猶豫了，放到書架上吧，一個帶鎖的筆記本太顯眼了。放到櫃子裡面吧，每天寫日記去拿太麻煩了，室友看到肯定會明白寫的是秘密，說不定會勾起他們的

好奇心，搶過去看的。姬遠峰最後找好了一個地方，壓在枕頭下面，自己的床鋪在上鋪，即使同學來竄門不會有人上到自己的床鋪上來，室友也都很有分寸，沒有一個室友有翻別人東西的毛病，這是最方便也是最安全的地方。姬遠峰把筆記本的兩把鑰匙分開，一把隨身帶著，另外一把則鎖到了櫃子裡的一個鋼筆袋裡面。

十一

此後每天晚上睡覺前或者下午沒有課的時間，姬遠峰就習慣性地寫下這一天對岳欣芙的思念和自己的心緒。

1997年6月24日　星期二　晴

《人生與事業》

前段時間的話劇時刻出現在我的腦海裡，不知為什麼我對其中的「駱駝」有一種莫名其妙的感覺，他和我的生活條件不同，所處的時代也迥然不同，甚至連我們的性格也格格不入，他默默無聞一聲不響地做事，而我卻愛大嚷大叫，做事也不能夠像他那樣。但我總想把他和我等同起來，想把他身上的優點變成自己的優點，也許再過一段時間，我對他的看法會有所改變，但是現在我卻欽佩他的某些方面。

理想與事業的追求，她給我的贈言是「世界上最快樂的事莫過於為理想而奮鬥」，是的，一個人，一生如果沒有目標，沒有理想——無論是暫時的還是長遠的，那他就像一隻在黑暗的大海裡沒有導航的船隻，隨時都有被狂風惡浪吞噬的危險。一個人如果沒有理想，那他就容易輕易地被社會陋習所征服，成為一個為了苟延殘喘而不惜犧牲尊嚴的奴隸——一個披著人皮的「人」。我現在可能正處於這個危險的境地，再向前邁一步就有可能變掉，因此人生的航標，我的航標應該穩穩地豎起，並且正確地估計和計算出我現在的坐標位置，我現在離岸還遠，離目標還遠，即使達到一個目標，還是應該向下一個目標航行。也就是說人的目標，也可以說是貪慾是永無休止的，那麼我人生的腳步就沒有停

下來的理由，更沒有倒退的reasons[12]。理想是人生奮鬥的源泉，當我有理想時我纔有可能做到持之以恆，做到勤勉與努力，人生也就是為了理想和目標而追求的一段時間罷了。

愛情的真諦，東西方的愛情觀是截然不同的，從「生命誠可貴，愛情價更高」這句話裡可以明晰地看出在他們的心目中，愛情比生命還要實貴，因此纔會發生許多動人的故事。而在東方，除了幾對叛逆的「罪人」之外，愛情從來就是男人的遊戲，女性從來就是屬於被動從屬這一行列之中的。只是到了現在，在中國是陰盛陽衰，反映在都市生活中，也就產生了一些怪異的現象，尤其在這所「神聖」的大學裡，怪異的現象更是觸目驚心吧！現在在這個怪異的圈子裡，許多事令人迷惑不解，不知現在的中國人是怎樣對待這一話題的。駱駝的愛情觀對現在的大學生不知是否還有參考意義，然而他對感情的控制還是成功的。人生一世知音難覓，尤其是知心知音更少，一個人對別人的付出而沒有回報，也就是說是單相思時，是沒有必要的，是無味的遊戲。當事實、現實和環境不允許時，人還是應該現實一點好，別為了所謂的浪漫而作出蠢事或傻事。按課文所說的，認識是一回事，做是另一回事，而且更不容易，那麼可能最重要的事就是看我如何做了。做的確不容易，但駱駝做到了，那麼我也有理由去做到這一點，為了事業，默不作聲，控制感情，去學習，去做我應該做的事。

1997年6月27日　星期五　晴
《失去的東西最寶貴》

這是上英語課時老師講的一句話，我們的英語老師不是名人，如果她是名人的話，我想這句話一定會被一本厚厚的字典收錄，冠以《名言錄》，而被推崇備至。

凡夫俗子總是這樣，其話輕如鴻毛，記得某報曾刊登說一老農對出

12　理由。

了一個千年難對，但只因為他是一個老農而不予重視。

不管重視與否，但這句話卻道出了一個事實，那就是我們從來不重視，不意識到自己所擁有的一切。譬如說自己的身體健康，自己的生活環境，自己的學習條件，自己的大腦，這一切人們已經習以為常了，都是they are granted[13]。在忽視這一切的同時，每個人都苦苦追求（我不是說人不應該有所理想），但許多人的追求是那麼的醜陋和荒謬，我會把它稱之為妄想，譬如我吧，別追求虛偽和妄想了吧！

珍惜自我吧！珍惜自己所擁有的一切，我現在有的是時間——這最寶貴的東西，我有的是自由，有的是支持，有學習條件，這一切在以前都太不重視了。我還有的是健康，這一切對我來說都是寶貴的財富，我的時間不應該虛度。

別到了那一天，當我失掉健康、自由、時間和支持時，我纔感到自己的無能為力，到那個時候我又去追求我現在所擁有的一切——時間、自由、支持和健康。那個時候再大的理想將難以實現，因為你虛待了時間，時間會以牙還牙的，它會讓你一無所成，象朱自清所說的那樣，赤條條的降臨人世，過了幾千個日日夜夜之後，又赤條條地回到土地。大地是無私和慷慨的，她收容了我這樣一個碌碌無為、虛待人生、消耗人類文明和地球資源的所謂的「高級動物」。

一九九七年七月一日是香港回歸的日子，學校組織學生在禮堂觀看交接儀式，像往常一樣，姬遠峰在人群中搜索著岳欣芙的影子，但卻裝作若無其事不被同學察覺。看到岳欣芙的影子既令姬遠峰心底溫暖又令他痛苦。看完交接儀式，姬遠峰沒有和同學一起去活動，他的心緒是那樣的不寧，他的思緒是那麼煩亂，雖然他背著書包去了教室，但卻沒有走進教室，他回到宿舍，趴在床上寫下了一篇長長的日記。

1997年7月1日　星期二　晴

七月一日是中國人民值得永遠記憶的一天，昨天晚上很多人也許瘋

---

[13] 它們是理所當然的。

狂了一把，但我卻沒有一點激情，勉強看完香港回歸的交接儀式就早早回寢。這並不是說我不愛國，實在是我的心情太不好了，看見她我就心裡特別的煩，不知道這是為什麼。

我也明白，我並不是一個大傻瓜，有位名人說過「在情感這問題上，得不到同等的回報時她已在暗中輕蔑你了」。許多人在這種問題上是難以保持清醒的頭腦的，我現在還明白這一點，但明白僅僅是明白，讓我拋棄這可惡的念頭卻是那樣的困難。

我說這什事是不可能的，這也許是我自我欺騙吧，明知不可能，一天卻荒唐地設計著自己的夢想，一天怕見到她，因為我要學習，但卻總是想像著可能在圖書館門前，在飯堂碰到她，見到她一面。我簡直對我這種自相矛盾的想法想發笑，我甚至譏笑過別人的荒唐，但我的這種想法可能是世界上最荒唐的了。

「如果你時時放任自己去追念那已經失去了的，徒勞無功地去惋惜或痛悼，那只能使傷口不易癒合，但假如你明知你之所以念念不忘，是因為你不想忘記，而非你不能忘記，是因為你下意識的享受那點苦痛，那你就得承認這是咎由自取。」放任自己去享受過去的苦痛，我不知道我是否放任自己，但我卻時時享受著過去的那份苦痛，我也有意識地去忘掉她，但如上所說的，我卻時時念念不忘，這也可能是我不想忘記的表現吧。現在我被這份過去的痛苦纏繞不分，這本來就是咎由自取，然而這自取的東西並不是一件好東西，一件有損我人格尊嚴的東西，我又有什麼理由總是咎由自取。明知山有虎偏向虎山行，這也許是一種大膽和冒險的精神，然後明知她無意，偏是我有情，這也許只是一種偏執狂，本身就是偏執狂。

也許這件事本來就是一件誤會，也許她本來根本沒有那種意向，而我卻是如是輕率地做出行動，弄到今天這種地步，卻是如是之尷尬。

這件事不可能，但我卻總是不願意承認事實、面對現實，從心底裡與事實和現實相抵抗，或許她早就擺脫了陰影，甚至於對她而言根本沒有陰影，更甚至於在她心中根本沒有影響，更不用說陰影了，一天正為

她的理想而奮蹄不已。而我卻擺脫不了陰影，在這陰影下過著毫無信心和自尊的生活，說的不好聽一點，我是在她的威懾之下過我的時光，而她卻是如是之驕橫與自信，這也許是我本身最大的可悲之處吧，阿Q精神也許比我強百倍。

「情感上的創傷的藥方是自己的智慧，建立起自己的信心與尊嚴」，我可能本來就是一個大傻瓜，而沒有智慧而言，所以纔會這樣，不能夠醫治自己的傷口，建立自己的信心和自尊人格。

有一個譬喻說的是藉助凳子學溜冰的是，說明不要以為離開某人就活不下去，更不要使自己離開某人就活不下去，別人不是你自己，別人會幫助你，但不會支持你一生。

這也許是千真萬確之言，我應該記住，別讓自己活得沒有自信心和尊嚴。

今天晚上背著書包去了主樓而沒有進教室，因為我實在不能夠自我控制自己，讓自己學習。今晚上的時光就在這篇日記中流過，但願它會使得我想的開一點，退後幾步，聽說退一步會海闊天空的。

明天看英語。

1997年7月5日，星期五，陰，陣雨

《讀者》雜誌中有一篇文章《曾經以為不會忘記》，一個成年的女人翻看二十年前的日記，發現了許多莫名其妙沒頭沒腦的話，「今天，我永遠忘記不了這一天」，此後再沒有下文。可是作者無論怎樣也回憶不起那一天到底發生了什麼事，以至於使她堅信一生中也不會忘記，但隨著時間的消失，曾經以為不會忘記的事卻淡忘了。

這篇文章對我而言還是有啟迪的，現在的事確實令我心裡特別的煩，使我一時半會不能夠忘掉她，我試圖找出她身上的缺點，以便讓我明白她不值得讓我魂不守舍，我應該有更高的理想和追求，但我卻發現不了她的缺點。我也覺得找別人的缺點，有點小人得志，是妒忌在作怪，在故意地貶低別人，這樣做我倒覺得可恥，是懦弱的表現。在貶低

別人的基礎上你自己並沒有得到益處，僅僅是市儈小人滿足心理平衡的作法，重要的是建立自己的信心與尊嚴，這樣纔會使自己昂起頭來，作一個實在的人，一個有理想和追求的人。

既然找不出也不願去找別人的缺點，那僅有的就是自己心裡明白，強扭的瓜不甜，並且現在也不可能扭成，與其徒費感情和時間，荒廢自己的學業，不如頭腦平靜地面對現實，放棄幼稚的幻想，做自己的事。

曾經以為不會忘記，但事實卻還是忘了，時間是主宰一切的萬能之物，隨著時間的消逝我也會淡忘這件事，別以為忘不了，是自己不願忘記，每天享受著不願忘的苦頭，這只是咎由自取。

「在花開花落之際，請珍惜你所擁有的」，別等到失去的時候纔覺得可惜。

十二

大一的學習結束了，暑假姬遠峰回到了自己的小村子，一個學期了姬遠峰心裡一直惦記著覃華寫給自己的那封信。回家後第二天爸爸上班去了，姬遠峰就問媽媽寒假自己上學走了後收到一封雲南的來信沒有。媽媽說有，爸爸已經拆閱了，媽媽只上到小學二年級，書信並不能讀下去，爸爸看完後就扔到了抽屜裡了。姬遠峰最不願意的事情還是發生了，姬遠峰對任何事情都是這樣，在沒有眉目之前不想大肆張揚，尤其是自己和岳欣芙之間的事情。姬遠峰問了是哪個抽屜，但沒有找到，讓媽媽幫著找也沒有找到。晚上爸爸回來了，可能是媽媽告訴了爸爸姬遠峰在找那封信，爸爸並沒有說信哪去了，而是問姬遠峰信裡說的岳欣芙是哪裡的女孩，和你關係怎麼樣了。姬遠峰告訴爸爸岳欣芙是卜魁的女孩，他只是對這個女孩稍微有點好感，和同學說說而已，並沒有任何行動，現在也只是普通同學而已。爸爸沒有再說什麼，姬遠峰對爸爸拆閱自己的信件心裡很不高興，對信件丟失了更不高興。但隨便拆閱信件在村子裡很隨便，在自己家也很平常，爸爸沒有覺得有什麼不妥，自己還

能說什麼。

現在假期了，閒暇的時光多了，岳欣芙的事情又攪擾得姬遠峰無法入眠，回家的時間姬遠峰並沒有帶岳欣芙送給他的那個筆記本。哥哥和二姐雖然已經工作了，但自己暑假的時間他兩偶爾也回家，哥哥回來了就和自己住一個屋子，一本帶鎖的筆記本太扎眼了，哥哥姐姐看到了會問。爸爸看到了也可能會隨便看，在家裡爸爸連信件都會隨便拆閱，隨便看筆記本更不在話下了，姬遠峰不能通過向日記傾訴來疏放自己了。而且回家前姬遠峰又一次下了一次決心，忘掉岳欣芙，趁著這個假期中斷掉寫日記的習慣，即使有多少思緒和情緒也不要再寫日記了，越寫日記只會讓自己的思緒更多，更不能忘掉岳欣芙，只有不寫了，自己纔能真正忘掉岳欣芙。

一天晚上，姬遠峰躺在炕上怎麼也睡不著，靜靜的月光透過窗戶灑在自己的被子上。姬遠峰想起了自己第一次夢到岳欣芙的情景，那一天晚上他去女生宿舍和岳欣芙一起討論了辯論賽的發言稿，回到宿舍自己第一次夢到了岳欣芙，自己醒來後看到和今晚一樣的月光灑在宿舍的桌子和自己的床鋪上。那個晚上岳欣芙就如同這月亮一樣靜寧甜美，自己的心裡也是那麼的甜美。多半年時間過去了，岳欣芙還如同這月亮一樣寧靜甜美，但現在自己的心情已經變了，除了無盡的愁緒和對她無盡的思念外再無其他。姬遠峰爬了起來，打開電燈，他寫了一篇關於岳欣芙的散文。姬遠峰想給黎春莼寫封信，但自己只知道黎春莼的學校地址，還不知道她的家庭地址，沒有寫成。開學一個禮拜了，他知道這時間黎春莼開學初的忙亂也完了，也不是很忙，他寫了一封信給黎春莼。信郵寄出去了，姬遠峰計算著日期等待著回信，信件來回大概兩個星期就夠了，但兩個星期過去了，黎春莼沒有回信，三個星期過去了，黎春莼還沒有回信，四個禮拜過去了，黎春莼還沒有回信。姬遠峰有點沉不住氣了，他想寫信問問情況，轉念一想，這好像是催促黎春莼回信似的，那樣不好，再等等吧，到十月底如果還沒有回信的話，自己應該再寫信問問黎春莼遇到什麼事情了。那就不是關於自己信的事

情了，而是關心黎春蒓的信件了，自己應該不只是傾訴，還應該體諒黎春蒓的心情，畢竟都是同齡人，但不到十月底，他收到了黎春蒓的回信。

小峰你好！

收到你的信近一個月了，時時想起你的信，也想該怎麼回你的信，而這都引發我過去一學年的反思和回憶。這一段時間同學們的焦點問題是評上一學年的獎學金，我們學校特別摳門，只要有一門沒通過就沒有資格參加評選，各種各樣的規則，比例一大堆，受獎面只有百分之三十。我雖然磕磕絆絆全通過了，其實全似老師在後面推一把，但學習成績太差，平均分和你一樣，七十四分，幾乎是全班二十一個有資格參加評選的最後一名。如果靠我平時不低的附加分，如征文獎、優秀團幹部等擠入全班綜合測評前十四名的話，只能拿到最末的三等獎五百圓，即使這樣希望仍很渺茫。其實在我看清自己的實力後，對評上根本不抱希望，但我親愛的爸爸媽媽在等我的好消息，他們在等著新的引以自豪的我的榮譽，我怕在失敗後面對他們責備的眼睛。而最要命的是我不能坦然地說一聲「I have done my best[14]」。你說你曾經設想的是錯的，我雖然設想的是對的，但我們都背叛了從前的自己，「成為一個胸無大志，庸俗不堪的人」，實際付出的勞動少之又少，幻想的時間比思考的時間多，掌握不住自己……

上面一頁已是一星期前寫得了，就在給你寫信時，得知自己以零點九分之差落選了——全班評十四個，我是第十五名。晚上給爸爸媽媽打電話，聽見他們慈愛的聲音，眼淚不知不覺就下來了，聲音也哽咽了，可爸爸還安慰我，我哭的就更厲害了。我在想「如果再能有一分，一切都和以前不一樣了，那是多麼皆大歡喜的事呀！」

「亡羊補牢、未為晚也」，你信不信這句話？如果我們從現在開始，凝聚力量，鼓足士氣去幹一場，一定會贏，你信不信？信則靈，不

---

[14] 我已經盡力了。

信則不靈。還記得高三的時候我在班上做的演講嗎？我說：「要提高每一分鐘的生命質量」，這是我最明確的人生信條之一。這一學期我覺得我比大一的狀態好多了，自己覺得成熟了不少，雖然化學對我來說還是那麼艱澀深奧，我準備用敬業精神去對待它，如果還是不行，那就考慮轉行或搞副業了，畢竟我的思維偏重於文科。

你說你走進了感情的誤區，這個問題是大學生中最敏感的問題，也是一道千古謎題。如果你沒有真正戀愛過，那你還沒有領教它的複雜深奧、冷酷呢，只擦了邊而已。所以珍惜自己的感情，別讓它輕易流露出來，對於男生，在挑選女孩子時傅雷有一段話說的很中肯，「最主要的是本質的善良，天性的溫厚，寬闊的胸襟，有了這三樣，其他都可以逐漸培養，而且有了這三樣，將來即便遇到大大小小的風波也不致變成悲劇」。而且作為男孩子，你得有準備繞行——覺得不管從精神力量，實際能力上除了照顧自己以外，還能有餘力去照顧相對較柔弱的另一半，否則只能是一場大孩子的遊戲了。

我現在對愛情辯證法頗有研究，有沒有興趣向我討教？不過言歸正傳，還是要把握生活的主流，在大學裡搞不好學習實在太狼狽了。但是對那些頂尖學生，機會又何其多！出國，免試讀碩，考取名牌大學的研究生，你曾經那麼勤奮刻苦，相信你能再傳佳音！

這兒送你幾張照片，後面有說明，這次國慶節我去了甘南，去了拉卜楞寺，在昏暗的佛堂裡辨認佛像，看金碧輝煌的大佛，在淒風冷雨的桑科草原上策馬馳騁，在臨夏紅園馬步芳的別墅裡泛舟，在松鳴岩森林公園的松鳴岩上撞鍾。同行有五個質樸幽默的男生和一個甜甜的女孩，可以說開心的不得了，給我寄一張哈爾濱的風景照吧，行不？

願你常常記得我！

春蕊

1997年10月21日

附：今年一中考得比去年還多，而且這一屆膽子大，什麼都敢報，包海峰考上了北京大學，全砝考上了清華大學，還有同濟的，華西醫科

大的，但復讀生考得不好，我聽說咱們班上只有馬瑞祥考上了。

　　還有，我剛剪了頭髮，現在齊肩長，剪下來的辮子藏在櫃子裡。同學們褒貶不一，毀譽各半。

　　看到黎春蕊的回信，姬遠峰立馬感覺有點不好意思了，黎春蕊和自己都是同齡人，自己向她傾訴的太多了，自己也應該聽聽她傾訴的苦惱，安慰安慰自己這個惟一的知心的異性朋友。

　　姬遠峰看到了那個軍工廠女生全砡的名字，她考上了清華大學，她是一個多麼優秀的女生，但卻與自己沒有絲毫的關聯了。

　　姬遠峰回信安慰了失落的黎春蕊，也決定這封信後不再向黎春純說起自己對岳欣芙怎麼也剪不斷理還亂的感情了。

春蕊小妹：

　　最近可好！

　　收到妳的信我有點吃驚，為了評獎學金的事情妳竟然掉淚了，在我的心目中，妳永遠是個快樂的女生，伴隨著妳的身影我一直聽到的是妳銀鈴般的笑聲。可能我是男生粗枝大葉的緣故，我沒有意識到在妳的內心裡也有這麼溫柔脆弱的一面，從上大學以來妳一直是我的傾聽者和安慰者，這次就讓我這個名不副實的「哥哥」也安慰安慰妳吧！

　　就像妳在來信中所說的，目前妳的成績妳不能坦然地說一聲「I have done my best.」我相信這就是妳落淚的原因，因為妳沒有「done your best[15]」，所以妳落淚了。但以我和妳三年高中同學、一年同班同學的了解，妳僅僅是沒有「I have done my best」而已，而不是「I don't have the ability[16]」。雖然自從第一封信後我沒有在信件中再問過妳的感情，但我相信，隨著我們年齡的增長，我們內心的悸動並不會因為我們的理智和謹慎而熄滅。就像我在給妳的信件中說的我的感情走入了誤區一樣，我相信就像妳在大一給我寫的第一封信中所說的，妳也被各種學習以外的因素所困擾、所苦惱，這都是我們青春成長的代價。以我對妳的了解，

────────────

[15]　你盡力了。

[16]　我沒有那個能力。

開朗而又好強的妳是不會灰心、更不會氣餒的，我相信妳說的「亡羊補牢、未為晚也」，我更相信you have the ability to be one of the best[17].

　　收到妳的信我很慚愧，可能我們濱工大考試題難一點的原因吧，我的平均分七十四分不像妳的班裡排名到了二十一名，因為我的小班只有二十八名同學，如果真的到了二十一名的話那就意味著我是倒數前幾名了，但具體是多少名我不知道。實際上，自從上大學以後我對自己的成績關注很少，排名靠前當然高興了，但我對自己的目標僅僅是考試不掛科就行了，對能否評上獎學金都沒有在意過。雖然截至目前我的目標還一直實現著呢，但就像妳說的，令我更加慚愧的是我真的沒有「I have done my best」。今年的暑假裡我也反思了過去自己一年的時光，我也暗下決心，要把困擾自己的感情因素拋到腦後，和妳一樣「亡羊補牢、未為晚也」，讓我們共勉吧！

　　春蓴，謝謝妳對我在感情方面迷茫的指導，妳現在儼然成了我感情的「導師」，我還一直納悶妳我都是同齡人，我作為男生更應該理性一點，妳怎麼會比我更成熟、更理智，原來妳有自己的愛情秘籍——愛情辯證法。可惜我離妳太遠了，不能面聆身教，但從妳的信裡我已經受教很多了，我會像妳所說的那樣，去圖書館借到傅雷的書好好看看，培養自己的心智，鍛煉自己的能力，成為一個妳所說的做好準備的男孩子——從精神和實際能力上不僅能照顧自己，還能夠照顧自己將來相對柔弱的另一半。

　　看到妳隨信一起郵寄給我的照片，真漂亮，也真想能有和妳一樣的機會去旅遊，如果我在蘭州上學的話，我相信妳也一定會約上我去遊玩的。妳說給妳郵寄一張哈爾濱的風景照，我隨信郵來，我太粗心了，竟然沒有想到過給妳郵寄風景照，這次我也隨信寄了我的一張照片給妳，可惜我不像妳，我不是一個帥哥，不像妳那麼漂亮養眼。嘻嘻，我以前從來不會誇女生，誇女生我自己都會臉紅的，上了一年大學，我發

---

[17] 你有能力成為最好的之一。

現自己臉皮厚多了，我知道妳看到信後會笑話我，但我看不到也聽不到，嘻嘻。

　　春蕤，妳說到了換專業的事情，因為我不了解妳的大學的具體情況，我不好發表意見，但在濱工大，換專業是幾乎不可能的事情，我估計妳的大學也很難，這件事只能由妳做主了。搞「副業」以我的觀點我不會那樣做，我的看法是應該將自己的事情做好後再發展業餘愛好「副業」之類的。以我自身的感覺，如果我做不好自己的「主業」而從事「副業」的話我會很糾結很困惑。

　　春蕤，我相信妳失落的情緒是暫時的，妳的成績不能令妳滿意也是暫時的，我相信很快妳漂亮的雙眸中的神采會更加自信、更加迷人，妳爽朗的笑聲會很快的回到妳的同學當中。而且我也相信在這個學習的期末，妳會帶著一份讓妳滿意讓妳父母開心和驕傲的成績單回到家裡，讓我們共勉吧！

　　妳剪掉了三千煩惱絲，好可惜啊！那麼漂亮的辮子！妳剪下來辮子可要保存好了，妳的辮子曾經甩過我的臉，我的「仇」還沒有報呢，妳卻讓它溜之大吉了！

　　我會一直記得妳的，我的知心「小妹」和愛情「導師」，最後祝新學期天天開心，也更加漂亮！

友小峰
1997年10月28日

十三

　　大二了，小班的專用小教室取消了，沒有固定的小教室上自習很不方便，無論是大教室還是小教室，學生們都不知道這間教室當天的安排，當你正在上自習的時間，隨時會有同學和老師進來說這間教室下一節有課，上自習的同學只好無奈地收拾書包另找教室。不過姬遠峰有個不好的習慣，那就是他對自己的學習並不是很專注，雖然他的專業是工

科類的，但文科類的課程他也喜歡聽，如果作業已經做得差不多了，自己沒有其他事情的時候，他就「賴」在那間教室裡不離開，看下節課具體是什麼，如果是文科類的課程他就坐在裡面繼續聽課。姬遠峰聽了各種各樣不少課程，但因為是隨機的，同一科文科類的課程他聽課沒有超過三次的。但濱工大是一所著名的工科院校，文科類的課程畢竟少，姬遠峰坐一會聽是理工科類的課程他就背著書包偷偷地從後門溜出來走掉。

有一次那間教室是對幾個留學生進行漢語口語水平考試，前面日本留學生、韓國留學生的漢語口語考試還算順利，但到一個非洲留學生的時間就卡殼了，當老師問那個非洲留學生你怎麼來到中國的，那個非洲留學生用生硬的漢語說，「我來自非洲」，老師又重複一遍「你怎麼過來的？」非洲留學生繼續回答道「我從非洲來」。老師又說，「你乘那種交通工具來到中國的？」非洲留學生繼續回答道「我從非洲來到中國的。」同時用一種無辜的表情看著老師和他的日本韓國同學，他的日本韓國同學著急的用口型給他作弊，那個非洲留學生還是一副無辜懵懂的樣子。看的姬遠峰真想替那個非洲同學回答了，「我坐飛機來到中國的。」因為非洲太遠了，不可能坐輪船過來。那個漢語老師無奈地笑了，問那個非洲留學生，「你是不是坐飛機到的中國？」那個非洲留學生語氣肯定地說道，「是的，我坐飛機到的中國。」看得出來他對自己回答上了這個問題很得意，一副自豪的樣子，漢語口語考試的那個女老師寬容無奈地笑了。

沒有自己班的專用小教室對岳欣芙尤其不方便，因為她是全系學習最認真的幾名同學之一，她上自習的時間最多。後來岳欣芙發現了一個上自習的好去處，那就是圖書館，一座魯班獎獲得者的建筑，一棟不高但方方正正規規則則的建築，米色的墙體，茶色的玻璃透著莊重與大氣。圖書館的一樓大廳有閱覽區，那裡的閱覽桌可以上自習從早晨開館一直到晚上閉館為止。只是大家都知道這個上自習的好去處，需要早早排隊去佔座位，這對岳欣芙根本不是問題，她一向起床很早，自從

大二取消專用小教室後圖書館一樓大廳閱覽區就成了她固定的上自習場所了。

　　姬遠峰除了無休止的校園散步、江邊和鐵路大橋上漫步外，他並不認真學習，對他來說，考上大學已經是最後的目標了，他只需要考試不掛科就可以了，他等著畢業工作呢。爸爸對姬遠峰的學習自從考上大學更是不管不問了，兩個假期放假回家爸爸甚至連中學時在班裡能排第幾名這樣簡單的事情都不問了。爸爸的想法和姬遠峰一樣，早點畢業了工作吧，姬遠峰上大學本在爸爸的計劃之外，姬遠峰要是上中專早都畢業工作了，爸爸更有一個想法，姬遠峰畢業了快點結婚吧，姬遠峰結婚了他這輩子的任務就完成了，他可以提前退休安享晚年了，他的左半邊身體越來越不靈活了。

　　不學習的姬遠峰也發現了一個好去處，那就是圖書館，那裡有他喜歡看且看不完的雜誌、歷史地理書籍。其實他在大一開學後姬遠峰就發現了這個好去處，只是那時間自己班有專用的小教室，小教室裡還有岳欣芙，他去圖書館的次數不多，現在課餘除了漫步他就去這裡。不長的時間他已不滿足簡單的普及著作，而是閱讀歷史典籍了，他尤其喜歡閱讀遊記，但不是今人的遊記，而是古人的遊記，若《大唐西域記》、《長春真人西遊記》、《異域錄》等等。雖然《大唐西域記》裡過多的梵文音譯原文他看不懂，但他喜歡對照著原文看今人的譯本，他不僅認識了繁體字，甚至會簡單的句讀，可以閱讀古籍了。

　　姬遠峰不僅喜歡讀史地書籍，他還喜歡詩詞，他有時候甚至想自己高中的時間什麼也不懂，聽說理科好考大學就學了理科，如果讓自己再選擇一次，自己肯定會選擇文科。每當讀到描寫愛情的詩句他總會想到岳欣芙，漢人的愛情詩詞溫婉內斂，而藏族詩人的愛情詩句則直白大膽，但卻毫無猥褻之感。姬遠峰有時候會想如果現在自己和岳欣芙在一起，他會把藏族詩人最直白的情詩抄下來，悄悄地夾在岳欣芙的書裡，署名一個愛慕妳的傻瓜，岳欣芙肯定會羞紅了臉，姬遠峰喜歡看岳欣芙羞澀的模樣，但現在他卻只能在圖書館二樓的迴廊裡遠遠地看著岳欣

芙。雖然姬遠峰在校園裡躲避著岳欣芙，但他卻願意從圖書館二樓的迴
廊裡遠遠地看正在一樓大廳上自習的岳欣芙，他能看她但她卻發現不了
他的眼神。姬遠峰看著岳欣芙埋頭學習，看她不時用手掠一掠掉下來遮
住眼睛的秀髮，看她翻檢自己的書包，看她口渴了擰開水杯蓋喝水，水
喝完了去到大廳邊上的開水器上接水，看是否有男生走過去和她聊天。
姬遠峰會靜靜地看上十分鐘、二十分鐘，甚至完全忘記了時間，或許只
有古詩纔能形容姬遠峰的心情了。

　　靜荷靜荷靜靜綻，慕者慕者默默眺。

　　我心我心暗屬汝，奈何奈何不可觸。

　　岳欣芙或許下節有課，她會收拾書本擺放好繼續佔座，背著書包去
上課，姬遠峰恍然大悟，自己看岳欣芙時間太長了，自己和她是同一個
小班的同學，除了晚上的俄語課外，他兩的課表是一樣的，岳欣芙去上
課意味著自己也要去上課了。自己本來只想看一會岳欣芙就去上課，竟
然看岳欣芙忘記上課了，姬遠峰甚至覺得自己有點可笑了。

　　姬遠峰也經常去看電影，而且看得次數非常多，因為他學習並不
努力，絕大部分都是他一個人去看。電影院也是學校的禮堂，在主樓裡
面，主樓和姬遠峰所在的電氣學院的電氣樓是連成一體的，看電影很方
便。而且濱工大的電影很便宜，除非新出的大片，一般電影票只要五毛
錢，只要是自己沒有看過的電影，姬遠峰一般都會買票去看。姬遠峰也
看「免費」的電影，當電影開始多半個小時後也就不檢票了，姬遠峰在
自己的電氣樓做完作業後就溜達到電影院裡坐到後排看剩下的半截電
影，或許那剩下的半截電影很無聊，姬遠峰就坐在電影院裡，屏蔽掉週
圍的一切事物，陷入沉思與冥想之中，姬遠峰也享受這種嘈雜環境中的
冥想狀態。姬遠峰清楚地記著岳欣芙晚上俄語課的課時安排，如果那天
晚上岳欣芙沒有俄語課，姬遠峰會想岳欣芙今晚是否也來看電影了。電
影結束了，影院的燈會全開了，觀眾會從禮堂主席臺兩側相對窄小的門
離場，姬遠峰會緊緊地盯著那兩個出口，看岳欣芙是否也來看電影了，

尤其是她是否單獨和一個男生一起來看電影了，姬遠峰也偶爾見到過岳
欣芙來看電影，但都是和同班的女生一起來的。然後姬遠峰會返回電氣
樓自己做作業的教室，收拾書包回宿舍去。

　　一九九七年的聖誕節快到了，姬遠峰收到了黎春蒓的節日祝福賀卡。
小峰：
　　友誼需要常常聯繫，謝謝你仍記得我，給了我這一年裡少有的聯繫。
　　生活需要自己去改變、去豐富、去創造，就像冰雕，由普普通通的
冰塊堆砌、雕琢，就成了一個美不勝收、千姿白態的新世界。
　　在新的一年裡讓我們努力為自己構築廣闊、美麗的精神世界，和諧
的生活，讓我們共勉！
　　希望快樂、幸福永遠陪伴你！

　　　　　　　　　　　　　　　　　　　　　　　　　　春蒓
　　　　　　　　　　　　　　　　　　　　　1997年12月14日
　　假期裡若要聯繫，請打電話0933-1111011

十四

　　一九九八年的元旦聚會照常在進行，岳欣芙今晚的情緒不高，她也
感覺到姬遠峰今天晚上情緒和她一樣，明顯的不高，不僅情緒不高，而
且形容憔悴，長長的捲髮遮住了半個耳朵，眼睛陷的更深了。同學們一
進飯店裡都把外套脫了，因為哈爾濱的冬天太寒冷了，同學們的外套都
很厚，也因為哈爾濱太寒冷了，所以室內暖氣都很熱，穿著厚厚的外套
很不方便，所以在哈爾濱冬季人們一進入暖和的室內第一件事就是擦拭
眼鏡上的水霧和脫掉外套。但岳欣芙看到姬遠峰不知什麼原因一直穿著
外套沒有脫掉，姬遠峰也遲遲不願落座，直到自己坐下了，他去了另外
一個桌子坐下了。岳欣芙明白了，姬遠峰在躲著自己。
　　岳欣芙不停地看一眼姬遠峰，姬遠峰不像去年那樣和同學又說又

笑，他勉強地和男生、和女生喝酒。岳欣芙也一直等著姬遠峰過來和自己喝酒，但直到菜快上完了，姬遠峰纔遲遲地過來和她碰杯喝了一次，他沒有和岳欣芙講是一比二還是一比三，是否會讓岳欣芙喝完一杯啤酒，他的話那麼簡短，面部有點僵硬地擠出一絲微笑，說道，「元旦快樂！」然後將一杯啤酒一飲而盡，碰杯的時間岳欣芙明顯地感覺到姬遠峰在躲避她的眼神。岳欣芙回以四個字「元旦快樂！」然後衝著姬遠峰微微一笑，姬遠峰回報以微笑，但瞬間而逝，又回以四個字「元旦快樂！」離開了。岳欣芙不明白姬遠峰心裡到底在想什麼，和自己表白後的一個月他不曾和自己說一句話，兩個月後他又主動接觸自己，沒話找話說。但這個學期以來，他又和自己一副若即若離的態度，不主動躲開自己了，但每次的眼神接觸卻是躲避的。

菜上完後不久包間裡就不見了姬遠峰的蹤影，岳欣芙出了包間，她看到姬遠峰和安可琪、萬娟娟在打撲克，直到現在姬遠峰還一直穿著外套。岳欣芙明白了姬遠峰有隨時離開的打算，但同學們都在聚會，這麼熱鬧的時刻，他離開會去幹什麼呢？難道去學習？全班沒有一個同學背著書包，誰會在全校同學都熱鬧的元旦時刻去學習，即使姬遠峰平日確實有點特立獨行的行為，但還不至於特立獨行到這樣的程度，那只會招到同學們的笑話，何況姬遠峰平時學習並不認真，他今晚也沒有背書包，他今晚不會去學習的。正如岳欣芙猜測那樣，姬遠峰的確有提前離開的想法，他不願意在這歡樂的場景中和岳欣芙碰面，對照著同學們的興高采烈，他的心情更壞。姬遠峰進入飯店碰到岳欣芙眼光的那一刻起他就有提前離開的想法，所以他一直穿著外套沒有脫掉。但轉念一想，在這天寒地凍的哈爾濱冬夜，自己提前離開去哪兒呢？他不會去教室學習，也不會去圖書館看書，那只能回宿舍了，自己提前回宿舍的藉口是什麼呢？假裝自己身體不舒服，去飯店聚會前還好好的，怎麼一會的功夫就不舒服了呢！如果假裝身體不舒服，那只能在宿舍自己床上躺著。而自己宿舍肯定是飯店聚餐結束後班裡六個女生長時間玩耍的地方，自己一副病懨懨的樣子躺在床上，同學們都不好意思山呼海嘯地說笑玩鬧

了，自己掃同班同學一年難得一次的歡樂聚會的興頭幹什麼！想想還是呆在飯店裡和同學們一起玩玩算了。

岳欣芙有點奇怪，三缺一怎麼玩撲克，再者姬遠峰說過的他從來不玩撲克。岳欣芙湊了過去，原來是安可琪在給姬遠峰和萬娟娟算命，算姬遠峰和萬娟娟在結婚前每個人會有幾次桃花運。見岳欣芙過來，萬娟娟嚷嚷著讓安可琪給岳欣芙算一命，岳欣芙推辭了一下又進了包間。

飯店聚會結束了，有兩個男生已經喝多了，搖搖晃晃的，幾個男生在旁邊攙扶著往回走，女生們照例又去男生宿舍長時間玩。岳欣芙今晚對去男生宿舍有點躊躇不安，不去吧，班裡女生都去了，自己實在沒有藉口，但心底裡還是想去，怕尷尬？怕觸景傷情？她也說不清。

快到男生宿舍樓下了，姬遠峰想到回到宿舍怎麼辦？女生都會來他的宿舍玩，宿舍空間那麼小，他避不開岳欣芙的眼神。岳欣芙如果感覺不自在去別的男生宿舍而其他女生全在自己宿舍玩，那樣岳欣芙也會感覺尷尬，怎麼辦？乾脆不回去了，在外面多轉轉再回去就是了。姬遠峰從高中暗戀軍工廠那個女生開始就已經養成了獨自一個人漫無目的散步的習慣了，雖然現在很冷，但去年冬天給岳欣芙送生日禮物的時間和現在前後不過兩三天的時間，在戶外呆了那麼長時間姬遠峰也沒有感覺到寒冷，到了宿舍樓下大家亂哄哄地上樓的時間姬遠峰沒有上樓，他轉身向外邊走了出去。

像去年一樣，女生們在班長的宿舍先呆了一會，除了岳欣芙其他女生都去了姬遠峰的宿舍，幾個男生已經和李峰楚河漢界地廝殺開了，作為班裡惟一會下象棋的女生，李峰非要和她殺一盤，她不好拒絕，但心猿意馬的她很快就敗下陣來，她沒有心思玩。

和李峰下棋結束了，岳欣芙對去姬遠峰的宿舍更猶豫了，在飯店裡她已經明顯地覺察到了姬遠峰的不自在，姬遠峰現在肯定在自己的宿舍裡，她進去後只會讓兩個人都更不自在，那麼狹小的空間兩個人的眼神肯定避不開，說不定他兩不自在的神情還會讓同學們看出來，那就更糟糕了。猶豫中岳欣芙還是進了姬遠峰的宿舍，進了宿舍她發現姬遠峰並

不在宿舍，她輕輕鬆了一口氣，但心中也有一絲失落。

同學們已經分成兩桌在打撲克，桌子上堆著花生瓜子蜜桔之類的，其他宿舍的男生進進出出，同學們邀請她參戰，她沒有心思玩，婉謝了。過了一會兒，姬遠峰還沒有回來，她放鬆了下來，作不經意狀多看了姬遠峰的床鋪幾眼，床鋪和去年的情景一模一樣。被子疊的整整齊齊，枕頭放在床鋪的另一頭，只是書架上《圍城》那本書邊多了幾本小說，一本是簡裝的《邊城》，一本十六開本精裝的《三國演義》、三四本薄薄的英文小冊子，英文的小冊子她看不懂。《三國演義》是十六開本的，比三十二開本的其他書大不少，傲兀地立在那幾本書中間。枕頭邊放著一本《世界文豪同題散文經典——人生之旅》的散文書，她想拿那本散文書看看，但又怕姬遠峰這時候進來。她有點無所適從，只好借黨委書記周凱的單放機聽音樂，也看看其他同學的書。時間不短了，姬遠峰還是沒有回宿舍來，她想起來男生宿舍的路上，她看到姬遠峰和同學們一起往宿舍來著了，怎麼這麼長時間也沒見他回到自己的宿舍呢。

時間很久了，姬遠峰還沒有回來，岳欣芙倒想讓他回來，不知道他現在去哪兒了，不會喝多了吧，她心中胡亂地猜想。她有點忍不住了，藉故去其他兩個男生宿舍看了一眼，都不在。岳欣芙有點坐立不安了，姬遠峰不會喝多了在外面睡著了吧，東北的冬天經常有喝酒凍死在外面的新聞，她胡亂猜想著，但轉念一想她今晚不停地看姬遠峰，知道他今晚喝酒不多，因為飯菜一上結束姬遠峰就出了包間和安可琪、萬娟娟去算命玩了，他沒有和男生繼續喝酒。但他怎麼沒有回宿舍呢，她想給其他男生說去找找姬遠峰吧，但沒有張開口。

晚上的熱鬧結束了，女生們穿上外套準備回宿舍了，男生們沒有穿外套把女生送到樓外，岳欣芙邊走邊想，要不要和其他男生說說，今晚在宿舍怎麼一直沒有見到姬遠峰，你們要不要找找他，他是否喝多了在外邊睡著了。在走廊裡迎面碰到了姬遠峰，身上的冷氣迎面撲來。

「捲毛，去哪了？一晚上不見你的面。」李木問道。

「去老鄉那了！」姬遠峰回答道。

「到老相好那去了吧！」李木笑著說道。

姬遠峰笑笑不置可否，轉身和其他男生一起送女生下樓，但岳欣芙一眼就看出姬遠峰在撒謊，他外套帽子上的雪雖然抖過，但褶皺裡還有，嘴邊的鬍子已經結霜了。學校裡只有兩個男生宿舍，另一個離這兒並不遠，去本樓的老鄉那兒不需要穿外套，帽子上更不會落雪，去另一個男生宿舍並不會凍得鬍子上都結霜了。除非去找外校的老鄉，但大半夜的不可能去找，尤其是元旦的晚上，大家都在聚會，他更不可能去找。聽了李木這句話，岳欣芙心中如針刺了一下，或許正像李木說的，他可能聚會結束後出去約會去了，就像去年一月一日晚上送自己生日禮物一樣。岳欣芙也明白了，姬遠峰在飯店一直沒有脫外套的原因了，他著急等著聚會結束出去約會呢，想到這岳欣芙又忍不住看了姬遠峰一眼，他的表情還是那麼平靜。姬遠峰和男生一起把女生送出樓外，在樓外互相道別，岳欣芙又看了姬遠峰一眼，其他同學高高興興地說笑著和女生告別，姬遠峰只是默默地和女生揮手告別。岳欣芙向前走了十多米，她忍不住又回頭看了一眼，男生們已經全部上樓了。

一月二日就是岳欣芙的生日，直覺告訴她姬遠峰今年不會送她生日禮物了，也沒有其他同學送自己生日禮物了，因為除了姬遠峰外她沒有告訴過任何男生她的生日，雖然這學期有個男生問過，但她沒有告訴那個男生。從大　入學開始她們宿舍的女生已經商量好了，每個女生過生日她們六個女生都要出去聚會慶祝一下，如果誰有了男朋友可以帶上，但直到現在還沒有那個女生帶著男朋友來參加她們的生日聚會。李木的那句姬遠峰去老相好處的話，姬遠峰不置可否的笑容在岳欣芙的腦海中久久不去，她沒有心情去慶祝自己的生日，但室友都說她的生日是全宿舍每年的第一個生日，萬事需要開個好頭，非去不可。

在飯店裡岳欣芙感覺到自己有點不勝酒力，也不知道自己喝了多少，已經有點喝多了的感覺。這時候，包間的門開了，萬娟娟一隻手拉著姬遠峰胳膊走了進來。

　　萬娟娟嚷嚷著，「看我抓著誰來了，他和老鄉聚會，和我們在一個酒店的不同包間裡，他上衛生間被我碰到了，被我抓了進來，我們生日聚會還沒有男生來過，今天被我逮著一個，姬遠峰你要坐到誰旁邊，不是白坐的哦，我們以前講好的只有我們宿舍女生的男朋友纔能來參加我們的生日聚會，你坐到誰旁邊就成了誰的男朋友了，還要替誰喝酒。」一邊說著一邊讓其他女生從旁邊的櫃子裡拿酒杯和餐具。

　　姬遠峰忽然意識到現在只有班裡的六個女生和自己一個男生，如果自己像剛纔和老鄉喝酒一樣情緒不高，會掃了六個女生的興頭，急忙做出一副高興的樣子說，「就妳嚷得兇，那我就坐妳旁邊了。」一邊說一邊作勢要往萬娟娟旁邊坐。

　　「哈哈，姬遠峰要做娟娟的男朋友了！娟娟給自己逮了一個男朋友！」女生在起哄。

　　姬遠峰聽了女生的這句話，他看了岳欣芙一眼，一副微笑卻有點複雜的表情看著自己。

　　「去去去，別坐我這兒，今天是欣芙的生日，你坐到壽星旁邊去！但別以為坐到欣芙旁邊就以為成了欣芙的男朋友了！想做欣芙男朋友也是臨時的，就今天下午這一會兒，姬遠峰你別盡想美事啊！」萬娟娟嚷嚷著，其他的女生也笑著附和著，將酒杯餐具放到了岳欣芙的旁邊，挪開了位置添了一把椅子。

　　「妳……」岳欣芙衝著萬娟娟做出生氣的表情，同時臉紅了，姬遠峰的臉也紅了。

　　「萬娟娟，妳等著吧！等我給岳欣芙敬完酒後我今天下午坐妳旁邊不走了，誰怕誰啊！」坐在岳欣芙身邊的姬遠峰嬉笑著和萬娟娟在開玩笑。

　　岳欣芙看了姬遠峰一眼，這是姬遠峰表白自己以來岳欣芙第一次這麼近距離看姬遠峰的臉，可能連續聚會的原因吧，面色疲憊而憔悴，深陷的眼睛在躲避著自己的眼神。可能冬天的緣故吧，大波浪一樣長長的捲髮遮住了半個耳朵。岳欣芙也感覺姬遠峰成熟了許多，一年多前江邊

見到時毛絨絨的鬍子已經濃密黑粗了不少。李木的話又在她的腦海中浮現，她對自己的面前的這個男生不知道是什麼感覺，愛他？恨他？她不知道。熟悉？還是這張熟悉的臉，笑的還是那樣真誠無邪，眼神還是那麼清澈明亮，只不過眼神中多了一層淡漠。陌生？他真誠的笑也對著其他女生笑過？岳欣芙差點脫口而出一句，「姬遠峰，前天晚上約會凍壞了吧！」她慶幸自己這句話沒有說出來，甚至吃驚自己怎麼會突然有說這句話的衝動。李木的那句話當時其他五個女生都在場，誰都當做玩笑的，自己突然說出來，會讓大家都明白怎麼回事了，但心中的結還是郁結著怎麼也揮之不散。

姬遠峰端起了酒杯，微笑著說道，「岳欣芙，我們還是按照老規矩吧，一比二，我喝兩杯妳喝一杯！祝妳生日快樂！」說著姬遠峰和岳欣芙碰杯一下，喝了一杯啤酒，岳欣芙喝了半杯。岳欣芙注意到了姬遠峰雖然微笑著說著祝福自己生日快樂的祝詞，但他的眼神在躲避著自己，只要和她的眼神相碰他會迅速移開，碰杯的時間都是盯著酒杯而不看她。

姬遠峰又給自己倒滿了酒，端起了酒杯，「這是我的第二杯，岳欣芙，妳該喝完第一杯了，再次祝妳生日快樂！」姬遠峰微笑著說道，說著姬遠峰和岳欣芙碰杯一下，一飲而盡喝完了第二杯酒，岳欣芙也喝完了酒杯中的酒。

「不行，好事成雙，敬酒沒有敬一杯的，必須再敬一杯，姬遠峰，你必須讓欣芙喝第二杯。」萬娟娟又嚷嚷了起來，其他的女生也附和著，姬遠峰和岳欣芙的酒杯又被其他女生倒滿了。

岳欣芙看著姬遠峰疲憊憔悴的臉，忽然心疼對面的姬遠峰了，她也推辭了起來，「姬遠峰可能在老鄉那兒已經喝了不少了，他也和我喝過了，可以了，不用第二杯了。」但其他女生不答應，姬遠峰無奈又連喝兩杯，岳欣芙又喝了一杯，女生這纔放過姬遠峰。

「不能只和壽星喝，我們也要沾欣芙的喜氣，必須和我們喝。」女生又開始起哄了。

「必須先說定和妳們是怎麼個喝法，和岳欣芙那樣喝我實在招架不住，妳們算算，我和岳欣芙一個人就喝了四杯了。」姬遠峰說道。

「一心一意，我們女生每個人喝一杯，你喝兩杯。」萬娟娟說道。

「不行，我已經喝了四杯了，再這樣喝我還要喝十杯，我會爬著回去的。」

「不行，必須喝，喝趴下了就在這兒睡。」萬娟娟還是不放過姬遠峰。

「不行，我已經敬過壽星了，妳們這樣灌我我要開溜了，妳們這群楊門女將，太厲害了。」姬遠峰笑著說道。

「那好吧，你和每個女生喝一杯，我們不欺負你了，也不一比二了，就一比一，你喝一杯我們女生也喝一杯，記得你欠我們的，下次補回來。」女生們終於答應了。

姬遠峰和其餘五個女生萬娟娟、李宏、安可琪、于忻、崔哲秀挨個碰杯喝酒，他又喝了五杯，萬娟娟還拉著姬遠峰繼續喝，說是她拉姬遠峰進來的。姬遠峰知道自己不能再喝了，已經九杯了，加上和老鄉喝的，再喝會出醜的，岳欣芙還看著呢。姬遠峰從來不願意在女生面前爛醉如泥，醜態百出，尤其不願在岳欣芙面前作借酒澆愁狀，一副讓人看不起的樣子，姬遠峰固辭不喝。

看著萬娟娟和姬遠峰一個勸酒，一個推辭，包間裡哄鬧的情景，岳欣芙忽然有點厭惡這裡了。她又發現了，姬遠峰今天下午脫了外套，他進入自己包間的時間就沒有穿外套，他和自己、和其他五位女生一樣只穿著毛衣互相喝酒。李木那句「去老相好那去了吧」的話再一次在岳欣芙耳邊響起，看來前天晚上元旦聚餐姬遠峰沒有脫外套的確是著急和女生去約會了，而且在元旦聚會的晚上，姬遠峰不可能去外校去約會，那只能是本校的女生了。岳欣芙突然感覺心中堵的慌，她只想自己的生日聚會馬上結束就行了，她只想現在就回到宿舍躺著去，她站了起來假裝去衛生間，出了包間。

十五

　　大二的寒假來了，姬遠峰是在城裡過的春節，姬遠峰上大學後爸爸在城裡買了一套房子，已經開始為自己的養老作準備了，姬遠峰第一次在城裡過年，也方便與黎春莼一起玩了。姬遠峰以前和黎春莼通信時黎春莼就告訴了姬遠峰她家的電話，年前寄給姬遠峰的聖誕卡再一次告訴了姬遠峰她家的電話。但以前姬遠峰在農村，家裡也沒有電話，姬遠峰也不好意思跟爸爸說他進城找同學玩去，而且進城後當天還要返回家，時間也來不及，所以上大學後兩個假期裡姬遠峰並沒有和黎春莼見過面。現在姬遠峰住在城裡了，他很想找黎春莼一起玩。但城裡的房子還是沒有電話，爸爸覺得安裝電話太貴了，而且也只有冬天來城裡面住住，大多數時間還都在農村住，電話不用而交座機費，爸爸覺得不划算。即使家裡有電話，姬遠峰也不會用家裡的電話和黎春莼聯繫，爸爸媽媽對他和女生聯繫很敏感，稍微有點跡象就會問這問那，姬遠峰不願意讓家裡人知道自己和黎春莼聯繫的事。

　　姬遠峰出門找了一個公用電話打給了黎春莼，上大學已經三個學期了，雖然他兩一直通著信，但通電話還是第一次，姬遠峰在電話裡聽出來了黎春莼有點驚訝也十分高興，姬遠峰也很高興。高中畢業一年半了，他兩第一次見面，姬遠峰感覺有點生疏了。黎春莼走到了姬遠峰跟前，「小峰，一年多不見，你變帥多了啊！」然後是一陣爽朗的笑聲，這陣爽朗的笑聲立刻打消了所有的生疏。姬遠峰注意看了黎春莼幾眼，就像她在來信中所說的，她濃密黑亮快齊腰的秀髮已經剪短了，只到肩部，眼睛還是那麼清澈漂亮，上大學已經一年半了，黎春莼少女的氣息更濃了。「春莼，妳還和我取大學錄取通知書見到妳時一樣漂亮，妳的眼睛更漂亮了，怎麼到現在還沒有近視，老天真太不公平了。」姬遠峰笑著說道，黎春莼聽了又是一陣笑聲。

　　雖然姬遠峰在城裡上了三年高中，但他平時並不逛街，周末都回家

去了，他對城裡一點都不熟悉。黎春荵帶著他東逛逛，西逛逛，找了一個茶室一起喝茶。午飯的時間黎春荵帶著姬遠峰去了當地有名的一家涼皮店喫了涼皮和擀面皮，黎春荵還是像以前一樣，很能喫辣椒，姬遠峰的口味已經慢慢淡了。

到晚飯的時間黎春荵邀請姬遠峰去她家喫飯，姬遠峰本沒有去黎春荵家的打算，他不喜歡去別人家喫飯，爸爸知道了也會說他。但黎春荵性格太直率了，不是邀請，說的感覺像回自己家一樣，說她在家裡經常在爸爸媽媽和弟弟面前提起姬遠峰，他們早就想認識姬遠峰了。姬遠峰覺得自己再堅持不去會傷了黎春荵的面子，他買了一掛香蕉和一點其他水果。黎春荵又開玩笑了，「你又不是去老丈人家還帶東西！」姬遠峰笑著說道，「快過年了，我不能空著手去妳家啊！」

去了黎春荵家，姬遠峰荵發現黎春荵的爸爸媽媽都不在家，她弟弟也不在家，姬遠峰明白了，自己和黎春荵都是學生，寒假假期很長，她爸爸媽媽還在上班呢。姬遠峰問黎春荵她弟弟哪去了，黎春荵說早晨和自己一起出門找同學玩去了，估計晚飯也不會回來喫了。黎春荵帶著姬遠峰參觀她家的房子，到了黎春荵爸爸媽媽的臥室時姬遠峰感覺很彆扭，覺得自己不應該進入黎春荵爸爸媽媽的臥室，只是站在門口往裡看。黎春荵站在臥室裡叫他，讓他穿過爸爸媽媽的臥室到陽臺上來，陽臺上有她父母種的花草，快到春節了，有的花要開了，很漂亮，從陽臺上也可以向外看到院子裡的景色。

最後姬遠峰參觀了黎春荵的臥室，臥室不大，一張單人床、一張書桌、一個衣櫃和僅有的一把椅子就幾乎要佔滿了整個空間。床鋪乾淨整齊，床鋪和書桌間是一條窄窄的通道，坐在床沿也可以用書桌。但有一個大大的窗臺，上面有黎春荵種植的盆花，紫色的、粉色的花朵快開放了。書桌上擺放著黎春荵的藝術照和兩件工藝品，藝術照上黎春荵漂亮的眼睛好像對著看照片的每個人在笑。整個臥室是淡淡的藍色調，而不是粉色，散發著淡淡的香味。

黎春荵拿出了自己的相冊讓姬遠峰看，她自己坐在了惟一的一把椅

子上，解說著每張照片的來歷。姬遠峰知道他不能坐在黎春蒓的床上看相冊，他半蹲下來看，黎春蒓讓姬遠峰坐下來看，他沒有坐下來，讓了兩次後黎春蒓明白了，笑著站了起來自己坐在床沿，讓姬遠峰坐在了椅子上。

　　黎春蒓家的電話響了，是黎春蒓媽媽打的，問黎春蒓想喫什麼東西，她從外面買回來。姬遠峰聽到了黎春蒓在電話裡說姬遠峰來了，讓媽媽多買一點喫的帶回家。黎春蒓的爸爸媽媽下班回家了，都十分熱情和客氣，黎春蒓媽媽去做飯了，黎春蒓爸爸、黎春蒓和姬遠峰一起聊天，黎春蒓的爸爸詢問了姬遠峰的家庭、入學等等。飯做好了，果然黎春蒓的弟弟沒有回家喫飯，他們一起喫飯，開朗的黎春蒓不停的說笑，說弟弟今天不在家喫飯，又來了姬遠峰，喫飯的一個人也沒少，她也給姬遠峰夾菜，雖然這是姬遠峰第一次去一個女生家做客，姬遠峰並沒有覺得有多拘束。

　　晚上回了家，媽媽問姬遠峰今天那去了，中午晚飯都不回家喫。爸爸在一邊聽著沒有說話，但姬遠峰知道爸爸比媽媽聽的還仔細。姬遠峰告訴媽媽找一個女同學玩去了，因為他知道媽媽肯定會問是男生還是女生，所以自己乾脆直接說了，免得媽媽再問，好像自己藏著掖著似的。但他告訴媽媽今天的午飯和晚飯都在外面喫的，他知道爸爸不喜歡自己隨便去別人家喫飯。媽媽當然不會放過這個機會，她問姬遠峰是不是在談女朋友，姬遠峰告訴媽媽只是普通同學而已。

　　「你這個女同學上哪個大學呢？」爸爸插話了。

　　「她在蘭州大學上學。」姬遠峰回答道。

　　「那多好，離家這麼近，當初我讓你報蘭州鐵道學院，你沒報，要是報了在一個城市上學多好。」爸爸又一次說姬遠峰偷著改了當時的高考志願，姬遠峰的確沒有改過，但他不想和爸爸爭辯這件事了，誰說什麼話也改變了爸爸認定的事情，所以姬遠峰也不打算繼續說了，他也從爸爸的話裡聽出了一點別樣的含義，姬遠峰沒有吭聲。

　　「那個女孩的爸爸媽媽在哪兒上班？」爸爸又問了。

「我不知道，我那個女同學也沒有說過。」其實黎春蒓給姬遠峰說
過她爸爸媽媽在那兒上班，只是政府裡的小部門的名字姬遠峰沒記住，
他不願意和爸爸說那麼多。爸爸媽媽對自己和任何一個女生的交往總會
往男女朋友關係那方面聯想，姬遠峰有時候也感覺煩。

「你和那個女孩誰大？」爸爸又問了。

「我兩同歲，但她的生日我不知道，我不知道我兩誰大。」姬遠峰
撒謊道。

「哦。」爸爸不再詢問了，但姬遠峰知道爸爸肯定又往男女朋友那
方面聯想了，而且姬遠峰知道爸爸問黎春蒓和自己誰大的潛含的意思，
爸爸一直對哥哥和自己講，找對象要找個年齡稍微小一兩歲的女孩，爸
爸不希望女孩子比自己的兒子年齡大，爸爸不明說，姬遠峰也不繼續這
個話題。

開學了，姬遠峰給黎春蒓寫了一封信，隨信郵寄了一張冰燈的照
片，因為和黎春蒓閒逛的時間黎春蒓說道了哈爾濱著名的冰燈，表達了
對她爸爸媽媽熱情招待的感謝之情，很快，他收到了黎春蒓的回信。

小峰，見信好！

你寄的那張冰燈照收到了，拿著那張照片，在這風清氣爽的西北的
春天，讓我想不出冰封雪飄的哈爾濱在綻露春天的笑容時是怎麼樣的。

你寫的信挺長的，特別提到過年到我家來，其實我爸爸媽媽向來很
好客，又加之你是我平時老提起的好學生之一，自然另眼看待，你不用
太客氣。

這一學期課程挺累的，我們開了一門專業課《化工製圖》，用的教
材是《畫法幾何與機械製圖》，聽你說這課很難，我就不敢掉以輕心，
其實我現在對任何課都不敢掉以輕心，不過教這門課的女教師挺年輕又
面善，舍友私下裡說這老師好欺負，我真希望是這樣就好。

我們開了一門《計算機應用》，第一次上機那次，東瞧瞧西看看，

只會在Windows[18]裡漫遊，遊出來了又去別的程序裡亂瞧，最後全體同學都集中精力畫起畫來了，我畫了一幅特別艷俗的花，還有個女生跑到我這裡來畫王八。結果老師一來，大家又急急忙忙往MS-DOS[19]那裡跑，跑進去又啥都不會，厚著臉皮讓老師幫忙，不過那天真開眼界，計算機真好玩呀，以後一定要好好學。

　　我的英語六級僥倖以六十二分過了，現在不用上英語課，可以比大家少一個負擔，多了點時間去投入專業課，希望能夠提高效率，不讓功夫白費。你現在學習忙吧，講講你的學習經驗吧，我是真的想趕上去，雖然有你的鼓勵期許給我力量，看著那些神情自若的同學，心裡不免有些慌。

　　歡迎你以後常來我家玩。

　　再見啊，記得常聯絡。

友黎春蕤
1998月3月16日

十六

　　整個寒假岳欣芙都心神不寧，李木那句姬遠峰去相好處的話，姬遠峰不置可否的笑容，姬遠峰前後兩天時間內元旦聚會和自己生日聚會脫與不脫外套的景象在她的腦海中怎麼也揮之不去。弟弟考上大學過了第一個學期了，對大學的新鮮感還沒有過去，給自己說這說那，拿自己的大學和姐姐的濱工大做對比，她有點心不在焉。弟弟看出了姐姐的心不在焉，問她怎麼了，她說沒有怎麼，弟弟嬉笑著問道，「姐姐，妳是不是失戀了？」她沒好聲氣地回了一句，「忙你自己的吧，別煩人了！」媽媽看在眼裡，晚上在岳欣芙的房間裡問她是不像弟弟說的失戀了，她矢口否認，沒有的事。

---

[18]　美國微軟公司開發的視窗操作系統。

[19]　Microsoft Disk Operating System的簡寫，即微軟磁盤操作系統。

　　寒假結束了，除了正常的上課，岳欣芙在校園裡碰到過姬遠峰很多次，有幾次還是晚上自習後，她也碰到過姬遠峰看電影。看電影、晚自習一般都是情侶們一起去的，但姬遠峰都是一個人在行動，姬遠峰也看到了她，能繞開的時間就繞開了自己，繞不開的時間纔和她打一聲招呼。岳欣芙很失落，直覺告訴她姬遠峰並沒有走出自己，從元旦聚會和她的生日喝酒的時間她已經注意到了姬遠峰在躲避著自己的眼神，神情那麼不自然，這不是走出了她應有的樣子，看來李木的那句話只是玩笑了。想到這她心裡稍微放下了一點，她有時間都想和姬遠峰開一句玩笑，「我是母老虎嗎？你怎麼老躲著我！」但看到姬遠峰平靜的態度，她又說不出口。

　　今晚的電影是《茜茜公主》，岳欣芙早就想看了，剛開學課程也不多，她約了同宿舍的安可琪一起去學校禮堂看電影。她兩早早去了電影院坐了下來，看著一對對的情侶相伴進入禮堂，岳欣芙心中隱隱有點羨慕，不知道今晚姬遠峰會不會來看電影，岳欣芙知道姬遠峰看電影的次數很多，不僅姬遠峰給她說過，而且她去看電影的時間也多次碰到過。聽說是一部很感人的愛情片，自己要是能和他一起看就好了，不知道姬遠峰此時在做什麼。她看到了姬遠峰，高高瘦瘦的影子是那麼的熟悉，他和一個男生一起走了進來，岳欣芙仔細看了看，原來是李木。他兩坐在她前三排的側前方，姬遠峰和李木並沒有發現側後方的岳欣芙。岳欣芙心中有點好笑，兩個大男生一起來看愛情片，但她的心中忽然有點高興了，姬遠峰有女朋友絕對是李木開玩笑了，但元旦聚會那天晚上姬遠峰為什麼一直不脫外套呢？飯店聚餐結束後他去了那呢？雖然有這樣的疑問，但岳欣芙的心情一下子好了許多。電影開始了，每當出現親密的鏡頭時她都會不由自主地向姬遠峰的方向看，有兩次她看到了姬遠峰在搞笑，他對李木動手動腳，李木在打他鬧著玩，身邊都是看電影的學生，也有很多學生情侶，他兩也有點不自在。岳欣芙的心又忽然落寂了起來，弟弟已經考上大學了，大學的課程並沒有想象的那麼難，只是大一《高數》比較難一點，第一學期自己考了六十二分，差點需要重修，

驚嚇了自己一下以外，她感覺現在的學習越來越輕鬆了，成績已經到了全系前幾名了。要是姬遠峰現在來向她表白，她會毫不猶豫地答應的，今晚的電影自己就用不著和同宿舍的女生一起看了，姬遠峰也不用和李木一起來看愛情片了。上學期期末分專業的志願表都已經上交了，不知道姬遠峰填報的是哪個專業，自己會不會和他在同一個專業，要是不在同一個專業，以後碰面的機會又會少了。

分專業的結果出來了，原小班的六位女生中安叵堪、李宏、于忻和姬遠峰一起都被分到了電力系統自動化專業，岳欣芙則被分到了另外一個專業，姬遠峰的好球友李木和岳欣芙分到了同一個專業。公共基礎課也幾乎全部上完了，專業課只有本專業的學生去上課，岳欣芙心中有點失落，看來真的以後和姬遠峰碰面的機會都要少多了。

班裡組織合影，下個學期就到新的專業班去了，原小班要解散了，大家都有點不捨，校園的雪還很厚，晶瑩剔透的世界。在校門口大家排好了隊形，岳欣芙特意站到了姬遠峰的身前，她回頭看了姬遠峰一眼，經過一個寒假他的氣色好多了，不再那麼憔悴了，他穿著一件灰色的高領毛衣，也理髮了，感覺精神了許多。看到岳欣芙回頭看他，姬遠峰衝著岳欣芙笑了一下，將近一年了，姬遠峰衝她笑的次數太少了，岳欣芙心中有種說不出的感覺。她背後一排的男生在互相說笑，她仔細聽了聽，她沒有聽到姬遠峰的聲音，岳欣芙回頭看了一眼，發現姬遠峰已經挪到了遠離她的一邊去了。

十七

大三第一學期開學了，原來的小班解散了，姬遠峰也到了他的專業電力系統自動化班上課了。同學們都已經在原小班一起生活學習兩年了，彼此熟悉了。重新分了班，不比大學剛入學的時間大家彼此都不認識，只能和自己班的同學發展友誼，而現在的同學都有了已經熟識兩年

的同學了，雖然分了專業，但宿舍並沒有調整，新班裡的同學還是樂意和原小班本宿舍的同學一起玩，比起新入學來和現在專業班裡的同學熟悉起來慢多了。

開始上專業課了，連整個電氣工程系的幾門公共基礎課也在大二上完了，只有哲學課整個電氣工程系還在一起上，但那門課的課時太少了，姬遠峰幾乎很少能和岳欣芙一起上課了，他只能在圖書館的二樓迴廊裡看在一樓大廳閱覽區上自習的岳欣芙了，這讓他十分沮喪和鬱悶。

姬遠峰的專業最重要的專業課是《電力系統分析》，也很最難的一門專業課，很多同學聽不懂，私下商議給學院提建議要求更換老師。姬遠峰對此一點不知道，而且同學們也知道姬遠峰不會參與這類事情，也沒有同學和他說過。直到任課老師——一名留學歸國的女副教授，面色為難地在課堂上說，學習有困難請同學們先和她交流溝通，大家一起想辦法改進這門課的教學效果，請不要直接向學院提出更換老師，姬遠峰纔知道同學們竟然有這樣的舉動。這讓姬遠峰想起了《圍城》裡學生要求更換老師的情節，雖然姬遠峰覺得自己學習這門課也很吃力，但他並不讚同同學們的做法，這讓兢兢業業上課的這位老師多麼難堪。他覺得只有那些上課不認真的老師，即使水平再高，纔應該被更換掉。但他沒有在班裡和任何同學說起他的看法，因為他知道這件事肯定是班長牽頭的，自己的班長是一個很好的同學，只是這件事上可能欠考慮而已，最終上這門課的老師沒有更換。隨著課程的進展，同學們也都漸漸進入了門徑，不知道當初提議更換老師的同學們是否有了悔意。

但整個專業課枯燥的內容姬遠峰還是不喜歡，但姬遠峰知道自己上大學就是為了工作，既然已經分到了這個專業，就應該忍著學一學，起碼要達到自己的目標—考試及格。剛上大學的時間他曾經有過回到高中復讀一年去考北京大學的想法，自己一個調劑來的學生從著名的濱工大主動要求退學，那不可能！回到高中老師和學生都會認為自己瘋了，而且肯定會認為自己是違紀被勒令退學的，那就成了真正的「名人」了。而且以自己的家庭—爸爸對自己的期望值—最普通的大學爸爸都很滿

足，自己從著名的濱工大退學那更不可能，也隨著與岳欣芙的熟識，他很快就打消了那個念頭。只是在跟岳欣芙表白失敗後這個念頭再一次冒了出來，但自己曾經暗戀的軍工廠的女孩那時也在高三，自己已經喫過一次苦頭了，難道還不夠回去喫第二次嗎，而且那時間離高考只有三個多月了，自己很快又一次打消了那個荒謬的念頭，自己也從來沒有給任何人說過這個荒唐的想法，即使他最要好的朋友黎春蓴。何況現在已經大三了，只是專業課的枯燥無趣、與岳欣芙日漸稀少的見面機會讓他想起了自己大一曾經有過這個想法而已。

開學後姬遠峰回到宿舍，發現宿舍裡安裝了電話，宿舍的室友們都很高興，尤其是有女朋友的室友，他們可以不用在樓下的公用電話前排隊和女朋友煲電話粥了，而且後面排隊的同學還會聽著他們的情話。但這門新安裝的電話對姬遠峰並沒有多大用處，他沒有女朋友，而且他也不喜歡打電話，與他聯繫最多的黎春蓴他還是喜歡寫信，把自己的喜悅與苦惱通過文字告訴她，不會像打電話那樣身後有排隊的同學能聽到他說的話，通信會使得沒有第三個人會知道自己心中的煩惱。而打電話他有許多事說不出口，而且室友也在旁邊，有許多事在有室友的情況下也不能說，雖然他寫信告訴了黎春蓴自己宿舍的電話號碼，他還是一如既往地給黎春蓴寫信。

這門電話現在對姬遠峰惟一的用處就是方便爸爸每到學期期末的時間給姬遠峰打一次電話，爸爸會問錢還夠用不，不夠了他再匯一點好讓姬遠峰回家。爸爸覺得放假了姬遠峰回家是天經地義的，從來沒有問過姬遠峰有沒有假期不回家的打算。其實暑假姬遠峰回家已經沒有任何農活要幹了，姬遠峰也有把暑假來回路費省下來在假期裡出去旅遊的想法，但他不敢跟爸爸說。

姬遠峰寫信告訴了黎春蓴自己宿舍的電話號碼，也說了自己對專業課的苦惱，以及生活的毫無樂趣，其實他的苦惱絕大部分來自與岳欣芙日漸稀少的見面機會，他覺得他和岳欣芙的關係會更疏遠了。但他現在

不願意在信件裡給黎春蒓說這件事，他在大二第一學期的一封信裡最後說起了岳欣芙，此後他不願意給黎春蒓說了，他怕黎春蒓覺得自己是一個優柔寡斷的人，沒有決斷氣魄的人，他在信裡絲毫沒有寫自己還陷入在岳欣芙之中而不能自拔。很快，他收到了黎春蒓的回信，巧合的是黎春蒓的宿舍這學期也安裝了電話，難道是教育部統一給全國的高校學生宿舍安裝電話？姬遠峰不知道。

小峰見信好！

收到你的信我很不安，不知道你怎麼沮喪成這樣了，你的專業、功課真是這樣讓你不感興趣嗎？生活真是有些百無聊賴嗎？你缺少哪種動力？什麼讓你如此失落？

在我猜測你的心思之前，我反省了一下自己，我的學習以前很不好，但我沒有放棄過，現在已經有了點起色。我覺得我學的專業——化學，有無窮的奧妙與樂趣在其中，整個宇宙都被囊括其中了。我懷著虔敬的心情去學習它，絲毫不敢投機取巧。有時看見它推理與求證的巧妙，探索新知時的氣魄、謹嚴、靈活，會覺得魂為之奪。但我在這一方面實在太少天賦，而且性格氣質中也有精力不能集中的重大缺陷，故而學得較為吃力。但你不會想到我現在的目標是考研，我放棄了輔修、選修，一門心思想考研的事，我知道我選擇的是一條艱難的路，但我要賭一把，開學兩周以來我盡量把時間留給閱覽室，我缺的太多，要補的太多。我想考研既和所有的人想的一樣，也有自己的想法：我覺得對於學化學的人來說，本科就終止學業未免太無知，我期待有一天能登堂入室，一窺堂奧。我的愛好也是讀書看報，每天都留出一定時間，那怕幾行字也好。有時筋骨特別想舒散一下，就到處走走，再盤算一下哪天去游泳。

我知道這世上有無數的人，有無數的生活方式，你怎樣選擇、設計你的生活方式，都會有風險、挑戰，都不會是一帆風順。真想不出不對一個人的勇氣、恆心、智慧、情感進行考驗的生活會是什麼樣的生活，那簡直是一片泥淖，我期待你早日選定方向，振作起來！

　　你的電話號碼是0451-1111101嗎？接到信後我立即打了電話過去，電腦上說沒有這個電話號碼。我們宿舍這一學期也安電話了，直播0931-1111101，時間：每天中午12：00-13：00，周一至周四晚10：30-11：30。

　　假期裡沒有見你一面，實在遺憾，這個假期我都快玩瘋了，自從考完試，我就去了青海湖，回家去了荷花溝，次後又去了沙湖，還在崆峒山住了四天，曬得黑黑的，把以前的成果全弄沒了。

　　讓我們再次回到回到主題上來吧，失落、沮喪都不是你的錯，在沒有什麼重大事件發生的時候，這種短期行為不會有影響，相反是感情的一種宣洩，對身體有好處，但作為一個逐漸成熟起來的人，應該學會控制自己的情緒。

　　祝你快樂！

友春蒓
1998年9月12日

　　姬遠峰接到回信後按照黎春蒓信裡說的時間打了電話過去，雖然他和黎春蒓對能通過電話聯繫都很高興，但只是禮節性的互相說了幾句話，姬遠峰在電話裡也說了他更喜歡寫信給黎春蒓，黎春蒓竟然和他的想法一樣。

　　這學期的十一月下旬，姬遠峰又收到了黎春蒓的一封來信。

小峰你好！

　　今天是個平凡的日子，蘭州的空氣還是那樣嗆得人厲害，校園裡的生活還是那樣有條不紊。但今天也有點不一樣，今天我起的很早，上了一個多小時的早自習，今天我一個人去理髮，結果把頭髮給燙了（燙了一點點）。這可是生平第一次燙頭髮呀，最近在外表上我做了較大的投資，沒這麼臭美過，有點不習慣。但就在這些瑣事上，我發現了我的一個缺點（以前感覺到過，但現在表現的尤其明顯），我在選擇什麼的時候總是舉棋不定，猶豫不決，不管是多麼easy[20]的事。經過思考，我給

---

[20]　容易。

我的選擇指出了一條路：以方便省心自然為主，以美麗醒目嘩眾取寵為次之，希望這樣能讓我果斷些，節約些時間，但若是那些事關重大的選擇，我倒不憚於多花些時間和氣力。

最近好嗎？看了你的來信，那麼忙上自習的時候還給我寫信，讓我好感動，我也很忙，但忙的一點也沒效率，可即便這樣，早該寫的信遲遲沒有動筆，一任在每一個瞬間想起這封信，想起你沒有收到信的時候，會不會覺得我太薄情，把朋友不放在心上，我確實想寫這封信，因為有些話我無處訴說。

我現在的處境就是一個loneliness[21]，但是我需要這種loneliness，雖然你是我的朋友，但我得坦認：友情，特別是女孩子之間的友情，究竟是什麼東西，我不知道。現在我週圍沒有好朋友，大一時曾很好的朋友，上一學期就疏遠了，彼此從沒說過什麼。這一學期關係不錯的同學，她聰明靈巧，性格活潑，但對我的沉默寡言，學習認真十分不滿。一個周末的晚上我們擠在一張床上看書，她道出了真情：說我索然寡味！這句話一出口，我知道我們之間所謂的友情不會維持下去了，於是這幾天我就擁有了loneliness。你一定以為我很難過，沒有，上一學期難受了一陣子，現在我不會這樣做了，我鼓勵我自己，鼓勵我身邊的每一個人，努力去追求自己想要的，勇敢揚棄所厭倦的、所無力負擔的。所以，朋友，我要送你臧天朔的《朋友》：「如果你有新的，新的彼岸，請你離開我，離開我！」

但是這究竟是怎麼回事，我還是要想，我知道我和我週圍的人不同，她們愛玩愛鬧，考試照樣出好成績，輕靈瀟灑。或是有生活的重擔壓著，很努力地奮鬥著，反正就和你身邊的人一樣，共同點就是與我不同。我們每個人都各個不同──由此推出，我們每個人都擁有自己的loneliness，我的loneliness就在於我選擇了沉默，我經常感到一些談話的無聊，我寧願什麼話都不說，只是踏踏實實地學習，默默感受生活，創

---

[21] 孤獨、寂寞。

造、尋覓出生活的美，深入地思考，不滿足於說一些雞毛蒜皮的見解，進行唇槍舌劍的辯論。我缺乏一種機智，缺乏一種「迅速的洞見」。同時你也能發現，我的選擇與loneliness是相輔相成的，所以我寧願固守著這份孤獨，但我也會敞開心靈，接納那些和我相同的心靈，一起去做事、感受、交流，畢竟有人同行會為你增加勇氣。

現在我是在一個頒獎會上，當然是作為旁觀者的身份參加的，我希望在人生舞臺上，你我最後能為自己頒獎，那份最終的肯定。

今天這個頒獎會上的一個演講十分精彩，展望了我們美好的未來，我頓時感到自己還沒有成為未來社會合格的「主人翁」。我沒有計算機方面的知識，真是遺憾，不知你的計算機如何，能否給我這種門外「女」一些建議。

今天還是感恩節，讓我們感恩吧，為讓我們活這一回。

友春蓴
1998年11月26日

附上我的照片，附帶告訴你，假期過得很好，很遺憾沒有見到你，和你一起玩。

看到黎春蓴的這封信，姬遠峰趕忙回了一封長信，姬遠峰覺得自己能安慰安慰黎春蓴是一件很快樂的事情，這說明自己是她的知心朋友，一個值得傾訴並且可以獲得安慰的朋友。

春蓴妳好！

收到妳的來信讓我既高興又感到很難過，妳或許會納悶妳的信件裡說的是妳不高興的事情我怎麼反而高興呢？不過這是我的真實感情，因為妳向我傾訴了妳的苦惱。我還記得妳大一第二學期期末考試因為成績不好而掉淚的事情，那次妳告訴了我妳心中的煩惱，這次妳又告訴了妳內心的loneliness，這說明我是妳最好的朋友之一，而且妳願意把妳的苦惱說給我聽。就像我一樣，我的知心朋友很少，妳是我惟一的知心朋友，而且還是一個女生，我許多事情不會給我的哥哥姐姐說，更不會給我同宿舍的朋友說，我只願意說給妳聽，包括我大一時期遇到的感情困

惑。朋友間的關係是相互的，我向妳傾訴過我的苦惱，我從妳那兒得到了安慰和鼓勵，當然了我也願意傾聽妳的苦惱，如果我的回信也能帶給妳一點安慰和鼓勵，那說明我還是妳的一個合格的朋友，這就是我反而高興的原因。

我難過的情緒當然是因為妳在信件中所說的妳不開心的事情了——即在交友方面的困惑。春蕊，我能真切地體會到妳內心的loneliness和失去友情帶給妳的苦惱，因為我兩都是同齡人，我也經歷過妳相同的困惑和苦惱。當我初入大學的時間，有段時間我對個別室友的一些做法的確看不慣，雖然由於我的性格，我三年高中住校的經歷，我和室友之間沒有公開和明顯的裂痕，但我從內心裡不喜歡我室友中的個別同學。但經過兩年的時間，我反而和室友的關係更融洽了，包括起初並不認同他們做法的個別同學。因為我知道天下沒有相同的兩片樹葉，我們宿舍八個室友來自不同的地區，來自不同的家庭，有來自城市的，也有像我這樣來自農村的，我們的成長環境不一樣，各地的風俗習慣不一樣，而且每個人的本性也不一樣，體現在日常生活中當然就有不同於自己的行為了。有了這樣的認識，只要互相之間沒有敵意和輕視，沒有相互損害的行為，我都會和他們友好相處，和班裡的同學也一樣，我發現自從自己有了這樣的認識之後，雖然知心的朋友還是不多，但和室友、和同學們相處融洽多了。

再者，我和春蕊妳不同的一點是，妳是一個熱情開朗的女生，而我是一個沉默的男生，我和任何同學任何朋友相處都是比較淡然的，因為我沒有女朋友，我只能說說自己和男生交往的經驗。我和自己的朋友之間的熱度不會高到稱兄道弟的地步，我們會一起去喫飯、上課、打球、喝酒、甚至會一起看電影，但我不會把給妳說的煩惱向他們說，也不會詢問他們的煩惱。他們只是我日常的玩伴朋友，不是我的知心朋友。這學期分專業之後我們宿舍只有我一個人是電力系統專業，我更是「孤家寡人」了，上課喫飯看電影都是我一個人行動了。可能是這樣的原因，也可能是男生本身就是粗枝大葉吧，我和我的朋友間沒有發生過疏遠的

事情，或許只能說，我和我的這些朋友間本來就不親密，那就談不到疏遠這點了。

　　妳在信件中說道了妳現在的處境就是一個loneliness，我更加能深刻地體會到這一點，因為我從高中開始住校以來，就時時刻刻處於這樣的境地。我的心事不會向哥哥姐姐爸爸媽媽說，更不會向當時的同班同學說，而且那時間我和妳還不是知心朋友，高三時我也沒有和妳說過我內心的loneliness，我內心的loneliness已經習慣了。只有上了大學我有了妳這樣一位知心朋友，算上高中到現在已經快六年了，但我的內心還是lonely[22]的。我有時間反而覺得內心的loneliness是一件「好事」，因為我們每個人都是一個獨立的個體，即使最要好的朋友最多只能安慰妳，自己的事情最終還是要自己來處理，自己的壓力和煩惱還是需要自己來承擔。只有能夠經得住loneliness，自己內心強大了，纔能更加從容地應對將來外部環境帶給妳的種種挑戰，能夠經受住內心loneliness的人纔是一個成熟的人，一個內心強大的人。我不知道自己的說法是否正確，這只是我自己的看法而已。

　　當然了，就像妳說的「畢竟有人同行會為你增加勇氣」，關鍵是同行的人是和妳志趣相投的人，有著相同心靈的人，我們需要友情，需要朋友。而且以我的體會，朋友並不需要很多，太多了會讓人疲於應付，有知心的朋友三兩個足矣。妳就是我的知心朋友，而且我願意一直做妳的知心朋友，願意傾聽妳的苦惱，只是我兩相隔太遠了，我只能在信件裡安慰妳，不能當面安慰妳了。

　　妳說道了不滿足於說一些雞毛蒜皮的見解，進行唇槍舌劍的辯論，妳和我的看法竟然不謀而同。我大一開學的時間參加了辯論賽，辯論賽結束後我就後悔了，自己讀書不多，見解有限而且膚淺，那樣的辯論只是逞口舌之爭而已，此後我再也沒有參加過這類活動了，連社團活動都很少，我更樂意去看書，去充實自己了。而且我還感覺到，每當我感覺

---

[22]　孤獨的，寂寞的。

lonely和煩惱時我就會去圖書館看書，看各種各樣的書。除了歷史地理類的書外，我也看了好多畫報類的書，看到孩子天真無邪的笑臉的照片時我也會開心的笑，看到那些壯美的山河照片，我會覺得自己的心胸也會開闊一點，看到深邃思考的眼神的照片，我會感覺到自己的膚淺，讓自己的心沉靜下來去看書。只是看到戀人親密的笑臉的照片時我會感到心酸，嘻嘻。我知道妳也喜歡看書，看得可能比我多多了，而且妳們女生心思細膩深沉，我建議妳也可以看看畫報這類書，或許對緩解妳的loneliness有幫助，也能讓妳們女生體會到細膩之外粗獷也有它的好處。

妳說道了妳燙了頭，不過妳郵寄給我的照片還是妳燙頭之前的照片，真想象不出來妳燙髮之後是什麼樣子了，更漂亮了還是更「醜」了？說妳更「醜」了，我也只敢在信件裡說了，我知道我當面說的話會被妳收拾慘的，但我相信妳只能更漂亮了，因為妳的美是氣質之美，妳的頭髮只是妳氣質之美的點綴而已。記得我又一次誇妳了，妳還沒有誇過我帥呢！嘻嘻！

我的計算機水平和妳估計差不多，雖然我們宿舍有電腦，但是平時玩的多，真正用來學習的少，妳這麼一說真讓我有些慚愧。不過計算機就像鋼筆一樣只是個工具而已，我們不是計算機專業，不需要深入計算機硬件，編程語言學得也很淺，更多地只是使用現有的軟件，多用用就熟練了，春菇妳不用擔心的。

妳說道假期沒有和我一起玩很遺憾，我也是，我一直想在假期裡和妳玩的，我家雖然在城裡買了房子，但暑假裡爸爸媽媽在農村住，我不好意思單獨去城裡住，去找妳玩，如果我家一直住在城裡就好了，但願寒假我爸爸媽媽在城裡住的話我就可以去找妳玩了。

最後祝妳盡快有和妳同行的朋友，讓妳們的心靈相通，在保持妳內心「loneliness」的同時有人和妳同行。

祝笑口常開！

友小峰

1998年12月2日

十八

姫遠峰的回信寄出不久，一九九八年的聖誕節快到了，姫遠峰又收到了黎春蕊的聖誕祝福。

小峰：

這一學期只剩下最後一段拼搏的時間了，又該放棄音樂與小說，專攻專業課了，希望能拿一個較看得過去的成績單回家。

又是一個聖誕節，祝福的話年年有，年年不變，說明我們真摯的心永遠不變，但這次我還要祝你的生活與眾不同，每一程、每一轉折，都是完全迴異的風景，會讓你永遠覺得：不虛此行。

友春蕊

1998年12月20日

一九九九年的元旦到了，大家都按照新的專業分班去慶祝元旦了，因為沒有調整宿舍，同一個宿舍的女生已經分到了不同的專業，聚會也去了自己的新班，人也湊不齊了。去到男生宿舍，男生宿舍也分了不同的專業，彼此不是一個專業也生疏了一些，所以女生沒有去男生宿舍，岳欣芙也不知道姫遠峰這個元旦是怎麼慶祝的了。

大三第二學期開學了，《電力系統分析》這門專業課繼續上，姫遠峰發現更換了老師，他不知道這是正常教學安排還是因為上學期的那件事這學期更換了老師，姫遠峰也沒有見到上學期教自己的那位女老師。雖然整件事與他無關，但姫遠峰心裡還是隱隱地感覺有點對不起那位女老師，當初那些提議更換老師的同學們可能也感覺對不起那位老師，在班裡也沒有同學願意談論這件事。

這一學期打算考研究生的同學已經開始複習了，考研究生也成了每個宿舍裡最重要的一個話題，姫遠峰的宿舍也不例外，他靜靜地聽著

舍友的討論，並不說話，因為他覺得這件事情與他無關。從初中開始，在姬遠峰的意識中上學只是為了畢業了能有份工作，上中專最好了，中專只需要四年就畢業了，比上大學要少三年的時間，畢業後會回到當地成為一名國家幹部——鄉政府幹部，然後通過努力調進城市中，成為一個城裡人。後來自己無心插柳地上了高中，再後來陰差陽錯地上了濱工大，姬遠峰還是認為上完大學就應該工作了。上高中的時間姬遠峰第一次聽到了博士這個名詞，他知道了讀書讀到博士就到頂點了，但有時間聽別人說研究生和博士研究生，他還分不清楚研究生和博士生的區別。上了大學後他終於分清楚了研究生和博士研究生的區別，但姬遠峰還是覺得這些事與自己無關。直到大二第一學期期末填報專業志願表的時間姬遠峰纔感覺到碩士研究生和博士生其實是自己這樣的本科生應該考慮的事情了。電氣工程系四個專業比較熱門的是工業自動化和電力系統自動化專業，而電機和電器兩個專業同學們願意報的比較少，而系裡有一兩個學習好的學生特意報的是電機和電器這兩個專業，當時聽說如果按照專業保研的話可能被保送的幾率更大一些。但姬遠峰還是覺得上研究生甚至博士生與自己根本沒有關係，他還是報了同學們都比較喜歡的工業自動化和電力系統自動化專業，結果他被分到了電力系統自動化專業。

大三第一學期開學的時間黎春蓉來信說道她已經下定決心考研了，剛開始姬遠峰在宿舍裡只是聽舍友說說而已，漸漸地他聽出來了研究生是比自己本科更高一個層次的學習，畢業後就業面會更廣，去的單位也會更好一些，他有點心動了。陸續宿舍裡其他七個同學都準備考研了，姬遠峰更心動了。但他有點猶豫，他還不知道考研究生具體有多好，是否就是自己學校的同學有這樣的熱情，他想問問自己在其他高校的高中同學，他向自己最要好的朋友黎春蓉去了一封信，但姬遠峰並沒有說自己一定要考，因為他還不知道爸爸是什麼態度。他想咨詢過同學後自己決定考了再向爸爸說這件事，他覺得爸爸會答應自己考研究生的，沒有哪個父母不支持自己孩子學習的。很快，姬遠峰收到了黎春蓉的回信。

小峰你好：

謝謝你的生日祝福！

今年我的生日沒像前兩年那樣在宿舍裡過，我提前兩天另叫了我的幾個好朋友，我們去黃河邊放風箏，回來喫火鍋，過了特別開心的一天。我的好朋友亞妮特地從鐵道學院那邊趕來，風風火火地捧著一束花往我們宿舍跑，她說全蘭大的人都看見了，真正的生日那一天，倒是非常平淡地過去了。

你現在忙些什麼，為了將來的工作做準備？我是決心要考研了，其實這件事情還沒上大學時就知道要幹了，現在天天抱著英語書。我還報名參加了四月份舉行的全國大學的英語競賽，算是為將來考試的一次熱身吧。不過我的心理壓力之大是從來沒有過的，五門課程中（我們不考數學），我只有在英語方面有些優勢，三門專業課囊括了五六種大部頭教材，每一套都象山一樣，讓人望而生畏。另外在心理上我知道我的優勢是我的目標不會動搖，我根本沒有工作或是考托之類的打算，我能忍，我能堅持，還有身體也算好，這畢竟是比拼內力的持久戰。

現在我「養」成了記日記的「習慣」，起碼已堅持了七八天了，生活中的樂趣是點點滴滴，所以只能記流水賬了。你看電影《沒事偷著樂》了嗎？挺好看的，臺詞人物表演都很好，劇情也蠻有意思，歡樂中有淚水，讓人看得時候一會兒能笑，一會兒能哭。今年這兒特別早，風沙很大，可是人們照樣來到戶外放風箏，把一個個五顏六色的歡樂與希望繫在天上，隨風飛翔，平原上的風應該更大，而且乾淨吧，你放風箏了嗎？放高些，讓我也能看見。

　　　　　　　　　　　　　　　　　　　　1999年3月21日

　　　　　　　　　　　　　　　　　　　　　　友春蕊

給黎春蕊寫完信後姬遠峰又猶豫了，他不願意考濱工大的研究生，他想盡快地離開這個地方，他想起了自己高三那段經歷，因為那個軍工廠女生使得自己的學習一落千丈，最終來到了現在的大學。自己現在經歷著同樣的時刻，同樣地岳欣芙讓自己心神不寧，並不能靜下心來學習，以岳欣芙的成績她肯定會保送研究生，他怕自己考不上，讓同學們

笑話，尤其是岳欣芙知道他考研究生了而沒有考上。即使考上了，還要和岳欣芙繼續同校二年，他已經受夠了相近咫尺而形同陌路的折磨，他想盡快離開這個地方。那麼自己考哪個學校呢？姬遠峰想到了北京華北電力大學，雖然學校名氣差一點，但學校在北京，自己一直想去北京上大學，考大學的時間沒有被錄取到北京廣播學院讓他至今心有不甘。其次華北電力大學是原電力部所屬高校，畢業後更容易進入電力局工作。雖然高考時自己與北京大學相差太遠，自己心也不甘，但現在已經大三了，自己該為工作考慮了，那就別再想去圓自己北京大學的夢了，而且北京大學也沒有電力系統專業。而與黎春莼、「女瘋子」亞妮組成「鐵三角」的李莉在北京華北電力大學上學，李莉雖然沒有自己和黎春莼關係那麼近，但一直保持著通信，元旦的時間也互相郵寄賀卡。姬遠峰給李莉也去了信，他覺得自己給李莉的信件已經寫得有點太晚了，自己在猶豫中已經浪費了兩個月的時間，和黎春莼的信件一樣，他也沒有明確說自己一定要考，沒過幾天，姬遠峰也收到了李莉的回信。

姬遠峰：

　　你好！收到你的信我很高興，大概是由於我懶的緣故，上學期收了許多同學信都沒有回信，結果這學期只收到兩三封信，真是悔不該「當初」。說實話，從前覺得寫信很麻煩，現在卻覺得無論是讀信還是寫信都是一種享受。

　　說來很慚愧，我的六級還沒有過，由於上學期得了厭學症的緣故，到考前二個月，準確說就是在獻血之後，我幾乎沒怎麼學習，結果開學一看成績，五十八點五分，真是讓我傷心。由於一時的懶惰，我又不得不和英語再續前緣。這是我最後一次機會了，也是你最後一次機會了，讓我們相互鼓勵，翻過這座大山。

　　我已決定要考研了，雖然我們專業每年只招四個人，但這絲毫沒有動搖我的決心，我甚至決定如果明年考不上，甚至連自費也不夠的話，我就在學校復讀一年，爭取再考。有時候想想時間真是過得很快，我幾乎每天都擠得滿滿的，大一大二不懂得珍惜時光，鏡花水月，迷迷糊糊

地只知感歎世態炎涼，傻乎乎地悲秋傷春，只能在大三補回來了。我慶幸自己醒了過來，能夠把一些浮華的東西和虛無的名利撇在一邊，只是追求那些自己真正應當珍惜的東西。

身邊的人考托福，考GRE[23]，考微軟系統工程師認證，說實話，我不能不為之動容，但我知道我的道路在何方，所以我用「心動不如行動」勉力自己。

曾經有人勸過我，身邊比我學得好的人很多，但考研每年招的人又很少⋯⋯，可我總對自己說，我有能力和實力考上研，你是不是覺得我有點太輕狂了！我感謝你對我的鼓勵，因為我目前缺少的就是這個，你是第一個打心眼裡祝福我的人，我感謝你。

北京的春天來了，甲A烽火也點燃了，圖書館裡的書一直等待著我的光顧，可我的選擇卻將我「定」在了自習教室，當我閒的時間我最喜歡睡覺和看體育比賽。

希望以後常聯繫，因為我真的很高興有你這樣的一個好朋友！

噢！我現在和原來四班的李昊天聯繫很多，暑假我們一起上考研班，郝小明肯定是北大的研究生，朱鵬飛聽說要考清華大學的研，姬遠峰，你考慮一下吧！現在一點都不晚！我們學校有你要考的專業，招得還挺多！考慮一下，嗯？

祝身體健康！

好友李莉

1999年4月13日

看了黎春蒓和李莉的來信，姬遠峰徹底心動了，這些同學大多數在高中的時間並不比自己學習好，自己只是因為其他原因高考沒有考好。已經三年了，高中的同學們都還在努力，而自己卻沉溺於感情漩渦而不能自拔，自己也該努力努力了。姬遠峰決定盡快給爸爸打電話，時間已經到四月中旬了，自己已經比其他同學少複習兩個月了，而且自己還打

---

[23]　Graduate Record Examination的簡寫，即美國研究生入學資格考試。

算換學校，更應該抓緊時間了。

「爸爸，我看我們班的同學都在考研究生，我也想考研究生。」姬遠峰在電話裡給爸爸說道。

「什麼是研究生，不是上完大學就可以工作了嗎？」爸爸在電話另一頭說道，聽了爸爸這句話姬遠峰已經覺察出了爸爸的態度。

「爸爸，我已經打聽清楚了，研究生包括碩士研究生和博士研究生，我現在上的是本科，畢業後發學士文憑，就是通常所說的大學生，碩士研究生畢業後發碩士文憑，博士畢業後發博士文憑，我想考的就是本科畢業後能繼續上的碩士研究生。」

「碩士研究生需要上幾年，需要交學費嗎？」爸爸問道。

「我們學校的碩士研究生是兩年，其他學校的碩士研究生一般是三年，我想報考華北電力大學的碩士研究生，需要再上三年，華北電力大學是原國家電力部的高校，畢業後進電力局工作比較容易。學費如果考上公費研究生就不需要了，自費研究生需要交學費，我會爭取考上公費的研究生，生活費當然還是要花錢的。」

「研究生畢業後有什麼好處嗎？」爸爸並沒有問自己為什麼要換學校，華北電力大學好不好這個問題，姬遠峰更加確認了爸爸的態度。

「我聽說研究生畢業後找的工作能更好一點。」

「國家幹部是最好的工作了，我看鄉政府分配來的學生大部分都是中專生，大學生都很少，更沒有聽說過上研究生的，來了單位照樣什麼工作也能幹，工作需要上研究生嗎？」爸爸說道。

「我看我們班同學都在考研究生，我也想考。」姬遠峰說道。

「你自己考慮好了，做什麼事情都要有自己的主意，不要別人幹什麼你就跟著幹什麼，你上高中也是因為我答應你考上了就去上纏去考的，我原來以為你考不上一中的，你如果初三復讀一年上中專的話早都畢業了，都掙工資兩年了，你如果再上三年研究生，你都比別人少掙五年工資了，你如果在單位工作五年幹的好的話都有可能提拔了，上研究生有什麼用嗎？」爸爸說道。

「哦，爸爸，那我再考慮考慮吧！」

和爸爸的通話結束了，姬遠峰有點生氣，原來爸爸當初以為自己考不上一中纔讓去考的，爸爸差點耽誤了自己考上這麼好的一所大學，而且自己在高中學習一直很優秀，成績一直名列前茅，爸爸竟然覺得自己考不上一中，這麼看不起自己。高考報志願的時間堅持讓自己報考了蘭州鐵道學院，其實即使以自己考得很差的成績也可以正常錄取到大連理工大學，要不是陰差陽錯地被濱工大錄取了，自己會被蘭州鐵道學院甚至一個專科學校錄取，無論是大連理工大學還是濱工大可比蘭州鐵道學院好多了。這次又不同意自己考研究生，在高中在大學裡還沒有聽到哪個同學說過自己爸爸不支持考大學、考研究生的。宿舍裡有室友不願意考研究生，他爸爸特意買了考研材料寄了過來督促去考，宿舍其他七個室友都考了，自己想考爸爸卻不讓考，姬遠峰有些悶悶不樂。但轉念一想，爸爸在自己八歲的時間就摔殘疾了，自己今年已經二十歲了，爸爸也五十多歲了，左半個身體越來越不靈活了，騎自行車上班也越來越不方便了，爸爸也多次說過等自己大學畢業結婚了他就辦提前退休，他這輩子的任務就完成了。爸爸拖著殘疾的身體已經供自己、哥哥、二姐三個人讀書了，而且自己花的錢最多，自己怎麼就不體諒爸爸的辛苦呢。想到這姬遠峰反而覺得自己不應該向爸爸提出考研究生的想法，讓爸爸為難，自己也太不懂事了。

姬遠峰給爸爸又打了電話過去，說道，「爸爸您說的對，其實我們專業招的研究生很少，名額不多，大部分同學都是本科畢業就工作了，而且就像爸爸您說的大學畢業對工作來說也夠了，再上三年研究生真的有點浪費時間和錢了，我也想通了，不考研究生了。」「你想通了就好，別憋在心裡不痛快就行。」爸爸說道。

三　趙娟

一

　　大三暑假結束了，姬遠峰提前一個多禮拜返回了學校，他每次都按時返校，這次提前返校是因為電力系統自動化專業學生要到卜魁市的一座火力發電廠去生產實習。姬遠峰又一次到了卜魁市——岳欣芙的家鄉，這是姬遠峰第二次到岳欣芙的家鄉了，上次是大一第二學期期末軍訓來到了這裡。軍訓很忙碌，管理嚴格，那次姬遠峰還能在來回的火車上和岳欣芙碰面、說幾句話，在部隊營房裡偶爾也能碰個面，打一聲招呼。而這次管理很鬆，閒暇時間很多，姬遠峰卻一次也見不到岳欣芙了，因為岳欣芙和姬遠峰不是一個專業。姬遠峰知道岳欣芙就在離這裡二十公里遠的家中，但卻不能相見，他的情緒十分惆悵，兩周生產實習結束了，姬遠峰惆悵滿腹地回到了學校。

　　回到學校，姬遠峰收到了一個女孩的第一封信，信在姬遠峰離開學校去生產實習後第二天就到了，但那時間姬遠峰已經離開學校到卜魁生產實習去了，返回後纔看到。這個女孩叫趙娟，哈爾濱下轄一個縣級市農村的一名中專生，她是上了高中後考取的中專——一個警察學校。女孩今年夏天中專已經畢業了，實習的時間就在那個小縣城的一個派出所裡，她很希望自己正式工作分配到自己實習的那個派出所而不是鄉下的一個派出所，那意味著她就成了「城裡人」。暑假她去北京親戚家玩，返回的時間她的親戚送她到了北京火車站，在火車站的候車室裡姬遠峰碰到了這個女孩。她的親戚看出來了姬遠峰是一個學生，而且單人，又在同一個車次前候車，幾句聊天後她的親戚讓女孩和姬遠峰結伴同行，

一路上有個照應，上車後姬遠峰把座位調換到和這個女孩同座。可能都是農村出來的緣故吧，姬遠峰和這個女孩聊得很投機，在火車到哈爾濱的前一站，這個姑娘下了火車。姬遠峰急忙回了這個姑娘的信，在信裡解釋了自己半個月後纔回信的原因，快一個月過去了，姬遠峰收到了這個姑娘的第二封信。

姬遠峰你好！

　　這是我第二次給你寫信，但提起筆卻不知道該從何說起，我幾乎鼓不起勇氣給你寫這封信，要是跟你說聲對不起，那就太蒼白了。有些事並不是一聲對不起可以抹煞殆盡的，但是如果真這樣沉默下去，我內心也會不得安寧的。

　　收到你的第一封信時我真的很高興，分別後我給你寫了第一封信，半個月了沒有接到你的回信，我原以為你不會回信了。我倆只是偶爾在火車上共同旅行了一趟而已，本來這是件好事，起碼可以讓我們互相都多一個朋友，能彼此了解的更多。可是，你知道嗎，如今對我，得到一份友情都只會是奢望，朋友間相處應該是件很輕鬆很快樂的事，而我卻無法給朋友這種感覺。以前的朋友能和我繼續交往下去的已經沒有幾個了，自己古古怪怪，又老要讓朋友遷就，時間久了也挺慚愧的，既然無法改變自己，就走開好了，有什麼理由要用自己的鬱鬱寡歡影響別人的快樂呢？

　　我現在過日子基本上什麼都不想，想的越多就會越煩自己，過一天算一天，面對無奈的現實，逃避我比誰都行。這個暑假的日子我不惜餘力的拼命幹活，就是不想留下多餘的時間，又讓腦子翻江倒海，於是手上起了老繭，一天下來骨頭也快散了架，但我還是發現，即使我像機器一樣沒完沒了的勞作帶來的身體疲勞，也遠不如精神上的痛苦更可怕。

　　你在給我的第一封信中問我心情好嗎，也許你只是隨便說的一句話，而我卻大想特想，在這個世界上，有人關心我有沒有好心情嗎？有人體會到我不快樂嗎？或者我只是自己感動自己罷了，我倆只是偶爾萍水相逢的兩個人，而你能跟我傾心而談，還能安慰我，我的心裡感覺很

溫暖。

　　我在離哈爾濱不遠的一個小縣城，雖然你每次往返學校都會經過這裡，但你從來不會在這裡下車，在這裡留下你的腳印。如果不是我，這個縣城在你的腦海裡只是一個地方的名字而已。我也如願所償在我實習的那個派出所正式報到上班了，這就是我當初警校畢業時最大的理想，結果真的實現了，有了和你的接觸，我卻沒有了想象中的快樂了。快到十一假期了，我本來想去找你玩，但我兩僅僅只是一次偶爾的同車旅行，僅有一次相互的通信，我怕自己的造訪讓你感覺很唐突，我只好寫這封信了。

　　我本來不該寫這封信的，我給你寫了第一封信後，在接到你的第一封回信後我就一直告訴自己不要寫第二封，但我發現我不回你的信總是我心中的一塊心病，我發現自己已經忘記不了你，所以將近一個月了我纔給你寫這封信。不知道你畢業後有留在哈爾濱的打算嗎，哈爾濱離我的小縣城很近，那樣的話我就離你很近了。還要告訴你一件事，那就是我在北京火車站看到你的第一眼我就喜歡上了你，短暫的同車旅行更加讓我確信了這點，這麼說很鹵莽，你不會被我嚇到吧。不過你放心，我已經跟自己說清楚了，喜歡的不一定都能得到，我不會讓你感到太難堪的。說出這句話並不容易，但憑著直覺和對你的了解，我相信你還不至於會笑話我，所以纔敢厚著臉皮直言不諱了。其實若真是想透了，這些話也根本不必再說出來了，因為你和我是屬於不同人生軌跡的人，我只是想說我在自己生命的旅途中，在一次偶然的旅行中碰到了一個讓我感到溫暖的男生，一個我喜歡的男生。我也估計，你以後可能不會再給我來信了，就這樣中斷聯繫，我也得向自己解釋一下呀！這種事會越抹越黑，但是你如果不觸及它，也很快會風吹雲散的，因為本身這就是個飄渺的東西。而我對此也許一直很脆弱，還是繼續保持空白，讓心繼續流浪吧！我的另一半，不知道在什麼鬼地方呆著呢。現在，我喜歡的肯定不會喜歡我，而喜歡我的肯定我也不會喜歡他，這幾乎是定的，所以我還是繼續當這個「貴族」了！

這封信裡說的有些話，可能會讓你很尷尬，不過以後我們見面的機會幾乎沒有了，你的理想抱負注定你屬於更廣博的空間，而我這個「國家公務員」，好像也只能在我的小縣城裡當了，即使嚮往大城市好地方，也只能是做做「黃粱夢」！

這封信給你，也許你會不知跟我怎麼說纔好，那樣就什麼也別說，只是以後偶然想起有位和你同車旅行的一位姑娘時，別搖頭說他原是不可理喻的就行了。

祝：來日事業輝煌，生活幸福！

友趙娟

1999 年 9 月 30 日

這是姬遠峰長這麼大第一次接到類似的信件，姬遠峰用心地斟酌字句，他回了這個女生的這封信，他不想讓自己的這封回信讓這個有點不自信而心底善良的女生有任何不好的感覺。

趙娟妳好！

收到妳的第二封信讓我感覺很溫暖，也很愧疚，就像妳在信中所說的，我兩僅僅是偶爾邂逅的兩個人，沒有想到我在一個陌生而又善良的女孩心目中留下了一個美好的印象，但也給妳平靜的生活增添了一絲煩憂。雖然我兩只有短短的一趟旅行的經歷，但我能感覺到妳的善良和美好，妳也帶給了我絲絲的溫暖和回憶。

在火車上妳問我有沒有女朋友，我說沒有，但可能因為我兩第一次相逢，還不熟悉，我沒有好意思給妳說明白，我說自己沒有女朋友是真的，但我有自己喜歡的女孩，她是卜魁的一個女孩，我兩也是同班同學。而且我大一的時間已經給她表白過了，她讓我等到大三大四再開始，我當時違心地給她說了「算了吧」的話，但我的心裡還是不能放下她，她至今也沒有男朋友，我還在默默地在等待著她，我不知道最終我兩的結局會是什麼，但只要她還沒有男朋友我願意一直等她。即使對我最要好的朋友我也很少說起自己感情方面的事情，因為妳的這封信，我對妳說了我內心最隱秘的事情。

妳問我畢業後有留在哈爾濱的打算嗎，我沒有這樣的打算，雖然這裡是我大學所在地，也是我對那個卜魁女生產生感情的地方，但我是西北人，我家離這兒太遠了，我每次來學校都需要走三天的時間。我從農村出來，我嚮往北京上海廣州這樣大城市的繁華和熱鬧。我甚至連回到自己家鄉甘肅省會蘭州的想法也沒有，我想那個卜魁的女孩有著和我同樣的想法。

妳說妳原來打算十一假期的時間來哈爾濱找我玩，當然可以了，雖然我在學校裡盡量避免和其他女生走的太近，以免那個卜魁的女孩看到了誤會。但妳來哈爾濱玩，作為普通朋友我還是很高興陪妳一起玩的，只不過妳來到哈爾濱當天返回去時間很緊張，住宿吧妳剛上班，也來自農村，花費會不少。

趙娟，雖然我兩接觸的時間不是很長，也可能和我這個所謂的「名牌」大學生一起說話的緣故吧，我感覺到妳有點不太自信。妳去北京親戚家玩，感覺到自己家庭與妳親戚家的差距，不過這都是暫時的，是通過自己的努力可以改變的。就像我在火車上和妳說的，我也是來自農村，我最初的想法也是考取中專，我只是陰差陽錯地上了高中，陰差陽錯地來到了濱工大，其實妳和我都是一樣的，現狀可以通過自己的努力而改變。妳也說妳在自學大專課程，別因為參加工作了就放棄，我祝願妳在遇到妳的真命天子之前能順利地考取大專文憑。

我不知道自己和卜魁的那個女孩結果會是怎樣，但如果我最終和她在一起了，那麼以後我陪著她回她父母家的次數會很多，每次坐火車都會經過妳所在的這個小縣城，雖然我不會在這裡下車，但我會想起在這個縣城裡有一個善良美好的女孩，在一次旅行中我邂逅了她，她帶給了我溫暖與美好，我也帶個了這個善良美好的女孩一絲溫暖。

最後祝妳的白馬王子早日出現，生活工作愉快！

友姬遠峰
1999年10月2日

信郵寄出去後第二天，姬遠峰又收到了這個女生的回信，回信很短。

姬遠峰你好！

　　我原以為你不會給我回信，那就代表了你的回覆，謝謝你的回信，這本是一封不應該寫的信，只是因為你回了我的信，作為禮貌我給你寫了這封信。

　　謝謝你的坦誠相告，謝謝你對我的祝願。那個卜魁的女孩真是一個幸運的女孩，她有你這樣一位默默愛她的男生，雖然我兩接觸的時間很短，但我能感覺到你的真誠和善良，你的幽默和風趣。我也祝願你和那個女孩最終能走到一起，比翼雙飛，你們都是天之驕子，屬於更廣闊的空間，也有飛翔的資本。哦，忘了告訴你一句，仔細看，你還是一個眉宇間很帥氣的男生哦！

　　我會像你在兩封信中鼓勵我的那樣，在我遇到我的「真命天子」之前爭取把大專文憑考出來，為自己的人生添一點砝碼。

　　最後祝學業成功，有情人終成眷屬！

友趙娟

1999年10月3日

　　看著這封簡短的回信，姬遠峰知道這只是兩個偶遇的年輕人之間的一段插曲，但卻給了姬遠峰一絲絲溫暖。自從和岳欣芙賭氣後，姬遠峰對其他女生已經封閉了心窗，這是兩年半時間裡第一次有一個女孩主動走進姬遠峰的感情世界。雖然只是一段插曲，但姬遠峰還是很感激這個邂逅的女孩，這說明自己還不是一個令人討厭的男生，是一個有女生喜歡的男生，自己是一個能夠帶給一個女生一絲溫暖的男生。但姬遠峰也只能在心裡祝願這個女孩有一個美好的人生旅途了，姬遠峰沒有再回信給這個女孩，但他把這個女孩前後三封信保存了下來。

二

　　大四第一學期期末陸續有單位來學校招聘了，也是參加研究生考試的同學最後的衝刺時間了，姬遠峰沒有考研究生，找工作成了他最重要

的事情了。爸爸打了電話過來，說電力局很好，如果有電力局來招聘就去應聘，姬遠峰也認同爸爸的觀點。華北電力大學的李莉和姬遠峰保持著通信，她家是當地電力局的，姬遠峰在寫信咨詢李莉考華北電力大學研究生的時間就有畢業了容易進入電力局工作的考慮。但一直沒有一家電力局來學校招聘學生，姬遠峰只好退而求其次了，或者說不是退而求其次，是有更好的一家單位來招聘學生了。

這家單位的地址在煙臺，流傳著看門的門衛都持有股份是百萬富翁的神話，工作是銷售，雖然姬遠峰知道自己並不喜歡做銷售，也不喜歡喝酒，但百萬富翁的誘惑實在太大了，姬遠峰投遞了簡歷，然後去參加了面試。面試結果出來了，班長和自己的好朋友孫睿被錄用了，姬遠峰沒有被錄用。姬遠峰懷疑是自己沉默寡言的性格導致了這次面試失敗，姬遠峰心想自己並不是一個無想法的學生，自己只是不喜歡誇誇其談，自己可是大一一入學就參加辯論賽的選手，而且表現還不錯。就成績而言自己雖然不會被保送研究生，但以自己大致的印象自己在班裡的成績還說得過去，成績好的同學都會被保研，那自己應該是找工作的同學中成績比較好的了，這是自己參加的第一次面試，怎麼連一次面試都通不過呢？姬遠峰的好勝心被激發了出來，接到面試失敗通知的當天下午姬遠峰去了上次面試的賓館，那個面試自己的處長還在那里。姬遠峰沒有膽怯，他和那位處長發生了激烈的爭論，但不是爭吵，是關於大學生簽訂就業協議後違約是否應該繳納違約金的話題，那位處長堅持大學生應該有契約精神，既然違約就應該繳納違約金。姬遠峰則堅持應該視情況而論，如果企業利用利息不對稱，對大學生隱瞞一些企業的實際情況的話，則企業失信在先，大學生違約就不應該繳納違約金。

第二天早晨姬遠峰還在睡覺，宿舍的電話響了，那位處長的助理打電話給他，讓他過去簽就業協議。姬遠峰知道了，並不是自己辯論過了那位處長，只是自己一個還沒有進入社會的學生在一位工作了二三十年的處長面前毫不膽怯、不認輸的氣勢，不卑不亢而又據理力爭的態度打動了那位處長。但當這家單位讓姬遠峰去簽就業協議的時間他又猶豫

了，自己並不喜歡做銷售，自己也不喜歡誇誇其談，也不喜歡喝酒，也不喜歡經常出差。但自己已經和那位處長進行了激烈的辯論，自己如果不去簽就業協議，難道是逗一家著名的公司玩嗎，何況成為百萬富翁的夢想也好像在跟自己招手，姬遠峰最終還是去簽了就業協議。

姬遠峰打電話告訴爸爸自己已經簽了一家單位，煙臺是一座漂亮的海濱城市，單位名聲也很好，爸爸您就不用為他的工作操心了。爸爸在電話裡也沒有說什麼，只是說放寒假了和往年一樣回家過年吧。

四　楊如菡

一

　　分專業之後姬遠峰和一個女生逐漸熟悉了起來，她叫楊如菡，身材高挑，皮膚白皙，端莊文靜。姬遠峰其實很早就知道楊如菡是西安人，因為每次都在西安轉車的原因，姬遠峰對系裡所有陝西籍的男生女生都認識，他原來的想法是方便一起結伴回家，只是後來發現自己一個人來去更自由，就獨自一個人來回學校了。姬遠峰性格並不內向，他只是沉默寡言，雖然這些陝西籍的男女同學他都認識了，但互相說話的並不多，也沒有一起往返學校。楊如菡和姬遠峰都分到了電力系統專業，姬遠峰發現楊如菡有點像自己，她們原小班的女生分到電力系統專業有三個，但楊如菡總是自己一個人來上課，自己一個人去上自習。這並不是說她與室友的關係不好，就像自己和室友的關係一樣，大家關係也很融洽，只是個人喜歡獨來獨往，不願意湊堆而已，自己也碰到她和室友一起活動，一起說說笑笑。只是楊如菡一個人來上課，她的座位旁經常會沒有別的同學，姬遠峰由於他的宿舍只有他一個人是電力系統專業，而且姬遠峰從來都是獨來獨往，他也是一個人來上課，姬遠峰有更多的機會和楊如菡坐在一起上課。姬遠峰發現楊如菡性格內向，不大說話，姬遠峰每次來上課到她身旁問她旁邊的座位還有同學沒有，她都會擺一下手或者搖搖頭表示沒有人，然後往邊上挪動一下示意姬遠峰可以坐下來。姬遠峰坐下後衝她微笑一下算是打個招呼，她也回報以一個微笑，甚至回報以微笑的同時會羞澀地低下頭假裝整理課本。上課的時間她會認真地聽課，從不說話，姬遠峰想和她聊天，看到她認真聽課的樣子又

不好意思打擾她。楊如菡發現姬遠峰看她，她會羞澀地低頭或者轉過頭，並不說話。下課後收拾完書包，衝著姬遠峰點頭或擺一下手，算是打了招呼，就快速地自己走了，讓姬遠峰多說幾句話的機會也沒有。

　　時間長了，他兩上課的時間纔會簡單地說幾句話，叫什麼名字，分專業之前是哪個班，家在什麼地方，寒暑假是否回家之類的，但並不討論課程學業之類的話題。當楊如菡問姬遠峰家是什麼地方的時間姬遠峰回答道自己家是甘肅的，但每次都在西安轉車，而且妳也不用介紹妳家是哪兒的了，我知道妳家是西安的。楊如菡有點吃驚的問，你怎麼知道我家是西安的，姬遠峰回答道西安的姑娘臉上能看出來，楊如菡聽了一抹飛霞在潔淨的臉上升起，一聲也不吭半低下了頭。姬遠峰總有想逗她多說幾句話，甚至逗她笑一下的衝動，想看看這個沉默腼腆的女生開心地笑起來是什麼樣子，但他也擔心對這麼一個內向羞澀的女孩，自己的玩笑會不會惹惱她，那會讓雙方都很尷尬。

　　大學的課程有的很無聊，這種課程一般都是大課，整個系的同學一起上，許多同學會翹課，但姬遠峰沒有翹課的習慣，翹課了又去幹什麼呢，不如呆在教室裡不聽課就行了，如果老師點名的話也不用麻煩同學撒謊找各種理由了。這樣的課程也有一個好處就是可以坐在教室裡不用認真聽課而可以看女生了，或者心思神遊就行了。姬遠峰上這樣的課一般都坐的很靠後，或者看閒書，要麼神遊或者看女生。又一次這樣的課程，姬遠峰進了教室，他看到楊如菡坐在很靠後的座位上，姬遠峰走了過去，坐到了她的身後，楊如菡感覺到了姬遠峰在她身後，她回過頭衝著姬遠峰微笑了一下算是打了招呼，姬遠峰回報以微笑。上課了，姬遠峰無聊地四處張望，他看到楊如菡並沒有聽課，而是在背誦著英語六級的詞彙，她黑亮的頭髮被一個精緻的髮夾夾著，露出了白淨的脖頸，靜靜垂在腦後的頭髮隨著腦袋的擺動在肩上左右摩挲，乾乾淨淨很清爽的樣子。女生的秀髮對姬遠峰有一種神奇的魔力，姬遠峰每注意到一個女生都會首先注意到她的頭髮，姬遠峰第一次注意到岳欣芙也是她漂亮的妹妹頭髮型。姬遠峰知道這時候打擾楊如菡並不會影響她聽課，他在

自己的筆記本上畫了一個醜陋的卡通人物畫，旁邊寫上楊如菡的名字，把那一頁紙撕了下來，輕輕地碰了一下她的肩膀，楊如菡轉過了頭，姬遠峰將卡通畫反拿著遞給了她，姬遠峰也怕被別的同學看到，會誤解成自己寫情書之類的。過了一會，楊如菡轉過了身，用一隻手捂著自己的嘴，姬遠峰知道她在笑，楊如菡把那張紙折疊了起來還給了姬遠峰。姬遠峰打開了那張紙，他看到了在那張紙的背面有一個更醜陋的卡通畫，那是自己的形象，捲髮還扎了兩個小辮，旁邊寫著自己的名字。姬遠峰抿著嘴把笑嚥進了肚子，他把卡通畫重新折疊起來夾入筆記本中，心思更不在課堂上了。他仔細地從身後看這個女生的一縷縷秀髮，她乾淨白皙的脖子，她的耳朵上有耳洞，但沒有帶耳飾，姬遠峰想象著她剛纔看到自己畫的她的形象卡通畫時的神態。下課了楊如菡還是早早收拾完書包，轉身衝姬遠峰笑了一下，只不過這次的微笑不像以前那樣只是禮貌性的微笑，多了一點開心與頑皮，算是打了招呼，一個人走了。姬遠峰知道岳欣芙也和自己一起上這門無聊的課，他也不想藉機和楊如菡一起去喫飯，免得引起岳欣芙的誤會。此後，姬遠峰再和楊如菡在校園裡碰面，一起上專業課，她還是不多說話，但打招呼時相視一笑多了一絲開心和會意，課間休息的時間會多說幾句話。

二

和楊如菡有了畫卡通的故事後，姬遠峰和楊如菡關係熟悉多了，一次專業課下課後姬遠峰叫住了楊如菡，他和楊如菡一起去喫飯，他有事跟楊如菡說。專業課只有本專業的學生上，岳欣芙不會和自己一起上，雖然自己專業有三位女生和岳欣芙同一個宿舍，即使岳欣芙知道自己和一個女生一起去食堂喫飯了，但偶爾一次還不至於引起岳欣芙的誤會。姬遠峰跟楊如菡說了宿舍老四——一個體育特招生，高大帥氣英俊的男生——喜歡上了妳們宿舍的周燕，妳兩一個宿舍，而且都是西安人，關係應該比較密切，我自告奮勇當紅娘來了，想讓妳給周燕帶個話，好讓

周燕暗中也了解了解我們宿舍老四，免得老四直接去碰一鼻子灰。

「你好像還沒有女朋友吧？就已經開始做紅娘了！你為什麼不直接和周燕說？」楊如菡微笑著說道。

「我和周燕不熟悉。」姬遠峰說道。

「不熟悉你還答應作紅娘！我要是不答應替你傳話呢？」楊如菡還是微笑著說道。

「我和周燕不熟悉，但和妳還算熟悉，我覺得妳會幫我這個忙，所以我就應承下來這件事了，楊如菡，妳還是幫幫我這個忙吧，我已經在我們宿舍老四面前誇下海口了，他兩成不成那是他兩的事，話傳不到我多丟人，到時候我請妳喫飯。」姬遠峰笑著說道。

「那好吧，我替你傳一次話吧！」楊如菡說道。

「不對，楊如菡，不是替我傳話，是替我們宿舍老四傳話，妳別傳錯了話鬧出笑話來。」姬遠峰說道。

「周燕那麼漂亮，你好像也沒有女朋友，你不替自己操心，反而替你們室友操起心來了。」楊如菡看著姬遠峰，有點意味深長地笑著說道，說著用手捂住了自己笑著的嘴，這是楊如菡的標誌性動作。

「我們宿舍脫單一個算一個，要有成人之美之心啊！」姬遠峰微笑著說道。

「那你呢？你還沒有回答我的問題呢！」楊如菡抬頭看著姬遠峰說道。

「妳問我什麼問題了？我都回答了啊！」姬遠峰有點疑惑地說道。

「我說你好像還沒有女朋友？」楊如菡說著又用手捂住了自己的嘴。

「哦，原來是這個問題，我將來會有的，還會找個大美女！」姬遠峰笑著說，「那妳呢，我兩分到一個專業快一年了，我還沒有見過妳和哪個男生在一起，要不要我也給妳搭個線，我們宿舍單著的還有好幾個呢！」

「討厭，你這樣我就不替你傳話了！」楊如菡假裝生氣地說道。

「哦，對不起！那還是妳給我搭個線吧，我不反對！」姬遠峰嬉笑

著說道。

「你喜歡什麼樣的女生？」楊如菡問道。

「當然喜歡漂亮的了！最好是酒井法子那個模樣的！」姬遠峰微笑著說道。

「你喜歡酒井法子那樣的女生？」楊如菡問道。

「嗯，那是我的偶像和夢中情人，要是咱們系有那樣的女生，我一定去追求。」姬遠峰繼續笑著說道。

「你那麼醜，還想找漂亮的女生！有酒井法子那樣的女生還能輪到你！」楊如菡說著又用手捂住了自己笑著的嘴。

姬遠峰皺了一下眉頭，做了一個無可奈何的表情，笑著說，「好吧，現在我求著妳幫忙，我只好受點委屈忍受了！」

又一次專業課姬遠峰和楊如菡坐在一起上課，這門課是《電機學》，他兩坐的比較靠後，風度翩翩的老教授正在講課，楊如菡也在認真地聽課。電機的定子、轉子，一會電場、一會磁場聽得姬遠峰有點犯暈，姬遠峰也越來越困，他昨天晚上在走廊裡看小說睡覺太晚了，姬遠峰把眼鏡摘下來放在一邊，他打算小瞇一會兒，慢慢地姬遠峰趴在課桌上睡著了。姬遠峰睡得正香呢被楊如菡碰醒了，「老師留了一道題讓同學們做呢，做完了就可以去喫飯了，起來做題吧！」楊如菡小聲對姬遠峰說道。

姬遠峰睡意朦朧中睜開眼睛看到老教授已經停止講課了，正在教室裡轉悠著看同學們做題，他戴上眼鏡往黑板上看了看並沒有題目。「題目在哪呢？在書上哪一頁？我看黑板上沒有題目。」姬遠峰小聲問楊如菡。

「沒有在書上，剛纔老師口頭說的題目。」楊如菡小聲說道。

「那讓我抄一下妳的題目吧！」姬遠峰小聲說道。

「不給，你今天中午別想喫飯了！」楊如菡微笑著小聲說道，然後自顧自地做起了自己的題目。

　　姬遠峰看了一眼楊如菡，明白了，她做完會把題目給自己的，她說不給只是開玩笑了，自己也不用向別的同學問題目了，姬遠峰翻看著課本，看今天學的內容，一會做題肯定就是今天學的內容。果然，等楊如菡做完了，她把題目連同她做的答案一起給了姬遠峰，有同學做完了交給了老師後已經提前去喫飯了。

　　「妳剛纔怎麼不給我題目呢？」姬遠峰邊抄著題目邊小聲地問楊如菡。

　　「你睡了那麼長時間，給你題目你也不會做，你怎麼上課還睡覺呢！」楊如菡小聲說道。

　　「昨天晚上在走廊裡看小說太晚了，我抄妳的答案怎麼這麼忐忑不安呢。」姬遠峰小聲說道。

　　「怎麼了？」楊如菡問道。

　　「我對妳做的答案不放心！」姬遠峰小聲微笑著說道，同時衝著楊如菡做了一個壞笑，趕快把楊如菡的題目和答案往遠離楊如菡的方向挪了挪，免得楊如菡把題目連同答案收了回去。

　　姬遠峰不但抄完了題目而且連同楊如菡做的答案一起抄上了，的確像楊如菡說的姬遠峰沒有聽課也不會做那道題。楊如菡交了自己的題目後衝著姬遠峰微笑著打了一個招呼後背著書包去喫飯了，姬遠峰想把題目也交了，然後緊走幾步撵上楊如菡一起去喫飯。轉念一想，自己專業有和岳欣芙同一個宿舍的三位女生，自己上次做紅娘已經和楊如菡一起去食堂喫過一次飯了，這次還是別一起去了，免得傳到岳欣芙那裡引起誤會，姬遠峰磨蹭了幾分鐘後交了題目一個人去喫飯去了。

　　大家都忙著複習考研了，姬遠峰的籃球好球友宿舍老二李木也忙著複習呢，姬遠峰白天打球的伴也沒有了。晚上宿舍裡空蕩蕩的，以前搶著玩的電腦現在成了姬遠峰一個人的專用電腦了，他整天就在宿舍玩電腦遊戲，姬遠峰只玩一款電腦遊戲，那就是實況足球，他對其他遊戲一點也不感興趣。玩多了也無聊，姬遠峰在宿舍走廊晃蕩一圈沒有幾個同

學，偶爾去同學們經常上自習的教室晃蕩一圈看有沒有同學一起玩，大家都忙著複習呢，姬遠峰也不好意思打擾同學。想給黎春蒓寫封信吧，黎春蒓也忙著複習考研呢，讓黎春蒓回信對她來說也是一種打擾，姬遠峰有點閒得無聊。一天晚上，姬遠峰一個人又去看了一場電影，散場了，在走廊裡透過教室門上的玻璃姬遠峰看到楊如菡還在裡面學習，時間已經晚了，教室裡已經沒有幾個學生了，也沒有自己系的同學，姬遠峰走了進去，在楊如菡旁邊的座位上坐了下來。看到姬遠峰在自己身邊坐了下來，楊如菡轉頭微笑著看著姬遠峰，等著姬遠峰說話。

「這麼晚了妳還在學習！不準備回宿舍嗎？」姬遠峰對楊如菡小聲說道，雖然教室裡學生不多了，他還是怕影響到別人。

「嗯，我也準備回去了，你幹嘛去了？手裡空蕩蕩的，也沒有背書包。」楊如菡說道。

「我剛看了一場電影，回宿舍的時間從教室門上看到妳還在學習就進來了。」

「你好閒啊！你一個人去看的電影？」楊如菡問道。

「嗯，大家都在忙著複習考研呢，沒人陪我去了。」姬遠峰小聲地說道。「我不打擾妳學習了！我回宿舍了。」姬遠峰接著說道。

「你等我一下，我收拾一下書包，時間也晚了，我也回宿舍去。」

姬遠峰和楊如菡一起往宿舍走，「小峰——自從姬遠峰和楊如菡畫卡通畫，姬遠峰委託楊如菡作紅娘後，楊如菡避開同學開始叫姬遠峰為小峰了——你怎麼沒有複習考研？」楊如菡問姬遠峰。

「妳怎麼知道我沒有考研？」姬遠峰反問道。

「我在教室裡幾乎見不到你來上自習，平常上專業課也沒有見你看考研資料——大學考研的學生經常會翹課去複習或者在上專業課的時間看考研資料——今晚你又去看電影了，現在複習考研的同學哪還有看電影的！」

「我在宿舍偷著悄悄複習呢，讓你們放鬆警惕，我好考的比你們都高。」姬遠峰笑著說道。

「真的嗎？」楊如菡一副將信將疑的樣子。

姬遠峰看到楊如菡有點當真了，忙說，「開玩笑呢，我沒有複習考研。」

「你為什麼不考呢？班裡不考研的同學沒有幾個人了。」

「我不想考研，我想早點工作了。」姬遠峰回答道。

姬遠峰回到宿舍，晚上躺在床上有點睡不著。宿舍裡其他七個室友都在複習考研，室友們每天都早出晚歸，只有自己一個人整天玩電腦遊戲，他感覺自己好墮落。和爸爸通過電話後他盡量个去想考研的事，但考研的七個室友天天和白己在一起，每天晚上睡覺前都曾討論複習進度、号研的消息，考研的話題已經成了宿舍主要話題之一，姬遠峰想避也避不開。每次聽到室友討論考研，姬遠峰就悄悄地聽著，一言不發，今晚一經楊如菡的詢問，又勾起了爸爸不讓他考研究生的不快。

保送研究生的成績和名單公佈了，整個電氣工程系保送了十三名同學，保送的分數是八十三分，前提是沒有補考和掛科，岳欣芙毫無意外地以前三名的成績保送了研究生，和岳欣芙同宿舍與姬遠峰同專業的李宏也保送研究生了。當看到保送研究生成績和名單後姬遠峰後悔了，自己的成績是七十八分，並且沒有補考和掛科的經歷，雖然有的同學成績比自己好，但有補考的紀錄也保送不了，這樣他離保送研究生資格差的並不多。

看著這份名單和自己的成績，姬遠峰也很自責，大學三年多了自己對學習實在太不上心了，每次考完試只關心是否都通過了沒有，連在班裡、系裡排多少名都不曾關心過，甚至沒有記住一次自己在班裡和系裡的排名。對是否得到獎學金也沒有在意過，上大學已經七個學期了，自己也只得到過三次獎學金，而且都是二三等獎學金，一次一等獎學金都沒有。自從大二第一學期英語過了四級後也不認真學英語了，至今英語六級也沒有通過。在這次保研前，自己對電氣工程系同學們的整體成績根本沒有概念，覺得保送研究生平均分肯定應該在九十分左右，自己的

成績差的很遠，姬遠峰甚至連自己的平均分都沒有計算一下，自己的平均分也是系裡公佈保研名單時纔知道的。爸爸拖著殘疾的身體供給了自己一萬元學費，還有兩萬多生活費，自己竟然這樣對待自己的學習，姬遠峰覺得很對不住爸爸的辛苦。

姬遠峰也怪自己覺悟的太遲了，早知道保研的分數只有八十三分平時多學習會就好了。自己上了大學以來的學習目標就是不補考、不掛科，因為岳欣芙的原因，也因為自己學習目標的原因，上了大學以來根本就沒有用功學習過，成績已經這樣了，如果自己能在岳欣芙的事情上堅定一點，學習上認真一點，少幾次去大街上看東北大爺大媽跳大秧歌，少去鐵路大橋上溜達和圖書館看閒書而是去上自習的話自己就會保研了。如果保送了的話爸爸肯定不好拒絕自己讀研究生了。再者，如果保送了研究生的話，自己和岳欣芙兩個人都是研究生，兩個人就會繼續在同一個學校同一個系呆兩年的時間，說不定兩個人還會走到一起，因為岳欣芙說過到大三大四再開始的話，當時自己不明白岳欣芙為什麼非要等到大三大四再開始，或許她當時的想法就是考上研究生就開始的。但現在岳欣芙已經是研究生了，而自己僅僅是一個本科生，還不能參加研究生考試，自己怎麼好意思回頭再次接近岳欣芙，從而再續前緣呢。上不了研究生自己只能去工作了，自己與岳欣芙馬上就要不在同一個城市了，兩個人不在一個城市走到一起的可能性更小了。這時間自己保送不了也考不了，後悔也來不及了。沒有能保送研究生也不能參加研究生考試惟一讓姬遠峰有點心理安慰的就是自己不用和岳欣芙再在一個學校呆兩年了，可以盡快離開濱工大了，自己再也不用隔三差五碰到岳欣芙了，已經三年了，壓抑自己的感情是多麼地痛苦！

三

研究生考試結束了，只是成績還沒有出來，成績出來要到大四第二學期開學了，大四第一學期也快放假了，班長統計預定火車票。姬遠峰

沒有約任何一個同學和老鄉，他自從大學第一學期和老鄉來回一起走以外，其他的時間都是自己一個人來回學校，他已經習慣了。他計算著日期準備告訴班長自己預定哪一天哪一次的火車票，楊如菡過來坐在了姬遠峰旁邊的座位上。

「姬遠峰，你寒假回家嗎？」楊如菡問姬遠峰。

「回啊，我每個寒暑假都回家，尤其是寒假，回家要過春節，不回家我爸爸媽媽都會不高興的。」姬遠峰說道。

「你約好老鄉了嗎？你這次回家還在西安轉車嗎？」楊如菡問道。

「我沒有約老鄉，我每次都是一個人來回走，妳說的對，我每次來回學校都在西安轉車。」

「那咱兩訂一趟車吧，我兩一起到西安，我就不約其他老鄉了。」

「周燕呢？周燕寒假不回家嗎？妳和她不一起走嗎？」姬遠峰問道。

「周燕和你們宿舍老四在談戀愛呢，正甜蜜著呢，她要晚幾天纔回家。」

「哦，那咱兩訂一趟車吧，我一直一個人獨來獨往，正愁在車上沒人和我說話呢！」

「你到了西安怎麼回家去？」楊如菡問道。

「那看車次了，如果到了西安時間早能趕上火車我就坐當天的火車回家了，但春運一般都買不到當天的火車票，我一般就坐汽車回家了，不管是白班還是夜班車，一般在西安不過夜，過夜麻煩。」

「這次到了西安你如果買不到火車票，如果不著急的話就到我家的學校住一晚上吧，晚上坐車不安全，我家在大學裡，我爸爸媽媽都是大學老師，讓他們給你找個男生宿舍就行！學生放假了宿舍也很好找。」

「到時間看看情況再說吧！」

「你記下我宿舍和我家的電話吧，走的時間方便聯繫，你從家裡回來到了西安也方便聯繫我。」楊如菡給姬遠峰說道。

「妳說的對，我真粗心，連這點都沒有想到，不過妳只能記下我宿舍的電話，我家還沒有電話！」姬遠峰對楊如菡說道。姬遠峰在自己

書的後面記下了楊如菡的兩個電話號碼，也告訴了楊如菡自己宿舍的電話。

到出發的那一天了，姬遠峰打電話到楊如菡的宿舍，告訴楊如菡自己已經準備從宿舍出發了，十分鐘後就會到女生宿舍，楊如菡十分鐘後出來兩人一起打車去火車站。在女生宿舍門口，男生女生都不少，大家都相約回家，姬遠峰看到了楊如菡，她一個人正在等著他，姬遠峰走了過去，打個招呼，一起往校外走。沒有走多遠，姬遠峰看到了岳欣芙和安可琪、萬娟娟迎面走來。因為以前是一個小班的或者現在同在一個專業的小班裡，大家互相打招呼。安可琪問姬遠峰和楊如菡，「你兩一起回家是嗎？」「嗯，是的。」姬遠峰說道。「還有其他同學嗎？」調皮的萬娟娟問道，同時露出了意味深長的微笑。「沒了，就我兩，楊如菡家在西安，我回家在西安轉車，我兩順道，就約好一起回家了。」看到萬娟娟不懷好意的笑，姬遠峰生怕引起岳欣芙的誤會，回答萬娟娟的詢問時多說了兩句，他同時注意著岳欣芙，她只是等著安可琪、萬娟娟和姬遠峰、楊如菡打招呼，並沒有說話。「岳欣芙，祝賀妳，保送研究生了，我還沒有向妳祝賀呢！」姬遠峰向岳欣芙說道。「謝謝妳！姬遠峰。」岳欣芙微微笑著回應道。

「你和岳欣芙很熟？」在火車上楊如菡對姬遠峰說道。

「她和我分專業前在同一個小班，我和我們原小班的六個女生都很熟悉。」姬遠峰回答道。

「我怎麼覺得岳欣芙看你的眼神和其他人有點不一樣。」楊如菡微笑著說道。

「妳還能從別人的眼神覺察到不一樣，太厲害了，她可能眼鏡度數跟不上眼睛近視程度了，岳欣芙學習很用功的。」姬遠峰也笑著說道，姬遠峰聽到楊如菡提到岳欣芙，他心頭一怔，但他知道楊如菡對他和岳欣芙的關係絲毫不知情，自己原小班同學知道自己喜歡岳欣芙的也僅僅只有周凱和覃華，而且他兩知道的也僅僅是喜歡，自己曾經向岳欣芙表

白的事他兩也不知道，至於與岳欣芙同宿舍的五位女生是否知道一點姬遠峰無從得知了。隨著這兩三年的淡漠，估計知道一點的周凱和覃華也淡忘了，姬遠峰對這點很有把握。

「她是咱們系學習最用功的女生，經常上晚自習到很晚纔回宿舍，我經常洗漱了準備睡覺的時間她纔回到宿舍，周末也一直在圖書館學習。」楊如蒓說道。

「她不僅是系裡女生學習最用功最努力的，包括男生也是吧，我也知道她學習很認真努力，她的認真努力是有回報的，這次這麼順利地保送了研究生！」姬遠峰說道。

「是啊，人家已經保送了研究生，我還不知道自己考得怎麼樣呢！」楊如蒓說道。

「哦，對了，楊如蒓，我還沒有問過妳考得怎麼樣呢？研究生試題難不難？」

「我感覺考得不怎麼樣，很有可能考不上，我覺得自己複習得有點偏了，兩門專業課是咱們本校出題，題目難度和往年差不多，但三門統考課有點難，尤其政治太難了，我背的好多都沒用上。」

姬遠峰聽出了楊如蒓對自己考研不是很滿意，他安慰道，「妳先別灰心，等成績出來就知道了，成績出來之前一切都沒有定下來，我知道研究生三門統考試題本來就很難，國家線經常保持在三百二十分左右，去掉兩門專業課一百八十分左右，三門統考課每門也就五十分左右，是很難。咱們學校分數線高一些要到三百四十分左右，去掉兩門專業課一百八十分，三門統考課也比五十分多不了幾分，難度經常像過山車一樣變化很大。而政治對妳們女生來說就更難了，妳們女生本來就對政治不感興趣，時事政治更是不關心，臨時背可能用不上，所以別光想著考研成績了，別鬧得自己春節都過不好。」

「考試已經結束了，也只能這樣了，等成績出來了再說吧。小峰，你沒有考研怎麼對考研的這些事了解的這麼清楚？」

「我，哦……」姬遠峰一時有點語塞。「我聽我們宿舍室友說的，

我們宿舍其他七個室友都考研了。」姬遠峰說道。

「你們宿舍其他七個同學都考研了，你為什麼不考呢？那天晚上我問你為什麼不考，你說你不想考，想工作了，真的嗎？成績比你差很多的同學都考研了。」楊如菡說道。

姬遠峰猶豫了一下，「其實我很想考的，不過爸爸不同意我就放棄了。」

聽了姬遠峰的話楊如菡有點吃驚，她看著姬遠峰，「你爸爸為什麼不同意你考研？很少有這種情況，爸爸怎麼會不支持自己的孩子學習考研究生呢？」

「我家是農村的，我二姐、我哥哥還有我，我們三個都讀書出來了，雖然我二姐、我哥哥上的是中專和技校，但也花了不少錢。我上大學花的最多，爸爸在鄉政府上班工資並不高，而且爸爸在我還小的時候從車上摔下來過，半個身體不是很靈活，我爸爸一個人上班供我們三個上學很不容易，我理解爸爸的難處，他想讓我早點工作掙錢，爸爸不讓我考我就不考了。」

「那你甘心嗎？」

「說自己甘心當然是假的了，但我家情況如此，也只能這樣了。」

楊如菡看到姬遠峰說到這兒有點沉默，在她看來姬遠峰平時經常獨來獨往，和同學們交往的不多，自己大學前兩年甚至和他都沒有說過話，分到一個專業後纔慢慢熟悉了，發現他平時不大說話，但說起話來挺幽默，也挺愛開玩笑，沒想到他也有內心的苦惱，她不知道如何安慰姬遠峰，兩人陷入了沉默。

「咱們系西安的同學我知道的就有好幾個，妳這次怎麼想起和我一起回家了？我已經一個人來回學校五六個學期了，每次感覺好無聊，這次終於有個伴陪著我一起坐火車了。」沉默了一會，姬遠峰跟楊如菡說話了。

「和我經常一起回家的周燕要晚幾天纔回家，西安的其他同學都不是一個專業的，約他們需要協調時間，稍微麻煩一點，我知道你經常來

回一個人，咱兩一個專業時間好約，我就約你一起回家了。」楊如菡說道。

「妳怎麼知道我經常來回一個人，咱兩在分到一個專業之前好像都沒有說過話！但我知道周燕、還有妳都是西安人，咱們系其他陝西女生我都認識，但說話的次數很少。」

「上課時和你聊天你說你自己經常一個人來回學校，訂票前你也這樣說的。你怎麼對我們陝西的女生這麼關注？每個都認識但卻說話很少。」楊如菡說著有點意味深長的笑著並看著姬遠峰。

姬遠峰明白了楊如菡的笑，「其實陝西的男生我也都知道，我家雖然在甘肅，但我家祖上是從陝西搬遷過去的，我從小就聽爸爸給我講一些陝西的事情。而且我每次來回學校都在西安轉車，所以對陝西的同學關注比較多，原來想認老鄉一起來回上學，後來發現一個人來去更自由，我就自己一個人來回學校了。可能我性格比較沉默寡言吧，雖然我很早就都認識咱們系陝西籍的男生和女生，但真正說話的並不多，妳這次和我一起走擔心不擔心？」

「我擔心什麼？」楊如菡問道。

「我是家中的老小，不會照顧人，上大學前連衣服都是我兩個姐姐替我洗，我怕在路上讓妳嫌我這個同伴太差勁了！」姬遠峰想到《圍城》裡方鴻漸一行人旅行中的種種情形，旅行是需要互相照顧的。

「你怎麼這麼懶，連衣服都讓姐姐給你洗！」楊如菡笑著說道。

「我可一點都不懶！」姬遠峰語氣肯定的否認道，「我很勤快的，因為爸爸從車上摔下來過，一邊的手腳不是很靈活，重體力農活幹不了，我家的重體力農活都是我和哥哥一起幹的，在農村老家姐姐給弟弟洗衣服是習慣而已，上了大學三年半了我的衣服都是我自己洗，妳也沒有見過我穿著髒衣服去上課吧！」姬遠峰說完笑了。

「跟你開玩笑了，你還當真了！」楊如菡笑著說道，「你剛纔說你有兩個姐姐，還有哥哥，你家有幾個孩子？」

「我家有四個孩子，我還有兩個姐姐一個哥哥，我最小，妳家呢？

訂票的時間妳說妳家在西安的一所大學裡，妳家在西安哪所大學裡？是西安交通大學嗎？妳兄妹幾個？」

「我家在哪所大學我不告訴你，你去了我家就知道了，我還有一個妹妹。」楊如菡笑著說道。

「妳妹妹叫什麼名字？」

「我妹妹叫楊如苕！」

聽了楊如菡說她妹妹叫楊如苕，姬遠峰明白了楊如菡姐妹兩名字用的字是「菡苕」這兩個字，姬遠峰想開個玩笑說妳妹妹怎麼叫楊如蛋呢，一想這個玩笑有點俗，他忍住了沒有說。「妳妹妹的名字也很好聽，妳爸爸媽媽不愧是大學老師，妳和妳妹妹的名字都是連著的用字，意思也很好，妳妹妹比妳小幾歲？也上大學了吧？」

「我妹妹比我小兩歲，但她只比我低一級，她在上海交通大學上大學。」

「哦，看起來家庭環境還真的很重要，我們一個村子裡幾十年了也只有兩個濱工大的學生算是名牌大學的大學生，妳家一下子就兩個名牌大學的學生！」姬遠峰笑著說道。

「我妹妹比我學習好！」楊如菡說道。

「嗯……，妳妹妹比妳小兩歲，但只比妳低一級，那今年上大三了……，我會算卦，我能算出妳和妹妹的年齡來，妳信不信？」姬遠峰故作神秘地微笑著對楊如菡說道，楊如菡微笑著搖搖頭表示不相信。姬遠峰裝模作樣地用手指頭掐掐算算，然後對著楊如菡說道，「妳今年二十二歲了，妳妹妹二十歲，對不對？」

楊如菡有點吃驚，「你怎麼知道我和我妹妹歲數的，你是不從其他地方知道我歲數的？」楊如菡問道。

「我怎麼會知道妳歲數呢，我又沒有問過妳的歲數，妳們女生的年齡都是秘密，估計問妳也不會說，妳也沒有給我說過，我是掐算出來的。」姬遠峰得意地一笑，「咱們系同學大多數是十九歲考上大學的，少部分是十八歲考上大學的，其他歲數考上大學的有，但相對比較少。

我就是十八歲考上大學的，在系裡年齡比較小，在我們宿舍已經排行老七了，我猜妳很有可能是十九歲考上大學的，妳妹妹比妳小兩歲，但低一級那很有可能和我一樣，也是十八歲考上大學的，如果妳是十八歲考上大學的，妳妹妹就是十七歲考上大學的，十七歲考上大學雖然有畢竟比較少，所以我就猜妳是十九歲考上大學的，妳妹妹是十八歲考上大學的，今年妳不就是二十二歲了，妳妹妹二十歲了嗎，不知道我猜得對不對。」姬遠峰微笑著說道。

「你還真不笨，還真讓你猜對了。」楊如菡微笑著說道。

「那是，我很聰明的，我是我們初中那屆學生中惟一考上當地第一中學的，我和妳妹妹都是十八歲考上大學的，看來我和妳妹妹都比妳聰明那麼一點點了。」姬遠峰笑著說道。

「我妹妹是個機靈鬼，她腦子比我靈活多了。」楊如菡說道。

「看來妳妹妹真的是個機靈鬼，她上的上海交大不錯，上海地方也好，我來回轉車都在北京和天津，還沒有去過上海，只能盼著工作了有機會出差去玩玩了。」

「你工作找到煙臺了，是嗎？」楊如菡問道。

「嗯，我和班長、還有孫睿我們三個都去了煙臺的公司，我記得妳好像沒有找工作，是嗎？」姬遠峰說道。

「嗯，我沒有找工作。」

「我是說假設，假設妳研究生沒有考上，那妳不打算找工作嗎？」姬遠峰問道。

「等研究生成績出來了再說吧，我暫時還沒有工作的想法。」

「哦，時間真快，我還清楚地記得我第一次來學校的情景，我哥哥送我到西安，路過你們陝西彬縣的時間，在城邊的一大片棗樹林停車休息，農民都在打棗子，我還喫了一些，沒想到這麼快就要畢業了。」

「我是我爸爸送我去學校的，媽媽當時在家裡給我妹妹做飯，我妹妹那時間已經高三了，學習很緊張，假期裡也補課，媽媽脫不開身送我。」

「妳家西安挺好的，離我家也近，我當時找工作的時間一心想往西安找，不過西安的單位來咱們學校招聘的不多，我找到了一家西安的電力設計院的招聘信息，我打過電話，人家只要研究生，可惜我只是個本科生，就沒戲了。」

「小峰，聽你的口氣，其實你真的很想考研究生，你沒有想過上班了再考研究生嗎？」楊如菡問道。

「從來沒有想過，以我家的習慣，我畢業後很可能很快就結婚生孩子了，再考研究生更是無從談起了。」

「結婚生孩子！好遙遠的事情啊！你怎麼這樣說？你有女朋友了？」楊如菡驚訝地問道。

「嗯，我不是有女朋友了，我已經訂婚了，有未婚妻了，我們農村從小有給孩子定親的習慣，我還算優秀，高中畢業考上大學後就有女生的家長託媒人到我家來提親，我爸爸就給我訂了一門親事，我的未婚妻眼睛大大的，還很漂亮。」姬遠峰一本正經地說道。

「你有未婚妻了？真的假的？」楊如菡吃驚的表情令姬遠峰差點忍不住自己嚴肅的表情了。「怪不得大學都快畢業了也沒有見過你和哪個女生在一起，不過那你為什麼還讓我給你撮線？」楊如菡疑惑地問道。

姬遠峰吃吃笑出了聲，他得意地看著楊如菡，楊如菡知道自己上當了，她小聲說道，「你，小峰，真討厭！」

「我雖然沒有訂婚，也沒有女朋友，但畢業後很快結婚生孩子卻是真的，我家農村有早婚早育的習慣，我兩個姐姐和我哥哥結婚都很早，我十有八九也會這樣。對了，上次讓妳給我撮線呢，這都快要畢業了，妳給我撮的線在哪呢？」姬遠峰笑著說道。

「這次你沒有騙我吧！」楊如菡看著姬遠峰微笑著說道。

「這次我沒有騙妳，我說的是真的，我大姐書沒有讀出來，二十歲一到法定結婚年齡就結婚了，我二姐和我哥哥由於復讀纔考得中專技校，他們上學也很晚，畢業時已經二十二三歲了，他兩一畢業很快都就結婚了，否則可能結婚得更早，我明年畢業的時間已經二十二歲了，估

計和他們差不多一樣很快也就結婚了。」

「你說你姐姐和哥哥一畢業就結婚了，看來你爸爸媽媽不反對你在學校裡談戀愛了？」楊如蔥問道。

「我不知道，我爸爸從來沒有和我說過這事，但直覺告訴我爸爸不反對，要不我哥哥姐姐怎麼一畢業就結婚呢？」

「那你怎麼沒有在學校裡談一個呢？」楊如蔥微笑著問道。

「妳說的我那麼醜，有哪個女生能看上我啊！」姬遠峰笑著說道。

楊如蔥一聽也笑了，「你還沒有女朋友，畢業了你和誰結婚啊？」

「我很可能到了工作的城市就談女朋友了，談得差不多就結婚了！」姬遠峰說道。

「時間那麼短你不怕了解不多，感情不深婚後矛盾很多嗎？」楊如蔥說道。

「所以我纔讓妳給我搭線呢，妳到現在了也沒有動靜，我畢業了沒有結婚的女生妳要負責哦！」姬遠峰笑著說道。

「那你還是到了煙臺再去找吧，我這裡沒有女生看上你。」楊如蔥說著用手捂上了自己的嘴。

姬遠峰做了一個生氣的表情，笑著問，「那次上課的時間妳把我畫的那麼醜，我真有那麼醜嗎？」

「你比我畫的還醜！」楊如蔥說著又用手捂住了自己笑著的嘴。

姬遠峰使勁的皺了皺眉頭，做了一個生氣又無可奈何的表情，「楊如蔥，妳光問我是否有女朋友之類的，我還沒有問妳有沒有男朋友呢，不過我猜妳十有八九已經有男朋友了，不知道我猜得是否正確。」姬遠峰笑著說道。

「我不告訴你。」楊如蔥說著用手捂住了自己的嘴。

「那我知道了，妳肯定有男朋友了！」姬遠峰說道。

「為什麼？」楊如蔥問道。

「因為咱們濱工大女生太少了，即使再醜的女生也有好幾個男生追求，所以我肯定妳也有男朋友了。」姬遠峰說完一臉壞笑。

「你，討厭，小峰！」楊如菡做出一副生氣的樣子說道。

姬遠峰聽了得意的笑了起來，「妳英語六級考得怎麼樣？我考的時間看妳也在另外一個考場，妳考了幾次了，我是第三次考了，但願這次能通過，通不過就沒有機會再考了，不過通不過也沒有關係，我工作已經找好了。」

「我報名了三次，但有一次沒有去考試，這次考得怎麼樣不知道，我每次都差一兩分。」楊如菡回答道。

「但願這次英語六級我能通過，妳還是差一點點，最好差零點五分，這是對妳說我醜的報復！」姬遠峰說著又露出了壞笑，同時做一個鬼臉給楊如菡。

楊如菡又做出一副生氣的表情，小聲說道，「你，小峰，最討厭了！」

喫飯的時間他們兩人每人泡了一桶方便麵，楊如菡要把撕開的調料包收起來準備扔到車廂接頭處的垃圾桶裡，姬遠峰有點不好意思了，長這麼大除了兩個姐姐從來還沒有女生替他幹過活，他趕忙攔住了楊如菡，自己去扔掉了垃圾，給自己和楊如菡的泡麵分別接了開水。楊如菡不解地問，「怎麼了，你為什麼連垃圾都不讓我扔，是自己剛上車時說的自己不會照顧人嗎？」「不是，不習慣而已，除了我姐姐外還沒有女生替我幹過活，妳要是男生，我兩只能猜大小誰輸了誰去幹活了。」姬遠峰笑著說道。

火車已經過了北京，在華北平原上奔馳，早晨姬遠峰早早地醒了過來，靠著車窗的楊如菡還在睡鄉。姬遠峰聽到了楊如菡輕輕均勻的呼吸聲，幾束頭髮散落在潔淨的面龐上，摘下來的粉色金屬框的眼鏡放在手邊的小桌上，一個安靜祥和的少女。姬遠峰想起了《圍城》中的一段描寫，多麼相似。方鴻漸看到睡鄉中的孫柔嘉，睡眠把她的臉洗濯的明淨滋潤，一堆散髮不知怎地覆在她的臉上，鼻尖上的髮梢隨著鼻息起伏，看著替她臉癢，讓人有伸手替她掠好的衝動。姬遠峰不敢起身動作，他

怕吵醒了楊如菡，透過窗簾的縫隙，一縷縷晨曦照射在小桌和楊如菡的臉上。這是姬遠峰第一次和一個女生一起坐火車長途旅行，有人陪著說話挺好，就是自己有點拘束而已，生怕一不小心就會碰到楊如菡的身體了。他想起了《圍城》中的另一個情節，方鴻漸看到孫柔嘉燈光下熟睡的臉，孫柔嘉的眼睫毛仿佛微動、呼吸忽而短促、臉也像在泛紅，方鴻漸心虛趕緊假裝睡著，惶恐了半天。自己當然沒有方鴻漸那樣的心態，都說女生是害羞內斂的，對異性的戒備心理很強，第一次有一個女生在自己的身邊安靜踏實地熟睡，還是讓姬遠峰感覺有點異樣。

　　姬遠峰想起了岳欣芙，已經二年半了自己在校園裡特意避免和其他女生走的太近免得岳欣芙看到產生誤會，但昨天岳欣芙還是看到自己和楊如菡一起回家了，岳欣芙會不會產生誤會。自己特意說和楊如菡只是同路，但這話其實有點多餘，有點此地無銀三百兩的味道，不同路怎麼會相約一起回家呢。自己送岳欣芙生日禮物的時間她還說有機會的話一起到西北來看沙漠戈壁的，三年過去了，岳欣芙已經保送了研究生，自己卻要去工作了，找工作的經歷讓他感覺到了研究生的確比本科生有更大的優勢，有些好一點的單位指明只招研究生，比如西安的那家電力設計院，姬遠峰陷入了沉思。

　　「小峰，你在想什麼？」楊如菡的聲音打斷了姬遠峰的思緒。
　　「沒有想什麼，妳什麼時間醒的？」姬遠峰回答道。
　　「還說沒有想什麼，我醒過來有一會了，你聚精會神地在想什麼，我看了你好幾眼你都沒有發現。」
　　姬遠峰不好意思地笑笑，「妳醒了先去洗漱一下吧，然後我也去洗漱一下，我兩喫點早飯吧！」
　　「你早醒了還沒有洗漱？」楊如菡說道。
　　「我醒來時週圍旅客都在睡覺，自己進進出出怕影響到別人。」姬遠峰說道。
　　他兩一邊喫早飯一邊聊天，「你剛纔想什麼了，想的那麼著迷，我

醒來有一陣子了你都沒有發覺。」楊如菡又問道。

「我想起小說《圍城》中的主人公旅行的情節了，妳看過《圍城》嗎？」

「我很早以前看過，故事情節都忘的差不多了。」

「我剛纔想的就是那本書中的故事情節，這次妳和我一起回家，我總是不由自主地想起這本書中的主人公方鴻漸和三四個未來的同事結伴從上海到內地湖南旅行的情節，李梅亭一個大學教授竟然避開旅行的同伴藏在墻角偷著喫紅薯，用名片去唬公路站站長等等，特別有趣。」

「可惜我忘記的差不多了。」

「我包裡就有一本《圍城》，喫過早飯拿出來妳看吧。」

「你看過了回家還帶著？」楊如菡問道。

「《圍城》是我最喜歡的書了，甚至比《三國演義》還喜歡，我已經完整地看過好幾遍了，平時翻著看的次數就更多了，平時就放在枕頭邊，沒事的時間我就隨手翻翻，好多情節我都記下來了，而且每次回家我都帶著，打發時間。而且這本書還是在妳老家西安買的，我第一次去濱工大的時間無意中在西安火車站買的，妳喜歡看什麼書？」

「我平常喜歡看雜誌，古典名著喜歡看《紅樓夢》。」

「雜誌我也喜歡看，不知道妳喜歡看什麼雜誌，我看的都是軍事艦船旅遊攝影畫報之類的，《紅樓夢》還是妳看吧，我翻著看過，看不下去，強迫自己看了十多頁最後還是放棄了。」

喫過早飯，姬遠峰拿出來了那本《圍城》，指到方鴻漸、趙辛楣、孫柔嘉、李梅亭等一行五人赴三閭大學的情節讓楊如菡看，他則換到窗戶邊靜靜地向外看冬日荒冷的華北平原與中原大地。

「這本書太好看了，假期你能借給我讓我再看看嗎？」看了一會兒，楊如菡問姬遠峰道。

「當然可以了，我都看過好幾遍了，帶回家只是用來解悶的。」

這趟火車下午到了西安火車站，姬遠峰要回家只能坐夜班汽車了。

在火車上楊如菡再次邀請姬遠峰去她家所在的學校住一宿，第二天白天坐車再回家去。姬遠峰想想坐夜班汽車的確危險，既然楊如菡已經主動邀請了，那就在楊如菡家所在的高校住一宿吧。

楊如菡的爸爸和妹妹楊如菭來接楊如菡了，在火車上姬遠峰只聽楊如菡說自己還有個妹妹，在上海交大上大學，但姬遠峰並不知道楊爸爸和妹妹會來接楊如菡，因為自己來回學校除了第一次去學校哥哥送他到西安以外其餘時間從無人接送。楊如菡爸爸見到姬遠峰心中一愣，楊如菡打電話只是說和鄰省的一個同學一起回家，她的同學第二天早晨坐汽車回家，讓爸爸在自己的大學找個宿舍住一宿，楊爸爸沒有問就找了一個女生宿舍。楊如菡以前大多數時間都是和周燕一起回來，有男生也都是西安本地的男生，也從來沒有來過自己家，這次怎麼和一個鄰省的男生一起回來了，這是變相的帶著男朋友回家見爸爸媽媽嗎？楊爸爸心中有疑惑，多注意看了姬遠峰幾眼。

楊如菭小姐姐兩歲，但只低一級，今年上大三了，與她姐姐性格相反，楊如菭性格活潑，經常拿她姐姐取笑。妹妹在來接姐姐前並不知道姐姐會和一個男生一起回家，她起初以為是和女同學搭伴回家，姐姐西安的男女同學很多，以前都是結伴回來，沒有想到這次竟然是一個男生，而且還是鄰省的，姐姐為什麼不和一個系的西安的同學一起回來呢，而且以姐姐的性格從來沒有帶男同學到自己家。「哦，明白了。」楊如菭心中暗笑。

見到姬遠峰的第一面妹妹就對姬遠峰的捲髮很感興趣，感覺長到自己的頭上纏有味道，為什麼黑亮踡曲的頭髮長到了一個男生的頭上呢。趁著姬遠峰和楊爸爸在前面拉著行李走，妹妹拉著姐姐慢走了幾步，悄悄的問，「姐姐，這個捲毛是誰啊，是不我要叫姐夫啊！」楊如菡臉紅了，「別胡說，我兩只是同學，我兩一個專業，他叫姬遠峰，我們都叫他小峰！」妹妹哦了一聲，做了一個鬼臉，壞笑了一下。

到了楊爸爸的學校，楊爸爸一定要姬遠峰去家裡喫晚飯，姬遠峰覺得坐了兩天火車了，長途旅行灰頭土臉的，本不想去，說自己直接去男

生宿舍就行，但楊爸爸堅持，楊爸爸雖然是大學老師，人卻很和藹。楊如菡也勸姬遠峰去她家，姬遠峰覺得再堅持有點不禮貌了，只好跟著楊爸爸一起去了楊如菡家。到了楊如菡家的樓下，姬遠峰看到了一株高大的芭蕉樹，還有爬山虎把整棟樓的山牆幾乎包裹了起來，只是現在是冬天，爬山虎全是乾枯的。雖然現在是冬天，但芭蕉樹還是蔥綠色的，姬遠峰心想，中國的氣候差異真的很明顯，自己家離涇川縣只有七八十公里，涇川有柿子樹，西安離自己家只有三百公里，這裡有芭蕉樹，而自己老家柿子樹、芭蕉樹都沒有。雖然有棗樹，但很矮小，結的棗子也都很小，而陝西的棗卻全國有名，真是十里不同天啊。

進了楊如菡家，楊媽媽從廚房裡出來了，看到姬遠峰也是一愣，姬遠峰問聲阿姨好，楊媽媽說快坐下喝杯水吧，又去廚房忙活去了。

楊如菡給姬遠峰倒了水，端來水果後就迫不及待地跟爸爸媽媽說，她要洗澡了，長途旅行讓她已經受不了了，然後去衛生間洗澡去了。楊爸爸在打電話，讓寒假留校沒有回家的男生找一個男生宿舍的床位，姬遠峰聽出來楊如菡並沒有告訴爸爸媽媽和她一起回家的是個男生，楊爸爸以前找了一個女生宿舍。楊爸爸詢問姬遠峰的家庭情況，爸爸媽媽都是幹什麼的，家裡有幾個孩子，都上了什麼學，姬遠峰考研究生了沒有之類的。暖氣很熱，姬遠峰穿著羽絨服感覺更熱，他覺得很拘束。楊爸爸讓他脫了外套，他拘束地沒有脫，說不熱，一會就去學生宿舍了。姬遠峰覺得自己和楊如菡妹妹說話可能更自然一點，因為都是大學生，共同話題多一點，但楊如菡妹妹靜靜地坐在一邊聽爸爸和姬遠峰聊天，或許妹妹看爸爸在和姬遠峰說話，出於禮貌也不插嘴。不時進廚房看一眼，廚房並不大，楊媽媽還是讓她出來到客廳呆著。

姬遠峰知道楊媽媽飯快做好了，並且是特意做的好一點的菜，楊如菡遠道從哈爾濱回來，楊如菡妹妹從上海回來，一家人半年了第一次一起喫飯，自己一個外人在別人家的團圓飯上一起喫飯，感覺很彆扭。他想去宿舍，但楊如菡在洗澡沒人帶他去，他當然不好意思讓楊爸爸帶著去了。而且他知道楊媽媽快做好飯了，以自己家的習慣，自己家做好了

飯客人強行離開那是很不禮貌不尊重主人的做法。

　　一會兒楊如菡洗完澡出來了，濕漉漉的頭髮披在肩上，秋衣外面穿著一套睡衣，苗條的身材隱約可見，洗澡的蒸汽讓她的臉色白裡透紅，精神了許多。楊爸爸可能覺得楊如菡這種隨意的穿著在姬遠峰面前不合適，他抬頭看了楊如菡好幾眼。姬遠峰也感覺自己呆在楊如菡家這種隨意的家庭氛圍中不合適，他趕忙說，「叔叔，能讓楊如菡帶我去宿舍嗎？」楊爸爸說，「飯都好了，喫過飯了再讓如菡帶你去吧。」楊如菡看出了姬遠峰的拘束，他還穿著羽絨服，楊如菡讓姬遠峰脫了羽絨服，姬遠峰一下感覺舒服了許多，有楊如菡在客廳一起呆著他也感覺不那麼拘束了。

　　開始喫飯了，姬遠峰不知道該怎麼做，他寒假去過黎春蓴家，但他和黎春蓴很熟，去黎春蓴家喫的也是便飯，黎春蓴性格很開朗，不停地說笑，他沒有感覺到很拘束。在楊如菡家怎麼這麼拘束呢，他不知道如何下筷。楊如菡一家都看出了姬遠峰的拘束，不停地讓姬遠峰自己夾菜，姬遠峰還是很拘束，只喫自己跟前的一兩樣菜。楊媽媽和楊如菡都給姬遠峰碗裡夾菜，楊如菡每給姬遠峰夾一下菜，楊爸爸楊媽媽還有楊妹妹就看一眼楊如菡和姬遠峰，姬遠峰感覺到自己喫了長這麼大以來最拘束的一頓飯。

　　喫完飯後楊爸爸還讓姬遠峰繼續坐了一會兒，等楊如菡的頭髮乾些了再帶著姬遠峰去男生宿舍。這時候楊如菡和爸爸發生了一場爭論，是關於大學生是否應該談戀愛的話題，楊爸爸堅持說大學生就應該專心學習，不應該談戀愛。楊如菡則堅持說大學生談戀愛並沒有錯，古代女子十三四歲就結婚了，現在男女法定結婚年齡是二十二歲和二十歲，大學生畢業大多都超過法定結婚年齡了，不談戀愛怎麼結婚呢。楊爸爸和楊如菡爭論越來越激烈，姬遠峰知道楊如菡性格內向孤傲，上下課經常一個人來去，上自習也是一個人，這點倒有點像自己，從來說話不多但很有主見。自己從來沒有見過楊如菡和別人發生爭論，看來性格孤傲的人都一樣，都有倔強的一面。而楊媽媽和妹妹也不插話，好像非要父女兩

爭個結果出來一樣，姬遠峰感覺有點尷尬，不知道這父女兩為什麼當著自己一個外人如此爭論，在自己家裡絕對不會這樣。

好不容易父女兩的爭論結束了，楊如菡帶著姬遠峰去男生宿舍，下了樓，姬遠峰長出一口氣，感覺好像解脫了一樣，「你在我家那麼緊張幹什麼？」楊如菡問姬遠峰道。

「我也不知道，我也不想緊張，但不由自主地緊張，妳為什麼要和妳爸爸發生爭論呢，在我家我爸爸說什麼就是什麼，有些事我可以不聽他的話，可以偷著做，但從來不敢當面和爸爸發生爭論。」

「我覺得我爸爸說的不對，所以就爭論起來了，我家和你家不一樣，看來你家家長製比較嚴重。」楊如菡笑著說道。

「妳說的對，我家完全是家長製，爸爸一言九鼎，說一不二，我回家也很拘束，每次回家和爸爸見面聊過天之後，我就四處瞎逛，或者看書，不會和爸爸待在一起，甚至晚上也不一起看電視。」

「你不會也這樣吧，將來在自己家裡一言九鼎，容不得別人說話！」楊如菡微笑著說道。

「那怎麼會，我都上學這麼多年了，這點民主精神還是有的。」姬遠峰說道。

楊如菡送完姬遠峰回到家，爸爸媽媽讓她睡一會再出來聊天，坐了兩天車，回家洗完澡後也沒有休息，楊爸爸和楊媽媽兩人出去遛會彎。楊如菡惦記著《圍城》裡唐曉芙和方鴻漸的愛情呢，躺了一會就爬起來在被窩裡繼續看書了，想一會等爸爸媽媽散步回家了自己再出去和爸爸媽媽妹妹聊天。妹妹一個學期沒有和姐姐聊天了，姐姐喫過晚飯已經睡了一個小時了怎麼還沒有醒來，爸爸媽媽出去散步回來都等著她呢。妹妹輕輕地推開了姐姐臥室房門，躡手躡腳地走了進去，妹妹看到姐姐在看書，妹妹好奇姐姐看什麼書竟然不睡覺也不出來和爸爸媽媽聊天，伸手把書搶了過來，合上書看了一眼封面，翻了一頁就看到了扉頁上的筆跡，「一九九六年秋購於西安火車站，姬遠峰」。妹妹尖聲的叫了起

來，故意讓爸爸媽媽聽見，「啊，姐姐在看《圍城》，還是剛纔來咱們家的捲毛的書！姐姐，妳到像是蘇文紈，可方鴻漸喜歡的是唐曉芙，妳要有兩張面孔就好了，捲毛逃不出妳的五指山！」邊說拿著書跑出了楊如菡的臥室，把書給了爸爸媽媽看。楊如菡跟著追了出來，假裝生氣要打妹妹，滿臉緋紅。妹妹躲到媽媽一邊做求饒狀，爸爸看了一眼書名和筆跡，把書還給了楊如菡，楊如菡的臉更紅了，幾乎脖子都紅了。

「如菡，妳是不和那個男生在談戀愛？」楊爸爸問楊如菡道，媽媽和妹妹都在一邊笑瞇瞇地看著楊如菡。

「沒有。」楊如菡紅著臉說道。

「不可能，姐姐，妳以前從來沒有帶著男生到咱們家，更不要說單獨帶著男生來咱們家了。」妹妹笑著插嘴說道。

「沒有，就是沒有！」楊如菡對著妹妹說道。

「不可能，姐姐，妳啥時間給我碗裡夾過菜！」妹妹嬉笑著說道。

「沒有，就是沒有！」楊如菡滿臉通紅，衝著妹妹說道，看的出來楊如菡有點生氣了。

「好了，好了，別說了！如菡，沒有就沒有，妳非要妳姐姐承認什麼，不就是和男同學一起回家順道到咱們家來了一次，妳父女兩非逼著如菡承認什麼，如菡以後還敢不敢和男同學正常交往了。如菡，妳回來路上順利不？研究生考得怎麼樣？」楊媽媽插話了。

第二天早晨姬遠峰起床後打算去喫點早飯，然後坐長途汽車回家去，他在想自己大清早起床喫過早飯就回家了，給楊如菡一家連個招呼都不打就走了，那太沒禮貌了。去打個招呼說聲謝謝吧，說不定楊如菡一家還沒有起床呢，打擾楊如菡一家人休息，那樣更不好。自己坐公交車大概一個多小時到了西安長途汽車站，然後找個公用電話給楊如菡家打個電話說聲謝謝，自己在校園裡不當面去道謝而是離開後再打一個電話，那也沒有禮貌。姬遠峰想好了，喫過早飯後在校園裡轉轉，看看這個漂亮的校園，回到宿舍呆到九點左右去楊如菡家打個招呼，說聲

謝謝再回家，反正自己家離西安不遠，九十點以後坐汽車下午也早早
到家了。

　　姬遠峰出了樓，他看到楊如菡已經在樓下等著他，楊如菡告訴姬遠
峰，爸爸讓姬遠峰去她家裡喫早飯。雖然覺得很打擾楊如菡一家人，但
楊如菡已經專門等著自己了，而且去楊如菡家順便還能表示一下感謝，
姬遠峰又去了楊如菡家喫早飯。喫過早飯，姬遠峰向楊如菡一家道過
謝，楊如菡送姬遠峰上了公交車，姬遠峰去汽車站坐長途汽車回家去。
在路上姬遠峰感覺很是過意不去，這次太打擾楊如菡一家了，連早飯都
去了楊如菡家喫，早知道這樣，自己就應該坐夜班車直接回家去。

四

　　姬遠峰回到了家裡，一切如舊，自己的工作現在是家裡的頭等大
事，姬遠峰主動給爸爸媽媽說了自己簽約的那家公司情況，當然姬遠峰
只能是把公司招聘海報上的資料給爸爸複述了一遍，那家公司真實情況
是否如宣傳的一樣姬遠峰根本無從知道。爸爸沉思了一會，對姬遠峰說
道，「你找的這家單位雖然城市和單位名聲都不錯，但工作性質卻不適
合你。你從小到大只知道學習，性格安靜，言語稀少，也很少喝酒，一
喝就醉，頻繁出差根本無法照顧家裡，我當時在新疆當兵的時間你媽媽
一個人在家裡帶著你們兄妹幾個艱辛備嘗，你回到學校了看有更合適的
單位換一家單位吧，開學的時間多帶幾千塊錢，要交違約金交就行了，
不要心疼錢，工作重要。」

　　姬遠峰雖然有點不願意放棄百萬富翁的夢想，但想到爸爸說的有道
理，自己本來不想做銷售工作，只是一衝動和那個處長較起真來了，弄
到最後只能將錯就錯了，現在既然爸爸支持自己換工作，違約金已經有
著落了，那回到學校後自己就換一家單位吧。

　　「你雲南同學給你寫信說的那個叫岳欣芙的卜魁的女孩子工作找到
哪了？」爸爸突然問姬遠峰這麼一句。

　　姬遠峰一愣，兩年半了，自從大一暑假回家爸爸問過一次岳欣芙的情況外，自己跟爸爸媽媽再也沒有說起過岳欣芙的話題，爸爸竟然連岳欣芙的名字都記住了，「她沒有找工作。」姬遠峰回答道。

　　「她怎麼沒有找工作？」爸爸有點吃驚地問道。

　　「她保送研究生了。」姬遠峰說道。

　　「哦……，看來那個女孩子學習比你還好了！」

　　「嗯。」姬遠峰明白爸爸這句話的意思，在爸爸的心目中男的找媳婦最好找一個學習和工作能力比男的差一點的女生，家庭結構纔穩定，爸爸和姬遠峰聊天的時間也曾多次說過類似的話，所以爸爸纔說這麼一句話。但在姬遠峰的心目中，自己在大學裡只是沒有認真學習而已，雖然岳欣芙的確很優秀，但並不是自己就比岳欣芙差，但姬遠峰不敢給爸爸說自己沒有認真學習的話。而且姬遠峰不樂意和爸爸繼續岳欣芙的話題，只要提起岳欣芙，姬遠峰心裡就難受，他想讓爸爸盡快結束關於岳欣芙的談話。

　　「你那時間想考研究生是不是因為那個女孩子保送研究生了纔想考的？」爸爸問道。

　　「不是，是我自己想考的，我想考研究生是在我們系保送研究生結果出來之前，而且我想考的是華北電力大學電力系統專業的研究生，畢業了好進入電力局工作，和我卜魁的那個女同學不是同一個學校。」

　　「能保送研究生肯定平時學習就比較好，能不能保送平時都應該知道的吧！」爸爸說道。

　　「嗯。」

　　「你和那個女孩子還在一起嗎？一起上大學都三年半了，也快畢業了，感覺好的話就帶回來見見你媽媽和我，不過你剛纔說了那個女孩子上研究生了，還要上兩年學，畢業了不知道能不能和你在同一個城市，而且人家上學的檔次也比你要高似的。」爸爸說道。

　　「爸爸，我兩早就不在一起了。」姬遠峰知道自己和岳欣芙從來就沒有在一起過，但爸爸這樣說，他順著爸爸的話就說下來了，他不想自

己說的話和爸爸用的詞語不一樣，免得爸爸發現什麼破綻，問起他和岳欣芙之間的詳情來，姬遠峰只想盡快結束和爸爸關於岳欣芙的談話。爸爸雖然只上過初中，後來當兵，轉業後一直在鄉政府工作，呆在西北的農村幾十年了，對一些新事物不了解，但爸爸人極聰明，經常能從對方的話中聽出弦外之音。爸爸問別人一些話的時間其實是想知道其他事，就是通常所說的旁敲側擊、聲東擊西，並且很容易抓住別人說話中的漏洞。爸爸人也很嚴肅，平常不和孩子們說很多話，說話都是說一些正經事，姬遠峰和爸爸每次說話都小心翼翼，生怕自己說漏嘴了被爸爸抓住把柄。

「你是不是因為人家保送研究生了而你沒有考研究生纔不和人家在一起的？爸爸知道你的性格。」爸爸說道。

「沒有，爸爸，大一暑假爸爸您就問過，那時間我兩就不在一起了。」

「我還以為你兩一直在一起呢，只是不願意給家裡說而已，當時你剛上大學，我對你談對象並不反對，但並不想讓你把女孩子太早帶回來見你媽媽和我，怕你們時間長了合不來又分開，讓村子裡人知道你談個對象換來換去的，影響不好。我原來想說現在已經開始找工作了，如果你兩還在一起就盡量把工作找到一個城市，兩地分居不好，那個女孩子已經上研究生了，你兩已經不在一起了那就算了。」

聽了爸爸這話姬遠峰明白了，原來爸爸怕自己過早把岳欣芙帶回家見爸爸媽媽纔一副不聞不問的樣子，其實爸爸兩年多了心中一直記著這件事情，「爸爸，我兩早就不在一起了。」姬遠峰說道。

「既然沒有認識的女孩也好，在學校裡認識的女孩畢業時分配不到一個城市也很麻煩，你馬上就畢業工作了，畢業時也二十二歲了，虛歲都二十三了，年齡不小了，到工作的城市該談對象就談，談一兩年結婚也已經二十三四了，你哥哥姐姐都這個年齡結婚的，你不能太晚。」姬遠峰知道爸爸說話的習慣，他所說的認識女孩就是談女朋友的意思，爸爸老一輩人從不會說交女朋友這類話，最多說談對象，在一起之類的。

「哦，知道了。」姬遠峰回應道，但心裡卻想，要是自己現在和岳欣芙在一起多好啊，爸爸已經主動要求自己帶岳欣芙回家見爸爸媽媽了，現在大四第一個學期已經結束了，岳欣芙也已經保送研究生了，不知道岳欣芙還記得她曾經說過的大三大四再開始的話不。

岳欣芙這個寒假裡心事重重，在家裡呆的百無聊賴，保送上了研究生雖然令她很高興，但她早知道自己會被保送的，一點也不驚喜了。姬遠峰和楊如菡一起拉著行李箱回家的鏡頭怎麼也在腦海中揮之不去。分專業已經一年半了，她和姬遠峰不是一個專業，她和姬遠峰碰面的機會比以前少多了，但同宿舍和姬遠峰一個專業的三個女生從來沒有說起過姬遠峰和楊如菡談朋友的事，自己也從來沒有見到過姬遠峰和其他女生在一起的情景。但正如自己和姬遠峰一樣，或許姬遠峰和楊如菡的感情也是偷偷地在地下運行，同學們之間的感情在正式公佈之前都是這樣長時間進行的，這令她尤其煩躁不安。她給爸爸媽媽說準備畢業設計的事，提前幾天返回了學校。

岳欣芙時不時注意著相鄰不遠的楊如菡是否也返回了學校，她每次經過楊如菡宿舍的時間只要門開著都忍不住向裡看一眼，甚至沒什麼事也要不經意地走過楊如菡的宿舍門口，看看楊如菡是否返回了學校。晚飯後她再次經過楊如菡宿舍的時間看到楊如菡正背對著身整理床鋪和行李，岳欣芙不由自主地走了進去，看到幾盒陝西特產和那本熟悉的《圍城》放在桌子上，可能時間太長了，精裝書的腰封已經不見了。

「如菡，妳回來順利嗎？妳一個人回來的嗎？」岳欣芙邊說邊翻看了一眼那本《圍城》，她想確認那本書是否是姬遠峰的，但翻開第一頁就看到了那熟悉的字跡，這讓她有點不舒服。

聽到有人和她說話，楊如菡回過頭，看見了岳欣芙，說道，「妳早回學校啦！我回來路上挺順利的，我和姬遠峰一起回來的。」看到岳欣芙翻看那本《圍城》，楊如菡接著說，「這本書也是小峰的，在我家和特產一起裝到行李箱裡面了，不方便拿，沒有還給小峰，一會喫飯我

一起送給他，特產還有，妳拿一盒吧！」楊如菡接著低頭整理自己的床鋪。

聽到楊如菡親切的稱姬遠峰為小峰，岳欣芙有點泛酸了，聽到我家二字時岳欣芙心中咯噔一下，姬遠峰去了楊如菡家？見過了楊如菡的爸爸媽媽？她的思緒有點緊張了，「姬遠峰去妳家玩了嗎？」岳欣芙問道。

「去了，我妹妹覺得小峰的捲髮很好玩，也挺喜歡他的捲髮，只想長到她自己頭上。」楊如菡低著頭邊整理床鋪邊說。

岳欣芙再也沒有心情繼續說下去了，「妳忙吧，一會食堂要關門了，我走了。」岳欣芙說道。

「沒關係，一會我們去小飯店喫，妳帶盒特產吧！」楊如菡說道。

「不了，謝謝，妳留給妳們宿舍室友吧！」岳欣芙邊說邊走出了宿舍。楊如菡看著岳欣芙出了自己的宿舍，她隱約覺得岳欣芙很關注姬遠峰。

回到宿舍，岳欣芙只覺得胸口堵得慌，週圍一片黯淡，抬頭看到姬遠峰送她的那個鬧錶在書架上嘀嗒嘀嗒不緊不慢地走著，她拿起鬧錶想扔進垃圾筐，可卻捨不得，又放回了書架。她的心緒很亂，不知道自己想做什麼，拉開了被子躺下了，走廊裡有腳步的聲音，那可能是楊如菡出去和姬遠峰喫飯去了。

姬遠峰喫完飯帶著楊如菡給他的西安特產回到宿舍，隱隱覺得有點不安，自己並沒有想起來給楊如菡帶特產，而楊如菡則帶了特產給自己。楊如菡和他親近的感覺有點超越了同學間的關係，雖然他不反感楊如菡和他親近，還有點喜歡，但總覺得不安。也許自己想多了，自己只是一起和楊如菡順道回了一趟家而已，這是男女同學間常有的事。楊如菡爸爸媽媽都是大學老師，楊如菡一向心氣很高，和她們宿舍的女生很少一起行動，都是獨來獨往。自己學校的女生這麼少，三年半了不可能沒有男生追求她，自己從來沒有見到過她和其他男生在一起過，她喜歡自己哪點呢？自己和她也只是分專業後在一個小班了纔逐漸熟悉起來

了，快畢業了，楊如菡考了研究生，路上也說過即使考不上也沒有工作的打算，而自己已經找定了工作，自己和楊如菡不可能走到一起的，楊如菡自己也明白這點，自己想多了而已，想到這姬遠峰有點釋然了。

　　連續幾天岳欣芙心緒亂極了，畢業設計已經開始了，但她沒有心思去做，她終於想明白了，姬遠峰一定和楊如菡發展到一定階段了，只是隱瞞著同學而已。西安的同學那麼多，同一個系的女生也有好幾個，楊如菡怎麼單獨和姬遠峰同去同來呢，還帶特產給姬遠峰。雖然她不知道姬遠峰是否給楊如菡帶特產了沒有，但自己只有在大一寒假給姬遠峰帶了特產，從來沒有給班裡其他男生帶過。想到這，更堅定了姬遠峰和楊如菡兩走到一起的想法了，她有點怨艾了，三年多時間了自己一直等著姬遠峰，婉拒了好幾個男生的好感，信守著自己的話，沒想到結果竟然會這樣，她覺得自己有些傻，太傻了，自己為他信守著什麼呢，值得嗎。

　　岳欣芙也不想去教室，她什麼也不想做，一個人獨自呆在宿舍裡。電話鈴聲響了，她接了起來，是找她的，是那個男生熟悉的聲音，說他從家裡帶了特產給她，問能送給她嗎。岳欣芙知道那個男生喜歡她很久了，大二第一學期就問過她的生日，她沒有告訴，約她喫飯送她東西已經好多次了，但她都沒有接受，找各種理由婉拒了。這次她沒有拒絕，她在電話裡明顯地聽出了那個男生驚喜的語氣，她不知道自己是高興還是不高興，她出了宿舍門等著，一會那個男生氣喘吁吁地走了過來，滿臉的笑容像小孩子一樣可愛。說他本來帶著特產去了教室，還以為妳在教室做畢業設計呢，看到妳不在教室，猜妳在宿舍就打了電話過來，果然在宿舍。岳欣芙覺得有點心酸，接過了特產，衝他說笑了笑，說了聲謝謝，說自己還有點事，那個男生高興地走了，岳欣芙帶著特產進了宿舍，把特產鎖進了自己的櫃子裡，她還不想讓室友知道有人送她特產了。

五

　　已經是大四第二個學期了，姬遠峰還沒有收到岳欣芙的任何暗示，岳欣芙已經保送研究生了，如果岳欣芙還記得她曾經說過的話，這已經是最後的時刻了。但姬遠峰明白，兩人本來就沒有約定，當岳欣芙讓自己等，到大三大四再開始時自己當面已經回絕了，自己信守大三大四那只是自己單方面心底的承諾，岳欣芙怎麼會知道。看來岳欣芙不會給自己一個暗示了，失望的情緒越來越濃了，姬遠峰有點絕望了，這樣也好，只有一個學期就畢業了，馬上就會離開這個傷心之地了，去工作單位重新開始吧。只是姬遠峰感覺到楊如菡越來越願意和他在一起了，在畢業設計的小教室裡會經常湊到他跟前來，看看他在做什麼，畢業設計做的怎麼樣了，問電氣符號如何輸入到word[24]文檔中，甚至有時候問的問題姬遠峰覺得楊如菡應該會，楊如菡只是找機會和自己說話而已，這和大一第一學期自己對岳欣芙的行為如出一轍。對性格內向的楊如菡來說，湊到別的男生跟前看男生做什麼簡直是破天荒的事，姬遠峰覺察出了一絲異樣的情愫。一天下午楊如菡避開同學悄悄地說，「小峰，你晚上有時間嗎，能陪我去打乒乓球嗎？」姬遠峰猶豫了一下，「不好意思，改天吧，今天晚上和別人約好了有其他事。」

　　姬遠峰這幾天也很煩躁不安，雖然直覺告訴他岳欣芙不會給他一個暗示了，但還是不死心，抱著殘存的一絲期盼。一方面他要躲著點楊如菡，楊如菡看他異樣的眼神讓他不知所措，也怕楊如菡第二次約自己去打乒乓球，自己如果還不去就再明顯不過了，他不忍拂楊如菡的好意。這段時間姬遠峰心中還惦記著一件重要的事情，那就是換工作，春節回家後爸爸覺得銷售工作不適合姬遠峰，讓姬遠峰換一個工作，姬遠峰覺

---

[24] 美國微軟公司開發的辦公軟件office中的文字處理軟件。

得爸爸說的有道理，他留意著是否有新單位來招聘學生，不停地跑各種招聘會，這段時間他沒有去自己班畢業設計的小教室。

姬遠峰知道他和岳欣芙之間只有最後一個學期的時間了，如果不再有什麼行動的話，自己真的就要帶著這份持續了將近四年的感情的缺憾離開濱工大了，離開岳欣芙了。雖然自己從大二就決定不再給黎春蕊說自己感情方面的苦惱了，但姬遠峰還是給黎春蕊寫了一封長信，想聽聽黎春蕊的意見，這封信裡姬遠峰對黎春蕊沒有隱瞞任何情節。

信件發出後姬遠峰急切地等待著回信，心情煩悶的他買了電影票去看電影，他早早進了電影院坐定了，無聊地四處張望，看著一對對情侶一起進了電影院，雖然有點心酸但已經習慣了。大學三年半了，除了班級集體看電影，他都是一個人看電影的，偶爾和李木一起看過幾次。快要開演了，一個熟悉的身影出現了，電影院的光線有點暗，但岳欣芙的身影姬遠峰太熟悉了，即使在黑暗中也能感覺出，不過這次不是和同宿舍女生一起來的，而是多了一個男生的身影，只略微比她高一點，姬遠峰從來沒有見過這個男生和岳欣芙在一起過。兩人手裡各自拿著一瓶飲料，那個男生手裡還拿著一袋爆米花，姬遠峰看著他兩並排坐下，那個男生撐開袋子讓岳欣芙拿爆米花。電影開始了，但姬遠峰什麼也看不進去，他像一個物理學裡的絕緣體一樣，電影的畫面進入不了他的眼睛，電影的聲音進不入他的耳朵，他站了起來，走出了電影院，走出了校園，他不知道自己要往什麼地方去，只是盲目地走著⋯⋯

一個禮拜後姬遠峰收到了黎春蕊的回信，姬遠峰撕開了信封。

小峰你好：

你的信收到了，這次回信我不敢「怠慢」了，因為時間就是愛情，耽誤了你的愛情我可擔當不起哦。

收到你的來信我稍微有點吃驚，我還記得你在大一第二學期的一封信裡說要消除對一個女孩的好感，大二第一學期你最後一次提起那個女孩後再也沒有說起過她。假期裡在一起玩的時間我還問過你，你笑而不

語，我以為你已經走出了那個女生，原來你三年半的時間裡竟然一直默默等待著這個女生。我又回頭一想，這也符合你的性格，你從來都是這樣感情深摯，你不是一個喋喋不休說話不停的人，你是一個心熱面冷的同學，只有和你有過長時間相處的同學纔能感受到你的真誠和善良。你從來不輕易向別人表達你的熱情和感情，這或許與你的成長環境相關，你怕受到傷害，你怕自己的感情受到別人的輕視。以前你在來信裡隱約其辭地說你走入了感情的誤區，問我怎麼處理學習和感情之間的關係，也向我說過你要消除掉對一個女生的好感，但沒有詳細說過，這次你詳細地說了你和那個叫岳欣芙的卜魁的女孩之間的感情。但正因為我兩是以兄妹相稱的好朋友，我也是一個女生，這次我不含蓄地告訴你，小峰，你的做法並不好。雖然你說的「愛情是一個兩情相悅的過程，是一個互相吸引的過程，你從來不會放下身段去追求一個女生，將自己偽裝起來用各種方法與手段去討好她，博得她的歡心，或者是用各種卑微的行動去感動她，你認為那不是平等愛情，是男生的乞討與女生的施捨，往往成為婚後生活的隱患。」這點我十分讚同，但從你的來信我知道你和那個女孩之間正是心相印互相靠攏的兩個人，是兩情相悅的兩個人。雖然她說過到大三大四再開始的話，但就像你說的要消除掉對她的好感的話但至今沒有消除一樣，人的感情往往不是自己就能控制住的，你不用放下身段去做什麼，只要順其自然，你兩很快就會走到一起的，但因為你的行為造成了今天的局面。

　　從你的信裡看得出來你愛那個女孩之深，你的感情從來都是這樣深摯，我也確信那個女孩當初也是愛你的，否則她不會告訴你她的生日，從她的生日到你的生日已經半年時間過去了，在你說出「算了吧」的話後她還送了禮物給你，你為什麼認為僅僅是她對你送她生日禮物的回禮呢？你怎麼就沒有看得出她挑選的禮物上全是愛情的字眼嗎？你的話讓她難堪，所以她纔署名「一個朋友」而沒有寫自己的名字。如果你當時寫信告訴我這件事，我會以一個女生的角度給你建議，她給你的回覆並不是拒絕你，她只是怕影響到學習，但不知道你為什麼就認為這是變相

的拒絕呢？僅僅是因為你的面子，即你所說的「尊嚴」？女生對沒有好感的男生的表白會直接拒絕的，不會做出她那樣的答覆。在我看來她不是拒絕你，恰恰相反，她是同意了你的表白，你本來可以做得更好，保持著正常的交往即可，不用等到大三大四，情到深處自然會瓜熟蒂落。將近三年的時間了，你一直保持著冷漠的態度，這會給她錯覺，覺得你已經走出了她，從這點上說你做得並不好。

　　你在信裡抄了你的一篇日記，看得出來你在過去三年多的時間裡忍受了多大的痛苦，我不能確認那個女生是否在三年內和你一樣忍受著同樣的痛苦。起碼在她同意你的表白，而你做出讓她意想不到的回絕的答覆時她是痛苦的，而且比你更痛苦。你能體會到一個女生同意了你的表白而又當面收到拒絕時的尷尬與無地自容嗎？所以她在給你的生日禮物上纔署名「一個朋友」。從幾個月後她給你回送生日禮物的行為來看她還想延續你兩之間的感情，你怎麼就沒有看出來呢？你本可以藉此緩和你兩之間的關係，甚至恢復你兩之間的關係。這或許就是男生和女生之間的區別，你們男生有時間太粗心了，不能理解女生微妙的心理。

　　從你的信裡知道她能持之以恆的學習以系裡前三名的成績保送研究生，可以看出她是一個很好強很優秀的女生，她的自尊心會很強。從她至今還沒有男朋友這點來說，她或許還在信守當初給你的答覆，以你們理工科院校的男女生比例，三年多時間裡她不可能沒有其他追求者。小峰，我知道你很善良，也很真誠，能和你相愛的女生我也相信她一定也是一個善良真誠的女孩。你在信裡說當一個女生拒絕你的時間你即使忍受再大的痛苦也不會做第二次表白，這是你的性格。但這件事上，我倒希望你能夠放下你的固執與倔強，給自己一個機會，也給你兩之間的感情一次機會，何況當初她並沒有拒絕你。現在她已經保送研究生了，你期待著她給你的一個暗示，但她已經在你說出「算了吧」的話後還送生日禮物給你了，這已經是暗示了。而你沒有繼續送她生日禮物，而且還保持了一副冷漠的態度，這會給她錯誤的信號。你兩本科很快就要畢業了，這也是最後的機會了，我希望你不要給自己，也給那個女孩留下遺憾。

你在信裡流露了她已經保送了研究生，而你只是一個本科生的顧慮，也流露了即將畢業而分開的擔心。這些我能理解，中國的傳統觀點都是這樣的，當初你還寫信問過我考研究生的事情，我從一上大學就有讀研究生讀博士的想法了，我也問你為什麼不考研究生，你說你不想讀書了，想工作了。以我對你的了解，你那麼喜歡學習的人，你在高中在全年級可是長期名列前茅的哦，那相當於在整個平涼市都是前幾名的成績，我想你不會不想上研究生，你可能只是替家庭著想而已。現在那個女孩已經保送了研究生，你即將去南京工作，這都是現實中的困難。但對相愛的人來說，這些都不是不可逾越的困難，我還是希望你能夠放下你的倔強，給你兩的感情一次機會，不要留下什麼遺憾。而我擔心的則是兩年半你的故作冷漠，會使她傷心難過，直至對你的感情也淡漠了。你也擔心她會再次拒絕你，但你不去嘗試，怎麼能知道結果呢？何況第一次並不是她拒絕了你，而是答應了你，你兩很快也會因畢業而分開，這是最後的機會了，希望你不要錯過。

總之，我給你的建議是你應該放下你的固執與倔強，不要期待著那個女孩再一次向你做出暗示，你應該向你苦等三年的女孩說出你的感受和想法，不要給自己也給那個女孩留下遺憾，好嗎？

我已經幸運地考上了研究生，是碩博連讀，謝謝小峰你的關心。

最後祝你好運，期待著你的好消息。

春蕊

2000年3月2日

看完黎春蕊的回信，姬遠峰又反復看了兩遍這封信，苦笑了一下，回了黎春蕊的信。

春蕊妳好：

妳的回信已收到，謝謝妳給我的建議，雖然我一直很倔強，從不會做回頭的事，但這次我會像妳說的去做最後的嘗試，因為我實在放不下這份感情。但一切都晚了，她已經接受另外一個男生的感情了，我看到她和一個男生一起看電影了，雖然我還不知道他們的具體程度，但我想

她已經做出了決定。我真後悔自己一開始沒有完整地告訴妳這件事，只是隱約其辭地問妳怎麼處理感情和學習之間的關係，說自己走入了感情的誤區，那樣的話我可能處理得會更好一些。我還信誓旦旦地說要消除掉對她的好感，妳來信還說心裡的感受纔是最真實的自己，不要因此而犯錯。妳說的對，我只是自欺欺人而已，現在我只能恨自己的固執與執拗了，讓自己痛苦了三年多時間，或許就像妳說的我也傷害到了她，就這樣吧，只要她將來過得幸福就好了。

最後祝妳畢業設計答辯順利，即將開始的碩博連讀也順利，好羨慕妳考上了研究生，而且是碩博連讀。

這封信很短，我實在沒有心情寫更多的話了，抱歉，祝好！

小峰
2000年3月7日

六

換完了工作，岳欣芙的事也有了結果，姬遠峰想到該認真去做畢業設計了，自己忙著換工作，等待黎春蒓的信處理岳欣芙的事，已經有將近一個月沒有做畢業設計了，落得太多了，他白天晚上都去畢業設計的小教室裡加快進度。一天晚上時間已經晚了，同學們都陸續回宿舍了，本科生畢業設計的工作量本來就不大，大家大多都是白天來做，晚上即使來做畢業設計的同學都不會呆到很晚。姬遠峰回頭一看，教室裡只有自己和楊如菡兩個人了。

「楊如菡，這麼晚了妳怎麼還沒有回宿舍？」姬遠峰走到楊如菡旁邊的座位坐了下來，對楊如菡說道。

「你不是也沒有回去嘛！」楊如菡說道。

「我將近一個月沒有做畢業設計了，落的太多了，我晚上多做一會兒，妳呢，妳怎麼還沒有回宿舍？」

楊如菡沒有回答姬遠峰的詢問，「你最近忙什麼呢？就像你剛纔

說的將近一個月了都沒有做畢業設計，也沒有見你到畢業設計的教室裡來。」楊如菡問姬遠峰。

「我忙著違約換工作呢！」

「你換了工作了？和煙臺的單位違約了？」楊如菡問道。

「嗯，是的，春節回家我爸爸說作銷售工作需要經常出差喝酒，出差的話沒有時間照顧家裡，喝酒我又不擅長，還傷身體，讓我看有更好一點的單位的話換份工作，前幾天學校來了南京的一家公司，我去面試通過了，這段時間忙著去煙臺辦理違約手續，和南京的單位簽就業協議的事，所以沒有來做畢業設計。」

「我說呢，你這麼長時間不來做畢業設計，你換的單位倒不錯，南京也比煙臺好。」

「可能吧，不過也需要出差，要是能做研發就不用頻繁出差了，那家公司也招研究生做研發，我只能去做技術支持了，妳最近忙什麼呢？」姬遠峰說道。

「我一直在做畢業設計，你去煙臺辦理違約手續給我帶什麼好喫的了沒有？」楊如菡笑著說道。

「我，哦……」姬遠峰一時語塞，姬遠峰想起來了，楊如菡從家裡回學校的時間給自己帶西安特產了，自己從家裡回學校就沒有想起給楊如菡帶點當地特產，這次在煙臺自己晚上逛超市的時間的確看到了特產櫃檯，但卻沒有想起給楊如菡帶點，他感覺到有點窘。

「小峰，跟你開玩笑呢！」楊如菡看出了姬遠峰的窘迫，她笑著說道。「你出去這麼長時間也不和我說一聲，這麼長時間不來做畢業設計，我給你宿舍打過一次電話，你室友說你那幾天晚上都沒有在宿舍住，我還以為你發生什麼事了呢！」楊如菡邊說邊低下了頭。

「那幾天我去煙臺辦理違約手續去了。」姬遠峰聽出了楊如菡語氣中的意思。「我，哦……，如菡——這是姬遠峰第一次這麼親切地稱呼楊如菡——妳還想去打乒乓球嗎？我現在忙完自己的事了，妳還想去的話我陪妳去打球吧！」

「那好啊，明天晚上怎麼樣？白天做畢業設計，晚上我兩去玩一會！」楊如菡高興地說道。

「明天晚上什麼時間？我兩在哪碰面？」

「七點整我兩在乒乓球館門口碰面好不？」

「好啊，我沒有問題，妳有球拍嗎？需要我給妳也帶一個嗎？妳打球是直握還是橫握球拍？我以前沒有見過妳打乒乓球。」姬遠峰說道。

「當然有了，沒有球拍我能叫你去打球嘛！」楊如菡笑著說道。

「那就說定了，不見不散！」

第二天晚上姬遠峰提前半個小時就到了球館，他進去繳費登記了球桌，自己已經兩次失禮了，不能再這麼沒有禮貌了，辦完手續他在門口等著楊如菡。楊如菡見到了姬遠峰，露出了會心的一笑，楊如菡在班裡很少笑，在球館不像在畢業設計的小教室裡，這裡沒有熟識的同學，他兩說話感覺不拘束了。楊如菡脫去了外套，穿著粉色的毛衣牛仔褲和運動鞋，修長的身材，隨著打球的節奏她那扎起來的髮辮左右擺動，姬遠峰看到了這個安靜內斂的女生青春活力的一面。中間休息的時間他兩每人要了一份飲料，坐在球桌旁的椅子上閒聊。

「妳怎麼知道我會打乒乓球？我從來沒有給妳說過我會打乒乓球，我也從來沒有見過妳打乒乓球。」姬遠峰跟楊如菡說道。

「咱們專業去卜魁生產實習的時候你在火車上說的，而且你還和帶我們實習的李老師打球來著。」楊如菡說道。

「哦，我一直還納悶李老師怎麼知道我會打乒乓球的呢，我自從高二開始發育身高差不多以後我就更喜歡打籃球了，上了咱們大學我的體育課也是籃球班。妳知道咱們濱工大沒有室外乒乓球檯子，要打乒乓球就要去球館裡面，所以上了大學我很少打乒乓球，原來是我自己在火車上說的，我自己說過的都沒有在意。」

「雖然你打不過李老師，但看得出來你打得不錯，李老師水平很高，他不願意和別人打，只願意和你打球，別的同學要過去你的球拍打

幾下後，李老師還讓那個同學把球拍還給你。」

「如菡，別提那次實習打球的經歷了，太慚愧了，那天中午我在睡午覺，李老師來我宿舍找我打球，我睡得迷迷糊糊的爬起來穿著拖鞋就往球室走，李老師讓我穿上球鞋，我跟李老師說我穿著拖鞋也可以，結果被李老師收拾的很慘，每次都六七比二十一大比分輸給李老師。李老師連贏我三局後纔說，讓你穿球鞋，你口氣還很大，說穿拖鞋也可以，你知道我是誰嗎，他是咱們濱工大老年組乒乓球冠軍，我真是羞愧難當！幸虧同學們聽我和李老師來打球，乒乓球室來了不少同學，吵吵鬧鬧的，也有同學接著和李老師打球了，要不那天李老師摁著我一個人揍一中午。」說著姬遠峰笑了。

楊如菡聽了也笑了，「你說的後半部分我知道，我在旁邊也看著來呢，前半部分我不知道，你還敢在老師面前說穿拖鞋打球的話，是有點目中無人了。」

「妳當時也在現場看我打球了！真慚愧，讓妳看到了我的慘樣，不過我沒有注意到妳。」姬遠峰笑著說道。

楊如菡看了姬遠峰一眼，「你當然沒有注意到我了，你被收拾的那麼慘，估計在看哪個牆角有老鼠洞呢，或者你心不在焉，在看其他漂亮妹妹呢！」說著笑了起來，用手捂住了自己的嘴。

姬遠峰聽了也笑了起來，「如菡，妳說的對，我當時想找老鼠洞是真的，看漂亮妹妹是假的，咱們專業就那麼幾個女生，哪個不是天天見，那時間我那還有心思看漂亮妹妹！」

「你沒有看漂亮妹妹，說不定心中想著呢！」楊如菡說著又用手捂住了自己的嘴。

姬遠峰看了一眼楊如菡，不知道如何把話接下去，只好說，「大學四年了其實我心中一直想著漂亮妹妹的，可惜馬上畢業了，到現在還是光棍一個。」說著自嘲地笑了一下。

「你大學有喜歡的女生嗎？」楊如菡轉過頭問姬遠峰。

「有過，可惜無疾而終了，所以快畢業了我還一直光棍著！」姬遠

峰說道。

聽到姬遠峰的回答，楊如菡睜大了眼睛。「你有過喜歡的女生！是咱們系的女生嗎？能告訴我是誰嗎？」

「是咱們系的女生，如菡，具體是誰我就不說了吧，我和那個女生之間還沒有開始就夭折了，她現在也有了男朋友了，都是咱們同學，知道了不好，妳就別問我那個女生是誰了吧。妳呢，如菡，上次回家我開玩笑說咱們學校再醜的女生也有男朋友，那只是開玩笑，妳這麼端莊文靜，咱們學校女生又那麼少，肯定有男生追求過妳，但妳們肯定沒有發展起來，因為快畢業了，我也沒有見過妳和哪個男生在一起。」姬遠峰不想談論自己的感情，也不想談論楊如菡的感情，他想轉移話題，「如菡，實習的時間妳知道我會打乒乓球，那時間空閒很多，下午經常也不用去發電廠，妳怎麼沒有叫我一起打球呢？」

「我沒有帶球拍，再者同學那麼多，只要有人打球其他同學都會來看的。」楊如菡說道。

姬遠峰一聽就知道沒有帶球拍只是藉口之詞，因為發電廠招待所的乒乓球室內就有三四個公用的球拍，自己去實習的時間根本沒有想到會打乒乓球，自己也沒有帶球拍，和李老師打球用的也是公用球拍，他想帶個籃球過去倒是真的，楊如菡只是擔心被同學們看到而已，姬遠峰也覺得自己這句話問得真多餘。

「如菡，說個讓妳不高興的事情，妳別介意，我知道妳研究生沒有考上，不高興已經過去了吧！既然已經這樣了，別太糾結過去的事情了，想想將來怎麼辦吧！」姬遠峰說之前猶豫了一下，他怕提起楊如菡的傷心事，但以楊如菡內向的性格，她不會主動說，自己不說顯得對她漠不關心，所以姬遠峰還是說了出來。

「謝謝你安慰我，小峰，你還關心著我考研的事，就像你說的，已經這樣了，再難過傷心也沒有什麼用了！」

「妳這樣想就好了，我知道妳還沒有找工作，再有單位來學校招聘學生妳打算應聘一份工作嗎？」姬遠峰問道。

「我沒有打算找工作。」

「那妳有什麼打算嗎？咱們都快畢業了！」

「我打算回家呆一段時間再說，我對自己的將來還沒有想好。」

「如菡，我英語六級幸運地以六十分通過了，一分也沒有浪費，我記得妳也通過了，我對妳的祝願沒有實現，我有點失望。」姬遠峰笑著對楊如菡說道。

楊如菡白了姬遠峰一眼，笑著說，「我不但通過了，還比你高一分，就你心眼最小，說了一句你醜你記恨這麼長時間，我祝願你找不到女朋友。」楊如菡說完笑得更厲害了。

姬遠峰聽了楊如菡的話也笑了起來，「如菡，就像妳英語六級通過了一樣，妳的祝願肯定會和我的祝願一樣實現不了，說不定有個漂亮的妹妹正在南京等著我呢，如菡，妳知道南京是吳越之地，和蘇杭一樣自古出美女，說不定美女多的會讓我眼花繚亂。」姬遠峰說完笑的更厲害了。

「小峰，我發現你還挺自戀！」楊如菡也笑著說道。

「這叫自信，誰叫我長得帥呢！」姬遠峰笑著說道，「如菡，妳把《圍城》都還給我了，我還沒有問過妳看過後有什麼感想呢！」

「你說的是什麼感想？」楊如菡問道。

「我說的是男女之間的感情，是多麼奇妙的一件事情，男生雖然喜歡漂亮的女生，但更多的則是日久生情，而且並不一定對最漂亮的女生產生感情。比如方鴻漸、趙辛楣、蘇文紈與唐曉芙四個人之間，論外貌，論家世，論學歷，趙辛楣都不輸給方鴻漸，為什麼蘇文紈反而喜歡買博士文憑、家道中落的方鴻漸，而不是真博士、器宇軒昂、仕途一片看好的趙辛楣呢？同樣，方鴻漸為什麼不愛博士文憑、才貌雙全、家道甚好的蘇文紈，而愛上了一個大學本科還沒有畢業的唐曉芙，年齡和學識兩方面差距都很大，按理說方鴻漸和蘇文紈是大學同學，又都去了歐洲留學，有更多的共同語言纔對，所以我說男女之間的感情很奇妙，妳說呢？如菡。」

　　「你說的這個話題很有意思，在我看來外貌更多的產生的只是好感，感情的升華最終還要靠個人內在的學識與品質吧，還有社會傳統賦予男女對於戀愛的不同的心理需求吧。比如方鴻漸他雖然從歐洲留學歸來，但他骨子裡有他父親那種老古董的思想，想找一個自然的、學識低於自己的伴侶，而不是供他崇拜的偶像，所以他愛上了唐曉芙而不是蘇文紈。同樣蘇文紈留學歐洲取得博士文憑後反而有了一種中國傳統男方的擇偶觀念，想找一個崇拜自己，自己可以駕馭的愛人，蘇文紈後來找的老公就是這樣的，她以為方鴻漸恰恰符合她的要求。趙辛楣不是比方鴻漸差，而是更好，但正因為更好反而不符合蘇文紈的擇偶標準，最後發展得陰差陽錯，啼笑皆非。」楊如菡說道。

　　「如菡，妳說的很有見地，不過，我對趙辛楣和方鴻漸之間的友情一直理解不了，有共同的敵人纔能發展成朋友，雖然方鴻漸不愛蘇文紈，但蘇文紈愛的卻是方鴻漸而不是趙辛楣，按理說趙辛楣應該妒忌方鴻漸纔對，為什麼發展出了牢固的友誼，讓我一直理解不了。」

　　「這個我也理解不了，這是你們男生之間的關係，你應該更能理解纔對。」楊如菡微笑著說道。

　　「妳說的也是，我自己一個男生都理解不了，妳們女生更難理解了。那妳們女生呢？會不會因為喜歡同一個男生而互相妒忌？」姬遠峰笑著問道。

　　「當然會了，這還用問嘛！」楊如菡說道。

　　「那妳妒忌過其他女生嗎？妒忌誰了？為了哪個男生妒忌的？」姬遠峰笑著問楊如菡。

　　「你，討厭，小峰！」楊如菡假裝生氣地對姬遠峰說道。

　　姬遠峰笑得更厲害了，得意的說，「如菡，被我騙了吧！上當了吧！」

　　「反正我不會為你妒忌其他女生的！」楊如菡對姬遠峰說道，同時對著姬遠峰也得意地笑，并用手捂住了自己的嘴。

　　「妳……，如菡，還是妳厲害！」姬遠峰說著做了一個無可奈何的

表情，楊如菡看到笑的更得意了。「那妳說方鴻漸和孫柔嘉的婚姻是什麼原因導致了最後的結果呢？」姬遠峰接著問。

「在我看來，他們的婚姻主要還是因為經濟和外力的介入，首先方鴻漸的工作一直不穩定，而孫柔嘉的工作卻是穩定的，出於中國傳統的觀念，這點讓方鴻漸自身一直存在一種自卑感，而孫柔嘉不能體諒丈夫的難言之隱，在方鴻漸換工作的時候不但沒有給方鴻漸以寬慰，反而語帶嘲諷，觸到了方鴻漸最敏感的神經。再者孫柔嘉讓她的姑媽過多的摻和進了兩人的家庭生活，導致矛盾陞級了。」

「如菡，妳說的很有道理，我也是這樣的看法，我之所以喜歡《圍城》這本書，不僅因為其中的愛情，還有它反映的中國社會、工作、家庭各方面形形色色的人物和矛盾，讓我學會怎麼處理這些矛盾。比如家庭生活，我以後有了自己的小家庭後我會極力的將雙方父母以及其他人的影響降到最低，自己的家庭生活自己做主，免得雙方父母介入小家庭都向著自己的孩子一邊，讓本來并不尖銳的夫妻矛盾陞級成了不可調和的矛盾了。」

「小峰，你怎麼會想到這麼遠，我看《圍城》更多地看的是其中的愛情，而你卻想到了婚後生活。」

「因為就像我兩一起回家的路上我說的，我畢業後很可能很快就會結婚生孩子了，需要面對工作、家庭關係這些事情了，所以我纔會想到這些。」

聽了姬遠峰的話，楊如菡和姬遠峰都陷入了沉默。

打球結束了，姬遠峰送楊如菡回宿舍，哈爾濱地面上的積雪還沒有融化，他兩挑沒有人踩過的雪地上走，聽著腳踩雪地的吱吱聲，踩出一行行腳印，兩人回頭看那一行行皎潔的月光下的腳印，開心地笑，在離女生宿舍還遠的地方兩人分開了。姬遠峰回到宿舍看到每個室友都是那麼可愛親切，洗漱完畢睡覺前在床上翻幾頁書，但什麼也看不進去，他帶著甜甜的笑進入了夢鄉，姬遠峰感覺上大學真是一段奇妙而美好的時光。

此後，姬遠峰和楊如菡他兩隔三差五就去打一次乒乓球，而隨著一起打球和接觸的增多，姬遠峰的心反而沉重起來了。偶爾休息的時間楊如菡欲言又止的樣子，他兩就靜靜得停頓一會，誰也不說話，然後繼續另一個話題，兩人都小心翼翼地避開畢業的話題。隨著畢業的來臨這種感覺越加強烈，雖然姬遠峰以前時時刻刻期盼並正在體驗著互相心動的美妙感覺，但理智使姬遠峰不願意開啟這份看不到未來的感情，他的心情複雜而矛盾。

七

經過將近兩個月的趕工，姬遠峰終於在五一假期之前做完了自己的畢業設計和論文，他甚至比老師要求的正常進度快不少，因為他有自己的打算，那就是趁著五一的長假回一趟家，看望一下爸爸媽媽，等七月份畢業離校的時間直接去南京的單位報到，就不再回家看望爸爸媽媽了。而且姬遠峰還有一個打算，這次回家繞道蘭州去看望一下黎春蓴，姬遠峰來回學校每次都是在西安轉車，他還沒有機會去過蘭州，他想去蘭州見黎春蓴一面，也順道遊覽一番。上學的時間假期裡可以和黎春蓴見面，但自己馬上要工作了，再也不會有寒暑假了，黎春蓴要讀研究生了，自己以後和她見面的機會可能不多了，所以姬遠峰趕工很忙。五一放假前幾天，姬遠峰給黎春蓴打了個電話，說了他的計劃，黎春蓴當然十分歡迎。

火車從哈爾濱出發了，這次又是姬遠峰一個人長途旅行，雖然對姬遠峰來說他已經習慣了這樣的旅行，但上次來回學校和楊如菡的旅行還是讓他感覺到了有個同伴的樂趣，雖然姬遠峰也喜歡長時間地看窗外的景色，但有個說話投機的旅伴還是更好。返校後和楊如菡感情的發展實在出乎他的意料，姬遠峰已經做好了離開濱工大，離開岳欣芙重新開始的心理準備，沒有想到楊如菡進入了自己的感情世界，而且越來越深入了自己的心底，但馬上畢業了，他卻看不到這份感情一點光明的未來，

這讓他越來越困惑和迷茫。

火車穿越一眼望不到邊的東北平原，春天還沒有來到這片土地，有些荒冷。火車越接近北京天氣越熱，北京週圍的樹木已經漸漸變綠了，新嫩的柳枝在微風中飄動。到了山西則又是另一幅景象，乾旱的土地好像很長時間沒有得到雨水的滋潤了，地膜覆蓋的玉米苗還很矮小，葉子焦黃沒有生氣，偶爾能見到遠處有毛驢和牛在樹蔭下喫草。火車在夜間進入了內蒙高原，沒有了內地的每隔不遠就能看到城市燈光的景象。火車長時間在黑茫茫的夜幕中穿行而看不到一丁點燈光，而月光卻越來越明亮寧靜，火車在一處小站臨時停車很長時間。姬遠峰下了車活動，皎潔淒美的月光灑在站臺上，兩三對情侶避開眾人在一旁竊竊私語。姬遠峰想起了楊如菡，上次來回學校自己還沒有對楊如菡產生情愫，但返校後的幾個月裡他已經越來越喜歡上了這個端莊內斂的女孩。雖然他兩已經一起打乒乓球多次了，但還沒有一起在校園裡散步，如果能在這淒美皎潔的月光下在校園裡散步該是多美好啊。但楊如菡和自己從不討論畢業後的規劃，自己看不到兩個人畢業後能走到一起的希望，他想起了一首詩，這或許最能代表此刻姬遠峰的心情了。

　　暮雲收盡溢清寒，銀漢無聲轉玉盤。

　　此生此夜不長好，明月明年何處看。

第二天天亮了，火車進入了寧夏平原，經過了西夏王陵區，一個個小金字塔似的陵墓從火車車窗邊疾馳而過，幾隻腿很長脖子也很長白色的水鳥在鐵路邊上的水田裡覓食，一會又經過了半荒漠地區，有成片的枸杞田。火車經過黃河後到達了蘭州，渾濁的河水在鐵路大橋下流過，水量不大，姬遠峰看到有一個女生在河灘上寫生，青春的少女與粗獷的黃河，真一幅畫啊！姬遠峰心想明天自己就會沿著這條著名的母親河遊玩了，而且有自己的知心朋友黎春蒓陪著。

下午四點多火車到了車站，黎春蒓和她的男朋友來接了姬遠峰，去了蘭州大學的招待所住下，姬遠峰稍微洗漱了一下，舒緩了一下舟車勞頓的疲憊，讓自己精神了一點，幾十分鐘後姬遠峰和黎春蒓及她的男朋

友一起去喫晚飯，黎春菂帶著姬遠峰去學校旁邊一家有名的新疆大盤雞飯店。甫出招待所的樓門，姬遠峰就發現天氣異常，剛纔還晴空萬里，現在一股股的怪風從身邊掠過，捲起地上的垃圾紙片在空中飛舞，黎春菂拉著她的男朋友說，「快走，沙塵暴來了！」。姬遠峰纔意識到自己東北呆了四年了，連熟悉的沙塵暴也忘記了，他們三人趕快向飯店跑去，姬遠峰看到街道兩邊的店鋪大多已經關門了，快到飯店門口了，黎春菂指著說就這家飯店，姬遠峰看到飯店的門是關著的，但到了門口門開了，原來因為沙塵暴門被關上了，但服務員隔著玻璃看著，有客人來開門讓客人進入，然後又關上門。坐定不久沙塵如堵罩過飯店，沙粒垃圾打得玻璃沙沙作響，飯店裡早已開了燈，明亮的燈光也變得昏黃，在室內也能看到昏黃光線中漂浮在空氣中的灰塵。

姬遠峰仔細打量了一下黎春菂的男朋友，一個普普通通的男生，穿著白色的夾克衫，安安靜靜，不多說話，面無表情的樣子。姬遠峰突然意識到自己來看黎春菂有點不合適，自己因為岳欣芙、楊如菡的原因，心底坦蕩蕩地就過來了。但也許是因為自己現在沒有女朋友的原因吧，自己並沒有設身處地地為黎春菂和她的男朋友考慮，假如自己有女朋友了，她的高中男同學一個人幾千公里路上來看自己的女朋友，自己多少心中還是會有點喫醋。黎春菂和她的男朋友或許五一假期有自己的安排，只是自己專門繞道而來黎春菂不好意思說出來而已，自己平時寒暑假也能和黎春菂見面，沒必要來見黎春菂一面，這次只是覺得自己馬上要去南京工作了，以後見面的機會不多了，所以繞道過來見一面，但沒有考慮到黎春菂現在的狀況。

大盤雞上來了，稍微有點辣，姬遠峰在東北四年，辣椒已經喫得比以前少多了，但很好喫，因為這裡的味道是家鄉的味道，不過可能是心理作用吧，姬遠峰老覺得大盤雞裡有沙子似的。

「小峰，你真厲害，一下子就帶來了這麼厲害的一場沙塵暴！」黎春菂在開玩笑。

「我好慚愧，給自己的家鄉帶來了沙塵暴，要是能帶來一場鈔票

的沙塵暴就好了！」姬遠峰笑著說道。「黎春蒓—姬遠峰不再像平常寫信那樣叫春蒓，免得在她男朋友面前顯得親密—蘭州沙塵暴都這麼厲害嗎？我記得以前在咱們老家雖然也有沙塵暴，但這麼厲害的卻不多。」姬遠峰接著說道。

「我也感覺是，可能咱們老家在蘭州東面四百多公里，和陝西挨著的原因吧，蘭州的沙塵暴比起咱們老家來又多又厲害。」

「等我當了國家領導人，我首先幹的事情就是把沙塵暴治理好，為咱們甘肅老家做件好事。」姬遠峰開玩笑道。

「好啊，小峰—姬遠峰雖然已經改口叫黎春蒓全名了，但直爽的黎春蒓和姬遠峰見面後直到現在在她男朋友面前並沒有改口—快點當領導人吧，我們都等著呢，我先代表甘肅父老鄉親謝謝你！」黎春蒓也開著玩笑。「小峰，你這次怎麼想起來蘭州看我了，你大學四年都在西安轉車，從來沒有來過蘭州的。」黎春蒓說道。

「這次五一放假我想回家看看爸爸媽媽，七月份畢業了就直接去單位報到不再回家了，正因為以前在西安轉車，一直沒有機會到蘭州玩一圈，這次回家繞道到蘭州玩一圈，順便也見妳一面。」姬遠峰改變了他給黎春蒓說過的話，他來蘭州之前給黎春蒓說這次蘭州之行主要想看看黎春蒓，順道遊覽一圈，姬遠峰在極力淡化他這次是專門來看望黎春蒓的印象，他是說給黎春蒓的男朋友聽的。

姬遠峰又看了一眼黎春蒓的男朋友，姬遠峰想找話和黎春蒓的男朋友說話，免得自己和黎春蒓說個不停，把黎春蒓的男朋友晾在了一邊，「你喜歡什麼體育運動，喜歡看球賽嗎？」姬遠峰問黎春蒓的男朋友，他覺得男生一般都喜歡體育運動，這樣就能和黎春蒓的男朋友找到共同的話題。

「他什麼體育運動都不喜歡，就喜歡電腦遊戲。」還沒等到黎春蒓的男朋友說話，黎春蒓代她的男朋友回答了。

「我喜歡玩實況足球遊戲，你玩不？」姬遠峰繼續和黎春蒓的男朋友說話。

　　「我不玩足球遊戲，我只玩網路遊戲。」黎春蒓的男朋友回答道。

　　姬遠峰知道這個話題說不下去了，因為自己從來沒有玩過一款網路遊戲，「你平常喜歡看什麼書？喜歡武俠小說還是古典名著？」姬遠峰接著和黎春蒓的男朋友說話。

　　「我比較喜歡看武俠小說！」黎春蒓的男朋友說道，姬遠峰知道自己和黎春蒓的男朋友實在沒有共同的話題可以說了，因為自己從上高中以後就對武俠小說一點也不感興趣了，除了考上大學那個假期實在沒有書可看看了一本《童林傳》以外，七八年了自己再也沒有看過一本武俠小說了。

　　「小峰，你和那個卜魁女生最後的結果怎麼樣了？你最後去找過她沒有？」可能黎春蒓也覺得姬遠峰和她男朋友的聊天實在太無趣了，她插入了話題。

　　「我和她徹底結束了，她已經有男朋友了，我沒有再去找她。」姬遠峰平常並不願意和別人談論自己的感情，但黎春蒓除外，而且在這裡他反而希望多談論一下，讓黎春蒓的男朋友知道自己有喜歡的女生，徹底打消他心中可能存在的疑慮。

　　「那個女生和她的男朋友或許剛剛開始，因為你寫信的時間他們還沒有開始，既然纔開始，他們的關係可能還不密切，你為什麼不去找那個女生一次呢。即使他們的關係已經密切了，臨畢業了，你把自己將近四年的想法告訴她也沒有什麼不好，你為她忍受了那麼多的痛苦和不眠之夜，為什麼要給自己留下遺憾呢？」

　　「既然她已經有了新的感情，那我退出吧，何況我三年前就說了「算了吧」的話，我也不想打擾她了。」

　　「小峰，你總是這樣能忍，忍了三年多的痛苦，別這樣苛待自己，對自己不好！」黎春蒓看著姬遠峰說道。

　　「沒有關係了，已經結束了，我也要去南京上班了，我會開始自己新的生活的。」姬遠峰說道。

　　「小峰，我知道你的性格，你肯定還是沒有放下那個女生，你三

年多了都沒有放下，不可能在幾天之內就徹底放下她，但現在已經這樣了，還能怎麼辦，只有時間能療你的傷了，到了南京重新開始吧！」

「黎春蒓，妳的畢業設計怎麼樣了？我基本上已經做完了，剩下的就是回去完善完善，改改錯別字之類的了，所以五一假期纔能回家，妳呢？我們學校要求保送研究生的學生本科畢業設計必須是優秀，良好都不行。」姬遠峰主動轉移了話題。

「我們學校也是，雖然我是考的研究生，為了能給導師留個好印象，我也是認真在做畢業設計，爭取得個優秀。」

「好羨慕妳上研究生了，而我就要去給社會去做貢獻去了。」姬遠峰說道，他轉向黎春蒓的男朋友問道「你考研究生了嗎？」姬遠峰意識到他也應該問問黎春蒓的男朋友是否上研了沒有。

「他已經找好工作了，就在蘭州。」黎春蒓又替她男朋友回答了。「小峰，你當時還寫信問我考研究生的事，最後為什麼沒有考？你在信裡先說自己不想讀書了，後來的一封信裡纔說你爸爸不支持，你就放棄了，好可惜啊！」

「這是我家的情況，只能那樣了，也沒有關係了，我的工作南京的那家單位也不錯。」

「你心裡肯定不甘心，我知道的。」黎春蒓說道。

姬遠峰沒有接著往下說。

「小峰，你打算在蘭州呆幾天，我帶著你去劉家峽水庫玩吧，如果呆的時間長，我帶你到青海湖去玩吧，我去過那裡，可漂亮了，只是現在纔是五一，草原還沒有綠起來！」黎春蒓說道。

「不用了，黎春蒓，我明天一大早就坐車回家去了，這次我主要是回家看望爸爸媽媽，順道來見妳一面，假期只有七天，我來回路上就需要六天時間，在家按道理只有一天時間，我打算在家裡陪爸爸媽媽三四天，也就要晚返校兩三天，返校時間太晚了讓老師知道了也不好，我爸爸也不會讓我呆在家裡的，何況打擾妳和妳男朋友的二人世界我也不好意思，我明天就回家去了。」其實姬遠峰來之前早就想好了想去的地

方，一個是黃河母親雕塑，另一個是蘭州的黃河鐵橋，一個是人文景
觀，一個是歷史遺跡，他都很感興趣，他打算用一天的時間遊玩。哥哥
在蘭州上技校的時間在蘭州的各個景點照的照片中姬遠峰知道了這兩個
景點，姬遠峰對這兩個地方早就嚮往了，而且姬遠峰對蘭州的黃河鐵橋
也有了一定的了解，這座橋樑是清朝末年利用外國技術在黃河上修建的
第一座現代橋樑，在橋樑史上堪與茅以升先生設計建造的錢塘江大橋媲
美，其意義更在南京長江大橋之上。橋址就在明朝初年朱元璋手下大將
衛國公鄧愈修建的鎮遠浮橋遺址上，鐵橋南端至今還遺留有拴繫浮橋鐵
鏈的巨大的鐵柱。但來到蘭州後姬遠峰感覺到自己來看望黎春萢並不合
適，明天去參觀景點，黎春萢肯定要陪著自己，他也很想和黎春萢一起
去遊玩，他和黎春萢在一起有說不完的話。但黎春萢假期裡撇下男朋友
來陪自己，姬遠峰覺得不合適，黎春萢和男朋友一起陪著自己吧，黎春
萢的男朋友未必樂意，即使黎春萢的男朋友願意來陪著，自己也不樂
意，姬遠峰不願意和陌生人一起活動。剛好今天蘭州颳了嚴重的沙塵
暴，明天空氣也不好，那就別去了，等以後有機會去參觀也可以。

　　「好可惜啊，來了蘭州也不能玩，不過以後出差有的是機會，我陪
著你玩。」黎春萢說道。

　　「那我先謝謝妳了，但願這樣的機會越早越好，我馬上上班了，
到時間妳還上學，妳也別盡地主之誼了，到時間我請客。」姬遠峰笑
著說道。

　　「我不會客氣的！」黎春萢也笑著說道。

　　姬遠峰和黎春萢及黎春萢的男朋友從飯店出來了，沙塵暴雖然已
經過去了，但天空已經渾黃一片，空氣很是嗆人。路燈的光線中沙塵瀰
漫，一棟棟高樓宛如在渾黃的濃霧中一樣若隱若現，他們三人用手捂著
口鼻快速地回到了學校，姬遠峰去了學校招待所，黎春萢和她男朋友回
了宿舍。

　　第二天早晨黎春萢一個人來陪著姬遠峰喫早飯，一個晚上過去了，
天空中的渾黃還沒有散去，空氣還是有點嗆人，黎春萢送姬遠峰到了車

站。姬遠峰向黎春蒓說，「我覺得這次來看妳有點不合適，我沒有女朋友，沒有替妳著想，很可能打亂了妳和妳男朋友的假期計劃，我覺得妳男朋友好像有點不高興。」「小峰，別多心了，蘭州這樣的天氣我兩能去哪，再者我男朋友只喜歡網路遊戲，我叫他出去他都懶得去，說不定他心裡還感激你過來呢，他就有藉口不出去了呢。」黎春蒓笑著說道。

　　姬遠峰喜歡歷史地理和旅遊，他很憧憬從蘭州回家的路了，因為回家的公路三一二國道會翻越六盤山，那裡是姬遠峰家鄉去省會蘭州的必經之路，離姬遠峰的家鄉很近，也是一代天驕鐵木真消滅西夏王國時的避暑之地，也是這個萬代軍事天才去世之地。姬遠峰從小就聽大人講汽車翻越六盤山的艱險，冬季需要給汽車輪胎拴上防滑鐵鏈。姬遠峰上大學已經快畢業了，他也讀了不少關於西域的歷史著作，他知道自己家門前的這條國道在清朝就是通往新疆的驛站大道，也是一條名副其實的謫戍之路。多少顯貴名達文人騷客沿著這條路遠赴西域，紀昀、洪亮吉、徐松、祁韻士、林則徐、陶保廉、裴景福都在這條路上顛沛流離。姬遠峰已經讀了不少描寫翻越六盤山的文章與詩句了，描寫渡涉六盤山艱險之文最詳者為一不知名之謫客趙鈞彤。

　　　乾隆四十九年十月二十三日，發安國鎮，至固原州之瓦亭驛，五十里。曉發出鎮，山逼路轉，西北相距約一里，岡嶺重沓，斜互吞抱，凡二十五里至萵店村，稍開豁焉，山間多小溪，鳴咽如鳴哀玉，真可斷腸云。萵店數十家，屬固原州。食復行，至村西渡水，而兩山突合，車過若深術。復多流水穿亂石，若與路爭者，益西兩山內又起山，緘閉奧秘，怒流洶激，如江在峽。而車循水側，約二三里陰霾黯積，默無天日，共二十五里至瓦亭驛。出峽上高坡，而西望益糾紛，皆崇山深谷，蓋隴根也。瓦亭亦固原地，置驛駐綠營兵，千總總領之，兵民百餘家，築堡若城府，北踞山，南到澗，乃陸住。入城東門，一望皆瓦礫，客舍荒陋，有土榻也，蓋商旅往來止宿萵店，而瓦亭唯官使止驛中，故

少居停也。是日晴霽，無風而寒，山故也，向聞六盤山雖盛夏如隆冬，豈盡非也。

　　二十四日發瓦亭驛，至隆德縣，五十里。發瓦亭，出堡南門，門掛弓刀，刀之繫以線。婦女出提汲，縷藍藍然，從孺子皆赤體，若不知寒者。下坡渡水入谷中，十五里至和尚鋪。鋪十餘家，在崇山腳下，貨酒食，憩行人。先是自鋪東數里望六盤山，鉅峰摩天，冰雪紛披，張兩翼垂而下，近嶺若白線一縷。橫走山壁上，壁皆斬削直立，自壁而下，巖壑陰昏，時露鳥道。而最下有車道，起和尚鋪，西則上山路也。憩，買食，復西走，入深谷，數里北折乃上山。數十步一盤屈，盤屈輒數仞，故須臾出谷。山路闊，容兩車，初非大險，但馬汗喘耳，三四里至關帝廟。廟據山腹，地暫平，以西隆德界，故設塘置守兵，憩食如和尚鋪。而鋪設澗谷中，不可識也，憩復上仰，而驅馬蹶者再，御驚喝擁助之，已數十丈。突折東北，又仰折出西南，入棧道中，則先所遙望如線而橫走者也。道承兩輪，輪以外俱萬仞。捨車而步，石齒突滑，而天風倏起，黑雲怒飛，積雪屯冰，砭肌徹骨，真復不知人世也。數息上山巔，回身東望，則和尚鋪瓦亭驛俱在眼底，若蟻團然。因憶所經諸大山嶺，唯晉東之南天門其高差近，然無此奇，亦無此險也。下山路復闊，仍盤折而益陡，若軷輵放。故頃刻入亂峰，又頃刻落谷底，谷路窄，齟齬多水石，凡四五里至楊店汛，得稍展拓，而復就車焉。六盤山上下十五里，而谷道縈迂，皆山近趾，故東起和尚鋪，西至楊店汛，通計二十里。初上皆土路，半以上乃皆石，帶蹄轍跡，其西亦然，重峰莽合，鳥道生開，固天西一名塞。比聞歲有顛墜死者，而余無恙，又脫一險也。十五里至隆德縣，縣屬平涼，土城小，背崖阻水，當隴西道。入城亦荒荒，多瓦礫如瓦亭。得旅舍，舍矮小，僅納車。而市門多婦女，衣紅綠布衣，脂粉狼籍，若山妖，或曰妓炫售云。

著名謫人祁韻士道經平涼，渡涉六盤山，亦留下珍貴之記載。

平涼府府城雄峻，涇水流其南。康熙間叛將王輔臣據其地，久不下，文襄公圖海由虎山墩俯瞰城中，得其虛實，輔臣窮蹙乃降。余昔纂史記其事，今虎山墩在城北，文襄祠在城東郭外，城西南皆山，崆峒山在焉。崆峒凡有五，非一地，此為黃帝訪道廣成之所，太史公所遊也，時有元鶴翔舞山中。平涼之名仿於古之高平第一，晉時南涼西涼北涼皆在今甘涼二州之境，遠在河西，與此隴東無涉。西行四十里至安國鎮，平涼縣轄。平涼西行入山，氣象蕭疎，山勢漸合漸高。由安國西行五十里至瓦亭驛，此宋時所謂瓦亭關也，今隸固原州。州在驛西北，未至瓦亭二十里許，兩山夾峙如門，僅容一轍轉側而過。水嚙山根，瀝瀝然，險要莫比。過此則嵯峨萬仞，疊起雲間，循澗前進，如坐井觀天。山高日落，路脩馬疲，人亦憊甚。由瓦亭西行二十里至六盤山。自瓦亭行十餘里曰和尚坡，為六盤之麓，余晨興到此，微雨初零，土人以泥滑阻余莫前，僕者恃其勇不聽，遂登。路曲折陡峻如壁，盤磴而上，愈上愈高，始猶土石相錯，雖濘尚可行，至山半，俗呼貓兒坪，有帝君廟，甚巍煥。新鑿之路皆土覆石上，遇雨淖甚，已而雨愈大，泥益深，膠粘阻轍，色紫黑，雨忽變為雪，濟之以風，烈甚。僕馬阻峻坂下，屢起屢僕，寸步不能前，余乃捨車而騎，鼓勇直上。雪花大如掌，風乃益狂，翻撲人面，如纊身在風雪陣中，若騰雲霧而起，目迷口噤，馬亦股栗。望山巔有舊驛亭，馳往避，及下馬入，亭朽被撼欲倒，岌岌不可留。乃復乘馬，陡下千丈坡，踏冰雪鑿鑿有聲，迤邐至楊家店。路稍平，有茅屋數家可憩，解衣烘焉，少頃雪復變為雨。回視山頭皆白氣繚繞，不復辨。計此程五十里，上山下山祇二十里耳，而倉皇狼狽一至於此。次日行李始渡嶺追至，晚無枕衾，獨坐達旦，此豈天之所以窘余也耶，然亦殆矣幸矣。由六盤帝君廟西行，過嶺三十里至隆德縣，縣為隴西第一衝要之地，景色荒涼特甚。而

羯鼓紅牙，歌喉宛轉，四鄰幾遍，風俗淫靡，為之慨然，西行四
十五里至靜寧州。

次日，祁韻士又作長詩以紀此次渡越六盤山困厄狼狽之狀。

平涼西行及百里，山勢縱橫拂而起。
奇峻無如六盤山，一嶺插入浮雲裏。
危坂陡絕上青霄，時有風雪相倚徙。
車馬趑趄不敢前，往往歎詫行且止。
時雖孟夏月幾望，我行到此將西向。
和尚坂前雨急作，土人阻余莫莫上。
謂值清和猶可行，雨蝸泥濘滑千狀。
疑欲迴車憩瓦亭，僕夫恃勇請行壯。
聞言適符愛山癖，遂擬乘雨窮登降。
降隆車轍過九折，石磴嶙峋土道缺。
汩汩流泉建瓴下，雨點繽紛化為雪。
雪白泥紫路濘甚，馬瘏僕瘁若就縛。
果然一步不能前，牽率至此悔無及。
足趾二分垂在外，深澗萬丈冰雪窟。
進退維谷喚奈何，智勇俱困難為力。
捨車而騎獨向前，橫空盤硬到層巔。
是時風雪復大作，雪花如掌風如煙。
目迷耳鳴帽屢墜，烽火臺高姑往避。
數椽亭狹吹欲倒，一僕從余僵且悸。
勢殆岌岌不可留，引鞭直下窮山阰。
路傳峰回不計數，冰裂雪綻風颼颼。
當道哀鳴老駝臥，馬逸不止繞荒邱。
漸入平地楊店息，雪則不見雨未休。
此身疑是從天降，回首但看山白頭。
車价棄置嶺左旁，我問嶺右行蒼茫。

就館脫卻征袍濕，借得半榻無行裝。

堪笑狼狽一至此，沽酒獨酌澆枯腸。

乃知事多出意外，輕進冒險勢必殆。

頃刻風雲變態多，百靈趁間作狡獪。

山下作雨山上雪，兼有狂風助雄怪。

遂令過客心膽寒，至此皆有行路難。

不怕層峰疊嶂險，但愁泥滑雪漫漫。

林則徐則是讀著祁韻士的日記翻越六盤山的，林則徐在日記中寫道。

　　道光二十二年七月十九日乙丑，黎明行，微雨，所過山澗甚多，水皆湍急，十里入固原州界，又十五里蒿店，小住，作麵餅食之。又上坡行，二十五里瓦亭驛，距固原八十里。欲即過六盤山，與人咸慮及半途遇雨，無可棲止，遂住此。二十日丙寅，晴，昧爽行，五里高場堡，十里和尚坡，即六盤山之麓。其時朝曦未出，西風忽來，山氣侵人，寒如冬令，因就旅店沽酒喫麵，稍暖復行。山峻路曲，盤旋而上，五里始至山半，曰廟兒坪，關聖廟香火甚盛，敬詣行香。又旋行而上，其沙土皆紫色，一木不生，但有細草。五里至山巔，俯視下方田廬則混茫一氣矣，頂上有兵房數椽，問其兵數，人三成眾而已。閱《鶴皋先生日記》，過此遇雨，狼狽萬狀，此次幸大晴，不逾時而過，殆東坡所謂知我人厄非天窮者耶。下山，十里楊店，又十五里至隆德縣城，入東門城內住。行館深而狹，城頗大而荒涼特甚，此處向以五十里為一站，是日亦不能再行矣。

　　姬遠峰則是讀著這些先賢的文字翻越六盤山的，他早就想看看這座有名的大山了，但令他失望了，公路已經通了隧道。隧道開鑿在半山腰，汽車先是爬上漫長的坡道然後穿越隧道，隧道也不是很長，然後又是漫長的下坡道，姬遠峰沒有體會到古人描述的翻越六盤山的艱險。而植被卻很好，松林森森，青草茵茵。在路上，雨越下越大，洗掉了昨天的沙塵，田地裡水汪汪一片，從小在農村家鄉長大的姬遠峰知道，這場

春雨是少見的大雨，對春播很有好處。

　　姬遠峰這次回家除了看望父母以外，一直充盈在他心中要處理的事情就是與楊如菡的感情。晚上，姬遠峰躺在自己的床上，回憶著和楊如菡的點滴，楊如菡是什麼時間開始喜歡上自己的。對了，楊如菡在自己和她互畫卡通畫後可能就慢慢喜歡上了自己，以前上專業課都是自己看到楊如菡旁邊還有空座走過去坐下來，楊如菡在低頭看書或者忙自己的事，只有自己坐下來纔打一個招呼。自從互畫卡通畫後自己再去上專業課，每次進入教室他都會看到楊如菡都是抬頭看著他，看著自己向她旁邊的座位走過去坐下來，她的目光中期待著自己過去和她一起上課。上課的時間也會轉過頭多看自己幾眼，也會看自己記下來的筆記，把她沒有記全的筆記補充一下。她把自己的鋼筆拿起來看一眼，在一張紙上劃劃，看是什麼樣子的，然後又還給自己。自己委託她替宿舍老四和周燕當紅娘的時間她還問自己是否有女朋友來著，而自己只是開玩笑說要給她撮線，她是否有男朋友自己並沒有關心。自己那次看她在教室複習考研，進去後和她說了幾句話，她詢問自己考研的話後讓自己等等她，她和自己一起回宿舍，自己從來沒有見過她和其他男生一起走路，她願意和自己一起走路。上學期期末她主動約自己一起回家，其實可以和她同行的西安籍的男女生有好幾個，她單獨約了自己同路，作為女生約自己一起回家，說明她想和自己長途旅行，沒有一個人願意和一個自己不喜歡的異性長途旅行。

　　自己什麼時間意識到楊如菡喜歡自己的呢？好像是返校後楊如菡給自己還書一起喫飯的時刻吧，他感覺到楊如菡有些不自然，羞澀地不敢抬頭看自己。自己是什麼時間喜歡上楊如菡的呢？岳欣芙一直佔據著自己心中的全部，自己和楊如菡互畫卡通畫、委託她作紅娘、上《電機學》課自己抄她的題目，自己首先想到的就是盡量減少和楊如菡一起喫飯活動的機會，別讓岳欣芙看到或傳到岳欣芙那裡，讓岳欣芙產生誤會。他兩一起回家在校園裡碰到了岳欣芙，自己也怕岳欣芙誤會特意多

說了幾句。自己什麼時間喜歡上楊如菡的呢，火車上看到楊如菡在自己身邊熟睡樣子的時刻？在楊如菡家看到她洗澡後披著濕漉漉的頭髮白裡透紅的臉色，看到她睡衣下苗條的身材的那一刻？是在這兩個時刻嗎？不是，那只是自己第一次見到女生這個狀態而已，自己當時心裡還一直想著岳欣芙，想著她保研了，她是否會給自己一個暗示，自己心裡那時間並沒有楊如菡，姬遠峰自己也說不清他什麼時候喜歡上了楊如菡。

　　但自從一起開始打乒乓球後兩人的感情陞溫的太快了，自己也喜歡上了這個內向端莊羞澀的女生了，她每一次羞澀而又飽含深情地看自己都能讓自己感覺溫暖。和她呆在一起的時光都能給自己帶來內心的喜悅和激動，這種美妙的感覺自從表白岳欣芙後三年了再也沒有過了，代之的則是無盡的思念和無數個失眠之夜。但離畢業的時間也更臨近了，自己和楊如菡的未來在哪呢？自己已經好幾次詢問過楊如菡是否有找工作的打算，第一次問是在一起回家的火車上，自己當時是無意中問的，後來一起打乒乓球的時間自己特意問了兩次，她每次都說沒有找工作的打算，準備回西安家裡呆一段時間再說。如果她有找工作的打算，自己就會像爸爸說自己和岳欣芙一樣，盡量把工作往一個城市找，自己會試探著問楊如菡是否願意往南京找工作。如果楊如菡問自己是否願意把工作往西安找，自己的確十分想在西安找工作，自己也就明白了，楊如菡有畢業後兩個人往一起走的想法。自己也會放棄眼下南京的工作而往西安找工作，西安本來就是自己找工作的首選之地，半年多找工作的經歷表明作為一名濱工大的畢業生，找一份工作並不是一件難事。只要兩個人在同一個城市，自己會像爸爸媽媽期待的那樣，早早地正式確定與楊如菡的戀愛關係，即使結婚都可以，自己已經有了結婚的心理準備了。但自己不想像姐姐哥哥一樣那麼早地生孩子，自己還是一個不成熟的孩子，怎麼能負擔起一個父親的角色呢！但楊如菡始終沒有說自己有找工作的想法，而且也沒有複習再考一次研究生。自己不知道楊如菡如何規劃自己將來的人生，她也從來沒有提起過將來兩個人如何能去到同一個城市的話題。楊如菡對自己的工作從來沒有發表看法，對自己把工作從

煙臺換到南京也沒有說什麼，如果她說一句如果你要是把工作換到西安
就好了，只要這麼一句話，自己也會明白楊如菡內心的想法了，但她卻
一直沒有這樣的表示。雖然這份感情日深，但自己卻看不到這份感情的
未來，自己從來沒有想過自己會像系裡其他幾對一樣是「黃昏戀」，隨
著畢業而各奔東西。但現實卻的確如此，看來自己和楊如菡的這份感情
隨著畢業的分開也就結束了，雖然這份感情是這麼的美好，但卻沒有未
來，雖然不捨，但分開卻是註定的結局。自己回去後慢慢讓這份感情冷
卻下來吧，如果楊如菡不再找自己，自己也不會主動去找她，無疾而終
最好了。如果楊如菡來找自己，自己會委婉地告訴她，自己看不到兩
人將來走到一起的希望，請彼此不要說破這最後的一層紙，免得帶給
兩個人無窮盡的痛苦，在姬遠峰的心裡岳欣芙是永遠不能從他心底逝
去的痛。

八

　　再有一個月就要大學畢業了，學校組織體育畢業考試，姬遠峰猜這
可能又是走走過場而已，自己高三的時間就參加過一次類似的考試，其
中一項一千米的跑步全班男生一窩蜂地在操場上跑，高中一個班五六十
個同學，男生一半也有將近三十個同學，但只有一個體育老師在掐錶，
最後胡亂填寫了成績而已，這次他覺得也是這樣。去了操場他發現自己
猜錯了，現在一個班最多只有三十個同學，每個班的女生最多纔十個，
那是自己的電力系統自動化班，而其他幾個班每個班也就五六個女生。
姬遠峰看到了女生人群中的楊如菡，楊如菡也看著自己，他兩對視了一
下，會意地轉過了頭，他兩的關係一直避著同學，在同學面前從不做出
超越同學關係的舉動。每個班分別跑，男生和女生也分開跑，男生是一
千米，女生則是八百米，一個班跑步的時間另外一個班的同學分別給每
個同學掐錶計算時間。姬遠峰電力系統專業的體育考試已經結束了，楊
如菡和姬遠峰又會意地看了幾眼，楊如菡和班裡其他女生回宿舍了，但

姬遠峰卻沒有回宿舍，他有一件事要去做。

在旁邊岳欣芙的班裡姬遠峰他看到了那個追求岳欣芙的男生，他還從未走近跟前仔細看過這個男生，電影院裡光線太暗了，姬遠峰並沒有看清楚這個男生的面貌。他走了過去和李木打招呼，自己馬上就要畢業離開學校了，他藉機想仔細看看這位男生。他比岳欣芙高不了多少，白皙的皮膚，清秀的面容，細長的眼睛，沒戴眼睛，直髮側分，神情嚴肅的近乎沉鬱，從外表上姬遠峰猜他可能是一個南方的男生。姬遠峰有點不敢確定這就是那個自己在電影院裡見到的男生，他悄悄地問李木，「那個男生是誰？怎麼在你們班裡。」

「那是岳欣芙的男朋友，來看岳欣芙體育考試。」李木也避開那個男生小聲說道。

「你和岳欣芙一個組做畢業設計，還能讓其他系的男生把岳欣芙拐跑了，真沒用！」姬遠峰最近見李木在宿舍給岳欣芙打電話討論問題，也常聽李木說起岳欣芙如何優秀，他雖然知道李木有個高中的女朋友，大學四年終一直為了女朋友而守「活寡」，他以為李木對岳欣芙日久生情，因為岳欣芙的確很優秀，而且性格很好，笑起來那麼真誠那麼甜，姬遠峰心中有點泛酸，也想試探一下李木。

「你知道我有高中的一個女朋友，關我什麼事！」李木說道。

「誰還不知道你是個花心大蘿蔔！」姬遠峰笑著說道。

「滾，捲毛。」李木嬉笑著罵道。

「別，我就不滾，我還要粘你跟前。」姬遠峰嬉笑著往李木跟前湊了湊，要作親密狀。

李木笑著罵道，「離我遠一點，你個gay[25]！」。

姬遠峰沒有問那個男生的姓名，那個系的，今年大幾了還是已經是研究生了，是那個省的人，他只想確認這個男生是否就是岳欣芙的男朋友，當他確認他就是岳欣芙的男朋友後他拒絕知道這個男生的任何信

---

[25] 同性戀者。

息，即使李木給他說他也會打斷而拒絕聽的。

　　輪到岳欣芙班跑步了，男生的一千米跑步很快就結束了，女生八百米跑步則慢的多，八百米只需要繞操場跑兩圈，她們班的其餘五個女生已經到了終點了。岳欣芙還離終點還有大半圈呢，看起來她有點堅持不下來了，面色慘白，張開了嘴急促地喘氣著，汗珠順著面頰流下，劉海已經粘在額頭上，眼鏡模糊她已經摘下來拿在手中，腳步蹣跚不穩。他們班的幾個男生和女生陪著她跑，鼓勵她堅持。姬遠峰知道三年多刻苦的學習已經嚴重損害了岳欣芙的身體健康，自從大三開始沒有了體育課以後，岳欣芙很少參加體育鍛煉，即使周末也一直泡在圖書館學習。體育老師也發現了，跑了過去，姬遠峰看了一眼岳欣芙的男朋友，他神色嚴峻一動不動地盯著看而沒有過去陪著岳欣芙鼓勵她安慰她，最終岳欣芙還是沒有堅持下來，她被同學扶著在操場邊的臺階上休息。李木和她的男朋友都向岳欣芙跑了過去，姬遠峰猶豫了一下，他向四週看了一下，再次確認楊如菡已經回宿舍了，他跟著李木跑了過去。岳欣芙面色慘白，在大口的喝水，體育老師在一旁查看并安慰著她，讓她休息鍛煉一個禮拜後補考即可，休息一會後岳欣芙在宿舍女生和男朋友的陪同下回了宿舍。

　　晚上姬遠峰沒有去教室完善畢業設計論文，自從五一假期從家裡回來後姬遠峰只是偶爾去畢業設計的專用小教室一趟，他在躲著楊如菡，並且自己宿舍有電腦，修改論文也可以在宿舍進行。姬遠峰也沒有出去散步，他留在宿舍想給岳欣芙打個電話，問問她現在身體怎麼樣了，勸勸她以後多鍛煉鍛煉身體，姬遠峰知道岳欣芙因為白天跑步身體不舒服很可能今晚在宿舍休息。宿舍裡其他同學都去教室做畢業設計了或者與女朋友約會去了，姬遠峰拿起了電話，撥了幾個數字，他又停了下來，他想起了今天在操場見到的岳欣芙的男朋友，以岳欣芙的自尊她會十分客氣客套地謝謝自己的關心。說不定自己和楊如菡打乒乓球的事岳欣芙也知道了，雖然他兩在躲著同學，但世上沒有不透風的牆，岳欣芙

甚至會覺得自己越過了同學之間的界線，如果岳欣芙說一句你和楊如菡已經在一起了還打電話給我幹什麼，自己會無地自容的。姬遠峰自己都能想像到那種疏遠的感覺，他無法忍受岳欣芙對他的客氣。他猶豫了一會，掛了電話，出了宿舍，他去畢業設計的小教室裡轉轉去，看看和岳欣芙同一個宿舍自己專業的三個女生在小教室不，問問岳欣芙感覺好點了沒有。

　　休息了一個下午，岳欣芙感覺好多了，和男朋友喫過晚飯後她沒有去自己班畢業設計的小教室，她回到宿舍躺在自己的床上，翻看著一本雜誌，安可琪中間回了宿舍一趟拿東西，她的男朋友在宿舍外面等著安可琪。安可琪說道，「欣芙，今天晚上在我們班畢業設計的小教室裡姬遠峰問妳回到宿舍後怎麼樣了，感覺好些了嗎？」

　　「妳怎麼說的？」岳欣芙說道。

　　「我說妳休息了半天感覺好多了，晚飯也喫了一點，不過體育補考讓妳很不開心。」

　　「哦。」岳欣芙說道。

　　「妳要不要謝謝姬遠峰關心妳？」安可琪說道。

　　「妳替我謝謝他吧，他也沒有當面跟我說。」岳欣芙說道。

　　「那好吧，我走了！」安可琪說完匆匆出了宿舍。

　　岳欣芙她想起了今天體育考試的情形，當她堅持不住的時候，姬遠峰和她的男朋友，還有其他同學一起跑過來看她，分專業以後姬遠峰很少主動走到自己跟前來。這次她看到了姬遠峰關切的眼神和神情中的擔憂，自己心中為什麼又起了波瀾呢，她想起了姬遠峰送給她的生日禮物——那隻鬧錶——還鎖在自己的櫃子裡。她下了床鋪打開櫃門，拿出來看了看，又放了進去。開學時她以為楊如菡和姬遠峰走到了一起，但一個學期快過去了自己分別見到了姬遠峰和楊如菡很多次，但從來沒有見到過他兩一起走路，一起在食堂喫飯，更沒有見到過姬遠峰送楊如菡回宿舍。馬上畢業了，系裡有好幾對「黃昏戀」，同姬遠峰楊如菡一個專業的同宿舍的三個女生也經常說起，但從來沒有說過楊如菡和姬遠峰

在談朋友，或許自己開學時的猜測是錯的了。不過自己的男朋友對自己的確很好，幾乎對自己百依百順，只是他有點太嚴肅了，即使說情話也很嚴肅，有點讓她沉重而已，相比姬遠峰，少了點他孩子般真誠的笑臉，還有冷不丁的小玩笑，能讓自己感覺到意想不到的驚喜和溫暖。

<h1 style="text-align:center">九</h1>

　　五一假期返校後姬遠峰只是偶爾去一趟畢業設計的小教室，雖然他也十分想和楊如菡見面說話，想一起出去玩，但他控制著自己，減少和楊如菡見面的機會。就這樣吧，或許自己和楊如菡的感情就像自己設想的那樣慢慢地無疾而終吧。今天姬遠峰去了畢業設計的小教室，教室裡人很少，因為大家的畢業設計都該做完了，他又碰到了楊如菡。

　　「你從家裡回來怎麼這麼長時間不來小教室呢？」楊如菡問姬遠峰。

　　「我畢業設計五一放假前就做完了，沒有什麼事就少來了幾次。」姬遠峰回道。

　　「只是少來了幾次嗎？我大多數時間都在教室裡，怎麼沒有見到你。」楊如菡說道。

　　姬遠峰笑著說，「可能我來的時間妳恰好出去了，我看妳不在也就走了。」姬遠峰說完這句話又有點後悔了，自己已經決定冷卻這份感情了，怎麼和楊如菡一說話，又不由自主地向一起靠攏呢。

　　楊如菡聽到姬遠峰這句話又露出了羞澀的表情，「我還想去打球，你今晚有空嗎？」

　　「我有空，咱兩還是老時間在球館門口見吧！」姬遠峰說完這句話，更加懊惱自己剛纔那句看妳不在也就走了的話了，自己怎麼這麼沒有定力呢！

　　晚上打球回來，姬遠峰的心情更加沉重了，馬上就畢業答辯了，自己雖然一再提醒自己讓這份感情冷卻下來吧，但只要一見楊如菡的面，自己就不由自主地將自己的設想拋卻腦後，自己與她見面的次數減少

了，但對楊如菡的感情不但沒有變淡反而更濃了，他不知道該怎麼辦。

畢業答辯已經結束了，已經進入離校的倒計時了，同學們忙著辦理各種手續，比如清還圖書館的借書，辦理借書證的註銷手續等等，大家等著四年學習的最終成果——畢業證發下來就可以離校了。姬遠峰的心情也越來越沉重了，他早已經養成了煩惱時獨自散步的習慣，但最近他卻不願意在校園裡散步了，他不是怕碰到楊如菡和岳欣芙，楊如菡和岳欣芙都沒有散步的習慣，他碰不到她兩，是因為散步時在校園的每個小角落裡總能看到相擁的戀人，其中好多在相擁而泣，這讓姬遠峰更加傷感。

校園裡景色正好，紫丁香花正在盛開，團團簇簇在風中搖曳，散發著淡淡的香味，各個畢業班都在合影，要好的同學也三三兩兩在合影，他們要留下四年大學生活最後的點滴。今天系裡組織合影，在主樓前面姬遠峰見到了楊如菡，姬遠峰和楊如菡如同同班女生一樣打了一個招呼，開了畢業前的一個小玩笑。姬遠峰看到了楊如菡眼睛中的脈脈深情，畢業答辯結束後姬遠峰和楊如菡再沒有一起去打過乒乓球，他兩也有一個多禮拜沒有見面了，不是姬遠峰不想見楊如菡，是他壓抑著自己的感情，不想讓這份感情繼續陞溫了。

姬遠峰也見到了岳欣芙，她的男朋友沒有過來，姬遠峰看了岳欣芙幾眼，岳欣芙發現了姬遠峰的眼神，她的眼神躲開了。姬遠峰知道了，岳欣芙現在已經有男朋友了，自己雖然逃避著楊如菡的感情，但實際上已經愛上了楊如菡，在內心裡也和楊如菡在一起了，自己不該太多地看岳欣芙，楊如菡肯定在看著自己，自己看多了岳欣芙會被楊如菡發現的。

全系合影結束了，這張照片裡有姬遠峰，也有楊如菡和岳欣芙。電力系統專業的合影也結束了，這張照片裡有姬遠峰和楊如菡。姬遠峰原小班也合影一張，這張照片裡有姬遠峰和岳欣芙。姬遠峰多麼想和楊如菡合影一張，但班裡的同學都是要好的男生和男生，女生和女生在合

影，或者三五個男生女生一起合影，沒有男生和女生單獨合影，姬遠峰沒有藉口和楊如菡合影，他們的這份感情還一直躲避著同學，沒有公開。姬遠峰多麼想和岳欣芙合一張影，自己只有岳欣芙送給自己的一張岳欣芙大一滑冰時的照片，兩人從來還沒有單獨合影過，四年過去了，岳欣芙更成熟了，更嫻靜了，但自己卻不能和她合影了。姬遠峰和要好的幾個男同學合影幾張後快快不樂地回了宿舍。

晚上，有女朋友的室友和女朋友約會去了，沒有女朋友的也出去找同學老鄉聚會玩去了，只有姬遠峰一個人的宿舍顯得冷冷清清，宿舍裡的電腦空閒在那兒，但姬遠峰不想玩足球遊戲，他靠在自己的床鋪的被子上，想看會書，卻心緒不寧，看不進去。畢業合影都照了，同學們都沒有任何事情了，岳欣芙這會肯定和她的男朋友在校園裡約會。楊如菡也肯定閒著，自己多想和楊如菡一起在校園裡散散步，聞聞那幽香的丁香花香，或許在一個幽暗的角落裡自己會情不自禁地捧起楊如菡的手，甚至會擁抱一下楊如菡，楊如菡或許正在宿舍裡等著自己的一個電話，但自己卻強認著不打這個電話。

姬遠峰帶上耳機，打開收音機，他想聽一會節目，卻是有人為過生日的朋友點歌的節目，姬遠峰猛地意識到，今天竟然是自己的生日，他苦笑了一下，拿出了岳欣芙作為生日禮物送給自己的筆記本，趴在床上，寫下了大學四年中最後一篇日記，而這篇日記是姬遠峰大一第二學期結束後寫的惟一一篇日記。

　　　　　　　　　　　　　2000年6月23日　星期五　晴

晚上聽電臺節目時，主持人講有人為自己過生日的朋友點歌，突然想起今天也是我的生日，就連自己都忘了，還會收到什麼祝福呢！心中的惆悵不可名狀。記得大學第一個生日有她的祝福，其後再也沒有祝福的話，轉瞬間四年時間已經過去了，這也是我大學中最後一個生日了，沒有祝福，沒有溫馨的笑容，即將結束自己的學生生涯。

寫完日記，姬遠峰下了床，換上皮鞋，他要到校園裡走一走。他思索著，怎麼和楊如菡做最後的告別呢，悄悄地一聲不吭地離去……，

那太不禮貌了。去約她出來在校園裡走走，自己能和楊如菡說些什麼呢？他怕控制不住自己的情緒，而將自己設想好的全部打翻。姬遠峰想好了，在離校前的最後一刻，自己會給楊如菡打一個電話，告訴她自己要去南京上班了，祝她畢業後一切順利。等到了南京，自己會寫一封長信給楊如菡，他會告訴她自己一再逃避她的感情的原因，請楊如菡原諒自己的懦弱，自己會真誠地感謝楊如菡在離校前幾個月時間中帶給自己生活的甜蜜與幸福，最後他會對楊如菡說，「謝謝妳，謝謝妳的美好，既然兩個人走不到一起，那就請彼此忘記對方，重新開始各自的生活吧！」

宿舍電話響了，姬遠峰接了起來，姬遠峰聽了出來是楊如菡的聲音，楊如菡極少打電話到姬遠峰的宿舍，姬遠峰知道楊如菡肯定還想見自己一面，自己何嘗不是呢。楊如菡約姬遠峰一起去喫午飯，姬遠峰以為是去食堂喫，楊如菡說她想去外面的小飯店喫，她已經想好了地方，姬遠峰當然不能不去了。

快到中午了，姬遠峰往約好的地方去，一路上他不斷提醒著自己，今天一定要控制好自己的情緒，不要太傷感，即使不能高高興興的告別，那也別一副悽悽慘慘的樣子，讓楊如菡帶著平靜和自己畢業分別吧。這很有可能是最後一次和楊如菡見面了，即使雙方都老了，不要在腦海中留下的全是心酸和離愁，自己和她至今那層窗戶紙還沒有捅破，這樣最好，留下美好的回憶就夠了。

楊如菡點了兩個菜，要了水餃，還要了啤酒，還要了兩個喝啤酒的小的一次性塑料杯——姬遠峰知道楊如菡很講衛生，不願意用外面的餐具，上次返校後在外面喫飯時楊如菡就把餐具燙洗了好幾遍。姬遠峰有點吃驚，楊如菡主動要了啤酒，雖然在班裡的元旦聚會上他見過楊如菡喝酒，但她喝的很少，和岳欣芙根本無法比。這次楊如菡主動要了酒，姬遠峰心裡提醒著自己，一會一定要注意著點，不僅自己不能多喝，也不能讓楊如菡多喝，這是最後的一面了，不要出現什麼意外。

　　「如菡，讓妳約我一起喫飯真不應該，快畢業了，我應該請妳喫飯繞對，妳一個女生請我喫飯，真是讓我無地自容了，我本來想請妳一起喫飯的，結果妳先說了，這頓飯就讓我請妳吧！」姬遠峰說了一半真一半假的話，楊如菡請他喫飯真的讓他很慚愧，他想這頓飯自己請楊如菡是真的，但他原來沒有約楊如菡一起喫飯的打算。

　　「已經說好是我請你喫飯了，別客氣了，小峰。」楊如菡說道。

　　「那好吧，我先謝謝妳了，如菡，以前很少見妳喝酒，元旦聚會妳都喝的很少，今天怎麼要酒了！」姬遠峰說道。

　　「我要的很少，我倆少喝一點！」楊如菡說道。「小峰，東西都收拾好了嗎？」

　　「都收拾好了，該郵寄回家的都已經打好包了，自己盡量少帶東西，我帶的專業書很少，反而是歷史文學類的書怎麼也不捨得寄回家，總覺得自己上班了不會像上學這樣整天學習專業，更有時間看課外書了，看著這本也喜歡，那本也喜歡，最後發現帶的課外書實在有點太多了，書又重，已經不能隨身帶著了，我已經打好包了，等鐵路部門到咱們學校來專門辦理托運的時間我分別托運到南京和我家，隨身帶的行李並不多，妳呢，如菡？」

　　「我比你簡單，因為我要回家了，所以所有的東西都打包準備托運回西安，自己隨身帶的東西更少了。」

　　「那樣很好，妳那麼瘦，大包小包地帶著回家，妳爸爸媽媽看了會心疼的，我還記得上次咱兩一起回家的情景，我早晨醒了，看妳還在熟睡，白白淨淨的臉，還想給妳臉上粘個紙條之類的，但那時間咱兩還不熟悉，沒敢粘，這次我不能陪著妳回家了。」姬遠峰笑著說道。

　　「你怎麼這麼壞呢，小峰，整天想著欺負我！」楊如菡笑著說道。

　　「我怎麼忍心欺負妳呢，如菡，妳這麼文靜的女生，欺負了妳我會良心上自責的！」姬遠峰也笑著說道。

　　「小峰，就像你剛纔說的，以後咱兩沒有機會一起來回學校了，好可惜啊，我兩都要畢業了。」楊如菡情緒開始低落了。

「是啊，咱兩只有一次來回同車的經歷，一起坐車的感覺真的很好，要是咱兩熟悉的早一點的話我會和妳多幾次一起來回學校的，只是那次騷擾妳家太厲害了，連早飯都去妳家喫的，我很過意不去。」

「那有什麼，你在西安轉車，在我家休息了一下而已！」楊如菡說道。

「妳爸爸媽媽對我太客氣了，我都不好意思了，還有妳妹妹，看起來比妳開朗，但我和妳妹妹說話不多。」

「我爸爸媽媽一直對人都很熱情，我妹妹比我調皮，她經常拿我開玩笑，但我也很喜歡我妹妹。」

「我工作了以後每次回家還要在西安轉車，有機會了我去妳家看看妳爸爸媽媽去，表達一下我的謝意，不過我不知道到時間妳會不會在家裡，或許妳去外地工作了，我就不好意思去妳家了。」姬遠峰說道。

「你真的還會去我家嗎？」楊如菡抬頭看著姬遠峰道。

「會啊，怎麼不會呢，我說去謝謝妳爸爸媽媽，其實我心裡想著怎麼去妳家蹭一頓飯，省下點飯錢呢！」姬遠峰笑著說道。

「小峰，你太愛開玩笑了！我有點不喜歡。」楊如菡輕輕的說道。

姬遠峰知道楊如菡這時候沒有心情開玩笑，他有點不好意思了，「對不起，如菡，我玩笑開得有點多了。」

兩人都沉默了。

過了一會兒，楊如菡說話了，「你什麼時間離校，車票發下來了嗎？」

「我車票已經發下來了，我七月七號離校，妳呢？」姬遠峰說道。

「我是七月十號的車票，我比你走的晚，我去車站送送你吧！」楊如菡說道。

「謝謝妳，如菡，妳就別去了吧！」姬遠峰猶豫了一下說道，「我們原小班的崔哲秀工作也找到南京了，她知道我工作也找到南京了就約我和她訂了同一個車次的車票，到時間我們原來小班的其他五個女生都會送她，也有男生送我兩，妳就別去了吧！」

　　楊如菡抬頭看了姬遠峰一眼，遲疑了一下，輕輕地說了聲，「那就算了吧！」姬遠峰看到了楊如菡眼中失望的神情，他提醒著自己，一定要堅決點，不能再那麼優柔寡斷，不能讓自己和楊如菡的對話變得傷感。

　　「如菡，我都有點羨慕妳了，可以回家呆一段時間。」姬遠峰轉移話題道。

　　「你羨慕我什麼？我現在一無所有，前途未卜！」楊如菡情緒低落地說道。

　　「如菡，妳別灰心，我真的有點羨慕妳，妳雖然還沒有找工作，但妳家在西安，找份工作還是比較輕鬆的，妳可以在家玩一段時間，然後找份工作，又在爸爸媽媽身邊，西安的同學也多，回到了家還沒有和家人同學分開。不像我一個人孤苦伶仃地要去南京，人生地不熟的，也只有崔哲秀一個同學，還是個女生，我也不好意思自己空閒了就去打擾人家，我成了真正的孤家寡人了。」姬遠峰說道。

　　「小峰，你也可以在畢業前談一個女朋友啊，我以前開玩笑說你醜，其實你還是很不錯的，待人真誠而又風趣，為什麼大學四年了一直沒有談一個呢？是因為打乒乓球時你說的那個女生嗎？你到現在也沒有走出來嗎？你看我們系最近就有好幾對在談戀愛呢！」

　　「如菡，我覺得感情是需要緣分吧，我們每個人每天都會和別人接觸，就拿咱們班同學來說吧，有的做了四年同學，也僅僅是見面了打個招呼，根本進入不了對方的心裡，甚至坐下來多說幾句話的想法也沒有。同樣，在高中我們有不少的異性同學，在大學我們有很多的異性同學和老鄉，但永遠只是異性同學和老鄉，不會產生任何情愫。我單身四年只能說是緣分未到了，或許我畢業工作後在那個不起眼的地方一個不經意的眼神就會成全了我的人生大事。」說完姬遠峰苦笑了一下，他接著說，「妳說的我們系最近那幾對談戀愛的是嗎，我和我們們宿舍的室友都把這種戀愛叫做「黃昏戀」，我不知道該怎麼評價他們，那是別人的感情，別人有自己的行事方式，但如果是我，我會控制自己的感

情，我已經是成年人了，我希望自己的感情能看到未來而不是一時的遊戲。」姬遠峰避開了回答楊如菡的另一個問題，那就是自己是否走出了只有自己知道的那一個女生——岳欣芙。

姬遠峰看到楊如菡聽一直在看著自己說話，默默地聽著，沒有作聲，聽完姬遠峰的話，她又盯著姬遠峰看了一小會，低下了頭，用手把玩著湯勺，還是默不作聲，過了一會兒她端起自己的酒杯，把剩下的啤酒默默地地喝了下去。姬遠峰感到心中一陣陣的刺痛，他也不知道該如何繼續跟楊如菡說話了，他默默都看著楊如菡，多希望她能開口和自己說一句話，他兩沉默著，相對低頭無語。

沉默了一會，楊如菡抬起了頭，她張開了口，又閉上了，停頓了一下，還是說話了，「小峰，你說你自己畢業後很可能很快就結婚生孩子了，是真的嗎？你雖然說過是真的，但我卻不願意相信。」

聽完楊如菡的話姬遠峰低下了頭，他在穩定自己的情緒，過了一會兒，姬遠峰抬起了頭，故作輕鬆地說，「如菡，什麼事情都有可能發生變化，雖然我家的習慣是那樣，但我還小，只有二十二歲，我可能還會再過幾年再結婚生孩子吧！」

「小峰，你在騙我，雖然你愛開玩笑，但我知道你說的這件事是真的，你不用騙我。」楊如菡一改往日羞澀的表情，她直視著姬遠峰說道。

聽了楊如菡的話姬遠峰低下了頭，沉默了，過了好一會，姬遠峰抬起了頭，「如菡，妳說的對，我可能真的會像咱兩一起回家的路上說的那樣，一畢業就會結婚生孩子，寒假回家我爸爸已經跟我說起這件事了，我爸爸問我大學有談得女朋友嗎，有的話盡量把工作找到一個城市，感情穩定的話就帶著女孩到我家一趟，讓他和我媽媽見一面。以我家的習慣，沒有到談婚論嫁的地步，我爸爸是不會讓我和哥哥帶女生到我家去的。我告訴爸爸我還沒有女朋友，爸爸說既然已經畢業工作了，該談對象就談對象，太晚了不好，你哥哥姐姐結婚都很早，孩子都好幾歲了，我結了婚，他這輩子的任務就算完成了，也打算提前退休了。我

也給妳說過，我爸爸很早以前從車上摔下來過，他的身體也不好，我爸爸說的是實情，我不想讓爸爸繼續為我操勞了，看來我真的會像我爸爸希望的那樣，畢業了很快就會結婚生孩子了。」

「小峰，你真的願意這麼早結婚生孩子嗎？」楊如菡問道。

「如菡，妳不要問了好嗎，其實我一點都不想。」姬遠峰感覺自己要控制不住情緒了，他停了下來，穩定了一下自己的情緒，「如菡，我纔二十二歲，我甚至對參加工作都沒有做好準備，我一直還想考研究生。我還沒有真正地談過一場雙方說出口的戀愛，我還想談一場戀愛，想過一段二人世界的生活。我一直喜歡旅遊，喜歡四處走走，即使在大學裡經濟並不寬裕，但我還是去了一趟阿城的金上京遺址，去卜魁軍訓和生產實習對我來說就像一次旅遊，我也去了一趟我們系黨委書記周凱的家。每次來回學校，同一趟路線走了很多次了，但我對車窗外的景色百看不厭，我對旅遊有特殊的愛好。我想和自己的女朋友一起去爬山，去旅遊，在河邊漫步，一起去看電影。雖然我最後會生孩子，但現在還不想，但我的家庭就是這樣，我也要替爸爸著想。如菡，我到了南京很有可能真會像爸爸媽媽期望的那樣，很快找一個當地的女生結婚生子。如菡，我以後每次回家看望我爸爸媽媽都會在西安轉車，但我很可能不會去看妳了，因為我不知道妳將來會在什麼地方工作。妳是大城市的女生，結婚可能會比我晚一點，但妳比我還大一歲，今年已經二十三歲了，最多也就三四年吧，到時間妳有老公了，我也有媳婦孩子了，不方便去看妳了。」

姬遠峰說到這兒他感覺到自己馬上要控制不住自己的情緒了，他停止了說話，站了起來，去了一趟衛生間，他對著鏡子看了一下自己的臉色，是不是十分難看，穩定了一會情緒，然後又出來坐了下來。姬遠峰想繼續把剩下的話說完，「如菡，我到南京也可能再也不會給妳打電話了，我們彼此互相忘記了對方吧，讓我們在相隔幾千里之外都重新開始各自的生活吧！」但姬遠峰沒能說出口，他默默地看著楊如菡，他看到楊如菡抬頭盯著自己看，她的眼神逐漸變得黯淡，越來越黯淡，最後低

下了頭，手在不停地把玩著面前的湯勺，最後連把玩湯勺的動作也停了下來。

　　過了好一會兒，楊如菡抬起了頭，微笑著說，「小峰，我問你的話讓你太傷感了，我不應該問你這個問題的，我兩喝一點吧，以後我兩一起喝酒的機會可能沒有了。」說完，給姬遠峰和自己都倒滿了酒，端起了自己的酒杯，雖然楊如菡微笑著，但姬遠峰卻看到了她眼中隱隱的淚花。

　　「如菡，我兩都少喝點吧，要畢業了，今天妳和我都有點傷感，容易上頭。」

　　「沒事，小峰，我喝的很少，不會醉的。」楊如菡說完，喝光了酒杯中的啤酒，姬遠峰心中感覺到了刀割般的痛，他強忍著。

　　「如菡，今天中午就要這三瓶啤酒吧，妳喝一瓶，我喝兩瓶，喝完這三瓶就可以了，別再要了，我感覺自己今天也喝不了多少。」姬遠峰說道。

　　「嗯，那好吧，我也不想喝多了。」楊如菡說道。

　　「如菡，妳在家裡也喝酒嗎？妳這麼文靜，我都想象不到妳會主動喝酒。」

　　「我從來不主動喝酒，但媽媽如果做了好一點的菜的話爸爸喜歡喝點酒，他每次都喜歡讓我媽媽，我和我妹妹陪著他一起喝點，我媽媽一點都不喝酒，他就非讓我和我妹妹喝一點，時間長了我也喝一點，但自己從來不會主動喝酒。」

　　「看來我的看法是對的，妳不會主動喝酒，我也從來不主動喝酒，並且我的酒量也不好，我還記得自己喝酒的一件趣事，那是大一第一學期寒假的事，我高中的兩個男同學從城裡來農村找我玩，我們三個人喝了兩瓶白酒，我覺得自己喝的不多，去送他兩過河後往回走，可能被風吹了還是其他原因，我有點暈乎，把自行車騎到路邊大樹上去了，我從自行車摔了下來，我趴在地上手裡還握著自行車把手的橡膠套，那個自行車把手的橡膠套比較鬆，我摔下來時一著急把橡膠套也抓了下來。」

姬遠峰把這件趣事又講給了楊如菡聽。

聽完姬遠峰的趣事，楊如菡輕輕地笑了一下，「上班了還是少喝點酒吧，你已經摔過一次了，那是在農村道路上，車少，要是在公路上摔下來，車來車往的，多危險。」

「謝謝妳提醒，如菡，我上班了會注意的，我把工作從煙臺換到南京也有這方面的原因，煙臺的工作是銷售，喝酒避免不了，南京的工作是技術支持，估計可以少喝點酒。如菡，快兩點了，我兩回去吧，今天已經耽誤妳午休了。」

「那好吧，我兩回去吧，這裡抽煙的人太多了，煙味太嗆人了。」楊如菡說道。楊如菡和姬遠峰來到這家小飯館後起初還安安靜靜的，不大一會功夫來了一群大老爺們，光著膀子的，敞著衣服的，不停地抽煙，喧嘩聲像要掀翻屋頂似的。

出了飯館，姬遠峰和楊如菡兩人不自覺地走到了他們畢業設計的電氣樓外，該分開了，姬遠峰是多麼的不捨，自己可能以後再也不會見到這個女生了，他不知道該去哪兒，他也不願意說再見，也不知道自己想幹什麼，兩人相對無言地站著。

「小峰，我兩一起在校園裡走走吧！」楊如菡說話了。

姬遠峰清醒了過來，自己和楊如菡好不容易從分別的傷感中出來，說了一點自己的趣事，自己緊繃自己情緒的時間太長了，再走走自己會失控的，「如菡，我覺得自己喝多了，我想回宿舍去了，我不能陪著妳走走了，我走了！」

姬遠峰說完轉過了頭，他甚至沒有等楊如菡說話，就快步地走向宿舍，他知道自己這樣很沒禮貌，他也沒有回頭看楊如菡一眼，就快步地繞過了幾棟樓房。姬遠峰確信楊如菡沒有跟過來，他緊繃的心再也繃不住了，他的腿再也邁不開步子了，他在路邊一個偏僻的地方坐了下來，他的腦袋一片混沌，他的思緒一片茫然，他木然地坐在那裡。不知不覺中他感到嘴巴鹹鹹的，淚水已經流入了自己的嘴角。姬遠峰用手擦拭掉眼淚，長出一口氣，讓意識回到現實中，他站起來往前走，他不想坐下

來了，他怕自己再一次流淚。

十

　　大學四年的時光還是走光了，今天下午崔哲秀和姬遠峰結伴去南京的單位報到，崔哲秀是朝鮮族人，她的工作找到了韓國人在南京的LG公司，工作是公司的人力資源管理，宿舍其他五個女生都去車站送她。男生只有黨委書記周凱去女生宿舍幫忙搬行李，再多的男生去兩輛出租車就坐不下了。姬遠峰和其他送行的男生打車已經去了車站，他們在車站會合，一起送崔哲秀和姬遠峰去南京。在站臺上崔哲秀哭了，其他五個女生也哭了，四年的青春時光她們住在同一個宿舍，即使分專業了她們也沒有分開，在一起的時間沒有感覺到什麼，而分別的時刻卻是這麼地難以割捨。崔哲秀抱著每個女生，淚水不由自主地落下，紙巾浸透了一張又一張，不知道是分別的愁緒還是對前途的憂愁籠罩著每一個人，姬遠峰和幾個男生站在一邊，靜靜地看著六個女生的離愁，他們對此刻的分別也很難受，但並沒有相擁哭泣，不時地將紙巾遞給哭泣的女生。

　　催促上車的鈴聲響了，崔哲秀和五位女生作最後的分別，也和送站的男生告別，有男生也哭了。姬遠峰過來和五個女生分別，除了結伴同去南京的崔哲秀外，岳欣芙還有萬娟娟在分專業前與姬遠峰共同在一個小班學習生活了兩年，而其他三個女生安可琪、李宏還有于忻在分專業後因為在同一個專業與姬遠峰共同學習生活了四年。離別的愁緒籠罩著每個人，姬遠峰和每個女生輕輕擁抱，輕拍肩膀，輕輕地說，「保重！」露出一絲微笑安慰難過的女生。輪到姬遠峰和岳欣芙告別了，和其他女生一樣，輕輕的擁抱，輕輕的拍肩，輕輕地說「保重！」岳欣芙看到了姬遠峰的眼神，他的眼睛裡閃過了一絲異樣的神情，瞬間而逝，姬遠峰露出了一絲微笑來安慰她，岳欣芙看了出來，那不是發自內心的微笑，那是一絲從內心發出的苦笑，但一切都在瞬間而逝。

　　姬遠峰突然有股緊緊擁抱岳欣芙的衝動，自己或許永遠不會和這個

姑娘再見面了，這個讓自己魂牽夢繞四年的姑娘。姬遠峰為自己不自覺
的想法感到羞恥，岳欣芙已經有男朋友了，三年多時間過去了，岳欣芙
已經不再是那個自己表白時眼含淚花的姑娘了。自己雖然一再逃避楊如
菡的感情，但姬遠峰知道自己其實已經愛上楊如菡了，自己不應該有如
此無恥的想法。崔哲秀和姬遠峰上了火車，隔著玻璃和同學告別，崔哲
秀的眼淚還是止不住的往下流。岳欣芙看到了姬遠峰平靜的表情，還有
他的眼神，他直直的在看著自己，看著送別的其他女生和男生，不知道
他的心裡在想什麼。

　　姬遠峰靜靜地看著車窗外的岳欣芙，這個讓自己魂不守舍四年的姑
娘，她曾經也喜歡過自己，自己為她渡過了無數個失眠之夜，寫下的所
有的日記都是關於她的。自己壓抑自己的感情三年之久，但她卻投入了
另一個男生的懷抱，不知道這是上天的安排還是自己的過錯。而今天會
專程來送自己遠行的姑娘自己卻沒有讓她來，自己曾經以為會帶著對岳
欣芙這份感情的缺憾離開濱工大，重新開始自己的生活。卻不曾想到楊
如菡，這個內斂羞澀端莊文靜的姑娘走進了自己的感情世界，讓自己嘗
到了愛情的喜悅與甜蜜。雖然這份感情至今兩人都沒有說出一個愛或喜
歡的字眼，但僅僅一個眼神就會讓喜悅與甜蜜充盈自己一整天，甚至晚
上的夢都是甜蜜的。但楊如菡從來不和自己討論畢業後的計劃，自己看
不到這份感情的未來，自己一再躲避一再逃避，也許，這份感情註定就
是這樣的結局，即使是那麼的不捨。

　　回學校的路上，離別的愁緒讓每個人都默不作聲，有人會繼續留在
學校讀研究生，但熟識的同學大部分都會離開，大多數同學會象今天的
崔哲秀和姬遠峰一樣從此告別校園，告別同學，走上社會這條路，不知
道前面的路是鮮花滿地還是遍地荊棘。姬遠峰眼中一閃而過異樣的眼神
在岳欣芙的腦海中再次浮現，她意識到今天沒有女生專門來送姬遠峰，
她想起來了今天在宿舍的走廊裡還碰到了楊如菡，楊如菡還沒有離校。
自從自己看到姬遠峰和楊如菡一起回家後，她每次經過楊如菡的宿舍都
會不由自主地向裡面看一眼，看看楊如菡在做什麼。如果象自己開學猜

的那樣姬遠峰和楊如菡在談戀愛的話楊如菡今天應該來送姬遠峰的，但楊如菡沒有來，看來自己這學期開學初的猜測完全是錯的了。她想起了姬遠峰的眼神，他從來不會哭，大一第二學期期末的軍訓在自己的家鄉進行，分別時很多男生、女生還有教官都哭了，但姬遠峰靜靜地看著哭泣的男生、女生和教官，平靜地和各位教官告別，他沒有哭。今天有男生哭了，但他還是沒有哭。四年了自己從來沒有見過姬遠峰的眼淚，只有在向她表白的那個晚上，她看到了他眼中的淚花閃閃發光，但他卻沒有讓眼淚流出來。姬遠峰那一閃而逝的眼神，那一絲不易覺察的苦笑在岳欣芙的腦海中揮之不去。回到宿舍，岳欣芙的男朋友在宿舍門口等著她一起去喫晚飯，她實在沒有胃口，岳欣芙讓男朋友自己去喫，她男朋友一言不發地走了。

十一

　　火車經過了漫長的旅行，穿越了一望無際的東北平原，跨越了空曠寥寂的華北平原，進入了河湖密布的江南水鄉，現在是七月份，全是綠色，一眼望不到邊的綠色，還有小麥收割後黃色的麥茬地。逐漸接近南京了，南京是有名的六朝古都、脂粉之地，也是一個令人傷心的城市，秦淮河畔的脂粉和燈影槳聲與慘無人道的南京大屠殺的血腥夾雜在姬遠峰的腦海中，還有中華民國這段在歷史教科書中遮遮掩掩欲蓋彌彰的歷史。在大學裡電氣工程系只有《中國革命和現代史論》這麼一門歷史課，歷史老師不會像中學歷史課那樣重複讀一遍課本而已，他會講一些課本中沒有的內容，姬遠峰對這個歷史老師課的印象很好。這門課結束了，姬遠峰又打聽到了這個老師另外一門講座課，其中講到過朝鮮戰爭，雖然這門講座課甚至不是姬遠峰的選修課，但姬遠峰喜歡歷史，也喜歡地理，他一直去上這個老師的這門講座課，一直到結束。這讓姬遠峰知道了歷史除了教科書那些枯燥無趣的內容之外還有深入的分析，也有其他的聲音，這位老師在姬遠峰畢業前又當了濱工大圖書館的館長。

姬遠峰也對中華民國這段歷史很感興趣，但這段歷史在教科書中除了軍閥混戰以外還是軍閥混戰，但姬遠峰也讀了一些書，知道在那個混亂的時代裡卻湧現出了一大批著名的學人，而這段歷史的中心舞臺就在南京。而這座城市即將成為自己後半生棲息之地了，這一切都令姬遠峰對南京這座城市充滿了迷惑與嚮往。

火車越來越抵近南京了，人民幣和地理教科書上的南京長江大橋已經隱約可見。姬遠峰把眼睛貼在窗戶上，一動不動地盯著窗外，橋頭上兩個高大的革命旗幟造型的立柱也已經隱約可見，隨後火車穿行在大橋的下層，火車輪轂撞擊著鐵軌，發出有節奏的聲響，眾多的鋼柱從車窗外一個接一個地閃過，寬闊的江面上條條江輪如靜止著一般。姬遠峰不自覺地把長江與松花江比較，這裡的江面更寬闊，但江水卻沒有松花江那麼清澈。姬遠峰知道這座橋除了正常的交通功能外還承擔了更多的政治宣傳使命，僅僅從橋樑史出發，錢塘江大橋、武漢鐵路大橋、甚至蘭州的黃河鐵橋在中國橋樑史上的地位并不在此橋之下。

火車靠站了，姬遠峰邁出了車廂，一股熱浪向他撲面而來，瞬間將他包裹，姬遠峰感覺到自己的呼吸瞬間變得急促起來了，渾身不舒服，他的生理機能還沒有從空調車的涼爽中調整過來。姬遠峰甚至認為在甘肅和黑龍江長到二十二歲的自己身體並沒有南方氣候的經歷，自己的身體或許也沒有鍛煉出如此鉅大而迅速調整的機能。其實在火車駛向南方的過程中姬遠峰已經感覺到了南方的酷熱，他在兩節車廂連接處已經感受到了從縫隙中滲入的絲絲熱浪，只是現在置身於此熱浪之中讓他感覺更加難受。

崔哲秀和姬遠峰的單位都派了車來接站，姬遠峰和崔哲秀告別，互相說著安頓下來聯繫的話。車行駛在南京的街道上，姬遠峰對這座城市充滿了好奇，他的眼睛盯著窗外不停地看。透過車窗姬遠峰看到了一片水面，他問接站的同事，那是玄武湖嗎，接站的同事稍帶詫異的神情說是，問姬遠峰以前是否來過南京。姬遠峰說沒有來過，玄武湖是南京著名的景點，介紹南京的文章都會提到，他心裡想等報到手續辦完周末了

自己過來逛逛。

　　單位的車把姬遠峰送到了他的住宿地，一座小的賓館而不是單位的宿舍樓，賓館離單位很近，步行五六分鐘就到了，單位在司背後這麼一個有點拗口的地方。進了賓館房間，姬遠峰又打了一個冷顫，賓館房間的空調一直開著，而且溫度調的比較低。這是一個賓館的標間，只住兩個人，姬遠峰見到了他的同事兼室友，一個來自福州大學電力系統專業的本科生。姬遠峰以前並沒有聽說過這個大學，他考大學的時間只考慮了北方的一些大學，對南方的大學除了幾個很著名的大學以外其它的他知道的很少。

　　第二天姬遠峰去了單位報到，第三天開始去車間實習，他發現自己缺少一個很重要的物品，那就是涼鞋。姬遠峰在甘肅和哈爾濱夏天可以不穿涼鞋而度過整個夏季，在大學裡除了在宿舍穿著拖鞋以外其他時間他都穿球鞋和皮鞋，現在除了上班的時間需要穿涼鞋以外其他時間都可以穿著拖鞋。在大學裡校規要求學生不許穿拖鞋和背心進教室，姬遠峰也從來沒有穿著拖鞋走出過宿舍，更不用說穿著拖鞋上街了，但現在滿大街都是穿著涼鞋和拖鞋的男男女女，很少有穿皮鞋的。姬遠峰知道他現在必須得適應環境了，而姬遠峰的福州大學同事則有一雙人字拖，走路的時間趿拉在地面上和姬遠峰一起去喫小飯館。姬遠峰以前在大學裡偶爾見到宿舍裡南方同學有穿的，趿拉在地面上噼里啪啦地響著，他覺得很邋遢也很沒有禮貌，因為在家裡如果自己趿拉著布鞋也會被爸爸狠狠地訓兩句，但在這裡到處都是，他知道什麼都是習慣而已。雖然一雙涼鞋很有必要，但姬遠峰並沒有買一雙涼鞋，上班的時間還一直穿著皮鞋，下班了就穿著拖鞋。上到街道上當地人都說南京方言，比哈爾濱當地的東北話難懂的多。

　　白天姬遠峰去車間實習，看工人製作PCB[26]板，車間空調開得很涼爽，他穿著皮鞋也沒有任何不舒服，只是去衛生間的短短幾分鐘會讓他

---

[26]　Printed Circuit Board的簡寫，中文名稱為印製電路板。

重複第一次到南京火車站和進入賓館的感覺，從涼爽到濕熱出汗，被汗浸透的襯衣粘貼在後背上，然後進入涼爽的車間後再打一個冷顫。

開始入職培訓了，姬遠峰和做研發的研究生同事一起培訓，培訓一開始就發下來了一個精美的筆記本，封面上赫然印著「國家電力公司科技第一股」的字樣。姬遠峰有點納悶，自己原來簽約的煙臺那家公司不是流傳著看門的職工持有股票也是百萬富翁的神話嗎，有一兩年也是龍頭股，那也是一家電力科技公司，這裡又是第一股，到底誰說的是真的呢？或許中國的語言奧妙無窮，兩家單位說的都是真的，煙臺的單位效益好，南京的這家單位是時間上最早上市的第一支電力科技股票吧。自己已經到南京這家單位上班了，也就別糾纏在這上面了，夢想成為百萬富翁的事情已經過去了，也不用打電話給班長和自己的朋友孫睿討論這個問題了。

兩個禮拜過去了，入職培訓也漸漸深入了，研究生同事已經發下來了筆記本電腦，負責培訓的領導說做技術支持的本科生的筆記本電腦也很快要發下來了，但姬遠峰卻不想發下來，他覺得筆記本電腦發下來就意味著自己會在這裡安定下來了，很快要去現場出差了。姬遠峰雖然喜歡旅遊，但卻不喜歡出差，他喜歡安定的生活。

單位沒有食堂，這座小賓館也沒有餐廳，但賓館旁邊有好幾家小餐館，其中有兩三家是川菜館，姬遠峰一日三餐需要在小飯館解決。他喫的最多的是一家川菜館的竹筒米飯，其實他不喜歡喫辣味的川菜，但他更不喜歡喫甜味的菜。一個禮拜後姬遠峰聞到小飯館的飯菜就有點惡心了，那菜裡有太多的調味品。姬遠峰在家裡一日三餐都是麵條饅頭，在高中午飯是饅頭和菜，晚飯是雷打不動的麵條。大學裡雖然米飯更多了，但他有每天喫一頓或饅頭炒菜或麵條或水餃的習慣，一日三餐全是米飯姬遠峰也不喜歡。姬遠峰住的賓館附近沒有麵館，他冒著酷熱走出好遠找到一家麵館，可能是他剛到南京沒有找到好喫的麵館，姬遠峰去了一次後再也沒有去過第二次，實在不想喫小飯店米飯的時間他就買一些麵包放在賓館裡，喝開水喫麵包。

　　姬遠峰和他的室友交流的不多，他的室友喜歡看電視，主要是連續劇，包括愛情劇，這些姬遠峰都不喜歡，他喜歡看書遠甚於電視。姬遠峰對他的室友霸佔電視沒有任何意見，甚至他的室友覺得不好意思了，主動把遙控器給他，姬遠峰看兩眼後把遙控器就還給了室友。姬遠峰的室友有女朋友，但並不在南京本地，他的室友幾乎每天晚上都會和他的女朋友通電話很長時間。姬遠峰很不好意思在別人說情話的時間呆在旁邊，要是在哈爾濱他可以隨便去一個地方，但在這裡太熱了，他無處可去，他的室友就會去衛生間關上門和女朋友打電話，時間太長了，室友會搬一把椅子放在衛生間專門用來打電話，有時間室友的情話和笑聲會透過隔音並不好的衛生間傳到姬遠峰的耳朵裡。

　　來到南京後的第二個周末姬遠峰去找崔哲秀，他去給崔哲秀還錢。姬遠峰大學的時間經濟並不緊張，爸爸也不允許他申請助學貸款，但大一第一學期班長告訴姬遠峰農村學生可以申請助學金，姬遠峰以為是免費的，就隨便填寫了一張申請表，結果大學八個學期每個學期學校都發給他三百圓，他以為是免費的就買書隨便花了。但離校前辦理離校手續時學校告訴他還有二千四百圓的助學貸款需要還，當姬遠峰把助學貸款還完后就所剩無幾了。當時姬遠峰不敢給爸爸說自己沒有錢了讓爸爸給他匯款，因為兩三天前爸爸打電話問他身邊錢還夠花嗎他說夠了，自己手頭還有兩千多圓錢呢。還完學校的助學款後錢不多了，姬遠峰怕在南京開銷不夠就借了同行的崔哲秀四百圓錢，現在爸爸的匯款到了，他去給崔哲秀還錢，並且想和她說一會話，玩一會，在南京姬遠峰只有崔哲秀這麼一個同學，他很孤單。姬遠峰冒著酷熱坐了很長時間的公交車繞到了崔哲秀的公司，中間經過了南京城牆，姬遠峰纔知道南京城牆保存的也比較完好，但比起西安城牆來矮小的多。崔哲秀告訴他，韓資企業工作強度很大，她周末還在加班，姬遠峰知道找崔哲秀一起玩的想法泡湯了，他還了錢，在崔哲秀的公司門口和崔哲秀聊了一會，崔哲秀匆匆進入公司繼續上班了。

　　晚上快睡覺了，姬遠峰的室友在床上會和女朋友通當天最後一次

簡短的電話，在床上愉快的撲騰兩下，很快地進入了夢鄉。而姬遠峰卻遲遲無法入睡，他思索著，自己要在這個酷熱潮濕的城市生活後半輩子嗎？自己還有將近四十年的職業生涯就要在席不暇暖的奔波中渡過嗎？自己要找一個南京當地的女生，改變掉自己的普通話，也改變了自己老家的方言而和這個女生生活後半輩子嗎？每當姬遠峰睡不著的時間楊如菡的影子總在他的腦海中出現，不知道她在西安現在在幹什麼，她找工作了嗎，她是否還記著自己。

　　姬遠峰不想呆在這個酷熱潮濕的地方了，也不想過舟車勞頓、席不暇暖的日子，他再次想到了換工作。他本能地想到了西安的那家電力設計院，他喜歡西安那座離自己家很近的城市，他來去學校在這座城市轉車很多次了。設計工作也不會頻繁出差，雖然找工作時他聯繫過這家設計院，這家單位只要研究生，姬遠峰現在還想試一下。他找出了找工作時間記錄各個單位聯繫方式的小筆記本，給西安的電力設計院打了電話，對方讓他過去面試。姬遠峰給爸爸打電話說了他想換工作到西安，也說了西安的單位的好處，爸爸對此十分支持。僅僅上班三個禮拜後姬遠峰向單位請假，撒謊說自己爸爸身體不好，他要回家看望，姬遠峰去了西安，面試很順利地通過了。但西安的設計院只願意以應屆生的方式接收他，這樣就可以有西安戶口，這讓姬遠峰又高興又為難，高興地是既能在西安找到自己滿意的工作，也能辦理十分重要的當地戶口，但為難的是自己已經去了南京上班了，自己已經不是應屆生了。姬遠峰打電話到了自己的母校濱工大，讓他喜出望外的是母校告訴他只要他的手續還沒有在南京落地，讓南京的單位把手續打回母校就可以以應屆生身份重新就業。姬遠峰連夜趕回了南京，繼續向南京的單位撒謊，說爸爸身體情況不好，他不能在南京來工作了，他要辭職回家服侍爸爸一段時間，等爸爸身體好一些了然後再找工作，並且想找一家離家近的單位，現在只能把手續打回自己原學校了。可能南京的單位被姬遠峰的孝心打動了，也可能相信了姬遠峰不是跳槽，因為姬遠峰請求把檔案打回到原學校，單位爽快地辦理了辭職手續，象徵性地交納了一點違約金，還給

姬遠峰發了三個禮拜的工資。姬遠峰雖然對南京沒有留下美好的記憶，但對這家單位很感激。

姬遠峰連夜從南京趕回母校，辦妥了手續，姬遠峰想到了岳欣芙，這時間已經九月初了，岳欣芙研究生已經開學了，她現在應該暑假結束回到學校了，姬遠峰很想見岳欣芙一面，但想到她的男朋友可能陪伴在身邊，僅僅兩個月的時間岳欣芙已經是在讀研究生了，自己還是一個本科生，又跳槽了，姬遠峰不願意看到岳欣芙身邊的男生，也沒有臉面去見岳欣芙。姬遠峰沒有去研究生宿舍找岳欣芙，又連夜返回到南京，收拾自己的行李，向那個和自己只做了一個多月的同事兼室友告別。

要離開南京了，除去往返西安面試、往返哈爾濱奔波辦理手續的時間這座姬遠峰只呆了一個月左右的城市，出租車載著姬遠峰和他的行李經過了玄武湖，姬遠峰心想，自己剛到南京第一次遠遠見到這座湖的時就想好了等安頓下來了來玩一次的，但周末太熱了，除了出去喫飯姬遠峰沒有出過賓館的房間。短短兩個月的時間自己又要離開這座曾經以為會是自己後半生安家之所的城市了，但自己還沒有去過這個湖，也沒有去任何一個地方玩過，這個城市有名的地方很多，總統府、秦淮河、中山陵、雨花臺等等，看來自己只是這座城市一位匆匆過客而已。

在西安的電力設計院安頓下來了，也可能現在已經到了九月中旬了，西安最炎熱的時間過去了，姬遠峰感覺西安的氣候比起南京來好多了。姬遠峰住在單身宿舍樓，單身宿舍樓和辦公區只隔著一個鐵柵欄。辦公區有漂亮的劍麻和棕樹一樣的植物，生活區高大的梧桐樹甚至比六層樓還要高，遮蓋著姬遠峰的單身宿舍樓，走在梧桐樹遮蔽而成的林蔭下姬遠峰感覺很愜意。

宿舍裡沒有空調，但有風扇，開著風扇就可以讓人感覺舒服地入睡。單位裡有食堂，飯菜很好，麵食和饅頭很多，西安的飲食甚至比姬遠峰家鄉的還合口味。姬遠峰也看到了單位院子裡面就有一個籃球場，在南京太熱了，他已經有兩個月沒有碰過籃球了，現在他下班可以打

籃球了。當地的西安話讓他感覺很親切，因為楊如菡的話裡就有西安味道。

　　一切安頓就緒了，今天是周末，姬遠峰坐公交車到了楊如菡家的學校旁邊，他找了一個公用電話亭，他準備給楊如菡打一個電話，畢業後的兩個月裡楊如菡從來沒有從姬遠峰的腦海中走開。姬遠峰有點猶豫，兩個月時間過去了，他沒有告訴楊如菡自己在南京的聯繫方式，也沒有和楊如菡聯繫過。楊如菡是否會因為自己沒讓她去車站送自己而生氣，是否還因為畢業前那次喫飯時自己委婉的告訴楊如菡自己看不到兩個人走到一起的未來，各自尋找各的未來楊如菡因此而失望、傷心甚至生氣。姬遠峰不知道楊如菡是否還喜歡著他，楊如菡是否已經決定放下這份感情了。如果楊如菡不願意出來見自己，那自己就在這個校園裡轉一圈，看看上次結伴回家時兩個人在校園裡轉過的地方，當作埋藏在心底的一段記憶吧。但直覺告訴他楊如菡還喜歡著他，姬遠峰忐忑不安地撥了楊如菡家的電話，聽筒中傳來了熟悉的聲音，是楊如菡的爸爸，她家的電話從來都是爸爸接聽，偶爾她媽媽接聽，楊如菡從來不會主動接聽。楊爸爸看了一眼電話，是西安本地的一個號碼，他拿起話筒。

　　「叔叔，楊如菡在家嗎？」姬遠峰問道。

　　楊爸爸聽出了是姬遠峰的聲音，「是小峰嗎？如菡在家。」邊說邊衝著楊如菡的臥室喊，「如菡，小峰的電話。」

　　楊如菡在聽筒中聽到了那個熟悉的聲音，「是我，姬遠峰！楊如菡，妳能出來一下嗎？我現在在妳家學校旁邊。」

　　「可以，小峰，你現在在哪？你不是去南京的單位上班了嗎？這麼短時間回家路過西安？」

　　「不是回家路過，我換工作了，我把工作換到了西安，已經在西安安頓下來了，我現在在公交車下車的地方，妳們學校家屬區的側門……」

　　姬遠峰的話還沒有說完，楊如菡打斷了他的話，「真的嗎？你等我，我現在就出來！」邊說邊掛斷了電話，衝著爸爸媽媽喊，「爸媽，

我出去一下，小峰到西安了。」然後胡亂換了身上的睡衣，換衣服時不小心將頭髮扯亂了也沒有梳一下，用手掠了掠，就下了樓。楊爸爸在身後大聲地叮囑，「喫飯時帶著小峰回家裡喫，小峰大老遠過來了！」

聽到楊如菡電話中的語氣，姬遠峰懸著的心放了下來，雖然約好了在公交車站旁學校的側門見面，姬遠峰想給楊如菡一個小驚喜，他來到了楊如菡家的樓下。半年前的冬天姬遠峰已經來過楊如菡家了，高大的芭蕉樹靜靜地還在樓旁，只是比去年冬季嫩綠生氣了許多，去年冬季看到滿樓乾枯的藤狀植物爬山虎這時已經是綠黃相間了，包裹著半壁山牆，高大的樹木和楊如菡家六層的樓房齊高甚至更高。姬遠峰的心情與去冬截然不同，上次他只是作為一個普通同學來過楊如菡家，一個學期過去了，自己和楊如菡間的關係已經發生了變化，雖然兩個人還從未說出一個愛或喜歡的字眼，但兩顆心卻一直在靠攏。姬遠峰聽到電話中楊如菡驚喜的語氣，他的心情一下子象陰鬱的天氣見到了太陽。

楊如菡沒有想到分開兩個多月後又和姬遠峰見面了，而且做夢也沒有想到姬遠峰已經換工作到了西安，她快樂的如同一隻小鳥。兩個月的時間姬遠峰消瘦了許多，看的出來他特意剃了鬍鬚，還是那個真誠的笑容，乾淨的眼神，只是消瘦讓他笑起來顯得嘴巴大了不少。

姬遠峰和楊如菡順著銀杏坡往校園裡走，秋意已經將路兩旁高大的銀杏樹葉染黃，金燦燦的滿目金黃，兩隻龜趺狀的門柱將生活區與校園分開，從龜趺的口中一股清泉流出，順著水槽流入不遠處的池塘。偶有片片金黃的銀杏葉落入水槽，順著水流匯聚入池塘，好像這就是曲江流飲典故之出處，而池塘邊上的確有一方石碑，上刻「曲江流飲」四個紅色的大字。池邊樹木倒映在碧綠的池中樹影婆娑，三三兩兩的學生情侶倚坐在池邊涼亭內的石凳石桌旁，或看書，或竊竊私語，這裡猶如一幅詩詞所繪。

園林開畫卷，淑景明池館，柳絲抽罷黃金線。

秋風繞半面，秋風繞半面。

翠空雲散，午煙晴淺。

歡蜂蝶，嬌鶯燕，纖枝不動香飄遠。

紅葉秋爛漫，紅葉秋爛漫。

去年冬天姬遠峰在校園裡轉的時間也經過這裡，一幕薄雪飄零在只有池邊纏結的一層薄冰上，寒假中這裡寂無一人。這時這裡的學生情侶太多了，已經將池邊之地盡行佔領。姬遠峰和楊如菡繼續前行，黃色琉璃瓦覆頂的涼亭在路邊為紅楓掩映。他兩來到圖書館邊上，高大的松柏將仿古建築的圖書館掩映，青磚的圖書館外牆也被爬山虎包裹，只剩下朱紅色的樓簷在樹梢中隱現。圖書館邊的石凳為藤枝編織成一個天然的涼亭遮蓋，他兩並肩而坐，姬遠峰側身看楊如菡的臉，楊如菡低著頭，氣氛有點靜默的尷尬。

「如菡，妳的頭髮怎麼這麼亂，妳在家不梳頭嗎？」姬遠峰微笑著說道。

「那有！出門時不小心弄亂了！」楊如菡笑了一下，邊說邊伸手把散亂的頭髮向後掠一掠。「你怎麼這麼快就換工作了，你在電話裡說換工作了我還以為你開玩笑呢！你平常那麼愛開玩笑！」氣氛不再靜默了。

「南京太熱了，熱的我無處逃避，想想自己要在那樣的天氣裡生活後半輩子，就覺得恐怖，我也想妳了，所以換工作了。」姬遠峰說道。

「真的想我了嗎？想我了兩個月也沒有電話聯繫過我，你也沒有告訴我你在南京的電話。」楊如菡說著又低下了頭。

「我不想在換單位的事情定下來之前聯繫妳，免得自己分心。如菡，我現在到了西安，我想重新聯繫到妳，不知道妳還生我的氣不？」姬遠峰想到了畢業前的那次喫飯，分別時他差點說出了到南京後不再聯繫楊如菡的話來，他心裡暗自慶幸自己當時沒有說出口，但也一陣愧疚，他感覺對不住楊如菡。

「小峰，我沒有生你的氣，我還挺驚喜的，南京熱的真有那麼誇張嗎？」

「真的，可能自己從小在西北長大，又在哈爾濱上學的原因吧，

我沒有想到熱是那樣的恐怖，車間裡有空調感覺還好一點，你去一趟衛生間，只要一出車間的門，熱浪就會迎面撲來，將你團團包裹，在衛生間短短幾分鐘你就會大汗淋漓，濕透的襯衣粘在皮膚上。不是那種打籃球額頭出汗、前後背出汗的感覺，是渾身上下全部出汗，帶著汗回到車間，冷氣從毛孔鑽入，讓人很不舒服。回宿舍短短的幾分鐘的路程又是一身大汗，宿舍裡空調二十四小時開著，睡覺的時間就感覺耳朵邊蚊子的嗡嗡聲伴隨你一夜，早晨起來不是神清氣爽的感覺，而是昏昏脹脹的感覺，我從來沒有想到熱是那麼的恐怖。喫的也不習慣，單位沒有食堂，天天喫小飯店，喫的只想吐，而且好多菜都是甜的，也沒有麵食，很不習慣。」

「西安夏天也挺熱的，但還沒有你說的那麼恐怖，你的單位在南京什麼地方，你在南京遊玩過嗎？」

「單位在一個叫司背後這麼一個拗口的地方，我在南京時間很短，整天想著換工作呢，沒有心思去玩，也太熱了，一個地方也沒有去玩過。」

「你在單位忙嗎，工作主要幹什麼？」楊如菡問道。

「我剛開始上班，工作不忙，就是在車間熟悉工作，主要看工人製作PCB板，聽說過段時間就要讓我們熟悉產品，為將來去現場做技術支持作準備，不過我還沒有到那一步就開始辦理辭職手續了。」

「辭職手續好辦嗎？單位不奇怪你為什麼這麼短的時間就辭職嗎？」

「當然不好辦了，到處都是一副衙門的樣子！為了辭職真讓人下作，我撒謊說我爸爸身體不好，我是家中獨子，我要辭職回家服侍一段時間，等我爸爸身體好一些了再找工作，直接把我的手續打回原學校就可以，可能是單位也同情我的一片孝心吧，也可能相信了我不是跳槽，因為我請求把檔案打回到原學校，所以單位爽快地同意了我辭職。」

「那你交違約金了嗎？」

「當然交了，交了兩千的違約金。」

　　「那真不多，比在學校簽約又違約交的還少，我記得你說過你和煙臺的單位違約還繳納了三千違約金，你南京的單位這點還挺有人情味！」

　　「南京的單位真不錯，在我辭職的事情上沒有為難我，而且比較正規，雖然我上班不到一個月，單位還是按日計算給我發了一千多的工資。」

　　「那你又怎麼聯繫到西安的單位的呢？」

　　「我在南京不想呆了就翻看在學校找工作時記下的各個單位的聯繫方式，發現了西安的這家設計院，其實我找工作的時間曾經和這家單位聯繫過，當時這家單位說只招研究生就沒有再聯繫，這次我抱著試試看的想法打了電話，單位讓我過來面試，一面試通過了，我就回南京辦理辭職手續了。」

　　「設計院也挺奇怪的，去年招聘的時間不是說不招本科生嗎，怎麼又招聘本科生了呢？」

　　「可能沒有招夠學生吧，我報到時特意看了一眼花名冊，全是本科生，一個研究生也沒有，我由於是二次重新派遣就業的，到單位報到的晚，我還沒有見到今年一起進單位的同事呢。」

　　「你的檔案怎麼遷移的呢？」楊如菡問道。

　　「幸好我辭職的早，我的檔案還在單位，沒有落到南京本地，單位同意我辭職後直接把我的檔案打回了學校，我又回學校一趟辦理了檔案遷移手續。」

　　「你回學校了？你去找上研究生的同學了嗎？」楊如菡問道。

　　「嗯，我回濱工大了，學校還是老樣子，遇到了一兩個同學，但不是上研究生的同學，而是留在學校繼續複習準備考研究生的同學，短短兩個月的時間有點物是人非的感覺，我也沒有去找上研究生的同學。如菡，人家都已經上研究生了，我自己還為工作奔波，我沒有心情去找。」

　　聽了姬遠峰的話，楊如菡臉上掠過一絲不易察覺的表情，「你現在

西安的單位怎麼樣？」

「我剛來三四天，剛辦理了報到手續，連入職培訓也沒有開始呢，具體情況不清楚，不過由於是電力設計院，主要是搞發電廠和變電站設計，不用頻繁地出差了，如菡妳呢？妳這兩個月一直呆在家裡？」

「嗯，我一直呆在家裡。」

「呆這麼長時間，妳不煩嗎？」姬遠峰問道。

「很煩，我已經和媽媽吵了兩次架了，每次都是爸爸充當和事佬。」楊如菡說道。

「哦，如菡，我還沒有見過妳生氣的樣子，不知道妳生氣時是什麼樣子，是不兇巴巴的。」姬遠峰笑著說，「妳沒有打算找一份工作嗎？或者繼續考研嗎？」

「爸爸和媽媽讓我在他們學校的一個研究所上班，我不想去，我也不想考研了。」

「那妳有什麼打算呢？」姬遠峰問道。

「我正在申請出國留學呢！」

姬遠峰聽到楊如菡說正在申請留學，心頭一怔，他思索著，楊如菡什麼時間決定出國留學的，楊如菡在學校裡沒有考上研究生也沒有找工作，應該在那時就已經有了準備出國留學的想法了，為什麼從來沒有跟自己透露絲毫呢？雖然心中有這樣的疑惑，但姬遠峰沒有說出口。就像楊如菡對自己把工作從煙臺換到南京沒有發表任何看法一樣，自己也不應該對楊如菡出國留學發表任何看法，有的只是祝福她早日出國了。姬遠峰問楊如菡，「妳向哪個國家的學校申請呢，現在進展怎麼樣？」

「我申請了美國的學校，因為我沒有考英語，美國的學校比較難申請，我又申請了新加坡的學校，不知道哪個學校能給offer[27]了。」

「哦，如菡，畢業已經兩個月了，聽妳剛纔說不知道哪個學校能給offer，那妳意思妳還沒有收到offer？」

---

[27] 錄取通知書。

「嗯，是的，這也是我為什麼煩躁，和媽媽吵架的原因了，其實媽媽沒有什麼不對的地方，只是我心情不好，聽到媽媽的嘮叨就忍不住吵起來了。」

「哦，如菡，這樣啊，那一會妳找個電話亭給妳爸爸媽媽打個電話，咱兩中午一起在外邊喫吧，我多陪妳一會吧！」

「好啊，我也是這個想法。」楊如菡說道。

到晚飯的時間了，姬遠峰原來並不打算去楊如菡家，但經不住楊如菡的勸說，說她爸爸特意叮囑回家喫飯，姬遠峰和楊如菡回到了楊如菡的家。姬遠峰有些忐忑不安，他原來並沒有想楊如菡是否還願意回到學校裡兩人感情的那種狀態，但今天楊如菡願意出來見自己，見自己的神情，與自己的聊天，姬遠峰確信楊如菡還喜歡著自己，他兩還會繼續這份差點中斷了的感情，在姬遠峰心中已經把楊如菡當做了自己的女朋友，他也相信楊如菡願意接納他。雖然上次回家姬遠峰已經去過楊如菡家幾次了，也見過楊如菡爸爸媽媽了，但這次是姬遠峰第一次心中以一個女生的男朋友的身份去見女生的爸爸媽媽，仿佛去面對一次大考一樣。

妹妹楊如菭已經開學了，不在家，姬遠峰見到了楊爸爸和楊媽媽，還是和去年冬天一樣的熱情。楊媽媽在做飯，楊爸爸和姬遠峰、楊如菡在聊天，楊爸爸詢問姬遠峰在南京工作的情形，為什麼這麼短的時間就換了工作，姬遠峰把給楊如菡說的話又重複了一遍。在這個熟悉的地方，姬遠峰想起了去年冬天楊如菡和她爸爸發生的關於大學生是否應該談戀愛的爭論，自己那時間心裡全是岳欣芙，當時只是覺得有點尷尬而已。現在情形不同了，姬遠峰覺得楊爸爸並不支持自己和楊如菡交往，那時的爭論應該是專門說給自己聽的，只是自己太愚鈍了，並沒有聯想到自己。姬遠峰不時看看楊爸爸的臉色，他看不出來老人內心真實的想法。

晚飯喫完了，楊如菡送姬遠峰去公交車站，姬遠峰和楊如菡都有點依依不捨，他兩又沿著街道散步一圈，再返回到公交車站，姬遠峰坐車

返回了單位。楊如菡回家後主動洗了碗筷，楊爸爸和楊媽媽已經好長時間沒見楊如菡如此勤快了，楊如菡也沒有把自己關在自己的臥室裡，少有地到客廳和爸爸媽媽一起看電視了。

「如菡，去年冬天小峰來咱們家，妳不承認妳兩在談朋友，我說的沒錯吧！」楊爸爸笑著說道。

「當時我兩的確沒有談朋友！」楊如菡回答道。

「那妳意思妳兩現在在談朋友了？」楊爸爸笑著說道。

楊如菡臉色緋紅，不吭聲。

「如菡，小峰換工作到西安，事先和妳商量過嗎？」楊爸爸問道。

「沒有。」楊如菡回答道。

楊爸爸笑笑表示不相信，「小峰喫飯時說南京太熱了，生活不習慣就換工作到西安了，還有其他原因嗎？」楊爸爸又問道。

楊如菡聽爸爸這麼說，臉上又飛過一陣緋紅，「小峰也只對我說南京太熱了，南京的單位要頻繁地出差，西安的單位是設計院，不用頻繁地出差。」

「妳給小峰說了妳打算出國的事情了嗎？妳還繼續打算出國留學呢還是像我說的去我學校的研究所參加工作呢？」

「我出國留學的事給小峰說了。」楊如菡沒有回答爸爸問她繼續打算出國留學還是在國內工作的問題。

「小峰對妳出國說什麼了嗎？」楊爸爸問道。

「他什麼也沒有說。」楊如菡回答道。

晚上，楊如菡躺在床上有點睡不著，她想到今天和姬遠峰見面的情景，心中暖烘烘的，自己還要出去留學嗎？妹妹已經早早收到美國學校的offer了，自己也沒有再複習準備考研究生，現在已經九月份了，再複習已經來不及了，即使明年再考一次，考哪個學校呢？考回濱工大？上研究生的同學已經快畢業了，自己還沒有考上呢。報考本地的學校，西安只有交通大學和濱工大相當，換學校並不好考，即使考上也過去一年了，還不如申請外國的學校來的快，再者去國外上研究生見識也廣一

些。像爸爸說的去爸爸大學的研究所上班？自己一直想考研究生，何況妹妹都收到美國學校的offer了，自己真不甘心現在就去上班。

　　晚上，姬遠峰躺在宿舍的床上，今天和楊如菡見面讓他十分高興，楊如菡還喜歡著自己，經過兩個月的分離，自己不但沒有能放下楊如菡，反而更加思念她了。姬遠峰也一直在思索一個問題，那就是楊如菡為什麼在學校裡沒有向自己透露一絲她出國留學的想法，她當時沒有考上研究生，既沒有複習準備再次考研，也沒有找工作，自己問過她好幾次畢業了有什麼打算，楊如菡都說自己要回家呆一段時間再說。是不她當時在學校裡已經有留學的打算了，為什麼不給自己透露絲毫呢，僅僅是她內向的性格，不願意在成行之前宣揚出來？當然了自己換工作到西安也不完全是為了追隨楊如菡而來，單純從工作角度考慮自己也樂意把工作換到西安的這家設計院。當然了，如果楊如菡在南京，雖然自己不喜歡南京那邊酷熱的氣候和南京的單位，自己也會留下來的，實在不喜歡南京的單位頻繁的出差，自己也會在南京換一家單位而留在南京的。但自己和楊如菡至今那層窗戶紙還沒有捅破，他兩從來沒有討論過他們共同的未來，楊如菡沒有義務向自己說這件事，自己今天沒有以後也不要再詢問這件事了，以免讓楊如菡感覺到難堪，她是那麼的內斂和羞澀。自己和楊如菡的關係至今還沒有說破，他兩之間戀愛的關係至今還沒有正式確認，工作了肯定有同事會問自己是否有女朋友了，自己當然要說沒有了，如果有同事給自己介紹女朋友，自己當然不會去見面了。

十二

　　二零零零年的春節來臨了，姬遠峰的單位發了過年的福利，除了購物卡外還有兩桶食用油、一袋大米和一袋麵粉。姬遠峰單身一個人用不著，怎麼處理呢，帶回家？過年了春運十分擁擠，太不方便了，姬遠峰決定把這些東西送到楊如菡家。他把麵粉送給了同事，因為麵粉帶著會蹭到衣服上。周五下班後他給楊如菡打了電話，接電話的還是楊爸爸，

姬遠峰說想會把過年發的東西送過去，楊爸爸讓姬遠峰帶回自己家就行了，姬遠峰說離家太遠了，春運時間往家帶不方便，自己單身一個人用不著，楊爸爸說那讓楊如菡在車站等著接吧。

第二天早晨姬遠峰喫過早飯就帶著東西坐公交車去了楊如菡家，楊如菡在車站等著他，姬遠峰和楊如菡提著食用油和大米到了楊如菡家，楊如菡敲門，門開了，開門的是妹妹楊如莒，一幅狡黠的壞笑掛在臉上。

「姐姐，這提油拎米的，算是回娘家嗎？姐姐，妳嫁人了嗎？婆家在哪啊？」楊妹妹說道。

姬遠峰臉漲的通紅，楊如菡臉色也通紅，楊如菡狠狠地瞪了妹妹一眼，說句「討厭！快開門！」。

「如莒，快把小峰的東西接著，別貧嘴了！」楊爸爸說話了。

楊爸爸和姬遠峰在聊天，妹妹楊如莒挨著姐姐坐著，悄悄地問，「姐姐，這次我是不該改口叫捲毛姐夫了？有沒有改口費啊？」

楊如菡臉色又一陣緋紅，「一會妳去向小峰要啊，妳改口叫他又沒有改口叫我，看他會不會給妳，妳等著小峰走了，看我怎麼收拾妳！」楊如菡小聲說道。

妹妹聽了吐了吐舌頭，衝姐姐做了一個鬼臉，壞笑了一下。

楊媽媽讓姬遠峰喫水果，姬遠峰只拿了靠近自己的兩顆棗。楊如菡見狀拿起一根香蕉，剝好後遞到姬遠峰手裡。姬遠峰喫香蕉的時間楊如菡又把一個蘋果去掉皮，一切兩半，一半遞給了姬遠峰，一半拿在自己的手裡準備自己喫。妹妹楊如莒又說話了，「姐姐，我要喫香蕉，我還要喫蘋果！」說完一臉壞笑看著楊如菡，也看著爸爸和媽媽。楊如菡臉色緋紅，她看了一眼爸爸和媽媽，衝著妹妹瞪了一眼，說道，「要喫自己動手！」妹妹又說話了，「姐姐，我要妳手裡的那一半，估計更好喫！」楊如菡把手裡的那一半蘋果塞到妹妹的手裡，「快點堵上妳的嘴，不要再說話了！」楊爸爸楊媽媽笑瞇瞇地看著，一言不發。

　　「小峰，你上班四五個月了，忙不忙，工作主要是幹什麼？」楊爸爸問姬遠峰。

　　「叔叔，我們單位主要分三塊，火力發電廠、變電站，還有電力線路，我分到了變電處，我的工作就是做變電站的設計，我上班不久，還不能獨立承擔設計任務，邊學習設計軟件邊給師傅幫忙，還不忙。」

　　「變電站怎麼進行設計，和產品設計一樣嗎？」楊爸爸問道。

　　「叔叔，電力工程設計和產品設計還不一樣，產品設計主要是進行結構設計，電力工程設計實際上是一種安裝設計，並不深入電力設備結構內部，只要設備選型合適，設計得安裝到一起就行了，和產品結構設計還不太一樣。」

　　「我看發電廠都很龐大，設備也很多，設計起來是不很難？」楊爸爸又問道。

　　「叔叔，發電廠看起來是很大，但設計起來並不難，發電廠的設計是分專業進行的，主要分汽機、電氣、水工和土建四個專業，楊如菡和我一個專業，這些她都知道。而且電力行業有個特點就是一定要選用成熟的技術，新技術會進行長時間的試驗，確保技術成熟穩定了纔會用到大型工程中。發電廠的設計也是一樣的，都已經有了成套完整的圖紙和技術了，新發電廠的設計一般都是在原來發電廠設計的基礎上根據實際情況修修改改，實際上並不是很難。」

　　「看起來本科生就勝任這項工作了，你們單位研究生多嗎？我聽如菡說你的單位去年主要招的是研究生。」

　　「叔叔，我們單位研究生並不多，主要還是本科生，本科生應該能勝任這項工作，而且院裡的老工程師都是大學生，甚至還有專科生，并不是研究生。」

　　「小峰，聽如菡說你在大學裡成績還可以，也一直想考研究生，你爸爸好像不是很支持你，你就沒有考？」

　　「嗯，是的，叔叔。」

　　「你現在還有想考研究生的想法嗎？」

「我不知道。」

「你是沒有想好呢？還是不想考了？」楊爸爸問道。

「我已經上班了，不知道還能不能考？」姬遠峰回答道。

「能啊，上班了照樣能考啊，我們學校就有好多老師是上班以後纔繼讀的研究生、博士生，你可以辭職考研究生考博士生，也可以和單位達成協議，帶著工資上研究生、博士生，等上完了學繼續在單位工作就可以了。」

「叔叔，我覺得上研究生就是為了能去更好的單位，為什麼還要在原單位繼續上班呢？」姬遠峰問楊爸爸。

「如果研究生博士生畢業了找不到更好的工作，就可以在原單位工作，再說了上了研究生博士生即使回到了原單位也有很大的好處，比如職稱晉陞、工資調整、科研經費的爭取等等方面，在你們單位裡我想也應該一樣的吧！」

「叔叔您說的對，我進了我們單位看我們單位的工資定級表，研究生的定級工資就比本科生高很多。」

「上研究生博士生其實很好，也很重要，尤其在高校裡，現在高校招聘老師對學歷的要求越來越高，估計再過幾年最低學歷都要求是研究生了，一般都要求博士生了。」

「叔叔，我知道楊如菡準備出國留學了，出國上研究生和在國內上研究生有什麼區別嗎？」

「小峰，雖然學歷看起來是一樣的，但區別還是很大的，總體說來國內大學的水平比起歐美日本發達國家來說差距還是很大的，同樣的學歷在國外能接觸到更新的研究成果，見識也更廣一些，回來後在科研各方面都更容易取得成果，所以國家還是很支持出國留學，各個高校也是想盡一切辦法吸引留學歸國的高學歷人材。從個人方面來說，這些成果在國際上並不是很先進，但在國內就算比較先進了，個人在職稱工資待遇各方面都比較有優勢。」

「哦，那楊如菡呢，她考研究生了還是準備出國留學？我聽楊如菡

說她妹妹只比她低一級，明年夏天也就畢業了。」

「如菏有她自己的想法，她一開始就沒有想考研，早早就想出國留學了，早早地考了英語，已經申請了美國的學校。」

「叔叔，您留過學嗎？」

「我去過國外，但不是留學，是作為研究進修和訪問學者去過兩次日本。」

「叔叔，什麼是訪問學者？和留學生有什麼區別嗎？」

「訪問學者就是以單位工作人員的身份去國外的高校或者研究機構，利用國外的科研條件進行獨立研究或合作研究，也就是去國外工作一段時間增長見識、提高自己的學識和能力，身份還是國內單位的工作人員，留學生顧名思義就是學生了，以獲得學位為目的出國學習的學生。」

「哦，原來是這樣，叔叔，楊如菏申請學校的offer——錄取通知書，姬遠峰說出了offer這個詞之後覺得不合適，不應該在大人面前漢語中夾雜著英語，他忙改口——到了嗎？」

「如菏的通知書已經到了。」

「叔叔，那楊如菡的通知書到了嗎？」姬遠峰問道。

楊爸爸轉頭看著楊如菡，問，「如菡，妳的通知書有消息了嗎？」

「我最近沒有接到電子郵件，我不知道！」楊如菡邊說著起身給自己倒水去了。

看到楊如菡這樣說，姬遠峰覺得楊如菡可能因為她自己的通知書還沒有到，而妹妹的已經到了，楊如菡在自己面前不願意說這件事，自己以後也不要再詢問了，楊如菡收到通知書會告訴自己的。

姬遠峰又想起了楊爸爸和楊如菡關於大學生是否應該談戀愛的爭論，現在自己已經工作了，不是學生了，但楊如菡又準備出國留學了，楊如菡還會繼續她學生的身份，自己只是一個本科生，楊如菡留學了最低也是研究生了，說不定還會讀博士。如果楊如菡為了自己而對出國留學的想法有所動搖，楊爸爸和楊媽媽肯定會認為是自己影響了楊如菡的

前途，剛纔和楊爸爸的聊天中已經可以看出楊爸爸對出國留學很重視，所以，楊爸爸和楊媽媽從內心並不支持自己和楊如菡的交往。只是楊如菡也已經是成人了，楊爸爸和楊媽媽都是高校老師，思想更開通，不好生硬的阻攔楊如菡和自己交往而已。自己到西安已經三四個月了，楊如菡對他兩的關係沒有更進一步的暗示，楊爸爸和楊媽媽也沒有暗示，楊爸爸和楊媽媽的真實想法到底是什麼呢？姬遠峰不時看看楊爸爸和楊媽媽的臉，但從他們的臉上姬遠峰看不出答案來。自己以後要盡量減少來楊如菡家的次數，別等到楊爸爸當面或直接或委婉地說出別影響楊如菡出國的話來，不僅自己會無地自容的，而且也會讓楊如菡和爸爸媽媽之間因此產生矛盾，上次楊如菡和爸爸已經當著自己的面發生過關於大學生是否應該談戀愛的爭論了。

　　午飯後姬遠峰和楊爸爸楊媽媽告辭，也提前祝兩位老人新年快樂。楊如菡和姬遠峰一起坐車到市中心的鍾鼓樓去玩，姬遠峰快放假了，他要回家過年去了，這是年前兩人最後一次遊玩的機會了。快過年了，人們開始置辦年貨了，商家將年貨擺到了街道上，又逢周末，大街上人流熙熙攘攘，熱鬧異常。姬遠峰和楊如菡心情都很好，楊如菡不停的說這說那，拉著姬遠峰看看這個，看看那個，露出了孩子般純真的笑臉，姬遠峰看到了這個沉默內向的女孩活潑可愛的一面。姬遠峰也體會到了兩個人在一起的感覺是那麼的美好，即使逛街都是那麼的有趣。而姬遠峰以前很不喜歡逛街，除了買東西很少去逛街，而且買完東西就返了回來。姬遠峰寧願看書、打球也不願意去逛街，有了楊如菡，只要楊如菡願意去，他就會陪著她去。

　　姬遠峰看到了一款黑色的情侶手錶，很酷，他想自己的電子手錶也該淘汰了，他買了那塊男式的手錶。姬遠峰試探著問楊如菡，他想把那款女式手錶送給她，結果和姬遠峰預料的一樣，內向自尊的楊如菡並不接受，姬遠峰也不勉強。有一次兩人一起逛街，楊如菡要去買泳衣，她甚至不讓自己陪著到櫃檯邊去，更不會讓姬遠峰付款了。在姬遠峰的心目中，兩個人的關係從來都應該是逐漸升溫水到渠成最後瓜熟蒂落，他

不願意做出任何刻意或者勉強的行為。

　　在回單位的公交車上姬遠峰決心考研究生了，這次即使爸爸不同意，自己也要考，如果爸爸同意那就更好了，但過年回家如何給爸爸說呢。

　　晚上，姬遠峰躺在宿舍的床上，他思索著，自己來設計院上班已經三四個月了，給自己介紹女朋友的同事已經有兩三個了，自己每次都說自己只有二十二歲，還小，暫時還不想談女朋友。同事都會說談兩三年不就到結婚年齡了嘛，自己總是笑笑作為回應，如果楊如菡和自己的關係正式確定下來了，他就可以不用這麼搪塞同事了。自己已經來西安三四個月了，雖然楊如菡從不拒絕自己約她出來玩，楊如菡也打電話約自己出去玩，但每次見面都是電話約好在遠離姬遠峰單位的地方。自己多麼渴望楊如菡能主動到自己的單位來一趟，一起去自己的食堂喫飯，在同事面前兩個人一起去逛街，自己會給同事大方的介紹說這是自己的女朋友。或許有同事會說你不是前幾天還說自己沒有女朋友嗎，自己會說那時間他兩是地下黨，現在開始到地面上活動了，但楊如菡一次也沒有來過。三四個月過去了，楊如菡對他兩的關係沒有更進一步的暗示，自己設身處地為楊如菡考慮，楊如菡也有自己的難處，自己本科畢業時曾經因為看不到在一起的未來而打算忍痛放棄這份感情，現在楊如菡面臨著和自己本科畢業時一樣的境況，她要出去留學，留在國外的吸引力是那麼大，楊如菡也看不到將來兩個人在一起的未來，所以她很猶豫、很糾結。雖然畢業前一起喫飯時自己說的沒有那麼決絕，但聰明的楊如菡不可能沒有從自己的話中明白自己當初的決定，自己已經傷害楊如菡一次了，她從來沒有在自己面前表現出來她的不滿與怨恨，還和自己在一起，一如既往地對自己那麼好，自己應該感激她纔對。自己雖然深愛著楊如菡，但卻不應該自私，以犧牲楊如菡的前途而滿足自己的心願，自己也實在背負不起影響楊如菡前途的重負。自己媽媽年輕時在銀川當工人，後來和爸爸結婚後沒有再去當工人而當了農民，媽媽每次和爸爸吵

架都說爸爸毀了她的一生。自己已經受夠了爸爸媽媽無窮盡的爭吵，為
了一丁點事情，為了一點錢，自己再也不想重蹈爸爸媽媽的覆轍了。自
己不能在楊如菡現在的境況中給她什麼暗示，更不能自己主動說破，那
會讓楊如菡更為難，如果楊如菡放棄出國留學而留下來在高校當老師，
那自己會為影響了楊如菡的前途而自責一輩子的。自己因為自負與固執
已經失去了岳欣芙，也可能傷害到了岳欣芙，自己也已經傷害楊如菡一
次了，再也不想第二次傷害自己愛著的姑娘了，一切都由楊如菡做主
吧。或許他兩的關係在楊如菡出國前的一刻就會明朗，就像自己畢業前
做出了決定一樣，如果楊如菡留學後願意回來，自己在國內就一直等著
她回來，如果她要留在國外不回來了，那就由她做出決定斷了這份感情
吧——即使自己是這麼地不捨。但在兩人正式確定戀愛關係以前自己要
盡量減少去楊如菡家的次數，以一種不明不白的身份頻繁地去女生家，
只會讓女生的爸爸媽媽覺得自己毫無自尊，也別讓自己在楊如菡家裡聽
到楊爸爸說別影響楊如菡出國的話來。自己現在已經上班了，有了一份
固定的收入，自己曾試著給楊如菡買點東西，但楊如菡太自尊了，或許
是因為和自己的戀愛關係還沒有正式確定下來，她都禮貌地拒絕了。她
遲早會出國的，當她收到錄取通知書告訴自己後，自己會好好準備給楊
如菡送行一次，不要再像大學畢業時的那次喫飯一樣，兩人是如此的傷
感。那個飯店裡抽煙的人太多了，煙味嗆得楊如菡難受，自己會挑一個
環境好一點，飯菜也好一點的飯店，自己和楊如菡都那麼喜歡西安的美
食。自己也會精心挑選一件禮物送給楊如菡，這件禮物楊如菡不會拒
絕。如果這次喫飯時楊如菡帶個自己一個好消息——正式確定兩人的戀
愛關係，自己當然高興了。如果楊如菡委婉地告訴自己她決定分開了，
他也會阻止楊如菡說出來，自己會說，這次喫飯只是給妳的送行，咱兩
別再重複一次傷感了，妳有什麼令兩個人不開心的決定出國了發個電子
郵件就可以了，讓我給妳做一次高高興興的送別吧。

十三

　　春節放假了，姬遠峰回到了自己家過年，爸爸和姬遠峰聊天，媽媽在一邊靜靜地聽著。

　　「你已經換了工作到西安了，西安地方挺好，離咱們這也近，飲食氣候都好，設計院效益怎麼樣？工資獎金都能按時發放嗎？」爸爸問道。

　　「設計院效益還可以，工資和獎金都能按時發放。」姬遠峰回答道。

　　「除了正常花銷不要亂花錢，你已經工作了，該成家立業了，把錢存下來準備買房子結婚用。」爸爸說道。

　　「哦，我知道。」

　　「你過年發東西了嗎？」媽媽突然插話問了一句。

　　「發了，發了兩桶食用油……」姬遠峰說出這半句話後立馬就意識到自己今天又說漏嘴了，姬遠峰還不想讓爸爸媽媽知道他和楊如菡之間的事，媽媽接下來肯定會問怎麼沒有把東西帶回家，西安離家又不遠，兩桶油不好帶，一桶總可以帶回家的。自己應該撒謊說發了錢而不是發了東西，而且爸爸肯定已經注意到了自己說話中的停頓，撒謊已經來不及了。「還有一袋米和一袋麵粉。」姬遠峰接著說道。

　　「你怎麼沒有給你媽媽帶一桶食用油回來？你單身又用不著。」爸爸看著姬遠峰說道。

　　「我全送給我一個同學了。」姬遠峰知道自己已經被爸爸盯上了，自己千萬不能再想撒謊了，以爸爸的聰明程度，撒謊只會弄巧成拙。

　　「是個女同學吧！」爸爸看著姬遠峰笑著說道。

　　「嗯，是的。」

　　「你換工作和這個女孩子商量過嗎？」爸爸問道。

　　聽了爸爸這句話，姬遠峰心裡暗暗叫苦，自己只怕爸爸媽媽問起自己是否和這個女同學談戀愛，但爸爸卻首先想到是自己是否為了這個女

同學換的工作，姬遠峰知道自己又被爸爸抓住了把柄，今天要和爸爸費一番口舌了。「沒有，換工作是我自己做的主。」姬遠峰說道。

「嗯，男的要把工作當回事，不要為了女孩子換工作，如果有認識的女孩子可以想辦法把工作調到一起。」

「哦，我知道，不過現在情況和你們政府部門有所不同，不叫調動工作，就像我這次在南京那家公司不想幹了，辭職後去應聘到另外一家單位就行了，現在叫跳槽。」

「那不好，跳來跳去的，一點不踏實，還有檔案關係怎麼辦？」爸爸說道。

「現在有人才市場，專門針對像我這樣換工作的學生，專門辦理檔案關係。」

「什麼是人才市場？你意思你的檔案還沒有落到單位？」爸爸有點吃驚地問道。

「不是，爸爸，我的檔案早就落到我們單位了。」

「那就好，檔案很重要，單位還可以就踏踏實實上班，別再一山看著一山高，算上煙臺的單位這已經是你的第三家單位了。」爸爸從剛纔的緊張情緒中放鬆了下來，說道。

「哦，我知道了。」

「你剛纔說把過年的東西送給你那個女同學了，那你那個女同學家是西安的吧？」爸爸問道。

「嗯，她家是西安的。」

「她爸爸媽媽是幹什麼工作的？」

「她爸爸媽媽都是西安一所高校的老師。」

「她爸爸媽媽工作挺好的，老師家的孩子有教養。」

「嗯，那女生挺有禮貌。」

「你兩什麼時間開始的，感覺差不多了就帶回來見見我和你媽媽吧！」

「我兩大四第二學期纔開始的。」姬遠峰本來想稍微詳細地說一下

自己和楊如菡的關係現狀，但他覺得三言兩語說不清，而且也怕說多了又說漏了嘴，讓爸爸覺得自己是為了楊如菡纔換工作到的西安。而且自己到西安後楊如菡對自己的態度，楊如菡爸爸接受了自己送過去的過年的福利，他和楊如菡可以算是在談戀愛吧，而且自己剛纔已經說了把過年單位發的東西送給了這個女同學，再想否認豈不是自相矛盾嗎，所以姬遠峰給爸爸承認了自己和楊如菡在談戀愛。

「你是不是為了那個女孩子纔換工作到西安的？」果然如姬遠峰所料，爸爸這次直接問姬遠峰是否為自己剛纔說的西安的這個女同學換的工作。

「不是，爸爸，我剛纔說過了，我換工作都沒有和我那個女同學商量過，我覺得西安單位好，離家也近，西安氣候飲食各方面都比南京好纔換工作的，我沒有為那個女生換工作。」但姬遠峰知道爸爸肯定認為自己是為了楊如菡纔換工作到了西安，爸爸總是那麼固執，直到現在還認定自己當時偷著改了高考志願，姬遠峰知道自己改變不了爸爸認定的事情，他也不想多說，說得越多只能越描越黑而已。

「哦，時間不短了，都快一年了，你在西安除了送東西還去過她家嗎？」

「去過，我大四寒假回家時去過她家一次。」姬遠峰故意答非所問地說起一年前那次去楊如菡家，他想糊弄爸爸一下，讓爸爸不再問自己到西安工作後去過楊如菡家幾次了。

「你不是說大四第二學期纔開始交往的嗎，怎麼那麼早就去人家呢？」爸爸問道。

姬遠峰知道自己又被爸爸抓住漏洞了，「不是，爸爸，那時候我們還沒有開始，只是同車回家，我在西安轉車，我坐第二天回家的汽車，我那個女同學帶著我去他們家的大學找了一個男生宿舍讓我住了一宿，他爸爸去火車站接站，讓我去她家，我不好意思不去就去了，而且那個寒假回家爸爸你問起我回家路上的情況，我也給您說過的。」

「那就好，不要隨便去別人家。」

「哦，我知道。」

「你在西安除了送東西還去過她家嗎？」爸爸又重複了一遍這個問題。

　　姬遠峰心裡暗暗叫苦，爸爸太聰明了，自己還是沒有糊弄過去，「沒有，就去了那一次，我從西安回家過年前去了她家一次，把單位發的過年的食用油和大米送了過去，平常都是我打電話約我那個女同學出來一起逛街玩，我沒有頻繁地去她家。」姬遠峰沒有說他換了工作到西安後第一次找楊如菡的時間就去過楊如菡家了，其他時間也去過楊如菡家，他怕爸爸又糾纏到他換工作是否和楊如菡商量過或者為了楊如菡而換了工作這個話題上，而且爸爸不喜歡自家孩子沒有正式名分頻繁地去別人家。

「那個女孩子爸爸媽媽對你熱情嗎？」

「挺熱情的。」姬遠峰聽出了爸爸話的弦外之音。

「她爸爸媽媽和你都說了些什麼？」

「他爸爸媽媽問了咱們家的一些情況，家在農村還是城市，有幾個孩子，都上學出來了沒有之類的。」其實大四寒假姬遠峰去楊如菡家楊爸爸就問過這些了，姬遠峰給爸爸故意這樣說，他沒有說楊如菡爸爸和自己討論考研究生的事情，他在找機會和爸爸說自己已經決定考研究生的事，而且他也怕爸爸覺得自己沒有主見，一味聽別人的話。

「那個女孩子有兄弟姐妹幾個？」

「她還有一個妹妹。」

「哦，只有兩個女孩，她妹妹也上大學了嗎？」

「是的，在上海一所大學上。」

「那個女孩子在西安什麼單位上班？你兩找工作的時間怎麼一開始沒有想著往一起找？」爸爸問道。

「爸爸，我兩開始的時間我已經找定南京那家單位了，而且她也沒有找工作，所以我兩畢業時沒有往一個城市找工作。」姬遠峰回答道。

「那個女孩怎麼沒有找工作呢？她到現在還沒有工作嗎？」爸爸有

點吃驚地問道。

姬遠峰知道爸爸為什麼吃驚了，爸爸怕自己談的女朋友沒有工作而已，「我那個女同學畢業前一心想考研究生，就沒有找工作，結果研究生沒有考上，就回到家裡呆著了。」

「她爸爸媽媽還有這個女孩有什麼打算嗎？」

「她爸爸媽媽想讓她在他們的那所高校當老師，但她不願意。」

「為什麼不願意呢，女孩子當老師很好啊，工作輕鬆，還有寒暑假，有了孩子還有時間照顧孩子。」爸爸說道。

「她不想去她爸爸媽媽的單位工作，她想出國留學。」

「出國留學幹什麼？不是大學已經畢業了嗎！」爸爸說道。

「出國留學就是上研究生，和我以前給您說過的我想考的研究生一樣，只是去國外的大學上研究生。」姬遠峰說道。

「去國外上研究生是不要花很多錢？」爸爸問道。

「是的，但她爸爸媽媽是高校老師，應該能負擔的起。」

「去國外上研究生是不也要三年時間？」

「應該是吧，具體情況我不是很清楚，但國內絕大部分大學的研究生都是三年，我想國外也應該是吧。」姬遠峰回答道。

「那個女孩子多大了？」爸爸問道。

「比我大一歲。」

「嗯，比你大的倒不多，你勸勸那個女孩子還是留在西安當高校老師吧！」爸爸說道。

「爸爸，我不能勸。」姬遠峰說道。

「為什麼，你勸她留下來，對你好，對她也好啊！」

「爸爸，人家是大城市的學生，父母也是高校老師，而且她爸爸也在國外工作過一段時間，對自己孩子的期望值很高，上研究生、出國留學都看的很重，我勸人家留下來不合適。」

「那個女孩子現在還沒有出國上研究生，就算最早明年出去留學都已經二十四歲了，再上三年研究生都已經二十七了歲了，年齡太大了，

上完學又比你上學的檔次高了。」爸爸說道。

「爸爸，二十七歲年齡還不算大，大城市都是這個年齡結婚的，只是學歷比我高是真的了。」姬遠峰說道。

「你和你蘭州大學的那個女同學關係怎麼樣了？」爸爸問姬遠峰道。自從大二寒假在家裡說起過黎春蒓後已經三年了，姬遠峰在家裡再也沒有提起過黎春蒓，但爸爸還是記住了黎春蒓。有了寒假自己找工作時爸爸讓自己和岳欣芙往同一個城市找工作的談話後，姬遠峰對爸爸提到黎春蒓已經不奇怪了，他總是記著他關心的事情，只是平常很少說而已。

「我們只是普通同學而已。」姬遠峰回答道。

「那個女孩現在在哪？」爸爸又問了。

「在蘭州。」

「不知道那個女孩能不能把工作調到西安？」

姬遠峰聽出了爸爸話裡的意思，在他心目中男生都不應該上研究生，爸爸想當然地以為自己家這個小地方的女生更不應該上研究生而是工作了。「爸爸，您怎麼知道我那個女同學工作了呢？調到西安來幹什麼？人家已經考上研究生了，而且是碩博連讀，就是一口氣把博士都會讀出來，她上研究生已經一個學期了，而且人家也有男朋友。」姬遠峰沒有告訴爸爸自己大四五一假期專門繞道蘭州去見黎春蒓的事，否則又會被審問一番。

「哦。」爸爸不再說話了。

「爸爸，我決定考研究生了。」姬遠峰說道。

聽到姬遠峰這句話，爸爸抬起頭盯著姬遠峰的臉，似乎明白了什麼，猶豫了一會，「你考慮好了？你剛到西安的單位又要辭職？」爸爸說道。

「爸爸，我已經考慮好了，我不打算辭職，我準備邊上班邊複習考研，今年考研究生已經錯過時間了，我打算考二零零二年初的研究生，如果考上了，一直上班到二零零二年九月份開學止，這樣的話我就上了

兩年班了，掙得工資夠我支付單位的違約金和我上研究生的費用了，就不需要家裡再負擔上研究生的費用了，爸爸您也可以提前辦理退休手續了。再者我今年纔二十二歲，到二零零二年二十四歲考上研究生，上兩年或者三年研究生二十六歲或者二十七歲畢業，畢業了就結婚年齡還不算大，現在大城市都是這個年齡結婚的，還有三十歲左右纔結婚的。如果我這一兩年不考，心裡一直不甘心，等再過兩年考研究生那畢業了真的就到三十歲了，您和我媽媽都覺得我早該結婚了，那樣的話就來不及了。」姬遠峰說道。

　　爸爸神情嚴肅的思考了一會兒，「我知道你為什麼非要考研究生了，你既然已經決定了那就考吧，但你只能考一次，一次考不上再考畢業時年齡太大了，而且連續考兩年不認真工作在單位影響也不好。再者，你也不能辭職專門複習考研，如果考不上還是安心上班就行了，幹什麼事都要給自己留條後路纔好。再者，你考研究生可以，但上班不能逛逛嗒嗒的，班還是要好好上，要是考上了到時間錢不夠用我給你就行。」

　　「好的，我知道了。」

　　「再者你上大學的時間我心底還是希望你談對象的，只是不希望你過早地把女孩子帶回來見你媽媽和我，這次研究生不管考上考不上，你說的你二十七歲就結婚的，考不上研究生你二十四歲就應該結婚，考上研究生的話你一定也要在二十七歲前結婚，你哥哥姐姐都二十三四歲就結婚了，你二十七歲結婚已經比他們晚了三四年了，年齡太大了結婚不好，你結婚不能太晚。」爸爸說道。

　　「爸爸，到時間我如果沒有女朋友和誰結婚啊？」姬遠峰笑著說道，聽到爸爸同意自己考研究生了，姬遠峰高興了。

　　「你不是有西安那個要出國留學的女同學嗎？」爸爸笑著說道。

　　「出國留學了心都比天高了，那時候估計我也要留學了。」姬遠峰笑著說道，但他心裡卻想，爸爸您剛纔不是嫌我西安的女同學留學後年齡太大嗎，還說起了黎春蕊，這會怎麼又返回來呢，但他不敢和爸爸開

這個玩笑。

「你要是能撿到錢你就去留學吧，不過你說過了你二十七歲結婚的，其他的事我不管，隨你的便。」爸爸也笑著說道。

「爸爸，您不是一直在說等我畢業結婚了您就提前退休，我現在已經畢業了，我看爸爸您現在上班越來越不方便了，爸爸您打算辦提前退休手續嗎？」姬遠峰問道。

「我原來一直想著你畢業了這一兩年結婚了我就辦手續，現在看來等不著了，你不知道啥時間纔能結婚，我也不打算等了，過完春節上班了我就辦理提前退休手續，其實政策一直有的，而且政策鼓勵我們這樣的老頭提前退休給年輕人讓位置，現在提前退休還會漲一級工資，工資也不會損失多少，無非少一點獎金而已。」爸爸說道。

「哦。」姬遠峰回應道。

晚上，姬遠峰躺在自己的床上，他很高興，雖然自己已經決定不再聽爸爸的話了，也決定用自己工作兩年的工資支付自己上研究生的費用，但爸爸同意了自己考研，和爸爸的關係不會鬧僵，這讓他很高興。而且他覺得自己肯定能考上研究生，雖然他從高三開始已經五六年沒有好好學習過了，但姬遠峰對自己的學習能力從來沒有懷疑過。姬遠峰想到了楊如菡，自己可以考研究生了，楊如菡怎麼辦呢？如果自己和楊如菡對調一下身份，自己聽到姬遠峰有機會考研了，自己會願意留下來陪著他一起考研，然後一起上完研究生，畢業後走入婚姻。但楊如菡是否有這樣的想法自己不得而知，即使楊如菡真有這樣的想法，自己也一定要勸楊如菡出國留學，自己萬一考不上也就甘心了。但楊如菡和自己不一樣，如果她放棄了留學而考不上研究生，自己不僅耽誤了楊如菡的人生，也會讓楊如菡的爸爸媽媽覺得自己影響了楊如菡的前途，自己負擔不起這樣的重負，自己也不想重蹈爸爸和媽媽那無休止的吵架了。

春節假期還沒有結束，姬遠峰提前一天回到了西安，姬遠峰以前

從來沒有假期還沒結束就提前離開家，春節假期又短，親戚還沒有走完呢，爸爸媽媽有點不高興姬遠峰提前返回西安。姬遠峰告訴爸爸媽媽他提前回西安去準備複習考研了，上班了複習時間少。回到單位，第二天早晨他給楊如菡打了電話，約了楊如菡出來一起去逛街。

「小峰，你春節過得好嗎，你怎麼提前回西安了，假期還沒有完呢？」楊如菡說道。

「我春節過得還好，工作了假期很短，沒有幾天，我又提前回來了一天，假期很忙，我在家裡走親戚等事還沒有忙完就回來了，我提前回來一天想找妳玩，妳呢，春節過得怎麼樣？」

「一點都不好！」楊如菡直接說道。

「怎麼了？如菡。」姬遠峰有點吃驚地問道。

「你知道的我妹妹過春節在家呢，她美國大學的offer已經收到了，她很高興，我妹妹比我覺悟的早，她沒有考研究生，在大學裡早早的考了英語，申請美國的學校也很順利，今年夏天　畢業就直接要去留學了，我還沒有收到任何一個大學的offer，她整天出去找同學玩，我在家裡煩的要命，我爸爸媽媽讓我找同學玩我也不樂意去，幸虧你今天回來了。」楊如菡說道。

「那我今天陪妳多逛逛吧！」

「你提前回來只是為了找我玩嗎？還有其他什麼事情嗎？」楊如菡問道。

「沒有其他什麼事情了，我提前回來就是想找妳出來玩，再者想告訴妳一件事，我爸爸同意我考研究生了。」

楊如菡聽到這句話停了下來，她看著姬遠峰，吃驚地問，「你爸爸在你上學的時間不讓你考研究生，為什麼工作了反而同意了呢？」

「我答應了我爸爸兩個條件他纔同意我考研的。」姬遠峰說道。

「什麼條件？」

「一是我只能考一次，二是我不能辭職，我只能邊工作邊複習，考不上就安心上班，我也給爸爸說打算用自己上班兩年的工資支付自己違

約和上研究生的費用，不用家裡錢了，爸爸看我決心這麼大就同意了，其實這次我爸爸即使不同意，我也決定考研了，不聽他的話了。」姬遠峰說道。

「為什麼？我感覺你一直是一個很聽話的男生，你在學校的時間那麼想考研究生你都聽你爸爸的話沒有考，這次怎麼不打算聽你爸爸的話了？」楊如菡吃驚地問道。

「因為我覺得自己已經大學畢業了，也工作了，自己的事情該自己做主了，不需要事事都要經過爸爸同意了。再者，我不想給自己留下遺憾，其實時間很快，再過一兩年，我就徹底沒有考研究生的機會了。」

「你爸爸同意了更好。」

「我也這樣覺得，考研究生怎麼對我來說也是一件重要的事情，爸爸同意了，和爸爸的關係就不會鬧僵，我心理壓力沒有那麼大了。不過，爸爸同意我考研了，我反而開始猶豫到底要不要考了。」

「為什麼，你為什麼這麼奇怪，好不容易纏有考研的機會了，又怎麼猶豫起來了呢？」楊如菡說道。

「我也想出國留學！」

「啊，你也想出國留學？」楊如菡更加驚訝地問道。

「嗯，我也想出國留學！我在出國留學和考研究生之間很猶豫。」

「你能出去嗎？留學的費用很高，你也沒有考英語，申請學校會很困難！如果現在複習考英語，時間會拖得很長，而且你爸爸會支持你出國留學嗎？」楊如菡說道。

「我知道自己沒有出國留學的可能，我只是想想而已！」

「小峰，你還是安心考研吧！不要想那些不現實的事情，只會增加你的煩惱。」楊如菡說道。

「妳說的對，如菡，想那些不現實的事情只會增加我的煩惱。那如菡妳說我考哪個大學的研究生呢？我只有一次考研的機會，濱工大是咱兩的母校，熟悉一些，好考一點，但距離太遠了，我又沒有辭職，來回不方便。西安只有交通大學和濱工大相當，我考大學的時間也曾想報考

來著，只是因為自己當時考得太差沒有敢報，而且在西安，方便一點，但換了學校專業課不占優勢，我怕自己考不上。」

「小峰，你還是考濱工大的研究生吧，你考研的機會難得，還是挑有把握的吧，考研兩門專業課很重要，三門統考課大家都一樣，主要靠兩門專業課提總分，一般都要考到九十分左右，這樣總分纔能上線，換了學校專業課很不佔優勢。」

「如菡，妳說的對，我和妳想的一樣，那我還是考濱工大的研究生吧！如菡，那妳呢，妳現在還沒有收到offer，還有什麼辦法嗎？」

「還能有什麼辦法！國外又不像國內，可以想想其他辦法，雖然我還沒有收到offer，讓我很煩躁，我有時候對出國留學又很猶豫，不知道出國留學好不好。」

「如菡，妳怎麼會這麼想呢，出國留學當然好了，年前我去妳家妳爸爸就說了那麼多出國留學的好處，我沒有妳這樣的條件，我有妳這樣的條件我也想去留學，妳有條件為什麼不想去呢，妳也沒有複習繼續考國內的研究生，也沒有找工作，已經申請學校大半年了，說不定很快就會收到offer了，不去了多可惜！」

「小峰，你說的也是，我又沒有複習考研，也沒有工作，自己半途而廢也不甘心。小峰，你可以考研了，你爸爸沒有再催你結婚吧！」楊如菡說著低下了頭。

「當然催了，我也答應了爸爸等我研究生一畢業馬上就結婚。」姬遠峰微笑著說道。

「那你和誰結婚？」楊如菡還是低著頭問姬遠峰道。

姬遠峰看了一眼楊如菡，笑著說，「我提到了妳。」

楊如菡吃驚地抬起了頭，她看著姬遠峰，「你說起了我！你爸爸說什麼了？你怎麼說的？」

「嗯，我說起了妳，我爸爸問了一堆關於妳和妳家的事情，和妳爸爸問我的問題一樣多，問妳爸爸媽媽是幹什麼工作的，我說都是大學老師，爸爸說教師家的孩子有教養。問妳多大了，我說妳只比我大一歲，

我爸爸說大的不多。問我從南京換工作到西安是否事先和妳商量過，我說沒有。問妳兄弟姐妹有幾個，我說妳還有一個妹妹等等。」

「你爸爸還說什麼了？」

「我說妳要出國留學了，我爸爸對女生上研究生不理解，對出國留學更不理解了，說妳國外上完研究生都二十七八了，生孩子太晚了。」姬遠峰並沒有說爸爸讓自己勸楊如菡留在高校當老師的話，也沒有說爸爸提起黎春蒓的事。

姬遠峰和楊如菡兩人中午在外邊喫了飯，沒有去楊如菡家喫飯。午飯後他兩繼續逛街，最後兩人去了西安植物園，微雪後的植物園一幕薄雪，臘梅在盛開，紅的白的黃的，一簇簇一團團，空氣清新，楊如菡的心情好多了。快到晚飯了，楊如菡說，「晚飯去我家喫吧，我早晨出門的時間爸爸就叮囑我了。」

「如菡，我不去了，我今晚有事。」

「你提前回來還沒有上班，能有什麼事，還是去吧！我早晨出門的時間我爸爸特意叮囑過我了。」

「真的，如菡，我晚上有事，我不去了，妳回去替我向妳爸爸媽媽問新年好，我走了！」

說完，姬遠峰和楊如菡告別，去坐公交車返回了單位。

過了幾天，姬遠峰和楊如菡又一起去逛街，楊如菡告訴姬遠峰，我爸爸那天特意在飯店訂了晚飯，我妹妹也知道你會來的，你那天沒有去喫飯，我們一家四口在飯店喫了飯，我爸爸覺得很沒有面子，爸爸媽媽都不高興了，我妹妹也覺得你沒有禮貌。姬遠峰聽了愕然，他有點後悔自己的固執了。

十四

五月份的一天早晨，下著小雨，姬遠峰剛到辦公室，電話響了，是

楊如菡打過來的。姬遠峰心裡納悶，楊如菡一般都是周五下午下班前打電話約自己周末出去玩，姬遠峰已經習慣了。姬遠峰平時也期待著楊如菡的電話，周五下班好多同事都會提前下班回家過周末，但姬遠峰會一直待到最後一刻，為的就是等楊如菡的電話，如果楊如菡沒有打電話過來，自己等辦公室同事都走了纔會用辦公室電話約楊如菡周末出去玩。姬遠峰每次打電話都有點忐忑不安，他總覺得楊爸爸和楊媽媽并不支持他和楊如菡的交往，自己會影響楊如菡的前途，他最怕聽到楊爸爸說如菡正在看書，準備出國呢，這次楊如菡怎麼一大早就打電話了呢。楊如菡告訴姬遠峰她的錄取通知書已經到了，她去新加坡南洋理工大學留學，今天下午三點多的火車去上海，然後去新加坡。姬遠峰的第一反應就是怎麼這麼晚纔告訴自己，已經根本來不及實現自己設想了好幾個月的送行喫飯了。已經來不及想這麼多了，姬遠峰還沒有為楊如菡準備好送行的禮物呢。從姬遠峰的單位到楊如菡家坐公交車需要一個多小時，姬遠峰至少要在十二點左右趕到楊如菡家，因為楊如菡需要提前一個小時左右趕到火車站，從楊如菡家到火車站也需要一個多小時，並且不能堵車，姬遠峰還要給楊如菡去選購禮物，時間太緊張了。姬遠峰向科長請了一天的假，匆匆打車去了城裡的新華書店，他為楊如菡挑選了一支鋼筆。姬遠峰看了一眼錶，今天早晨下小雨，路上堵車，坐公交車去楊如菡家已經來不及了，他接著打了一輛出租車往楊如菡家趕去。

　　到了楊如菡家的樓下，姬遠峰看到兩輛出租車已經在樓下打開後備箱等著，姬遠峰慶幸自己幸虧打車過來，要不然很可能趕不上了。姬遠峰敲門，楊爸爸開了們，過年後自己從家裡回來後沒有去楊爸爸特意準備的晚飯，令楊爸爸很不高興，楊如菡和自己說起過一次後再也沒有說起過這件事，至今兩三個月了，姬遠峰雖然和楊如菡經常見面，但楊如菡再沒有邀請姬遠峰去過她家，姬遠峰也沒有主動去過楊如菡家，他很是自責，為了自己的面子又傷害到了別人。姬遠峰注意看了看楊爸爸和楊媽媽，兩位老人和往常一樣，沒有任何不悅的表情，但姬遠峰心裡還是不安。

　　看得出來楊如菡一家剛喫完午飯，餐桌上的碗筷還沒有收拾，楊爸爸問姬遠峰喫飯了沒，姬遠峰說喫過了，楊爸爸也沒有再客氣，時間已經來不及了。姬遠峰見到了楊如菡的妹妹楊如苔，楊妹妹說自己專程從上海回來送姐姐去新加坡，姬遠峰心想楊如菡不是從上海飛新加坡嗎，妹妹本來就在上海上學，在上海等著不就行了，為什麼要往返折騰呢，但沒有時間說這些話了。楊如菡的行李已經收拾好了，一個大大的行李箱旁邊還放著一個稍小的行李箱。姬遠峰問楊如菡，兩個行李箱妳帶著多不方便，楊如菡告訴姬遠峰，小的那個是爸爸的，她只有那一個大的行李箱，姬遠峰放下了心。姬遠峰把鋼筆送給了楊如菡，楊如菡說了聲謝謝，「還以為你又不來了呢，你不來了我們一家四口一輛出租車擠擠就夠了。」姬遠峰臉上一陣發燙，沒有說話，楊如菡看了出來，忙說，「小峰，幫我把行李箱往樓下拿吧！」楊如菡背著包也跟了下來。在樓下姬遠峰看到了楊如菡的胳膊還是像往常一樣的纖細，她還戴著陪自己去買手錶時的那塊舊錶，不過短短幾天沒有見面，楊如菡胳膊上長了許多紅色的小痘痘。姬遠峰問楊如菡，「妳胳膊上怎麼這多小痘痘，前幾天還沒有呢！」楊如菡說，「她已經去看過醫生了，只是皮膚過敏，不要緊，隨身也帶藥膏了。」

　　這時候楊爸爸楊媽媽和妹妹都下樓了，楊爸爸拿著相機，安排著照相，姬遠峰注意直到現在除了自己外並沒有楊如菡的其他親戚和同學。楊媽媽和兩個女兒合影一張，楊如菡姐妹兩合影一張，姬遠峰也給楊如菡一家合影一張。姬遠峰不知道自己是否應該和楊如菡合影，因為至今自己和楊如菡的戀愛關係還沒有說破，但楊爸爸安排姬遠峰和楊如菡姐妹兩合影了一張。五口人分乘兩輛出租車去火車站，姬遠峰和楊爸爸坐一輛，楊媽媽和兩個女兒坐一輛車，直到現在姬遠峰也注意到了沒有其他人來給楊如菡送行，姬遠峰知道楊如菡已經將自己算作了她最親密的人之一了，甚至看做是她的家人了。

　　楊爸爸和妹妹楊如苔一起送楊如菡去上海，楊媽媽並不去上海送行，姬遠峰和楊媽媽把楊如菡送進了臥鋪車廂。火車上氣氛凝重，楊

爸爸和妹妹一言不發，楊媽媽眼睛一刻也沒有離開過自己即將遠行的
女兒，不停地哭泣，楊如菡不停地替母親擦拭眼淚，也不停地向姬遠峰
看。姬遠峰感覺有點尷尬，在楊如菡全家面前只有自己一個外人，而且
楊媽媽還在哭泣，他覺得應該把這個空間和時間留給楊如菡一家人。姬
遠峰很傷感，他看著楊如菡，楊如菡也看著他，姬遠峰多麼想有和楊如
菡獨處一會的時間，他有太多的話想說給楊如菡聽，但沒有時間了，也
沒有機會了。姬遠峰叮囑楊如菡道，「路上注意安全，去了新加坡安頓
下來了給我發個電子郵件吧，我就知道妳平安到達了。」姬遠峰跟楊如
菡一家四口打招呼告別，說自己在車廂外面等著，然後下了車。但楊如
菡沒有在火車上陪著爸爸媽媽和妹妹，而是一個人跟了出來，楊如菡
站在姬遠峰的面前，低著頭，雙手在自己的胸前不停的搓弄著，姬遠
峰看不到她的眼睛，他兩只是默默地站著，一言不發。姬遠峰不知道
自己的雙手該放在什麼地方，他想用雙手托起楊如菡的臉，讓他看看
楊如菡的眼睛，但自己卻不能這麼做。他真想情不自禁地擁抱住楊如
菡，撫摸一下她的秀髮，聞聞她頭髮的味道。但自己和楊如菡正式的
握手還沒有過，他兩的戀愛關係至今還沒有正式確定，自己不能擁抱
楊如菡，雖然他覺得楊如菡不會拒絕他的擁抱，但楊媽媽隨時會從火
車上下來，楊爸爸和妹妹也正透過車廂車窗看著自己和楊如菡，自己
不能讓楊如菡父母感到尷尬。因為在姬遠峰所受的家庭教育中從來不
應該當著父母的面和自己的女朋友，以至於將來自己的妻子擁抱，甚
至不應該握手。

　　但楊媽媽一直沒有下來，姬遠峰開始猶豫是否抱一抱楊如菡了，這
時候開車的鈴聲響了，催促旅客上車了，楊媽媽也從車廂下來了。楊如
菡抬起了頭，準備上車了，姬遠峰看到了楊如菡眼睛中的淚花，楊如菡
轉身上了車廂的臺階，她又轉身看向了自己和楊媽媽，姬遠峰看到了，
楊如菡的眼淚已經流了下來，姬遠峰的眼淚再也抑制不住了。但楊媽媽
就在身邊，姬遠峰從不願意讓任何人看到自己的眼淚，包括自己的爸爸
媽媽，姬遠峰不願意讓楊如菡一家人看到自己的眼淚，他轉身面向站臺

上粗大的水泥柱子，抬手把眼淚拭去，轉身和楊媽媽一起靜靜地站著送行楊如菡。楊如菡正在車窗上向外看，滿臉的眼淚，不停地在擦拭著，姬遠峰不知道這是為楊媽媽流的還是為自己流的。

火車開動了，越來越遠，楊如菡的臉面也越來越模糊，車尾已經出了站臺，楊媽媽開始轉身往站外走，姬遠峰陪著楊媽媽一起往外走，兩人一言不發，姬遠峰看著楊媽媽上了出租車，他知道楊媽媽因為剛纔的哭泣不願意坐公交車而選擇了出租車。姬遠峰沒有坐公交車回單位，他一個人沿著街道往前走，他想一個人靜靜地走一走，他心裡空蕩蕩的，他有太多的話想跟楊如菡說，但卻沒有來得及說，他太想擁抱一下楊如菡了，但卻沒有能擁抱楊如菡一下。

直到傍晚姬遠峰纔回到了宿舍，他沒有胃口去喫飯，他的心裡空蕩蕩的，雖然自己到西安已經八九個月了，楊如菡至今沒有來過他的宿舍一次。楊如菡出國了，姬遠峰覺得自己的宿舍一如他的內心一樣的空寂，一樣的冷清，仿佛以前這裡不是自己一個人住著似的，只有古詩纔能描述姬遠峰此時的心情了。

　　意甚留卿卿不留，片帆隻影去異域。

　　前路無伴君莫愁，娟娟明月照前路。

　　獨立橋頭意悵然，望君瀟瀟入遠煙。

　　嚴城更鼓聲已歇，臨街歌舞還未休。

姬遠峰坐在書桌前準備繼續複習功課，卻絲毫也看不進去，他早早上床準備睡覺，昨晚熬夜複習，今天中午也沒有休息，他實在很困。姬遠峰躺在床上，火車站臺上楊如菡低頭站在自己面前的情景、楊如菡轉身上車時滿眼的淚花、楊如菡在車窗玻璃上滿臉的眼淚怎麼也從姬遠峰的腦海中揮之不去。姬遠峰怕一直想著又像本科那次喫飯後自己的眼淚又掉了出來，他爬了起來，穿上衣服，下了樓，他還想一個人走走……

十五

　　楊如菡出國了，姬遠峰也安心複習了，姬遠峰知道自己這次考研究生的機會難得，如果考不上再沒有機會考了，這次自己得拿出點認真勁出來了。自己已經五六年沒有認真學習過了，雖然姬遠峰對自己一直很有信心，但五六年了自己的學習能力是否退化了他也不知道，而且自己平常還要上班。還有一點，經歷過軍工廠女生和岳欣芙的事情後，姬遠峰知道自己對感情的事情經常不能放下，會對自己產生嚴重的影響。幸好，楊如菡和自己保持著隱默的狀態，出國送行的事讓姬遠峰覺得楊如菡已經接納了自己，在感情上不會出現軍工廠女孩和岳欣芙那樣的狀況了。

　　平時上班的時間可以背背英語單詞，也可以帶著兩門專業課在辦公室看，背誦英語單詞可以說為職稱英語作準備，專業書因為工作需要當然可以看了。但這三門功課只能看書並不能做題，所以所有的五門功課還是要業餘時間來學習。而且上班的時間學習也只能偶爾看看，自己也不能整天看課本而不看設計手冊，還要學習設計軟件的使用，幫助師傅做力所能及的事情，上班時間看似可以複習其實更多的還是要在業餘了。

　　姬遠峰給自己制定了嚴格的作息計劃，每天下班後喫飯，然後小睡一會，定好鬧錶到晚上八點開始學習，一直學習到凌晨一點，每天晚上學習五個小時，中間累了就下樓到單位院子裡走走，清醒一下。早晨七點起床，背誦半個小時的英語單詞，然後去喫早飯上班。中午的時間不學習，匆匆喫完後午飯睡一個小時左右。這樣的計劃一天可以確保七個小時的睡眠時間，姬遠峰不想陷入疲勞戰，他知道學習效率比更多的學習時間更重要。周末兩天的時間只能有一個下午的時間可以去打籃球，也要保持鍛煉身體的習慣，確保身體健康能跟上熬夜學習的強度。姬遠峰覺得自己的計劃挺好，惟一不能讓他滿意的就是夜裡學習的時間到了

凌晨一點，他學習的興趣還很濃，會不自覺地超時，到了凌晨兩點的時間他會強迫自己放下書本去睡覺。這樣一來姬遠峰晚上的睡眠時間只有五個小時，這讓他白天上班的時間感覺十分困倦。但姬遠峰不願意讓領導和同事看出來自己在複習考研，也不願意讓領導覺得自己不認真工作。他一再提醒自己，即使多麼困也不能在上班的時間在辦公室睡覺，實在困的不行了就去衛生間用冷水洗洗臉。

二零零一年七月份到了，這是姬遠峰第一次在西安渡過夏季。夏季的西安的確很熱，但姬遠峰感覺比南京好多了，西安的熱一天之內會有溫差，而不像南京一樣一天二十四小時持續在蒸籠中。但姬遠峰的宿舍在頂樓六樓，他去過三層女生的宿舍，那裡感覺溫度低好幾度。每到晚上，自己的宿舍裡實在太熱了，姬遠峰去水房端一盆水潑在水泥地面上，自己也在水房沖一個涼水澡，頭頂的風扇調到最大，姬遠峰也買了一個小風扇對著自己的光膀子吹。一會的功夫一盆子的水就會蒸發掉，一晚上五六個小時的學習時間會用掉三四盆水，自己也會沖兩三次涼水澡，到了凌晨一點或兩點他開始睡覺，他睡的很香很香。

雖然上班時間不長，姬遠峰參加了一項重要而且技術先進的大工程，即三峽到廣東的五百千伏的高壓直流輸電工程[28]，簡稱三廣直流輸電項目，把三峽工程的水電輸送三千兆瓦到經濟發達的廣東地區。三峽工程裝載著二十六臺七百兆瓦的水電機組，三廣直流輸電項目輸送的電力也只是三峽工程鉅大裝機容量的一部分而已。高壓直流輸電是當時國際上最先進的遠距離大容量輸電技術，國內為數不多的幾個高壓直流輸電工程從設計到設備到運行調試幾乎由國外公司完全掌控。而且中國疆域遼闊，水電和火電分佈集中區域與經濟發達地區剛好不在同一地區，隨著經濟的發展此類項目會越來越多，而外方在工程中標後利用技術壟斷不斷提高工程造價降低工程技術標準也令中方很無奈，中方無論從設

---

[28] 工程術語作±500kV高壓直流輸電工程。英文作±500kV High Voltage Direct Current （HVDC）transmission project。

計還是設備都想盡快掌握這門技術。

　　姬遠峰所在的設計院也是第　次進行直流項目的設計工作，科裡選派了幾名同事去國外學習四五個月，姬遠峰雖然想去，但他知道自己資歷太淺，常規變電所的設計自己還不能承擔，出國學習還輪不到自己，何況自己還要複習考研。但姬遠峰也不想放棄學習先進技術的機會，設計院不知道從什麼地方購置了整套的高壓直流輸電的外文資料，從基礎原理性的類似大學教材一樣的介紹資料到複雜的工程設計計算文件都有，但全部是英文。姬遠峰慶幸自己本科的時間認真學習了專業英語，上這門課的時間剛好是複習考研的時間，上課也是自學為主，老師讓同學們翻譯英文課文作為作業上交，複習考研的同學大多找別人翻譯好的抄一抄交上去就了事了，姬遠峰因為沒有考研，也喜歡英語，就認真學習了這門課程，這會派上用場了。

　　兩位總工在他們的辦公室查看一副一比十萬還是一比五萬的大比例尺地形圖，他兩在討論著換流站的選址——直流變電所有專門的名稱叫換流站。姬遠峰進去找總工簽字的時間掃了一眼那張圖，在圖紙的一角蓋著紅色的秘密印章，兩位總工都不在的時間會把辦公室門鎖上，下午下班的時間會把地圖交到檔案室收存，第二天繼續調用。姬遠峰第一次感覺到自己的工作原來也真的能接觸到保密這麼神秘的東西。

　　外方公司知道了設計院進行三廣直流輸電項目的設計工作，也是這個項目標書編制的主要單位之一，紛紛前來做技術交流。德國的西門子公司，瑞典的ABB公司已經來做過技術交流了。高壓直流遠距離輸電技術猶如核子武器的原理一樣並不複雜，複雜的是實現此類技術的高端設備及昂貴的售後支持。外方公司也是極力推介他們公司產品的先進和可靠，已經在世界各國有了為數眾多的成功的工程實例。這兩個國際著名公司承建的這類項目主要集中在美國、加拿大、巴西等疆域遼闊的國家，其中兩條正負六百千伏高壓直流輸電線路把著名的伊泰普水電站的水電輸送到巴西國內，這個水電站在三峽工程建成之前是世界第一大水電站。這讓姬遠峰對世界上高壓直流輸電項目有了一個整體上的認識。

姬遠峰已經對高壓直流輸電技術了解比較多了，他和同事更感興趣的工程設計細節外商則往往閉口不談，自己和同事詢問時外商往往以交流的專家不是設計人員，未帶詳細設計圖紙來搪塞。姬遠峰覺得爸爸說的那句話真是千真萬確，自己睡覺自己翻身，靠別人永遠是靠不住的。

今天來做技術交流的是日本的三菱重工，姬遠峰感覺有點奇怪，自己學習的英文資料中並沒有介紹日本也掌握著這門技術，而且日本國土狹小，也用不著啊。而經過技術交流姬遠峰由奇怪變為了吃驚，國土狹小的日本此類項目並不多，市場也不大，但竟然有一套完整的高壓直流輸電技術及產品。可能先入為主的觀念在作祟，姬遠峰對三菱重工的技術交流觀感並不好，公司請的翻譯沒有電力系統的專業知識，將valve晶閘管翻譯成了日常用語閥門。兩個翻譯不懂無功功率單位Var[29]，每遇到這個單位，兩個翻譯都會互相看對方一眼，也看看日本專家，然後選擇忽略不予翻譯。

過多的熬夜讓姬遠峰開始犯困，在辦公室裡他可以起來走走，去衛生間洗個涼水臉，在會議室裡他只能靜靜地聽外商專家介紹。姬遠峰不敢向前趴在桌子上，他腦袋往後靠，寬大舒服的皮椅靠背完整地托著姬遠峰的後背，比他的床還舒服。姬遠峰只覺得日本專家和翻譯的聲音越來越小，也越來越模糊，他的意識也越來越模糊了。姬遠峰實在困的不行了，他再也撐不開自己的眼皮了，他的腦袋在椅背上一偏，睡著了，竟然打起了呼嚕。旁邊的同事碰了碰他，姬遠峰沒有醒過來，鼾聲依舊，同事急了，使勁地搖了搖。姬遠峰醒了，他透過迷迷糊糊的眼睛看到了陪著日本專家的設計院一位副院長、自己處的處長、自己的科長、還有有點吃驚的日本專家都在看著他，姬遠峰感覺到無地自容，急忙站起來出了會議室，在衛生間用涼水洗了一下臉再進了會議室，他半低著頭聽日本專家和翻譯的交流，不敢抬頭看設計院領導和自己處的領導。

晚飯姬遠峰陪著日本客人喫飯，為了便於交流，日本專家和設計院

---

[29] 無功功率單位，讀作乏。

人員插開坐，姬遠峰左右都是日本人。姬遠峰從來沒有接觸過日本人，
拘謹的日本人一言不發，每當自己看身旁的日本人一眼時日本人就會禮
貌的點一下頭，微笑一下，微笑會瞬間收起，像機械產品一樣。姬遠峰
感覺日本人實在太拘謹了，或者太禮貌了，不像前幾次來的歐洲人還會
自然的笑，日本人的笑像工業產品一樣是那麼的機械，姬遠峰怎麼也不
能把眼前這群彬彬有禮的日本人和自己在歷史教科書甚至影視中的日本
人形象聯繫起來，餐桌上說話的人很少，氣氛有些尷尬。

　　看著眼前這些禮貌的有些拘謹的日本人，姬遠峰想起了一個日本人
的笑話。日本首相森喜郎訪問美國前助手教了他幾句簡單的英語對話，
當森喜郎見了克林頓時說「How are you?[30]」，克林頓會說「I am fine，and
you？[31]」森喜郎回一句「Me too！[32]」對話就結束了。但森喜郎見到克
林頓時第一句發音卻成了「Who are you?[33]」克林頓一驚，覺得日本人也
挺幽默啊，於是克林頓看著身邊的第一夫人希拉里回答道「I'm Hilary's
husband[34]」，森喜郎衝克林頓點了點頭，也看著克林頓的夫人微笑著說
道「Me too.[35]」

　　姬遠峰覺得日本人不和自己說話可能是覺得自己太年輕了，說技
術吧，怕自己不懂尷尬，說通俗話題吧，年齡差距太大估計沒有共同話
題。姬遠峰趕忙把思緒從日本人的笑話中收了回來，他怕自己忍不住笑
出來，讓在場的日本人還有研究院的領導自己部門的領導覺得莫名其
妙。姬遠峰想和身旁的日本人聊聊天，免得氣氛這麼尷尬，他先在心裡
試著說一遍完整的英語句子，免得被日本人覺得自己英語不好，姬遠峰
覺得這時間自己好像代表著中國人的形象似的。韓日世界杯馬上就要舉
行了，姬遠峰想和日本人聊聊日本足球隊的球星中田英壽，他發現自己

---

[30] 你好？
[31] 我很好，你呢？
[32] 我也很好。
[33] 你是誰？
[34] 我是希拉里的丈夫。
[35] 我也是。

竟然不會用英文說中田英壽這個名字。姬遠峰想和日本人聊聊自己的偶
像酒井法子，他也發現自己也不會用英文說這個女明星的名字。姬遠峰
只能用英語籠統地說日本隊有幾個著名的球星，日本足球近年來進步很
大之類的話。或許是自己上學一直聽英語和美語的原因，姬遠峰發現日
本人的英語發音很奇怪，聽起來很費勁，今天交流的時間日本專家更多
的講日語，只有一個專家用英語交流，當時就覺得日本人的英語很彆
扭，這時間他和日本人說話的時間發現更彆扭，估計日本人對姬遠峰的
英語觀感也一樣。

　　第二天一上班科長把姬遠峰叫到了自己的辦公室，「科裡不管你業
餘做什麼，在院領導面前不能睡覺，尤其是在外國人面前要注意保持形
象。」科長說道。姬遠峰紅著臉道歉，「對不起，科長，我知道了，下
次一定注意。」然後出了科長的辦公室。

　　十一假期的時間姬遠峰回到了哈爾濱，他準備去濱工大搜集專業
課考研的資料和信息，他的時間有限，來回路上就要四天，再跟領導賴
上一兩天，他在濱工大也只能呆四五天時間。甫下火車，一股冷風撲面
而來，哈爾濱現在的氣溫僅僅是零上一二度，西安最高溫度還在二十度
左右，最低溫度也在十五度左右，只要穿襯衣就可以了，雖然已經有了
心理準備，也穿夠了衣服，但還是讓姬遠峰感到了一絲寒意。濱工大留
出了專門的宿舍供往屆的學生考研究生，現在已經供上了暖氣，溫暖舒
適，只是收一點費用而已，而且收費也不貴。還可以辦理臨時就餐卡，
學校食堂的飯菜又便宜又合口味，關鍵是很方便，姬遠峰工作一年了，
在外邊的大飯店也吃過飯了，他還是覺得濱工大的紅燒茄子是自己喫過
的最好喫的茄子。走在校園裡姬遠峰仿佛又回到了學生時代，姬遠峰很
感激母校對考研學子體貼周到的照顧。

　　晚飯在食堂，姬遠峰碰到了安可琪，安可琪留在學校第三次參加
考研究生呢，姬遠峰和安可琪一起邊喫飯邊聊天，聽到姬遠峰詢問自己
考研的經歷，安可琪有點不好意思，姬遠峰則想考研究生看起來真的很

難，他對自己考研的信心有了一絲懷疑。

「妳平時能碰到已經上研究生的同學嗎？」姬遠峰問道，其實他只想知道能否碰到岳欣芙。

「可以啊，都在一個學校裡，時不時會碰到的。」安可琪說道。

姬遠峰忍了一會兒，還是問道，「妳碰到過岳欣芙嗎？」

「當然碰到過了，我兩一個宿舍四年了，我兩現在有時間也會互相去對方宿舍找對方玩，也一起喫飯呢，欣芙很想幫我，但欣芙是保送的研究生，她對複習考研並沒有經驗。」

聽到安可琪說她和岳欣芙互相去對方宿舍一起玩，一起去喫飯，姬遠峰心想本科畢業前追求岳欣芙的那個男生估計也是個本科生，他可能沒有上研究生，即使上研究生也不在濱工大，甚至那個男生和岳欣芙現在已經不在一起了，否則岳欣芙怎麼會找安可琪一起玩一起喫飯呢。姬遠峰想問一句安可琪，確認一下自己的猜測是否正確，但姬遠峰實在不願意知道岳欣芙男朋友的一絲半點的信息，他忍住了沒有問。姬遠峰也怕詢問岳欣芙男朋友的信息讓安可琪看出自己關心岳欣芙超過了普通同學之間應有的程度。

「欣芙的身體現在怎麼樣了？我記得本科畢業前體育考試時她的身體素質已經不好了，現在好點了嗎？」姬遠峰問道。

「欣芙身體還是不好，欣芙已經到研二了，科研和論文的壓力很大，不僅很忙，而且欣芙太要強了，太拼命了，整天忙著科研和論文，她也沒有鍛煉身體的習慣，我真替欣芙的身體擔心。」

「妳碰到過李宏嗎？」李宏也是保送的研究生，姬遠峰詢問了一下李宏的情況，同時也在掩飾單獨詢問岳欣芙留下的痕跡，他怕安可琪看出什麼端倪來。

「當然能碰到了，我們一個宿舍四年，我、李宏和欣芙偶爾還一起喫飯呢，你現在回到學校了，要不要叫上欣芙和李宏一起喫個飯？」安可琪說道。

「不用了，不要打擾欣芙和李宏了，咱兩現在都忙著複習考研呢，

等考完試了四個人高高興興地一起去喫飯吧。」聽了安可琪的提議，姬遠峰猶豫了一下說道，姬遠峰不是不想和岳欣芙見面，他只想一個人和岳欣芙見面，不需要任何第三個人在旁邊。

　　姬遠峰的心裡多麼想安可琪能把自己回到學校的話傳到岳欣芙的耳朵裡，岳欣芙以一個普通老同學返校那樣的理由相約見一面，只要他們兩個人見面，不需要任何第三個人。雖然姬遠峰覺得岳欣芙已經上研究生一年多了，自己能否考上還未知，自己有點自慚形穢。但姬遠峰還是很想見岳欣芙一面，他想看看岳欣芙一年多了變了樣子沒有，她的身體健康怎麼樣了。勸勸岳欣芙平時多鍛煉鍛煉身體，雖然自己身體一直很好，但每次和爸爸聊天爸爸總會叮囑自己身體很重要，幹什麼都不要以犧牲身體健康為代價，姬遠峰知道這是爸爸摔殘疾之後十幾年的親身體驗纔這樣說。而且自己喜歡打籃球，不僅是一項娛樂，同時也鍛煉了身體。他會問問岳欣芙研究生學習科研辛苦不，說說自己畢業後一年多的工作狀態和對社會的認識，岳欣芙還沒有走向社會，她可能對自己的社會閱歷感興趣一點，或許對她找工作也有一些參考價值。他也想問岳欣芙一句本科畢業前和妳在一起的那個男生對妳好嗎，想對岳欣芙說一句在戀愛中別委屈自己也別委曲求全。這句話其實有更深的含義，那就是有的男生在追求女生的時間會很殷勤，會偽裝自己，等追到手了確定了戀愛關係、或者兩人發生了關係男生就會發生變化或者偽裝盡去，自己這句話的意思是說即使岳欣芙和那個男生已經確立了戀愛關係，甚至已經發生了第一次關係，但只要發現自己的男朋友是一個偽裝自己的人、品行不端不值得愛的人，不要有太多的顧慮，不要委曲求全，應該趁著在結婚前做出決斷而不要毀了自己一輩子。爸爸也一直講一句俗語——種不好莊稼是一料子[36]，找不到好媳婦是一輩子，找對象一定要慎重，一定要找一個品行端正，真正愛自己的人。但這樣的話姬遠峰對岳欣芙講不出口，如果像黎春蒓這樣的朋友，如果黎春蒓讓自己做她的參謀，

---

[36] 料子，當地方言，指莊稼的一個生長季。

自己會講出口，但對岳欣芙自己講不出口，因為這些話本身自己對岳欣芙就講不出口，再者也有挑撥岳欣芙和她男朋友之間關係的嫌疑，姬遠峰只希望岳欣芙能理解這句話的含義就好。如果岳欣芙詢問自己是否有了女朋友，自己會承認和楊如菡在一起了，自己不想在這件事上對岳欣芙隱瞞什麼，而且都是同學，將來自己和楊如菡結婚了的話，岳欣芙遲早會知道，或許在學校裡自己和楊如菡一起打乒乓球岳欣芙當時已經有所風聞了。在自己和楊如菡正式確定戀愛關係前自己會對其他同學遮遮掩掩，但對岳欣芙姬遠峰不想遮掩，而且岳欣芙在本科畢業前已經有了男朋友，自己說出來岳欣芙也會泰然處之的。但自己不會說的很詳細，岳欣芙和自己都已經進入了另一份感情，姬遠峰不想打擾到岳欣芙，也不願意傷害到楊如菡。但姬遠峰知道安可琪不會主動把自己返校的消息傳到岳欣芙那裡，即使傳到了岳欣芙那裡她也不會來見自己一面，岳欣芙現在已經有了男朋友，以岳欣芙的自尊自愛，她不可能主動約曾經向她表白又拒絕了她的一位男生見面。姬遠峰也知道，自己也不會主動去約岳欣芙見面了，雖然兩人之間至今還沒有說破戀愛的關係，但實際上自己現在已經和楊如菡在一起了，自己不應該主動約一位自己曾經表白過的女生見面了，雖然只是見一面，看幾眼她的容貌，勸勸她多鍛煉身體，說幾句關心的話，那也不應該。他和岳欣芙不是普通的同學關係，他兩永遠回不到普通同學那樣簡單的關係了，自己在大學裡曾經努力試圖回到普通同學的關係，但失敗了。或許只有藏族的拉伊[37]纔能表達姬遠峰此時的心情了。

> 我回到了可愛的校園，
> 想起了心愛過的姑娘。
> 雖然無緣與妳在一起，
> 但我還想再看妳一眼。

晚上在教室裡，姬遠峰又無法靜下心來學習了，他在教室樓外邊走

---

[37]　藏語，情歌之意。

了一圈又一圈，直到宿舍要關門了，他纔匆匆返回宿舍。回到宿舍，姬遠峰躺在床上失眠了，他無法控制住自己的思緒，過去的一幕幕在他的腦海中不斷浮現，自己表白岳欣芙時她眼中的淚花，畢業前與楊如菡那次喫飯時楊如菡眼中的淚花，那次飯後自己在大學四年中惟一的一次沒有控制住自己的眼淚。再過兩三個月後研究生考試的時間現在宿舍門口的小操場就會澆上水變成滑冰場，岳欣芙曾經在這裡有其他男生扶著練習滑冰。今天是自己回到濱工大的第一天，已經碰到了安可琪，自己平常可以躲著點岳欣芙去別的樓上自習，但即使躲開岳欣芙自己也不能靜下心來學習，今天晚上自習的經歷已經證實了這一點。但上專業課的輔導班一定就在電氣樓，岳欣芙現在呆的地方就在電氣工程系的教研室，碰到她是遲早的事，說不定明天就會碰到，而且今天晚上在教室樓外邊漫無目的地走的時間總有一種感覺，好像岳欣芙就在不遠處看著自己。姬遠峰幾乎一個晚上都沒有睡著，他聽著同宿舍考研的同學的呼嚕聲一直到天亮，這樣的狀態如何能複習考研呢！天亮了，姬遠峰做出了決定，今天就去火車站買好火車票，明天返回西安考交通大學的研究生，現在已經十一假期了，離研究生考試已經只有兩三個月時間了，臨時換學校專業課肯定會吃虧，但總比自己這種狀態好許多。

　　傍晚的時間姬遠峰去了自己本科時的宿舍和女生宿舍，在女生宿舍外邊站在那裡看了一會，他知道岳欣芙現在住在研究生宿舍裡，在這裡他不會碰到岳欣芙。姬遠峰想起了那個下雨的夜晚，在這裡和岳欣芙討論辯論稿的情形，心中隱隱有種負罪感，自己已經和楊如菡開始了新的感情，這只是睹物感懷而已，自己這樣對楊如菡並不公平。

　　回到西安，姬遠峰為是否購買交通大學兩本專業課的教材而陷入了矛盾，兩個學校用的專業課的教材並不一樣。姬遠峰一直對自己的兩門專業課很有信心，平時並沒有專門複習，只是簡單地看了一遍，打算十一假期過後集中時間上輔導班並且專門複習。現在換了學校，購置交通大學的專業課教材吧，雖然課程名稱是一樣的，但不同教材之間編寫思

路甚至電路符號都會存在著一些差異，兩三個月的時間重新學習兩門教材需要花費大量的時間，能否像濱工大的兩門教材那樣學的很透徹自己也沒有把握。而且會擠佔三門統考課的大量時間，與其這樣還不如用點心複習濱工大的兩門教材，姬遠峰知道這樣肯定會在專業課考試中吃虧一點，但時間來不及了，只能這樣了，結果怎麼樣只能等考試結果了。

　　研究生入學考試結束了，姬遠峰覺得自己考得不錯，英語、政治自己都比較放心，自己考試前有點擔心的數學尤其簡單，姬遠峰自從高考數學沒有及格後一直對數學心存忌憚，但他大學時期包括《高等數學》《線性代數》等幾門數學課也不差，但總是對數學沒有其他科目那麼有信心。研究生考試的成績出來了，姬遠峰考了三百六十二分，交通大學的分數線是三百四十二分，他的成績在這次研究生入學考試中分數並不是高分，其中一門專業課考得太差了，纔六十四分，而本校的學生基本都在九十分左右。研究生考試有兩門專業課，姬遠峰考試的兩門專業課中有一門是電氣類專業的公共基礎課，姬遠峰打聽到了交通大學這門課的輔導班並且上了輔導班，另外一門只是電力系統專業的主幹專業課，姬遠峰再三打聽也沒有打聽到這門課的輔導班，他沒有用交通大學這門專業課的教材也沒有上這門課的輔導班，結果成績很差，姬遠峰知道這是臨時換學校的弊端之一。但考三百六十二分還是讓姬遠峰心裡很高興，也有一絲得意，自己自從高三暗戀那個軍工廠女孩以來已經五六年沒有認真學習過了，如果那門專業課正常的話自己會考到三百九十分左右，那是這次研究生入學考試比較高的分數了。而且自己還是在邊工作邊複習的情況取得這樣的成績，看來自己學習的能力還沒有退化，這給了他這五六年來些許自信，也小小地滿足了一下他的虛榮心。

　　姬遠峰高興地給爸爸打了電話，但電話裡爸爸的反應是那麼的冷淡，「考上了就上吧，我還以為你考不上呢，什麼時間開學，開學前安心上班吧，到開學的時間再辦辭職手續吧！」聽了爸爸的話姬遠峰心裡有點不高興，但自己已經考上了研究生，這點不痛快很快就過去了。姬遠峰給楊如菡發了電子郵件，告訴楊如菡這個好消息，他只說自己上了

交通大學的錄取線，並沒有說很多，楊如菡濱工大的研究生沒有考上，他不想刺激到楊如菡。姬遠峰也打電話告訴了黎春萢這個好消息，他收到了黎春萢熱烈的祝賀。

研究生入學要差額面試，姬遠峰覺得自己怎麼這麼倒霉，這一路走來什麼事都讓自己遇到了，高三畢業前遇到了甘肅省第一次組織會考，浪費了一個月的時間複習高考不考的科目。考大學遇到了並軌，即大學開始收費，讓爸爸多花了一萬圓的學費。畢業時遇到了工作雙選，即畢業生和單位互相選擇，國家不再包分配工作，讓自己找工作跑東跑西，前後兩家單位違約又花了爸爸五千圓錢。考研究生遇到了差額面試，以前只要筆試分數上線就行了，現在又多了差額面試這一關，姬遠峰已經工作一年多了，知道在中國好多初衷美好的政策設計在執行過程中往往成了權力的尋租品。

姬遠峰在面試前就想著導師會問他什麼問題，果然系主任問他的第一個問題和他想的完全一樣，「你工作的單位挺不錯的，即使研究生畢業了去你原來工作的單位也是一份很不錯的工作，你為什麼要少三年工作積累而來上研究生呢？」姬遠峰早已經有了答案，他答道，「我原來工作的設計院是一家不錯的單位，但我上完研究生後即使再回到原單位，我的工資定級會比本科生高不少，更重要的是我工作取得進步的步伐會比本科生快很多，我上三年研究生的價值遠大於一個本科生在原單位三年工作的積累。而且研究生畢業後我還會有更多的選擇，所以我選擇來著名的交通大學繼續我的研究生學業。」姬遠峰確信自己的回答會讓面前五位面試的導師很滿意。

二零零一年的春節來臨了，單位又發了年貨，和去年一樣的幾樣東西，姬遠峰猶豫著要不要像去年那樣送到楊如菡家去，但楊如菡現在不在家，自己雖然覺得楊如菡已經接納了自己，但兩人的戀愛關係至今還沒有明說，而且楊如菡爸爸媽媽至今也可能並不支持自己和楊如菡交往，如果楊爸爸以楊如菡不在家為藉口說不用送過去了，自己這樣做只

會使得楊爸爸有機會表明他不支持的態度，那還是別送到楊如菡家了。但也不能帶回家，帶回家爸爸肯定會問自己是否和楊如菡分手了，自從爸爸有一次問過楊如菡是否已經出國，自己告訴爸爸楊如菡已經出國後爸爸再也沒有問起過楊如菡，姬遠峰知道爸爸又肯定像對待岳欣芙那樣一副不聞不問的態度，爸爸只會等到快結婚時纔會再次詢問，姬遠峰對爸爸這種態度很滿意，姬遠峰並不想讓爸爸媽媽知道自己與楊如菡處於一種隱默的狀態，如果爸爸知道自己和楊如菡處於這種狀態，爸爸肯定會讓自己盡快明確和楊如菡的關係，甚至可能要求姬遠峰和楊如菡斷了關係，盡快另外談一個女朋友，姬遠峰不想讓爸爸干預自己的感情中來，所以自己也不能帶這些東西回家。姬遠峰最後一股腦全部送給了一起進設計院工作的一個職工子弟同事，但第二天那個同事又給了他二百圓錢，說他媽媽一定要給的。姬遠峰心想，中國的人情真麻煩，幸虧自己考上了研究生，不會有下一次的年貨了，再有的話自己會便宜點賣給週圍的小賣部，太便宜的話自己就打電話送給西安的本科同學，為了防止對方算著給錢自己會主動讓本科同學請自己喫一頓。

雖然姬遠峰已經考上研究生了，除了同住單身宿舍樓的幾個年輕同事知道外，其他同事知道的並不多，姬遠峰不願意張揚這類事情。估計領導也知道，可能出於穩定軍心的需要也不張揚，還照常安排姬遠峰工作任務。姬遠峰進入設計院已經一年多了，工作也漸漸進入了角色，現在已經可以獨立承擔項目分冊的設計任務了。看著簽有自己名字的設計圖紙由曬圖室曬成藍圖，由專業的工人師傅折成規定的形狀，然後裝訂成冊，裝入檔案袋，由甲方或者施工單位派車來專門拉走，姬遠峰感覺到一絲絲成就感。姬遠峰知道自己的名字簽在設計欄，校對欄和審定欄是主設人、總工簽字，他想著如果自己沒有考研的話，再過幾年自己或許就會成為校對欄的簽字人，再過幾年自己或許會成為總工，在審定欄簽上自己的名字。

當時全國首條最高電壓等級的官亭至蘭州東的七百五十千伏超高壓交流輸變電示範項目也開始前期論證和初設了，並且由姬遠峰所在的變

電處承擔，姬遠峰也參加了前期的學習和論證。姬遠峰覺得自己運氣真不錯，國內技術最新的五百千伏高壓直流輸電項目自己趕上了，最高電壓等級的七百五十千伏交流輸變電項目自己也趕上了，雖然自己參與的程度很淺，但總算在這道門檻前伸頭進去探了一下。

姬遠峰也被單位派去作為設計方的工地代表，施工單位對姬遠峰很客氣，住單人的房間，每次喫飯都是施工方的技術員或者工地經理、還有項目監理和姬遠峰在一張乾淨整潔的餐桌上用餐，甚至有特意準備的幾盤炒菜，而普通施工人員都喫盒飯或者自助餐。雖然姬遠峰被有點特殊待遇，但他並不是不願意和普通工人接觸，當他自己一個人喫飯的時間他喜歡和工人坐在一起喫飯聊天，雖然姬遠峰平常話不多，但和工人師傅在一起，他會主動說話，免得自己與整個環境格格不入。但工人知道他的身份，當他走過去坐下來後他們會忽然安靜下來，對他客氣的微笑，只有偶爾一兩個年齡大的工人纔會和他說幾句話，開個玩笑，看得出來普通工人都覺得姬遠峰很有學問、很懂技術的樣子。

在這裡姬遠峰看到簽有自己名字的圖紙被施工單位的技術人員拿在手裡，對應著施工現場指指點點，雖然圖紙有污損、有折疊、甚至有技術人員用鉛筆在上面勾勾畫畫，姬遠峰有點心疼自己的圖紙。但姬遠峰感覺到了更大的成就感，原來自己的圖紙會用在工程實際當中，而且這樣的一個高電壓等級的變電所投資動輒三四億人民幣，自己畫的每一個電氣符號、每一條線路符號在工程中都對應著一套電氣設備或線路，而且往往價格不菲，一臺主變壓器價值數百萬圓接近千萬圓人民幣。甚至簡單的照明圖也是經過仔細設計與計算，雖然根據以前的圖紙可以較快地選定照明燈具的數量，確定燈具的瓦數等參數，也能較快地佈置安裝位置，但這看似簡單的選擇背後是根據設計手冊、設計標準經過計算的，照度要滿足設計手冊和標準的要求。圖紙任何疏忽和不合理的地方會給施工造成麻煩，甚至需要出設計變更，出設計變更意味著材料會發生變更，工程造價也要隨之發生變化。太多的設計變更意味著原來的設計圖紙有太多的問題，意即原來的設計質量不高，所以一開始設計要盡

量高水平，這樣設計變更纔能更少，這就要求在設計中一絲不苟，不能馬虎粗心，自己去了現場了，也知道這些事了，工作中就要有所體現。雖然濱工大的時間自己並不是很喜歡自己的專業，但現在慢慢地覺得這個專業這份工作也有它的樂趣和成就感。

　　姬遠峰想起了畢業設計畫圖的經歷，這些圖紙和自己畢業設計畫的圖紙雖然都是電氣圖，但用途已經完全不一樣了。畢業設計的一項內容就是畫一幅變電所的電氣主接線圖，畫錯了可以擦掉重畫，改的太多，圖紙太髒了可以扔掉重新畫。但現在不可以了，圖紙到了施工單位的手裡，施工單位就會照著圖紙施工，你不可能擦掉重畫，更不可能扔掉重畫。

　　姬遠峰想起了楊如菡，在畢業設計的小教室裡，楊如菡經常湊到自己跟前看自己畫的圖紙怎麼樣了，她笑話自己的電氣主接線圖太難看了，自己笑著回應道我畫的是電氣圖又不是美女圖，如果畫的是妳的畫像的話肯定比這張電氣圖還醜。可惜自己把那張卡通畫丟了，要不找出來看看，妳的那張卡通畫像比這張電氣圖醜多了。楊如菡輕輕地瞪自己一眼，或者笑著說你比這張電氣圖醜的無以復加。畢業設計的時間計算機開始慢慢普及了，畢業論文可以手寫，也可以用計算機排版打印裝訂，自己和楊如菡都選擇用計算機排版，自己選擇用計算機排版主要是想練習練習常用辦公軟件的使用。但寫的過程中發現論文輸入排版比純文字難多了，那裡有太多的電氣符號、太多的複雜的公式需要輸入，還要畫簡單的電氣圖，這些自己平常在用電腦過程中都不曾遇到。姬遠峰只後悔在宿舍的電腦上整天只顧著玩了，現在需要的時間發現好多還不會，只好一邊鑽研一邊輸入。自己和楊如菡經常會研究如何輸入這些電氣符號和公式，如何給論文加密等等，論文寫完了，自己的office[38]軟件也熟練了許多，自己和楊如菡也接觸的更多了，開了更多的玩笑，也經常能看到這個內向靦腆的女生的笑臉了。

---

[38]　美國微軟公司開發的辦公操作軟件。

　　而現在除了文字處理用office軟件外，畫圖主要用AutoCAD[39]，姬遠峰現在用的都很熟練了，當然他一進入設計院也是花了兩三個月的時間纔熟悉了這套軟件的使用，這其中也有同科室一位西安女生的幫助。這個女生在學校裡已經學習過這個軟件，她很熟練，姬遠峰不明白的地方她總會幫助到自己。慢慢地姬遠峰發現那個女生總願意往自己跟前湊，一起去食堂喫飯，問自己周末怎麼過的，看自己的眼神是那麼地不自然，開朗活潑的這個女生在自己面前會突然腼腆羞澀起來。直到有一天她在姬遠峰的單身宿舍看到考研的複習資料，她問姬遠峰是否忙著考研呢，姬遠峰說是，準備考回濱工大，這個女生說她不會打擾姬遠峰你考研，此後她不再往自己跟前湊了。姬遠峰覺得那一絲絲情愫隨著自己八九個月的複習時間已經熄滅了，但姬遠峰考上研究生後這個善良而又羞澀的女生又願意和自己湊到一起了，她會問自己AutoCAD的問題，實際上她比自己更熟練這款軟件。每到午飯時間姬遠峰起身去食堂的時候她總也那個時間去喫飯，姬遠峰有時間起身不由自主向她那個方向看的時間發現每次她都看著自己，姬遠峰只好叫上她一起去喫飯。幸好她家是西安的，下午下班後就回家了，並不在單位食堂喫晚飯，也不在單身宿舍住，要不兩人會有更多的接觸機會，這樣不好。這次出差回去自己應該刻意疏遠一點了，到午飯的時間自己提前從辦公室出去，在單位院子裡轉一會，然後去食堂喫飯，這樣就不會一起去喫飯了。

　　在工地喫完晚飯後姬遠峰喜歡戴著自己上班後新買的隨身聽去工地週圍散步，他喜歡一個人獨自散步。姬遠峰上大學用的國產塑料殼的隨身聽還沒有壞，但大學宿舍裡有三四個室友用的是日本產的索尼或者松下的薄薄的金屬殼的隨身聽，上大學後自己和室友的關係更密切，不像高中他沒有聽過一次同宿舍軍工廠同學的隨身聽。姬遠峰聽過李木的那個漂亮的隨身聽幾次，發現音質比自己的好很多，但姬遠峰也不好意思長時間聽李木的隨身聽，他到西安上班後第一個月的工資發下來後就

---

[39] Auto Computer Aided Design的簡寫，即計算機交互式輔助設計，是美國Autodesk公司開發的一款計算機軟件。

花了七百五十圓買了一個臺灣產的松下品牌的那樣漂亮的隨身聽，給爸爸媽媽各買了一件禮物後第一個月的工資就所剩無幾了。去年複習考研姬遠峰聽音樂的時間不多，現在在工地不方便上網，不方便和楊如菡發電子郵件或者MSN[40]聊天，姬遠峰下班了就整天戴著耳機一邊散步一邊聽音樂，周華健、張學友、齊秦、王菲、韓寶儀、臧天朔的音樂他一遍遍地聽，音質和李木的效果一樣好，歌曲也是那麼地動聽。這種大型變電所都建在城市的郊區或者更遠的地方，景色很好，姬遠峰只想和楊如菡一起在黃昏金色的暖陽中一起去散步。昨天晚上姬遠峰又夢到了楊如菡，但堪在在工地，他無法把對楊如菡的思念用電子郵件告訴她，只有古詩纔能表達姬遠峰對楊如菡的思念。

> 別後長安天樣遠，一抹疏煙，又界斜陽晚。
> 睡起東風吹似剪，春波細漾銀塘滿。
> 直恁銷凝渾未慣，粉黛雙蛾，夢裡深深見。
> 一縷癡情哪得淺，人間此日尋思徧。

　　姬遠峰從工地回到了單位，離研究生開學還有好幾個月呢，除了更多地給楊如菡發送電子郵件和MSN聊天外，下班了他有更多的時間繼續自己的業餘愛好了——籃球與歷史地理詩詞書籍，過去八九個月的研究生考試複習他已經隔絕了歷史地理文學書籍了。籃球也只在每個周末打一個下午，十一假期以後周末的籃球也取消了。

　　下班後姬遠峰先去打籃球，他也突然喜歡上了韓國的愛情劇，晚上他就在宿舍裡就看韓國愛情劇。姬遠峰以前很反感那種毫無內涵的東西，但現在竟然看的津津有味，連續能看好幾集，而且還盼望第二天晚上快點到來，再看幾集，姬遠峰對自己前後的變化都覺得好笑。那個八九個月前說過不會打擾自己考研的女生這段時間沒有回家住，而是住在單身宿舍樓的三樓女生宿舍裡，連續幾個晚上來姬遠峰的單身宿舍陪著

---

[40]　Messenger的簡寫，美國微軟公司開發的一款聊天工具。

姬遠峰一起看韓國愛情劇，並不多說話。其實在姬遠峰從哈爾濱返回西安準備考交通大學研究生的時間這個女生就問過姬遠峰為什麼改變主意換學校了，並且說臨時換學校專業課會吃虧的，姬遠峰搪塞了過去。面對這個癡情而羞澀的女生，姬遠峰不想耽誤這個善良的女生的青春年華，他每次都是將那個女生送到樓梯口。一天晚上姬遠峰主動邀請那個女生一起出去走走，他撒謊說自己上了研究生後也不打算談戀愛，自己也不知道畢業後會去哪兒，他只有在工作安定下來纔準備談戀愛。而且自己畢業時已經二十七歲了——姬遠峰知道那個女生大自己一歲——他不能給一個比自己還大一歲的女生任何靠不住的承諾而讓她荒廢最美好的青春年華。第二天晚上那個女生沒有來姬遠峰的宿舍，她回自己家去住了，姬遠峰感覺很對不住這個善良的女生，因為自己的謊言讓她癡等了自己八九個月。

可能是因為自己今年二十四歲了，到了談婚論嫁的年齡了，給姬遠峰介紹女朋友的同事更多了，過完年已經有兩三起了，他每次都婉謝掉。姬遠峰覺得有點得罪同事了，自己一直給同事說沒有女朋友，但又不接受別人介紹的女生，一個也不去見面，同事也理解不了。其實姬遠峰心裡也挺好奇，到底自己在同事眼裡是什麼樣的，給自己介紹的女生長什麼樣子，漂亮不，性情如何。又一次有同事介紹了一個女生，姬遠峰還是謝絕了，但他知道這個女生又介紹給了和自己關係很熟的另外一個同事。那個同事大自己兩歲，同事相親回來了，姬遠峰和那個同事談論起那個女生，同事告訴姬遠峰那個女生身材高挑，很健談，不知是真喜歡足球還是為了相親臨時做功課，和他談論了半天足球，真是少見。同事無意中告訴姬遠峰那個女生和他同歲，都二十六歲了，姬遠峰聽了心中疑惑，前幾天介紹人不是告訴和自己同歲二十四歲嗎，怎麼短短幾天的時間就長大了兩歲呢！他發電子郵件給楊如菡說了這件有趣的事情。

十六

　　二零零二年九月研究生開學了，姬遠峰又一次辦理了辭職手續，繳納了違約金。科裡可能出於穩定軍心的考慮，也可能因為姬遠峰並不是重要的設計人員，並沒有給姬遠峰舉行離職聚餐，而是送了一份禮品，姬遠峰很高興這樣，他不喜歡去喫飯。開學沒有多久，姬遠峰又被設計院自己原來工作的部門變電處邀請了回去，這次不是工作了，而是打籃球，設計院組織了籃球比賽，作為原變電處的主力球員，姬遠峰這次被邀請回去參加籃球比賽，估計其他處不知道姬遠峰現在已經不是變電處的員工了，否則肯定會抗議。姬遠峰心情很好，剛上研究生，又風風光光地回到原單位打了球賽，順便掙了一套球服和一些好處費。

　　姬遠峰又一次成了學生，有愛情的滋潤，加之歷經辛苦考上了研究生，而且考上的還是高考時就想報考但沒有敢報的交通大學的研究生，滿足了姬遠峰長久以來的心願，走在校園裡姬遠峰感覺愜意極了。匆匆西遷而來的交通大學的建築了無特色、亦不美觀，甚至可稱之為醜陋，較之濱工大建築差之遠矣，不過國內現代建築皆如此，非交通大學如此也。但交通大學的校園也有其特色，校園裡梧桐樹極多，高大而修整的整整齊齊，梧桐樹遮蓋著條條主幹道成了名副其實的梧桐大道。秋季到來了，片片枯黃的梧桐葉鋪滿了梧桐大道，三三兩兩結伴同行的青年學子或漫步其上，或騎車匆匆而過，而對對學生情侶更是這金色秋景中一幅動人的畫。秋去冬來，一幕薄雪遮蓋著校園，松柏枝頭晶瑩剔透。冬去春來，櫻花盛開了，團團簇簇在春風中搖曳，一條櫻花道又出現在了校園裡，本校的外校的學子都慕名而來，對對學生情侶或賞花或照相，青春的笑臉掩映於春花之中，或許一陣微風拂來，片片櫻花隨風飄散，飄落在戀人的身上，真是一幅美麗的畫。姬遠峰想起了濱工大的校園，方正漂亮的建築，銀裝素裹的冬季，短暫而美麗的夏季，濱工大著名的紫丁花團團簇簇香氣襲人。自己還沒有和楊如菡一起在濱

工大的校園裡散過步，現在也不能和楊如菡一起在交通大學的校園裡散步，真是遺憾，不過自己能夠在這兩所著名的高校中求學，也是自己珍貴的經歷了。

　　研究生一年級的主要任務是文化課的學習，時間在匆匆忙忙中渡過了，暑假的時間姬遠峰去內蒙的一個變電所出差一次。姬遠峰已經工作了兩年，工作就是變電所的設計，他對變電所很熟悉，也不需要師兄帶著去，而且暑假了師兄要麼放假了，要麼忙著作畢業設計呢。姬遠峰很高興能出這趟門，這時候正是草原景色好的時間，出差任務不難，他還有機會可以順道遊玩一圈。姬遠峰在設計院工作後每當去工地出差作設計代表或其他任務時就抽空在當地遊覽一番，這次出差他可以順道遊覽著名的元上都、烏蘭布統等地方了。

　　出差的任務完成了，姬遠峰對遊覽元上都有點迫不及待了，他在名噪世界的《馬可波羅遊記》裡首次見到了這座傳奇城市的記載——那是人類歷史上最偉大的軍事帝國元朝的都城之一，而且位於草原之中，較之位於農業區的元大都更能體現締造這個偉大帝國的遊牧民族自身習俗與特點。那騎在馬背上用於狩獵的獵豹，馬乳撒地祭祀之習俗，在這個流淌著獷悍血液的遊牧民族的都城上空又飄蕩著鍾鼓梵音。在這裡佛道二教曾唇槍舌劍地辯論，第一次納入中國版圖的土伯特即西藏喇嘛教僧侶是佛教代表的主角，最終以佛教的勝利而告終等等。姬遠峰也讀到了不少關於元上都的詩詞，較之《馬可波羅遊記》古詩不但傳神地描寫了這座城市的方方面面，而且古詩本身的美也讓姬遠峰愛不釋手。姬遠峰喜歡古詩，他出門時喜歡隨身帶著一兩本古詩書，尤其是針對出行目的地的古詩書。古詩描寫元朝大汗祭祀天地之景象與《馬可波羅遊記》如出一轍。

　　　祭天馬酒灑平野，沙際風來草亦香。
　　　白馬如雲向西北，紫駝銀甕賜諸王。
　　有描寫這座城市地勢形勝的古詩。
　　　百萬貔貅擁御閑，灤江如帶綠回環。

勢超大地山河上，人在中天日月間。

金闕觚棱龍虎氣，玉階閶闔鷺鴛班。

微臣亦有河汾策，願叩剛風上帝關。

天開地辟帝王州，河朔風雲拱上游。

雕影遠盤青海月，雁聲斜送黑山秋。

龍岡勢繞三千陌，月殿香飄十二樓。

莫笑青衫窮太史，御爐曾見袞龍浮。

有描寫這座城市草原景色的古詩。

山前孤戍水邊營，落日無人已斷行。

甌脫數家門早閉，賴溫千帳火宵明。

白摧野草狼同色，秋入榆關雁有聲。

最是不禁橫笛怨，海天秋月不勝情。

當然也少不了遊牧民族狩獵的描寫，雖然這兩首古詩不是直接描寫元上都大汗出獵之場景，但其一是描寫哈剌和林元帝出狩之情形，姬遠峰喜歡這首詩詞，而且覺得場景差不多。

翠華東出萬安宮，獵獵旌旗蔽碧空。

鸚鵡林停縱金勒，鵁鶄裘袒控雕弓。

塞鴻驚帶鵝毛雪，野馬塵飛羊角風。

萬騎耳邊驚霹靂，一聲鳴鏑暮山紅。

白海青，皂籠鷹，鴉鶻兔鶻相間行。

細犬金鈴，白馬紅纓，前後御林兵。

喊嘶嘶飛戰馬蹄輕，雄糾糾御駕親征。

廝琅琅環彎響，吉丁鐺鐙鼓鳴，呀剌剌齊和凱歌行。

還有元朝大汗大宴群臣景象之古詩，奢侈而又豪放。

沉沉棕殿內門西，曲宴名王舞馬低。

桂蠹除煩來五嶺，冰蠶卻暑貢三齊。

金罍醅重凝花露，翠釜膏浮透杏泥。

最愛禁城千樹柳，歸鴉揀盡不曾棲。

卿雲弄彩日重暉，一色金沙接翠微。

野韭露肥黃鼠出，地椒風軟白翎飛。

水精殿上開珠扇，雲母屏中見袞衣。

走馬何人偏醉甚，錦韉賜得海青歸。

　　姬遠峰這次出差專門帶了地圖，在車上他邊欣賞窗外的景色邊查看手中的地圖，但首先映入眼簾的卻是大名鼎鼎的金蓮川。遠遠地一片金黃鋪展在眼前，一眼望不到邊，在一片花海之中一頂圓丘兀立其中，狀如豐乳，姬遠峰猜這就是大名鼎鼎的金蓮川了。停車細看，一枝枝金蓮花從花葉之中伸展而出，片片花瓣簇擁著金黃的花蕊，蜂舞蝶繞，猶如詩人之詩句。

　　一色天連王氣中，離宮風月滿雲龍。

　　向來菡萏香消盡，何許薔薇露染濃。

　　秋水明邊羅襪步，夕陽低處紫金容。

　　長楊獵罷回天仗，萬燭煌煌下翠峰。

重房自拆，嬌黃誰注，爛熳風前無數。

淩波夢斷幾番秋，只認得，三生月露。

川平野闊，山遮水護，不似溪塘遲暮。

年年迎送翠華行，看照耀，恩光滿路。

　　快到了元上都了，殘存的城墻已經隱約可見，城前的閃電河猶如玉帶環繞而過。這裡的草原太平緩了，甚至感覺不出水流動，仿佛潴而不動，藍天白雲映在水中也一動不動，只有草原的微風拂草讓人感覺到這個寂靜世界中的悸動。殘存的三層城墻清晰可見，外兩層城門的甕城也清晰可見，裸露的城墻條石灰磚層積。只有內城沒有甕城，姬遠峰猜測這最內層的城就是宮城了，政治衝突中多少血腥都在這曾經巍峨壯麗的

宮殿中上演。城內荒草極盛，幾可過人，殘存的建築臺基兀立荒草之中，偶可見殘存的建築構件，有一漢白玉雕龍建築構件極精美，構件長兩米左右，方一尺餘，每面均雕一游龍，形神兼備，週繞吉草瑞花。另有鉅大的條石三塊，連接處鑿以倒楔形而不透過整個條石，姬遠峰猜測此楔形之中可能澆注鐵水以連接條石。遠望城外北面均為山脈環繞，山上有一個個突出的山包，猶如草原之鄂博，是否真是鄂博姬遠峰不得而知，這裡經元明易代，城遭明軍焚毀，荒敗已久，只可遙想昔日之輝煌。

　　姬遠峰想起自己在本科的時間曾和自己的好朋友覃華去過離學校不遠的阿城市的金上京城遺址，那時間他多麼想把身邊的覃華換成岳欣芙啊，有岳欣芙在身邊，姬遠峰感覺到空氣也是甜蜜的。濱工人的研究生只有兩年，通過同學錄姬遠峰知道岳欣芙研究生畢業後去了一所有名的九八五大學當老師了，但那所大學是一所有名的九八五大學，按理說應該只招博士生的，岳欣芙怎麼會以一名研究生的學歷去那所大學當老師呢。自己去南京時在火車站見她最後一面已經三年了，再也和她沒有說過一句話了，那怕是在同學錄上的一句對話。在那裡宋朝的兩位皇帝就被囚禁在那兒，那座城比元上都小多了，破壞的更嚴重，城裡已經開墾成了農田，除了城牆的殘土還在外，只看到一個木牌提示這裡是國家重點文物，禁止取土，其他什麼也看不到了。姬遠峰想起了宋朝那個懦弱的朝代，那兩位無能的皇帝，亡國被執吟詩作賦雖然淒美，然於亡國有補乎？汝為帝王耶還是詩人耶？徒增後世之興歎而已，姬遠峰還記得這兩個亡國之君的詩詞。

　　玉京曾憶昔繁華，萬里帝王家。
　　瓊林玉殿，朝喧弦管，暮列笙琶。
　　花城人去今蕭索，春夢繞胡沙。
　　家山何處，忍聽羌管，吹徹梅花。

　　塞雁嘎嘎南去，高飛難寄音書。

祗應宗社已丘墟，願有真人為主。

嶺外雲藏曉日，眼前路憶平蕪。

寒沙風緊淚盈裾，難望燕山歸路。

　　姬遠峰到了公主湖，湖水水面不大，水色深藍，一邊為稀疏的白樺樹環繞，映在水中的樹影一動不動。現在是八月，白樺草地皆綠，姬遠峰想到了秋天，金黃的樹影映在這一泓碧藍中肯定十分漂亮。此地已經沾染漢地的習氣，一個小拱形橋上掛滿了同心鎖，一對蒙古族戀人也掛了一隻，他們用蒙古語交談，姬遠峰聽不懂他們說的話，但他想那一定是愛的語言。這裡的酸奶包裝樸素，狀如豆乳，味道極鮮美，這是姬遠峰喫過的最鮮美的酸奶。

　　姬遠峰到了將軍泡子，泡子水極淺，猶如雨後之積水，水色深藍，姬遠峰想起了一句詩「城淖青如碧，一望琉璃明。」這個水泡子真如琉璃一樣美麗，落日金色的餘光照在水面上波光粼粼，照在草地上仿佛草地也披上了一層金色的外衣，遠處低矮的丘陵也披上了金光。對對水鳥在嬉戲，不遠處有馬群在飲水，馬匹打架濺起朵朵水花，在金色的落日中猶如珍珠散落草地之中，驚起對對水鳥鳧水而過，水面則金光搖曳，姬遠峰看到自己長長的影子也隨著波光而搖曳。如同燃燒的晚霞染紅了半個天空，漸漸也變成了濃墨的山水畫，天色漸暗，遊人已不多，姬遠峰感到一絲絲的空寂。

　　姬遠峰這次沒有住在烏蘭布統蘇木裡面，他特地選了一個草原度假村來過夜，他想體會一下蒙古包的生活。草原度假村位於道旁的一個小山丘之下的草原中，山丘上有稀疏的白樺樹，但現在還是綠色的，不是金黃色的。每邊兩排潔白的蒙古包作八字形排列在一個鉅大的蒙古包兩邊，蒙古包頂部有藍色吉祥圖案，那個鉅大的蒙古包是旅客用餐觀看歌舞表演的地方。綠草地、潔白的蒙古包映襯在藍天白雲之下，景色漂亮極了。

　　姬遠峰要了一個蒙古包，蒙古包內空間很小，兩張床鋪幾乎佔滿了

全部，包內除了燈泡之外幾無現代之物，姬遠峰喜歡這樣的環境，他不想這美麗的草原被電氣之音充斥。鉅大的蒙古包的後面是二層樓房，那是廚房，洗手間之類的，二層也有客房供旅客選擇。在那個鉅大的蒙古包內喫完晚飯後姬遠峰回到了自己的蒙古包，現在月亮還沒有升起來，草原一片漆黑，只有蒙古包前木架上的燈泡閃著微微的光芒，眾多的昆蟲繞著燈泡在飛舞。姬遠峰發現進入蒙古包前不能伸手進去開燈，需要先摸黑進入蒙古包，關上門後纔能開燈，否則各種昆蟲飛蛾會先人一步進入蒙古包內，繞著燈泡給客人翩翩起舞，或許還會親吻一下來自草原之外的客人。

　　不一會兒姬遠峰又被蒙古包大廳裡的歌舞聲召了回去，那裡面有歌舞表演，好像是一個集體旅遊的老年團，年齡都比較大，帶著老伴，但沒有成年和未成年的孩子。在歌舞的間歇姬遠峰聽到了主持人對這些老人幾十年婚姻的祝福，這些老人雖年已花甲，但主持人祝福這些老人婚姻時姬遠峰看到了老人們對視時眼中的溫情與深情。

　　這是姬遠峰第一次在現場觀看蒙古歌舞表演，他發現蒙古族喜愛藍色和純白色，也喜歡酒紅色，男舞者一襲藍色長袍，綴酒紅色鑲邊，腰束錦帶，著酒紅色馬褲，足穿半筒皮靴，舞蹈雄渾有力穩健。女舞者則有兩套衣服，一身白色上衣，白色馬褲，邊綴藍色鑲邊，腰著藍色短裙，足穿半筒皮靴，頭戴藍白相間的棲鷹冠，珍珠玉石鑲嵌其上，潔白美麗大方。女舞者另外一套著裝則為一襲酒紅色長袍，黑色鑲邊，腰束錦帶，足穿半筒皮靴，頭戴髮箍，樸穗垂於肩，既有女性之婀娜多姿又不失草原之矯健，女舞者表演了頂碗舞等歌舞。女歌者歌聲嘹亮，全無漢族歌者常見扭態百出之靡靡之音。而男歌者則表演了蒙古族的呼麥，雄渾低沉之音若獅吼若虎嘯，清脆之音若玉石若金鼓若鍾馨，仿佛這天籟之音發自肺腑而非喉嚨。姬遠峰特地觀察了這些歌舞者的外貌，那些女舞者太美麗了，意即太符合現代漢族人的審美觀點了，姬遠峰甚至懷疑這些舞者是否是真正的蒙古族，而歌者則是典型的蒙古族人，高顴寬額，眼睛扁平細小，男子微髯。

　　歌舞表演結束了，遊客也散歸了各自的房間或蒙古包，喧囂之後代替的是寂靜，姬遠峰坐在蒙古包前的水泥臺階上，螢火蟲在草地上飛舞。高原深邃的夜空中星星顯得那麼遙遠，閃著微弱的光芒，月亮已經升起來了，皎潔的一輪彎月那麼寂美，那麼淒美。姬遠峰想起本科畢業那年他去蘭州看黎春莼，火車臨時停車在草原上，一樣的夜晚，一樣的月亮，那時間自己還是那麼的矛盾，不知道是否應該繼續和楊如菡的感情，愛情的甜蜜與即將分別的離愁交織在一起。三年過去了，自己希望一切都能明朗和確定，然而自己能覺察得出現在的楊如菡和當時的自己一樣，憧憬著這份感情但不敢確定它的未來，或許，這就是愛情的魔力所在吧！

　　晨起大霧瀰漫，這裡的霧氣沒有一點城市裡霧氣的煙塵味，呼吸一口，淡淡的青草味撲人鼻口。乳白色的霧氣瀰漫於山野丘陵草地，仿佛給大地披上了一層薄紗，近處的矮樹在霧氣中隱隱約約，遠處的山丘在晨霧中若隱若現，宛如仙宮幻境。姬遠峰想起只有自己小時候放牛羊的時間的霧氣和現在的霧氣纔相似，自己已經多少年沒有在這樣的晨霧中散步了。道旁松樹森立，陽光透過樹梢射到地面，霧氣在陽光的反射下在路面團團飄轉，好像在為其生命的盡頭而舞蹈。清晨的白樺坪寂靜無聲，沒有一個遊客，露水在晨光中閃閃發亮，將姬遠峰的褲腳打濕，晨曦透過樹梢落在地上變成了斑駁的影子。一棵棵挺拔的白樺樹猶如一個個嫻靜的少女，不知名的一株株野花上的露珠在晨光下猶如珍珠般閃閃發光。姬遠峰心想，這裡的一切太美了，等楊如菡回來後有機會了一定要鼓動她和自己重遊一次，在公主湖邊讓她嘗嘗草原最鮮美的酸奶，在將軍泡子旁看看對對相親相愛鳧水掠過湖面的水鳥，讓她呼吸呼吸草原帶著青草味的晨霧。自己會和她一起在晨曦中散步，在寂靜的樺樹林中靜靜地觀看斑駁的樹影，最想做的，想讓楊如菡倚靠在自己的肩膀上，兩人一起在蒙古包前的臺階看草原的星星和月亮，一起訴說相思的苦與甜。

　　姬遠峰乘車要返回西安了，他以為美麗的景色結束了，不經意間道

旁一大片油菜花映入眼簾，金黃燦爛，與金蓮川真有異曲同工之妙，姬遠峰想起了一首描寫此花的古詩。

明明灑灑著金黃，應是人間第一香。

嫁與東風誰管領，我來權作此花王。

十七

二零零四年五一假期的時間楊如菡又回國了，姬遠峰和楊如菡一起去逛街，在世紀金花、鍾鼓樓、回民街逛了很長時間，中午在回民街喫了飯。午飯後他兩在樹蔭下的長凳上休息，慢慢地姬遠峰犯困了，姬遠峰從高中開始就養成了睡午覺的習慣，複習考研究生的那一年更是靠午睡彌補晚上睡眠的不足。昨天楊如菡打電話告訴姬遠峰她回來了，約姬遠峰今天出來逛街，姬遠峰有點興奮，昨晚睡得不好，慢慢地他的腦袋偏在椅背上睡著了。看到姬遠峰睡著了，楊如菡把自己的肩膀靠到了姬遠峰的跟前，讓姬遠峰靠著她的肩膀睡覺，半個多小時後姬遠峰醒了，姬遠峰發現自己靠在楊如菡的肩膀上睡覺，他想起了《圍城》中方鴻漸醉酒後蘇文紈在自己胸前安慰方鴻漸的情節，楊如菡從國外回來找自己玩，自己卻睡著了，姬遠峰有點不好意思了。

「如菡，不好意思，我昨天晚上接了妳的電話有點興奮，沒有睡好，我是不打呼嚕了？」姬遠峰知道自己熬夜複習考研後開始打呼嚕了。

楊如菡笑笑沒有說話，姬遠峰知道自己的確打呼嚕了，他更不好意思了。「我以前睡覺不打呼嚕的，熬夜複習考研以後纔開始打呼嚕的。」姬遠峰說道。

「沒有關係，你多睡一會就行，也讓我聽聽你的呼嚕，你是不一直有睡午覺的習慣？」說著楊如菡自己笑了。

「嗯，我從高中開始住校就養成了睡午覺的習慣，複習考研的那一年白天要上班，晚上熬夜複習，主要靠睡午覺補覺了。」

「小峰，我以前沒有問過你，你邊工作邊複習考研是不很辛苦，你

剛纔說熬夜複習的。」楊如菡說道。

「如菡，真的很辛苦，因為我還有考不上繼續在單位工作的想法，所以工作也沒有敢放鬆，那只能晚上複習了，加之我那年十一假期回過濱工大後臨時換學校，又快考試了，怕專業課吃虧，所以經常熬夜到很晚，幸好那段時間沒有外界因素干擾，我能靜下心來複習。」

「小峰，你真能喫苦下功夫，你說的外界因素干擾是什麼？是你和那個女生的事情嗎？你在郵件裡隱約說道過和一個同科室女生保持距離的話，還有你在考上研究生後在郵件裡說過有同事給你介紹年齡大你兩歲的女生，你說的外界因素是不指別人給你介紹女朋友的事。」

姬遠峰一聽心裡一愣，內向安靜的楊如菡和自己的爸爸一樣，總是把自己關心的事情記在心中，平常並不多說，他給楊如菡說與同科室那個女生保持距離只是想試驗一下楊如菡，看楊如菡對此有什麼反應。說大自己兩歲的女生的事情只是覺得好玩，楊如菡可能誤會了，「如菡，妳誤會了，因為妳從來沒有來過我的單位，我也一直不知道我正式地說妳是我的女朋友妳是否承認，所以我一直在單位說自己沒有女朋友，所以纔有人不停地給我介紹女朋友，包括考上研究生後介紹的大我兩歲的那個女生，但妳知道的從大四第二學期開始我兩就在一起了，我一個也沒有去見過，而且我的心思全部在考研上，哪有心思去理會那些事。我說的外界因素恰恰指的是妳，因為我覺得本科畢業的時間咱兩一起去喫飯，我說的那些話對不起妳，我到西安後也曾經對我兩的關係很迷茫，直到送妳出國的時候我看到除了妳的家人只有我一個外人，我覺得妳已經接納了我，我纔放下了心，我不再為我兩的事情而迷茫，也不被這件事情干擾，我能安心複習也該謝謝妳呢！」姬遠峰並沒有說高考時因為軍工廠女生自己成績一落千丈的事情，太久遠了，留在心中的烙印太苦澀了，他不想讓任何人知道。他也不會說岳欣芙大學四年讓自己魂不守舍無法靜下心來學習的事情，甚至打算換學校考研究生的事情，尤其是在楊如菡跟前。

「小峰，咱兩原來說定你考濱工大的研究生的，你也說過那年十一

假期你回了濱工大，為什麼突然改變主意臨時換了學校考交通大學的研究生呢？離研究生考試很近了，臨時換學校風險很大的。」楊如菡說道。

姬遠峰聽了楊如菡的話心中隱隱有點失落，楊如菡出國前自己不願意暗示楊如菡明確他兩之間的關係，現在楊如菡已經出國三年了，自己下學期就要找工作了，今天他再一次暗示楊如菡他兩的關係還沒有說破，不知道楊如菡心裡已經正式承認了他兩之間的關係，還是她直到現在和出國前一樣處於兩難的境地，又一次迴避了這個話題，兩個人在一起已經四年了，狀況還是如此。

「我臨時換學校因為工作，也因為妳吧，我要考濱工大的研究生需要在考試前回濱工大去上專業課的輔導班，單位請假不容易，而且在西安上研究生，妳回國了我兩見面也方便一些，所以我臨時改變主意回西安考研究生了。」姬遠峰說的都是實際情況，但他並沒有說他在濱工大心神不寧無法靜下心來複習的事。「如菡，剛纔說到了考研究生我沒有受到妳的干擾，反而是妳幫助了我，穩定了我的情緒。如菡，不是我自戀，我隱約覺得我對妳在學校的考研造成了干擾，我覺得妳不會突然約我一起回家，是否在回家之前的那個學期妳複習考研的過程中受到了其他一些因素的干擾。其實在大三暑假我們專業去卜魁生產實習的時間我就感覺到了妳看我的眼神有些異樣，剛和妳在一起的時間我不好意思跟妳說，我兩在一起時間這麼久了，妳也出國留學了，不知道我的感覺是否正確。」

楊如菡輕輕地點了點頭，「小峰，你說的對，那時間我的確有點集中不了注意力複習，不過還是自己不努力，怪不得別人。小峰，你那年十一假期回到學校見到岳欣芙了嗎？她那時間研究生還沒有畢業呢。」楊如菡看著姬遠峰說道。

聽了楊如菡的話姬遠峰心頭一怔，這是楊如菡時隔五年後又一次提到岳欣芙了，那次一起回家的時間楊如菡在火車上就提到了岳欣芙，「沒有，我們原小班女生我只碰到了安可琪，她當時第三次考研究生

呢，我沒有碰到岳欣芙。」姬遠峰說道。

「你回學校了不想見見岳欣芙嗎？」楊如菡直視著姬遠峰問道。

「我為什麼會想見她呢？如菡，上研究生的同學那麼多，妳為什麼只提到她呢？」姬遠峰反問道。

楊如菡看著姬遠峰說道，「小峰，因為我覺得岳欣芙很關注你，咱兩一起回家的時間在校園裡碰到你們原小班的女生，其他女生都和你打招呼，唯獨岳欣芙沒有說話，你祝賀她保研了她回應你時她的眼神有點怪，而且不停地看我。咱兩一起回到學校後她專門到我的宿舍裡問我是一個人回學校的嗎，還問你去我家玩了嗎，她以前很少到我們宿舍來，也從來沒有問過我這樣的話，我覺得她關注的其實是你，當我說你去了我家後我看到她情緒很低落地走了，大學四年你一直沒有覺察到她對你的關注嗎？」

聽了楊如菡的話姬遠峰心頭一怔，他本能地想起了大四第二學期返校後岳欣芙和那個男生一起去看電影的事情，是不大四第二學期開學時岳欣芙還關注著自己，是否岳欣芙誤解了自己和楊如菡當時的關係，岳欣芙纔和那個男生在一起了。姬遠峰猶豫了一下，「如菡，妳的直覺是對的，我兩一起打乒乓球的時間妳問過我喜歡過其他女生嗎，我說有但那時間我不願意給妳說是誰，時間這麼久了，我兩也在一起這麼久了，我也不想向妳隱瞞什麼了，我曾經喜歡過岳欣芙，她也喜歡過我，但由於我的自負與固執，我兩之間還沒有開始就夭折了。」

「你能稍微詳細說兩句嗎，如果你不願意說就算了，不用勉強的，小峰。」楊如菡說道。

「如菡，時間這麼久了，我願意給妳說，我也沒有勉強的感覺，妳知道的我和岳欣芙分專業前在一個小班，大一一入學學院組織了辯論賽，我和她都是我們班辯論隊的成員，我開始喜歡上了她，但我不確定她是否也喜歡我，直到她告訴了我她的生日，而且只告訴了我一個男生，我知道她也喜歡我，我給她送了生日禮物，那是我第一次給女生送禮物。大一第二學期我向她表白了，她卻讓我等到大三大四再開始，那

時間我年輕氣盛，自負又固執，認為這是她變相的拒絕，我就跟她說既然妳不願意，那就算了吧，就這樣我兩之間的感情就夭折了。」姬遠峰並沒有說三個月後岳欣芙送自己生日禮物的事。

「你是否因為這件事入學四年一直沒有再談女朋友？」楊如菡盯著姬遠峰問道。

「沒有這回事，如菡，我沒有妳說的那麼癡情，只是咱們學校女生太少了，沒有合適的而已。」

「小峰，我覺得不像你說的那麼輕鬆，我知道岳欣芙本科畢業前談了男朋友，你也知道吧，你不怨恨岳欣芙嗎？」楊如菡微笑著說道。

「如菡，雖然我當時覺得是岳欣芙拒絕了我，但我不想抹黑她，她沒有做任何對不起我的事，而且由於我的自負與固執當面又回絕了她，現在我覺得那時間當面回絕一個女生的做法實在很不好，大四第一學期後我也和妳在一起了，我為什麼要怨恨她。岳欣芙畢業前有男朋友我當然知道了，都是一個系的同學低頭不見抬頭見的，怎麼會不知道呢。」

聽了姬遠峰的話，楊如菡微笑著說道，「怪不得畢業合影的時間你不停地看岳欣芙。」

姬遠峰聽了楊如菡這句話有點尷尬地笑了一下，他看了一眼楊如菡，「岳欣芙那時間已經有了男朋友了，我只是多看了她幾眼而已，這都被妳發現了，我那時間眼睛從妳身上都沒有挪開過，妳注意到了嗎。」姬遠峰說完笑了。

「我沒注意到你看我，但我注意到你看岳欣芙了，你看岳欣芙的時間她躲開了你的眼神，你不看她的時間她又不停地看你。」楊如菡說完有點調皮地笑了。

姬遠峰聽了笑了一下，「如菡，我覺得咱兩說其他人太多了，咱兩現在在一起，我不想說其他人太多了。」姬遠峰的確不想和楊如菡繼續談論岳欣芙了，岳欣芙在他心中是永遠也抹不去的痛，而且他也不想說的太多，影響自己和楊如菡現在的關係。「如菡，妳這次回國呆的時間長嗎？我想和妳一起去爬華山，我來西安已經四年了，陝博兵馬俑華清

池碑林這些有名的地方都去過了，但還沒有爬過華山呢！」姬遠峰一直有想和楊如菡去烏蘭布統遊玩的想法，但他知道烏蘭布統太遠了，來回需要好幾天，他纔詢問一起去華山，華山來回兩天就夠了。

楊如菡遲疑了一下，「小峰，我剛回國，感覺有些累，我也想多陪陪爸爸媽媽，以後再去行嗎？」

「那就算了吧，如菡，妳剛回國應該多陪陪妳爸爸媽媽的。」姬遠峰知道楊如菡不想去，他隱約覺得楊如菡雖然願意和自己一起出來玩，但好像有意識地避免去稍遠一點的地方，避免兩個人一起過夜，去華山當天就無法返回。但姬遠峰知道只要他兩的戀愛關係還沒有說破，自己絕不會嘗試撐楊如菡的手，更不用說進一步的親密接觸了，自己雖然愛開玩笑，但從來不願意顯得輕浮。

時間已經晚了，楊如菡還沒有道別回家的意思，看著楊如菡欲言又止的樣子，一絲不安的情緒從姬遠峰的心頭升起，現在已經是姬遠峰研二第二學期了，下學期自己就要找工作了，是時間討論兩個人將來的工作、正式確定兩個人關係的時刻了。自己今天已經又一次暗示兩個人的關係還沒有說出口，但楊如菡還是迴避了過去，可能楊如菡已經做出留在國外的決定了，想到這，姬遠峰的心沉重了起來，他又多看了幾眼楊如菡。姬遠峰想問一句，自己下學期就要找工作了，妳有什麼建議嗎，但猶豫再三，姬遠峰還是沒有說出口。

「如菡，時間已經晚了，妳大清早就出門了，也剛回國，估計時差也沒有倒過來，今天轉了一天了，挺累的，妳要不要現在回家早點休息呢？再晚了就沒有公交車了，妳就要打車回去了。」姬遠峰平靜地對楊如菡說道。

「嗯……，哦……，是不早了，我也有點累了，小峰，那我回去了。」楊如菡輕輕地說道。

公交車來了，楊如菡上了公交車，時間已經晚了，公交車上沒有幾個人了，楊如菡坐在靠窗戶的座位上，揮手向姬遠峰告別，姬遠峰也揮手向楊如菡告別，天已經晚了，光線並不好，隔著車玻璃姬遠峰看不清

楊如菡的表情。

　　姬遠峰的心情很沉重，他不想現在就坐車回學校去，雖然時間已經
晚了，他還是想慢慢地走走……

十八

　　研究生二年級的暑假，姬遠峰又出差一次，這次他要去的地方是遙
遠的格爾木，這次他不是一個人，研一的師妹和他一起去，下學期開學
師妹就到研二了，她也開始要接觸實際工作，參與科研了。

　　火車開動了，從北城墻外經過，不一會兒經過了宏偉的安遠門，又
一會兒古城墻的角樓已經看不見了，西安市已經被火車拋在了後面，火
車在關中平原上疾馳，一眼望不到邊的綠色。天色漸暗，臥鋪車廂內的
乘客也不再憑窗眺望了，都去了自己的鋪位上休息。

　　「我們就出去做個項目，妳們家真重視，妳爸爸媽媽還有男朋友都
來送妳，搞得這麼隆重，妳媽媽還一再客氣地叮囑我照顧好妳，我好有
壓力。」姬遠峰笑著對師妹說道。

　　「我從小就生活在西安，上大學也在西安，很少出遠門，出去旅遊
都是和爸爸媽媽一起去，這次算第一次出遠門吧，他們都不放心。」師
妹也笑著回道。

　　「哦，怪不得呢，也是，妳是女生，不像我，我本科去哈爾濱除了
前兩次和老鄉一起同行外，其他時間都是獨自一個人來來去去。」

　　「怪不得你對這次出門感覺很平常似的，就背了一個雙肩包，不像
我背著包還拉著行李箱，帶了一大堆東西。」

　　「女生出門多帶點東西應該的，不過出遠門東西帶多了比較麻煩，
哦……，我不是嫌妳帶多了，我就一個雙肩包，東西很少，上下車我幫
妳提著行李箱就行了。」

　　「那先謝謝師兄了，我一直沒有見到有女生來教研室找你，或者
你和那個女生在一起，這次也沒有見有女生來送你，師兄，你有女朋友

嗎？在教研室還有其他師兄師姐，沒好意思問過你。」師妹說道。

「還沒有。」姬遠峰回答道。

「師兄，我知道你工作兩年後纔考得研究生，現在研究生也快畢業了，應該不小了，怎麼沒見師兄你談個女朋友呢？」師妹說道。

姬遠峰遲疑了一下，「我應該也算有吧。」姬遠峰說道，姬遠峰心想，這次來回一起出差做項目十多天，自己說沒有女朋友，讓師妹說話處處保持矜持，會感覺很彆扭，還不如乾脆承認算了，兩個人說話還能從容一些。

「怎麼叫算有呢？」師妹有點疑惑地問道。

「我和我女朋友吧一直保持著一種隱默的關係，我兩在大四第二學期纔開始，但當時我要去南京上班，她研究生沒有考上也沒有找工作，我兩都看不到兩個人在一起的希望，雖然兩個人經常在一起，但彼此誰也沒有把話說明。後來我到了西安，我倒想把關係正式確定下來，但她要出國留學，可能她對我兩之間的關係也很猶豫，我兩就一直保持著一種隱默的關係，誰也不把話說明，但一直保持著通信，她每次回國都來找我一起玩，所以我說算有吧。」

「哦，你女朋友是西安的？她去了哪個國家留學？」師妹問道。

「是的，她也是西安的，她先去了新加坡讀研究生，研究生畢業後去了美國繼續讀書。」

「哦，你女朋友原來是你本科的同學，那你是為了你女朋友纔換工作到西安的嗎？畢竟你南京的單位也不錯，從城市來說南京比西安還要好一些。」

「不完全是，主要是因為南京太熱了，不習慣那裡的氣候，再者南京的單位我也不滿意，需要經常出差，西安的單位我更滿意一些，這樣我纔換的工作，至於兩個城市我更喜歡西安，因為我家是甘肅的，飲食氣候各方面都和西安很接近。」

「那也有一部分原因是為了你的女朋友換的工作是嗎？」師妹問道。

「算是吧，我覺得無論從單位還是城市我都更喜歡西安，還能和我

的女朋友在一起，所以我就辭職到了西安。」

「如果當時你的女朋友在南京，你還會換單位到西安嗎？」師妹問道。

「那我當然不會換了。」姬遠峰回答道。

師妹一聽笑了，「那很大程度上你還是為了女朋友換的工作了。」師妹笑著說道。

姬遠峰也笑了，「師妹，妳在繞圈套我話呢！」

師妹也笑了，「嫂子漂亮嗎？能讓我看一下嫂子的照片嗎？」

姬遠峰笑了，「妳嘴真甜，還是叫女朋友吧！妳叫嫂了好像我兩已經結了婚似的。妳們女生就喜歡這個，她個頭挺高的，將近一米七吧，身材挺好，但我手邊沒有她的照片，再說我都工作過兩年了，錢夾裡放女朋友的照片感覺那是本科生纔幹的事。」

「你西安的工作單位挺好的，怎麼又辭職考研了呢？是不你女朋友出國留學了，你感到本科學歷太低了？」師妹問道。

「妳說得也算對吧，我是有這樣的想法，但從來沒有在我女朋友面前流露過。再者我也一直有想考研的想法，本科的時間因為其他原因沒有考，到了西安，考研的想法還有，就考研了。妳說我辭職考研其實我沒有辭職，我是邊工作邊考研的，考上研究生後開學前纔辭職的。好多單位的名聲都是外面傳的，我上班的單位並不像外面傳的那麼好，只有呆在裡面你纔能知道也有很多無奈和不滿意的地方。」

「師兄，你對找工作有什麼打算嗎，下學期你就要開始找工作了。」師妹說道。

「我也不知道，主要是我的女朋友到現在還沒有明確說她是否打算回國，她如果回國的話我兩肯定要把工作往一個城市找。」

「現在就業形勢變化這麼快，如果下學期開始找工作，你發現你原來的單位是很好的一個選擇，師兄你還會去原單位上班嗎？」

「我肯定不會回原來的單位，好馬不喫回頭草，即使我女朋友回來也在西安工作，我也不會回原單位的，我會在西安另外找一家單位。」

姬遠峰回答道。

　　火車過了蘭州，漸可見鐵路線兩邊農民房屋很多都是泥土平頂房，蘭州是姬遠峰家鄉的省會，離姬遠峰家鄉雖然只有四百公里左右，但姬遠峰他的家鄉全是瓦房頂以便排水，而這種平頂房則知當地降水稀少。路邊亦可見乾旱的農田，農田中擺放著均勻的石塊，姬遠峰猜想這可能就是所謂的石田，他知道石田是貧瘠的田地之意，天下之大還真有將石頭故意放在田地裡的。火車上本地人告訴姬遠峰現在是陽曆八月末，到秋種還有一段時間，農民在田地裡放置石頭主要是用來遮蓋麥地表面，防止水分蒸發，姬遠峰覺得看來辭典於石田之意的解釋還真有完善的必要了。火車至西寧附近可見已收割的青稞堆積在麥地裡，還有未熟透待收割的青稞，蘭州至西寧僅僅二百餘公里，姬遠峰家鄉七月份就收割小麥了，這裡八月末了，竟然青稞還沒有收割完畢，而且種植的更多的是青稞而不是小麥，天氣物候差異之大可謂咫尺重天了。

　　在西寧姬遠峰與師妹停留一夜，與業主聯繫，第二天下午又乘火車赴格爾木，西寧至格爾木的火車硬臥票已售罄，尚餘軟臥數張。姬遠峰向師妹說，妳以前坐過軟臥嗎？師妹說沒有，飛機坐過，火車一向坐硬臥。姬遠峰說這次咱兩都有機會第一次坐軟臥了，師妹不信，姬遠峰向導師請示，導師果然同意。姬遠峰有點得意給師妹說，「咱兩在這住一宿，需要兩個房間，費用不比坐軟臥省，還要浪費時間，導師肯定會同意咱兩坐軟臥的。」

　　姬遠峰與師妹上了軟臥車廂，環境與硬臥迥然不同，一個格擋只住四個旅客，床鋪柔軟舒適，衛生亦潔，格擋且有門可鎖住，安全許多。姬遠峰和師妹將行李安放停當坐在窗邊小凳上向外張望，火車還在車站內，向外看並無可看之處，二人閒聊打發時間。不久見一衣著整潔、氣宇軒昂之乘客目不斜視，手僅拎一小公文包來至隔壁鋪位，其後隨一男客，兩手各拉提一行李箱，肩背一包，亦步亦趨而入，然兩人無一語相交。那氣宇軒昂的旅客上車後即穩坐車窗邊之小凳，向車外看視，一言

不發，仿佛車內旅客若空氣一般。師妹用手輕輕地碰了一下姬遠峰，示意姬遠峰注意那位乘客，姬遠峰則會意點頭已注意到此人物。火車已出發，隔壁鋪位也僅有那二位乘客，乘務員來向各位旅客換票，那氣宇軒昂的旅客向乘務員未出示車票，僅出一工作證，乘務員態度丕變，從面無表情一變而春風拂面，給其他旅客換票則又恢復原狀。乘務員給其他旅客換票結束即匆匆而去，不一會那乘務員與臂掛列車長臂牌的女性列車長面若春風狀來到那乘客旁。列車長年三十餘，與那旅客年齡不相上下，隨手帶礦泉水與飲料各一瓶，遞給那位旅客，那旅客示意放到格擋內的小桌上，列車長轉手將飲料與水讓乘務員放置於小桌，與這位旅客輕語。詢問那旅客去哪兒，那旅客回說擬到西藏一遊。列車長繼又說您父親身體可好，好長時間沒有去您父親那看望了等語。那旅客則像領導人一樣寒暄數語，問工作辛苦否，勉勵列車長努力工作，而乘務員與提包之男旅客則一言不發陪侍旁邊，一會列車長與乘務員均離去。

待鄰擋兩位旅客進了鋪位，關上了門，師妹悄悄地說，「師兄，這兩人的關係好特殊，同行而不說一句話，兩人神態氣度相差的也太大了吧，列車長親自過來看望，這個年齡不大的人肯定有來頭。」姬遠峰告訴師妹，一會晚飯的時間列車長肯定會來請喫飯，妳信不信。師妹說，很有可能。列車還沒有廣播到晚飯時那拎包的男旅客去兩節車廂連接處打電話，此時列車長與乘務員果然來請那位旅客用餐，那旅客示意他同行旅客不在，那擋鋪位無人，可能擔心行李安全，列車長示意乘務員將隔擋的門用鐵路專用鑰匙鎖住，然後二人陪那旅客而去。一會兒拎包的旅客打完電話返回，發現門已鎖，踟躕不知所措，良久轉身問姬遠峰，你知道和我一起的那個人哪去了嗎？姬遠峰告訴他列車長帶著喫飯去了，門也是乘務員鎖的。這是這個人上車後和別人說的第一句話，那人謝謝一聲向餐車方向走去。師妹向著那人走的方向努努嘴，悄聲問他們到底怎麼回事，姬遠峰說，這個人很有可能是哪個廠家的銷售代表之類的，是專程陪同那氣宇軒昂的人去西藏旅遊的。師妹作一驚訝狀，哦一聲，說以前在網路上看說有公司向有權勢的人招待旅遊變相行賄的，今

天終於見到了。

　　火車擦黑的時間從青海湖的北側經過，車外綠草如茵，一片豐美的大草原，車廂裡很多乘客都擠在靠湖的一側來看，但已經不大能看清楚了，姬遠峰只看到青黑色的水面蒼茫一片，最後與遠處的黑色的山脈、茫茫的天際融為一體。姬遠峰給師妹說，回來在西寧停留的時間找機會來青海湖玩一圈吧，這個中國最大的湖泊太有名了。半夜裡姬遠峰感覺有點頭疼，醒了過來，師妹也醒了過來，有乘客頭疼的厲害，在車廂裡走來走去。短短的一百多公里，海拔已經從西寧的兩千四百多米到了這裡的三千三百多米，海拔增加之大令許多乘客難以入眠，姬遠峰和師妹又輕輕地說了一會話昏沉沉地睡去。

　　天亮後姬遠峰發現火車已經進入了柴達木盆地，景象霍然一變，光禿禿的灰黑色的戈壁一眼望不到邊，遠處灰色的不知是蒸汽還是灰塵瀰漫在天邊，在秋日下郁郁蒸蒸。火車道邊的電桿一個接一個從車窗飛馳而過，前兩年在設計院工作時聽同事說柴達木盆地電線桿子比樹多，姬遠峰心想，這話根本就不對，因為上百公里內一棵樹也沒有見到，既然沒有一棵樹，為什麼還要拿電線桿和樹木比較呢，而電力線路和通信線路的電桿則沿著鐵路線綿延不絕。如此單調的景象，仿佛讓人也陷入了單調，中國人常有的無休止的吵鬧和喧擾也沒有了，沒有人說話，也沒有人願意長時期凝視這單調的景象。姬遠峰和師妹在車窗邊也靜悄悄地眺望著窗外，姬遠峰已經習慣了獨處和沉思，他能連續一兩個小時靜止不動而陷入蒙昧之狀，仿佛進入禪定之態，師妹見姬遠峰如此，不好意思打擾說話，去自己的臥鋪給男朋友發消息去了。

　　正午過後，漸可見鹽池和鹵水池，一望不到盡頭，在陽光下要麼碧綠如玉，要麼白茫茫一片，甚至同一片鹵水池裡顏色也會從淺綠到碧綠，豐富多彩，經陽光的反射五顏六色，池邊堆積著一堆堆結晶體。看著這無邊的鹽池，不知不覺中姬遠峰想起了《尢野塵夢》這本書。想到書中的主人公西原，那個英武而癡情的藏族女孩，經歷了九死一生，沒

有被羌塘高原的寒冷、飢餓與野獸吞噬，也沒有被這無邊的鹵水池吞噬，但卻倒在了西安，厝尸古寺。癡情追隨幾千里而未能長相廝守，人去室空，煢影自弔，藏人篤佛，這或許就是人世間萬物皆不出緣這一字而已。姬遠峰奇怪自己怎麼會想起這本書和書中的主人公呢，這麼悲慘的結局，莫非暗示著什麼。姬遠峰不願意繼續想下去了，他從不願意將其他事物暗示在自己身上，他站了起來，去到火車車廂連接處，那裡震動聲更大，更顛簸，他想讓他的意識清醒一些，不要陷入無謂的冥想與沉思之中。

　　此行的目的地變電站還在格爾木市以東二十多公里外的公路邊，變電站正在新建過程中，一切都不齊備，除了工地上自備的發電機提供電力，離城市不遠手機還有信號外，沒有電視信號，水是新打的地下水，冰冷刺骨。姬遠峰和師妹需要在這裡呆一個禮拜，調試變電站綜合自動化系統中的一個模塊。下午下班後工人大都乘車離開，僅餘三四人值班，工地上也僅有一個工頭的媳婦為女性，她負責為工人做飯，師妹與其合住一板房，姬遠峰與一技術員住一間板房。板房中以燈泡照明，無日光燈，光線昏黃。飲食多以麵食為主，姬遠峰與師妹尚覺合口。

　　這裡落日極晚，八點了太陽還掛在天邊，戈壁的氣溫變化猶如過山車一樣，中午灼熱逼人，落日時分殘陽如血。七點晚飯後，沒有消遣之處，姬遠峰和師妹沿著公路散步，太陽的餘暉照在人身上，影子斜長，如曛沐於金光之中，涼爽宜人。這條公路可能並不是一條主幹道，過往車輛很少，空寂的戈壁了無聲響，只有翻開石塊，偶爾能看到沙漠蜥蜴。每當蜥蜴被發現藏身之所後，會昂首凝視一下，然後噌噌地鑽入不遠處的另外一個石塊之下。姬遠峰閒來無聊，緊跟著一個蜥蜴連續翻開三塊石頭，那隻疲憊的蜥蜴心裡或許在想，這隻怪獸今天不知為何和我過不去，師妹見了，咯咯地笑，「師兄，看你在教研室不苟言笑，原來童趣未泯啊！」

　　姬遠峰報以微笑，「我覺得古人的詩雖然很美，但有時間並不與自

然現象符合，比如「長河落日圓，大漠孤煙直」，以前我沒有來過戈壁沙漠，這次來了之後纔知道戈壁沙漠落日分外圓分外紅是真的，但怎麼會有長河和孤煙呢，倒不如「千山鳥飛絕」這句改為「千里鳥飛絕」更貼切，這兒的確連一隻鳥的影子也見不著。」

師妹笑著說，「可能古人看到的是海市蜃樓，我們這些工科生太缺少想象力而已。」

姬遠峰笑著說，「妳說的對，現代人怎麼也寫不出古人那些動人的詩句了，現代人被科學熏陶地只剩邏輯而無想象力了。」

連續兩天下午沿著公里散步後，師妹再也沒有和姬遠峰散步了，留在宿舍裡和男朋友短信聊天去了，即使不聊天感覺無聊也不去了。姬遠峰知道這裡太空寂了，一個說話的人也沒有，戈壁落日餘暉中散步的氣氛太曛人太曖昧了。姬遠峰獨自一個人出去散步，但這裡實在太寂靜了，太空寂了，走出六七里遠去也不會聽到一個聲響，即使城市中任何令人煩躁的噪音也沒有。姬遠峰大喊一聲，不像在山溝裡會有回音，在這裡人的喊聲只會隨著空氣消逝地越來越遠，而不會給人的耳朵任何回應，姬遠峰覺得西安夏天宿舍外吵得他睡不著覺的蟬噪聲在這裡肯定會無比地悅耳。

姬遠峰突然想起自己給岳欣芙送生日禮物時岳欣芙說過，她想讓自己陪著她來看戈壁與沙漠。時間過得真快，大學入學八年已經過去了，自己本科畢業去南京上班時在哈爾濱火車站上見岳欣芙最後一面也已經四年了，自己從同學錄上知道岳欣芙現在在一所有名的九八五大學當老師呢，但按時間算她如果讀博士的話應該還沒有畢業，但那所大學那麼有名，怎麼會錄用一名研究生當老師呢？不知道岳欣芙和她的男朋友來過西北的戈壁與沙漠否。姬遠峰有點自責了，自己現在和楊如菡在一起，雖然一直處於隱默的狀態，自己不應該在這個時刻想起岳欣芙，可自己怎麼就想起了岳欣芙呢！快回到工地了，姬遠峰看到師妹在工地不遠的公路上閒逛。姬遠峰想起自己曾經看過的一本前蘇聯小說，書名與主人公名字已經忘記了，只記得戰爭來臨時，男女主人公均被困於一地

下堡壘之中，女主人公好像身有殘疾且不漂亮，但日久二人最終走到了一起，姬遠峰一直懷疑這是愛情或者僅僅是寂寞之時心靈的慰藉了，或者心靈的慰藉本是愛情的一部分而已。

　　夜晚值班的工人聚在一間板房內紙牌鏖戰，做飯的工頭媳婦也無事可做湊到一起看老公打牌，十點左右打牌的工人散去睡覺了，本就空寂的工地了無生息。同屋的技術員睡覺了，姬遠峰不好意思還開著燈看書，昏黃的光線使得他的眼睛也不舒服，他來到板房外，找一木板獨坐。僅有的三四個板房的燈都熄了，只有師妹板房的燈還亮著，姬遠峰知道師妹和她男朋友短信聊天呢。高原的夜晚寒意襲人，月光淒冷，夜空星星極繁，銀河璀璨，姬遠峰覺得這裡的星空和自己家鄉的星空並無二致，惟一不同的就是這裡的星空顯得極高遠，深邃的多。自己自從上大學以來很少有夜晚坐在戶外看星空了，即使暑假在老家的時間也不多了。記得大一暑假的時間，在老家一天夜裡睡不著，自己爬起來寫了一篇關於岳欣芙的散文，那晚的夜色與今晚多麼相似。姬遠峰也想起了大四五一假期自己去蘭州看望黎春蒓的那個蒙古高原上的夜空，自己一個人去內蒙出差時在烏蘭布統蒙古包前靜坐的夜空，寂靜的夜晚與月光何其相似，總是那麼寧靜，總給人以淒冷的感覺。在家鄉鳥雀與家禽從白天喧囂中沉寂下來，讓人的心也沉寂下來，不知道楊如菡現在正在做什麼，她在美國是否也會有這樣的體會，遠離塵囂，靜靜地在夜空下看這一輪明月。

　　夜已深，師妹與男朋友聊天結束了，出來解手，見姬遠峰獨坐屋外，說道，「師兄，還沒有睡覺啊！」姬遠峰「嗯」一聲作為回答，說道，「小心點腳下施工材料，別絆倒了！」

　　從格爾木返回西寧後，姬遠峰終於有機會青海湖一遊了，姬遠峰除了在書上見過青海湖不少照片外，本科時間黎春蒓還寄給過他好幾張照片，其中就有黎春蒓在青海湖邊的照片。但那是黎春蒓的個人照，為了人像取景，只能看到湖的一角。這次來格爾木做項目前，姬遠峰特意閱

讀了一些青海湖的詩作，其中有清朝軍隊入藏反擊廓爾喀侵藏時清軍入藏途經青海湖的一首詩，氣勢磅礴。姬遠峰喜歡古詩，他出門時喜歡隨身帶著一兩本古詩書，有時候偶爾帶著一本當地的歷史書，去內蒙烏蘭布統的時間他就帶了本《蒙古遊牧記》。

> 朝從青海行，暮傍青海宿。
> 平野浩茫茫，隆冬氣何肅。
> 縣軍通間道，萬騎誇拙速。
> 嚴霜拂大旗，邊聲動哀角。
> 飛沙怒盤旋，迎面驟如雹。
> 時當澤腹堅，海水沍而涸。
> 層冰搖光晶，黯慘一片綠。
> 忽聞大聲發，凍坼千丈玉。
> 中流起危峰，勢可俯喬嶽。
> 將傾未傾雲，欲飛不飛瀑。
> 雲是太古雪，壓疊如鞍瘃。
> 出沒罔象形，吐納蛟蜃毒。
> 西荒此鉅浸，洪流所瀦蓄。
> 卑禾百戰地，秦漢尚遺鏃。
> 蕭蕭古壘平，兀兀邊牆矗。
> 青燐風焰小，白骨苔花駁。
> 夜深駐戎帳，凍土徧境堉。
> 冷月懸一鉤，荒荒墜崖谷。
> 嗟哉征戍士，辛苦離鄉曲。
> 試聽青海頭，煩冤鬼猶哭。

姬遠峰站在湖邊，他被青海湖的浩渺所折服，蔚藍一片，不見涯際，感覺真應該將青海湖三字中的湖字去掉纔貼切，咸海、里海均為湖而未加一湖字，漢語加此一湖字義甚切而形相去甚遠矣。姬遠峰的師妹也是第一次見到青海湖，兩人不約而同地感歎，真的好大啊好漂亮

啊。遠處水天一色雲遮霧繞，雪山皚皚，真乃世外仙境，猶如古詩形
容那樣。

　　奇峰數點，望裡白雲橫一線。

　　忽而澄清，長角高天一抹清。

　　堆銀種玉，額雪山容仙子似。

　　欲寄遊蹤，獨與仙人吸飲同。

　　近處碧波萬頃，不遠處的淺水裡一對對水鳥或嬉戲，或潛水覓食，
無萬馬征夫之氣勢，卻是一副荒徼樂土。姬遠峰想起一首描寫青海湖的
詞來，難道詩人和自己所見完全相同，不僅見到了這個偉大的湖，也見
到了相親相愛的水鳥。

　　浩淼碧無邊，勢欲吞天撼日。

　　一點朦朧山色，在雲端霧際。

　　伏沙鵝雁育新雛，對對親親昵昵。

　　忽而白飛黑掠，碎明湖翠玉。

　　看著對對水鳥或嬉戲或結伴飛翔，師妹突然問道，「師兄，看到這
些水鳥是否想你的女朋友了？」

　　姬遠峰笑了一下，「妳也一樣吧！」

　　「我還好，我一直和我男朋友在一起，這次來了青海之後感覺這裡
好美啊，等有機會了我就鼓動我男朋友重遊一次，師兄，你女朋友長期
在國外，你看到這麼美的青海湖，看到這些水鳥是不更想念她了。」師
妹說道。

　　姬遠峰微微苦笑了一下，「還好吧，已經習慣了，從考上高中我就
一個人獨來獨往，已經十多年了，已經習慣了。」

　　師妹笑了一下，「師兄，你不想纏怪呢，在格爾木的那天晚上你就
想了吧！」

　　姬遠峰苦笑了一下，沒有說話。

　　師妹接著說，「去格爾木的火車上我就想問師兄，但沒好意思問，
師兄，你為什麼不把你和你女朋友之間的事說明白呢？怕給你女朋友壓

力嗎？」

「可能吧，我想把主動權留在她手裡，本科畢業的時間因為看不到兩個人在一起的希望我很猶豫，我也曾經對她說過我到了南京後不會再去看望她的話，後來我到了西安我又聯繫上了她，但我不想承認是為了她繞到的西安，免得給她更大的壓力，現在她在美國，這是她的追求，也是她家庭的期望，我不想讓她為了我放棄什麼。」

「師兄，那你有過出國的想法嗎？」

「曾經有過，考研究生的那段時間我還很猶豫，是考研究生呢還是出國呢，考研究生期間我還買了GRE的單詞書，考上研究生後我還背過一陣GRE的單詞，但我家是農村的，沒有條件讓我出國，要是本科時間就有出國的想法，考了GRE或者雅思的話，早早準備能申請到獎學金的話還有可能出國，現在完全沒有出去的可能和想法了。」

「師兄，我說句不該說的，像你說的你沒有出國的可能，而你的女朋友真的留在了國外，你兩走不到一起呢，你不覺得這麼耗著對你、對她都是一種折磨，而且浪費時間嗎？」

「浪費時間倒不覺得，即使她在國內和我在一起，只要我和她有一個人還在上學，也不可能在上學期間就結婚。折磨倒是真的，尤其是上了研究生，許多同學都談女朋友了，成天在一起，自己算有女朋友了但形單影隻，節假日的時間真的感覺挺寂寞，不過對她來說也是一樣的。」姬遠峰說著苦笑了一下。

「師兄，你有你兩最終走不到一起的心理準備嗎？畢竟本科許多談對象的同學大學一畢業好多都分手了，何況你的女朋友還在國外呢？」

「我可能也有吧，畢竟我工作兩年了，見到的事情稍微多一點，但她如果決定回來了，我想我兩還是最終會走到一起的。」

「那你問過她博士畢業有回國的打算嗎？」

「沒有問過。」

「為什麼不問呢？」

「我不想讓她為了我而放棄什麼，這個話題太沉重了，我給妳講講

青海湖的故事吧。」姬遠峰說道。

師妹笑了起來，「不會又是仙女的眼淚之類的故事吧！」

「不是，青海湖這裡最早是中國古代一個少數民族吐谷渾人的天下，《魏書》載青海湖內有小山，到冬季封凍後土人將母馬放到那個小山上，到第二年春天來收馬時這些母馬都懷孕了，生的馬駒稱為龍種，很多都是駿馬。吐谷渾人曾將從波斯今伊朗得到的一種馬放入湖內小山上，生的馬能日行千里，稱為青海驄。在唐朝和吐蕃對吐谷渾的爭奪中這裡成為了吐蕃的領土，藏人的天下，離此湖不遠處有石堡城，吐蕃名鐵刃城，唐朝在和吐蕃的爭奪戰爭中付出了極其慘重的代價纔奪得此城，安史之亂後這裡又被吐蕃奪去，吐蕃軍隊直接打到了唐朝的都城，就是今天咱兩現在上學的西安，扶持金城公主的侄兒立為唐朝的皇帝。後來有段時間這裡又成了蒙古人的天下，所以這個湖還有一個蒙古語名，叫庫庫諾爾，也是青色的湖的意思。湖中有兩個山，一個蒙古人叫魁孫陀羅海，上有小廟，廟內喇嘛於封凍後出來取一年的糧食，然後繼續在廟內修行，等湖水解凍了這些喇嘛也就真的與世隔絕了。後來青海境內的蒙古人勢力衰退，這裡又成了藏族人的天下，所以這個湖的歷史與藏人的關係更密切，藏名叫錯文保，是藏人的一個聖湖。我看書中說有藏人繞湖朝聖的，但今天怎麼沒有見到。因為是藏人的聖湖，所以青海湖還有一個藏人的傳說故事，傳說今天的青海湖湖水原來就在拉薩的地下，藏人屢次修建喇嘛廟都因為地下湖水而失敗，後來因為一個哲人的洩密，喇嘛將湖水引到了這裡，從而形成了今天的青海湖。但我一直不明白藏人這個傳說的含義，難道隱含著青海湖和拉薩一樣都是藏人的聖神的地方和水土，我不能確定。」

「青海湖的蒙古、藏文名字我從來沒有聽說過，藏人攻入西安建立政權，還有這些傳說也是聞所未聞，你都是從哪裡看到的？」師妹說道。

「都是從書上看的。」

「你看的書真的很冷門，感覺你有點特立獨行。」師妹笑著說道。

「師妹，妳怎麼對我會有這種感覺？」姬遠峰也笑著說道。

「師兄，你不是特意裝作特立獨行，而且你處處掩蓋著，比如你看一些剛纔你說的我們工科生通常很少看的書，你避免給人招搖的印象，特意反拿著書，不把書名露出來，或者和幾本專業書拿在一起，反而勾起別人對你看的書的好奇，你的特立獨行反而有點欲蓋彌彰，但你的特立獨行是遮掩不住的。」

姬遠峰一聽笑了，「我還有這種印象給你們！我記得在哪本書裡看到過這麼一句話，每個人除了自己以外，其他任何人在自己眼裡可能都有點怪異。」

「你說的有些道理，可你的確和別人有些不一樣，比如你在教研室晚上看得一些書，我還要過去翻著看了兩眼，要麼枯燥無趣，自己一點不感興趣，甚至有影印的古籍，全是繁體字，連標點符號都沒有，根本看不下去，但你看得津津有味。」

姬遠峰笑著說，「這可能只是男女生之間的區別而已，女生喜歡看言情小說之類，男的喜歡看冒險武俠之類的。」

「但我沒有見過師兄你看武俠小說，有天晚上你在教研室裡看一本破舊不堪的中藥書，而且看得津津有味，把我奇怪壞了，你哪來的那麼破舊的書？我估計咱們學校圖書館也不會有與整個學校專業毫無關係的這種書。」

「這是我爸爸的書，我爸爸學過一段時間獸醫，他也買過一些中醫書，我上中學的時間家裡有人生病買了草藥回來，我就在院子裡的石桌上攤開，爸爸對著藥方教我一樣一樣認識草藥。不過那草藥都是經過加工之後的樣子，與生長和採集時的形態已經不一樣了，我現在閒著無聊偶爾翻著看看認識認識草藥原來長什麼樣，在野外碰到了或許能認出來。」

「好少見的愛好，學工科的還看中醫書。我有時候看你在教研室裡坐在電腦前卻看詩詞類的書，你一直喜歡這些文科類的東西嗎？」師妹問道。

「還好吧，我比較喜歡文科類的東西，上本科的時間還買過幾本散文書，本科畢業後從南京到西安換工作，又考研究生，都不知道去到哪去了。」

「你喜歡文科，那高中文理分科的時間怎麼沒有學文科？」師妹問道。

「那時間什麼也不懂，老師說大學理科生招的多，為了考大學就報了理科，其實學理科也沒有什麼不好，文科類的東西可以作為愛好，真的要學文科了也不一定學的好。」姬遠峰回答道。

「你好像不太愛看電視劇、電影之類的？」師妹問道。

「電視劇我的確不喜歡看，感覺太冗長，電影我很喜歡看的，在本科的時間我看了很多電影。」

「那我在教研室很少見師兄你看電影。」

「我不喜歡在電腦上看電影，我更喜歡在電影院，尤其是大學的電影院裡看，人很多，有那個氛圍，自己一個人守著電腦屏幕看電影不習慣。」

「那你在家看電視嗎？」

「很少看，我小時候家裡還沒有通電，沒有電視，到了初二纔通電，但那時間已經開始知道學習了，而且農村電視能收的節目很少，就看的很少了，到了高中住校就沒的看了，上了大學宿舍也沒有電視，只是在食堂裡偶爾看看NBA比賽而已，時間長了也就習慣不看電視了。」

「那你看春節聯歡晚會嗎？」

「每年都看，但從來沒有用心看過，每年三十晚上我陪著爸爸媽媽看一會，但爸爸媽媽睡覺很早，他們一睡覺我也就不看了，看過的節目第二天都想不起來是什麼。」

「你好像對新鮮事物，對電子類的東西不太感興趣。」

「還行吧，比如單放機，上學時買不起好的，我一上班第一個月工資發下來就買了一個日本品牌的單放機，整天戴著聽。」

「我說的是你對網路遊戲之類的。」

「那我真的不感興趣，可能自己太笨了玩不轉纏不喜歡的。」

「師兄，在教研室裡我看你和同屆的另一個師兄不常常同行，自己經常獨來獨往，剛開始我還以為你和那個師兄關係不好呢，後來發現你兩並沒有矛盾，你對待我們態度也淡淡的，你一直對人都這樣嗎？」

「師妹，妳可別誤解了，就像妳說的我和妳的另一個師兄關係挺正常的，沒有任何矛盾，我兩雖然都是咱們導師的學生，但因為我兩不在同一個宿舍，我個人有獨來獨往的習慣，所以來教研室不經常一起來，妳那個師兄是南方人，我是西北人，飲食習慣也不一樣，所以從教研室出去吃飯也不經常一起走，我兩關係很正常的。我待人挺熱情的啊，妳怎麼覺得我冷淡呢？」姬遠峰笑著說道。

「不是冷淡，是淡漠，君子之交淡如水的淡漠。」

聽了師妹的話姬遠峰笑了，「謝謝妳的誇獎，我還算是個君子呢！」

「你在單位上班時也是這樣的態度嗎？」

「應該是吧，一個人態度還能變來變去的嗎？」

「師兄，你這樣的態度在單位會不會被人孤立起來，畢竟聽我媽媽說在單位拉幫結派是常有的現象。」

「妳媽媽是幹什麼工作的？妳纔研一怎麼對工作中的事情這麼感興趣？」姬遠峰笑著說道。

「我媽媽是大學教師，她是教心理學的，因為你工作過兩年，有工作經驗了，所以我纔和你討論的，畢竟最終我也要工作。」師妹說道。

「妳媽媽說的對，任何單位內部都會有競爭，有爭權奪利，有競爭有爭權奪利就會產生派別，整個單位內部大的人事變動都是隨著那一派得勢而調整，其實這也不奇怪，民主國家大選政黨更替也伴隨著大量部長更替的，只不過單位內部的權力爭奪方式與民主政治不同而已。像我這樣的性格在單位不一定會被孤立起來，如果你人微言輕根本就沒人理你，你如果有點本事更多的則是兩派拉攏的對象，但都不會視為鐵桿同盟，好處是得不到的。再者，在單位裡人際關係的處理很重要，一定要謹言慎行，我沒有在私企和外企待過，但在國企，尤其是大型的國企，

裡面會有不少夫妻兩人都在單位裡工作，也有許多子女在裡面工作，我以前工作的設計院我那一年招聘的學生中有一半就是子弟，單位裡關係錯綜複雜，說話稍不留意就會傳到別人的耳朵中去，給自己惹來不必要的麻煩。而且在單位裡每個領導都有幾個親信充當自己的耳目，你說的話很快就會傳到領導耳朵裡，所以你也不能亂說話。再者單位同事間的關係不像同學間那麼純潔，沒有利害衝突，同事間往往面和心不和，甚至有時間會故意在你面前說領導不好的話來套你的話，總之在單位你要謹言慎行的。」

「哦，看來單位和學校真是兩個不同的環境，既然這樣你有沒有想過改變一下對人淡漠的態度呢？」師妹說道。

「我都快三十歲了，早定型了，還能改啊。」

「你這種淡漠的態度會不會不招領導待見？從而影響你的發展？」

「我也意識到妳說的這個問題，不過江山易改本性難移，一時半會也改不了。」

「師兄，你想不想看看心理學的書，我回家了從我媽媽那兒找幾本給你看看。」

「心理學太可怕了，你的一言一行都被人洞徹，感覺一點隱私都沒有了，還是算了吧，糊塗點好。」姬遠峰笑著說道。

「我也有這種感覺，所以我不是很喜歡媽媽給我講心理學的東西，高中文理分科的時間我學了理科。」

「妳把我分析的這麼透徹，不過我老家有句俗話，醫生守個病老婆，木匠住個爛樓房，妳媽媽是學心理學的，那妳媽媽和妳爸爸吵架嗎？」姬遠峰笑著說道。

「你說的很對，我爸爸和我媽媽也吵架，你這麼一說，我也想我媽媽把別人分析的這麼透徹，應該把自己和我爸爸也分析的很透徹，但他們兩怎麼也沒少吵架呢，我回家問問我媽媽去。」師妹邊說邊笑了起來。

十九

現在已經是研三第一學期後半學期了，學校裡陸續來了招聘的單位，姬遠峰也準備找工作了，他雖然一直不願意問楊如菡是否有回國的打算，但現在已經到做決定的時刻了。但姬遠峰還是不願意問楊如菡是否有回國的決定，他寫信告訴楊如菡，學校裡已經有單位來招聘學生了，自己也準備找工作了，姬遠峰問楊如菡對她自己的將來有什麼打算嗎。電子郵件發出去了，遲遲沒有回覆，這與以前楊如菡每次迅速回覆姬遠峰的郵件不一樣，姬遠峰的心裡隱隱有了一種不安的感覺，過了幾天，楊如菡的電子郵件還是收到了。

Dear Xiaofeng:

How are you? You wrote there are some companies have come to your university, and you are also preparing to seek a job. You asked me plans for my future. I don't know how to reply to you. We have known each other for over eight years since as undergraduates, and It is four years since we have been together. Since I went abroad, this is the first time that you asked me about my future plans. I don't know how to reply to you. Maybe I should make my decision earlier, but I am reluctant to give up this emotion between us, but the time doesn't stop, we have arrived at the moment to make the decision for our own lives, I have been out for four years, I want to stay abroad, and you can't and have no plan to come out. In past four years, I expected the reality and your idea will change, but the reality still can't be as I wish, maybe it is time to say departure to us. You have also said that in past two years of work, someone introduced a girl older than you, and cheated you. You hope this love from campus can bear beautiful fruits. I made you disappointed. I know the feeling of departure. I'm sorry, I made you disappointed.

You can go to meet other girls when someone introduces for you. I will pray the God bring you a good girl, and you are worthy of a good girl, and I am doomed to be lonely. I also enjoy my loneliness.Also we have departured now,we can be friends forever.

Best wishes to you.

Your sincerely Ruhan
2004.12.30[41]

姬遠峰回了楊如菡的電子郵件。

Hi Ruhan Yang:

I have received your E-mail, The decision you have made, nothing need I say. I am heartbroken and feel very bad and regret. Good luck!

Yuanfeng Ji
2004.12.31[42]

姬遠峰最終找定了工作，他去了中國天峰能源集團公司——一個副

---

[41] 親愛的小峰：

　　最近好嗎？你來信說已經開始有單位來學校招聘學生了，你也開始準備找工作了。你問我有什麼打算，我不知道如何回覆你。算上本科我兩認識已經超過八年時間了，我兩走到一起也已經四年了。自從我出國後這是你第一次問我對將來的打算，我不知道該如何回覆你，也許我該早點做出自己的決定，但我捨不得我兩之間的感情。但時間沒有停下來，我們都到了給自己人生做出決定的時刻了。我出來已經四年了，我想留在國外，而你不能也沒有出來的打算。四年中我期待著現實和你的想法會發生變化，但現實還是不能如我所願，也許已經到了我們說分手的時刻了。你曾經說過在工作的兩年中有人介紹年齡比你大的女孩，而欺騙你的事情，你希望這份延續自校園的感情能結出動人的果實來，我讓你失望了，我知道分手的滋味，對不起，我讓你失望了。

　　以後有人給你介紹女孩子的時間去見見吧，我會祈禱上帝帶給你一個好姑娘，你也配得上一位好姑娘，而我註定可能要孤獨吧，我也享受著這份孤獨。雖然我兩現在分開了，但我們永遠還是朋友。

　　最美好的祝願給你。

你最真誠的朋友如菡
2004.12.30

[42] 楊如菡你好：

　　你的電子郵件我已經收到了，既然你已經做出了決定，我沒有什麼要說的了，我很難過，我感到非常的糟糕和遺憾，祝好運！

姬遠峰
2004.12.31

部級超大型的央企——研究院，一個副廳級單位，單位地址在內蒙，而且姬遠峰也知道了自己將來工作的具體處室——電力處。從名字就知道了，在講究行政級別的國企裡，這是研究院裡的一個處級單位。姬遠峰打電話告訴了爸爸，雖然爸爸覺得工作地點比西安遠，也有點靠北，但爸爸也很滿意，不用經常出差，而且是央企，在閉塞落後的西北鄉政府工作一輩子的爸爸對政府機關、央企有著難以撼動的好感，那意味著鐵飯碗。

現在已經放寒假了，但姬遠峰不願意回家，他怕回家後爸爸媽媽無休止的催婚，他們肯定會問到楊如菡，如果楊如菡回國的話肯定會讓自己帶回家讓他們見一面。自己如果告訴爸爸媽媽自己已經和楊如菡分手了，爸爸甚至還會問起早就有男朋友並且讀博的黎春純，甚至不排除介紹相親。姬遠峰情緒不好，他甚至覺得會和爸爸媽媽吵起來。可能姬遠峰年齡比本科畢業時大了五歲了，雖然他越來越覺得爸爸一輩子為自己兄弟姐妹四個操勞十分辛苦，更尊重爸爸了，但他現在越來越有自己的想法了，想自己的事情自己做主了。姬遠峰藉口快畢業了，科研論文很忙，而且家裡也沒有任何農活需要幹，就一直呆在學校裡，他準備直到過年前兩三天再回家。學校裡同學們都放假回家了，只有很少的幾個過年不回家的同學還在，姬遠峰越發感覺到了冷清與孤單。姬遠峰去了教研室，只有自己一個人，他呆一會就回到宿舍，除了看課外書外他並沒有事情可做。姬遠峰也不願意繼續寫論文，無論工作還是寫論文他都喜歡集中精力抓緊時間按時完成，他不願意拖拖拉拉也不願意假期裡寫論文，那好像他在正常時間內無法完成論文一樣。

一天姬遠峰把自己在宿舍裡關了起來，他要給楊如菡寫了一封長長的信件，是紙質的而不是電子郵件，姬遠峰一開始就沒有郵寄給楊如菡的打算，他已經和楊如菡分開了，也給楊如菡回了簡短的兩句話的一封電子郵件。但姬遠峰心裡有太多的話想給楊如菡說，現在他只想寫下來，就像本科時寫日記一樣，他只想作為情緒宣洩的一個出口。

如菡妳好！

　　這也許是一封不該寫的信，我也知道，這封信對妳已經沒有什麼意義了，但最終我還是決定寫這封信了，但我不會郵寄給妳，這是一封寫給妳但只有我看到的信。

　　其實，在這學期末收到妳的電子郵件後我就想寫這封信了，但當時我心情實在太亂，沒有頭緒，我也忙著找工作，我不能平靜地坐下來把過去的事情回味一番。在寒假裡，有了大片的時間，終於可以想一想過去，也為自己的將來做一些打算了。

　　說實在的起初我兩是怎麼認識的我已經淡忘了，我兩最初不在一個班，雖然我對陝西籍的男生女生很早都認識了，但說話的很少，包括妳，是否在分專業之前和妳說過話我都忘記了。只有在分到電力系統專業後在一個班裡纏慢慢熟悉了起來，我對妳的好感是隨著時間的推移逐漸建立起來的。分專業後我兩經常在坐在一起上專業課，我開始注意到了妳。有一次我們上一門不重要的課，我坐在妳的後排，我畫了一個醜陋的卡通人說是妳，妳回過頭去悄悄地畫了一個頭大、脖子細更加醜陋的卡通人，還在旁邊寫上我的名字，這也許可能是我兩最初的認識吧。

　　我是一個嘴上不怎麼說，但對感情很敏感的男生，我能敏銳地感覺到任何異性對我的絲絲情愫。其實在大三暑假我們專業去卜魁生產實習的火車上我已經察覺到了妳看我眼神中的異樣，但我不能確認我的感覺是否準確。接下來的一個學期，妳忙著複習考研，我再也沒有感覺到妳的情愫，我以為自己在去卜魁火車上的感覺只是個錯覺。但那個學期考研結束後，妳約我一起回家，那樣的感覺再一次出現在我的心裡。但我必須誠實地給妳說，那時我心中只有另外一個女生，她就是岳欣芙，就像去年五一放假妳回國時我給妳說的那樣，我從大一一開始喜歡上了岳欣芙，也表白過，後來我和她發生了不愉快，但我一直在等待著她，所以即使在大三暑假去實習的火車上已經覺察到了妳看我眼神的異樣，但直到大四第二學期開學我也沒有試著去驗證一下。

　　但大四第二學期返校後當妳約我一起打乒乓球的時間我真切地感覺到了妳對我的好感和情愫，其實我對妳的印象一直也很好，但因為岳

欣芙的原因，此前我有點迴避妳。但當我看到岳欣芙接受了另外一個男生的感情後，我知道自己的等待已經沒有了意義，我接受了妳的感情。我知道這麼說會讓妳不高興，對妳也不公平，但這是真的，我以前很簡略地給妳說過我和岳欣芙之間的感情，我隱瞞了一些情節。但我沒有撒謊，我隱瞞那些情節並不是刻意要欺騙妳，雖然那段感情讓我痛苦讓我終生難忘，但那只是我自身的感受，我只願意深藏在自己的內心，我不能把這些感受帶到我兩之中來，這對妳不公平，而且會給我兩的關係留下陰影，所以我刻意隱瞞了一些情節。同理，將來我會有一位愛我的妻子的，我會向她隱瞞我和岳欣芙，我和妳在一起的細節，即使她好奇問我，我也會說的很簡略很簡略。

生活的瑣事隨著時間都已經淡忘了，而關於妳的許多事情卻很清晰，我兩只有一次同車回家的經歷，那次是妳爸爸和妳妹妹接的我們，我去了妳家，妳和妳爸爸還為大學生是否應該談戀愛激烈地爭論了起來。在回家的火車上，我看到妳在我身旁熟睡，皎潔的面孔上散落著縷縷青絲，在妳家妳洗完澡後我注意到了妳睡衣下苗條的身材，一股異樣的情思在我的心底湧起。回學校的時候，我在後來經常去妳家的學校側門巷道見到妳，妳騎著一輛自行車，穿著一件白色的短羽絨服，一條緊身的牛仔褲襯托著妳修長的身材，戴著一副金屬框的眼鏡，那時候我覺得妳真漂亮，後來在課堂上我經常見妳換著戴兩副不同的眼鏡。

現在，交通大學有許多室外的乒乓球臺子，有時候我也和同學去玩一會，可這總會讓我想起和妳一起在濱工大打乒乓球的情景。人很多也很吵，打一會球後和妳坐在一起聊天，那時候的感覺真好，那也是我第一次單獨和一個女生一起打乒乓球玩。

在濱工大的時間，好多時候上課時我會注意到妳，但我不希望被人察覺，但這沒有逃過同學的眼睛，有兩個同學就經常開我和妳的玩笑。我說妳報了三次名，考了兩次英語六級，每次都差一點點，他們會開玩笑說我對妳念念不忘，直到現在，還有同學說我為了妳從南京換工作到了西安。

畢業時我很矛盾，我不知道自己該怎麼做，我沒有參加研究生考試，咱們系的本科同學，還有很多高中學習不如我的同學都考研了，有的甚至考清華大學的研究生了，而我卻不能考，這讓我很不甘心。

快畢業時妳約我出去到一家小飯館喫飯，我知道對妳這樣內斂的女生做到這點有多難，那個飯館裡有很多人抽煙，我害怕妳嗆。那時候我心情很複雜，也很矛盾，既有對未來的憧憬，也有對即將到來的分別的痛苦。我們講到了系裡幾對「黃昏戀」等許多事，但因為我兩從來沒有討論過畢業後的計劃，我不願意開啟看不到結果的感情，我又一次選擇了逃避。我想作為一個男生應該有自己的事情去做，但我很放不下妳，我也沒有讓妳到車站送我，這也許是我犯錯誤的第一步。喫飯結束後妳讓我陪妳在校園裡走走，我很沒有禮貌的沒有陪妳走走，說自己喝得有點多了，想回宿舍了，然後徑直走了。那是我撒謊，其實我緊繃自己的情緒太久了，我怕控制不住自己的情緒，其實在喫飯的時間我就已經感覺快控制不住自己了，我去了衛生間在裡面呆了一會纔穩定下來自己的情緒，我怕讓妳看到我的眼淚，我一直不願意讓任何人看到我的眼淚。

我兩分別了，我去了南京上班，但我真的很放不下妳，雖然我一直不願意承認在很短的時間換工作到西安是為了妳，但這是我為什麼這麼短時間換工作的原因之一，當我有換工作的想法的時間我第一個想到的地方就是西安，因為那裡有妳。如果妳在南京，即使我不喜歡南京這座城市和單位，我會換一份工作但不會換城市。

我從南京到了西安後原以為我們會重新開始，只要妳還願意，我不會再逃避，因為同在西安我能看到在一起的未來。有一次我兩去了人才市場轉了一圈，有一家介紹到新加坡去的中介公司，我兩都做了登記，後來妳還說那家公司給妳打過電話，我心裡已經有了和妳一起奮鬥的想法，只要兩個人在一起，去那裡去做什麼都可以。

但到西安後我知道妳準備出國了，我雖然從農村出來，很多農村孩子進入城市後會變得勢利，但我不是，我的內心敏感而自尊，不會為了追求任何東西而自我輕賤，包括感情，我不能以犧牲妳的前途和理想

而與妳在一起。我爸爸媽媽當時讓我勸妳留在西安的高校當老師，但我卻一直鼓勵妳出國留學。而且我也知道，妳是一個很有主見的女生，並不會因為我的勸說而改變妳的理想與人生選擇，我勸妳留在國內只能在妳的心目中留下我自私的印象，所以我自始至終沒有說出想讓妳留下來的話。甚或以我兩當時的關係，本科畢業前你妳對我找工作沒有發表任何意見，我也沒有資格對妳出國的決定發表自己的意見，我懂得兩個人交往過程中的分寸感。但我的內心與我說給妳的話完全相反，我希望妳留下來，因為我沒有出國的可能，就像妳爸爸說的那樣去當大學老師也好，一起考研也好，我都願意和妳一起去努力。

和妳在一起的時候我十分糾結的是兩個家庭的差距，妳爸爸媽媽是大學教師，而我父親僅僅是一個鄉政府幹部，媽媽是農村婦女。雖然我從不認為我爸爸媽媽低人一等，我也不比任何人低人一等，但階層的差異是無法回避的現實。我媽媽年輕時在銀川當工人，後來和爸爸結婚後沒有再去當工人而做了農民，媽媽每次和爸爸吵架都說爸爸毀了她的一生，這也是我沒有聽我爸爸的話勸說妳留下來當高校老師的原因之一，我不想重蹈父輩的前轍。

在我兩交往的過程中，妳爸爸媽媽表面上對我十分熱情客氣，但我一直不知道妳爸爸媽媽內心真實的想法。在我第一次去妳家的時間妳和妳爸爸還為大學生是否應該談戀愛而發生了激烈的爭論，當時我和妳還沒有開始，我沒有在意。當我和妳在一起的時間我總會想起那次爭論，我覺得那是妳爸爸說給我聽的，否則父女兩不會在陌生人面前發生爭論。或許對妳來說妳和妳父親的爭論也是說給我聽的，但那時間我心另有所屬，愚鈍的我沒有領悟，但回到學校我就感覺到了妳對我的情愫。和妳在一起的時間我最害怕妳爸爸媽媽認為我會影響妳的前途，我真怕那次我打電話約妳見面的時間妳爸爸媽媽說妳正在看書學習，準備出國，所以好幾次我沒打電話就坐車到妳家附近，希望碰到妳，但沒有一次能碰到妳，很惆悵地坐車又回去。甚至在上班閒暇的時間我偷著溜出來去妳家校園週圍，從我的單位到妳家有一個小時左右的車程，所以回

到單位快下班了，科長在單位找不到我還批評過我。

　　我有時候在想，如果科技發展再快一兩年那該多好啊，妳兩千零一年五月份出國的時間我兩還沒有移動電話，而兩千零二年九月份我研究生入學的時間移動電話已經開始普及了，我也有了自己的第一部移動電話。如果妳出國前移動電話已經普及了的話我就可以直接和妳聯繫了，就不需要通過妳家的固定電話聯繫妳了，我也不用每次給妳打電話總是心懷忐忑，我也不會事先不聯繫妳而到妳家校園一趟，但卻見不到妳。

　　那次春節我從家裡返回西安後，我很沒有禮貌的沒有去妳爸爸媽媽特意在外面飯店已經訂好的一次晚飯，那次我第一感覺就是新的一年開始了，妳爸爸媽媽要正式地說我兩之間的事，說別影響到妳出國留學和妳的前途，否則我兩剛開始的交往妳爸爸媽媽不會搞那麼正式的喫飯。以前我也去妳家，都是喫便飯，那樣我會無地自容的，所以很沒禮貌的沒有去喫飯。但後來妳告訴我妳爸爸媽媽怪我沒去時我感覺到錯怪妳爸爸媽媽了，何況妳妹妹當時也在家裡，傷到了妳爸爸媽媽的尊嚴。那可能只是過春節時妳家例行的一次比較正式的喫飯而已，只是敏感的我想的太多了。我想道歉，但沒有勇氣，這次我寫在了這封信裡，但這封信不會郵寄給妳，妳爸爸媽媽也不會看到，我還是沒有向妳爸爸媽媽、向妳道歉，我不知道將來是否還有機會向妳爸爸媽媽和妳道歉。

　　到了西安，我去妳家的次數有好幾次，我兩出去喫飯，過馬路時妳拉了一下我的胳膊注意汽車，那時候自己有一種莫名的感動，很想捧著妳的手去喫飯，只要我第一次捧起了妳的手，此後我再也不會鬆開的。記得有一次去喫大盤雞，做的很硬，咬都咬不動，但那時心情很好。

　　從我到西安至妳出國的那段時間，我很想把我和妳的關係正式確定下來，但顧慮到妳出國的理想，顧慮妳爸爸媽媽可能對我兩關係的不支持，顧慮到在畢業前咱兩一起喫飯時我說的話，我沒有主動說明我兩的關係，甚至表面上沒有表現出我內心對妳的真實感情，在表面上也表現的不夠積極主動。可能妳的想法和我一樣，妳也選擇了隱默，雖然我兩經常見面，但妳沒有去過我的單位一次，以至於我無法確認妳是我的女

朋友否，我也給同事說我沒有女朋友，所以纜有那麼多同事給我介紹女生，但我一個也沒有去見過。

正因為這樣的原因，我甚至懷疑我兩僅僅是同學關係，我已經有了心理準備，那就是無論我兩的關係會怎麼樣，妳接到國外大學的offer後會告訴我一聲，我會給妳送行的。在送行喫飯的時間，在妳出國臨走的時間妳會給我一個明確的答案，要麼是正式確定戀愛關係，要麼告訴我妳選擇了另外一條路。但我沒有提前得到妳收到offer的消息，代替妳的消息的是我那次匆忙地直接送妳去新加坡。雖然那次送妳出國是那麼地匆忙，我沒有機會和妳一起去喫一次送行的晚餐。但當我去送妳時看到只有妳的家人和我時，我纜相信妳沒有把我當外人，妳讓我去送妳，也是向妳父母表明妳已經接納了我，我纜確信雖然我兩的關係彼此都沒有明說，但其實已經開始了，我對我兩的關係不再迷茫，在我的心目中妳已經成了我的女朋友，我日夜牽掛著妳、思念著妳。

但那次太難受了，在火車上妳母親不停地哭泣，即使妳母親從火車上下來了在站臺上還一直在哭，看著妳無言地面對我站著，妳低著頭，我看不到妳的雙眼，妳的兩隻手在胸前搓弄著，妳不知道把妳的手放在什麼地方，我也不知道我的手該放在什麼地方，我的心裡難過極了。那時候我纜明白為什麼戀人分別時會哭，會擁抱，那時間我真想情不自禁地擁抱妳一下，讓我撫摸一下妳的秀髮，聞一下妳頭髮的味道。但我知道妳母親很快會從火車上下來，妳父親妳妹妹都在火車內透過窗戶看著我兩，那樣會令妳爸爸媽媽難堪，因為在我所受的家庭教育中從來不應該當著父母的面和自己的女朋友，以至於將來自己的妻子擁抱，甚至不應該捧手。如果妳父母當時不在場，我會擁抱妳的，雖然此前我兩連正式的捧手也不曾有過，我相信妳當時不會拒絕我的擁抱。我兩現在已經分開了，和妳在一起的幾年時間中我最大的遺憾就是那次沒有擁抱妳一下。這也一直成了我的一個心病，後來妳每次回國，我都想補償那一個擁抱，但環境變了，情景變了，我兩正式的捧手都不曾有過，我的擁抱會很唐突，直到我兩分開了，我也沒有擁抱過妳一次。

　　當妳上車後我甚至不願讓妳的家人看到我的眼睛，因為我從來不願意讓人看到我的眼淚，在妳轉身上車的瞬間我看到了妳的眼淚，看到妳在車窗上的眼淚時我再也抑制不住我的眼淚了。我從來不願意承認自己會為一個女生落淚，但我為妳落淚了兩次，第一次是在濱工大畢業前喫飯後，第二次就是這次。和妳在一起的時間，在濱工大我迴避妳逃避妳，在西安我甚至一度懷疑過我兩的關係，我以為我愛妳不深，但我的眼淚告訴了我對妳的真實感情，我已經深深地愛上了妳。

　　妳出國了，並且妳讓惟一不是妳家人的我給妳送行了，我對我兩的關係不再迷茫了，我也安心複習考研了，其實在妳出國之前我就有過和妳一起出國的想法。有一次我去妳家的學校找妳玩，妳送我向植物園方向走去坐公交車，天已經快黑了，我對妳說我不想考研了（那時已經複習有段時間了）。我說研究生讀出來我已經二十七歲了，其實我想和妳一起去國外，而且在我給妳說我不想考研這句話的時間我已經去外語學院買了GRE的單詞書，而妳勸我堅持去考研究生。即便考上了研究生，我也沒有放棄出去陪妳的想法，背過一段時間的GRE單詞，但隨著時間的推移，我終於放棄了對我來說不切實際的想法了，而且我對出國並不嚮往，我出國的想法只是想和妳在一起而已。我知道自己的家庭，即使考研也是因為爸爸看到我不甘心的樣子，他打心底希望我考不上的，當我考上後爸爸還說他以為我考不上的，出國更沒有可能。我只期盼著妳留學後能主動回來，但不是應我的要求。

　　那也許是妳的性格，有許多事情不願意對我講，有次去妳家妳爸爸問妳收到國外大學的邀請函沒有，妳好像不願意在我面前講，這一點讓我很失落。有一次假期妳回來我兩一起去逛街，聽妳說妳在新加坡生病很嚴重時我心底其實有一絲不快，感覺妳並不願意把妳的病痛讓我和妳一起分擔。

　　我一直準備著為妳出國送行，而妳直到臨走的那一天早晨纔告訴我，我想妳不會在前一天纔收到offer並一夜之間準備好了所有的東西，或許妳起初並沒有打算告訴我，所有這些都讓我很難過，覺得自己只是

自作多情。那天早晨下了雨，我出去給妳買了枝鋼筆，中午去送妳，妳胳膊上有許多紅痘痘，一隻很大的皮箱，妳的胳膊太細了，我擔心出了機場妳怎麼拎得動。後來我在電子郵件裡說讓妳喫的胖一點，因為我覺得妳有種弱不禁風的感覺。妳出國時戴的是一塊舊錶，而我戴的還是那塊妳陪我一起去買的黑色的手錶，我一直想自己能否為妳送一塊，但最終也沒有機會送妳。還有，我和妳、還有妳妹妹一起在妳家樓下照的一張相片，不知道妳爸爸洗了沒有，我想要一張保存下來。

　　研究生一年級暑假的時間我去了一趟內蒙古的烏蘭布統，那個地方太美麗了，在蒙古包前的臺階上，在草原皎潔的月光下，我想起了妳，想起了大學四年級五一假期的時間我去蘭州的那次旅行，火車在草原上臨時停車很長時間，同樣的月光，看到有幾對戀人在站臺上竊竊私語，那時我對我兩的感情是那麼的迷茫，而這次在草原上在同樣的月光下我對妳除了思念還是思念。

　　研究生二年級暑假的時間我和我的師妹去了青海格爾木市出差，那個地方很荒涼，全是戈壁灘，我坐車先到了蘭州，又到西寧，最後到了格爾木市。在那個荒涼的地方，我更加想念妳，更加感到孤獨和寂寞。在西寧時我特意去網吧給妳發了電子郵件，在西寧呆的那天我多麼盼望著收到妳的回信，我去了好幾次當地網吧，也許是妳太忙了，也許是時差的原因，我沒有收到妳回覆的電子郵件。

　　從格爾木返回到西寧時我去了青海湖，在湖邊我看到對對親暱的水鳥，我更加思念妳。回到西寧，落日時我爬上西寧市南邊的山頂，由於高海拔我爬的氣喘吁吁，在山頂偶爾見到幾對戀人散步，我想能和妳一起喫著牧民手工做的象豆腐腦一樣鮮美的酸奶，坐在山頂看著太陽從戈壁灘上落下是多美好的一件事。去年五月份妳回來，我提議去爬華山，妳嫌太遠沒有去，後來我一個人去太白山散散心，一下車下起了雨，我只好怏怏地回到學校。去年十一假期我和幾個以前設計院的同事去了太白山，爬到了兩千八百米高的地方，風很大，太危險沒能繼續爬上去，和妳一起去爬山的願望最終也沒有實現。

　　不知道我的觀察是否準確，妳在家裡不怎麼做家務，也不怎麼做飯。我每次去妳家都是妳母親做飯，還是在妳家老房了裡，有一次妳母親把菜端上來發現桌子上有層灰，妳媽媽把菜端起來讓妳擦桌子。而到了新房子，妳好像勤快了很多，有一次喫完飯，妳把掉在地上的飯渣一粒一粒撿起來，又用抹布擦地。而我每次去妳家，妳都會為我剝水果喫，這些都是生活瑣事，只是記憶太深刻而已。

　　我工作了兩年，而妳沒有工作過，所以我們的認識可能會有差別，妳出國前在家裡呆了將近一年，心情很煩，妳母親講妳有時會和她在家裡爭吵。雖然我兩認識的六七年時間裡我沒見過妳發火，妳更沒有衝我發過火，但我常想，如果我兩在一起會不會吵架。我見過夫妻不合經常吵架的家庭太多了，家庭仿佛不是兩人共同的避風港，而是相互發洩怒氣的場所，家裡瀰漫著一種壓抑的氣氛，這樣的家庭又何必組建呢？兩個人走到一起是為了相互關心和支持，是彼此感到快樂而走到一起的，如果共同的生活只能帶來痛苦和爭吵，我們又何必自找苦喫呢？

　　我不知道妳的心情會怎麼樣，我想妳有心理準備，也許會好一點，而且也是妳說的分手，妳說妳知道the feeling of departure[43]。但我看到妳電子郵件中的departure這個詞時我很有想法，我兩之間的關係至今沒有正式的說出口，我沒有捧過妳的手，也沒有擁抱過妳一次，我一度懷疑我兩僅僅是同學關係，連朋友也不是，看到departure這個詞我知道了我兩曾經心往一起靠攏過。我完全理解妳的決定，就像我在設計院一樣有不少同事給我介紹女朋友，也有一位女同事向我說她不會打擾我考研，我都選擇了謝絕。妳孤身一人在異國他鄉，孤獨與需要人陪伴的感覺會更強烈，也會有不少的男生追求妳。妳也可能在前途、我和其他男生之間做出選擇而苦惱而猶豫，從妳留學期間放假回來與我在一起的時間我能感覺得到。可那時的我太固執，始終沒有說出自己內心的感受，說出想和妳在一起的內心感受。雖然從我送妳出國的那一刻已經有了漸行漸遠

---

[43]　分手的感覺。

的感覺，但妳正式說出來的時間我還是很難受。剛好那幾天我有一個設計院的同事結婚，我去同事那兒幫忙準備同事的婚禮，同事在結婚我卻失戀了，晚上四點鐘我還睡不著爬起來看電視，同事說我有神經病。那幾天孫睿出差來了西安，我兩和西安的一個同學一起去喝酒，回到賓館怎麼也睡不著，聽著孫睿講他和他的女朋友之間的甜蜜，而我卻和妳剛剛分手了，自己的心更痛了。

過了半個學期了，我靜下心來想一想，羅素講過愛情也許更加適合於舞臺而非現實，因為愛情在舞臺上有時是悲劇，有時是喜劇，而在現實中帶給人們更多的是悲劇。有時候我用莊子鼓盆而歌的典故來安慰自己，莊子當妻子去逝時鼓盆而歌體現了不以物喜，不以己悲的觀點，而我卻做不到，因為我不是哲人，所以自己心裡還是痛。這讓我想起妳說的一句話，當我說咱們系一對戀人分開時，妳說他們又沒有結婚，這有什麼不對。是的，任何事情都可能發生，妳說的沒錯，即使結婚以後，一對夫妻還是兩個人，永遠不會成為一個人，一個人永遠不會像一件物品一樣屬於另一個人。兩個人有各自的想法和獨立的思考能力，我們沒有權力強迫別人接受自己的觀點。即使共同生活幾十年的夫妻也會反目，何況妳和我之間本沒有任何約定和承諾，也許只是我的一廂情願而已，何況我們只是分手而已，並沒有相互指責一句。

我工作了兩年，見了一些社會上的事情，我單位也有許多年輕人畢業時有朋友，但如果不在一起，十有七八都會分手，我們不是那兩三個人，我們屬於那七八個人，所以我們都是普通人。

在工作的經歷中我見到了社會上愛情的虛偽與狡詐，我在心底裡珍視這份自本科學校延續而來的感情，雖然我說的很少，但我卻是在真心的付出。妳我各自天涯，備受相思之苦，我也隱約感受到了我們的結局會是這樣，但我心裡對這份感情的期盼從未改變，也從未流露出對這份感情的懷疑，期盼著妳能夠回來，但最終我兩還是分開了。其實就像在這封信的開頭我寫的，我是一個敏感的男生，而且是一個很敏感的男生，在妳去年五一假期回來我兩一起逛街的時候，我已經感覺到妳已經

做出了決定，因為這個決定妳遲早要做出的，並且年底我就要找工作
了，這是我找工作前我兩最後一次見面了。但妳不會在我詢問之前直接
講出口，而且我也感覺到了我兩分別時妳的不捨，妳久久不願意說再見
回家去，其實我也不捨，我突然意識到那可能是我兩最後一次見面了，
我想擁抱一下妳的感覺再次從我心頭升起，我甚至希望妳早點回家去休
息，我甚至不願意陪著妳坐車把妳送回家，我怕妳和我再待一會兒妳說
出妳決定留在國外了。我想問一句妳畢業了是否有回國的打算，想問一
句妳對我下學期找工作有什麼建議嗎，但我不願意說出口，我還是怕自
己說出來後妳會告訴我妳決定留在國外了，我不願意面對這個現實，我
猶豫再三沒有說出口。而且我也不願意相信自己的感覺是正確的，我還
是希望妳能回來，所以我不願意向妳證實。雖然我內心十分想試著捧妳
的手、擁抱妳一下，但我都沒有那樣做，我也不願意那麼傷感，我似裝
平靜地和妳道別，但我的內心卻是那麼地不捨，多麼希望自己的直覺是
錯誤的，妳坐車回家了，我沿著馬路走了很長很長的時間。

　　現在我兩分開了，這也很正常，人是感情的動物，兩個人不在一
起，寂寞的滋味我也知道，當下班後一個人呆的時候，沒有人陪著說話
的感覺妳我都知道。實在寂寞的時間我有時候會給要好的一兩個同學打
個電話，但也只能隨便聊幾句，我不會也不可能把自己的孤獨與寂寞說
給同學聽。我終於明白張學友的歌「當我傷心的時候，有沒有人安慰
我，當我睡不著的時候會不會有人陪著我」總能引起人們的共鳴，原來
男人也很脆弱，明白人們在流血時不會哭，而僅僅為一句話而哭。而妳
一個女孩子身在異國他鄉，漂泊的滋味我能理解，需要一個陪在妳左右
的人，這很正常。和我一起進設計院的一個女生講女生生小孩的最佳年
齡在二十五到二十八歲之間，而妳今年已經二十八歲了，即使作為人母
也不奇怪。而我能給妳什麼呢，一句安慰的話也在萬里之遙，而且感情
需要土壤，我認為愛情不以物質作為土壤，但必須生活在一起，以對生
活的共同感受作為土壤，這也許是法律規定分居一年婚姻就可以解體的
原因吧。

　　還有一點，愛情雖然幾千年誰也沒有弄明白過，當然我也不會弄明白，但兩個人能夠和諧生活的基礎不是金錢，而是對生活的共同認識作為基礎的。對生活認識不同的人很難走到一起，所以我不會找文盲作戀人，我想妳也不會找文盲作戀人的。妳在思想自由開放的國外，而我在相對保守的國內，套用一句歌詞「妳我相隔遙遠，認識偷偷改變」，當我們的認識已不在同一個層次，當我們生活在兩個不同的世界時，提出departure也許再自然不過了。這讓我想起路遙的《平凡的世界》，孫少安最終沒有和女教師結婚，孫少平最終和寡婦生活在一起，而沒有和女記者或女大學生結婚，這也許是最美滿的結局，反之，我想那很有可能纔是悲劇的開始。當我們的認識已不在同一個世界時，現在的分手也許對我對妳而言是一件好事，我們可以避免以後無休止的爭吵帶給我們的痛苦。

　　讓我尤其不明白的是，難道爭吵與痛苦是生活的必需品嗎？在現實中，婚姻難道真的是愛情的墳墓嗎？工作之前我爸爸講結婚時最好找一個收入文憑都稍低一點的女朋友，我不認同，可是隨著時間的推移，現實竟讓我認同起來。在單位時有幾個年輕同事的妻子收入好或者學歷高，而男的在家中沒有地位，身上沒有幾個零用錢。更有甚者竟然到單位查丈夫的獎金是多少，那個男同事的工資卡一直在他妻子手中，獎金是以現金形式發放的，所以他的妻子來單位查獎金。即使男同事做得不對，作為妻子為什麼要把家庭矛盾帶到單位裡面來，這樣的家庭矛盾並不是家庭暴力為什麼不在家庭裡解決而要廣而告之呢？對丈夫如此不信任，對丈夫的臉面一點都不給，我常想，如果我有這樣的妻子，我寧願一輩子不結婚。我並沒有誰是家庭主人的觀念，夫妻兩人是家庭的締造者，都是家庭的主人，在家庭中沒有主次之分，也無輕重之分，只是角色的不同而已。臺灣作家柏楊講過一段話，一個男人找妻子是來生活的，不是給自己找老師的，所以一個女教授在家中不再是教授，同樣一個男總統在家中也只是丈夫和父親的角色，這也許是角色轉換的意思吧。只有正確認識自己在家庭中的角色，家庭纔會多一點溫馨，少一點埋怨，但可悲的是人們往往將社會角色帶入家庭，於是家庭不再風平浪

靜。現在有許多所謂的「金領女士」找不到伴侶，我想她們的原因就在於尋找家庭中「金領」的感覺，豈不知家庭中沒有金領，有的只是妻子、母親的角色。我不會在眾人面前使女生感到尷尬，但我也有自己的原則，我不會容忍在眾人面前暴跳如雷的女朋友，也不會容忍去我單位查我獎金的女朋友。當然我不會使她當眾下不了臺，我會選擇平靜地分手，我認為這樣的女生沒有起碼的修養和素質，夫妻間也沒有基本的信任可言了。

　　妳在電子郵件中說讓我去見別人給我介紹的女孩，我知道妳的良苦用心，妳是想把話說得委婉一些，給我留下一些空間，但我卻有一種受到侮辱的感覺。原因很簡單，我不能在心中想著一個女生的同時去和別的女生談朋友，所以我在工作時沒有和別人介紹的五六個女生見面，同樣我和同科室的一個女生也保持著距離，她曾說過她不會打擾我考研。我們生活在這個世界上，每個人都有許多不同的面孔，我也有自私虛偽的一面。但我對妳，對我喜歡的女生是真心的，因為面對自己喜歡的女生，自己沒有不真心對待的理由，若非真心對待那肯定是另有所圖，而我對妳的惟一所圖的就是妳的感情，除此以外我別無所圖。

　　也許妳說的「enjoy your loneliness[44]」也是一種婉言之辭，這讓我想起一篇英語課文《謊言》，作者提到一類謊言——white lying[45]。一個美軍少校把一個戰死戰士說成失蹤人員，為的是讓她的家屬每月得到一份政府津貼，但這位妻子卻不能象常人一樣經歷悲傷—接受—淡忘這樣的過程，每當門鈴響起或電話響起的時候，她都會跳起來，企盼丈夫的歸來。美軍少校的謊言是善意的，但結果卻不是這樣。我不是暗示自己會一輩子不談女朋友或繼續等待妳，我已經說過，每個人都有自己的選擇，我兩之間本無任何約定，妳沒有責任為我們之間信守什麼，我也到了談婚論嫁的年齡了，有值得愛的女孩我也會愛上她，去組建自己的小家庭。

---

[44] 享受你的孤獨。
[45] 善意的謊言。

可能我太笨，一直不知道妳的想法，妳也不對我講，所以我一直在想我在妳的生活中是一個什麼角色，普通朋友加同學？但直到妳說出departure我纔有所領悟，可惜不是acknowledge[46]，而是departure。想一想也挺奇怪，彼此還沒有acknowledge卻departure了。也許從我們認識時就註定了這樣的結果，我們來自不同的家庭，來自不同的階層，當我們在大學時青春讓我們的感情萌動，讓我們從同學變成了「戀人」，享受到了愛情的甜蜜。但當我們走上社會時我們就會分道揚鑣，我們的感情是抵不過現實的，也許我倆從一開始就只應該僅僅作為同學而不是「戀人」，這樣我們就不會有分開的痛苦，或許我倆開始認識時就註定了這樣的結果，只是我不能自己而掉了進去。

妳在電子郵件中為我祈禱碰到一位好姑娘，至今我還沒有說過相應的話，那麼我也應該表現的大度一點，既然妳已經做出了決定，我還能說什麼，也只能祝願妳的男朋友是個品行端正的人。前幾天看報紙說婚姻如同投資，高回報必然意味著高風險，找有錢的男朋友必然意味著高風險，想一想也有道理，喫著自己掙的饅頭纔理直氣壯。我們身邊就有不少這樣的例子。所以我希望妳的男朋友能夠真心待妳就好。

人無完人，我知道自己有很多缺點，好多事情做得不夠，在我倆的關係中我一直不夠積極主動，而妳又是一個那麼腼腆羞澀的女生，我的不積極主動可能會讓妳失望甚至傷心以至於誤解。但我不積極主動並非是我刻意那樣表現，我是一個現實的人，我只有看到兩個人能走到一起的希望時我纔會積極主動，我不願意自己的感情成為一場遊戲。而我們生活在現實社會中，我無法改變這個社會，無法改變我倆階層的差異，我從來認為愛情是兩情相悅的過程，是相向而行的兩個人，而不是一場感情追逐的遊戲，雖然妳出國前我倆經常見面，但我不知道妳內心的真實想法，不知道妳是否還願意和我相向而行，這就是我不夠積極主動的惟一原因，而非我愛妳不深，因為我已經有了和妳結婚的想法，並且已

---

[46] 接受，承認。

經在我爸爸媽媽面前說起過妳了。我的好多做法，包括濱工大畢業前一起去喫飯我沒有讓妳去火車站送我，我沒有陪妳在濱工大走走，那次在西安沒去妳爸爸媽媽特意在外面飯店訂好的晚飯，這些都讓妳失望，或者傷害了妳，請妳原諒。但我不是存心去傷害別人，何況是妳，在過去的幾年裡，妳爸爸媽媽都對我很好，對我很熱情，在這裡我表示深深的謝意。

至於我，我已經不打算出國了，我已經找到了一份穩定的工作，企盼一份寧靜相偕白首的愛情，我也想過一份平靜的生活，我不想再四處去漂泊，居無定所，我想應該有屬於自己的一片家庭，我已經感覺到累了。

這封信很亂，也沒有什麼主題，也不是對妳的埋怨，什麼都不是。在寒假裡我有時間把過去的事情回憶一番，我曾經有過一份美好的感情，我以真誠的心去對待她，在濱工大我控制自己的感情，可以說是理智，也可以說是懦弱，我選擇了逃避。在西安在妳選擇出國時我選擇了緘默，我說給妳的話與我的內心完全相反。也許將來妳會變化，我也會變化，但我與妳曾經經歷過一段甜蜜的感情和相思的苦，並且我是真心地，雖然結果未能如我所願。

當我寫完這封信時，我感到了一種從未有過的輕鬆感覺，我覺得自己的精神負擔輕了一些。

請不要誤解這封信是什麼最後的一封信，也不是所謂的了結什麼的，就如妳所說的，我們還是好朋友。

最後祝妳學業有成，生活幸福。

姬遠峰

2005年2月2日草

這封信姬遠峰整整寫了一天，信寫完了，姬遠峰覺得太潦草了，等明天再用交通大學的信箋工工整整地抄一遍吧，姬遠峰把這封信的草稿鎖在了自己的櫃子裡。這時候姬遠峰發現自己晚飯還沒有喫，天已經很晚了，他也餓了，姬遠峰出了宿舍，他去找點喫的去，順便在校園裡走走。

國家圖書館出版品預行編目

沿江村.綠衣 / 空同著. -- 臺北市：獵海人，
　2021.10
　　冊；　公分
　ISBN 978-626-95130-0-0(上冊). --
ISBN 978-626-95130-1-7(下冊). --
ISBN 978-626-95130-2-4(全套)

857.7　　　　　　　　110016484

沿江村・綠衣（上）

作　　者／空同

出版策劃／獵海人

製作銷售／秀威資訊科技股份有限公司

　　　　　114 台北市內湖區瑞光路76巷69號2樓

　　　　　電話：+886-2-2796-3638

　　　　　傳真：+886-2-2796-1377

網路訂購／秀威書店：https://store.showwe.tw

　　　　　博客來網路書店：https://www.books.com.tw

　　　　　三民網路書店：https://www.sanmin.com.tw

　　　　　讀冊生活：https://www.taaze.tw

出版日期／2021年10月

套書定價／1280元